U0596259

曾枣庄 编

苏东坡
诗词
名家集评本

中华书局

图书在版编目(CIP)数据

苏东坡诗词:名家集评本/曾枣庄编. —北京:中华书局,
2021.6(2025.5重印)
ISBN 978-7-101-15199-2

Ⅰ.苏… Ⅱ.曾… Ⅲ.①苏轼-1036~1101-宋诗-注释②
苏轼-1036~1101-宋词-注释 Ⅳ.①I222.744.2②I222.844.2

中国版本图书馆CIP数据核字(2021)第088946号

书　　名	苏东坡诗词(名家集评本)
编　　者	曾枣庄
责任编辑	刘树林
装帧设计	毛　淳
责任印制	陈丽娜
出版发行	中华书局

(北京市丰台区太平桥西里38号　100073)
http://www.zhbc.com.cn
E-mail:zhbc@zhbc.com.cn

印　　刷	三河市中晟雅豪印务有限公司
版　　次	2021年6月第1版
	2025年5月第5次印刷
规　　格	开本/880×1230毫米　1/32
	印张25½　插页2　字数400千字
印　　数	37001-42000册
国际书号	ISBN 978-7-101-15199-2
定　　价	68.00元

出版说明

　　苏东坡,名轼,字子瞻,号东坡,眉山(今四川眉山)人。是一位多产全能的文学巨匠,在诗词文各个方面都属于开派人物,都作出了创造性的贡献。

　　相较而言,苏东坡的作品中,其诗词作品是流传最为广泛的。苏东坡的诗现存二千七百余首,四言、五言、六言、七言、杂言,古体、今体皆备,而尤以七言古体见长。苏辙在《亡兄子瞻端明墓志铭》中说:"公诗本似李、杜,晚喜陶渊明。"从内容看,苏诗确实具有杜甫诗的现实主义精神。这首先表现在他对国家民族命运的关心上,他从青年时代起就主张抗击辽和西夏的侵扰,表示了"与虏试周旋"(《和子由苦寒见寄》)的决心;即使在贬谪期间,他也不忘"臂弓腰箭何时去,直上阴山取可汗"(《谢陈季常惠一揩巾》)。苏东坡也像杜甫一样,时时不忘民间疾苦,《都厅题壁》《鱼蛮子》就是这方面的代表作。前者对因违反新法而被囚禁,除夕夜也不能与家人团聚的无辜百姓寄予了深切同情;后者反映了渔民"何异獭与狙"的非人生活,对统治者进行了血泪控诉。同情民间疾苦,就必然会对穷奢极侈的统治者不满。他早年所作的《许州西湖》,揭露了在许州连年歉收的情况下,"使君欲春游",就不惜"浚沼役千掌",即不惜动用成千的民力来开浚许州西湖。特别可贵的是他晚年远谪岭南期间,仍写下了著名的《荔支叹》,揭露统治者为了赢得"宫中美人一破颜",不惜造成"惊尘溅血流千载",并指名道

1

姓地揭露本朝大臣"争新买宠"的丑态,甚至对在位的宋哲宗也敢于讥刺。由于苏东坡在神宗朝反对王安石,在哲宗朝反对司马光,不肯"俯身从众,卑论趋时"(《登州谢上表》),因此,他一生屡遭贬谪,写下了大量抒发个人感慨的诗篇。这类诗的消极情绪最重,但也最感人,因为他有切身之痛,是他的肺腑之言。这类作品的现实意义就在于它反映了封建社会怀才不遇的知识分子的精神苦闷。

苏诗具有杜诗的现实主义内容,却不同于杜诗沉郁顿挫的艺术风格,多数诗篇都以明快直露为特征。从艺术风格看,苏诗更接近李白诗,具有李诗豪放不羁的浪漫主义特征。苏东坡步入仕途以前所作的《咏怪石》,已显露出那种纵横驰骋、幻想奇特的本色;而仕途受挫以后所作的《游金山寺》,更是这种风格的代表作。"安得夫差水犀手,三千强弩射潮低"(《八月十五日看潮》)"众峰来自天目山,势若骏马奔平川"(《游径山》),像这类想象丰富、气势磅礴的诗篇,在苏东坡集中比比皆是。正如钱锺书先生所说:"李白以后,古代大约没有人赶得上苏东坡这种'豪放'。"(《宋诗选注》)不过,以贬官黄州为界,苏东坡的诗风发生了明显的变化。他后期的诗歌仍时露豪放本色,而更多的诗篇却在学习陶潜诗的清新明净、朴素自然、淡而有味。他知扬州时,曾和陶《饮酒》诗二十首;在远谪惠州、儋州期间,几乎遍和陶诗。他在给苏辙的信中说:"吾前后和其诗凡百数十篇,至其得意,自谓不甚愧渊明。"(苏辙《子瞻和陶渊明诗集引》)苏东坡的和陶诗,有的与陶诗的内容相近,有的题材相似而主旨不同,有的只不过是借陶诗的题目和韵脚而自抒胸臆。苏东坡晚年的某些诗虽不以和陶为名,但风格也与陶诗相似。他在《与侄书》中说:"凡文字,少小时须令气象峥嵘,彩色绚烂,渐老渐熟,乃造平淡。其实不是平淡,绚烂之极也。"这是他的经验之谈,是他的创作道路的总结,他的诗歌就经历了这样一个由"峥嵘"到"平淡"的发展过程。

词在中唐初兴的时候,内容比较广泛,格调也较清新。但到了晚唐、五代和宋初,词的内容越来越狭窄,几乎专写儿女私情;格调也越来越低,充满淫词艳语。苏东坡以前的宋人如范仲淹、柳永、欧阳修等,对词的题材已有所开拓,词风也有所改变。苏东坡在前人成就的基础上,加之他那广阔的胸怀、豪迈的性格,所以一经步入词坛,立刻带来了新鲜空气。

苏东坡大大扩大了词的题材。诗的内容几乎是无所不包的,东坡词的内容也几乎是无所不包的。他以词的形式记游咏物,怀古伤今,歌颂祖国的山川景物,描绘朴实的农村风光,抒发个人的豪情与苦闷,刻画各阶层的人物。在他的笔下,有"雄姿英发,羽扇纶巾"的豪杰(《念奴娇·赤壁怀古》);有"帕首腰刀"的"投笔将军"(《南乡子·赠行》);有"垂白杖藜抬醉眼"的老叟(《浣溪沙》"麻叶层层苘叶光"),确实做到了"无意不可入,无事不可言"(刘熙载《艺概·词曲概》)。

苏东坡打破了"诗言志,词言情"的传统藩篱,到了他的手里,词也可以言志了。他经常用词抒写他那激昂排宕的气概和壮志难酬、仕途多艰的烦恼,充满了理想同现实的矛盾。苏东坡的《江城子·密州出猎》抒发了渴望驰骋疆场、为国立功的豪情;《水调歌头·丙辰中秋》抒发了"我欲乘风归去,又恐琼楼玉宇,高处不胜寒",既希望回到朝廷,又怕朝廷难处的矛盾心情;《念奴娇·赤壁怀古》更充满了美妙的理想同可悲的现实的矛盾。

苏东坡还使词摆脱了附属于音乐的地位,发展成为独立的抒情诗。苏东坡作词虽然也遵守词律,但他又敢于打破词律束缚。贬抑苏词的人常说它"不入腔","不协律",是"句读不葺之诗"。苏东坡自己也说:"平生不善唱曲,故间有不入腔处。"所谓"间有不入腔处",说明他的词一般还是入腔的,只是偶尔不入腔。偶尔不入腔，并非因为不懂音律所造成。据载，太常博士沈遵作《醉翁操》，节奏疏宕，音指华畅，知琴者以为绝伦；但有其声而无其词。欧阳修曾为之作词，可惜"与琴声不合"。后来苏东坡为《醉翁操》重新填词，音韵谐婉，可见他精通音律。苏东坡既通音律，为什么他的词又"间有不入腔处"呢？这是因为苏东坡历来主张文贵自然，不愿以声律害意。正如陆游所说："公非不能歌，但豪放，不喜剪裁以就声律耳。"（《历代诗余》卷一一五）苏东坡的"不喜剪裁以就声律"，在当时虽然遭到很多非议，但是，从词的发展史看，却使词逐渐发展成为一种独立的新的抒情诗体。特别是在词谱失传之后，更只能走苏东坡之路，一直到现在仍为词家所用。

苏东坡在词的发展史上的主要贡献是创立了豪放词，但他并不排斥婉约词，对婉约词的发展也有重要影响。在现存三百多首词中，真正堪称豪放词的并不多，绝大多数仍属婉约词。就艺术水平看，苏东坡不仅豪放词写得好，他的婉约词写得也不亚于任何婉约派词人。王士祯评苏东坡《蝶恋花·春景》说："恐屯田（柳永）缘情绮靡未必能过。孰谓坡但解'大江东去'耶？"（《花草蒙拾》）张炎认为苏东坡《哨遍》（"为米折腰"）等词，"周（邦彦）秦（观）诸人所不能到。"（《词源》）陈廷焯也说："东坡词寓意高远，运笔空灵，措语忠厚，其独至处，美成（周邦彦）、白石（姜夔）亦不能到。"（《白雨斋词话》）柳永、秦观、周邦彦、姜夔均是两宋婉约词的名家，苏东坡某些以婉约见长的词，不但不逊于他们，而且时有过之。在苏东坡以前，咏物词不多，苏东坡成功地创作了一些咏物词，其后姜夔等人大量创作咏物词，这与苏东坡的影响显然是分不开的。因此，无论就苏东坡婉约词的数量、质量，还是就它对后世的影响看，苏东坡对婉约词的发展都不容忽视。

苏东坡是北宋最有魅力的文学家，他的诗文拥有广泛的读者，在他生前和死后，都有很多人为他编辑、刊刻过各式各样的集子,在北宋末、南宋初直至整个南宋时期,编刻、注释苏东坡诗文成为一种风尚。从宋代起,苏东坡诗歌就既有分类注(旧题王十朋《集注分类东坡先生诗》),又有编年注(施元之、顾景繁《注东坡先生诗》)。清人更是评注苏诗成风,如查慎行《补注东坡先生编年诗》、翁方纲《苏诗补注》、冯应榴《苏文忠公诗合注》、王文诰《苏文忠公诗编注集成》等。各种苏诗的选注本更是多如牛毛。评论苏诗的专著也不少,如汪师韩《苏诗选评笺释》、查慎行《初白庵诗评》、赵克宜《角山楼苏诗评注会钞》,纪昀评《苏文忠公诗集》更是几乎尽评苏诗,历代的文集、诗话、笔记评及苏诗者更多。

苏词注本,有南宋初傅幹《注坡词》的钞本传世,可惜钞本甚少,直至1993年巴蜀书社出版了刘尚荣整理的《傅幹注坡词》,此书才易见。此外还有南宋顾景繁的《补注东坡长短句》、元人孙镇的《东坡乐府诗》,但均已失传。近数十年来,对苏词的整理研究取得较多成果,有龙榆生的《东坡乐府笺》,郑向恒的《东坡乐府校订笺注》,石声淮、唐玲玲《东坡乐府编年笺注》,薛瑞生《东坡词编年笺证》,邹同庆、王宗堂《苏轼词编年校注》。但这些书的功夫是在为苏词编年、笺注,重点不在收集苏词资料。

日前我局出版的《苏东坡全集》,其中诗集词集部分,点校者曾枣庄曾花费大量心力和时间收集整理了相关的评论与背景资料,附在诗词后面,囿于《全集》体例所限,最后出版时不得不忍痛割爱。但这些珍贵的资料可以帮助东坡诗词爱好者更好地理解东坡诗词,了解相关创作背景,因此我们决定出版这部《苏东坡诗词》(名家集评本)。

本书精选苏东坡诗词五百八十余首,基本能体现苏东坡诗词全貌及创作水准。集评部分从曾枣庄先生收集相关资料择精选用。

本书所收苏诗原文文字,以纪昀《苏文忠公诗集》为准(少数明显有误者径改,不出校记)。所收苏词原文文字,以《全宋词》中的《苏轼词》为准,编排则按词牌略作调整。相关集评文字,涉及单篇者皆录于各篇之后。不涉及单篇而综论苏诗者,谓之《苏诗总评》,为附录一。不涉及单篇而泛论苏词者,谓之《苏词总评》,为附录二。以上两个附录附于本书之后。

中华书局编辑部
2021年5月

目　　录

诗

4

词

19

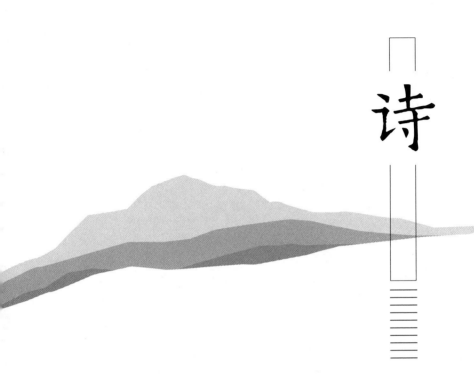

诗

初发嘉州

朝发鼓阗阗,西风猎画旃。
故乡飘已远,往意浩无边。
锦水细不见,蛮江清可怜。
奔腾过佛脚,旷荡造平川。
野市有禅客,钓台寻暮烟。
相期定先到,久立水溅溅。

集评:

纪昀评《苏文忠公诗集》卷一:气韵洒脱,格律谨严。此少年未纵笔时。出句五仄,则对句第三字必平,唐人定格(按:指"锦水细不见,蛮江清可怜")。("野市有禅客"二句)接得挺拔,仿佛孟公"问我今何适,天台访石桥"二句笔意。

王士祯《带经堂诗话》卷一三《遗迹类》上:江岸大像,开元中释海通所凿,未竟示寂,韦皋镇蜀始成之。(略)像前即三江合流,坡诗"奔腾过佛脚"谓此。像南为竞秀亭,(略)两亭皆俯江干,平视三峨,极旷望之致,"振衣千仞岗,濯足万里流",差足当之。

舟中听大人弹琴

弹琴江浦夜漏永,敛衽窃听独激昂。
风松瀑布已清绝,更爱玉佩声琅珰。
自从郑卫乱雅乐,古器残缺世已忘。
千年寥落独琴在,有如老仙不死阅兴亡。
世人不容独反古,强以新曲求铿锵。

微音淡弄忽变转，数声浮脆如笙簧。

无情枯木今尚尔，何况古意堕渺茫。

江空月出人响绝，夜阑更请弹《文王》。

集评：

　　袁宏道评阅谭元春选《东坡诗选》卷一谭元春评：才是子听父弹琴诗，古穆庄严，无一毫亵怠欢畅之气。

　　纪昀评《苏文忠公诗集》卷一：通篇不脱旧人习径，句法亦多浅弱。渔洋《古诗选》取之，是所未喻。"独激昂"三字（"敛衽窃听独激昂"）不似听琴，且与下文不贯。《文王操》（"夜阑更请弹《文王》"）无所取义，即是趁韵。

　　翁方纲《石洲诗话》卷三：《舟中听大人弹琴》一篇，对世人爱新曲说，必当时坐间或有所指，因感触而云然。故一篇俱是激昂意，直到末句，始转出正意也。此篇阮亭亦第以格韵之高选之，其实在苏诗只是平正之作耳。

　　王文诰《苏文忠公诗编注集成·编年古今体诗》卷一：纪晓岚谓"独激昂"三字不似听琴，此不懂琴者之言也。（略）晓岚又谓此三字与下文不贯，彼何由知《风松》《玉佩》诸曲必非激昂者乎？所论皆谬。

　　方东树《昭昧詹言》卷一二：高韵，意境可比陶公。词意韵格，超诣入妙，而笔势又奇纵恣肆。六一尚不脱退之窠白，此独如飞天仙人，下视尘埃，俱凡骨矣。

入峡

自昔怀幽赏，今兹得纵探。

长江连楚蜀，万派泻东南。

合水来如电，黔波绿似蓝。
余流细不数，远势竞相参。
入峡初无路，连山忽似龛。
萦纡收浩渺，蹙缩作渊潭。
风过如呼吸，云生似吐含。
坠崖鸣窣窣，垂蔓绿毵毵。
冷翠多崖竹，孤生有石楠。
飞泉飘乱雪，怪石走惊骖。
绝涧知深浅，樵童忽两三。
人烟偶逢郭，沙岸可乘篮。
野戍荒州县，邦君古子男。
放衙鸣晚鼓，留客荐霜柑。
闻道黄精草，丛生绿玉篸。
尽应充食饮，不见有彭聃。
气候冬犹暖，星河夜半涵。
遗民悲昶衍，旧俗接鱼蚕。
板屋漫无瓦，岩居窄似庵。
伐薪常冒险，得米不盈甔。
叹息生何陋，劬劳不自惭。
叶舟轻远溯，大浪固尝谙。
矍铄空相视，呕哑莫与谈。
蛮荒安可住，幽邃信难妉。
独爱孤栖鹘，高超百尺岚。
横飞应自得，远飏似无贪。
振翮游霄汉，无心顾雀鹌。

尘劳世方病，局促我何堪。

尽解林泉好，多为富贵酣。

试看飞鸟乐，高遁此心甘。

集评：

汪师韩《苏诗选评笺释》卷一：用险韵作长律，尽如其意之所出，固称体大，亦由思精。首二句，虚笔以作起局；"长江"六句，又作总挈；其"入峡"十二句，峡中之景物也；"绝涧"十二句，峡中之人事也；"气候"八句，则言人居峡之陋；"叹息"八句，则言己入峡之劳。至"独爱孤栖鹘"以下十二句，前六句就孤鹘写其高超自得之乐，后六句以我之局促与鸟之飞扬两相对照，作开合之势，知高超之乐，则知高遁之甘矣。章法明婳，如观远岫，列秀青青。

纪昀评《苏文忠公诗集》卷一：刻意锻练，语皆警峭，气局亦宽然有余。"余流"句（"余流细不数，远势竞相参"）总括得好。二句亦不冗不漏。"闻道"四句（"闻道黄精草，丛生绿玉篸。尽应充食饮，不见有彭聃"），百忙中忽插一波，笔墨闲逸之至。字（"大浪固尝谙"）不雅。结亦常意，而忽借一鸟（"独爱孤栖鹘"）生波，即觉咏叹淫佚，意味深长。故诗家当争用笔。

王文诰《苏文忠公诗编注集成·编年古今体诗》卷一：通幅整暇，自能入妙。

赵克宜《角山楼苏诗评注汇钞》卷一：叙形势起。次入本题，历叙所见。（"旧俗接鱼蛮"）以下叙民俗。（"飞泉飘乱雪"二句）精采。结尾一段及中幅数语皆以用笔别致取胜。

延君寿《老生常谈》：天地生一传人，从小即心地活泼，理解神透。如东坡《入峡》诗"闻道黄精草，丛生绿玉篸。尽应充食饮，不见有彭聃"，（略）以年谱按之，公作此诗不过二十岁。若钝根人，有老死悟心不生者，难以语此。

香岩批《纪评苏诗》卷一：起八句总写形势。

江上看山

船上看山如走马，倏忽过去数百群。
前山槎牙忽变态，后岭杂沓如惊奔。
仰看微径斜缭绕，上有行人高缥缈。
舟中举手欲与言，孤帆南去如飞鸟。

集评：

纪昀评《苏文忠公诗集》卷一：起势雄悍。后四句撑拄不起。

香岩批《纪评苏诗》卷一：五、六接落全力，七、八跌宕自喜。

赵克宜《角山楼苏诗评注汇钞》附录卷中：查云：马思赞曰："起句用少陵'隔河见胡骑，倏忽数百群'二语，杜是正，而此是譬喻，所谓夺胎换骨法。"（"后岭杂沓如惊奔"）与起句意复。

涪州得山胡次子由韵 自注：善鸣，出黔中。

终日锁筠笼，回头惜翠茸。
谁知声呝呝，亦自意重重。
夜宿烟生浦，朝鸣日上峰。
故巢何足恋，鹰隼岂能容。

集评：

纪昀评《苏文忠公诗集》卷一：纯是古法。强无为有，（三、四两句）亦自有味。结乃慰之之词。东坡此时，尚无世途之感，非有托也。

江上值雪，效欧阳体，限不以盐玉鹤鹭絮蝶飞舞之类为比，仍不使皓白洁素等字，次子由韵

缩颈夜眠如冻龟，雪来惟有客先知。
江边晓起浩无际，树杪风多寒更吹。
青山有似少年子，一夕变尽沧浪髭。
方知阳气在流水，沙上盈尺江无澌。
随风颠倒纷不择，下满坑谷高陵危。
江空野阔落不见，入户但觉轻丝丝。
沾裳细看巧刻镂，岂有一一天工为？
霍然一挥遍九野，吁此权柄谁执持。
世间苦乐知有几，今我幸免沾肤肌。
山夫只见压樵担，岂知带酒飘歌儿。
天王临轩喜有麦，宰相献寿嘉及时。
冻吟书生笔欲折，夜织贫女寒无帏。
高人著屐踏冷冽，飘拂巾帽真仙姿。
野僧斫路出门去，寒液满鼻清淋漓。
洒袍入袖湿靴底，亦有执板趋阶墀。
舟中行客何所爱，愿得猎骑当风披。
草中咻咻有寒兔，孤隼下击千夫驰。
敲冰煮鹿最可乐，我虽不饮强倒卮。
楚人自古好弋猎，谁能往者我欲随。
纷纭旋转从满面，马上操笔为赋之。

集评:

朱翌《猗觉寮杂记》卷上:东坡《雪》诗云:"青山有似少年子,一夕变尽沧浪髭。"盖用皮日休《元鲁山》诗云"世无用贤人,青山生白髭"意也。

汪师韩《苏诗选评笺释》卷一:岩壑高卑,人物错杂,大处浩渺,细处纤微,无所不尽,可敌一幅王维《江干初雪图》。

纪昀评《苏文忠公诗集》卷一:"青山"二句自佳。"方知"句不妥。"斫路"二字不妥。"寒液满鼻"太俚。"湿靴底"亦俚。结太率。

赵翼批沈德潜《宋金三家诗选·苏东坡诗选》卷上:后幅全从遇雪之人铺叙,难在简劲。末专以弋猎作结,似觉无谓。

王文诰《苏文忠公诗编注集成·编年古今体诗》卷一:自"世间"至此("孤隼下击千夫驰")一段,妙在拉杂而前后过脉。

赵克宜《角山楼苏诗评注汇钞》附录卷中:("随风颠倒纷不择")此联写雪势浑括透彻。

张谦宜《絸斋诗谈》卷五《苏东坡》:全是设想,映衬好。

张道《苏亭诗话》卷一《论述类》:人但知东坡《聚星堂雪》诗效欧阳"禁体物语",不知其二十四岁适楚时,已有《江上值雪效欧阳体》诗。虽不及颍州作之遒警,然如"江边晓起浩无际,树杪风多寒更吹。青山有似少年子,一夕变尽沧浪髭。方知阳气在流水,沙上盈尺江无澌。随风颠倒纷不择,下满坑谷高陵危。江空野阔落不见,入户但觉轻丝丝。沾裳细看若刻镂,岂有一一天工为",亦善绘神色者。夫所云"禁体物语",言以盐、玉、鹤、鹭比似为体物也。今人以"禁体"句,公然书集云"效禁体",殊不觉其误,则试思"体"字截断,"物语"二字将作何解耶?

陈衍《宋诗精华录》卷二:二雪诗(指此首及《聚星堂雪》诗)结束皆能避熟。

屈原塔 自注：在忠州，原不当有碑塔于此，意者后人追思，故为作之。

楚人悲屈原，千载意未歇。

精魂飘何处，父老空哽咽。

至今沧江上，投饭救饥渴。

遗风成竞渡，哀叫楚山裂。

屈原古壮士，就死意甚烈。

世俗安得知，眷眷不忍决。

南宾旧属楚，山上有遗塔。

应是奉佛人，恐子就沦灭。

此事虽无凭，此意固已切。

古人谁不死，何必较考折。

名声实无穷，富贵亦暂热。

大夫知此理，所以持死节。

集评：

纪昀评《苏文忠公诗集》卷一：（"投饭救饥渴"）"渴"字添出趁韵。（"遗风成竞渡"二句）"遗风"二句亦不自然。（"名声实无穷，富贵亦暂热。大夫知此理，所以持死节。"）结四句将屈原说作好名，语病不小。若节去"至今"四句及此四句，转觉完美。

王文诰《苏文忠公诗编注集成·编年古今体诗》卷一：（"应是奉佛人"二句）完出证据，若实有其事者然。公凡随手起波，必于随手抹到处敲进一层，此终其身用笔如一辙者，而其法初见于此。亦犹曲工必送足五、六上而后回至四合，工中有天籁存焉，不可强也。

香岩批《纪评苏诗》卷一:("名声实无穷")但易去"名声"两字,便是好诗,节去却不成章法。"至今"四句,亦不可节也。

八阵碛

平沙何茫茫,仿佛见石蕝。

纵横满江上,岁岁沙水啮。

孔明死已久,谁复辨行列。

神兵非学到,自古不留诀。

至人已心悟,后世徒妄说。

自从汉道衰,蜂起尽奸杰。

英雄不相下,祸难久连结。

驱民市无烟,战野江流血。

万人赌一掷,杀尽如沃雪。

不为久远计,草草常无法。

孔明最后起,意欲扫群孽。

崎岖事节制,隐忍久不决。

志大遂成迂,岁月去如瞥。

六师纷未整,一旦英气折。

惟余八阵图,千古壮夔峡。

集评:

汪师韩《苏诗选评笺释》卷一:后幅评论孔明数语,惜之至,服之至也。八陈图垒,人所共知。其箕张翼舒之形,无烦铺叙。放怀今古,历历千年,气成虹霓,词出金石,意独为武侯叹绝。

纪昀评《苏文忠公诗集》卷一:解以不解,用笔巧妙,善于击虚。"自从"以下十句，尚可以简括其词。此（按：指"孔明最后起"以下十句）即《孔明论》意。眉山父子持论如此。收得完密，住得简洁。

王文诰《苏文忠公诗编注集成·苏海识余》卷一：公少作《孔明论》，主老苏之说，其南行之《严颜碑》《永安宫》诗皆同，故持论多未当。其后即无复此等语矣。其《八阵碛》后半云（略）。其中"隐忍久不决""志大遂成迂"二句，颇觉疵累。有此阑笔，则"壮"字全失，结不下也。删此二句，则"夔峡"句叫起矣。晓岚于《神女庙》诗谓"飘萧驾风驭"四句可删，乃其看失眼者。此诗专取后半，以为"收得完密、住得简洁"者，亦看失眼也。

赵克宜《角山楼苏诗评注汇钞》卷一：（"神兵非学到"二句）先作断语，语意简要。（"自从汉道衰"）以下入议论。（"不为久远计"二句）反顿语，势足。（"志大遂成迂"以下）括一篇大文于三韵中，结尾一笔醒题，纯是神力。

白帝庙

朔风催入峡，惨惨去何之？
共指苍山路，来朝白帝祠。
荒城秋草满，古树野藤垂。
浩荡荆江远，凄凉蜀客悲。
迟回问风俗，涕泗悯兴衰。
故国依然在，遗民岂复知。
一方称警跸，万乘拥旌旗。
远略初吞汉，雄心岂在夔。
崎岖来野庙，闵默愧当时。

破甑蒸山麦，长歌唱《竹枝》。

荆邯真壮士，吴柱本经师。

失计虽无及，图王固已奇。

犹余帝王号，皎皎在门楣。

集评：

纪昀评《苏文忠公诗集》卷一：通篇老健。（"迟回问风俗"以下四句）四句一篇眼目。（"故国依然在，遗民岂复知"）对句烘托得好。结不作谩骂语，亦脱蹊径。

赵克宜《角山楼苏诗评注汇钞》卷一："蜀客"自谓也，领起下文。"闵默"句谓述当时不能用荆邯之言而为之愧也。后三韵，笔笔转动，结语自在眼前，而未经人道。

巫山

瞿塘迤逦尽，巫峡峥嵘起。

连峰稍可怪，石色变苍翠。

天工运神巧，渐欲作奇伟。

块轧势方深，结构意未遂。

旁观不暇瞬，步步造幽邃。

苍崖忽相逼，绝壁凛可悸。

仰观八九顶，俊爽凌颢气。

晃荡天宇高，奔腾江水沸。

孤超兀不让，直拔勇无畏。

攀缘见神宇，憩坐就石位。

巉巉隔江波，一一问庙吏。

遥观神女石，绰约诚有以。
俯首见斜鬟，拖霞弄修帔。
人心随物变，远觉含深意。
野老笑我旁，少年尝屡至。
去随猿猱上，反以绳索试。
石笋倚孤峰，突兀殊不类。
世人喜神怪，论说惊幼稚。
楚赋亦虚传，神仙安有是。
次问扫坛竹，云此今尚尔。
翠叶纷下垂，婆娑绿凤尾。
风来自偃仰，若为神物使。
绝顶有三碑，诘曲古篆字。
老人那解读，偶见不能记。
穷探到峰背，采斫黄杨子。
黄杨生石上，坚瘦纹如绮。
贪心去不顾，涧谷千寻缒。
山高虎狼绝，深入坦无忌。
溟濛草树密，葱蒨云霞腻。
石窦有洪泉，甘滑如流髓。
终朝自盥漱，冷冽清心胃。
浣衣挂树梢，磨斧就石鼻。
徘徊云日晚，归意念城市。
不到今十年，衰老筋力惫。
当时伐残木，牙蘖已如臂。
忽闻老人说，终日为叹喟。

神仙固有之，难在忘势利。

贫贱尔何爱，弃去如脱屣。

嗟尔若无还，绝粮应不死。

集评：

查慎行《初白庵诗评》卷中：（"野老笑我旁"）以下皆述野老之言。结处又为野老进一解。

汪师韩《苏诗选评笺释》卷一：带皋缨峦，屯云积气，析之则句练字琢，合之则悠悠乎将灏气以俱，而莫得其涯。

纪昀评《苏文忠公诗集》卷一：（起处）波澜壮阔，繁而不害。（"人心随物变"二句）写景入神，即随手带出"野老"二句，天然无迹。（"不到今十年"二句）少年才过十年，不应衰老。此亦偶不检点，不以词害意可也。（"牙蘖已如臂"）"已"字作"应"字更稳。一篇大文，如何收束？趁势以野老作结，极完密，又极脱洒。查初白谓"又为野老进一辞"，浅矣。

王文诰《苏文忠公诗编注集成·编年古今体诗》卷一：（"神仙安有是"）以上借野老口中述旧游，洗涤秽，赋为后《神女庙》诗章本。其下入扫坛竹，至游归，写得在有意无意间，高贵之甚。自"次问扫坛竹"至此（"牙蘖已如臂"），亦述老人相告之词也。

赵克宜《角山楼苏诗评注汇钞》卷一：（"晃荡天宇高"数句）昌黎句法。（"遥观神女石"一段）前后皆巫山实境，断无逐节挨写之理，借神女石小作顿挫。托之野老口中，遂有"次问"一层，生出后半篇来，实处皆虚，篇法不板。（"忽闻老人说"以下）于无情处寻出议论作收。

神女庙

大江从西来,上有千仞山。

江山自环拥,诙诡富神奸。

深渊鼍鳖横,巨壑蛇龙顽。

旌阳斩长蛟,雷雨移沧湾。

蜀守降老蹇,至今带连镮。

纵横若无主,荡逸侵人寰。

上帝降瑶姬,来处荆巫间。

神仙岂在猛,玉座幽且闲。

飘萧驾风驭,弭节朝天关。

倏忽巡四方,不知道里艰。

古妆具法服,邃殿罗烟鬟。

百神自奔走,杂沓来趋班。

云兴灵怪聚,云散鬼神还。

茫茫夜潭静,皎皎秋月弯。

还应摇玉佩,来听水潺潺。

集评:

汪师韩《苏诗选评笺释》卷一:徘徊神境,仿佛仙踪,不袭用玉色颓颜及望帷褰帱一切猥琐漫亵之语。范成大《巫山图》及《巫山高》二诗,亹亹力辨,何不缘轼诗《巫山》《神女》二作为证耶?

纪昀评《苏文忠公诗集》卷一:神女诗不作艳辞,亦不作庄论,是本领过人处。("深渊鼍鳖横,巨壑蛇龙顽")"横"字、"顽"字俱练得稳。("神仙岂在猛"二句)十字精警。("飘萧驾风驭"以下四句)"飘萧"四句可删。结得恍忽杳冥,极为洒脱,无所取义之题,

16

只可如此取姿。

王文诰《苏文忠公诗编注集成·编年古今体诗》卷一：以治水作骨。起四句从江山入手，领起治水。自"深渊"至此（"荡逸侵人寰"）一节，以二比代本事，迹不露而神自到。（"上帝降瑶姬"）五字棒喝，唤醒多少痴儿俱女。（"神仙岂在猛"）此句明翻治水，以自盖不叙本事之迹，实乃坐实前比一节，究竟是治水也，落墨高洁之甚。（"玉座幽且闲"）此句扫除凡秒，出落清楚。自"上帝"至此（"不知道里艰"）一节，叙神女在不即不离之间，意有所避就也。（"古妆具法服"二句）此二句始叙入庙所见。晓岚谓"飘萧"四句可删，欲以"古妆"接"玉座"句，乃全不知作者意也。公乃特意下"幽""闲"二字，又不欲著迹，故以"玉座"二字架空，乃叙事，非叙游也。"飘萧"四句，全包助禹在内，特蓄此气，纳入前比一节，删去则格法乱矣。（"百神自奔走"二句）此二句结"神女"一节，完他治水本事。妙在下一"自"字，作想像之辞，收入眼界。（"云兴灵怪聚"二句）此二句结前比一节，妙在忽聚忽散，以有为无，仍是公口吻中。以上自"古妆"至此一节，叙入游庙中。结有远神，通篇藏"水"字不露，至末句出落"水"字，点明诗旨。

赵克宜《角山楼苏诗评注汇钞》卷一：次联老重有力，领起下文。（"神仙岂在猛"二句）扼要语，不在多。（"飘萧驾风驭"四句）四语与"上帝"一联相应，删不得。

黄牛庙

江边石壁高无路，上有黄牛不服箱。
庙前行客拜且舞，击鼓吹箫屠白羊。
山下耕牛苦硗确，两角磨崖四蹄湿。
青刍半束长苦饥，仰看黄牛安可及。

纪昀评《苏文忠公诗集》卷一:(起处)比兴太浅。("击鼓吹箫屠白羊")"白"字太坐煞。

出峡

入峡喜巉岩,出峡爱平旷。

吾心淡无累,遇境即安畅。

东西径千里,胜处颇屡访。

幽寻远无厌,高绝每先上。

前诗尚遗略,不录久恐忘。

忆从巫庙回,中路寒泉涨。

汲归真可爱,翠碧光满盎。

忽惊巫峡尾,岩腹有穿圹。

仰见天苍苍,石室开南向。

宣尼古庙宇,丛木作帷帐。

铁楯横半空,俯瞰不计丈。

古人谁架构,下有不测浪。

石窦见天囷,瓦棺悲古葬。

新滩阻风雪,村落去携杖。

亦到龙马溪,茅屋沽村酿。

玉虚悔不至,实为舟人诳。

闻道石最奇,窜窠见怪状。

峡山富奇伟,得一知几丧。

苦恨不知名,历历但想像。

今朝脱重险，楚水渺平荡。

鱼多客庖足，风顺行意王。

追思偶成篇，聊助舟人唱。

集评：

汪师韩《苏诗选评笺释》卷一：险境发以雄词，须看意思闲暇萧散处。

纪昀评《苏文忠公诗集》卷一：(起处)出峡诗却写未出峡事，一到本题，戛然竟住。潆洄掩映，运意玲珑。("玉虚悔不至"二句)得此一虚，实处皆活。且前路逐一铺叙，难免挂漏，得此一补，方满足无罅，凡不尽处皆到。

赵克宜《角山楼苏诗评注汇钞》卷一：(起处)以宾形主，双起总顿。("东西径千里")四语，虚领下文。("忆从巫庙回")以下追叙。("玉虚悔不至")以未至之处反托所已至，用笔已妙矣，又以所不知名者多于所知，将前文一齐托空，两重裹结，运掉自如。("今朝脱重险"以下)此方入题，篇幅已毕，格意绝奇。

《历代诗发》卷二四：写奇怪有实有虚，方见不尽之妙。若一味实疏，则笔意反无出没也。

荆州十首（选六首）

其一

游人出三峡，楚地尽平川。

北客随南贾，吴樯间蜀船。

江侵平野断，风卷白沙旋。

欲问兴亡意，重城自古坚。

集评：

纪昀评《苏文忠公诗集》卷二：此首总起。（次句"楚地尽平川"、五句"江侵平野断"）复"平川"。

其二

南方旧战国，惨澹意犹存。
慷慨因刘表，凄凉为屈原。
废城犹带井，古姓聚成村。
亦解观形胜，升平不敢论。

集评：

纪昀评《苏文忠公诗集》卷二：结即高常侍"岂无安边策，诸将已承恩"意。

赵克宜《角山楼苏诗评注汇钞》卷一：（结二句）抱负语，不伤粗露。

其四

朱槛城东角，高王此望沙。
江山非一国，烽火畏三巴。
战骨沦秋草，危楼倚断霞。
百年豪杰尽，扰扰见鱼虾。

集评：

查慎行《初白庵苏诗补注》卷一：此诗因南平而致慨于五季也。季兴初为荆南节度，所领止江陵、归、峡三城，地狭而兵弱，难与诸国争衡。（略）及后唐伐蜀，请以本道兵自取夔、万等州，终不敢出。"畏蜀如虎"之讥，其能解免乎？未几而强弱大小，同归渐灭。百年以来，战骨已销，孤城犹在。千秋形胜之区，惟"危楼倚断霞"耳！一时豪桀自命者，细琐么麽，无足比数。"鱼虾扰扰"一语，说得五代君臣及僭号诸国可怜可悯，可鄙可羞，又无论屏弱之高氏也。施氏补注此篇，专为南平而发，浅之乎论苏矣！

纪昀评《苏文忠公诗集》卷二：结（"百年豪杰尽，扰扰见鱼虾"）即罗江东《甘露》诗后半篇意。

赵克宜《角山楼苏诗评注汇钞》卷一：此首望沙楼吊古。次联切当日事势，五、六转关，结言百年以来，昔时豪杰都已同归于尽，而斯时楼头所见，惟有沙津之鱼虾扰扰而已。此即从楼名生情也。以鱼虾与豪杰相形，自然成趣。查氏谓鱼虾比五季之君臣，夫既谓之豪杰矣，何得又以鱼虾比之？且句中"尽"字、"见"字，分明有既往、见存之别，若如查说，句意难通矣。（"高王此望沙"）伏结句（"扰扰见鱼虾"）之脉。（"危楼倚断霞"）俊句。（"百年豪杰尽"二句）结有远致。

其五

沙头烟漠漠，来往厌喧卑。
野市分獐闹，官船过渡迟。
游人多问卜，伧叟尽携龟。
日暮江天静，无人唱楚辞。

集评：

纪昀评《苏文忠公诗集》卷二：（"日暮江天静"二句）讥古风之不存也。

赵克宜《角山楼苏诗评注汇钞》卷一：结有远致。

其九

北雁来南国,依依似旅人。

纵横遭折翼,感恻为沾巾。

平日谁能挹,高飞不可驯。

故人持赠我,三嗅若为珍。

集评:

纪昀评《苏文忠公诗集》卷二:此首意格特高。(前四句)有意无意,映带生情。("平日谁能挹")接得好。

其十

柳门京国道,驱马及春阳。

野火烧枯草,东风动绿芒。

北行连许邓,南去极衡湘。

楚境横天下,怀王信弱王。

集评:

纪昀评《苏文忠公诗集》卷二:此首总收。结寓自负之意。此犹少年初出,气象方盛之时也。黄州后无此议论也。

汪师韩《苏诗选评笺释》卷一:俯仰陈迹,怀古者所同。悲壮慷慨,则唐贤得意笔也。

纪昀评《苏文忠公诗集》卷二:篇章字句,都合古法。此东坡摹杜之作,纯是《秦州杂诗》。

襄阳古乐府三首（选一首）

上堵吟

台上有客吟秋风，悲声萧散飘入空。

台边游女来窃听，欲学声同意不同。

君悲竟何事，千里金城两稚子。

白马为塞凤为关，山川无人空自闲。

我悲亦何苦，江水冬更深。

鳊鱼冷难捕，悠悠江上听歌人，

不知我意徒悲辛。

集评：

纪昀评《苏文忠公诗集》卷二：此首有太白之意。

赵克宜《角山楼苏诗评注汇钞》卷一：（"我悲亦何苦"数句）绝妙，古乐府词气。

延君寿《老生常谈》：黄仲则诗，（略）真能直闯太白堂奥，东坡而后，罕有其匹。今试略举东坡之学太白数句，可以顿悟矣。《上堵吟》云："台上有客吟秋风，悲声萧散飘入空。台边游女来窃听，欲学声同意不同。"（略）此皆非有意学太白也，天才相近，故能偶然即似耳。

许州西湖

西湖小雨晴，滟滟春渠长。

来从古城角，夜半传新响。

使君欲春游，浚沼役千掌。

纷纭具畚锸,闹若蚁运壤。

夭桃弄春色,生意寒犹快。

惟有落残梅,标格若矜爽。

游人坌已集,挈榼三且两。

醉客卧道旁,扶起尚偃仰。

池台信宏丽,贵与民同赏。

但恐城市欢,不知田野怆。

颍川七不登,野气长苍莽。

谁知万里客,湖上独长想。

集评:

纪昀评《苏文忠公诗集》卷二:("池台信宏丽"以下八句)忽归庄论,妙非迂词。此从《观打鱼》诗化来。

赵克宜《角山楼苏诗评注汇钞》卷一:前半俊语络绎,入后词旨恺恻,不愧风人之笔。

辛丑十一月十九日,既与子由别于郑州西门之外,马上赋诗一篇寄之

不饮胡为醉兀兀,此心已逐归鞍发。

归人犹自念庭闱,今我何以慰寂寞。

登高回首坡垄隔,但见乌帽出复没。

苦寒念尔衣裘薄,独骑瘦马踏残月。

路人行歌居人乐,童仆怪我苦凄恻。

亦知人生要有别,但恐岁月去飘忽。

寒灯相对记畴昔，夜雨何时听萧瑟。

君知此意不可忘，慎勿苦爱高官职。

自注：尝有夜雨对床之言，故云尔。

集评：

胡仔《苕溪渔隐丛话》前集卷三八引《王直方诗话》：东坡喜韦苏州"宁知风雨夜，复此对床眠"之句，故在郑州别子由云："寒灯相对记畴昔，夜雨何时听萧瑟。"（略）此其兄弟所赋也，相约退休，可谓无日忘之，然竟不能成其约。

许颉《彦周诗话》："燕燕于飞，差池其羽。之子于归，远送于野。瞻望弗及，泣涕如雨。"此真可泣鬼神矣。张子野长短句云："眼力不知人，远上溪桥（去）"东坡《送子由诗》云："登高回首坡垄隔，惟见乌帽出复没。"皆远绍其意。

陈岩肖《庚溪诗话》卷下：昔人临岐执别，回首引望，恋恋不忍遽去而形于诗者，如王摩诘云："车徒望不见，时见起行尘。"欧阳詹云："高城已不见，况复城中人。"东坡与其弟子由别云："登高回首坡垄隔，时见乌帽出复没。"咸纪行人已远，而故人不复可见，语虽不同，其惜别之意则同也。

吴师道《吴礼部诗话》：东坡《送别子由》诗云："登高回首坡垄隔，时见乌帽出复没。"模写甚工。异时记凌虚台，谓"见山之出于林木之上者，累累然如人之旅行于墙外而见其髻也"，盖同一机轴。

叶矫然《龙性堂诗话》初集：古人送别，苦语不一，而意实相师。《卫风》（按当作《邶风》）："瞻望弗及，泣涕如雨。"《琴操》："手无斧柯，奈龟山何。"谢客："顾望脰未悁，河曲舟已隐。"岑参："桥回忽不见，征马尚闻嘶。"东坡："登高回首坡垄隔，惟见乌帽出复没。"总是一意。

汪师韩《苏诗选评笺释》卷一：轼与其弟辙友爱特至。时辙以父洵被命修礼书，傍无侍子，因奏乞留养亲。轼赴凤翔签判之任，既别而作此诗。起句突兀有意味。前叙既别之深情，后忆昔年之旧约。"亦知人生要有别"，转进一层，曲折道宕。轼是时年甫二十六，而诗格老成如是。

纪昀评《苏文忠公诗集》卷三：起得飘忽。（"归人犹自念庭闱"二句）加一倍法。（"登高回首坡垄隔"二句）写难状之景。（"亦知人生要有别"二句）作一顿挫，便不直泻，直泻是七古第一病。收处又绕一波，高手总不使一直笔。

又卷七《腊日游孤山访惠勤惠思二僧》"出山回望云木合，但见野鹘盘浮图"评：其源出于古乐府，与"但见乌帽出复没"，同一写法。

（日本）赖山阳《东坡诗钞》卷三：（题批）别时之日月不可忘，人之常情，故今具记之，此亦可法者。此篇不押韵，"念庭闱"与"不可忘"，才两处耳。此法，老杜往往有之，彼每句用韵者，以语意促迫耳。此篇忧过，故置此二句，以缓节奏也。（"登高回首坡垄隔"）作树间见乌帽，乃不振。（"独骑瘦马踏残月"）骑马所以得见乌帽。（"亦知人生要有别"）"亦"字，我亦知之意。

又附《书韩苏古诗后》：《别子由》诸作，皆真动人。要看谑浪笑傲其貌，铁石心肠其神也。后人舍刘，袭其貌，非好学者。苏诗虽戏，犹士大夫之善谑也，如明清二袁乃帮闲牵头耳。

翁方纲《石洲诗话》卷三：东坡与子由别诗，题中屡言"初别"。考嘉祐六年辛丑冬先生授大理评事、签书凤翔判官时，子由留京侍老苏公，《十一月十九日与子由别于郑州西门之外马上赋诗》七言古一篇，此二公相别之始也。

王文诰《苏文忠公诗编注集成·苏海识余》卷一：自"不饮胡为醉兀兀"起，至"独骑瘦马踏残月"止，虽寓意高妙，只是"马上兀残月"一句景象耳。其下突云"路人行歌居人乐"，忽然拓开，不可思议。又接云"僮仆怪我苦凄恻"，意谓路人当歌，居人常乐，故童仆以为怪耳。上句纵放甚远,下句自为注解,却将上句注入童仆意中,故能立地收转也。以下"亦知人生"四句,皆承明所以"苦凄恻"之故,有非童仆所知而惟子由知之。此意透,则寄诗之意不必更道,故结二句反以诫勉子由,于通透之中,即又透过一层也。

方东树《昭昧詹言》卷一二:起突兀,"惟见"句写。

陈衍《宋诗精华录》卷二:可当"陟岵""陟冈"诗读。(按:指《诗·陟岵》)

陈衍《石遗室诗续集》卷一二:自韦苏州有"对床听雨"之言,东坡与子由诗复屡及之。"听雨"遂为诗人一特别意境。

高步瀛《唐宋诗举要》卷三引吴汝纶语:("亦知人生要有别")顿挫。笔笔突兀而起,此奇气也。

和子由渑池怀旧

人生到处知何似,应似飞鸿踏雪泥。
泥上偶然留指爪,鸿飞那复计东西。
老僧已死成新塔,坏壁无由见旧题。
往日崎岖还记否,路长人困蹇驴嘶。

自注:往岁马死于二陵,骑驴至渑池。

集评:

魏庆之《诗人玉屑》卷一七引《陵阳室中语》:子瞻作诗,长于譬喻。如《和子由》诗云:"人生到处知何似,应似飞鸿踏雪泥。泥上偶然留指爪,鸿飞那复计东西。"(略)皆累数句也。

刘壎《隐居通议》卷一〇:"人生到处知何似,应似飞鸿踏雪泥。"(略)此《东坡集》律诗第一首也。(略)此诗若绳以唐人律体,大概疏直欠工。然"鸿泥"之谕,真是造理,前人所未到也。且悠然感慨,令人动情,世不可率尔读之,要须具眼。

何孟春《余冬诗话》卷上:("人生到处知何似"四句)读者试思向来陈迹,可为一慨,世事转头,尚足问耶?

袁宏道评阅谭元春选《东坡诗选》卷一袁宏道评:后四句伤韵。

查镇行《初白庵苏诗补注》卷三:《传灯录》:"天衣义怀禅师云:'雁过长空,影沉寒水。雁无遗迹之意,水无留影之心。若能如是,方解向异类中行。'"先生此诗前四句暗用此语。

纪昀评《苏文忠公诗集》卷三:前四句单行入律,唐人旧格,而意境恣逸,则东坡之本色。浑灏不及崔司勋《黄鹤楼》诗,而撒手游行之妙,则不减义山《杜司勋》一首。

王文诰《苏文忠公诗编注集成·编年古今体诗》卷三:查注引《传灯录》义怀语,谓此四句本诸义怀,诬罔已极。凡此类诗,皆性灵所发,实以禅语,则诗为糟粕。句非语录,况公是时并未闻语录乎?

又《苏海识余》:晓岚谓前四句单行入律,唐人旧格,意指崔颢《黄鹤》。颢句乃粗才耳,又其法全仿《龙池》篇,非创制手也。若此四句,孰敢以粗才目之?且公诗律句甚多,而通集不再见,亦见其得之之不易矣。故自为此诗,而崔颢《黄鹤》可以无取。

方东树《昭昧詹言》卷二〇:此诗人所共赏,然余不甚喜,以其流易。

高步瀛《唐宋诗举要》卷六引吴汝纶评:起超隽,后半率。

次韵刘京兆石林亭之作,石本唐苑中物,散流民间,刘购得之

都城日荒废,往事不可还。

惟余故苑石，漂散尚人间。

公来始购蓄，不惮道里艰。

忽从尘埃中，来对冰雪颜。

瘦骨拔凛凛，苍根漱潺潺。

唐人惟奇章，好石古莫攀。

尽令属牛氏，刻凿纷斑斑。

嗟此本何常，聚散实循环。

人失亦人得，要不出区寰。

君看刘李末，不能保河关。

况此百株石，鸿毛于泰山。

但当对石饮，万事付等闲。

集评：

王鸣盛《蛾术编》卷七八：《次韵和刘京兆石林亭之作》云："嗟此本何常，聚散实循环。人失亦人得，要不出区寰。"（略）同纽字连用二韵，似全无知识之人所为。集中如此逞笔乱写者甚多，略举数章以明之。古人韵本如《广韵》《集韵》，皆于同纽字另作一圈，以为识别，界限甚严。若如东坡，则何不概去其圈，混而为一？盖在东坡当日，初不知其为病，一时后生小子，从风而靡，同纽连用。东坡见之，亦不以为病，且和其韵，存之集中。识既粗极，心又不虚，贻误千古矣。鹤寿按：古人作诗不避重韵，况同纽乎？（略）同字尚连用之，况同纽乎？（略）然古人不以为意，今人则嫌其重复矣。东坡之文如万斛泉源，随地涌出，其诗亦然，未可以用同纽韵少之。

纪昀评《苏文忠公诗集》卷三：（"唐人惟奇章"以下）意境开拓，而理趣亦极融彻。

王文诰《苏文忠公诗编注集成·编年古今体诗》卷三:("聚散实循环")自此以下四折,皆文情所必有,非用乐天语也。

赵克宜《角山楼苏诗评注汇钞》卷一:("聚散实循环"以下)持论通达。

次韵子由岐下诗(选三首)

予既至岐下逾月,于其廨宇之北隙地为亭。亭前为横池,长三丈。池上为短桥,属之堂。分堂之北厦,为轩窗曲槛,俯瞰池上。出堂而南为过廊,以属之厅。廊之两旁各为一小池,皆引汧水,种莲养鱼于其中。池边有桃、李、杏、梨、枣、樱桃、石榴、樗、槐、松、桧、柳三十余株,又以斗酒易牡丹一丛于亭之北。子由以诗见寄,次韵和答,凡二十一首。

轩窗

东邻多白杨,夜作雨声急。
窗下独无眠,秋虫见灯入。

集评:

赵克宜《角山楼苏诗评注汇钞》卷一:此首纯乎唐人气息,而纪独不取,可怪之甚。

王文濡《宋元明诗评注读本》卷三:一写所闻,一写所见,承上启下,极连贯之能事。

荷花

田田抗朝阳,节节卧春水。
平铺乱萍叶,屡动报鱼子。

集评:

纪昀评《苏文忠公诗集》卷二:"报"字未稳。

鱼

湖上移鱼子,初生不畏人。
自从识钩饵,欲见更无因。

集评:

纪昀评《苏文忠公诗集》卷三:托意好。从《列子》狎鸥意化来。

王文诰《苏文忠公诗编注集成·编年古今体诗》卷三:(首二句)此种极细微处,他人不留意,公必搜索出之,著落到地,自成妙文。

太白山下早行,至横渠镇,书崇寿院壁

马上续残梦,不知朝日升。
乱山横翠幛,落月澹孤灯。
奔走烦邮吏,安闲愧老僧。
再游应眷眷,聊亦记吾曾。

集评:

黄彻《碧溪诗话》卷五:庄子文多奇变,如"技经肯綮之未尝",乃"未尝技经肯綮"也。诗句中时有此法。(略)坡(略)"聊亦记吾曾",余人罕敢用。

王世贞《艺苑卮言》卷四:刘驾"马上续残梦",境颇佳。下云"马嘶而复惊",遂不成语矣。苏子瞻用其语,下云"不知朝日升",亦未是。至复改为"瘦马兀残梦"(《除夜大雪留潍州元日早晴遂行中途雪复作》),愈坠恶道。

查慎行《初白庵诗评》卷中："乱山"二句从首句"残梦"二字生出。

汪师韩《苏诗选评笺释》卷一：次联是早行景色，妙从首句"残梦"二字生出，故佳。

《御选唐宋诗醇》卷三二：次联是早行景色，妙从首句"残梦"二字生出，故日、月字不嫌杂见。王世贞之论（见前引），似密实疏。

纪昀评《苏文忠公诗集》卷三：此昌黎所谓何好何恶之诗。首句直写刘方平之诗，当由偶合，东坡非盗句者也。

赵克宜《角山楼苏诗评注汇钞》附录卷中：（刘）驾次句云"马嘶时复惊"，与首句（"马上续残梦"）相足传神，胜此（"马上续残梦"二句）多矣。

王文濡《宋元明诗评注读本》卷五：从残梦说起，生出"乱山"一联，是晓行景象。末联结到重来，是书壁本意。

高步瀛《唐宋诗举要》卷四：（"马上续残梦"）超妙。"马上续残梦"乃刘驾《早行》诗，未知子瞻偶用之耶，抑造句相同耶？

留题延生观后山上小堂

溪山愈好意无厌，上到巉巉第几尖。
深谷野禽毛羽怪，上方仙子鬓眉纤。
不惭弄玉骑丹凤，应逐嫦娥驾老蟾。
涧草岩花自无主，晚来蝴蝶入疏帘。

集评：

汪师韩《苏诗选评笺释》卷一：三句观后之景，四句小堂之景。

唐时文安、浔阳、平恩、邵阳、永嘉、永安、义昌、安阳诸主，皆先后丐为道士，筑观在外，玉真师事道士史崇元。腹联较之李义山"不逢萧史休回首，莫见洪崖又拍肩"之句，更为语隐而意微。

纪昀评《苏文忠公诗集》卷三：取其生造。

石鼻城

平时战国今无在，陌上征夫自不闲。
北客初来试新险，蜀人从此送残山。
独穿暗月朦胧里，愁渡奔河苍茫间。
渐入西南风景变，道傍修竹水潺潺。

集评：

汪师韩《苏诗选评笺释》卷一：挥霍如意。五、六一联深沉雄健，景中有情。"苍茫"二字，俱读从上声，前人所未有，此自轼诗创用。唐人如韩诗读"张王"为去声，白诗读"昽聪"为上声，后人不审所出，遂谓前贤自我作古，恐不尽然耳。

纪昀评《苏文忠公诗集》卷三：三、四天然清切。

王文诰《苏文忠公诗编注集成·编年古今体诗》卷三（"北客初来试新险"二句）此联画出川陕山疆水界，妙在关合蜀事。

香岩批《纪评苏诗》卷三：结笔直而寡味。

郿坞

衣中甲厚行何惧，坞里金多退足凭。
毕竟英雄谁得似，脐脂自照不须灯。

纪昀评《苏文忠公诗集》卷三：("毕竟英雄谁得似"二句)太涉轻薄,便入晚唐五代恶趣中。

题宝鸡县斯飞阁

西南归路远萧条,倚槛魂飞不可招。
野阔牛羊同雁鹜,天长草树接云霄。
昏昏水气浮山麓,泛泛春风弄麦苗。
谁使爱官轻去国,此身无计老渔樵。

集评：

贺裳《载酒园诗话·苏轼》：至其清空而妙者,如"野阔牛羊同雁鹜,天长草树接云霄",(略)俱清新俊逸。

纪昀评《苏文忠公诗集》卷三：三、四写景自真。五、六殊浅弱。结二句更入习径。

王文诰《苏文忠公诗编注集成·编年古今体诗》卷四：此诗怀宋选之去也,至以"此身无计"为言。其慨之也至矣。

香岩批《纪评苏诗》卷三：若结二句佳,则五、六不觉其浅弱,此自可为知者道。

方东树《昭昧詹言》卷二〇：此思归作也。起述作诗本意。中四句写阁下所望之景,奇警如见。收曲折,又应起处不得归意。

赵克宜《角山楼苏诗评注汇钞》卷一四：渔洋集中极多雄深雅健之作,初不专恃此种,纪氏不足以知之,而每以此语相议诋,盖当时习气也。

九月二十日微雪,怀子由弟二首

其一

岐阳九月天微雪,已作萧条岁暮心。
短日送寒砧杵急,冷官无事屋庐深。
愁肠别后能消酒,白发秋来已上簪。
近买貂裘堪出塞,忽思乘传问西琛。

其二

江上同舟诗满箧,郑西分马涕垂膺。
未成报国惭书剑,岂不怀归畏友朋。
官舍度秋惊岁晚,寺楼见雪与谁登。
遥知读《易》东窗下,车马敲门定不譍。

集评:

纪昀评《苏文忠公诗集》卷三:居下僚而不得志,愤激而为立功边外之思,郁郁时实有此想。骤看若不相属也。("屋庐深")三字入神。

香岩批《纪评苏诗》卷三:("近买貂裘堪出塞"二句)必西夏有事而发此慨耳。

赵克宜《角山楼苏诗评注汇钞》卷一:此首气体雅洁。

病中闻子由得告不赴商州三首(选一首)

其一

病中闻汝免来商,旅雁何时更著行?

远别不知官爵好,思归苦觉岁年长。

著书多暇真良计,从宦无功漫去乡。

惟有王城最堪隐,万人如海一身藏。

集评:

纪昀评《苏文忠公诗集》卷三:忽触"客位假寐"之感,却说得和平无迹。(略)此等诗虽非坡公著意之作,然自然凑泊,触手生春,亦见其学之富而笔之灵也。

吴乔《围炉诗话》卷五引黄公曰:"子瞻诗美不胜言,病不胜摘。大率多俊迈而少渊渟,得瑰奇而失详慎,多粗豪滑稽草率,又多以文为诗。然其于古今独绝。子瞻闻子由不赴商州曰:'惟有王城最堪隐,万人如海一身藏。'俱佳。"

贺裳《载酒园诗话·苏轼》:坡诗吾第一服其气概。《闻子由不赴商州》曰:"惟有王城最堪隐,万人如海一身藏。"(略)如此胸襟,真天人也。

王文诰《苏文忠公诗编注集成·编年古今体诗》卷四:凡从无赖中寻出好处,必要完出证据,于虚中占实步。此其天性生成,落笔处所在皆是也。

赵克宜《角山楼苏诗评注汇钞》卷一:意蕴藉而语气却快,此东坡本色也。

病中大雪数日,未尝起观,虢令赵荐以诗相属,戏用其韵答之

经旬卧斋阁,终日亲剂和。

不知雪已深,但觉寒无那。

飘萧窗纸鸣,堆压檐板堕。

自注:关中皆以板为檐。

风飙助凝冽,帏幔困掀簸。

惟思近醇酽,未敢窥璨瑳。

何时反炎赫,却欲躬臼磨。

谁云坐无毡,尚有裘充货。

西邻歌吹发,促席寒威挫。

崩腾踏成径,缭绕飞入座。

人欢瓦先融,饮隽瓶屡卧。

嗟予独愁寂,空室自困坷。

欲为后日赏,恐被游尘涴。

寒更报新霁,皎月悬半破。

有客独苦吟,清夜默自课。

诗人例穷蹇,秀句出寒饿。

何当暴雪霜,庶以蹑郊贺。

集评:

　　吴曾《能改斋漫录》卷七《酒尽卧空瓶》:东坡《病中大雪》诗:"饮隽瓶屡卧。"赵夔注云:"欧阳诗:'不觉长瓶卧。'张籍诗:'酒尽卧空瓶。'"

　　纪昀评《苏文忠公诗集》卷三:(起数句)语自峭拔。"却欲"句未佳,意谓操劳则汗出身暖耳。是有此理,然成何语?"西邻"下生出一波,便笔有起伏,不致直滞。此于无顿挫处生顿挫,不必真有其事。

　　《御选唐宋诗醇》卷三二:和韵诗峻拔浏利,如弹丸脱手,大苏所长。

张道《苏亭诗话》卷五《补注类》:《耆旧续闻》:"子厚为商州推官,时子瞻为凤翔幕签,因差试官开院,同途小饮山寺。闻报有虎者,二人酒狂,因勒马同往观之。去虎数十步外,马惊不敢前。子瞻云:'马犹如此,著甚来由!'乃转去。子厚独鞭马向前去曰:'我自有道理。'既近,取铜沙锣于石上颠响,虎即惊窜。归语子瞻曰:'子定不如我!'异时奸计,已见于此矣。"按此则应补注《病中闻子由云云》诗"近从章子闻渠说"句下。又按:时章为商洛令,此作推官,疑误。

赵克宜《角山楼苏诗评注汇钞》卷一:("经旬卧斋阁"二句)切卧病叙起。("却欲躬自磨")谓当待暄暖时躬亲劳苦耳,语本无弊,纪误会矣。("人欢瓦先融"二句)妙语。("有客独苦吟")入赵荐寄诗。

香岩批《纪评苏诗》卷三:通篇句句属对,句句转换,斯为大笔。纪公好言"生波",犹是八股试帖家当。"西邻"一段盖纪当时所见耳。("诗人例穷蹇"二句)语特遒峭。

岁晚,相与馈问,为馈岁;酒食相邀,呼为别岁;至除夜,达旦不眠,为守岁。蜀之风俗如是。余官于岐下,岁暮思归而不可得,故为此三诗,以寄子由

馈岁

农功各已毕,岁事得相佐。
为欢恐无及,假物不论货。
山川随出产,贫富称小大。
置盘巨鲤横,发笼双兔卧。

富人事华靡，彩绣光翻座。

贫者愧不能，微挚出春磨。

官居故人少，里巷佳节过。

亦欲举乡风，独唱无人和。

集评：

查慎行《初白庵诗评》卷中："挚"与"贽"同，《曲礼》作"挚"。（"官居故人少"四句）入情。

纪昀评《苏文忠公诗集》卷三：（结处四句）归思在言外。

（日本）赖山阳《东坡诗钞》卷一：（"置盘巨鲤横"二句）一篇采色，在此二句。

又附《书韩苏古诗后》：《馈岁》《守岁》《泛颍》《眼医》等，韩集亦无此妙语也。

别岁

故人适千里，临别尚迟迟。

人行犹可复，岁行那可追。

问岁安所之，远在天一涯。

已逐东流水，赴海归无时。

东邻酒初熟，西舍彘亦肥。

且为一日欢，慰此穷年悲。

勿嗟旧岁别，行与新岁辞。

去去勿回顾，还君老与衰。

集评：

查慎行《初白庵诗评》卷中：（"且为一日欢"至末）一层深一

层,字字警动。

纪昀评《苏文忠公诗集》卷三:此首气息特古。("勿嗟旧岁别"以下四句)逼入一步,更沉著。

《御选唐宋诗醇》卷三二:《别岁》即古诗"所遇无故物,焉能不速老"意,而畅言之,顿挫淋漓,有对此茫茫、百端交集之慨。

(日本)赖山阳《东坡诗钞》卷一:其所言者陈腐,而自"故人"下笔却为奇。("还君老与衰")用恢戏笔。

赵克宜《角山楼苏诗评注汇钞》卷一:("勿嗟旧岁别"四句)沉痛语,以警快之笔出之,遂成绝调。

守岁

欲知垂尽岁,有似赴壑蛇。

修鳞半已没,去意谁能遮。

况欲系其尾,虽勤知奈何。

儿童强不睡,相守夜谨哗。

晨鸡且勿唱,更鼓畏添挝。

坐久灯烬落,起看北斗斜。

明年岂无年,心事恐蹉跎。

努力尽今夕,少年犹可夸。

集评:

汪师韩《苏诗选评笺释》卷一:前六句比,中六句赋,结句"犹可夸"者非幸词,正以见去日之苦多,而盛年之不再也。此与《别岁》一首,佳处不减魏武《短歌》。

纪昀评《苏文忠公诗集》卷三:用古韵。"坐久"十字真景。

又:三首俱谨严有格。

（日本）赖山阳《东坡诗钞》卷一:("有似赴壑蛇")譬喻出意表而却切。("去意谁能遮")韵脚,"蛇"押匀宜如此。

王文诰《苏文忠公诗编注集成·编年古今体诗》卷四:全幅矫健,此为三诗之冠。

赵克宜《角山楼苏诗评注汇钞》卷一:("努力尽今夕"二句)一结"守"字,精神迸出,非徒作无聊自慰语也。

杨钟羲《雪桥诗话》初集卷一二:何蝯叟云:"时文忠、文定同举进士,授官未久,年在三十以前,诗中乃竞竞于衰老寿考,盖志惜日,深惧时逝,虽春秋鼎盛,名位鹊起,不自矜持。"所谓能得二苏诗意者也。

和子由踏青

东风陌上惊微尘,游人初乐岁华新。
人间正好路旁饮,麦短未怕游车轮。
城中居人厌城郭,喧阗晓出空四邻。
歌鼓惊山草木动,箪瓢散野乌鸢驯。
何人聚众称道人,遮道卖符色怒嗔。
宜蚕使汝茧如瓮,宜畜使汝羊如麇。
路人未必信此语,强为买服禳新春。
道人得钱径沽酒,醉倒自谓吾符神。

集评:

纪昀评《苏文忠公诗集》卷四:首尾两截,渺不相属,不喻其故。

王文诰《苏文忠公诗编注集成·编年古今体诗》卷四:《栾城

集》题作《记岁首乡俗二首》，故诗从岁首起。此意并该后篇（按：指《和子由蚕市》）也。诗和《岁首乡俗》，故有"岁华新""禳新春"二句。晓岚谓"首尾两截，渺不相属，不喻其故"，即又不知看到何处去矣。

曾国藩《曾文正公全集·读书录》：前八句叙踏青，后八句就道人卖符生波。

陈衍《宋诗精华录》卷二：不甚高妙，景物大名家能写得恰如分际，小名家则非雅事不肯落笔矣。

和子由蚕市

蜀人衣食常苦艰，蜀人游乐不知还。
千人耕种万人食，一年辛苦一春闲。
闲时尚以蚕为市，恐忘辛苦逐欣欢。
去年霜降砍秋荻，今年箔积如连山。
破瓢为轮土为釜，争买不啻金与纨。
忆昔与子皆童卯，年年废书走市观。
市人争夸斗巧智，野人喑哑遭欺谩。
诗来使我感旧事，不悲去国悲流年。

集评：

纪昀评《苏文忠公诗集》卷四："恐忘"句未自然。"市人"二句有所托，而文义颇觉突兀。

王文诰《苏文忠公诗编注集成·编年古今体诗》卷四："悲流年"句结到岁首，与前篇（按：指《和子由踏青》）起句相合。当如《栾城集》于前列总题云：和子由记岁首二首。则此意自见。

次韵子由论书

吾虽不善书，晓书莫如我。

苟能通其意，常谓不学可。

貌妍容有矉，璧美何妨椭。

端庄杂流丽，刚健含婀娜。

好之每自讥，不谓子亦颇。

书成辄弃去，缪被旁人裹。

体势本阔落，结束入细麽。

子诗亦见推，语重未敢荷。

尔来又学射，力薄愁官笴。

自注：官箭十二把，吾能十一把箭耳。

多好竟无成，不精安用夥。

何当尽屏去，万事付懒惰。

吾闻古书法，守骏莫如跛。

世俗笔苦骄，众中强嵬騀。

锺张忽已远，此语与时左。

集评：

　　葛立方《韵语阳秋》卷五：东坡《与子由论书》云："吾虽不善书，晓书莫如我。苟能通其意，常谓不学可。"故其子叔党跋公书云："吾先君子岂以书自名哉？特以其至大至刚之气，发于胸中而应之以手，故不见其有刻画妖媚之态，而端乎章甫，若有不可犯之色。少年喜二王书，晚乃喜颜平原，故时有二家风气。俗手不知，妄谓学徐浩，陋矣。"观此则知初未尝规规然出于翰墨积习也。

　　娄坚《跋苏文忠墨迹》：坡公书肉丰而骨劲，态浓而意淡，藏巧于拙,特为秀伟。公诗有云:"守骏莫如跛。"盖言其所自得于书者如此。此卷为北归时答谢书,予所见公遗迹,独《楚颂帖》用笔与此相类,彼似少纵,而此则稳重,皆可想见纯绵裹铁也。今为辰玉太史收藏,惜卷首脱数行,属予补之。公书自不容轻补,特以此书极文章之妙致,得展卷即一诵公全文,亦大快也。今世之重公文又十倍于翰墨,至其悟解处,或似好事家多不辨公书真赝,抑又何耶?末段"然则","则"字盖公名之误,今装潢迹分明非笔误也。

查慎行《初白庵诗评》卷中:("苟能通其意"二句)直是以文为诗,何意不达。("端庄杂流丽"二句)读此十字,知少陵瘦硬未是定评。("缪被旁人裹")"裹"字叶未稳。("尔来又学射"二句)奇峰忽插。("多好竟无成"二句)先生尚云尔,学者可不自警?("吾闻古书法"四句)所谓宁拙勿巧。

汪师韩《苏诗选评笺释》卷一:《论书》实自道其所得。"端庄""刚健"一联及"体势""结束"一联,宛然见轼书也。"通其意"三字最精。不通其意,虽学何益?固知"不学"匪直为大言耳。忽插入"学射"一段,轩然波起,凌厉无前。

纪昀评《苏文忠公诗集》卷四:(起处)峭而不剽。("尔来又学射"以下六句)插入一波,便意境生动。

赵翼批沈德潜《宋金三家诗选·苏东坡诗选》上卷:书中三昧,非深于此道者不能言。

王文诰《苏文忠公诗编注集成·编年古今体诗》卷五:("语重未敢荷")下入学射,却特意抹倒,以足上意。

赵克宜《角山楼苏诗评注汇钞》卷二:("端庄杂流丽"二句)拈出二语大旨已尽,所谓"通其意"也。("多好竟无成")顿束极精采。("世俗笔苦骄")以俗书反托。("锺张忽已远"二句)结醒"论"字。

和子由寒食

寒食今年二月晦,树林深翠已生烟。

绕城骏马谁能借,到处名园意尽便。

但挂酒壶那计盏,偶题诗句不须编。

忽闻啼鴂惊羁旅,江上何人治废田。

集评:

纪昀评《苏文忠公诗集》卷四:此种七律,选一代之诗则可删,选一家之诗则可存。

中隐堂诗 (选三首)

岐山宰王君绅,其祖故蜀人也,避乱来长安,而遂家焉。其居第园
圃,有名长安城中,号中隐堂者是也。予之长安,王君以书戒其子弟,邀
予游,且乞诗甚勤。因为作此五篇。

其二

径转如修蟒,坡垂似伏鳌。

树从何代有,人与此堂高。

好古嗟生晚,偷闲厌久劳。

王孙早归隐,尘土污君袍。

集评:

洪迈《容斋续笔》卷一四《诗要检点》:作诗至百韵,词意既
多,故有失于点检者。(略)东坡赋《中隐堂》五诗各四韵,亦有"坡
垂似伏鳌""崩崖露伏龟"之语,近于意重。

王楙《野客丛书》卷二八：（前引洪迈语）仆谓古人之诗，古人之意也。正不当以是论。但晚辈规仿前作，不可用此为格。此鲁男子所谓"柳下惠则可，吾则不可"，岂失于检点哉？

纪昀评《苏文忠公诗集》卷四：（前四句）高浑。

王文诰《苏文忠公诗编注集成·编年古今体诗》卷四：（前四句）有杜神韵，非寻常袭杜面目者比。

赵克宜《角山楼苏诗评注汇钞》卷二：次首"人与此堂高"，乃指王君之祖耳。

其三

二月惊梅晚，幽香此地无。
依依慰远客，皎皎似吴姝。
不恨故园隔，空嗟芳岁徂。
春深桃杏乱，笑汝益羁孤。

集评：

纪昀评《苏文忠公诗集》卷四：（"依依慰远客"二句）对法生动。结寓意。

其五

都城更几姓，到处有残碑。
古隧埋蝌蚪，崩崖露伏龟。
安排壮亭榭，收拾费金赀。
岣嵝何须到，韩公浪自悲。

集评：

纪昀评《苏文忠公诗集》卷四：此首咏中隐堂所聚古石刻，安排收拾，俱指石刻言也。于法尚须总束一首。东坡诗间有疏于律处。结稍弩末。

王文诰《苏文忠公诗编注集成·编年古今体诗》卷四：（"都城更几姓"二句）此二句故作开笔，实乃挽到王氏得园也。（"安排壮亭榭"二句）此二句归结中隐堂，已在首联安根，诗乃双管并下，非专咏碑也。故其下以韩公作总收，谓韩如至此，则可悲可咏者尚多，盖以韩自况也。晓岚谓安排收拾，皆指石刻，于法尚须总束一首。此乃作者手法太高，未能稍卑以就后人绳墨。且其作意收拾无余，亦无貂可续也。

又卷五：《中隐堂》之第五首云："都城更几姓，到处有残碑。（略）屺崿何须到，韩公浪自悲。"此真乃虽就碑说，已隐隐收尽前四首者，何不亦以文结题外、意结题中论之，而谓其疏于律耶？

凤翔八观（选三首）

《凤翔八观》诗，记可观者八也。昔司马子长登会稽，探禹穴，不远千里，而李太白亦以七泽之观至荆州。二子盖悲世悼俗，自伤不见古人，而欲一观其遗迹，故其勤如此。凤翔当秦、蜀之交，士大夫之所朝夕往来，此八观者，又皆跬步可至，而好事者有不能遍观焉。故作诗以告欲观而不知者。

石鼓歌

冬十二月岁辛丑，我初从政见鲁叟。
旧闻石鼓今见之，文字郁律蛟蛇走。
细观初以指画肚，欲读嗟如钳在口。
韩公好古生已迟，我今况又百年后。
强寻偏旁推点画，时得一二遗八九。

我车既攻马亦同，其鱼维鲂贯之柳。

自注：其词云："我车既攻，我马既同。"又云："其鱼维何，维鲂维鲤。何以贯之，维杨与柳。"惟此六句可读，余多不可通。

古器纵横犹识鼎，众星错落仅名斗。
模糊半已隐瘢胝，诘曲犹能辨跟肘。
娟娟缺月隐云雾，濯濯嘉禾秀稂莠。
漂流百战偶然存，独立千载谁与友。
上追轩颉相唯诺，下揖冰斯同彀彀。
忆昔周宣歌《鸿雁》，当时籀史变蝌蚪。
厌乱人方思圣贤，中兴天为生耆耈。
东征徐虏阚虓虎，北伏犬戎随指嗾。
象胥杂沓贡狼鹿，方召联翩赐圭卣。
遂因鼓鼙思将帅，岂为考击烦蒙瞍。
何人作颂比《嵩高》，万古斯文齐岣嵝。
勋劳至大不矜伐，文武未远犹忠厚。
欲寻年岁无甲乙，岂有名字记谁某。
自从周衰更七国，竟使秦人有九有。
扫除诗书诵法律，投弃俎豆陈鞭杻。
当年何人佐祖龙，上蔡公子牵黄狗。
登山刻石颂功烈，后者无继前无偶。
皆云皇帝巡四国，烹灭强暴救黔首。
六经既已委灰尘，此鼓亦当遭击掊。
传闻九鼎沦泗上，欲使万夫沉水取。
暴君纵欲穷人力，神物义不污秦垢。
是时石鼓何处避，无乃天工令鬼守。

兴亡百变物自闲，富贵一朝名不朽。
细思物理坐叹息，人生安得如汝寿？

集评：

李治《敬斋古今黈》卷二：东坡先生，神仙中人也。其篇什歌咏，冲融浩翰，庸何敢议为。然其才大气壮，语太峻快，故中间时时有少陧杌者。如牏厕、厕牏之倒，滹沱河、芜蒌亭之误皆是也。今聊疏其一二，可以为峻健者之戒。（略）《石鼓歌》云："上蔡公子牵黄狗。"本誉李斯善作篆，而复引黄犬事，殆似勉强。

袁宏道评阅谭元春选《东坡诗选》卷一袁宏道评：道古不减昌黎。

王士祯《带经堂诗话》卷二：《笔墨闲录》云："退之《石鼓歌》全学子美《李潮八分小篆歌》。"此论非是。杜此歌尚有败笔，韩《石鼓》诗雄奇怪伟，不啻倍蓰过之，岂可谓后人不及前人也？后子瞻作《凤翔八观诗》，中《石鼓》一篇别自出奇，乃是韩公勍敌。

乔亿《剑溪说诗》卷上：诗与题称乃佳。如《石鼓歌》三篇，韩、苏为合作，韦左司殊未尽致。

姚范《援鹑堂笔记》卷四〇：韩昌黎《石鼓歌》，阮亭尝云："杜《李潮八分歌》不及韩，苏《石鼓歌》壮伟可喜。"余谓少陵此诗不及二百字，而往复顿挫，一出一入，竟抵烟波老境，岂他人所易到。（方）东树按：往时海峰先生言："东坡《石鼓诗》如不能胜韩，必不作。"今观之，但奇恣使才为佳耳，胜韩，未也。以校杜《八分歌》，则益为冗长。阮亭乃谓杜不及之，岂知言乎？

汪师韩《苏诗选评笺释》卷一：雄文健笔，句奇语重，气魄与韩退之作相埒而研练过之。细玩通篇，以"冬十二月"四句起，以"兴亡百变"四句结。起仿《北征》诗体，庄重有法，结亦悠然不尽。若韩诗起四句未免平率，结云"呜呼吾意其蹉跎"，又何衰飒也。中间分三大段。第一段自"细观初以指画肚"至"下揖冰斯同觳觫",铺叙石鼓之文词字迹,实景实事。所与韩公不同者在此,故详述于前,且正是初见时情状也。"古器纵横"六句,其赞叹鼓与文处,文辞秀丽而详尽。石鼓之奇古,固非"文字郁律蛟蛇走"一句所能尽。"缺月""嘉禾",视韩诗"鸾翔凤翥""珊瑚碧树"之词又出一奇也。"漂流百战"四句作转轴,起下二段意。"忆昔周宣歌《鸿雁》"至"岂有名字记谁某",推原溯委,铺述典重。"自从周衰更七国"至"无乃天工令鬼守",凭吊古今,却以六经、九鼎作陪衬,澜翻无竭,笔力驰骤,而章法乃极谨严,自是少陵嗣响。

纪昀评《苏文忠公诗集》卷四:精悍之气,殆驾昌黎而上之。摹写入微。"歌《鸿雁》"与石鼓无涉,只图与蝌蚪作对,未免凑泊。("自从周衰更七国"以下数句)看似顺次写下,却是随手生出波澜,展开境界,文情如风水之相遭。("登山刻石颂功烈"以下数句)妙以刻石与石鼓相关照,不是强生事端,泛作感慨。陡合捷便。("传闻九鼎沦泗上")"传闻"数语又起一波,更为满足深厚。前路犀利之极,真有千尺建瓴之势。非如此层层起伏潆洄,则收束不住矣。

赵翼批沈德潜《宋金三家诗选·苏东坡诗选》上卷:形容处沉著有力。

又:拍到"鼓"字("遂因鼓鼙思将帅")。铺叙秦皇一段,虽以其刻石颂德为衬,但太冗长,气便不捷。

又:(结处)气竭。

翁方纲《石洲诗话》卷三:苏《石鼓歌》,《凤翔八观》之一也。凤翔,汉右扶风,周、秦遗迹皆在焉。昔刘原父出守长安,尝集古籫、敦、镜、甋、尊、彝之属,著《先秦古器记》一编。是则其地秦迹尤多,所以此篇后段,忽从嬴氏刻石颂功发出感慨。不特就地生发,兼复包括无数古迹矣。非随手泛泛作《过秦论》也。苏诗此歌,魄力雄大,不让韩公,然至描写正面处,以"古器""众星""缺

50

月""嘉禾"错列于后,以"郁律""蛟蛇""指肚""钳口"浑举于前,尤较韩为斟酌动宕矣。而韩则"快剑斫蛟"一连五句,撑空而出,其气魄横绝万古,固非苏所能及。方信铺张实际,非易事也。

又:苏公《石鼓歌》末一段,用秦事,亦本韦左司诗,而魄力雄大,胜之远矣。且从凤翔览古意,包括秦迹,则较诸左司为尤切实也。

又《七言诗三昧举隅》:以东坡才力之富健,于《石鼓》中间用力摹写,亦何难直造昌黎堂室。然亦只得"勋劳至大不矜伐,文武未远犹忠厚"为昌黎未道,而已著议论矣,焉能有"快剑蛟鼍""鸾翔凤翥"一段光芒乎?此画家所谓笔虚笔实二义,皆一毫勉强不得也。

郭麐《灵芬馆诗话》卷二:姬传先生言:文章之事,后出者胜,如东坡《石鼓歌》实过昌黎。盖同此一诗,同此一体,自度力不能敌,断不复出此,所谓于艰难中特出奇丽也。

曾国藩《曾文正公全集·读书录》:"下揖冰斯同鸴鷇"以上,推寻字体。"岂有名字记谁某"以上,叙石鼓为周宣王时作。以下至末,论鼓不为秦所掊击。

《唐宋诗本》戴第元评:"遂因鼓鼙思将帅"等语,至为典切。

王文诰《苏文忠公诗编注集成·编年古今体诗》卷三:自起至此(下揖冰斯同鸴鷇)为第一段,叙所见之石鼓,乃抚摩其傍之词也。("忆昔周宣歌《鸿雁》")(纪昀)所论非是,此句特出周宣,乃捷笔也。使他人为之,必要将当时劳来还定无不得所之意承明,此则得过便过,其捷如风。公此类大篇,大率用单行法,读者惟当以气胜求之。如或截出一句,求其一二字疵累,此非知诗者也。李太白不怕疵累,而杜子美最忌疵累,此天工人巧,势不能合一者。朱彝尊七古以杜法行李笔,前人未尝无此志,而始终不能者,正以逐句撮出似杜,而一串读下,不似李也。公诗未尝无李、杜,而妙在下笔不必定似李、杜。（"欲寻年岁无甲乙"二句）此二句收到见鼓，作一顿。自"忆昔周宣歌《鸿雁》"句至此，为第二段，叙鼓之出于周宣也。自"自从周衰更七国"句至此（"无乃天工令鬼守"），为第三段，叙鼓之至今犹存也。虽四句煞尾，而"兴亡"分结中二段。"物闲"收起一段，只七字了当，故其余意无穷。诗完而气犹未尽，此其才局天成，不可以力争也。起叙见鼓，极力铺排，仍不犯实。忽用"上追""下揖"二句一束，乃开拓周、秦二段之根，其必用周、秦分段者，不但鼓之盛衰得失可兴可感，本意以秦之暴虐形周之忠厚。秦固有诗书之毁，而文字石刻独盛于秦，明取此巧，以周、秦串作，一反一正之间，处处皆《石鼓文》地位矣。"歌《鸿雁》"句开拓中兴全段，紧接史籀，其法至密。此系大篇，断无逐句皆石鼓之理，且此句借点歌字，顺手又开发作歌，并非闲笔，故通篇歌字不再见也。

又《苏海识余》卷一：本集引用《左传》至多，岂不知成有岐阳之蒐乎？其作《石鼓歌》独不引用者，盖有故焉。昌黎作此诗，主诗序，不主传，极是特识，非漫为宣王之说也。如韩案可翻，公必翻作，其不为者，正以传虚序实故耳。且《左传》引诗甚多，独无《车攻》，亦是一病。凡此皆在昌黎意中，亦在公之意中。公不能翻案，始极力经营其诗以争胜之。查注不察，犹以成王为论，此非进一解也，乃智出韩、苏下也。

又：到凤翔首作《石鼓歌》，已出昌黎之上，不可压也。

方东树《昭昧詹言》卷一：韩、苏《石鼓》，自然奇伟。

又：东坡《石鼓》，飞动奇纵，有不可一世之概，故自佳。然似有意使才，又贪使事，不及韩气体肃穆沉重。海峰谓苏胜韩，非笃论也。以余较之，坡《石鼓》不如韩，韩《石鼓》又不如杜《李潮八分小篆歌》文法纵横，高古奇妙。要之此三诗更古今天壤，如华岳三峰矣。

又卷一二：浑转溜亮，酣恣淋漓。坡此首暨《王维吴道子画》《龙兴寺》《武昌剑》《虢国夜游》《雪浪石》，杜《李潮八分》，韩《赠篚》《赤藤杖》，李《韩碑》，欧《古瓦》《菱溪》，黄《磨崖碑》，皆可为典制之式。起三句叙，四句写。"细观"句棱。以下夹叙夹议。"古器"六句起棱。"漂流"二句伏收处。"上追"二句束。以上实叙。"忆昔"以下，追叙本事原委。"何人"四句，大笔。"欲寻"二句入妙，起棱，事外远致。"六经"句又一衬。"传闻"句起棱，"是时"句收转。

梁章钜《退庵随笔》：七古有仄韵到底者，则不妨以律句参错其间，以用仄韵，已别于近体，故间用律句，不至落调。如昌黎《寒食日出游》诗，凡二十韵，而律句十四见；东坡《石鼓歌》，凡三十韵，而律句十五见。（略）此皆唐宋大家，可据为典要者。

施山《望云诗话》卷一：《石洲诗话》谓东坡《石鼓》不如昌黎。愚案：昌黎作于强盛之年，东坡作《石鼓》时，年仅逾冠，何可较量？况诗中亦惟"牵黄狗"三字率凑，"富贵"二字尚未精，"时得一二遗八九"之下，未免多说数句，其余足以相埒。至云"勋劳至大不矜伐，文武未远犹忠厚""暴君纵欲穷人力，神物义不污秦垢"，且犹过之。

施补华《岘佣说诗》：《石鼓歌》，退之一副笔墨，东坡一副笔墨，古之名大家必自具面目如此。

香岩批《纪评苏诗》卷四：（"忆昔周宣歌《鸿雁》"二句）（纪昀）此论太苛，吾不谓然。

赵克宜《角山楼苏诗评注汇钞》卷二：通篇无一笔与昌黎相犯，凡题有古人传作在前，必须别寻出路，此可例推。（"冬十二月岁辛丑"）直叙起。（"文字郁律蛟蛇走"数句）形容字体难识光景，造句最为奇警。（"韩公好古生已迟"）借韩公垫一笔。极力写出有"一二"可识，正见其余之难识也。"我车"一联即所谓"一二"

可识者,下文"犹识鼎""仅名斗",亦为此联作比例。("模糊半已隐瘢胝"数句)刻画剥蚀之状又妙。("飘流百战偶然存"数句)极赞其古,顿束有力。("忆昔周宣歌《鸿雁》")追叙题原。("厌乱人方思圣贤")卓练语。此指中兴可见之一端,语固无穷。("何人作颂比《嵩高》"二句)折入本题,语意精浑。为石刻之文寻衬笔,其前惟有禹碑耳。("勋劳至大不矜伐"二句)骡括石鼓文大意。("欲寻年岁无甲乙")又束住,总是极言其古。("竟使秦人有九有")借秦作波。"六经"二语是篇中波澜,前文叙秦君臣不道,皆为此二句起议也。"传闻"以下不用转笔,借九鼎衬出石鼓,语脉自转。以九鼎之亡衬石鼓之存,是反衬,同于不受秦垢,又是正衬也。纪氏谓(略)其说未尽。("细思物理坐叹息"二句)结有别趣。

高步瀛《唐宋诗举要》卷三引吴汝纶评:此苏诗之极整练者,句句排偶,而俊逸之气自不可掩,所以为难。

王维吴道子画

何处访吴画,普门与开元。
开元有东塔,摩诘留手痕。
吾观画品中,莫如二子尊。
道子实雄放,浩如海波翻。
当其下手风雨快,笔所未到气已吞。
亭亭双林间,彩晕扶桑暾。
中有至人谈寂灭,悟者悲涕迷者手自扪。
蛮君鬼伯千万万,相排竞进头如鼋。
摩诘本诗老,佩芷袭芳荪。
今观此壁画,亦若其诗清且敦。
祇园弟子尽鹤骨,心如死灰不复温。

门前两丛竹,雪节贯霜根。

交柯乱叶动无数,一一皆可寻其源。

吴生虽妙绝,犹以画工论。

摩诘得之于象外,有如仙翮谢笼樊。

吾观二子皆神俊,又于维也敛衽无间言。

集评:

苏辙《王维吴道子画》:吾观天地间,万事同一理。扁也工斫轮,乃知读文字。我非画中师,偶亦识画旨。勇怯不必同,要以各善耳。壮马脱衔放平陆,步骤风雨百夫靡。美人婉娩守闲独,不出庭户修容止。女能嫣然笑倾国,马能一蹴致千里。优柔自好勇自强,各自胜绝无彼此。谁言王摩诘,乃过吴道子?试谓道子来置女,所挟从软美。道子掉头不肯应,刚杰我已足自恃。雄奔不失驰,精妙实无比。老僧寂灭生虑微,侍女闲洁非复婢。丁宁勿相违,幸使二子齿。二子遗迹今岂多,岐阳可贵能独备。但使古壁常坚完,尘土虽积光艳长不毁。

许颉《彦周诗话》:老杜作《曹将军丹青引》云:"一洗万古凡马空。"东坡《观吴道子画壁诗》云:"笔所未到气已吞。"吾不得见其画矣,此两句,二公之诗,各可以当之。

邓椿《画继》卷一〇:("当其下手风雨快")非前身顾、陆,安能道此等语耶?

袁宏道评阅谭元春选《东坡诗选》卷一谭元春评:摩诘诗字字清,却字字厚,我辈评诗如此。今先生称右丞画"亦若其诗清且敦",敦即厚之说也。仰证左契,我心洒然。

查慎行《初白庵诗评》卷中:("又于维也敛衽无间言")子由诗云:"谁言王摩诘,乃过吴道子?"与东坡结意正相反。

汪师韩《苏诗选评笺释》卷一:以史迁合传论赞之体作诗,开合离奇，音节疏古。道子下笔如神，篇中摹写亦不遗余力。将言吴不如王，乃先于道子极意形容，正是尊题法也。后称王维只云画如其诗，而所以誉其画笔者甚淡。顾其妙在笔墨之外者，自能使人于言下领悟，更不必如《画断》凿凿指为神品妙品矣。若将"吴生虽妙绝，犹以画工论"二句，置之于"道子实雄放"之前，则语无分寸，并后幅之精采亦不复有。诗惟下笔郑重，乃由有此变化跌宕。至末始以数语划明等次，虽意言已尽，而流韵正复无穷。

纪昀评《苏文忠公诗集》卷四：(起处)奇气纵横，而句句浑成深稳。("亦若其诗清且敦")"敦"字义非不通，而终有嵌押之痕。凡诗有义可通，而语不佳者，落笔时不得自恕。"交柯"二句妙契微茫。凡古人文字，皆如是观。("吴生虽妙绝"以下)双收侧注，寓整齐于变化之中。摩诘、道子画品，未易低昂。作诗若不如此，则节节板对，不见变化之妙耳。

赵翼《瓯北诗话》卷五《苏东坡诗》：坡诗不尚雄杰一派，其绝人处在乎议论英爽，笔锋精锐，举重若轻，读之似不甚用力而力已透十分，此天才也。试即其诗，略为举似。(略)七古如："当其下手风雨快，笔所未到气已吞。"(《题王维吴道子画》)(略)此皆坡诗中最上乘，读者可见其才分之高，不在功力之苦也。

赵翼批沈德潜《宋金三家诗选·苏东坡诗选》上卷：("何处访吴画"六句)双起。("当其下手风雨快"二句)笔力与杜少陵"一洗万古凡马空"同一轩挺。("祇园弟子尽鹤骨"二句)刻画入微。("吴生虽妙绝"六句)双结。

翁方纲《石洲诗话》卷三：《王维吴道子画》一篇，亦是描写实际，且又是两人笔墨，而浩瀚淋漓，生气迥出。前篇尚有韩歌在前，此篇则古所未有，实苏公独立千古之作。即如"亭亭双林间"直到"头如鼋"一气六句，方是个"笔所未到气已吞"也。其神彩，固非一字一句之所能尽。而后人但举其总挈一句，以为得神，以下则以平叙视之,此固是作时文语,然亦不知其所谓得神者安在矣。看其王维一段,又是何等神理!有此锻冶之功,所以贵乎学苏诗也。若只取其排场开阔,以为嗣响杜、韩,则蒙叟所诃"贻五石之瓠"者耳。

又《七言诗三昧举隅》:必合读其全篇,而后"笔所未到气已吞"一句之妙乃见也。若但举此一句,似尚非知言者。

又:此篇(按:指杜甫《丹青引赠曹将军霸》)中间一段是断不能仿者,则或如东坡《凤翔八观》内《王维吴道子画》一篇,略可仿佛乎。此亦不求合而自合之一验也。

王文诰《苏文忠公诗编注集成·编年古今体诗》卷三:("门前两丛竹"四句)本集独不传画法,以上四句即公之画法也。("犹以画工论")此句非薄道玄也,吴、王之学实自此分支。其后荆、关、董、巨,皆宗王不宗吴也。晓岚眼下苛深,乃轻易放过此句,殊属疏忽。诰谓道玄虽画圣,与文人气息不通;摩诘非画圣,与文人气息通,此中极有区别。自宋、元以来,为士大夫画者,瓣香摩诘则有之,而传道玄衣钵者则绝无其人也。公画竹实始于摩诘。今读此诗,知其不但咏之论之,并已摹之绘之矣。非久,与文同遇于岐下,自此画日益进,而发源则此诗也。晓岚未尝于画道翻过筋斗,故其说隔膜,而失作者之意。此诗乃画家一本清帐,使以文人之擅长绘事者,如米芾、吴镇、黄公望、董其昌、王时敏之流读之,即无不了然胸中矣。

方东树《昭昧詹言》卷一二:古人得意语,皆是自道所得处,所以冲口即妙,千古不磨。今人但学人说话,所以不动人,此诚之不可掩也。以此观大家无不然,而陶、杜、韩、苏、黄尤妙。神品妙品,笔势奇纵。神变气变,浑脱溜亮。一气奔赴中,又顿挫沉郁。所谓"海波翻""气已吞""一一可寻源""仙翻谢笼樊"等语,皆可状此诗,真无间言。

赵克宜《角山楼苏诗评注汇钞》卷二:("彩晕扶桑暾")言佛之圆光。("相排竞进头如鼋")句粗犷。

陈衍《宋诗精华录》卷二：大凡名大家古诗，每篇必有一二惊人名句，全篇方镇压得住。其麟爪之间，亦不处处用全力也。

高步瀛《唐宋诗举要》卷三：("莫如二子尊")以上叙吴、王二子画。("相排竞进头如黾")以上论吴画。("一一皆可寻其源")以上论王画。("又于维也敛衽无间言")以上品第二家之画。

又引吴汝纶评：诗格亦超妙不群。

真兴寺阁

山川与城郭，漠漠同一形。
市人与鸦鹊，浩浩同一声。
此阁几何高，何人之所营。
侧身送落日，引手攀飞星。
当年王中令，斫木南山赪。
写真留阁下，铁面眼有棱。
身长八九尺，与阁两峥嵘。
古人虽暴恣，作事今世惊。
登者尚呀喘，作者何以胜？
曷不观此阁，其人勇且英。

集评：

张戒《岁寒堂诗话》卷上：人才各有分限，尺寸不可强。同一物也，而咏物之工有远近；皆此意也，而用意之工有浅深。（略）东坡《真兴寺阁》云："山川与城郭（略）。"意虽有佳处，而语不甚工，盖失之易也。

袁宏道评阅谭元春选《东坡诗选》卷一袁宏道评：("山川与城郭"四句)意外意，象外象，子美不能道也。("侧身送落日")二语反平。

又谭元春评:子美"间见同一声""齐鲁青未了""万古青濛濛"等语,是此诗所自出。

汪师韩《苏诗选评笺释》卷一:苍苍莽莽,意到笔随。中间"侧身送落日,引手攀飞星"十字,奇警夺目,可与老杜"七星在北户,河汉声西流"相匹敌。赵尧卿曰:"此诗用古人意(按:指杜甫《登慈恩寺塔》)而不取其字。"

纪昀评《苏文忠公诗集》卷四:奇淼纵横,(起处)不可控制。他手即有此摹写,亦必有数句装头。(结处)势须此奇论作收,否则不称。

赵翼《瓯北诗话》卷五:坡诗放笔快意,一泻千里,不甚锻练。如少陵《登慈恩寺塔》云:"俯视但一气,焉能辨皇州。"以十字写塔之高,而气象万千。东坡《真兴寺阁》云:"山川与城郭,漠漠同一形。市人与鸦鹊,浩浩同一声。"以二十字写阁之高,尚不如少陵之包举,此练与不练之异也。

王文诰《苏文忠公诗编注集成·编年古今体诗》卷三:通幅一派蠢气,是此题本旨,俗谚所谓扣头作帽子也。("山川与城郭"四句)纪昀谓与《怀贤阁》诗"南望斜谷口"四句同一起法,则谬。此四句为一节,彼八句为一节也。且此四句有魄无魂,所谓王中令者,不足称道,故诗意但言尘市中一杰阁而已。若《怀贤》起四句,则展开斜谷之路,下四句乃孔明从此路出师。此则有不敷般演之患,彼则有约繁就简之难。二诗各有斟酌,未可轻议也。

赵克宜《角山楼苏诗评注汇钞》卷二:一气垒涌而出,顺逆往来,笔笔英毅,真绝作也。("此阁几何高")倒点。("当年王中令")追叙。("身长八九尺"二句)绾合极峭。

陈衍《宋诗精华录》卷二:此坡公五古之以健胜者。

高步瀛《唐宋诗举要》卷一引吴汝纶评:起四语奇创。

李氏园　自注：李茂贞园也，今为王氏所有。

朝游北城东，回首见修竹。

下有朱门家，破墙围古屋。

举鞭叩其户，幽响答空谷。

入门所见夥，十步九移目。

异花兼四方，野鸟喧百族。

其西引溪水，活活转墙曲。

东注入深林，林深窗户绿。

水光兼竹净，时有独立鹄。

林中百尺松，岁久苍鳞蹙。

岂惟此地少，意恐关中独。

小桥过南浦，夹道多乔木。

隐如城百雉，挺若舟千斛。

阴阴日光淡，黯黯秋气蓄。

尽东为方池，野雁杂家鹜。

红梨惊合抱，映岛孤云馥。

春光水溶漾，雪阵风翻扑。

其北临长溪，波声卷平陆。

北山卧可见，苍翠间硗秃。

我时来周览，问此谁所筑。

云昔李将军，负险乘衰叔。

抽钱算闲口，但未榷羹粥。

当时夺民田，失业安敢哭。

谁家美园囿，籍没不容赎。

此亭破千家,郁郁城之麓。

将军竟何事,蚍虱生刀韄。

何尝载美酒,来此驻车毂。

空使后世人,闻名颈犹缩。

自注:俗犹呼皇后园,盖茂贞谓其妻也。

我今官正闲,屡至因休沐。

人生营居止,竟为何人卜。

何当办一身,永与清景逐。

集评:

袁宏道评阅谭元春选《东坡诗选》卷一袁宏道评:此龙眠居士山庄图也。

查慎行《初白庵苏诗补注》卷四:江邻幾《杂志》谓"茂贞幽昭宗于红泥院,自据使宅。民献善田,薄租以佃之,称'秦王户'。后子孙以券收田,府西土腴各百余顷,不十年荡尽"。与先生诗吻合。意其夺田开园,乃唐末事。其后既为世土,则市小惠,以结民心,亦奸雄之故智。东坡身至凤翔,所见必真,故诗云云,可补史传之缺。

汪师韩《苏诗选评笺释》卷一:叙园中景物,委折详尽,自西而南而东而北,一一点睛,有刻斵而无冗散,宛如柳州小记。后以感慨之情寓通旷之见,敛放正尔相当。

纪昀评《苏文忠公诗集》卷四:("朝游北城东"十句)竟以叙记体行之,朴老无敌,而波澜又极壮阔,不是印板文字。("其西引溪水"至"苍翠间硗秃")以东西南北作界画,便不是一屋散钱。此法本之汉人都邑诸赋。("我时来周览"四句)倒点李氏,运笔奇变。("云昔李将军"以下)不惟扫倒茂贞,乃并"园"字一齐扫倒。一篇累赘文字,忽然结归虚空,真为超忽之笔。

张道《苏亭诗话》卷五:吴兰庭《五代史记纂误补》:"谨案《旧唐书·昭宗纪》,景福二年七月,以岐王李茂贞为山南西道节度使;十一月,李茂贞进封秦王。是景福中,茂贞已由岐而进王秦。(原注:《通鉴考异》引《实录》,同光元年茂贞已称秦王。)知此(按:指欧《五代史记》)所云庄宗入洛始自岐王封秦王者,非也。或曰:大唐秦王重修法门寺塔庙碑记是壬午年立,在庄宗灭梁之前一年,而已称秦王,知茂贞当诸侯称帝时已自称秦王,及庄宗破梁,复仍称岐王,其'岐'字或是'秦'字之误也。"据此,则查氏于《李氏园》诗注引《五代史》以驳王注者,坐未考《旧唐书》耳。惟王注以二年为元年,非。冯氏以王注进封秦王为伪刊,亦未解进封语义也。

赵克宜《角山楼苏诗评注汇钞》卷二:("入门所见夥"数句)虚写,总写,必须先有此数语,以下乃可分叙。("将军竟何事"数句)痛惜李氏,使闻者足戒,斯固诗人之旨也。

和子由闻子瞻将如终南太平宫豀堂读书

役名则已勤,殉身则已偷。
我诚愚且拙,身名两无谋。
始者学书判,近亦知问囚。
但知今当为,敢问向所由。
士方其未得,惟以不得忧。
既得又忧失,此心浩难收。
譬如倦行客,中路逢清流。
尘埃虽未脱,暂憩得一漱。
我欲走南涧,春禽始嘤呦。
鞅掌久不决,尔来已徂秋。

桥山日月迫，府县烦差抽。

王事谁敢诉，民劳吏宜羞。

中间罹旱暵，欲学唤雨鸠。

千夫挽一木，十步八九休。

渭水涸无泥，菑堰旋插修。

对之食不饱，余事更遑求。

近日秋雨足，公余试新篘。

劬劳幸未过，朽钝不任镂。

秋风欲吹帽，西皋可纵游。

聊为一日乐，慰此百年愁。

集评：

查慎行《初白庵诗评》卷中：（"始者学书判"二句）先生官凤翔时，往属县决囚，故云。（"桥山日月迫"）此诗当作于癸卯、甲辰间，仁宗初崩，故有"桥山"之句。

纪昀评《苏文忠公诗集》卷四：（起处）一气涌出而曲折深至，无一直率之笔。此一段纯是陶诗气脉，但面目不同耳。世人学陶，乃专以面目求之，所谓"形骸之外，去之愈远"。（"譬如倦行客"以下四句）一路皆以文句入诗，忽插此喻，甚妙！不然，便直朴少致。（"春禽始嘤呦"）"呦"非禽声。

王文诰《苏文忠公诗编注集成·编年古今体诗》卷四：（"譬如倦行客"二句）真乃吉祥文字，看他要放下，就便放下，故不可以愤词论也。（"暂憩得一漱"）直以忧得失为戏事，可谓以清流身而得度者矣。晓岚谓"忽插此喻"，皆毫无根蒂之谭。

赵克宜《角山楼苏诗评注汇钞》卷二：清空如话，不知有和抄之苦，此本领过人处。（"士方其未得"）四语，议论中波澜。（"譬如倦行客")四语,挽转注下。"我欲走南涧"句,立言也。子由原作,本以南山下溪流为言。("桥山日月迫")以下实叙靰掌之苦。

七月二十四日,以久不雨,出祷磻溪。是日,宿虢县。二十五日晚,自虢县渡渭,宿于僧舍曾阁。阁,故曾氏所建也。夜久不寐,见壁间有前县令赵荐留名,有怀其人

龛灯明灭欲三更,攲枕无人梦自惊。
深谷留风终夜响,乱山衔月半床明。
故人渐远无消息,古寺空来看姓名。
欲向磻溪问姜叟,仆夫屡报斗杓倾。

集评:

　　汪师韩《苏诗选评笺释》卷一:夜色苍凉,抚景怀人,想见竟夕徘徊之致。

　　纪昀评《苏文忠公诗集》卷四:后四句自不相贯。"问姜叟"虽切磻溪,却与祷雨无涉。东坡诗往往有疏于律处,不得一概效之。

　　王文诰《苏文忠公诗编注集成·编年古今体诗》卷四:晓岚不读全集,故有"疏于律法"之讥。("深谷留风终夜响"二句)写景入神,皆随手触发而毫不费力,独此集为擅场。故鲁直每谓是不食烟火人语也。末二句道尽当官行役之况。盖祭祷必在黎明,又必以五更前往,故夜久而不能寐也。不寐则起而闲行,始见题壁作诗。既而犹未五更,因以屡问仆夫,而山中并无更漏可听,故惟以

斗杓为验也。

杨钟羲《雪桥诗话》三集卷六:("深谷留风终夜响")后山谓写景逼真。

二十七日,自阳平至斜谷,宿于南山中蟠龙寺

横槎晚渡碧涧口,骑马夜入南山谷。
谷中暗水响泷泷,岭上疏星明煜煜。
寺藏岩底千万仞,路转山腰三百曲。
风生饥虎啸空林,月黑惊麕窜修竹。
入门突兀见深殿,照佛青荧有残烛。
愧无酒食待游人,旋斫杉松煮溪蔌。
板阁独眠惊旅枕,木鱼晓动随僧粥。
起观万瓦郁参差,目乱千岩散红绿。
门前商贾负椒荈,山后咫尺连巴蜀。
何时归耕江上田,一夜心逐南飞鹄。

集评:

汪师韩《苏诗选评笺释》卷一:颜、谢以后,古诗多有对偶终篇者。入唐遂以有声病者为律,无声病者为古。至于七言古体,亦时一有之。若少陵之"霜皮溜雨四十围,黛色参天二千尺""子规夜啼山竹裂,王母昼下云旗翻";昌黎之"大蛇中断丧前王,群马南渡开新主""何人有酒身无事,谁家种竹门可款",硬语排奡,视唐初四子及元、白诸家之宛然律调者,不可同日语也。若其自首至尾无句不对,无对不瑰伟绝特,则惟轼集中有之,实为创格。此作亦其

一也。其中写景处,语刻画而句浑成,读之可怖可喜,笔力奇绝。

纪昀评《苏文忠公诗集》卷四:"门前"二句萦拂有情,过接无迹。故结虽有习径,而不见其套。

王文诰《苏文忠公诗编注集成·编年古今体诗》卷四:("愧无酒食待游人")此句述寺僧致词。("旋斫杉松煮溪蔌")此句叙寺僧供客。("木鱼晓动随僧粥")以上自日暮写至黎明,与《夜投竹林寺》诗同一章法。("目乱千岩散红绿")"千岩""绿"是南山,"红"是蟠龙寺,"目乱""散"是晓色也。深黑到寺,都无所见,至是一切皆见,而时方早起,故目为之炫也。观前半著"入门突兀"二句,截清夜境,知其必欲写至此矣。自首句"晚渡"起至此,为一大段,记夜宿事已毕,此是叙传体。其后"门前"四句作结,是论断体。章法井然,读者不得牵混。("一夜心逐南飞鹄")仍挽到夜作结,落笔有千钧之力。但公似此者多矣,其笔锋便捷之甚,故收纵并不难也。

香岩批《纪评苏诗》卷四:褒谷、斜谷毗连蜀境,蜀人到此思乡,情所必至,不得以寻常习径目之。

是日,至下马碛,憩于北山僧舍。有阁曰怀贤,南直斜谷,西临五丈原,诸葛孔明所从出师也

南望斜谷口,三山如犬牙。
西观五丈原,郁屈如长蛇。
有怀诸葛公,万骑出汉巴。
吏士寂如水,萧萧闻马檛。
公才与曹丕,岂止十倍加。

顾瞻三辅间，势若风卷沙。

一朝长星坠，竟使蜀妇髽。

山僧岂知此，一室老烟霞。

往事逐云散，故山依渭斜。

客来空吊古，清泪落悲笳。

集评：

《御选唐宋诗醇》卷三二：不著议论，而郁拔纵横之气自寓。语澹味长，最是高格。

纪昀评《苏文忠公诗集》卷四：起势郁律，不说阁中，而是阁中所见，与《真兴寺》起法同。"闻马挝"生造，无出典，妙以想像写之，遂不觉其添造。"山僧"勒转无痕，趁势缴出末二句又极便。否则是读《三国志》诗，不是怀贤阁诗矣。

赵翼《瓯北诗话》卷五：少陵《出塞》诗："落日照大旗，马鸣风萧萧。"觉字句外别有幽燕沉雄之气。坡公《五丈原怀诸葛公》诗："吏士寂如水，萧萧闻马挝。"虽形容军令整肃，而魄力不及远矣。

王文诰《苏文忠公诗编注集成·编年古今体诗》卷四：公诗法神变，不可测识，诰读老而后知难。如怀贤阁，是作此诗本旨，而诗中不露怀贤阁，读者须看清此题，方许读诗。否则，未有不似次公之注、晓岚之评，而欲窥其堂奥，难矣。"南望"与下之"西观"，不是辏用闲字，乃预为著落所从出之根。起四句拓开山川形胜，皆汉赋之旧，独其事阒寂久耳，忽地成图，风云为之变色。前四句画就自斜谷出五丈原之路，后四句，孔明从此路拥骑出也。以上八句一节。后四句当加在前四句上看。前乃躯壳，后乃魂魄，犹之双层灯影，又若套版书册。此种作法，惟公有之。公恐后人不喻其意，故其题有"诸葛孔明所从出师也"句，如诗序然，自下注脚。无如自王百家（注）以来，并皆活囫读过，而纪晓岚且以前四句起法，

67

方诸《真兴寺阁》，则大可笑矣。"闻马枻"句即"衔枚疾走，不闻号令"景状，但公自从老杜"中天悬明月"夺胎写得，全是孔明神气。司马懿毕生考语，则曰拒诸葛亮经制之师。而其以贼吞贼，实由于此。须知他招架此五言四句，不是容易之事。（"公才与曹丕"二句）乃孔明到五丈原地位。如一直叙下，堕入咏史窠臼，便歇手不得。故就昭烈语作提笔，即下断语，了当孔明身分。（"顾瞻三辅间"二句）此因出师四句，气势太盛，收束不住，故为此跌荡语也。虽字面将气势尽量送足，而其运笔之巧，已暗中歇下矣。孔明志在复旧都，以忠职分，而始终不能到，诗特抢到"三辅"，可见上句将五丈原隐藏不露，乃有意蹦过之也。（"山僧岂知此"二句）上句坐实"贤"字，此句翻落"怀贤"，"知"即怀也，"此"即贤也。"岂知此"者，谓山僧老于怀贤阁而不知，而己则知而怀之也。下句"一室"，借点"阁"字。晓岚谓"山僧"二句勒转无痕，乃全不了了者也。"公才与曹丕"至此（"一室老烟霞"）八句，为第二节也。第一节乃叙事体，第二节乃论事体。第一节皆孔明实迹，故叙；第二节入公之意，故论。（"往事逐云散"二句）清出古战场及找足五丈原地位，故云"故山依渭"也。其前半有意蹦过，即此可证。如不解明，即当辕手闲句读过矣。

延君寿《老生常谈》：诗贵能参活语，何也？今试略言之：东坡《是日，至下马碛，憩于北山僧舍。有阁曰怀贤，南直斜谷，西临五丈原，诸葛孔明所从出师也》，前半皆言山川形胜，当日出师云云。末幅忽著二句云："山僧岂知此，一室老烟霞。"则题中"北山僧舍"四字，方有著落，此参活句一证也。罗昭谏《题润州妙善寺前石羊》，注："吴主孙权与蜀主刘备尝置此会。"第五、六句云："英雄已往时难问，苔藓何知日渐深。"此又一证也。

赵克宜《角山楼苏诗评注汇钞》卷二：磊落大笔，举重若轻，起落皆自然无迹。

扶风天和寺

远望若可爱,朱栏碧瓦沟。
聊为一驻足,且慰百回头。
水落见山石,尘高昏市楼。
临风莫长啸,遗响浩难收。

集评:

陈雄《题苏文忠公诗刻》:癸卯九月十六日,挈家来游。眉山苏轼题:"远望若可爱(略)。"天和寺在扶风县之南山,东坡苏公留诗于厅壁,迄今二十年矣。予承乏斯邑,因暇日与绛台田愿子立、洛阳赵卯胜翁同观,爱其真墨之妙,虑久而浸灭,乃召方渠阎圭公仪就模于石。

纪昀评《苏文忠公诗集》卷四:一起真景,以淡语写出。结得壮阔。

王文诰《苏文忠公诗编注集成·编年古今体诗》卷四:("聊为一驻足"二句)乃道其登陟不易,非见道之言也。

周公庙,庙在岐山西北七八里,庙后百许步,有泉依山,涌冽异常,国史所谓"润德泉世乱则竭"者也

吾今那复梦周公,尚喜秋来过故宫。
翠凤旧依山碑兀,清泉长与世穷通。
至今游客伤离黍,故国诸生咏雨濛。

牛酒不来乌鸟散,白杨无数暮号风。

集评:

纪昀评《苏文忠公诗集》卷五:("吾今那复梦周公")此典却不许人人用。周公庙如何著语? 此种题正以不作为是耳。

王文诰《苏文忠公诗编注集成·编年古今体诗》卷五:"穷通"二字,押得精细,非此二字,则一、三联皆贯不得。("至今游客伤离黍")此联用《毛诗·诗序》闵宗周及东征事,曲折而切当。

自清平镇游楼观、五郡、大秦、延生、仙游,往返四日,得十一诗,寄舍弟子由同作(选二首)

楼观

鸟噪猿呼昼闭门,寂寥谁识古皇尊。
青牛久已辞辕轭,白鹤时来访子孙。
山近朔风吹积雪,天寒落日淡孤村。
道人应怪游人众,汲尽阶前井水浑。

集评:

纪昀评《苏文忠公诗集》卷五:("鸟噪猿呼昼闭门"二句)起得有力有神,肃肃穆穆,仿佛见之。("天寒落日淡孤村")句好!("道人应怪游人众"二句)反托出起处之意,措语沉著。

爱玉女洞中水,既致两瓶,恐后复取,而为使者
　　见绐,因破竹为契,使寺僧藏其一,以为往来
　　之信,戏谓之调水符

　　　　欺谩久成俗,关市有契繻。
　　　　谁知南山下,取水亦置符。
　　　　古人辨淄渑,皎若鹤与凫。
　　　　吾今既谢此,但视符有无。
　　　　常恐汲水人,智出符之余。
　　　　多防竟无及,弃置为长吁。

集评:

　　苏辙《和子瞻调水符》:多防出多欲,欲少防自简。君看山中人,老死竟谁谩。渴饮吾井泉,饥食甑中饭。何用费卒徒,取水负瓢罐。置符未免欺,反复虑多变。授君无忧符,阶下泉可咽。

　　吴聿《观林诗话》:此当与《择胜亭》俱传于好事者,非确论也。

　　袁宏道评阅谭元春选《东坡诗选》卷一谭元春评:("常恐汲水人"四句)忽发此深想密义,老氏五千言也。

　　查慎行《初白庵诗评》卷中:("谁知南山下")南山,终南也。("常恐汲水人"四句)此举原近逆诈,故须补正,意以救其病。非进一层语,亦非宽一层语也。

　　王鸣盛《蛾术编》卷七八:《爱玉女潭中水既致两瓶》云:"谁知南山下,取水亦置符。古人辨淄渑,皎若鹤与凫。"(略)同纽字连用二韵,似全无知识之人所为。集中如此逞笔乱写者甚多,略举数章以明之。古人韵本如《广韵》《集韵》,皆于同纽字另作一圈,以为识别,界限甚严。若如东坡,则何不概去其圈,混而为一?盖

在东坡当日,初不知其为病,一时后生小子,从风而靡,同纽连用。东坡见之,亦不以为病,且和其韵,存之集中。识既粗极,心又不虚,贻误千古矣。鹤寿按:古人作诗不避重韵,况同纽乎?(略)同字尚连用之,况同纽乎?(略)然古人不以为意,今人则嫌其重复矣。东坡之文如万斛泉源,随地涌出,其诗亦然,未可以用同纽韵少之。

纪昀评《苏文忠公诗集》卷五:运意颇深,而措语苦浅。

赵克宜《角山楼苏诗评注汇钞》附录卷中:此题已成烂熟之典,诗则浅率不佳。

竹䶉

野人献竹䶉,腰腹大如盎。
自言道旁得,采不费置网。
鸱夷让圆滑,混沌惭瘦爽。
两牙虽有余,四足仅能仿。
逢人自惊蹶,闷若儿脱襁。
念此微陋质,刀几安足枉。
就禽太仓卒,羞愧不能飨。
南山有孤熊,择兽行舐掌。

集评:

许顗《彦周诗话》:东坡作《竹䶉》诗,模写肥腯丑浊之态,读之亦足想见风彩。

查慎行《初白庵诗评》卷中:("念此微陋质"四句)小中见大。

纪昀评《苏文忠公诗集》卷五:寓意而不甚露,由于措语和平。有"安问狐狸"之慨。

赵克宜《角山楼苏诗评注汇钞》卷二:("逢人自惊蹶")状物如睹。结语,乍观之不解所谓,惟纪氏能得其用意,此名家之诗,所贵明眼人为之标举匠心也。

十二月十四日夜,微雪。明日早往南溪,小酌至晚

南溪得雪真无价,走马来看及未消。
独自披榛寻履迹,最先犯晓过朱桥。
谁怜屋破眠无处,坐觉村饥语不嚣。
惟有暮鸦知客意,惊飞千片落寒条。

集评:

袁宏道评阅谭元春选《东坡诗选》卷一袁宏道评:("独自披榛寻履迹"二句)说得好。

纪昀评《苏文忠公诗集》卷五:("坐觉村饥语不嚣")句太拙。

司竹监烧苇园,因召都巡检柴贻勖左藏,以其徒会猎园下

官园刈苇留枯槎,深冬放火如红霞。
枯槎烧尽有根在,春雨一洗皆萌芽。
黄狐老兔最狡捷,卖侮百兽常矜夸。
年年此厄竟不悟,但爱蒙密争来家。
风回焰卷毛尾热,欲出已被苍鹰遮。

野人来言此最乐，徒手晓出归满车。
巡边将军在近邑，呼来飒飒从矛叉。
戍兵久闲可小试，战鼓虽冻犹堪挝。
雄心欲搏南涧虎，阵势颇学常山蛇。
霜干火烈声爆野，飞走无路号且呀。
迎人截来砉逢箭，避犬逸去穷投罝。
击鲜走马殊未厌，但恐落日催栖鸦。
弊旗仆鼓坐数获，鞍挂雉兔肩分麚。
主人置酒聚狂客，纷纷醉语晚更哗。
燎毛燔肉不暇割，饮啖直欲追羲娲。
青丘云梦古所咤，与此何啻百倍加。
苦遭谏疏说夷羿，又被词客嘲淫奢。
岂如闲官走山邑，放旷不与趋朝衙。
农工已毕岁云暮，车骑虽少宾殊嘉。
酒酣上马去不告，猎猎霜风吹帽斜。

集评：

　　查慎行《初白庵诗评》卷中：（"枯槎烧尽有根在"二句）闲
处设色。（"但爱蒙密争来家"）韩昌黎《燕喜亭记》"猿狖所家"。
（"戍兵久闲可小试"四句）从题中正意说入。"迎人截来砉逢箭"
二句）二语骤尽《羽猎赋》。

　　汪师韩《苏诗选评笺释》卷一：从烧园指出物性愚迷，语直而
曲。"巡边将军"以下十四句，以议论叙事，飒飒猎猎，纸上具有声
色。此段既极奇横，故"主人置酒"以下更为纡徐，以畅其气。结
用独孤侧帽事，恰合会猎情景，而役使无痕，但觉有余韵逸趣。其
才真能吞云梦者八九于其胸中，曾不芥蒂也。

纪昀评《苏文忠公诗集》卷五：通体遒紧，无一懈笔。（"野人来言此最乐"二句）引入不骤。（"青丘云梦古所咤"以下至结）一路如骏马之下坂。须如此排宕盘旋，方收得住。

王文诰《苏文忠公诗编注集成·编年古今体诗》卷五：起四句烧苇，乃官司年例也。（"黄狐老兔最狡捷"四句）入狐兔，先作悼叹之文，为之绝倒。（"风回焰卷毛尾热"四句）点猎字，前分三层，如溪流曲折，而至是为首一段。（"迎人截来犓逢箭"二句）会猎正面，只此十四字了当，可见其通篇魄力之大。自"巡边"句起至此（"风回焰卷毛尾热"），烧苇、会猎皆毕，是为中一大段。自"青丘"句起至终，为结一段，以余波作收煞也。

赵克宜《角山楼苏诗评注汇钞》卷二：从烧苇叙起。（"野人来言此最乐"二语）以下入会猎。（"青丘云梦古所咤"）以下入议论，笔势一出一入，操纵自如。

曾国藩《曾文正公全集·读书录》：（"欲出已被苍鹰遮"）以上言狐兔岁藏苇中，叙猎之地。"野人"以下，正赋猎事。末言猎罢置酒。

寄题兴州晁太守新开古东池

百亩清池傍郭斜，居人行乐路人夸。
自言官长如灵运，能使江山似永嘉。
纵饮座中遗白帢，幽寻尽处见桃花。
不堪山鸟号归去，长遣王孙苦忆家。

集评：

沈德潜《说诗晬语》卷下：东坡诗"幽寻尽处见桃花"，又云"竹外桃花三两枝"，自是桃花名句。

和董传留别

粗缯大布裹生涯，腹有诗书气自华。
厌伴老儒烹瓠叶，强随举子踏槐花。
囊空不办寻春马，眼乱行看择婿车。
得意犹堪夸世俗，诏黄新湿字如鸦。

集评：

郎晔《经进东坡文集事略》卷四七：传字至和，洛阳人，有诗名于世。尝在凤翔与东坡游。公《和传留别》诗，有"眼乱行看择婿车"之句，盖谓其方议亲也。

袁宏道评阅谭元春选《东坡诗选》卷一谭元春评："腹有诗书气自华"，使人不敢空慕清华之气，语亦大妙。

查慎行《初白庵诗评》卷中：按先生《与韩魏公书》述董事甚悉，传盖未尝得官，亦未尝娶妇，故公诗云然。"诏黄新湿"，谓董已成进士，故云"得意犹堪夸世俗"也。

又《初白庵苏诗补注》卷五：本集《与韩魏公尺牍》云："进士董传至长安，见轼于官舍，道其穷苦之状，赖公而存，又荐我于朝。吾平生无妻，有彭驾部者，闻公荐我，许嫁我以妹。"云云。按先生作此诗时，传已病殁，则其生前未尝取妇，故诗中有"眼乱行看择婿车"之句。

纪昀评《苏文忠公诗集》卷五：句句老健。结二句乃期许之词，言外有炎凉之感，非有所不足于董传也。

赵克宜《角山楼苏诗评注汇钞》卷二：涂鸦之典如此用，亦未确。

高步瀛《唐宋诗举要》卷六：（"粗缯大布裹生涯"二句）飘然而来，有昂头天外之概。

石苍舒醉墨堂

人生识字忧患始，姓名粗记可以休。

何用草书夸神速，开卷惝恍令人愁。

我尝好之每自笑，君有此病何能瘳。

自言其中有至乐，适意不异逍遥游。

近者作堂名醉墨，如饮美酒消百忧。

乃知柳子语不妄，病嗜土炭如珍羞。

君于此艺亦云至，堆墙败笔如山丘。

兴来一挥百纸尽，骏马倏忽踏九州。

我书意造本无法，点画信手烦推求。

胡为议论独见假，只字片纸皆藏收。

不减锺张君自足，下方罗赵我亦优。

不须临池更苦学，完取绢素充衾裯。

集评：

　　楼钥《跋施武子所藏诸帖》：公自言："我书意造本无法，点画信手烦推求。"然豪逸迈往如此者不多见。每每言酒气从十指间出，而饮酒正自不多，岂所谓醉中醒者耶？

　　袁宏道评阅谭元春选《东坡诗选》卷一袁宏道评：（"人生识字忧患始"二句）老杜之上。

　　纪昀评《苏文忠公诗集》卷六：骂题格。

　　翁方纲《石洲诗话》卷三：《石苍舒醉墨堂》诗末句云："不用临池更苦学，完取绢素充衾裯。"此与《答文与可》"愿得此绢足矣"同意，而一劝人，一自谓，一意又可翻转。

　　王文诰《苏文忠公诗编注集成·编年古今体诗》卷六：（"人生

识字忧患始"二句）一起兀突，自是熙宁二年诗。公自谓钱塘诗皆纵笔，讹谓实发端于此诗也。但无此一路诗，即非公之所以为人，而亦不成此集。故史家以"诗人托讽，庶几有补于国"予之，未尝稍诋之也。（"骏马倏忽踏九州"）状草书之神速也。

香岩批《纪评苏诗》卷六：与《谢苏自之惠酒》同。结有诙谐意。

赵克宜《角山楼苏诗评注汇钞》卷二：绝无工句可摘，而气格老健，不余不欠，作家本领在此。

次韵子由绿筠堂

爱竹能延客，求诗剩挂墙。
风梢千籁乱，月影万夫长。
谷鸟惊棋响，山蜂识酒香。
只应陶靖节，会取北窗凉。

集评：

苏轼《书绿筠亭诗》："爱竹能延客（略）。"清献先生尝求东坡居士作绿筠亭诗，曰："此吾乡人梁处士之居也。"后二十五年，乃见处士之子琯，请书此本。绍圣二年四月十三日。

纪昀评《苏文忠公诗集》卷六："千籁""万夫"，虽有出典，然竹岂可著此语？（"谷鸟惊棋响"二句）武功一派。

送文与可出守陵州

壁上墨君不解语，见之尚可消百忧。

而况我友似君者，素节凛凛欺霜秋。
清诗健笔何足数，逍遥齐物追庄周。
夺官遣去不自觉，晓梳脱发谁能收。
江边乱山赤如赭，陵阳正在千山头。
君知远别怀抱恶，时遣墨君解我愁。

集评：

　　黄彻《碧溪诗话》卷八：乐天谪浔阳，积寄在绛诗云："残灯无焰影幢幢，此夕闻君谪九江。垂死病中惊起坐，暗风吹雨入寒窗。"白谓此句，他人尚不可闻，况仆心哉。至今每吟，犹恻恻耳。复贻三韵云："忆昔封书与君夜，金銮殿后欲明天。今夜封书在何处，庐山庵里晓灯前。"去来乃士之常，二公不应如此之戚戚也。子瞻《送文与可》云："夺官遣去不自觉，晓梳脱发谁能收。"推之前诗，厥论高矣。

　　纪昀评《苏文忠公诗集》卷六：（起处）萦拂有情，宕往不尽。

　　香岩批《纪评苏诗》卷六："清诗"二句，文人不可无此襟怀。

　　赵克宜《角山楼苏诗评注汇钞》卷二：（末句）回应起句，结构自然。

送刘道原归觐南康

晏婴不满六尺长，高节万仞陵首阳。
青衫白发不自叹，富贵在天那得忙。
十年闭户乐幽独，百金购书收散亡。
揭来东观弄丹墨，聊借旧史诛奸强。
孔融不肯下曹操，汲黯本是轻张汤。

虽无尺棰与寸刃，口吻排击含风霜。

自言静中阅世俗，有似不饮观酒狂。

衣巾狼藉又屡舞，旁人大笑供千场。

交朋翩翩去略尽，惟吾与子犹彷徨。

世人共弃君独厚，岂敢自爱恐子伤。

朝来告别惊何速，归意已逐征鸿翔。

匡庐先生古君子，挂冠两纪鬓未苍。

定将文度置膝上，喜动邻里烹猪羊。

君归为我道姓氏，幅巾他日容登堂。

集评：

陈长方《步里客谈》卷上：刘道原恕尝面折王介甫，故子瞻送之诗云：“孔融不肯下曹操，汲黯本自轻张汤。”此语盖诋介甫也。

楼钥《跋东坡送刘道原归南康诗》：刘凝之弃官归南康，欧阳公所为赋《庐山高》。山谷谓其忍贫如铁石者，是生道原。坡公亟称之。所谓“古君子”，即凝之也。司马公《通鉴》一书，赖道原为多。其子壮舆亦奇士。坐客问此诗本末，因为道此。

王文诰《苏文忠公诗编注集成·编年古今体诗》卷六引施元之评：此诗端为介甫而发。其云“孔融不肯下曹操，汲黯本是轻张汤”，盖以孔融、汲黯比道原，曹操、张汤况介甫。又云“虽无尺棰与寸刃，口吻排击含风霜”，盖著其面折之实也。

翁方纲《王文简古诗平仄论》：古大家亦有别律句者，然出句终以二五为凭，落句终以三平为式。间有杂律句者，行乎不得不行，究亦小疵也。如苏诗《送刘道原归觐南康》。（略）方纲按：既云行乎不得不行，则不得云疵矣，何以又云究亦小疵哉。先生岂有如此自相矛盾之语？（略）此首内注出云“别律句”者凡六句，其实古人并非有意与律句相别也。且推其本言之：古诗之兴也，在律诗之前，虽七言古诗大家多出于唐后，而六朝以上，已具有之，岂其预知后世有律体而先为此体以别之耶？是古诗体无"别律句"之说审矣。即此卷开首一条云，平韵至底者，断不可杂以律句。此语亦似过泥耳。

查慎行《初白庵诗评》卷中：（"交朋翩翩去略尽"四句）三复公诗，始知朋友之谊。

汪师韩《苏诗选评笺释》卷一：谓恕借旧史以诛奸强，即是轼借旧史以刺执政。恕乃刚直者，诗故不嫌明目张胆而道之。至于恕归而匡庐色喜，言外有直道难容之叹，非直幸其无恙遄归也。

纪昀评《苏文忠公诗集》卷六：风力自健，波澜亦阔。惟激讦处太多，非诗品耳。

王鸣盛《蛾术编》卷七八：东坡此诗为道原出色写出狂直意态，沉郁顿挫，诗固佳妙，而道原为人亦活现纸上。

赵翼《瓯北诗话》卷五《苏东坡诗》：坡诗不尚雄杰一派，其绝人处在乎议论英爽，笔锋精锐，举重若轻，读之似不甚用力而力已透十分，此天才也。试即其诗，略为举似。（略）七古如（略）"虽无尺棰与寸刃，口吻排击含风霜。"（略）此皆坡诗中最上乘，读者可见其才分之高，不在功力之苦也。

方东树《昭昧詹言》卷一二：赠人寄人之诗，如此首暨（略）《送刘道原》（略）皆入妙。

王文诰《苏文忠公诗编注集成·编年古今体诗》卷六：（"聊借旧史诛奸强"五句）明借修史事，以诋介甫。诗必如是作，方可谓之史笔，亦为维持纲常名教之文。晓岚所见卑陋，故凡遇此类诗辄诋之，殊不知文忠二字，皆由此一片忠愤中来，而古人之足当此二字者，为卒鲜也。

香岩批《纪评苏诗》卷六："世人"二句删去，大觉爽净。

赵克宜《宜山楼苏诗评注汇钞》附录卷中：("匡庐先生古君子"以下)脱洒。

次韵张安道读杜诗

大雅初微缺，流风困暴豪。
张为词客赋，变作楚臣骚。
展转更崩坏，纷纶阅俊髦。
地偏蕃怪产，源失乱狂涛。
粉黛迷真色，鱼虾易豢牢。
谁知杜陵杰，名与谪仙高。
扫地收千轨，争标看两艘。
诗人例穷苦，天意遣奔逃。
尘暗人亡鹿，溟翻帝斩鳌。
艰危思李牧，述作谢王褒。
失意各千里，哀鸣闻九皋。
骑鲸遁沧海，捋虎得绨袍。
巨笔屠龙手，微官似马曹。
迂疏无事业，醉饱死游遨。
简牍仪型在，儿童篆刻劳。
今谁主文字，公合抱旌旄。
开卷遥相忆，知音两不遭。
般斤思郢质，鲲化陋鯈濠。
恨我无佳句，时蒙致白醪。
殷勤理黄菊，未遣没蓬蒿。

集评：

查慎行《初白庵诗评》卷中：（"地偏蕃怪产"四句）文运之厄若此，不有作手，谁为驱除？（"开卷遥相忆"二句）古今同慨。

汪师韩《苏诗选评笺释》卷一：初读之但觉铺叙排比，词气不减少陵耳。详味其词，乃见下笔矜慎之至。盖题是次张安道韵，则是先有张诗在意中，非泛然为少陵作赞颂也。"地偏"四句，但将从来诗道之敝，广譬曲喻。转入杜陵，只用"杰"字一言之褒，而其起衰式靡，立极千古者已意无不尽。此下只是慨其遭际，更不论诗。即轼平日所云"发于情止于忠孝"者亦不一及。又俱借谪仙为陪，以与下"开卷""知音"一联情事相映合。结乃用比喻以应前文，大含元气，细入无间。其一一次韵天然，又不过汗漫之余技矣。

纪昀评《苏文忠公诗集》卷六：字字深稳，句句飞动。如此作和韵诗，固不嫌于和韵。句句似杜。难韵巧押，腾挪处全在用比。（"恨我无佳句"以下）结意蕴藉，此为诗人之笔。

王文诰《苏文忠公诗编注集成·编年古今体诗》卷六：诗家以五排为长城，而欲以难韵和《读杜》，又欲全幅似杜，已属棘手。此诗以太白《古风》提唱，即以太白对做，是难中之难也。却又主宾判然，疏密相间，于排比之中，寓流走之法。面目是杜，气骨是苏，非杜不能步步为营，非苏不能句句直下，其驱遣难韵，若无其事焉者，不知何以辖泊至是，而杜排无此难作诗也。自首句至此（"鱼虾易豢牢"）仿太白《古风》第一首，作总起。下四句以李陪杜，仍是李、杜并论，是作此诗手眼。（"扫地收千轨"二句）谓甫已兼诸家之长，独与太白相抗。（"诗人例穷苦"）"例"字总束太白，却是放去太白。下句"天意"，乃入甫事之开笔。（"天意遣奔逃"）虚笼下段事，未说出。（"尘暗人亡鹿"）将甫陷贼中，顺手带过。本集凡不肯别起头脑，又不轻易放过者，皆用此法。（"溟翻帝斩鳌"）又将甫从贼中奔赴行在，蓄入气内。（"艰危思李牧"二句）此联谓甫坐救房琯被逐也。甫实事只此,断不能少,如不实排,其下亦落不到严武也。公平生论甫多矣,从无贬词,而甫之救琯未免议者,诗用一"思"字表其心迹,亦公之苦心也。("失意各千里")仍又兼管太白。叙甫事至此("拓虎得绨袍")已毕,前以杜、李对起,此以李、杜对结,提起放倒,无不如意,已开文章家偏全题法门,前此所未有也。行气至此,一顿,以下是公断语。("巨笔屠龙手")读杜断语,找足题面。("微官似马曹")总束叙甫一段。("迂疏无事业")亦专指杜,但其意欲于下句搭进李也。("醉饱死游遨")醉指李,饱指杜,非专言白酒牛肉。("简牍仪型在")谓李、杜文章,其表见者如此也。("儿童篆刻劳")以上六句是断,亦李、杜双收。("今谁主文字"二句)上句"主文字"者,即元微之。因有"今谁"一问,此处入安道,最易脱气。而诗从上句直下,明讨便宜,其故作开笔者,花假也。不如是解,则"主"字无来历,即非公之家法矣。("开卷遥相忆"四句)谓安道读杜作诗。("恨我无佳句")落到次韵。

香岩批《纪评苏诗》卷六:此篇殊不类公笔,然风力极遒。

赵克宜《角山楼苏诗评注汇钞》卷二:点杜陵,牵李伴说。"扫地"一联美其诗,以下转入当日所处时势。"亡鹿"指安史之乱,"斩鳌"谓肃宗再造。时亟须将才,词臣无所展其长,故有李牧、王褒之联。"失意""哀鸣""骑鲸""拓虎",皆牵李伴说。"巨笔"以下四语,叙老杜生平已毕,"简牍"句提醒杜诗,入安道读杜有作。末四语清出和诗意。通篇语意沉著,气息逼杜。

傅尧俞济源草堂

微官共有田园兴,老罢方寻隐退庐。
栽种成阴十年事,仓黄求买百金无。
先生卜筑临清济,乔木如今似画图。

邻里亦知偏爱竹,春来相与护龙雏。

集评:

查慎行《初白庵诗评》卷中:直到第五、六,方说明诗旨,章法奇绝。

汪师韩《苏诗选评笺释》卷一:尧俞本郓州须城人,徙居孟州济源。尝有《读书》诗云:"吾屋虽喧卑,颇不甚芜秽。置席屋中间,坐卧群书内。"观此则知诗称"画图",良非虚誉。

次韵柳子玉过陈绝粮二首(选一首)

其二

如我自观犹可厌,非君谁复肯相寻。
图书跌宕悲年老,灯火青荧语夜深。
早岁便怀齐物志,微官敢有济时心。
南行千里知何事,一听秋涛万鼓音。

集评:

阮阅《诗话总龟》前集卷九引《王直方诗话》:老杜云"厨人语夜阑",东坡云"图书跌宕悲年老,灯火青荧语夜深",山谷云"儿女灯前语夜深",余谓当以先后分胜负。

胡仔《苕溪渔隐丛话》前集卷四一:苕溪渔隐曰:(略)《王直方诗话》以谓三诗当以先后分胜负,非也。

吴乔《围炉诗话》卷五引黄公曰:子瞻诗美不胜言,病不胜摘。大率多俊迈而少渊渟,得瑰奇而失详慎,多粗豪滑稽草率,又多以文为诗。然其才古今独绝。(略)《倅杭》云:"南行千里成何事,一听秋涛万鼓音。"

　　贺裳《载酒园诗话·苏轼》:坡诗吾第一服其气概。倅杭时《过陈州和柳子玉》曰:"南行千里成何事,一听秋涛万鼓音。"(略)如此胸襟,真天人也。

　　纪昀评《苏文忠公诗集》卷六:("灯火青荧语夜深")淡语传神。("早岁便怀齐物志"二句)愤懑而出以和平,故但觉沉著,而不露怒张。

颍州初别子由二首

其一

征帆挂西风,别泪滴清颍。

留连知无益,惜此须臾景。

我生三度别,此别尤酸冷。

念子似先君,木讷刚且静。

寡辞真吉人,介石乃机警。

至今天下士,去莫如子猛。

嗟我久病狂,意行无坎井。

有如醉且坠,幸未伤即醒。

从今得闲暇,默坐消日永。

作诗解子忧,持用日三省。

集评:

　　朋九万《乌台诗案·与子由诗》:与弟辙干涉事:熙宁四年十月,轼赴杭州时,弟辙至颍州。相别后,十一月到杭州本任,作《颍州别子由》诗云:"至今天下士,去莫如子猛。"为弟辙在制置条例司充检详文字,争议新法不合,乞罢。谓弟辙去之果决,意亦讥讽朝廷。

汪师韩《苏诗选评笺释》卷一:("留连知无益"二句)即李陵"长当从此别,且复立斯须"之意。用作发端语,觉悲怆切至,更为过之。

纪昀评《苏文忠公诗集》卷六:("留连知无益"二句)用李陵"且复立斯须"意,而上句作一顿挫,意境便别。

翁方纲《石洲诗话》卷三:熙宁二年己酉服阕还朝,任开封推官,寻改杭州通判。子由自陈送至颍州而别,有《颍州初别子由》五言古二首,其诗云:"我生三度别,此别尤酸冷。"所谓"三度别"者,自郑州一别西门之后,治平三年,先生自凤翔还朝,子由出为大名推官。此事详《栾城集》,而先生集中无诗。

其二

近别不改容,远别涕沾胸。
咫尺不相见,实与千里同。
人生无离别,谁知恩爱重。
始我来宛丘,牵衣舞儿童。
便知有此恨,留我过秋风。
秋风亦已过,别恨终无穷。
问我何年归,我言岁在东。
离合既循环,忧喜迭相攻。
语此长太息,我生如飞蓬。
多忧发早白,不见六一翁。

集评:

查慎行《初白庵诗评》卷中:("始我来宛丘"六句)骨肉情话,

87

自应有此曲折。("语此长太息")"语",意当作"悟"。

汪师韩《苏诗选评笺释》卷一:后首本是直抒胸臆,读之乃觉中心菀结之至者,此汉、魏人绝调也。

纪昀评《苏文忠公诗集》卷六:("人生无离别"二句)意本苏武"惟念当乖离,恩情日以新"语。("便知有此恨"四句)曲折之至,而爽朗如话,盖情真而笔又足以达之,遂成绝调。

方东树《昭昧詹言》卷一二:真挚。

赵克宜《角山楼苏诗评注汇钞》卷二:第赋斯时惜别,语便无奇。追溯初来早知有此,又因离别,愈形恩爱,节节相生,自在流出,读之无不心肯,此境正不易到。

袁宏道评阅谭元春选《东坡诗选》卷一谭元春评:二首全不伤气,尚是真汉人诗。

纪昀评《苏文忠公诗集》卷六:二诗悱恻深至。

赵克宜《角山楼苏诗评注汇钞》卷二:不烦文饰,自足感人,所谓真诗也。

欧阳少师令赋所蓄石屏

何人遗公石屏风,上有水墨希微踪。
不画长林与巨植,
独画峨嵋山西雪岭上万岁不老之孤松。
崖崩涧绝可望不可到,孤烟落日相溟濛。
含风偃蹇得真态,刻画始信天有工。
我恐毕宏韦偃死葬虢山下,骨可朽烂心难穷。
神机巧思无所发,化为烟霏沦石中。
古来画师非俗士,摹写物象略与诗人同。

愿公作诗慰不遇,无使二子含愤泣幽宫。

集评:

汪师韩《苏诗选评笺释》卷一:长句磊砢,笔力具有虬松屈盘之势。诗自一言至九言,皆原于《三百篇》。此诗"独画峨嵋山西雪岭上万岁不老之孤松"一句十六言,从古诗人所无也。

纪昀评《苏文忠公诗集》卷六:("我恐毕宏韦偃死葬虢山下"以下)借事生波,忽成奇弄。妙在纯以意运,不是纤巧字句关合,故不失大方。("神机巧思无所发"以下四句)有上四句之将无作有,须有此四句("古来画师非俗士"四句)方结束得住。

又卷二六:《松石屏风》诗之用毕宏、韦偃,《崔白大幅》诗之用天女掷梭,原是奇语。

赵翼批沈德潜《宋金三家诗选·苏东坡诗选》卷上:石理自成松树,故须如此刻入摹写。

陪欧阳公燕西湖

谓公方壮须似雪,谓公已老光浮颊。
蔼来湖上饮美酒,醉后剧谈犹激烈。
湖边草木新著霜,芙蓉晚菊争煌煌。
插花起舞为公寿,公言百岁如风狂。
赤松共游也不恶,谁能忍饥啖仙药。
已将寿夭付天公,彼徒辛苦吾差乐。
城上乌栖暮霭生,银缸画烛照湖明。
不辞歌诗劝公饮,坐无桓伊能抚筝。

集评：

冯应榴《苏文忠公诗合注》卷六何焯评：（"不辞歌诗劝公饮"二句）欧公以濮议，为台谏所攻，故云。

纪昀评《苏文忠公诗集》卷六：（"城上乌栖暮霭生"二句）插此二句，便有情致。似从杜老《越王楼歌》化来。末四（句）有乐往哀来之感，（"坐无桓伊能抚筝"）桓伊事亦用得蕴藉。

王文诰《苏文忠公诗编注集成·编年古今体诗》卷六：（"醉后剧谈犹激烈"）著此一事，已该攻法诸事。"彼徒辛苦"指王安石也。其前已有"激烈"二字安根，故后以桓伊事作结也。义门指为英宗朝事，不但时局不类，而此句亦落空。晓岚专取末四句，故有"乐往哀来"之误。诰立治平案，无片言及永叔者，以公亲见濮议，而终身不置一词也。

香岩批《纪评苏诗》卷六："公言"贯下四句，从《西铭》得来。晓岚不阅道，故不解此诗之妙。

赵克宜《角山楼苏诗评注汇钞》卷二：（"城上乌栖暮霭生"四句）妙于略逗，更不径露。

十月二日，将至涡口五里所，遇风留宿

长淮久无风，放意弄清快。
今朝雪浪满，始觉平野隘。
两山控吾前，吞吐久不嘬。
孤舟系桑本，终夜舞澎湃。
舟人更传呼，弱缆恃菅蒯。
平生傲忧患，久矣恬百怪。
鬼神欺吾穷，戏我聊一噫。

瓶中尚有酒,信命谁能戒。

集评:

查慎行《初白庵诗评》卷中:("两山控吾前")荆涂二山对峙,
在怀远县南。

汪师韩《苏诗选评笺释》卷一:刻画山水如谢公,而去其棘涩。

纪昀评《苏文忠公诗集》卷六:意亦犹人,取其波峭。

出颍口,初见淮山,是日至寿州

我行日夜向江海,枫叶芦花秋兴长。
长淮忽迷天远近,青山久与船低昂。
寿州已见白石塔,短棹未转黄茅冈。
波平风软望不到,故人久立烟苍茫。

集评:

王世贞《艺苑卮言》卷四:八句皆拗体也,然自有唐宋之辨,读
者当自得之。

汪师韩《苏诗选评笺释》卷一:宛是拗体律诗,有古趣,兼有
逸趣。

许学夷《诗源辨体》后集纂要卷一:七言律,宋人如(略)苏子
瞻(略)"平淮忽迷天远近,青山久与船低昂。寿州已见白石塔,短
棹未转黄茅冈",(略)然每家不过二三联耳,实非诸子本相也。

纪昀评《苏文忠公诗集》卷六:吴体之佳者。吴体无粗犷之气
即佳。

王文诰《苏文忠公诗编注集成·编年古今体诗》卷六:("我行
日夜向江海")此极沉痛语,浅人自不知耳。

方东树《昭昧詹言》卷一二：短篇极则。

沈涛《瓠庐诗话》卷下：乃拗体律诗，阮亭选作七古，误也。

高步瀛《唐宋诗举要》卷六引吴汝纶评：公有古风一首（按：指《李思训画长江绝岛图》），与此略同，盖自喜之甚，复约之以为近体。

濠州七绝（选一首）

虞姬墓

帐下佳人拭泪痕，门前壮士气如云。

仓黄不负君王意，只有虞姬与郑君。

集评：

纪昀评《苏文忠公诗集》卷六：此首较可。

发洪泽，中途遇大风，复还

风浪忽如此，吾行欲安归。

挂帆却西迈，此计未为非。

洪泽三十里，安流去如飞。

居民见我还，劳问亦依依。

携酒就船卖，此意厚莫违。

醒来夜已半，岸木声向微。

明日淮阴市，白鱼能许肥。

我行无南北，适意乃所祈。

何劳舞澎湃，终夜摇窗扉。

妻孥莫忧色,更典箧中衣。

集评：

纪昀评《苏文忠公诗集》卷六:("我行无南北"六句)与《涡口》诗同刺小人排抑,然俱不露,所以为佳。

王文诰《苏文忠公诗编注集成·编年古今体诗》卷六:("挂帆却西迈")谓逆风不可前,故顺风而还也。

十月十六日记所见

风高月暗云水黄,淮阴夜发朝山阳。
山阳晓雾如细雨,炯炯初日寒无光。
云收雾卷已亭午,有风北来寒欲僵。
忽惊飞雹穿户牖,迅驶不复容遮防。
市人颠沛百贾乱,疾雷一声如颓墙。
使君来呼晚置酒,坐定已复日照廊。
恍疑所见皆梦寐,百种变怪旋消亡。
共言蛟龙厌旧穴,鱼鳖随徙空陂塘。
愚儒无知守章句,论说黑白推何祥。
惟有主人言可用,天寒欲雪饮此觞。

集评：

纪昀评《苏文忠公诗集》卷六:("愚儒无知守章句"以下四句)愤语无痕。

赵克宜《角山楼苏诗评注汇钞》卷二:记异极其醒快,笔端有舌。("坐定已复日照廊"三句)顿笔足。

游金山寺

我家江水初发源,宦游直送江入海。
闻道潮头一丈高,天寒尚有沙痕在。
中泠南畔石盘陀,古来出没随涛波。
试登绝顶望乡国,江南江北青山多。
羁愁畏晚寻归楫,山僧苦留看落日。
微风万顷靴文细,断霞半空鱼尾赤。
是时江月初生魄,二更月落天深黑。
江心似有炬火明,飞焰照山栖乌惊。
怅然归卧心莫识,非鬼非人竟何物。
自注:是夜所见如此。

江山如此不归山,江神见怪惊我顽。
我谢江神岂得已,有田不归如江水。

集评:

苏轼《东坡志林》卷二《买田求归》:浮玉老师元公欲为吾买田京口,要与浮玉之田相近者,此意殆不可忘。吾昔有诗云:"江山如此不归山,江神见怪惊我顽。我谢江神岂得已,有田不归如江水。"今有田矣而不归,无乃食言于神也耶?

黄彻《碧溪诗话》卷八:东坡《游金山》诗云:"江山如此不归山,江神见怪惊我顽。我谢江神岂得已,有田不归如江水。"盖与江神指水为盟耳。句中不言盟誓者,乃用子犯事,指水则誓在其中,不必诅神血口,然后谓之盟也。《送程六表弟》云:"浮江溯蜀有成言,江水在此吾不食。"亦此意也。

陈善《扪虱新话》上集卷九《东坡南迁之谶》:东坡《游金山

94

寺》诗曰："我家江水初发源，宦游直送江入海。"《松醪赋》亦云："遂从此而入海，渺翻天之云涛。"人以坡此语为晚年南迁之谶。坡又尝《赠潘谷》诗云："一朝入海寻李白，空看人间画墨仙。"潘后数年果因醉赴于井中，趺坐而死，人皆异之。坡固不独自谶，且又谶杀潘谷耶！

袁宏道评阅谭元春选《东坡诗选》卷一袁宏道评：（"江山如此不归山"）毕竟无田可归，后来者当戒。

叶矫然《龙性堂诗话》初集：至杜云"白摧朽骨龙虎死，黑入太阴雷雨垂""子规夜啼山竹裂，王母昼下云旗翻"，语以奇胜而带幽。苏云（略）"微风万顷靴文细，断霞半空鱼尾赤"，语以幽胜而实奇，不相袭而相当，二公之谓欤。

查慎行《初白庵诗评》卷中：起结奇横。（"羁愁畏晚寻归楫"二句）二语作转掉。

汪师韩《苏诗选评笺释》卷一：一往作缥缈之音，觉自来赋金山者极意著题，正无从得此远韵。起二句将万里程、半生事一笔道尽，恰好由岷山导江至此处海门归宿，为入题之语。中间"望乡国"句，故作羁望语，以环应首尾。"微风万顷"二句写出空旷幽静之致。忽接入"是时江月"一段，此不过记一时阴火潜燃景象耳。思及"江神见怪"，而终之以"归田"，矜奇之语，见道之言，想见登眺徘徊，俯视一切。

翁方纲《石洲诗话》卷二：窦庠《金山行》"欻然风生波出没，濯濩晶荧无定物。居人相顾非世间，如到日宫经月窟。信知灵境长有灵，住者不得无仙骨"数语，即东坡《金山》诗所脱胎也。在庠诗本非高作，而苏公脱出实境来，神妙遂至不可测。古人之善于变化如此。

纪昀评《苏文忠公诗集》卷七：首尾谨严，笔笔矫健。节短而波澜甚阔。（"我家江水初发源"）入手即伏结意。（"试登绝顶望乡国"二句）又一萦拂。结处将无作有，两层搭为一片归结，完密之极,亦巧便之极。设非如此挽合,中一段如何消纳?("江神见怪惊我顽")此句即指炬火事。

(日本)赖山阳《东坡诗钞》卷一:此公不用意而成者,然诸作家无及此者。("闻道潮头一丈高")暗伏末段江神。("羁愁畏晚寻归楫")"寻"下得诚佳,意与促字同。("山僧苦留看落日")"落日"字雅高,作"暮色""晚景"等字不健。起结皆佳。

王文诰《苏文忠公诗编注集成·编年古今体诗》卷七:("宦游直送江入海")一语破的,已具传《禹贡三江考》本领。

方东树《昭昧詹言》卷一二:奇妙。("试登绝顶望乡国"二句)望乡不见,以江南北之山隔也,非泛写景。

赵克宜《角山楼苏诗评注汇钞》卷三:起势雄健。"望乡"一联,篇中筋节,与起结贯注。

施补华《岘佣说诗》:("我家江水初发源"二句)确是游金山寺发端,确是东坡游金山寺发端,他人钞袭不得。盖东坡家眉州近岷江,故曰"江初发源";金山在镇江,下此即海,故曰"送江入海"。中间"微风万顷"二句,的是江心晚景。收处"江山如此"四句两转,尤见跌宕。

陈衍《宋诗精华录》卷二:一起高屋建瓴,为蜀人独足夸口处。通篇遂全就望乡归山落想,可作《庄子·秋水篇》读。

高步瀛《唐宋诗举要》卷三引吴汝纶评:机轴与《后赤壁赋》同,而意境胜彼。公诗佳处,全在兴象超妙,此首尤其显著者。

王文濡《宋元明诗评注读本》卷二:因贫而仕,有怀乡去国之思。

自金山放船至焦山

金山楼观何耽耽,撞钟击鼓闻淮南。

焦山何有有修竹，采薪汲水僧两三。
云霾浪打人迹绝，时有沙户祈春蚕。

自注：吴人谓水中可田者为沙。

我来金山更留宿，而此不到心怀惭。
同游兴尽决独往，赋命穷薄轻江潭。
清晨无风浪自涌，中流歌啸倚半酣。
老僧下山惊客至，迎笑喜作巴人谈。

自注：焦山长老，中江人也。

自言久客忘乡井，只有弥勒为同龛。
困眠得就纸帐暖，饱食未厌山蔬甘。
山林饥饿古亦有，无田不退宁非贪。
展禽虽未三见黜，叔夜自知七不堪。
行当投劾谢簪组，为我佳处留茅庵。

集评：

查慎行《初白庵诗评》卷中：《金山诗》结句云："有田不耕如江水。"故此处（"山林饥饿古亦有"二句）更深一层。合观两首，其妙乃见。

汪师韩《苏诗选评笺释》卷一：《金山》作已极登高望远之胜，故焦山只写山中之景。彼以雄放称奇，此以闲寂入妙。钟鼓修竹，未到之见闻也；风流歌啸，将到之情事也。至于老僧迎客，一时絮谈，详叙曲尽。结出"无田不退宁非贪"，则又为前篇"有田不归如江水"之句进一解矣。

纪昀评《苏文忠公诗集》卷七：前半以金山萦绕，后半借乡僧生情，布局极有波折，语亦脱洒。触手起波，生下半幅，仍结到本题。

方东树《昭昧詹言》卷一二：此正锋，可以为作诗之法。

《历代诗发》卷二四：前言无田，所以不归。此言"无田不退宁非贪"，两意相承递进，非各自为章者也。

赵克宜《角山楼苏诗评注汇钞》卷三：以金山之壮丽，形出焦山之荒僻。（"山林饥饿古亦有"）翻转前篇之意，是进一步法。

施补华《岘佣说诗》："金山楼阁何耽耽"四句，确是游金山后复游焦山发端，可悟连章蝉联之法。

陈衍《宋诗精华录》卷二：后半用意平常。

甘露寺

江山岂不好，独游情易阑。
但有相携人，何必素所欢。
我欲访甘露，当途无闲官。
二子旧不识，欣然肯联鞍。
古郡山为城，层梯转朱栏。
楼台断崖上，地窄天水宽。
一览吞数州，山长江漫漫。
却望大明寺，惟见烟中竿。
很石卧庭下，穹窿如伏羱。
缅怀卧龙公，挟策事雕钻。
一谈收狲子，再说走老瞒。
名高有余想，事往无留观。
萧公古铁镬，相对空团团。
陂陁受百斛，积雨生微澜。
泗水逸周鼎，渭城辞汉盘。

山川失故态，怪此独能完。
僧繇六化人，霓衣挂冰纨。
隐见十二叠，观者疑夸谩。
破板陆生画，青猊戏盘跚。
上有二天人，挥手如翔鸾。
笔墨虽欲尽，典型垂不刊。
赫赫赞皇公，英姿凛以寒。
古柏手亲种，挺然谁敢干。
枝撑云峰裂，根入石窟蟠。
薙草得断碑，斩崖出金棺。
瘗藏岂不牢，见伏理可叹。
四雄皆龙虎，遗迹俨未刓。
方其盛壮时，争夺肯少安。
废兴属造物，迁逝谁控抟。
况彼妄庸子，而欲事所难。
古今共一轨，后世徒辛酸。
聊兴广武叹，不待雍门弹。

集评：

苏轼《东坡志林》卷一《广武叹》：昔先友史经臣彦辅谓余："阮籍登广武而叹曰：'时无英雄，使竖子成其名！'岂谓沛公竖子乎？"余曰："非也。伤时无刘、项也，竖子指魏、晋间人耳。"其后余闻润州甘露寺有孔明、孙权、梁武、李德裕之遗迹，余感之赋诗，其略曰："四雄皆龙虎，遗迹俨未刓。方其盛壮时，争夺肯少安。废兴属造化，迁逝谁控抟。况彼妄庸子，而欲事所难。聊兴广武叹，不得雍门弹。"则犹此意也。今日读李太白《登古战场》诗云："沉湎呼竖子,狂言非至公。"乃知太白亦误认嗣宗语,与先友之意无异也。嗣宗虽放荡,本有意于世,以魏、晋间多故,故一放于酒,何至以沛公为竖子乎?

张邦基《墨庄漫录》卷七:京口北固山甘露寺,旧有二大铁镬,梁天监中铸。东坡游寺诗云"萧翁古铁镬,相对空团团。陂陁受百斛,积雨生微澜"是也。予往来数见之,然未尝稽考本何物、为何用也。近复游于寺,因熟观之,盖有文可读。(略)始知二镬乃当时植莲供养佛之器耳。

洪迈《容斋三笔》卷六《东坡诗用老字》:东坡赋诗,用人姓名,多以老字足成句。(略)如"再说走老瞒"(略)之类,皆随语势而然。白乐天云"每被老元偷格律",盖亦有自来矣。

查慎行《初白庵诗评》卷中:("楼台断崖上"四句)收得尽,放得开,是为才人之笔。("缅怀卧龙公"以下数段)每段用二句作束。

汪师韩《苏诗选评笺释》卷一:就寺中所见器物抚时怀古,每事各为段落,而感慨深情,别有规连矩曳之妙。通篇写景只"古郡"以下六句,刻酷该畅,余但言情而景自寓。其源盖出于《东征》《西征》诸赋。

纪昀评《苏文忠公诗集》卷七:以记序体行之,与《李氏园》诗同法。首尾完整,可为长篇之式。("渭城辞汉盘")是汉盘辞渭城,贪用昌谷语,倒转遂成语病。("四雄皆龙虎"以下)"四雄"应指孔明、仲谋、梁武、赞皇。张、陆皆梁人,因铁镬连类及之,并入梁武之下,不在此数。收得满足。凡大篇须有结束,凡细碎之文,亦须有结束。

王文诰《苏文忠公诗编注集成·编年古今体诗》卷七:纪昀曰:"以叙记体行之,首尾完整,可为长篇之式。"其说是。至所谓"与《李氏园》诗同法"者,误。

王文诰《苏文忠公诗编注集成·苏海识余》卷一:润州《甘露

寺》诗："我欲访甘露，当途无闲官。二子旧不识，欣然肯联鞍。"时有司推行新法，使者方事叫嚣，故云"当途无闲官"也。二子既非俗吏，又能游情不阑，亦足以传，何不及其人耶？予以全集屡物色之，竟不得其踪耗，为之快怅。

香岩批《纪评苏诗》卷七：（"渭城辞汉盘"）（纪昀）此论太苛，唐人倒装句如此类者甚多。

赵克宜《角山楼苏诗评注汇钞》卷三：冒起曲折入情。（"我欲访甘露"）入题。写形势独举其大，"楼台"一联练极。以下逐节细写，此段（"很石卧庭下"一段）写很石。凡分段详写，每段须有顿笔，或议论，或咏叹。本段顿得足，下文方好另起，此定法也。此段（"萧公古铁镬"一段）写铁镬，"积雨"句形其大，入妙。"周鼎""汉盘"两衬已警。再著"山川"一衬，加倍精采。（"渭城辞汉盘"）与出句一例，何病之有？此段（"笔墨虽欲尽"一段）写画。僧繇画乃公自注中所无。此段（"古柏手亲种"一段）卫公植柏及发地得舍利事。（"四雄皆龙虎"）总上，发论曲折透露。

次韵杨褒早春

穷巷凄凉苦未和，君家庭院得春多。
不辞瘦马骑冲雪，来听佳人唱踏莎。
破恨径须烦曲蘗，增年谁复怨羲娥。
良辰乐事古难并，白发青衫我亦歌。
细雨郊园聊种菜，冷官门户可张罗。
放朝三日君恩重，睡美不知身在何。

集评：

王辟之《渑水燕谈录》卷八："华阳杨褒，好古博物，家虽贫，尤好书画奇玩,充实中橐。家姬数人,布裙粝食,而歌舞绝妙。故欧公赠之诗云:'三脚木床坐调曲。'盖言褒之贫也。"

纪昀评《苏文忠公诗集》卷七:("睡美不知身在何")末三字不妥。

腊日游孤山访惠勤、惠思二僧

天欲雪,云满湖,楼台明灭山有无。
水清石出鱼可数,林深无人鸟相呼。
腊日不归对妻孥,名寻道人实自娱。
道人之居在何许,宝云山前路盘纡。
孤山孤绝谁肯庐,道人有道山不孤。
纸窗竹屋深自暖,拥褐坐睡依团蒲。
天寒路远愁仆夫,整驾催归及未晡。
出山回望云木合,但见野鹘盘浮图。
兹游淡薄欢有余,到家恍如梦蘧蘧。
作诗火急追亡逋,清景一失后难摹。

集评:

田汝成《西湖游览志余》卷一四:惠勤、惠思者,皆居孤山。苏子瞻倅杭郡,以腊日访之,作诗云"天欲雪,云满湖"云云。此诗惟"孥"字、"蘧"字二韵艰涩,而公三叠之。一曰"追胥连保罪及孥"者,言府中屡获盐徒,连逮保甲也。"知非不去惭卫蘧"者,言年老宜休,不若卫伯玉也。二曰"君恩饱暖及尔孥"者,言居官厚禄,得以游遨也。"莫惜锦绣偿营蘧"者,言李寺丞属和,富于词藻,斗险不穷也。三曰"四方宦游散其孥"者,言钱王之败,子孙离析也。

102

"遂超羲皇傲几蘧"者,言优游自适,得为太古闲民也。原韵"痓"字,乃东方朔腊日早归之事,后作虽多,终属牵强。

汪师韩《苏诗选评笺释》卷一:结句"清景"二字,一篇之大旨。云雪楼台,远望之景;水清林深,近接之景。未至其居,见盘纡之山路;既造其屋,有坐睡之蒲团。至于仆夫整驾,回望云山,寒日将逋,宛焉入画。"野鹘"句于分明处写出迷离,正与起五句相对照。又以"欢有余"应前"实自娱",语语清景,亦语语自娱。而"道人有道"之处,已于言外得之。栩栩欲仙,何必涤笔于冰瓯雪碗。

纪昀评《苏文忠公诗集》卷七:忽叠韵,忽隔句韵,音节之妙,动合天然,不容凑泊。其源出于古乐府。("出山回望云木合"二句)与"但见乌帽出复没",同一写法。

(日本)赖山阳《东坡诗钞》卷一:此等天然七言,读者须要看他下句,无一字可摇动处。("名寻道人实自娱")自是坡翁语。("兹游淡薄欢有余"四句)作此诗根本全在下四句。("作诗火急追亡逋"二句)一篇所成,先得此二句乎?

王文诰《苏文忠公诗编注集成·苏海识余》卷一:《腊日游孤山》诗后半云:"出山回望云木合,但见野鹘盘浮图。"此等句法,无处可学,直如如来丈六金身,忽于虚空变现,公亦不自觉其然也。

何文焕《历代诗话考索》:齐诸暨令袁毂,自诧"诗有生气,须捉著,不尔便飞去。"此语隽甚。坡仙云:"作诗火急追亡逋。"似从此脱出。

方东树《昭昧詹言》卷一二:神妙。

赵克宜《角山楼苏诗评注汇钞》卷三:从未入山以至入山,与景追真。("腊日不归对妻孥"四句)四语与题"孤山孤绝谁肯庐"二句)接法妙绝,二语自为开合,亦以字面错综复出生姿。("出山回望云木合")转到出山。结醒"作诗"。

张道《苏亭诗话》卷二:东坡《腊日游孤山》诗,有"蒲"字韵,

《再和》乃用"蒱"字云："破冈岂不贤摴蒱。"余尝疑之。考《荀子·不苟篇》："柔从若蒱苇。"以"蒲"作"蒱"。而马融《摴蒱赋》正作"蒱"字。可见东坡使事，确有来处，非浪然诮痴者。

高步瀛《唐宋诗举要》卷三：（"水清石出鱼可数"二句）清景如绘。

王文濡《宋元明诗评注读本》卷二：子瞻谪居杭州，惠爱及民。又以其暇，疏浚西湖，后世实利赖之，正不仅以模山范水，提倡风雅而已。

戏子由

宛丘先生长如丘，宛丘学舍小如舟。
常时低头诵经史，忽然欠伸屋打头。
斜风吹帷雨注面，先生不愧旁人羞。
任从饱死笑方朔，肯为雨立求秦优。
眼前勃蹊何足道，处置六凿须天游。
读书万卷不读律，致君尧舜知无术。
劝农冠盖闹如云，送老齑盐甘似蜜。
门前万事不挂眼，头虽长低气不屈。
馀杭别驾无功劳，画堂五丈容旗旄。
重楼跨空雨声远，屋多人少风骚骚。
生平所惭今不耻，坐对疲氓更鞭棰。
道逢阳虎呼与言，心知其非口诺唯。
居高志下真何益，气节消缩今无几。
文章小技安足程，先生别驾旧齐名。
如今衰老俱无用，付与时人分重轻。

集评：

　　朋九万《乌台诗案·与王诜往来诗赋》：并《戏子由》云：“任从饱死笑方朔，肯为雨立求秦优。”意取《东方朔传》“侏儒饱欲死”及《滑稽传》“优旃谓陛楯郎：‘汝虽长，何益？乃雨立。我虽短，幸休居。’”言弟辙家贫官卑，而身材长大，所以比东方朔陛楯郎，而以当今进用之人比侏儒优旃也。又云：“读书万卷不读律，致君尧舜知无术。”是时朝廷新兴律学，轼意非之，以谓法律不足以致君于尧舜。今时又专用法律而忘诗书，故言我读书万卷，不读法律，盖闻法律之中，无致君尧舜之术也。又云：“劝农冠盖闹如云，送老虀盐甘似蜜。”以讥讽朝廷新差提举官，所至苛细生事，发谪官吏，惟学官无吏责也。弟辙为学官，故有是句。又云：“生平所惭今不耻，坐对疲氓更鞭棰。”是时多徒配犯盐之人，例皆饥贫，言鞭棰此等贫民，轼平生所惭，今不耻矣，以讥讽朝廷盐法太急也。又云：“道逢阳虎呼与言，心知其非口诺唯。”是时张靓、俞希旦作监司，意不喜其人，然不敢与争议，故毁诋之为阳虎也。

　　袁宏道评阅谭元春选《东坡诗选》卷一谭元春评：（“心知其非口诺唯”）只是无可奈何，强行厚道而已。

　　汪师韩《苏诗选评笺释》卷一：前后平列两段，末以四句作结。宛丘低头读书而有昂藏磊落之气，别驾画堂高坐而有气节消缩之嫌。其所齐名并驱者，独文章耳，而文章固无用也。中间以“画堂五丈容旗旄”对“宛丘学舍小如舟”，以“重楼跨空雨声远”对“斜风吹帷雨注面”，以“平生所惭今不耻”对“先生不愧傍人羞”，以“坐对疲氓更鞭棰”对“头虽长低气不屈”，故作喧寂相反之势，不独气节消缩者虽云自适，即安坐诵读者岂云得时？文则跌宕昭彰，情则唏嘘悒郁。

　　贺裳《载酒园诗话》：（鲜于侁《杂诗》）亦意指新法，然犹直而婉。至子瞻《戏子由》诗：“生平所惭今不耻，坐对疲氓更鞭棰。道逢阳虎呼与言,心知其非口诺唯。"是何语言?《山村》《咏桧》诸篇借端耳。

张文梵《螺江日记》卷六:("读书万卷不读律"二句)此东坡讥切时事之言。盖因当时竞尚律法,所以以法律为诗书者,故反言讽之,且以自嘲。传至后世,竟有据作正论者矣。

纪昀评《苏文忠公诗集》卷七:("道逢阳虎呼与言"二句)何至以孔子自居? 即以诗论,亦无此理,无论贾祸也。

赵翼批沈德潜《宋金三家诗选·苏东坡诗选》上卷:("读书万卷不读律"数句)时新法盛行,故愤激为此语。("劝农冠盖闹如云"四句)举世尽行新法,而子由漠然自守也。("馀杭别驾无功劳")东坡自叙。("生平所惭今不耻"四句)谓己不得已,亦奉行新法也。

方东树《昭昧詹言》卷一二:赠人寄人之诗,如此首暨(略)《戏子由》皆入妙。

赵克宜《角山楼苏诗评注汇钞》附录卷中:虽戏笔,亦不宜过俚。("重楼跨空雨声远"二句)写境最真。

高步瀛《唐宋诗举要》卷三:("读书万卷不读律"二句)心所痛疾,而反言出之,语虽戏谑而意甚愤懑。("心知其非口诺唯")形容刻苦。

吴仰贤《小匏庵诗话》卷一:唐人诗虽极牢骚,不失常度,宋人便有过火语。如(略)苏云:"道逢阳货呼与言,心知其非口诺唯。"黄(庭坚)云:"平生白眼人,今日折腰诺。"名士口角,大略相同。

嘲子由

堆几尽埃简,攻之如蠹虫。
谁知圣人意,不尽书籍中。
曲尽弦犹在,器成机见空。

妙哉斫轮手,堂下笑桓公。

集评:

纪昀评《苏文忠公诗集》卷七:理自明通,语则凡近。

越州张中舍寿乐堂

青山偃蹇如高人,常时不肯入官府。
高人自与山有素,不待招邀满庭户。
卧龙蟠屈半东州,万室鳞鳞枕其股。
背之不见与无同,狐裘反衣无乃鲁。
张君眼力觑天奥,能遣荆棘化堂宇。
持颐宴坐不出门,收揽奇秀得十五。
才多事少厌闲寂,卧看云烟变风雨。
笋如玉箸棋如簜,强饮且为山作主。
不忧儿辈知此乐,但恐造物怪多取。
春浓睡足午窗明,想见新茶如泼乳。

集评:

胡仔《苕溪渔隐丛话》后集卷一一:东坡诗:"春浓睡足午窗明,想见新茶如泼乳。"又云:"新火发新乳。"此论皆得茶之正色也矣。

查慎行《初白庵诗评》卷中:入手奇崛,一转合题。("才多事少厌闲寂"二句)径路绝而风云通。

汪师韩《苏诗选评笺释》卷一:句句奇辟。轼每以人事喻景物,笔端出奇无穷,真乃仁智之性共,山水效深矣。

纪昀评《苏文忠公诗集》卷七：了无深意，而说来通体精彩。此真善于蹈虚。"眼力"二字未雅。

（日本）赖山阳《东坡诗钞》卷一：此寄题诗，自乐山构思，遂撇开题。此诗一韵到底，而变化无数，与老杜《哀王孙》《哀江头》殆同一手段。（"青山偃蹇如高人"）如文破题。（"高人自与山有素"）如承题。（"背之不见与无同"）此句多虚字，与上景句相称。（"持颐宴坐不出门"二句）拍合起首。（"才多事少厌闲寂"二句）常时不入官府的人。（"不忧儿辈知此乐"）二句东坡本色。（"但恐造物怪多取"）注射篇首。（"春浓睡足午窗明"二句）青山妍明处。

赵克宜《角山楼苏诗评注汇钞》卷三：落笔奇快，旋折自如。

陈衍《宋诗精华录》卷二：公七古多似昌黎，而收处常不逮。

送岑著作

懒者常似静，静岂懒者徒？
拙则近于直，而直岂拙欤？
夫子静且直，雍容时卷舒。
嗟我复何为，相得欢有余。
我本不违世，而世与我殊。
拙于林间鸠，懒于冰底鱼。
人皆笑其狂，子独怜其愚。
直者有时信，静者不终居。
而我懒拙病，不受砭药除。
临行怪酒薄，已与别泪俱。
后会岂无时，遂恐出处疏。
惟应故山梦，随子到吾庐。

查慎行《初白庵诗评》卷中：一意萦指，转换不穷。

纪昀评《苏文忠公诗集》卷七：以文为诗，始元次山，或以为宋调，非也。（"我本不违世"二句）即次山"老怀吾自异，不是故违人"意。（"临行怪酒薄"以下）曲折深至，"临行"十字似郊、岛。

赵克宜《角山楼苏诗评注汇钞》卷三：（"临行怪酒薄"以下）刻意婉笃，后路得此，足救篇中率笔。

吉祥寺赏牡丹

人老簪花不自羞，花应羞上老人头。
醉归扶路人应笑，十里珠帘半上钩。

集评：

蔡正孙《诗林广记》前集卷四：苏子由云："此诗（刘禹锡《看牡丹》）感慨，东坡《吉祥寺赏牡丹》一绝，正同此意。"（略）杜牧之有诗云："东风十里扬州路，卷上珠帘恐不如。"东坡盖用此语。

张侃《跋拣词》：（"花应羞上老人头"）意思尤长。

赵克宜《角山楼苏诗评注汇钞》卷三：（"醉归扶路人应笑"二句）雅音，亦熟调。

和刘道原咏史

仲尼忧世接舆狂，臧穀虽殊竟两亡。
吴客漫陈豪士赋，桓侯初笑越人方。
名高不朽终安用，日饮无何计亦良。

独掩陈编吊兴废,窗前山雨夜浪浪。

集评:

纪昀评《苏文忠公诗集》卷七:三、四警刻而不露。("窗前山雨夜浪浪")收得生动,著此七字,便有远神。

王文诰《苏文忠公诗编注集成·编年古今体诗》卷七:("独掩陈编吊兴废"二句)著此二句,匡庐五老,呼之欲出。

赵克宜《角山楼苏诗评注汇钞》卷三:"两亡"句稳。

高步瀛《唐宋诗举要》卷六引吴汝纶评:("仲尼忧世接舆狂"二句)无端而来,至为奇妙。

和子由,柳湖久涸,忽有水,开元寺山茶旧无花,今岁盛开,二首(选一首)

其二

长明灯下石栏干,长共松杉守岁寒。

叶厚有棱犀甲健,花深少态鹤头丹。

久陪方丈曼陁雨,羞对先生苜蓿盘。

雪里盛开知有意,明年开后更谁看。

集评:

赵与时《宾退录》卷一〇:崇仁吴德远沆《环溪诗话》载其少时,谒张右丞。右丞告之曰:"杜诗妙处,人罕能知。凡人作诗,一句只说得一件物事,多说得两件。杜诗一句能说得三件、四件、五件。常人作诗,但说得眼前,远不过数十里。杜诗一句能说数百里,能说两州军,能说半天下,能说满天下。此其所以为妙。"(略)

吴（沆）因取前辈之诗，参而考之，谓"东坡（略）'叶厚有棱犀甲健，花深少态鹤头丹'等句，不过用二物矣。"（略）此论尤异。以此论诗，浅矣！杜子美之所以高于众作者，岂谓是哉？若以句中事物之多为工，则必皆如陈无己"桂椒楠栌枫柞樟"之句，而后可以独步，虽杜子美亦不容专美。若以"乾坤日夜浮"为满天下句，则凡句中言"天地""华夷""宇宙""四海"者，皆足以当之矣，何谓无也。

蔡正孙《诗林广记》后集卷三：愚谓东坡此诗之意，又有《十月十五日观月黄楼席上次韵》云："为问登临好风景，明年还忆使君无？"又《和子由山茶盛开》云："雪里盛开知有意，明年开后更谁看。"王元之《黄州竹楼记》云："未知明年，又在何处。"近世有赋《赏春》词，末句云："不知来岁牡丹时，再相逢何处。"噫，好景不常，盛事难再。读此语，则令人有岁月飘忽之感云。

纪昀评《苏文忠公诗集》卷七：（"叶厚有棱犀甲健"二句）比拟处愈似愈拙。

雨中游天竺灵感观音院

蚕欲老，麦半黄，前山后山雨浪浪。
农夫辍耒女废筐，白衣仙人在高堂。

集评：

汪师韩《苏诗选评笺释》卷一：如古谣谚，精悍道古，刺当时不恤民也。

纪昀评《苏文忠公诗集》卷七：刺当事之不恤民也，妙于不尽其词。（"蚕欲老"三句）似谚似谣，盎然古趣。

赵克宜《角山楼苏诗评注汇钞》卷三：此是苦雨对神陈诉之词，纪以为刺时，非也。

六月二十七日望湖楼醉书五绝（选四首）

其一

黑云翻墨未遮山，白雨跳珠乱入船。

卷地风来忽吹散，望湖楼下水如天。

集评：

潘德舆《养一斋诗话》卷九：坡之七绝高唱，犹有数章，漫识于此，供爱者之讽诵焉。（略）"黑云翻墨未遮山（略）。"

纪昀评《苏文忠公诗集》卷七：阴阳变化开阖于俄顷之间，气雄语壮，人不能及也。

其二

放生鱼鳖逐人来，无主荷花到处开。

水枕能令山俯仰，风船解与月徘徊。

集评：

施补华《岘佣说诗》：东坡七绝亦可爱，然趣多致多，而神韵却少。"水枕能令山俯仰，风船解与月徘徊"，致也。

其四

献花游女木兰桡，细雨斜风湿翠翘。

无限芳洲生杜若，吴儿不识楚辞招。

集评：

纪昀评《苏文忠公诗集》卷七：此首更饶情致。

其五

未成小隐聊中隐，可得长闲胜暂闲。
我本无家更安往，故乡无此好湖山。

集评：

纪昀评《苏文忠公诗集》卷七：五首皆不失风调。

王文诰《苏文忠公诗编注集成·编年古今体诗》卷七：以上八诗（此五首及《和蔡准郎中见邀游西湖三首》），随手拈出，皆得西湖之神，可谓天才。

宿馀杭法喜寺后绿野堂，望吴兴诸山，怀孙莘老学士

徙倚秋原上，凄凉晚照中。
水流天不尽，人远思何穷。
问槔知秦过，看山识禹功。

自注：馀杭，始皇所舍舟也。西北舟杭山，尧时洪水，系舟山上。

稻凉初吠蛤，柳老半书虫。
荷背风翻白，莲腮雨退红。
追游慰迟暮，觅句效儿童。
北望苕溪转，遥怜震泽通。
烹鱼得尺素，好在紫髯翁。

曾季狸《艇斋诗话》:东坡诗:"问鞔知秦过,看山识禹功。"皆用出处对属,如此亲切。

纪昀评《苏文忠公诗集》卷七:(起四句)不必精深而自然华妙。此由气韵不同。("荷背风翻白")写难状之景。

赵克宜《角山楼苏诗评注汇钞》卷三:("稻凉初吠蛤"二句)写时序亲切。

宿临安净土寺

鸡鸣发馀杭,到寺已亭午。
参禅固未暇,饱食良先务。
平生睡不足,急扫清风宇。
闭门群动息,香篆起烟缕。
觉来烹石泉,紫笋发轻乳。
晚凉沐浴罢,衰发稀可数。
浩歌出门去,暮色入村坞。
微月半隐山,圆荷争泻露。
相携石桥上,夜与故人语。
明朝入山房,石镜炯当路。
昔照熊虎姿,今为猿鸟顾。
废兴何足吊,万古一仰俯。

集评:

曾季狸《艇斋诗话》:东坡诗云:"明朝入山房,石镜炯当户。昔照熊虎姿,今为猿鸟顾。"石镜禅师有石镜,照钱王微时在镜中被王者之服。

汪师韩《苏诗选评笺释》卷一：别有一种清腴幽异之趣，无心刻琢，自造玄微。

纪昀评《苏文忠公诗集》卷七：直起直收，逐节挨叙，章法甚别。（"明朝入山房"以下）得力在收处，萦带一波。有此一虚，前路五实（按：指"鸡鸣""亭午""晚凉""暮色""夜与"）皆活。

（日本）赖山阳《东坡诗钞》卷一：（"鸡鸣发余杭"）"鸡鸣"二字尤佳。（"平生睡不足"）坡翁惯家语。（"紫笋发轻乳"）细腻。（"圆荷争泻露"）只写一物，其余景况，不言而可想，妙。（"夜与故人语"）是即微月隐山之时也，倒置如此，便佳。（"石镜炯当路"）就此一物即收笔，不必忧不管到前面。觉悟入此法，令人刮目。

自净土步至功臣寺

落日岸葛巾，晚风吹羽扇。
松间野步稳，竹外飞桥转。
神功凿横岭，岩石得巨片。
直渡千人沟，下有微流泫。
冈峦蔚回合，金碧烂明绚。
缅怀异姓王，负担此乡县。
长逢胯下辱，屡乞桑间饭。
谁谓山石顽，识此希世彦。
凛然英气逼，屹起犹耸战。
他年万骑归，父老恣欢宴。
锦绣被原野，金珠散贫贱。
窦融既入朝，吴芮空记面。

荣华坐销歇，阅世如邮传。

惟有长明灯，依然照深殿。

集评：

汪师韩《苏诗选评笺释》卷一：写步至之景，琢句具六朝人风骨。后幅即事寄慨，正以不横使议论为古。

纪昀评《苏文忠公诗集》卷七：（"谁谓山石顽"四句）入一事便有波澜，亦不廓落。（"窦融既入朝"二句）用事的当，叙得简净，他人须五六句方了。

赵克宜《角山楼苏诗评注汇钞》卷三：起结叙游历所见，中数韵综括钱氏兴废，亦净亦遒。（"窦融既入朝"二句）以运典代叙事，故简而能透，诗之所以贵有学也。

游径山

众峰来自天目山，势若骏马奔平川。

中涂勒破千里足，金鞭玉镫相回旋。

人言山住水亦住，下有万古蛟龙渊。

道人天眼识王气，结茅宴坐荒山巅。

精神贯山石为裂，天女下试颜如莲。

寒窗暖足来朴朔，夜钵咒水降蜿蜒。

雪眉老人朝叩门，愿为弟子长参禅。

尔来废兴三百载，奔走吴会输金钱。

飞楼涌殿压山破，朝钟暮鼓惊龙眠。

晴空仰见浮海蜃，落日下数投林鸢。

有生共处覆载内，扰扰膏火同烹煎。

近来愈觉世议隘,每到宽处差安便。

嗟余老矣百事废,却寻旧学心茫然。

问龙乞水归洗眼,欲看细字销残年。

自注:龙井水洗病眼有效。

集评:

朋九万《乌台诗案·与子由诗》:熙宁六年内,游径山留题云:"近来愈觉世议隘,每到胜处差安便。"以讥讽朝廷之用人,多是刻薄褊隘之人,不少容人过失,见山中宽闲之处为乐也。

曾季狸《艇斋诗话》:东坡诗云"雪眉老人夜扣关",老人即天目山龙也,今有老人亭。又"寒窗暖足来朴朔"者,道钦禅师尝有兔为师暖鞋;"问龙乞水归洗眼"者,龙井水可洗眼故也,又云"两眼尚能看细字"。

吴师道《宋高宗书东坡游径山诗濯字韵》:宋崇宁、宣和时,苏学有禁,今德寿皇帝乃取其诗亲书之,一时好恶如此,而废兴大故,尤有足慨者矣。

查慎行《初白庵诗评》卷中:("势若骏马奔平川"三句)工于比拟。

汪师韩《苏诗选评笺释》卷一:只是叙述径山事,奇文崛起纸上,如有金碧照耀,蹑杜陵之高踪,导渭南之先路。

纪昀评《苏文忠公诗集》卷七:(起四句)入手便以喻起,耳目一新,东坡惯用此法。与"船上看山如走马"设譬略同,而工拙相去远矣。(结处四句)绾合不泛。

赵翼批沈德潜《宋金三家诗选·苏东坡诗选》上卷:笔力奔放回旋,亦与山势相似。

方东树《昭昧詹言》卷一二:起六句写道人。八句叙。

和欧阳少师寄赵少师次韵

朱门有遗啄，千里来燕雀。

公家冷如冰，百呼无一诺。

平生亲友半迁逝，公虽不怪旁人愕。

世事如今腊酒酽，交情自古春云薄。

二公凛凛和非同，畴昔心亲岂貌从。

白须相映松间鹤，清句更酬雪里鸿。

何日扬雄一廛足，却追范蠡五湖中。

集评：

　　纪昀评《苏文忠公诗集》卷八：谨严而不局促，清利而不浅薄，自是用意之作。（"世事如今腊酒酽"二句）二句足得有声情，所谓"言之不足而长言之，长言之不足而咏叹之"。

　　王文诰《苏文忠公诗编注集成·编年古今体诗》卷八：（"世事如今腊酒酽"二句）通幅出色，全恃此二句撑得结实。

监试呈诸试官

我本山中人，寒苦盗寸廪。

文辞虽久作，勉强非天禀。

既得旋废忘，懒惰今十稔。

麻衣如再著，墨水真可饮。

每闻科诏下，白汗如流沈。

此邦东南会，多士敢题品。

刍荛尽兰荪，香不数葵苣。

贫家见珠贝，眩晃自难审。

缅怀嘉祐初，文格变已甚。

千金碎全璧，百衲收寸锦。

调和椒桂醝，咀嚼沙砾磣。

广眉成半额，学步归踔踸。

维时老宗伯，气压群儿凛。

蛟龙不世出，鱼鮪初惊淰。

至音久乃信，知味犹食椹。

至今天下士，微管几左衽。

谓当千载后，石室祠高朕。

尔来又一变，此学初谁谂。

权衡破旧法，刍豢笑凡饪。

高言追卫乐，篆刻鄙曹沈。

先生周孔出，弟子渊骞寝。

却顾老钝躯，顽朴谢镌锓。

诸君况才杰，容我懒且噤。

聊欲废书眠，秋涛春午枕。

集评：

程大昌《演繁露》续集卷五《砚》：晋人最重书学，然未尝择砚。故石林曰：晋之善书者，不自研墨，使人研之成浆，乃以斗供。其说不知何出。北齐试士，其恶滥者饮墨水一升。在试而有墨水可及一升，则石林之言信矣。故东坡诗曰："麻衣如再著，墨水真可饮。"用此事也。

汪师韩《苏诗选评笺释》卷一：熙宁五年轼在杭州通判任。是年科场监试，故有呈试官及试院诸诗。此其第一作也，以自述起，以自述终,中间极论文章之变。嘉祐苗轧之习,文变而弊,得欧阳为之力返于古,此老宗伯之功不可忘也。逮王安石一变科举之法,是又变而之衰之候矣。括以二言曰:"先生周孔出,弟子渊骞寝。"而自伤老钝,无与回澜,岂惟论文,实以慨世。

纪昀评《苏文忠公诗集》卷八:"麻衣"二句真语,非通人不肯道。然是用晋李怿意。("千金碎全璧"至"此学初谁谂")中一段大开大合,波澜起伏,极为壮阔。("谓当千载后"二句)顿挫有力。("权衡破旧法"以下)虽痛诋新学,而以嬉笑出之,尚未至以怒骂。只得如此收场,再一著语,便难措手。

赵克宜《角山楼苏诗评注汇钞》卷三:通体遒炼。叙平生起。("麻衣如再著")顿句沉著。("多士敢题品")入题。("刍荛尽兰荪")入议论。("千金碎全璧"数句)比例精切。("气压群儿凛")警切。("谓当千载后")极力顿足,则新学之非不烦言可见。("高言追卫乐"数句)此《辨奸论》所云私立名字也。("却顾老钝躯"以下)收到呈诸试官,仍挽转自己生平,与起处相应。不更说斯时取士得失,最为圆净。

望海楼晚景五绝(选二首)

其二

横风吹雨入楼斜,壮观应须好句夸。
雨过潮平江海碧,电光时掣紫金蛇。

集评:

曾季狸《艇斋诗话》:东坡"电光时掣紫金蛇",用白乐天诗。

纪昀评《苏文忠公诗集》卷八:"紫金蛇"究非佳语。

王文诰《苏文忠公诗编注集成·编年古今体诗》卷八:("雨过

潮平江海碧")七字极有斟酌,确是逐日闲坐楼上看潮人语。

潘德舆《养一斋诗话》卷八:自来咏雷电诗,皆壮伟有余,轻婉不足,未免狰狞可畏。(略)电诗则可玩者绝少,如太白之"三时大笑开电光",刘梦得之"轻电闪红绡",东坡之"电光时掣紫金蛇",均非隽句。

其三

青山断处塔层层,隔岸人家唤欲鹰。
江上秋风晚来急,为传钟鼓到西兴。

集评:

潘德舆《养一斋诗话》卷九:容斋取张文潜爱诵杜公"溪回松风长"五古,坡公"梨花淡白柳深青"七绝,以为美谈。二诗何尝有一字求奇,何尝有一字不奇。仆少年不学,卤莽于诗,不谓容斋巨手,久已为此。必知容斋述文潜之意,方于诗学有少分相应耳。予又考坡公七绝甚多,而合作颇少。其才高博学,纵横驰骤,自难为弦外音。"梨花淡白"一章,允属杰出。文潜所赏,足称只眼。然坡之七绝高唱,犹有数章,漫识于此,供爱者之讽诵焉。(略)"青山断处塔层层(略)。"

孙莘老求墨妙亭诗

兰亭茧纸入昭陵,世间遗迹犹龙腾。
颜公变法出新意,细筋入骨如秋鹰。
徐家父子亦秀绝,字外出力中藏棱。
峄山传刻典刑在,千载笔法留阳冰。

杜陵评书贵瘦硬，此论未公吾不凭。

短长肥瘦各有态，玉环飞燕谁敢憎。

吴兴太守真好古，购买断缺挥缣缯。

龟趺入座螭隐壁，空斋昼静闻登登。

奇踪散出走吴越，胜事传说夸友朋。

书来乞诗要自写，为把栗尾书溪藤。

后来视今由视昔，过眼百世如风灯。

他年刘郎忆贺监，还道同时须服膺。

集评：

胡仔《苕溪渔隐丛话》后集卷六：（"杜陵评书贵瘦硬"二句）盖东坡学徐浩书，浩书多肉，用笔圆熟，故不取此语。

袁文《瓮牖闲评》卷五：苏东坡不甚喜妇人，而诗中每及之者，非有他也，以为戏谑耳。其曰："短长肥瘠各有态，玉环飞燕谁敢憎。"乃评书之作也。（略）如此数诗，虽与妇人不相涉，而比拟恰好，且其言妙丽新奇，使人赏玩不已，非善戏谑者能若是乎？

查慎行《初白庵诗评》卷中：（"颜公变法出新意"四句）书评的确，两不可移。

汪师韩《苏诗选评笺释》卷一：论书大旨不外前和子由作所云"端庄杂流丽，刚健含婀娜"二语，故每不取少陵瘦硬通神之说。此诗就亭中所列李、颜、二徐诸刻加之评论。轼之书其源出于颜、徐。诗中"细筋入骨如秋鹰"及"字外出力中藏棱"二句，非惟道古，乃其自道，盖"直以金针度与人"矣。

纪昀评《苏文忠公诗集》卷八：句句警拔，东坡极加意之作。（"短长肥瘦各有态"二句）此真通人之论，诗文皆然，不但书也。江淹《杂拟诗序》已明此旨，东坡移以论书耳。

（日本）赖山阳《东坡诗钞》附《书韩苏古诗后》：世服苏之广长舌，不知其收舌不尽展者更好。（略）《墨妙亭》，（略）皆丰约合度，姿态可观。

赵翼《瓯北诗话》卷五《苏东坡诗》：坡诗不尚雄杰一派，其绝人处在乎议论英爽，笔锋精锐，举重若轻，读之似不甚用力而力已透十分，此天才也。试即其诗，略为举似。（略）七古如（略）"颜公变法出新意，细筋入骨如秋蝇。徐家父子亦秀绝，字外出力中藏棱。"（《墨妙亭诗》）（略）此皆坡诗中最上乘，读者可见其才分之高，不在功力之苦也。

赵翼批沈德潜《宋金三家诗选·苏东坡诗选》上卷：（"杜陵评书贵瘦硬"数句）论古须自出新意。（"他年刘郎忆贺监"二句）结弱。

翁方纲《石洲诗话》卷一：苏文忠作《墨妙亭》诗，则因亭中石刻，自秦篆《峄山》、褚摹《兰亭》以迫颜、徐诸人。家数既多，体格不一，所云"短长肥瘦""飞燕玉环"，特总统髁括之词，故借杜诗语侧入，以见笔锋耳。此所谓言各有当，不得因此二诗（按：指此诗及杜甫《八分小篆歌》）而区别论书之旨，以为杜、苏殊嗜也。

王文诰《苏文忠公诗编注集成·编年古今体诗》卷八：（"字外出力中藏棱"二句）锺、王之法，七字道尽。（"书来乞诗要自写"）收到墨妙句，似率易，而手法细密之甚。（"后来视今犹视昔"）《孟子·尽心下》曰："由孔子来，至于今百有余年矣。"即是此种念头，而诗不甚显，故佳。

《历代诗发》卷二四：坡公书法称宋朝第一人，今观《墨妙亭诗》，知其得心应手者固有在也。

赵克宜《角山楼苏诗评注汇钞》卷三：公深于书，故评书有独到语。（"颜公变法出新意"）亭中兼有唐人石刻，故亦叙及之。（"短长肥瘦各有态"二句）一喻醒快，遂为千古平情之论。（"吴兴太守真好古")至此方入题。"后来视今"一联,所以起结句。

陈衍《宋诗精华录》卷二:此首仅有一二名句。

试院煎茶

蟹眼已过鱼眼生,飕飕欲作松风鸣。

蒙茸出磨细珠落,眩转绕瓯飞雪轻。

银瓶泻汤夸第二,未识古人煎水意。

自注:古语云:煎水不煎茶。

君不见昔时李生好客手自煎,贵从活火发新泉。

又不见今时潞公煎茶学西蜀,定州花瓷琢红玉。

我今贫病常苦饥,分无玉碗捧蛾眉。

且学公家作茗饮,砖炉石铫行相随。

不用撑肠拄腹文字五千卷,但愿一瓯常及睡足日高时。

集评:

汪师韩《苏诗选评笺释》卷一:独写煎茶妙处,于集中诸咏茶诗别出一奇。语不必深而精采自露。此与《汲江》一篇,在古近体中各推绝唱。

纪昀评《苏文忠公诗集》卷八:发端超妙,惜以下多入泼调耳。"君不见"三字引句,原是古调,然后人用滥,实有一种可厌处。("玉碗捧娥眉")倒装不妥,结亦太滑。

(日本)赖山阳《东坡诗钞》卷三:题署试院字,是为著眼。("蟹眼已过鱼眼生"二句)单刀直入,语法秀丽,全是近体格调。用数虚字便活动。("未识古人煎水意")起二句便是古人煎水意。("君不见昔时李生好客手自煎")李生、潞公两层。("不用撑肠拄腹文字五千卷")沉著痛快。("但愿一瓯常及睡足日高时")"一"字与"五千"相反映。

翁方纲《石洲诗话》卷三：神宗熙宁二年，议更贡举法，王安石以为古之取士，俱本于学，请兴建学校以复古。其明经诸科，欲行废罢，使两制三馆议之直史馆。苏轼上议，以为不当废。卒如安石议，罢诗赋帖经墨义，士各占治《易》《诗》《书》《周礼》《礼记》一经，兼《论语》《孟子》。谓《春秋》有三传难通，罢之。试分四场：初大经，次兼经大义凡十道，次论一道，次策三道。时齐、鲁、河朔之士，往往守先儒训诂，质厚不能为文辞。东坡《试院煎茶》诗，作于熙宁壬子八月，时先生在钱塘试院，其曰"未识古人煎水意"，又曰"且学公家作茗饮"，盖皆有为而发。又有《呈诸试官》之作，末云"聊欲废书眠，秋涛春午枕"，与此诗末二句正相同。但此篇化用卢仝诗句，乃更为精切耳。

赵克宜《角山楼苏诗评注汇钞》卷三：古煮茶法，以茶磨细，入水同煮，故次联云然。("君不见")既是古调，何遽可厌？当论诗之佳否耳。("分无玉碗捧蛾眉")言玉碗捧于蛾眉耳，此种句法极多。（结处）切茶运用，寄慨深微。翁方纲谓是时用安石议，改取士之法，故先生此篇末句与《呈诸试官》诗"聊欲废书眠"同意。又谓"未识古人煎水意""且学公家作茗饮"，亦皆此旨。持论较纪为细。

催试官考较戏作

八月十五夜，月色随处好。
不择茅檐与市楼，况我官居似蓬岛。
凤味堂前野橘香，剑潭桥畔秋荷老。
八月十八潮，壮观天下无。

鲲鹏水击三千里，组练长驱十万夫。

红旗青盖互明灭，黑沙白浪相吞屠。

人生会合古难必，此景此行那两得。

愿君闻此添蜡烛，门外白袍如立鹄。

集评：

叶矫然《龙性堂诗话》初集：少陵"词源倒流三峡水，笔阵独扫千人军""三军笛里关山月，万国兵前草木风"，此壮语也。东坡"鲲鹏水击三千里，组练长驱十万夫"，（略）足称劲敌，然此人所易知者。

查慎行《初白庵诗评》卷中：（"门外白袍如立鹄"）白袍谓候榜诸生。洪迈《锁宿贡院》诗云："一间十日真天锡，惭愧纷纷白袍子。"则尔时举子应试候榜，皆衣白袍耶？

汪师韩《苏诗选评笺释》卷一：写月高朗，写潮雄奇，"鲲鹏""组练"二语，可括枚乘《七发》观涛一篇。

纪昀评《苏文忠公诗集》卷八：此何等大典，乃以竣事游眺促之，立言殊不得体。虽题有"戏"字，其实"戏"字已先错。

王文诰《苏文忠公诗编注集成·编年古今体诗》卷八：（"剑潭桥畔秋荷老"）杭州无此桥名，指蜀中也。"月色随处好"句，不专指杭州，"况我官居"本意，直贯下"剑潭"也。其下别起头脑，而前半是总论，故不碍。

秋怀二首

其一

苦热念西风，常恐来无时。

及兹遂凄凛，又作徂年悲。

蟋蟀鸣我床，黄叶投我帷。
窗前有栖鹍，夜啸如狐狸。
露冷梧叶脱，孤眠无安枝。
熠耀亦有偶，高屋飞相追。
定知无几见，迫此清霜期。
物化逝不留，我兴为嗟咨。
便当勤秉烛，为乐戒暮迟。

集评：

叶寘《爱日斋丛钞》卷三：东坡《秋怀》诗："苦热念秋风，常恐来无时。及兹遂凄凛，又作徂年悲。"即《补洞仙歌》结语。荆公有云："少年不知秋，喜闻西风生。老大多感伤，畏此蟋蟀鸣。"又少陵"老去悲秋"之意。而又一诗云："少年见青春，万物皆妩媚。一从鬓上白，百不见可喜。"述壮老异情处，犹前诗也。

纪昀评《苏文忠公诗集》卷八：敛才以效古人，音节意旨，遂皆去之不远。流年迟暮之感，妙不正写，只以物化烘托而出。

赵克宜《角山楼苏诗评注汇钞》卷三：语极平近，足以令人心肯气息，直逼陶、韦。

其二

海风东南来，吹尽三日雨。
空阶有余滴，似与幽人语。
念我平生欢，寂寞守环堵。
壶浆慰我劳，裹饭救寒苦。
今年秋应熟，过从饱鸡黍。
嗟我独何求，万里涉江浦。

居贫岂无食,自不安畎亩。
念此坐达晨,残灯翳复吐。

集评:

纪昀评《苏文忠公诗集》卷八:三、四平语,却极奇幻。"居贫"二句,亦人不肯道语。

(日本)赖山阳《东坡诗钞》卷一:公诗,起处每佳,以起起,以景结。("吹尽三日雨")"尽"字有味。("似与幽人语")奇奇,前人所未言。("念我平生欢")"念我"云云恐非即夜之事。交欢之欢,盖指朋友也。("残灯翳复吐")复归景物。佳结,亦是有余韵。

赵克宜《角山楼苏诗评注汇钞》卷三:三、四东坡本色。("居贫岂无食"二语)亦似陶。

汪师韩《苏诗选评笺释》卷一:前作感怆,后作乃导以冲和,起乎悲,止乎乐,盖犹是优游卒岁之旨。

梵天寺见僧守诠小诗清婉可爱,次韵

但闻烟外钟,不见烟中寺。
幽人行未已,草露湿芒屦。
惟应山头月,夜夜照来去。

集评:

惠洪《冷斋夜话》卷六《东坡和惠诠诗》:东吴僧惠诠,佯狂垢污,而诗句清婉。尝书湖上一山寺壁曰:"落日寒蝉鸣,独归林下寺。柴扉夜未掩,片月随行屦。唯闻犬吠声,又入青萝去。"东坡一见,为和于后曰:"唯闻烟外钟,不见烟中寺。幽人夜未寝,草露湿芒屦。"

周紫芝《竹坡诗话》：余读东坡《和梵天僧守诠》小诗，（略）未尝不喜其清绝过人远甚。晚游钱塘，始得诠诗云："落日寒蝉鸣，独归林下寺。松扉竟未掩，片月随行屦。时闻犬吠声，更入青萝去。"乃知其幽深清远，自有林下一种风流，东坡老人虽欲回三峡倒流之澜与溪壑争流，终不近也。

陆次云《湖壖杂记》：禅家取东坡"溪声便是广长舌，山色不离清净身"二语，以为见道。不若其题梵天五古云（略）。色相俱空，已臻上乘，其成佛当不在灵运下也，矧伽蓝乎？

汪师韩《苏诗选评笺释》卷一：峭蒨高洁，韦、柳遗音。

纪昀评《苏文忠公诗集》卷八：庄老告退，山水方滋，晋宋以还，清音遂畅。揆以风雅之本旨，正如六经而外，别出玄谈，亦自一种不可磨灭文字。后人转相神圣，遂欲截断众流，专标此种为正法眼藏。然则《三百》以下，汉魏以前，作者岂尽俗格哉？东坡之喜此诗，盖亦"偶思螺蛤"之意，谈彼法者，勿以藉口。

赵翼批沈德潜《宋金三家诗选·苏东坡诗选》上卷：王、韦一派。在公集中却是别调。

王文诰《苏文忠公诗编注集成·编年古今体诗》卷八：（"但闻烟外钟"四句）此种句调，犹之盘筵中，间以小食，虽亦适口，然终非一饱物也。

赵克宜《角山楼苏诗评注汇钞》卷三：自渔洋教人以王、孟为宗，海内翕然从之。纪氏生于其后，欲力翻成说以自异，故遇此等处，苦费斡旋，亦门户之见胜也。原作及和诗，境象虽清，意味却薄，无唐贤之酝酿故耳。次公谓此三韵诗，杜子美已有此格。

香岩批《纪评苏诗》卷八：（纪昀）此论极有关系，今之效王、孟者，宜各书一通于座右以作针砭。

129

是日宿水陆寺,寄北山清顺僧二首

其一

草没河堤雨暗村,寺藏修竹不知门。
拾薪煮药怜僧病,扫地焚香净客魂。
农事未休侵小雪,佛灯初上报黄昏。
年来渐识幽居味,思与高人对榻论。

集评:

汪师韩《苏诗选评笺释》卷二:杳窱回合,如坐虚白而闭重元。

王文诰《苏文忠公诗编注集成·编年古今体诗》卷八:前六句公自道,后二句结入清顺。下首同此作法。

方东树《昭昧詹言》卷二〇:起叙题,而其景如画。三、四水陆寺,五、六宿时情景,收"宿"字及寄清顺。

其二

长嫌钟鼓聒湖山,此境萧条却自然。
乞食绕村真为饱,无言对客本非禅。
披榛觅路冲泥入,洗足关门听雨眠。
遥想后身穷贾岛,夜寒应耸作诗肩。

集评:

纪昀评《苏文忠公诗集》卷八:三、四放平,愈有身分。

王文诰《苏文忠公诗编注集成·编年古今体诗》卷八:("披榛觅路冲泥入"二句)题云"是日",必当有此二句,方是真境。即"乞食""无言"一联,语中有骨,并不平也。

六和寺冲师闸山溪为水轩

欲放清溪自在流,忍教冰雪落沙洲。
出山定被江潮涴,能为山僧更少留。

集评:

纪昀评《苏文忠公诗集》卷八:("出山定被江潮涴")即"在山泉水清"之意。

王文诰《苏文忠公诗编注集成·编年古今体诗》卷八:("出山定被江潮涴"二句)从"我如此水千山底"自为翻案,可见其游行自在也。

赵克宜《角山楼苏诗评注汇钞》卷三:("出山定被江潮涴"二句)浅语不尽。

冬至日独游吉祥寺

井底微阳回未回,萧萧寒雨湿枯荄。
何人更似苏夫子,不是花时肯独来。

集评:

纪昀评《苏文忠公诗集》卷八:("何人更似苏夫子"二句)率笔,而极有风致。

将之湖州戏赠莘老

馀杭自是山水窟,仄闻吴兴更清绝。

湖中橘林新著霜，溪上茗花正浮雪。
顾渚茶芽白于齿，梅溪木瓜红胜颊。
吴儿脍缕薄欲飞，未去先说馋涎垂。
亦知谢公到郡久，应怪杜牧寻春迟。
鬓丝只可对禅榻，湖亭不用张水嬉。

集评：

　　黄彻《䂬溪诗话》卷七：乐天云："报到前驱少呵喝，恐惊黄鸟不成啼。"坡云："鬓丝只可对禅榻，湖亭不用张旌旗。"蔡君谟云："因傍低松却飞盖，为闻山鸟辍鸣驺。"若俗士，正务以此夸张俗眼，又岂识数公意。

　　又卷一〇：子建称孔北海文章多杂以嘲戏，子美亦戏效俳谐体，退之亦有寄诗杂诙俳，不独文举为然。（略）大体材力豪迈有余，而用之不尽，自然如此。（略）坡集类此不可胜数。（略）《将之湖州戏赠莘老》云："吴儿脍缕薄欲飞，未去先说馋涎垂。"（略）皆斡旋其章而弄之。信恢刃有余，与血指汗颜者异矣。

　　袁宏道评阅谭元春选《东坡诗选》卷二谭元春评：予爱其"湖中橘林"二句，故选之。公更有"云水夜唯明"，皆是湖州茗雪写照。

　　纪昀评《苏文忠公诗集》卷八：（"未去先说馋涎垂"）太鄙拙。

鸦种麦行

霜林老鸦闲无用，畦东拾麦畦西种。
畦西种得青猗猗，畦东已作牛尾稀。
明年麦熟芒攒槊，农夫未食鸦先啄。

徐行俯仰若自矜，鼓翅跳踉上牛角。
忆昔舜耕历山鸟为耘，如今老鸦种麦更辛勤。
农夫罗拜鸦飞起，劝农使者来行水。

集评：

　　叶大庆《考古质疑》卷五：又云："忆昔舜耕历山鸟耘田。"赵次公注云："《史记·舜纪》注引传以为'下有群鸟耘田'，故《文选》注左思赋云：'舜葬苍梧，象为之耕，禹耕会稽，鸟为之耘。'如此则鸟耘非舜事，象耕亦非历山时，而先生云尔。撼树之徒，遂轻议先生为错，殊不知先生胸次多书，下笔痛快，不复检本订之，岂比世间切切若獭祭鱼者哉！"大庆谓杜征南、颜秘书为丘明、孟坚忠臣，次公之言正类此尔。后生晚学，影响见闻，乃欲以是藉口，岂知以东坡则可，他人则不可，当如鲁男子之学柳下惠可也。

　　袁宏道评阅谭元春选《东坡诗选》卷二谭元春评：题奇甚，诗似张文昌诸作。

　　王文诰《苏文忠公诗编注集成·编年古今体诗》卷八：起四句纯乎古意，有此一起，则后幅触手都成奇语。

　　赵克宜《角山楼苏诗评注汇钞》卷三：（"徐行俯仰若自矜"）如睹。与柳州《捕蛇者说》同旨，却不说破，所以为佳。结二语妙用倒装，若顺说则无味。

画鱼歌　自注：湖州道中作。

天寒水落鱼在泥，短钩画水如耕犁。
渚蒲披折藻荇乱，此意岂复遗鳅鲵。
偶然信手皆虚击，本不辞劳几万一。

一鱼中刃百鱼惊,虾蟹奔忙误跳掷。

渔人养鱼如养雏,插竿冠笠惊鹈鹕。

岂知白梃闹如雨,搅水觅鱼嗟已疏。

集评:

袁宏道评阅谭元春选《东坡诗选》卷二谭元春评:力入巧出,有血滴而无骨见,子美前、后《打鱼》可三也。

查慎行《初白庵诗评》卷中:短篇故作波澜,一味苍茫,初学何自穷其涯岸?

汪师韩《苏诗选评笺释》卷二:时新法盛行,故即"短钩画水"以为喻。所言"此意岂复遗鳅鲵"与"一鱼中刃百鱼惊"者,似皆指新法之病民,王、吕辈坏法乱制,岂异拔渚蒲而乱藻荇哉!其《请罢条例司疏》有云"造端宏大,民实惊疑,创法新奇,吏皆惶恐",正与诗意相同。而其绘事如画,笔端有神,虽寥峭短章,读其词如有千百言在腕下。

纪昀评《苏文忠公诗集》卷八:语自清历。初白先生以为"波澜苍茫,无自穷其畔岸",推之太过。("此意岂复遗鳅鲵")本旨在此。("偶然信手皆虚击"二句)"偶然"与"皆"字不合,句亦未练,病在"本"字。(末四句)喻诛求之殚民力也。

赵克宜《角山楼苏诗评注汇钞》卷三:("渚蒲披折藻荇乱")二语辞气似杜。

吴中田妇叹

今年粳稻熟苦迟,庶见霜风来几时。

霜风来时雨如泻,杷头出菌镰生衣。

眼枯泪尽雨不尽，忍见黄穗卧青泥。
茅苫一月陇上宿，天晴获稻随车归。
汗流肩赪载入市，价贱乞与如糠粞。
卖牛纳税拆屋炊，虑浅不及明年饥。
官今要钱不要米，西北万里招羌儿。
龚黄满朝人更苦，不如却作河伯妇。

集评：

　　翁方纲《王文简古诗平仄论》：又如苏诗《吴中田妇叹》（略）。
方纲按：此篇前一韵凡七韵十四句，后一韵凡二韵二句。（"苦"与
"妇"不同部，苏、黄诸家古诗往往如此，非正也，此又当别论。）而
其前韵于第十一句插入一韵，以振其势，此则一韵中随手之变，其
法与杜《石犀行》之中间换韵处相似而不同，要其以音节为顿挫则
一也，亦是正格，不得以参差异之。

　　纪昀评《苏文忠公诗集》卷八：（"庶见霜风来几时"）拙滞。
（"杷头出菌镰生衣"）常景写成奇句。（"虑浅不及明年饥"）七字
沉痛。（"不如却作河伯妇"）惜一结浅露。

　　方东树《昭昧詹言》卷一二：小诗沉著。"杷头"句言无用也。
收言不如沉水死也。

　　赵克宜《角山楼苏诗评注汇钞》卷三：（"卖牛纳税拆屋炊"）
透过一层，语极深至。（结二句）痛陈民隐，不嫌于尽。

游道场山何山

道场山顶何山麓，上彻云峰下幽谷。
我从山水窟中来，尚爱此山看不足。

陂湖行尽白漫漫，青山忽作龙蛇盘。

山高无风松自响，误认石齿号惊湍。

山僧不放山泉出，屋底清池照瑶席。

阶前合抱香入云，月里仙人亲手植。

出山回望翠云鬟，碧瓦朱栏缥缈间。

白水田头问行路，小溪深处是何山？

高人读书夜达旦，至今山鹤鸣夜半。

我今废学不归山，山中对酒空三叹。

集评：

查慎行《初白庵诗评》卷中：（"屋底清池照瑶席"）今山中有瑶席池，后人取公诗名之。（"阶前合抱香入云"二句）今山中无桂树矣。

汪师韩《苏诗选评笺释》卷二："道场山顶何山麓"，总写四句。此下详于道场而略于何山。乃偏于详处更作"出山回望"二语，摇荡人情。何山只缅怀高人之读书，不复模山范水。意尽而止，无往不以自然为工。

纪昀评《苏文忠公诗集》卷八：纯用唐人转韵格，亦殊宛转多姿。查云：（"我从山水窟中来"二句）"尊题格"。（"出山回望翠云鬟"以下四句）若断若连，有自在流行之妙。（"小溪深处是何山"）何山只作带笔，点染轻便之至。

赵翼评沈德潜《宋金三家诗选·苏东坡诗选》卷上：（"我从山水窟中来"二句）铦利。

赵翼《瓯北诗话》卷五《苏东坡诗》：坡诗不尚雄杰一派，其绝人处在乎议论英爽，笔锋精锐，举重若轻，读之似不甚用力而力已透十分，此天才也。试即其诗，略为举似。（略）七古如（略）"我从山水窟中来，尚爱此山看不足。"（《游道场山何山》）（略）此皆坡诗中最上乘,读者可见其才分之高,不在功力之苦也。

王文诰《苏文忠公诗编注集成·编年古今体诗》卷八:此诗用唐人转韵体,而读去绝无转韵之迹,此其笔力不同故也。

赠孙莘老七绝(选四首)

其一

嗟予与子久离群,耳冷心灰百不闻。
若对青山谈世事,当须举白便浮君。

集评:

朋九万《乌台诗案·与湖州知州孙觉诗》:熙宁五年十二月作诗。因任杭州通判日,蒙运司差往湖州相度堤堰利害,因与湖州知州孙觉相见。轼作诗与孙觉云:"若对青山谈世事,直须举白便浮君。"轼是时约孙觉并坐客:"如有言及时事者,罚一大盏。"虽不指时事是非,轼意言时事多不便,更不可说,说亦不尽。

纪昀评《苏文忠公诗集》卷八:语太浅露。

其二

天目山前绿浸裾,碧澜堂上看衔舻。
作堤捍水非吾事,闲送苕溪入太湖。

集评:

朋九万《乌台诗案·与湖州知州孙觉诗》:上件诗除无讥讽外,不合云:"作堤捍水非吾事,闲送苕溪入太湖。"轼为先曾言水利不便,却被转运司差相度堤堰。轼本非兴水利之人,以讥讽时世,与昔不同,而水利不便而然也。轼在台,于九月三日供状时,不合云上件诗无讥讽外,再蒙会勘,方招。其诗系印行册子内。

袁宏道评阅谭元春选《东坡诗选》卷二谭元春评:("闲送苕溪入太湖")意妙。

查慎行《初白庵诗评》卷中:时莘老守湖州,故以下五首皆用湖州事。

汪师韩《苏诗选评笺释》卷二:前两作愤懑之词,以快利出之。

其六

乌程霜稻袭人香,酿作春风雪水光。
时复中之徐邈圣,无多酌我次公狂。

集评:

纪昀评《苏文忠公诗集》卷八:后二句是道地江西派,古人无此格也。

赵翼《瓯北诗话》卷五:诗人遇成语佳对,必不肯放过。坡公尤妙于翦裁,虽工巧而不落纤佻,由其才分之大也。如"时复中之徐邈圣,无多酌我次公狂。"(《赠孙莘老》)(略)此等诗虽非坡公著意之作,然自然凑泊,触手生春,亦见其学之富而笔之灵也。

其七

去年腊日访孤山,曾借僧窗半日闲。
不为思归对妻子,道人有约径须还。

集评:

汪师韩《苏诗选评笺释》卷二:后一首役使成语,如天造地设,前无古人。

秀州报本禅院乡僧文长老方丈

万里家山一梦中，吴音渐已变儿童。

每逢蜀叟谈终日，便觉峨眉翠扫空。

师已忘言真得道，我除搜句百无功。

明年采药天台去，更欲题诗满浙东。

集评：

袁宏道评阅谭元春选《东坡诗选》卷二谭元春评：（"每逢蜀叟谈终日"）妙极。

纪昀评《苏文忠公诗集》卷八：三、四常意，写来警动。

方东树《昭昧詹言》卷二〇：只著意乡情，词意真切，而造语倜傥奇警，令人吟咏不尽。

延君寿《老生常谈》：七律之对仗灵便不测，虽不必首首如是，然此法则不可不会用。东坡《赠僧》云："每逢蜀叟谈终日，便觉峨嵋翠扫空。"黄仲则之《游西山道中》"渐来车马无声地，忽与云山有会心"，似从此化出。此等缘故，不是有心去学，读得古人多了，自有不知不觉之妙。

王复秀才所居双桧二首（选一首）

其二

凛然相对敢相欺，直干凌空未要奇。

根到九泉无曲处，世间惟有蛰龙知。

集评：

王巩《闻见近录》：王和甫尝言，苏子瞻在黄州，上数欲用之。

王禹玉辄曰:"轼尝有'此心惟有蛰龙知'之句,陛下飞龙在天而不敬,乃反欲求蛰龙乎?"章子厚曰:"龙者非独人君,人臣皆可以言龙也。"上曰:"自古称龙者多矣,如荀氏八龙、孔明卧龙,岂人君也?"及退,子厚诘之曰:"相公乃欲覆人之家族耶?"禹玉曰:"此舒亶言尔。"子厚曰:"亶之唾,亦可食乎?"

叶梦得《石林诗话》卷上:元丰间,苏子瞻系大理狱。神宗本无意深罪子瞻,时相进呈,忽言苏轼于陛下有不臣意。神宗改容曰:"轼固有罪,然于朕不应至是,卿何以知之?"时相因举轼《桧》诗"根到九泉无曲处,世间惟有蛰龙知"之句,对曰:"陛下龙飞在天,轼以为不知己,而求之地下之蛰龙,非不臣而何?"神宗曰:"诗人之词,安可如此论?彼自咏桧,何预朕事?"时相语塞。章子厚亦从旁解之,遂薄其罪。子厚尝以语余,且以丑言诋时相,曰:"人之害物,无所忌惮,有如是也!"

胡仔《苕溪渔隐丛话》后集卷三〇:东坡在御史狱,狱吏问云:"《双桧》诗'根到九泉无曲处,世间惟有蛰龙知'有无讥讽?"答曰:"王安石诗'天下苍生待霖雨,不知龙向此中蟠',此龙是也。"吏亦为之一笑。

葛立方《韵语阳秋》卷五:《石林诗话》载,元丰间,东坡系狱,神宗本无意罪之。时相因举轼《桧诗》"根到九泉无曲处,岁寒惟有蛰龙知"。且云:"陛下龙飞在天,轼以为不知己,而求知地下之蛰龙,非不臣何?"得章子厚从而解之,遂薄其罪。而王定国《见闻录》云:"东坡在黄州时,上欲复用,王禹玉以'岁寒惟有蛰龙知'激怒上意,章子厚力解,遂释。"余观东坡自狱中出《与章子厚书》云:"某所以得罪,其过恶未易一二数,平时惟子厚与子由极口见戒,反复甚苦,某强很自不以为然。"又云:"异时相识,但过相称誉,以成吾过,一旦有患难,无复相哀者。惟子厚平居遗我以药石,及困急又有以救恤之,真与世俗异矣。"则知坡系狱时,子厚救解之力为多,《石林诗话》不妄也。

方回《刘元辉诗评序》:东坡以诗为舒亶、李定所劾,下狱,当路欲杀之。神庙察《桧》诗"蛰龙"非有他志,乃舍而谪焉。黄州七年后,诗未尝再为讥诃,但诗律宽而用事博,学者自不可学。

汪师韩《苏诗选评笺释》卷二:摘词无懦,涉笔见其磊落光明。

法惠寺横翠阁

朝见吴山横,暮见吴山纵。
吴山故多态,转侧为君容。
幽人起朱阁,空洞更无物。
惟有千步冈,东西作帘额。
春来故国归无期,人言秋悲春更悲。
已泛平湖思濯锦,更看横翠忆蛾眉。
雕栏能得几时好,不独凭栏人易老。
百年兴废更堪哀,悬知草莽化池台。
游人寻我旧游处,但觅吴山横处来。

集评:

葛立方《韵语阳秋》卷一三:白乐天《九江春望》诗云:"炉烟岂异终南色,盆草宁殊渭北春。"盖不忘蔡渡旧居也。老杜《偶题》云:"故山迷白阁,秋水忆黄陂。"盖不忘秦中旧居也。东坡《横翠阁诗》云:"已见西湖怀濯锦,更看横翠忆峨眉。"殆亦此意。

汪师韩《苏诗选评笺释》卷二:作初唐体,清丽芊眠,神韵欲绝。

纪昀评《苏文忠公诗集》卷九:("吴山故多态"二句)起得峭

拔。（"雕栏能得几时好"以下）眼前真境，而自来未经人道。（"游人寻我旧游处"二句）短峭而杂以曼声，使人怆然易感。

（日本）赖山阳《东坡诗钞》附《书韩苏古诗后》：世服苏之广长舌，不知其收舌不尽展者更好。（略）《横翠阁》，（略）皆丰约合度，姿态可观。

翁方纲《石洲诗话》卷一：太白五律之妙，总是一气不断，自然入化，所以为难能。苏长公"横翠峨眉"一联，前人比于杜陵《峡中览物》之句。然太白作《上皇西巡南京歌》云："地转锦江成渭水，天回玉垒作长安。"则更大不可及矣。

赵克宜《角山楼苏诗评注汇钞》卷四：一起，不泥定"横"字著笔，四语生动有味。（"幽人起朱阁"）入阁。（"唯有千步冈"二句）坐实横翠。（"春来故国无归期"）入人情。（"百年兴废更堪哀"四句）浅语甚真，调亦流便，在集中别是一色笔墨。（"雕栏能得几时好"）绾阁。（"但觅吴山横处来"）收横翠。

高步瀛《唐宋诗举要》卷三：（"东西作帘额"）以上写景，以下写情。

又引吴汝纶评：奇气横溢。

正月二十一日病后，述古邀往城外寻春

屋上山禽苦唤人，槛前冰沼忽生鳞。
老来厌伴红裙醉，病起空惊白发新。
卧听使君鸣鼓角，试呼稚子整冠巾。
曲栏幽榭终寒窘，一看郊原浩荡春。

集评：

查慎行《初白庵诗评》卷中：（"卧听使君鸣鼓角"）述古时为

杭州太守,故诗中呼为使君。

纪昀评《苏文忠公诗集》卷九:(起处)语意道上。("曲栏幽榭终寒窘"二句)二语写出胸次。

贺裳《载酒园诗话·苏轼》:坡诗吾第一服其气概。《陈述古邀往城北寻春》曰:"曲栏幽榭终寒窘,一看郊原浩荡春。"(略)如此胸襟,真天人也。

赵克宜《角山楼苏诗评注汇钞》卷四:后四句一气相生,气象阔大。

饮湖上初晴后雨二首（选一首）

其二

水光潋滟晴偏好①,山色空濛雨亦奇。
欲把西湖比西子,淡妆浓抹总相宜。

集评:

阮阅《诗话总龟》前集卷一六《留题门》:东坡爱西湖,诗曰:"若把西湖比西子,淡妆浓抹总相宜。"余宿孤山下,读林和靖诗,句句皆西湖写生。特天姿自然,不施铅华耳。作诗书壁曰:"长爱东坡眼不枯,解将西子比西湖。先生诗妙真如画,为作春寒出浴图。"

陈善《扪虱新话》上集卷一《借西子形容西湖》:东坡酷爱西湖,尝作诗云:"若把西湖比西子,淡妆浓抹总相宜。"识者谓此两句已道尽西湖好处。公又有诗云:"云山已作歌眉敛,山下碧流清似眼。"予谓此诗又是为西子写生也。要识西子,但看西湖;要识

---

① 偏:一作"方"。

143

西湖,但看此诗。

袁文《瓮牖闲评》卷五:苏东坡不甚喜妇人,而诗中每及之者,非有他也,以为戏谑耳。(略)其曰"欲把西湖比西子,淡妆浓抹总相宜",乃咏西湖之作也。(略)如此数诗,虽与妇人不相涉,而比拟恰好,且其言妙丽新奇,使人赏玩不已,非善戏谑者能若是乎?

查慎行《初白庵诗评》卷中:("水光潋滟晴偏好"二句)多少西湖诗被二语扫尽,何处著一毫脂粉颜色。

王文诰《苏文忠公诗编注集成·编年古今体诗》卷九:此是名篇,可谓前无古人,后无来者。公凡西湖诗,皆加意出色,变尽方法。然皆在《钱塘集》中。其后帅杭,劳心灾赈,已无复此种杰构,但云"不见跳珠十五年"而已。

陈衍《宋诗精华录》:后二句遂成为西湖定评。

王文濡《宋元明诗评注读本》卷四:因西湖而忆西子,比例殊妙。

纪昀评《苏文忠公诗集》卷九:二诗本色,却佳。

往富阳新城,李节推先行三日,留风水洞见待

春山磔磔鸣春禽,此间不可无我吟。
路长漫漫傍江浦,此间不可无君语。
金鲫池边不见君,追君直过定山村。
路人皆言君未远,骑马少年清且婉。
风岩水穴旧闻名,只隔山溪夜不行。
溪桥晓溜浮梅萼,知君系马岩花落。
出城三日尚逶迤,妻孥怪骂归何时。

世上小儿夸疾走，如君相待今安有。

集评：

朋九万《乌台诗案·游杭州风水洞留题》：熙宁七年为通判杭州，于正月二十七日游风水洞。有本州节推李泌，知轼到来，在彼等候。轼到，乃留题于壁。其卒章不合云："世上小儿夸疾走，如君相待今安有。"以讥世之小人，多务急进也。其诗即不曾写与李泌。

袁宏道评阅谭元春选《东坡诗选》卷二袁宏道评：结句入理便不佳。

又谭元春评：（"春山磔磔鸣春禽"四句）初入口如鲍明远《行路难》，不觉惊动。（袁宏道）指此为理路，别是一见，然自不妨耳。

纪昀评《苏文忠公诗集》卷九：磊磊落落，起法绝佳。一结索然。

赵翼《瓯北诗话》卷五《苏东坡诗》：坡诗不尚雄杰一派，其绝人处在乎议论英爽，笔锋精锐，举重若轻，读之似不甚用力而力已透十分，此天才也。试即其诗，略为举似。（略）七古如（略）"世上小儿夸疾走，如君相待今安有。"（《往富阳，李节推先行，留风水洞见待》）（略）此皆坡诗中最上乘，读者可见其才分之高，不在功力之苦也。

王文诰《苏文忠公诗编注集成·编年古今体诗》卷九：（"如君相待今安有"）戛然便住，奇绝。

方东树《昭昧詹言》卷一二：小诗有韵。

陈衍《宋诗精华录》卷二：此种作法，最患平衍，节节转韵，稍不直致。

梁章钜《退庵随笔》：七古有仄韵到底者，则不妨以律句参错其间，以用仄韵，已别于近体，故间用律句，不至落调。（略）其篇中换韵者,亦可用律句,如少陵之《丹青引》,东坡之《往富阳新城》皆是。而王右丞之《桃源行》,凡三十二句,律句至二十三见。此皆唐宋大家可据为典要者。

自普照游二庵

长松吟风晚雨细,东庵半掩西庵闭。

山行尽日不逢人,裛裛野梅香入袂。

居僧笑我恋清景,自厌山深出无计。

我虽爱山亦自笑,幽独神伤后难继。

不如西湖饮美酒,红杏碧桃香覆髻。

作诗寄谢采薇翁,本不避人那避世。

集评:

查慎行《初白庵诗评》卷中:劈头二句,全题已无余景。以后却入议论。

汪师韩《苏诗选评笺释》卷二:清幽之趣,微妙之音,司空图《诗品》中未曾道及。

纪昀评《苏文忠公诗集》卷九:"幽独神伤"全用杜句,作"独往"非是。

王文诰《苏文忠公诗编注集成·编年古今体诗》卷九:此句"独往神伤",《咸淳临安志》作"幽独神伤"。(下引纪评)今屡复此诗,必如"独往"字,始与下句紧接,若用"幽独",则前后脱气矣。(按:王文诰本作"独往神伤")观结句,"往"字是通篇诗眼,去此一字,其病尚不止"出无计"句承不清也。

梁章钜《浪迹丛谈》卷一〇引苏斋评:苏公《自普照游二庵》

七古一首,是坡诗一小结构,今偶为拈出,自来学坡诗读坡诗者,皆不知也。("长松吟风晚雨细"四句)传出清幽孤峭之景,至此极矣。("居僧笑我恋清景"二句)妙在借此一托,则上四句之清幽孤峭,更十分完足。("我虽爱山亦自笑"二句)此并自己亦抽出,则此游之清幽,竟到二十分。("不如西湖饮美酒"二句)乃作俗艳以反形之,此针锋也。("作诗寄谢采薇翁"二句)言实觉此游之太清幽孤峭也。本应以清幽孤峭作收场,却反以俗艳作收裹,如此乃谓之圆笔。

新城道中二首

其一

东风知我欲山行,吹断檐间积雨声。
岭上晴云披絮帽,树头初日挂铜钲。
野桃含笑竹篱短,溪柳自摇沙水清。
西崦人家应最乐,煮芹烧笋饷春耕。

集评:

袁宏道评阅谭元春选《东坡诗选》卷二谭元春评:"絮帽""铜钲",偏有此一幅酸料。

汪师韩《苏诗选评笺释》卷二:"絮帽""铜钲",未免著相矣。有"野桃""溪柳"一联,铸语神来。常人得之,便足以名世。

纪昀评《苏文忠公诗集》卷九:起有神致。三、四自恶,不必曲为之讳。又"絮帽""铜钲",究非雅字。

《唐宋诗本》卷六陆次云评:起得最好,"絮帽""铜钲"语,在长公不妨,不可为法。

洪亮吉《北江诗话》卷五：徐凝《庐山瀑布》诗："终古长如匹练飞，一条界破青山色。"东坡以为恶诗，是矣。然东坡诗如"岭上晴云披絮帽，树头初日挂铜钲"诸联，独非恶诗乎？且非独此也，"铜钲"又属凑韵。尝有友人子以诗见示，笔甚清脆，卷中忽以"铜钲"二字代"晓日"，予曾谕之曰："东坡此种，最不可学。今用庚字韵，故曰铜钲；若元字韵，则必曰铜盆；寒字韵，则必曰铜盘；歌字韵，则必曰铜锅矣。"坐客皆失笑。

王文诰《苏文忠公诗编注集成·编年古今体诗》卷九：此诗上节，叙早发新城也。此诗下节，行及半道，时已饷耕也。

王文濡《宋元明诗评注读本》卷六：（"岭上晴云披絮帽"二句）描写雨后岭、树之景，（"野桃含笑竹篱短"二句）写道中所见。

其二

身世悠悠我此行，溪边委辔听溪声。
散材畏见搜林斧，疲马思闻卷旆钲。
细雨足时茶户喜，乱山深处长官清。
人间岐路知多少，试向桑田问耦耕。

集评：

《瀛奎律髓汇评》卷一四《晨朝类》方回评：东坡为杭倅时诗。熙宁六年癸丑二月，循行属县，由富阳至新城有此作。三、四乃是早行诗也。起句十四字妙，五、六亦佳，但三、四颇拙耳。所谓武库森然，不无利钝，学者当自细参而默会。虽山谷少年诗，亦有不甚佳者，不可为前辈隐讳也。坡是年三十八岁。晁无咎之父端友令新城，故和篇有云："小雨足时茶户喜，乱山深处长官清。"此乃佳句。

又冯舒评：山谷晚年诗愈不佳，方君既知三、四之拙，则何苦强诶山谷？

又冯班评：三、四非拙也，方君不解此等笔法。

又查慎行评：世俗刻本皆以后一首混入苏集，据此可证其非。

又何义门评：起二句新。

查慎行《初白庵苏诗补注》卷九：《新城道中》二首，诸刻皆入先生集，宋雕本亦然。方回《瀛奎律髓》止载前一首，而评其下云："东坡为杭倅，时熙宁六年癸丑二月，循行属县，由富阳至新城，有此作。是年三十八岁。晁无咎之父端友令新城，其和篇有'细雨足时茶户喜，乱山深处长官清'云云，乃其佳句。"方回南宋人，其言必有所本。则第二首乃晁作也，向来无有辨证者。

吴骞《拜经楼诗话》卷三：东坡《新城道中》诗二首，初白翁《补注》，依《瀛奎律髓》以第二首为新城令晁端友和作。予观诗有云："细雨足时茶户喜，乱山深处长官清。"端友岂自誉乃尔乎？下又云："人间岐路知多少，试向桑田问耦耕。"亦自行役而非作令者口吻，疑东坡用前韵以赠晁令耳。故当从旧本为当。

王文诰《苏文忠公诗编注集成·编年古今体诗》卷九：此诗上节，时已亭午，山行渐疲，寄慨于行役也。此诗下节，行近新城，山城在望，以题属道中，故就道中结煞也。第三联以官清民乐作骨，系美晁之词，诗以"户喜"脱去民乐，人遂弗觉耳。二诗自为开阖，次序井然。

香岩批《纪评苏诗》卷九：诗极佳，然与坡仙路径迥别。

赵克宜《角山楼苏诗评注汇钞》卷四：（"细雨足时茶户喜"二句）此联清隽。

王文濡《宋元明诗评注读本》卷六：前首写道中所见，后首则感伤身世，殊有言外意。

陈衍《宋诗精华录》卷二：第六句有微词。

149

山村五绝（选三首）

其二

烟雨濛濛鸡犬声，有生何处不安生。
但令黄犊无人佩，布谷何劳也劝耕。

集评：

朋九万《乌台诗案·与王诜往来诗赋》：又《山村》诗第二首云："烟雨濛濛鸡犬声（略）。"轼意言是时贩私盐者多带刀杖，故取前汉龚遂令人卖剑买牛、卖刀买犊，曰"何为带牛佩犊"意。言但将盐法宽平，令人不带刀剑而买牛犊，则自力耕，不劳劝督也，以讥讽朝廷盐法太峻，不便也。

其三

老翁七十自腰镰，惭愧春山笋蕨甜。
岂是闻韶解忘味，迩来三月食无盐。

集评：

朋九万《乌台诗案·与王诜往来诗赋》：第三首云："老翁七十自腰镰（略）。"言山中之人饥贫无食，虽老犹自采笋蕨充饥。时盐法峻急，僻远之人无盐食，动经数月。若古之圣人，则能闻韶忘味，山中小民岂能食淡而乐乎？以讥讽盐法太急也。

查慎行《初白庵诗评》卷中：此诗亦似讥刺盐法太严而作。

王文诰《苏文忠公诗编注集成·编年古今体诗》卷九：据此文（按：指苏轼《上文侍中论榷盐书》），则诗为实录矣。

其四

杖藜裹饭去匆匆,过眼青钱转手空。

赢得儿童语音好,一年强半在城中。

集评:

朋九万《乌台诗案·与王诜往来诗赋》:第四首云:"杖藜裹饭去匆匆(略)。"意言百姓虽得青苗钱,立便于城中浮费使却。又言乡村之人一年两度夏秋税,又数度请纳和预买钱。今此更添青苗、助役钱,因此庄家子弟多在城中,不著次第,但学得城中语音而已。以讥讽朝廷新法,青苗、助役不便。

查慎行《初白庵诗评》卷中:诗案云:此诗以讽青苗、助役不便也。

湖上夜归

我饮不尽器,半酣味尤长。

篮舆湖上归,春风吹面凉。

行到孤山西,夜色已苍苍。

清吟杂梦寐,得句旋已忘。

尚记梨花村,依依闻暗香。

入城定何时,宾客半在亡。

睡眼忽惊矍,繁灯闹河塘。

市人拍手笑,状如失林獐。

始悟山野姿,异趣难自强。

人生安为乐,吾策殊未良。

集评：

查慎行《初白庵诗评》卷中："安"，疑当作"要"。

朱承爵《存余堂诗话》：东坡少年有诗云："清吟杂梦寐，得句旋已忘。"固已奇矣。晚谪惠州，复有一联云："春江有佳句，我醉堕渺莽。"则又加少作一等。评书家谓笔随年老，岂诗亦然耶？

贺裳《载酒园诗话》：每见锺、谭动欲截去人诗，意尝厌之，今乃知实有不可不删者。如东坡《湖上夜归》（下引"我饮不尽器"十句），似此真佳。后云：（下引"入城定何时"十句），不惟太尽无余，"失林獐"尤不成语，不若"闻香"处即止为愈也。

纪昀评《苏文忠公诗集》卷九：句句摹神，真而不俚。"清吟"二句神来。

王文诰《苏文忠公诗编注集成·编年古今体诗》卷九：自谓山野之状，本不合作官人，故城市以其不类而笑也。全用此意作结，亦自慨之词。

《历代诗发》卷二四：结句应"半酣"，真有津津余味。

赵克宜《角山楼苏诗评注汇钞》卷四：逐步细写，情节绝不直致。"失林獐"形容看灯人之奔忙也。"安为乐"言何以为乐也。

同曾元恕游龙山，吕穆仲不至

青春不觉老朱颜，强半销磨簿领间。
愁客倦吟花似酒，佳人休唱日衔山。
共知寒食明朝过，且赴僧窗半日闲。
命驾吕安邀不至，浴沂曾点暮方还。

集评：

纪昀评《苏文忠公诗集》卷九：（"命驾吕安邀不至"二句）切

二姓,转成小样。

次韵代留别

绛蜡烧残玉斝飞,离歌唱彻万行啼。
他年一舸鸱夷去,应记侬家旧住西。

集评:

袁文《瓮牖闲评》卷三:苏东坡以诗云:"他年一舸鸱夷去,应记侬家旧姓西。"西谓西子也。西子本姓施,而世称西施,盖东、西施之谓耳。东坡乃以为姓"西",误矣。

王楙《野客丛书》卷二三《东坡用西施事》赵次公注:按《寰宇记》,东施家、西施家,施者其姓,所居在西,故曰西施。今云"旧姓西",坡不契勘耳。仆谓坡公不应如是之疏卤,恐言"旧住西",传写之误,遂以"住"字为"姓"字耳。既是姓西,何问新旧?此说甚不通。"应记侬家旧住西",正此一字,语意益精明矣。

马位《秋窗随笔》:《石林诗话》:"'姑苏城外寒山寺,夜半钟声到客船。'欧阳公尝病其夜半非打钟时,盖公未尝至吴中。今吴中山寺,实以夜半打钟。"然亦何必深辩,即不打钟,不害诗之佳也。如子瞻"应记侬家旧姓西",夷光姓施,岂非误用乎?终不失为好诗。

叶大庆《考古质疑》卷五:大庆因而观坡诗,错误尤多,前辈尝论之矣,今总序于此。(略)又云:"他年一舸鸱夷去,应记侬家旧姓西。"按《寰宇记》:"越州诸暨县有西施家、东施家。"谓施氏所居分为东西,今谓"旧姓西",则误矣。坡之误,此类甚多。

纪昀评《苏文忠公诗集》卷九:("他年一舸鸱夷去"二句)语有情韵。

何文焕《历代诗话考索》：东坡诗："他年一舸鸱夷去，应记侬家旧姓西。"常之以为为韵所牵。余疑"姓"或是"住"字，殆传写之讹。昔人亦曾辨之。

张道《苏亭诗话》卷一：东坡博极群籍，左抽右取，纵横恣肆，隶事精切，如不著力。尤熟于《史》《汉》六朝、唐史，《庄》《列》《楞严》《黄庭》诸经及李、杜、韩、白诗，故如万斛泉源，随地喷涌，未有羌无故实者。然亦有数语记误处。（略）他若"应记侬家旧姓西"（《次韵代留别》），以西子为西姓。（略）东坡岂不读书，缪舛如此，特一时应酬迅疾，不暇点检耳。此率之病也，然亦才见此数句。

於潜令刁同年野翁亭

山翁不出山，溪翁长在溪。

自注：前二令作二翁亭。

不如野翁来往溪山间，上友麋鹿下凫鹥。
问翁何所乐，三年不去烦推挤。
翁言此间亦有乐，非丝非竹非蛾眉。
山人醉后铁冠落，溪女笑时银栉低。
我来观政问风谣，皆云吠犬足生氂。
但恐此翁一旦舍此去，长使山人索寞溪女啼。

自注：天目山唐道士常冠铁冠，於潜妇女皆插大银栉，长尺许，谓之蓬沓。

集评：

纪昀评《苏文忠公诗集》卷九：野气太重。似晚唐人七古下调。

於潜女

青裙缟袂於潜女,两足如霜不穿屦。

鬑沙鬓发丝穿柠,蓬沓障前走风雨。

老濞宫妆传父祖,至今遗民悲故主。

苕溪杨柳初飞絮,照溪画眉渡溪去。

逢郎樵归相媚妩,不信姬姜有齐鲁。

集评:

　　洪迈《容斋三笔》卷六《东坡诗用老字》:东坡赋诗,用人姓名,多以老字足成句。(略)"老濞宫妆传父祖"(略)之类,皆随语势而然。白乐天云"每被老元偷格律",盖亦有自来矣。

　　汪师韩《苏诗选评笺释》卷二:村妆野景,写出翛然自得,练响选和,可入乐府。

　　纪昀评《苏文忠公诗集》卷九:"老濞"二句横亘中间,殊无头绪。

　　张道《苏亭诗话》卷五《补注类》:九卷《於潜女》诗"鬑沙鬓发丝穿柠",按《六书故》:鬑,角本大也,俗谓披张为鬑沙。注家未引及此。

　　赵克宜《角山楼苏诗评注汇钞》卷四:"宫妆"二字从上联生出,不为无绪。后四句绰有古调意。

自昌化双溪馆下步寻溪源至治平寺

二首（选一首）

其一

乱山滴翠衣裘重,双涧响空窗户摇。

饱食不嫌溪笋瘦,穿林闲觅野芎苗。

却愁县令知游寺,尚喜渔人争渡桥。

正似醴泉山下路,桑枝刺眼麦齐腰。

集评:

查慎行《初白庵诗评》卷中:双溪在县南,范石湖诗"翠染南山拥县门,一渊横绝两溪分"即此。

查慎行《初白庵苏诗补注》卷九:按先生《送程六表弟归蜀》诗有"醴泉寺古垂橘柚"之句,今诗中所云"醴泉山",即此地也。因昌化而触蜀中之景,与后篇"梦归时到锦江桥"意略同。盖先生宦游所至,田园退归之念,无时或忘,往往见于篇什。施氏补注本妄引西安醴泉县,与此何涉?今驳正。

纪昀评《苏文忠公诗集》卷九:("饱食不嫌溪笋瘦"二句)"苗"字如何对"瘦"字?("尚喜渔人争渡桥")六句用庄子争席意。

於潜僧绿筠轩

可使食无肉,不可使居无竹。

无肉令人瘦,无竹令人俗。

人瘦尚可肥,俗士不可医。

旁人笑此言,似高还似痴。

若对此君仍大嚼,世间那有扬州鹤。

集评:

杨万里《题唐德明秀才玉立斋》:坡云无竹令人俗,我云俗人正累竹。

156

陈郁《藏一话腴》外编卷下：竹为植物，出地不肤寸，与凡草木同。及解箨，柯叶横出，干三四丈，畸焉。盖凡卉秋受霜，冬被雪，槁折毁裂如无生，独此君方婵娟整秀，坐视霜雪而自若，岂凡草木比哉。故君子亦若是，平居应接交游，诩诩怡怡，若庸人也。倏事有不可于心，人皆戚戚，我独愕愕，物悉流矣，身独止焉，是亦此君之不以霜雪而改柯易叶也。子猷曰"不可一日无此君"，苏长公曰"无竹令人俗"，岂为观美耶？借竹以养性，不为俗子之归耳。古今诗人，风流意度，清节高趣，政自不凡，如竹可爱，使人一见洒然意消。余得《俗子》之诗曰："俗子俗到骨，一揖已溷人。不知此曹面，何得有许尘？"正子猷、长公之所畏避者也。

纪昀评《苏文忠公诗集》卷九：与《月兔茶》诗相埒。

赵克宜《角山楼苏诗评注汇钞》附录卷中：此不成诗，而流传众人之口，须知其以语句浅俗、便于援引而传，非以诗之工而传也。

与临安令宗人同年剧饮

我虽不解饮，把盏欢意足。
试呼白发感秋人，令唱黄鸡催晓曲。
与君登科如隔晨，敝袍霜叶空残绿。
如今莫问老与少，儿子森森如立竹。
黄鸡催晓不须愁，老尽世人非我独。

集评：

查慎行《初白庵诗评》卷中：按《栾城集》，宗人乃苏世美。

纪昀评《苏文忠公诗集》卷九：清而浅。

赵翼《瓯北诗话》卷五《苏东坡诗》：坡诗不尚雄杰一派，其绝人处在乎议论英爽,笔锋精锐,举重若轻,读之似不甚用力而力已透十分,此天才也。试即其诗,略为举似。(略)七古如(略)"黄鸡催晓不须愁,老尽世人非我独(《与宗人同年饮》),(略)此皆坡诗中最上乘,读者可见其才分之高,不在功力之苦也。

梁章钜《退庵随笔》:李文贞不喜苏诗,谓东坡诗殊少风韵音节,逐句俱填典故,亦不是古法。此非笃论也。苏诗清空如话者,集中触处皆有。如(略)《与宗同年饮》云:"黄鸡催晓不须愁,老尽世人非我独。"(略)此岂得以少风韵、填典故概之?文贞意在讲学,于诗诣力未深。其于唐诗,只取张曲江及燕、许、李、杜、韩、柳数家,宋诗只取欧阳文忠、王荆公、朱子三家。讲学与论诗,自是两事,学者不必为所惑也。

张道《苏亭诗话》卷一《论述类》:《与临安令剧饮》云:"敝袍霜叶空残绿。"(略)实为吾辈老臞儒画照,后人无此新颖之思。

僧清顺新作垂云亭

江山虽有余,亭榭苦难稳。
登临不得要,万象各偃蹇。
惜哉垂云轩,此地得何晚。
天功争向背,诗眼巧增损。
路穷朱栏出,山破石壁很。
海门浸坤轴,湖尾抱云巘。
葱葱城郭丽,淡淡烟村远。
纷纷鸟鹊去,一一渔樵返。
雄观快新获,微景收昔遁。
道人真古人,啸咏慕嵇阮。

空斋卧蒲褐，芒屦每自捆。

天怜诗人穷，乞与供诗本。

我诗久不作，荒涩旋锄垦。

从君觅佳句，咀嚼废朝饭。

集评：

查慎行《初白庵诗评》卷中：（"登临不得要"二句）有此二句，生出中间一段景色。分明一反一正，能令观者目眩。

汪师韩《苏诗选评笺释》卷二：煅炼之工，字字创获。至"天功争向背"以下十二句，忽作排对，而风骨益觉峻耸。诗有排对，自晋有之。二陆、颜、谢，已层见叠出。至于王褒、庾信之篇，但略研声病，即成唐律，而诗体日趋靡曼矣。此作刻削傲岸，具体昌黎。若仅谓体格如少陵《渼陂行》《西南台》等篇，则犹未尽其风力也。

纪昀评《苏文忠公诗集》卷九：次句言从前亭榭不得地也。然究是趁韵。力摹昌黎，而气机流走处，仍是本色耳。摹古须见几分本色，方不是双钩填廓。"雄观"联，置之韩集中，不可复辨。

赵克宜《角山楼苏诗评注汇钞》卷四：翻起警策。"著难稳"言难于得地，本极圆醒，纪本"著"误为"苦"，而讥其趁韵，疏矣。（"天功争向背"）扼要语，领起下文。（"路穷朱栏出"）四联铺叙。（"雄观快新获"）顿束逋练。（"道人真古人"）入僧清顺。

席上代人赠别三首（选一首）

其三

莲子擘开须见忆，楸枰著尽更无期。

破衫却有重逢日，一饭何曾忘却时。

集评：

葛立方《韵语阳秋》卷四：古辞云："藁砧今何在，山上复有山。何当大刀头，破镜飞上天。"藁砧，砆也，谓夫也。山上有山，出也。大刀头，刀上镮也。破镜，言半月当还也。此诗格非当时有释之者，后人岂能晓哉。古辞又云："围棋烧败袄，著子故衣然。"陆龟蒙、皮日休间尝拟之。陆云："旦日思双履，明时愿早谐。"皮日休云："莫言春茧薄，犹有万重丝。"是皆以下句释上句，与藁砧异矣。《乐府解题》以此格为风人诗，取陈诗以观民风，示不显言之意。至东坡无题诗云："莲子劈开须见薏（略）。"是文与释并见于一句中，与"风人诗"又小异矣。

洪迈《容斋三笔》卷一六《乐府诗引喻》：自齐、梁以来，诗人作乐府《子夜四时歌》之类，每以前句比兴引喻，而后句实言以证之。（略）近世鄙词，如《一落索》数阕，盖效此格。语意亦新工，恨太俗耳，然非才士不能为。世传东坡一绝句云："莲子擘开须见薏（略）。"盖是文与意并见一句中，又非前比也。

蔡正孙《诗林广记》后集卷三《苏东坡》引赵彦材诗注云：此吴歌格，借字寓意也。（略）莲子曰"药"，药中么荷曰"薏"，"须见忆"以药中之薏言之。楸枰，棋盘也，杜牧诗云"玉子纹楸一路饶"，则此楸之谓矣。"更无期"，以棋言之。"重缝处"，以缝绽之缝隐"逢"字也。"忘却时"，以匙匕之"匙"隐之也。

谢榛《四溟诗话》卷二：苏子瞻曰："破衫尚有重逢日，一饭何曾忘却时。"造语殊乏风致。

纪昀评《苏文忠公诗集》卷九：卑俗。

赵翼《瓯北诗话》卷五：孔毅父集古人句成诗赠坡，坡答曰（略），似讥集句非大方家所为。然（略）《代妓赠别》云："莲子擘开须见忆（略）。"此本是古体。如"石阙生口中，衔碑不得语"之类，非另创体也。

160

赵克宜《角山楼苏诗评注汇钞》附录卷中：此读曲歌遗音，存以备公之一体，论工处尚未及前人耳。

唐道人言天目山上俯视雷雨，每大雷电，但闻云中如婴儿声，殊不闻雷震也

已外浮名更外身，区区雷电若为神。
山头只作婴儿看，无限人间失箸人。

集评：

纪昀评《苏文忠公诗集》卷九：狂语近粗。

赵翼批沈德潜《宋金三家诗选·苏东坡诗选》卷上：（"山头只作婴儿看"二句）意含蓄不尽。

立秋日祷雨宿灵隐寺，同周、徐二令

百重堆案掣身闲，一叶秋声对榻眠。
床下雪霜侵户月，枕中琴筑落阶泉。
崎岖世味尝应遍，寂寞山栖老渐便。
惟有悯农心尚在，起占云汉更茫然。

集评：

汪师韩《苏诗选评笺释》卷二：祷雨而曰"百重堆案掣身闲"，几与嵇康书中言性不耐烦，以游山泽观鱼鸟为乐者无异矣。有末

二句一证出心事,遂觉满纸闲情,俱成警句。用"云汉"二字为著题,正见与大雅诗人同其踯躅。

纪昀评《苏文忠公诗集》卷一○:("百重堆案掣身闲")为民祷雨,不得谓之"掣身闲",立言少体。("惟有悯农心尚在"二句)倒挽祷雨。

吴乔《围炉诗话》卷五引黄公曰:其清空而妙者,如(略)"床下雪霜侵户月,枕中琴筑落阶泉",俱嘉。

贺裳《载酒园诗话·苏轼》:"床下雪霜侵户月,枕中琴筑落阶泉",俱清新俊逸。

赵克宜《角山楼苏诗评注汇钞》附录卷中:("床下雪霜侵户月")取譬甚拙。

病中游祖塔院

紫李黄瓜村路香,乌纱白葛道衣凉。
闭门野寺松阴转,攲枕风轩客梦长。
因病得闲殊不恶,安心是药更无方。
道人不惜阶前水,借与匏樽自在尝。

集评:

卞永誉《式古堂书画汇考》卷一○"苏轼"条《苏东坡虎跑泉诗卷》多尔济巴勒跋:右苏文忠公真迹,此诗不载集中。虎跑泉,一在丹阳,一在钱塘。公尝通判杭州,则此泉盖在钱塘也。

又黄溍跋:余尝见林和靖手书所为诗一巨轴,多集中所不载。坡翁所作,视和靖尤富,一时不见于集中,固无怪其然。盖古人之文,亦有自删去者,此则坡翁得意之作,必非自删,或编录者未之见耳。

又张绅跋：右东坡手书七言律诗一首，题云《游虎跑泉》，文集是诗则题云《病中游祖塔院》。按《传灯录》，唐元和十二年，大慈中禅师创寺于杭州南山，长庆元年赐额大慈。咸通二年，师入灭。开成二年，其徒钦山请于朝，易名法云。宋太平兴国六年，以南泉临济、赵州雪峰诸人皆常至此，故又名祖塔院。东坡来游，止据寺名。而书此诗时，又偶作《虎跑泉》，盖一诗而有二名。观者以为集中不载，一时未暇详考耳。此寺山川环秀，郡中为胜。郡志又言：南渡后，史弥远卜葬其地，以民谣不吉而止，乃即寺驻兵，寺废不治者百年。岁甲子，戒师定岩始重作佛殿僧居，宏丽殆可与灵隐三竺甲乙。又访得东坡是诗墨迹，购求前辈名文章家叙论，已成巨轴，间以示予。噫！佛氏之说，有所谓因缘者，是书荐更兵燹，失而复得，岂亦有缘耶？

又清濬跋：按，苏公子瞻通判杭州在宋熙宁四年，而守杭在元祐四年。诗盖作于此二时，距今洪武十有九年已三百余年矣。此卷流落人间，不知几易其传。今虎跑住山定岩戒师，而以重购还之山中。予见夫世之大家巨室有好蓄法书名画者，曾不一二世，其子孙有货之而以为食者。今定岩乃能不忘前贤品咏，重购而还之于三百年后。噫！其亦贤于世之人也远矣。

又释宏道跋：尝闻苏子瞻为五祖戒禅师后身，其然乎哉！所以平生喜与僧交，好游名山，盖宿习也。守杭时，至西湖寿星寺，有诗云："前身想已到杭州，才到名山即旧游。"及游南山虎跑泉，凡作二诗，其一已镌于石，其一集中题云《病中游祖塔院》，不知即为虎跑泉也。定岩戒公访求墨迹，亦欲镌之。噫！物之于人，或离而复合；人之于物，或去而还来。亦时缘之所系也。然则定岩，焉知其非前后身耶？

汪师韩《苏诗选评笺释》卷二：不须矜才使气，兴会所到，后人自百摹不到。笔底定有神力护持。

纪昀评《苏文忠公诗集》卷一〇:此种已居然剑南派,然剑南别有安身立命之地,细看全集自知。杨芝田专选此种。世人以易于摹仿,而盛传之,而剑南之真遂隐。

方东树《昭昧詹言》卷二〇:先写游时景与情事,风味别胜,不比凡境。三、四写院中景。五、六还题"病中",兼切二祖。收将院僧自己绾合,亦自然本地风光,不是从外插入。

又:《游祖塔院》"安心"("安心是药更无方"),(略)用事切而点化入妙,李义山所不能。

佛日山荣长老方丈五绝（选三首）

其二

千株玉槊擁云立,一穗珠旒落镜寒。
何处霜眉碧眼客,结为三友冷相看。

集评:

曾季狸《艇斋诗话》:东坡《佛日寺》诗云:"千株玉槊擁云立,一穗珠旒落镜寒。"玉槊谓竹也,珠旒谓以竹引水倒流也。

其四

食罢茶瓯未要深,清风一榻抵千金。
腹摇鼻息庭花落,还尽平生未足心。

集评:

朱翌《猗觉寮杂记》卷上:坡云:"腹摇鼻息庭花落,还尽当年未足心。"孙樵云:"腹摇鼻息,梦到乡国。槐花扑庭,鸣蜩噪晴。"

袁文《瓮牖闲评》卷六:东坡诗又云:"食罢茶瓯未要深。"后人谓食罢未可啜茶,引东坡此诗以为证,而不知东坡且欲睡耳,故其诗下句云"春风一榻值千金"也。

纪昀评《苏文忠公诗集》卷一〇:("腹摇鼻息庭花落")不雅。

何孟春《余冬诗话》卷下:饱食高卧之顷,而"平生未足心"便可还尽耶?谓之"消尽"则可。或曰坡谓世外人言,世外人又安有"未足心"?

郭麐《灵芬馆诗话》卷一:("腹摇鼻息庭花落"二句)孙樵云:"腹摇鼻息,梦到乡关。槐花扑庭,鸣蜩噪晴。"坡盖全用其语。东坡喜记人好语,如蟋蟀鸣、懒妇惊、芜花未落、松风晚晴之类,皆贮以备用。

其五

日射回廊午枕明,水沉销尽碧烟横。
山人睡觉无人见,只有飞蚊绕鬓鸣。

集评:

查慎行《初白庵诗评》卷中:《北史》:客问三教优劣,李士谦曰:"佛,日也;道,月也;儒,五星也。"佛日之义取此。

纪昀评《苏文忠公诗集》卷一〇:五诗皆清洒,但无深味耳。

孤山二咏

孤山有陈时柏二株,其一为人所薪,山下老人自为儿时已见其枯矣,然坚悍如金石,愈于未枯者。僧志诠作堂于其侧,名之曰柏堂,堂与白公居易竹阁相连,属余作二诗以纪之。

柏堂

道人手种几生前，鹤骨龙筋尚宛然。

双干一先神物化，九朝三见太平年。

忽惊华构依岩出，乞与佳名到处传。

此柏未枯君记取，灰心聊伴小乘禅。

集评：

汪师韩《苏诗选评笺释》卷二："双干"句，人所能道也。"九朝"句，对法不测之至。"九朝"，施注谓自陈、隋、唐、五代、宋也。

纪昀评《苏文忠公诗集》卷一〇：三、四小巧。

方东树《昭昧詹言》卷二〇：只如题叙去，而兴象老气自然，如秦汉法物，非近观时玩。公之本色在此。尝谓坡诗不可学，学则入于率直，无声色留人处，所谓"学我者死"。

竹阁

海山兜率两茫然，古寺无人竹满轩。

白鹤不留归后语，苍龙犹是种时孙。

两丛恰似萧郎笔，十亩空怀渭上村。

欲把新诗问遗像，病维摩诘更无言。

集评：

纪昀评《苏文忠公诗集》卷一〇：此首清妥。

方东树《昭昧詹言》卷二〇：用本色叙题，三句一例，而用事尤入妙，如此岂他人所及？五、六还竹，仍切白。结句超妙入仙。《游祖塔院》"安心"，《竹阁》"海山""白鹤"，用事切而点化入妙，李义山所不能。古人用事用字,未有无端强入以夸博,及随手填凑以足吾句字为食料者也。"白鹤"言不重来,即"茫然"意。至"萧郎"及"渭上",尤人所不能及。必如此方可谓之深博。今人非不用事,只是取题之合类者编之,不能如此切也。世人皆学东坡,拉杂用事,顷刻可以信手填凑成篇,而不解其运用点化妙切之至于斯也。

马位《秋窗随笔》:东坡《祭柳子玉文》:"郊寒岛瘦,元轻白俗。"彦周谓其论道之语。然东坡诗镕化乐天语及用乐天事甚多,如(略)"海天兜率两茫然"(略)之类。虽作此论,终不免践乐天之迹。

与述古自有美堂乘月夜归

娟娟云月稍侵轩,潋潋星河半隐山。
鱼钥未收清夜永,凤箫犹在翠微间。
凄风瑟缩经弦柱,香雾凄迷著髻鬟。
共喜使君能鼓乐,万人争看火城还。

集评:

查慎行《初白庵诗评》卷中:("鱼钥未收清夜永"二句)想见承平作吏之乐。

汪师韩《苏诗选评笺释》卷二:起二句乃月夜恒有之景,写来却自引人入胜。"鱼钥"二句,夜归也。"凄风"二句,乘月也。读之气和音雅,令人神游于时世之升平,觉诗中"鱼钥""凤箫""弦柱""髻鬟"等,都无一字泛设。而以万人争看使君之归作结,又见为政风流,极一时之胜赏矣。

方东树《昭昧詹言》卷二〇:前四句往复有味。

有美堂暴雨

游人脚底一声雷,满座顽云拨不开。
天外黑风吹海立,浙东飞雨过江来。
十分潋滟金樽凸,千杖敲铿羯鼓催。
唤起谪仙泉洒面,倒倾鲛室泻琼瑰。

集评:

　　蔡絛《西清诗话》卷中:杜少陵文自古奥。如云"九天之云下垂,四海之水皆立""忽翳日而翻万象,却浮云而留六龙",万舞凌乱,又似乎春风壮而江海波,其语磊落惊人。或言无韵者殆不可读,是大不然。苏东坡《有美堂》诗:"天外黑风吹海立,浙东飞雨过江来。"盖出于此也。

　　马永卿《嬾真子》卷五:绍兴六年夏,仆与年兄何元章会于钱塘江上。余因举东坡诗"天外黑风吹海立,浙东飞雨过江来",元章云:"'立'字最为有力,乃水涌起之貌。老杜《三大礼赋》云:'九天之云下垂,四海之水欲立。'东坡之意盖出于此。或者妄易'立'为'至',只可一笑。"

　　吴曾《能改斋漫录》卷七《海水立》:(前引《西清诗话》)以上皆蔡说。予按,长水校尉关子阳谓:"天去人尚远,而黑风吹海。"盖东坡博极群书,兼用乎此。

　　洪迈《容斋四笔》卷二《有美堂诗》:东坡在杭州作《有美堂会客》诗,颔联云:"天外黑风吹海立,浙东飞雨过江来。"读者疑海不能立,黄鲁直曰:"盖是为老杜所误。"因举《三大礼赋朝献太清宫》云"九天之云下垂,四海之水皆立"以告之。二者皆句语雄峻,前无古人。坡和陶《停云》诗有"云屯九河,雪立三江"之句,亦用此也。

吴沆《环溪诗话》卷上：（张）右丞云："曾知杜诗妙处否？"环溪云："杜诗千有四百余篇，某极力精选，得五百有十八首，是杜诗妙处。"右丞云："不是如此，杜诗妙处，人罕能知。凡人作诗，一句只说得一件物事，多说得两件。杜诗一句能说得三件、四件、五件物事。常人作诗，但说得眼前，远不过数十里内。杜诗一句能说数百里，能说两州军，能说满天下，此其所以为妙。（略）"环溪因取前辈之诗，参而考之，谓东坡惟《有美堂》一篇最工，然"天外黑风吹海立，浙东飞雨过江来"，正是一句能言三件事。（略）然竟未有一句能言五件物者，信乎格物之难也。

赵与时《宾退录》卷一〇：（前引《环溪诗话》）此论尤异。以此论诗，浅矣！杜子美之所以高于众作者，岂谓是哉？若以句中事物之多为工，则必皆如陈无己"桂椒楠栌枫柞樟"之句，而后可以独步，虽杜子美亦不容专美。若以"乾坤日夜浮"为满天下句，则凡句中言"天地""华夷""宇宙""四海"者，皆足以当之矣，何谓无也。

《瀛奎律髓汇评》卷一七《晴雨类》方回评：老杜《朝献太清宫赋》："九天之云下垂，四海之水皆立。"本是奇语。摘"海立"二字用之，自东坡始。此联壮哉！

又冯班评：大手。如此才力，何必唐诗？

又何焯评：写雨势之暴，不嫌其险。

又纪昀评：纯以气胜。

谢肇淛《五杂组》卷四：（"天外黑风吹海立"）余从祖司农公杰，以大行奉使过海，中流有龙焉，倒垂云际，离水尚百许丈，而水涌起如炊烟，直与相接，人见之历历可辨也。始信"水立"之语非妄。

《御选唐宋诗醇》卷三四：（"天外黑风吹海立"二句）写暴雨，非此杰句不称。但以用杜赋中字为采藻鲜新，浅之乎论诗矣。且亦必有"浙东"句作对，情景乃合。有美堂在郡城吴山，其地正与

169

海门相望,故非率尔操觚者。唐贤名句中惟骆宾王《灵隐寺》诗"楼观沧海日,门对浙江潮"一联足相配敌。

查慎行《初白庵诗评》卷下:通首都是摹写暴雨,章法亦奇。

纪昀评《苏文忠公诗集》卷一〇:此首为诗话所盛推,然犷气太重。

赵翼《瓯北诗话》卷五《苏东坡诗》:坡诗有云:"清诗要锻炼,方得铅中银。"然坡诗实不以锻炼为工,其妙处在乎平心地空明,自然流出,一似全不著力而自然沁入心脾,此其独绝也。今第就七言律论之,如"天外黑风吹海立,浙东飞雨过江来"(略)。此数十联乃是称心而出,不假雕饰,自然意味悠长。即使事处,亦随其意之所欲出,而无牵合之迹。此不可以声调、格律求之也。

赵翼批沈德潜《宋金三家诗选·苏东坡诗选》上卷:奇警爽特,七律中不可多得之境。

李调元《雨村诗话》卷下:余雅不好宋诗而独爱东坡,以其诗声如钟吕,气若江河,不失于腐,亦不流于郅。由其天分高,学力厚,故纵笔所之,无不精警动人。不特在宋无此一家手笔,即置之唐人中,亦无此一家手笔也。公尝自举生平得意之句,以"令严钟鼓三更月,野宿貔貅万灶烟"一联为其最,实不止此也。公集中无论长篇短幅,任举一句,皆具大魄力。如《有美堂暴雨》起笔云(下引"游人"四句),其声直震百里,谁能有此?

方东树《昭昧詹言》卷二〇:奇气。

林昌彝《海天琴思录》卷三:"浙东"句全用殷尧藩诗(原注:《喜雨》诗:"山上乱云随手变,浙东飞雨过江来。"),注苏诗者皆未及之。

赵克宜《角山楼苏诗评注汇钞》附录卷中:有客气而无精意,流俗谈诗,所见浅甚。过此,则非所知,故盛推此种耳。试取柳子厚《登柳州城楼》诗对看,其所写之景略同,而意味气息迥异。

何日愈《退庵诗话》卷七：登高诗须得宏阔沉著,方与题称。(略)苏子瞻《有美堂》云："天外黑风吹海立,浙东飞雨过江来。"是何等气象,何等笔力。

陈衍《宋诗精华录》卷二：三句尚是用杜陵语,四句的是自家语。

高步瀛《唐宋诗举要》卷六引吴汝纶评:("游人脚底一声雷")奇景。

八月十五日看潮五绝（选四首）

其二

万人鼓噪慑吴侬,犹是浮江老阿童。
欲识潮头高几许,越山浑在浪花中。

集评:

洪迈《容斋三笔》卷六《东坡诗用老字》:东坡赋诗,用人姓名,多以老字足成句。如(略)《看潮》云"犹似浮江老阿童",(略)是皆以为助语,非真谓其老也。大抵七言则于第五字用之,五言则于第三字用之。

其三

江边身世两悠悠,久与沧波共白头。
造物亦知人易老,故教江水向西流。

集评:

查慎行《初白庵诗评》卷中:("故教江水向西流")江水本东流,海潮入鳖、赭两山,逆入,江势不敌,随潮西流也。

其四

吴儿生长狎涛渊，冒利轻生不自怜。

东海若知明主意，应教斥卤变桑田。

自注：是时新有旨，禁弄潮。

集评：

朋九万《乌台诗案·杭州观潮五首》：熙宁六年，任杭州通判，因八月十五日观潮，作诗五首，写在本州安济亭上。前三首并无讥讽，至第四首云："吴儿生长狎涛渊，冒利忘生不自怜。东海若知明主意，应教斥卤变桑田。"盖言弄潮之人贪官中利物，致其间有溺而死者，故朝旨禁断。轼谓主上好兴水利，不知利少而害多。言"东海若知明主意，应教斥卤变桑田"，言此事之必不可成，讥讽朝廷水利之难成也。轼八月二十二日在台，虚称言盐法之为害等情由，逐次隐讳，不说情实。二十四日再勘，方招。其诗系册子内。

袁宏道评阅谭元春选《东坡诗选》卷二谭元春评：意俗。

查慎行《初白庵诗评》卷中：（"吴儿生长狎涛渊"）杭俗有以八月十八倾城观潮为乐，有善泅者溯潮出没，谓之弄潮。

其五

江神河伯两醯鸡，海若东来气吐霓。

安得夫差水犀手，三千强弩射潮低。

自注：吴越王尝以弓弩射潮头，与海神战，自尔水不近城。

集评：

王楙《野客丛书》卷二三《集注坡诗》：《集注坡诗》有未广者，如《看潮》诗曰："安得夫差水犀手，三千强弩射潮低。"自注："吴越王尝以弓弩射潮,与海神战,自尔水不近州。"赵次公注:"'三千强弩'字,杜牧《宁陵县记》中语。"不知此语已先见《前汉·张骞传》,曰:"汉兵不过三千人,强弩射之即破矣。"又《五代世家》亦有三千强弩事,何但牧言。

香岩批《纪评苏诗》卷九:此则壮而不旷。

袁宏道评阅谭元春选《东坡诗选》卷二谭元春评:如此五诗,未免入口熟易,非佳作也。

查慎行《初白庵诗评》卷中:杭城八月十八倾城看潮,田艺衡谓系南渡后风俗,以看演水军而设,非十八之潮大于十五也。其说可取证公诗。

纪昀评《苏文忠公诗集》卷一〇:题目既大,非大篇不足以写之。只作五绝,未免草草。

赵克宜《角山楼苏诗评注汇钞》卷四:若欲刻画潮之声势,自须大篇,只写看潮情思,淡淡著笔,亦复清洒。

登玲珑山

何年僵立两苍龙,瘦脊盘盘尚倚空。
翠浪舞翻红罢亚,白云穿破碧玲珑。
三休亭上工延月,九折岩前巧贮风。
脚力尽时山更好,莫将有限趁无穷。

集评:

查慎行《初白庵诗评》卷中:("翠浪舞翻红罢亚"二句)以虚对实法。

《御选唐宋诗醇》卷三四:用"红罢亚"对"碧玲珑",集内律诗每用此体,遂为后人开一门径。"三休""九折"即是山中岩亭之名,故紧接"玲珑"句,为题正面。结处别作唤醒语,流韵悠然。

纪昀评《苏文忠公诗集》卷一○:古诗意格,入律奇娇。三、四不解。查云:"以虚对实法",益不能解。

赵翼《瓯北诗话》卷五《苏东坡诗》:坡诗不尚雄杰一派,其绝人处在平议论英爽,笔锋精锐,举重若轻,读之似不甚用力而力已透十分,此天才也。试即其诗,略为举似。(略)七古如(略)"脚力尽时山更好,莫将有限趁无穷。"(《登玲珑山诗》)此皆坡诗中最上乘,读者可见其才分之高,不在功力之苦也。

梁章钜《退庵随笔》:李文贞不喜苏诗,谓东坡诗殊少风韵音节,逐句俱填典故,亦不是古法。此非笃论也。苏诗清空如话者,集中触处皆有。如(略)《登玲珑山》云:"脚力尽时山更好,莫将有限趁无穷。"此岂得以少风韵、填典故概之? 文贞意在讲学,于诗诣力未深。其于唐诗,只取张曲江及燕、许、李、杜、韩、柳数家,宋诗只取欧阳文忠、王荆公、朱子三家。讲学与论诗,自是两事,学者不必为所惑也。

王文诰《苏文忠公诗编注集成·编年古今体诗》卷一○:通篇寓玲珑意,而晓岚不辨,初白又误,谓"以虚对实",故晓岚益不解矣。

赵克宜《角山楼苏诗评注汇钞》附录卷中:("翠浪舞翻红罢亚"二句)言碧山之玲珑处为白云穿破。玲珑虽系山名,此却是活用,故查氏云"以虚对实"耳,何故不解? 但第三句是山上所见,起联及第四句都是平处望山,未免欠融。

宿九仙山 自注:九仙谓左元放、许迈、王谢之流。

风流王谢古仙真,一去空山五百春。
玉室金堂余汉士,桃花流水失秦人。

174

困眠一榻香凝帐，梦绕千岩冷逼身。

夜半老僧呼客起，云峰缺处涌冰轮。

集评：

《御选唐宋诗醇》卷三四：后四句磊砢妥帖，便入钱、刘集中，亦称警策。

方东树《昭昧詹言》卷二〇：起二句叙题本事。三、四就本事点化，自然高妙。后半所谓大家作诗，自吐胸臆，兀傲奇横，不屑屑切贴裁制工巧，如西昆纤丽之体也。

陌上花三首

游九仙山，闻里中儿歌《陌上花》，父老云：吴越王妃每岁春必归临安，王以书遗妃曰："陌上花开，可缓缓归矣。"吴人用其语为歌，含思宛转，听之凄然，而其词鄙野，为易之云。

其一

陌上花开蝴蝶飞，江山犹是昔人非。

遗民几度垂垂老，游女长歌缓缓归。

集评：

王士祯《香祖笔记》卷二：钱武肃王目不知书，然其寄夫人诗云："陌上花开，可缓缓归矣。"不过数言，而姿致无限，虽复文人操笔，无以过之。东坡演之为《陌上花》三绝句云："陌上花开蝴蝶飞（略）。"五代时列国，以文雅称者无如南唐、西蜀，非吴越所及，赖此一条，足以解嘲。

纪昀评《苏文忠公诗集》卷一〇：真有含思宛转之意。

施补华《岘佣说诗》:"黄四娘家花满蹊,千朵万朵压枝低。流连戏蝶时时舞,自在娇莺恰恰啼。"诗并不佳,而音节夷宕可爱。东坡"陌上花开蝴蝶飞"即此派也。

其二

陌上山花无数开,路人争看翠辇来。
若为留得堂堂去,且更从教缓缓回。

其三

生前富贵草头露,身后风流陌上花。
已作迟迟君去鲁,犹教缓缓妾还家。

集评:

王士禛《渔洋诗话》卷中:五代时,吴越文物不及南唐、西蜀之盛,而武肃王寄妃书云:"陌上花开,可缓缓归矣。"二语艳称千古,东坡又演为《陌上花》云:(略)"生前富贵草头露(略)。"(略)晁无咎亦和八首,有云(略)。二公诗皆绝唱,入乐府,即《小秦王调》也。

纪昀评《苏文忠公诗集》卷一〇:指钱俶归朝之事,用事殊不伦。

宿海会寺

篮舆三日山中行,山中信美少旷平。
下投黄泉上青冥,线路每与猱猿争。
重楼束缚遭涧坑,两股酸哀饥肠鸣。
北渡飞桥踏彭铿,缭垣百步如古城。
大钟横撞千指迎,高堂延客夜不扃。

杉槽漆斛江河倾,本来无垢洗更轻。
倒床鼻息四邻惊,纨如五鼓天未明。
木鱼呼粥亮且清,不闻人声闻履声。

集评:

吴曾《能改斋漫录》卷六《无垢洗更轻》:东坡《宿海会寺》诗:"本来无垢洗更轻。"《乐府》云:"居士本来无垢。"按《维摩诘经》偈云:"八解之浴池,定水湛然满。布以七净华,浴此无垢人。"

《御选唐宋诗醇》卷三四:自行路而宿,自宿而天明,直记叙一时事耳。"不闻人声闻履声",写幽寂之致,飒飒纸上。

纪昀评《苏文忠公诗集》卷一〇:("重楼束缚遭洞坑")"重楼"句拙。下句("两股酸哀饥肠鸣")俚。("本来无垢洗更轻")"轻"字未稳。("倒床鼻息四邻惊")"倒床"字亦太粗。("不闻人声闻履声")从"萧萧马鸣"意化出。

赵克宜《角山楼苏诗评注汇钞》附录卷中:("线路每与猱猿争")七字刻露。

径山道中次韵答周长官兼赠苏寺丞

年来战纷华,渐觉夫子胜。
欲求五亩宅,洒扫乐清净。
学道恨日浅,问禅惭听莹。
聊为山水行,遂此麋鹿性。
独游吾未果,觅伴谁复听。
吾宗古遗直,穷达付前定。
铺糟醉方熟,洒面呼不醒。

奈何效燕蝠，屡欲争晨暝。

不如从我游，高论发犀柄。

溪南渡横木，山寺称小径。

自注：太平寺俗号小径山。

幽寻自兹始，归路微月映。

南望功臣山，云外盘飞磴。

三更渡锦水，再宿留石镜。

缅怀周与李，能作洛生咏。

明朝三子至，诗律严号令。

篮舆置纸笔，得句轻千乘。

玲珑苦奇秀，名实巧相称。

九仙更幽绝，笑语千山应。

空岩侧破瓮，飞溜洒浮磬。

山前见虎迹，候吏铙鼓竞。

我生本艰奇，尘土满釜甑。

山禽与野兽，知我久蹭蹬。

笑谓候吏还，遇虎我有命。

径山虽云远，行李稍可并。

颇讶王子猷，忽起山阴兴。

但报菊花开，吾当理归榜。

集评：

朋九万《乌台诗案·寄周邠诸诗》：与周邠干涉事：轼熙宁五年六月，任杭州通判日，遂旋寄所作《山村》诗，其讥讽意，已在王说项内声说。并《留题径山》诗，其讥讽已在苏辙项内声说。及

178

《和述古舍人冬日牡丹绝句》有讥讽意,已在陈襄项内声说。即节次寄与周邠。熙宁六年,因往诸县提点,到临安县。有知县大理寺丞苏舜举,来本县界外太平寺相接。轼与本人为同年,自来相知。本人见轼,复言:"舜举数日前入州,却被训狐押出。"轼问其故,舜举言:"我擘画得《户供通家业役钞规例》一本,甚简。前日将去,呈本州诸官,皆不以为然。呈转运副使王庭老等,不喜,差急足押出城来。"轼取其规例看详,委是简便。因问训狐事。舜举言:"自来闻人说一小说,云燕以日出为旦,日入为夕。蝙蝠以日入为旦,日出为夕。争之不决,诉之凤凰,凤凰是百鸟之王。至路次,逢一禽,谓燕曰:不须往诉,凤凰在假。或云凤凰渴睡,今不记其详,都是训狐权摄。"舜举意以此戏笑王庭老等不知是非。隔得一两日,周邠、李行中二人亦来临安,与轼同游径山,苏舜举亦来山中相见。周邠作诗一首与轼,即无讥讽。次韵和答兼赠舜举云:"铺糟醉方熟,洒面唤不醒。奈何效燕蝠,屡欲争晨暝。"其意以讥讽王庭老等如训狐,不分别是非也。

黄震《黄氏日钞》卷六二:《径山道中》诗"听莹"本上声,惑也。作去声押,则义训为净。榜与谤同音,本作榜,进船也。此诗跨涉四五韵不相通者,前辈只取声韵相近则协而易读,不可以近世之程文用韵律之也。

查慎行《初白庵诗评》卷中:("吾宗古遗直")吾宗指苏寺丞。("笑谓候吏还")可谓达人知命。

《御选唐宋诗醇》卷三四:一往平叙,不复作沉郁顿挫之势,后忽从"山前见虎迹"发出议论,奇文蔚起,匪夷所思。

纪昀评《苏文忠公诗集》卷一〇:长而不衍,押韵亦无勉强之病。("山前见虎迹"以下八句)波澜生动。

赵克宜《角山楼苏诗评注汇钞》卷四:("山前见虎迹"八句)此亦于无情处生出议论,长篇所必不可少。

初自径山归，述古召饮介亭，以病先起

西风初作十分凉，喜见新橙透甲香。
迟暮赏心惊节物，登临病眼怯秋光。
惯眠处士云庵里，倦醉佳人锦瑟傍。
犹有梦回清兴在，卧闻归路乐声长。

集评：

查慎行《初白庵诗评》卷中：("迟暮赏心惊节物"二句)公七律不讲炼字之法，似此，反是变调。

纪昀评《苏文忠公诗集》卷一〇：五句("惯眠处士云庵里")觉率，六句("倦醉佳人锦瑟傍")便不觉率，此故可思。

书双竹湛师房二首

其一

我本西湖一钓舟，意嫌高屋冷飕飕。
羡师此室才方丈，一炷清香尽日留。

集评：

纪昀评《苏文忠公诗集》卷一一：意自寻常，语颇清脱。

其二

暮鼓朝钟自击撞，闭门孤枕对残釭。
白灰旋拨通红火，卧听萧萧雨打窗。

　　惠洪《冷斋夜话》卷三：山谷云："天下清景，初不择贤愚而与之遇，然吾特疑端为我辈设。（略）东坡宿馀杭山寺，赠僧曰：'暮鼓朝钟自击撞（略）。'"人以山谷之言为确论。

　　王士禛《蚕尾续文集》卷二：君兄弟尝历举古人雪诗佳句与予，凤昔所见了不异人，所偶遗者，（略）东坡"地炉旋拨通红火，卧听萧萧雪打窗"及宋贤"隐隐修廊人语寂，四山滴沥雪鸣风"数则耳。

　　纪昀评《苏文忠公诗集》卷一一：（"暮鼓朝钟自击撞"二句）查本改"杠"为"釭"，嫌与"朝钟"字碍耳。然暮鼓朝钟，自是一日之课；闭门孤枕，自是工课完后之事，原不相碍。

宝山新开径

　　藤梢橘刺元无路，竹杖棕鞋不用扶。
　　风自远来闻笑语，水分流处见江湖。
　　回观佛国青螺髻，踏遍仙人碧玉壶。
　　野客归时山月上，棠梨叶战暝禽呼。

　　《御选唐宋诗醇》卷三四：明隽清圆，兼得象外之趣。

和述古冬日牡丹四首（选一首）

其一

　　一朵妖红翠欲流，春光回照雪霜羞。

化工只欲呈新巧，不放闲花得少休。

集评：

朋九万《乌台诗案·和陈述古十月开牡丹四绝》：熙宁六年，任杭州通判时，知州系知制诰陈襄，字述古。是年冬十月内，一僧寺开牡丹数朵，陈襄作诗四绝。轼尝和云（略）。此诗皆讥讽当时执政大臣，以比化工但欲出新意擘画，令小民不得暂闲也。

陆游《老学庵笔记》卷八：东坡《牡丹诗》云："一朵妖红翠欲流。"初不晓"翠欲流"为何语。（略）及游成都，过木行街，有大署市肆曰："郭家鲜翠红紫铺。"问土人，乃知蜀语鲜翠犹言鲜明也。东坡盖用乡语云。

王应麟《困学纪闻》卷一八：陆务观记东坡诗"翠欲流"，谓"蜀语鲜翠，犹言鲜明也"。愚按：嵇叔夜《琴赋》云："新衣翠粲。"李周翰注："翠粲，鲜色。"李善注引《子虚赋》："翕呷翠粲。"张揖曰："翠粲，衣声。"《汉书》作"萃蔡"。班婕伃赋："纷綷縩兮纨素声。"其义一也。以鲜明为翠，乃古语。

和柳子玉喜雪次韵仍呈述古

诗翁爱酒常如渴，瓶尽欲沽囊已竭。
灯青火冷不成眠，一夜撚须吟喜雪。
诗成就我觅欢处，我穷正与君仿佛。
曷不走投陈孟公，有酒醉君仍饱德。
琼瑶欲尽天应惜，更遣清光续残月。
安得佳人擢素手，笑捧玉碗两奇绝。
艳歌一曲回阳春，坐使高堂生暖热。

查慎行《初白庵诗评》卷中：（"诗翁爱酒常如渴"八句）波澜动宕，机趣横生。

纪昀评《苏文忠公诗集》卷一一：（"有酒醉君仍饱德"）"饱德"趁韵。

夜至永乐文长老院，文时卧病退院

夜闻巴叟卧荒村，来打三更月下门。
往事过年如昨日，此身未死得重论。
老非怀土情相得，病不开堂道益尊。
惟有孤栖旧时鹤，举头见客似长言。

集评：

纪昀评《苏文忠公诗集》卷一一：通体深稳。

王文诰《苏文忠公诗编注集成·编年古今体诗》卷一一：（"往事过年如昨日"）此句明言上年过此，而今则已病，正言其速也。

赵克宜《角山楼苏诗评注汇钞》卷四：（"老非怀土情相得"二句）朴至语。

钱安道席上令歌者道服

乌府先生铁作肝，霜风卷地不知寒。
犹嫌白发年前少，故点红灯雪里看。
他日卜邻先有约，待君投劾我休官。
如今且作华阳服，醉唱侬家七返丹。

查慎行《初白庵诗评》卷中：（"他日卜邻先有约"）四句流利。

纪昀评《苏文忠公诗集》卷一一：意中先有末一句，以前六句曲曲逼出，天然入拍。

赵克宜《角山楼苏诗评注汇钞》卷四：曲折清快，近体中难得如此笔力，不必以唐律绳之。

除夜野宿常州城外二首

其一

行歌野哭两堪悲，远火低星渐向微。
病眼不眠非守岁，乡音无伴苦思归。
重衾脚冷知霜重，新沐头轻感发稀。
多谢残灯不嫌客，孤舟一夜许相依。

集评：

苏轼《书润州道上诗》："行歌野哭两堪悲，远火低星渐向微。病眼不眠非守岁，乡音无伴苦思归。重衾脚冷知霜重，新沐头轻感发稀。只有残灯不嫌客，孤舟一夜许相依。"仆时三十九岁，润州道中，值除夜而作。后二十年，在惠州守岁，录付过。

查慎行《初白庵苏诗补注》卷一一："病眼"句，白乐天《除夜》诗也，先生一时偶用之耶？

《御选唐宋诗醇》卷三四：令节羁情，孤灯遥夜，所感怆者深，而以温柔敦厚出之，依依脉脉，味似淡而弥长。

纪昀评《苏文忠公诗集》卷一一：（"多谢残灯不嫌客"二句）言人，则见嫌矣。

香岩批《纪评苏诗》卷一：结意沉痛。

其二

南来三见岁云徂,直恐终身走道涂。
老去怕看新历日,退归拟学旧桃符。
烟花已作青春意,霜雪偏寻病客须。
但把穷愁博长健,不辞最后饮屠苏。

集评:

洪迈《容斋续笔》卷二《岁旦饮酒》:今人元日饮屠酥酒,自小者起,相传已久,然固有来处。后汉李膺、杜密以党人同系狱,值元日,于狱中饮酒,曰:"正旦从小起。"《时镜新书》晋董勋云:"正旦饮酒先饮小者,何也?"勋曰:"俗以小者得岁,故先酒贺之,老者失时,故后饮酒。"《初学记》载《四民月令》云:"正旦进酒次第,当从小起,以年小者起先。"唐刘梦得、白乐天元日举酒赋诗,刘云:"与君同甲子,寿酒让先杯。"白云:"与君同甲子,岁酒合谁先。"白又有《岁假内命酒》一篇云:"岁酒先拈辞不得,被君推作少年人。"顾况云:"不觉老将春共至,更悲携手几人全。还丹寂寞羞明镜,手把屠苏让少年。"裴夷直云:"自知年几偏应少,先把屠苏不让春。倘更数年逢此日,还应惆怅羡他人。"成文斡云:"戴星先捧祝尧觞,镜里堪惊两鬓霜。好是灯前偷失笑,屠苏应不得先尝。"方斡云:"才酌屠苏定年齿,坐中皆笑鬓毛斑。"然则尚矣。东坡亦云:"但把穷愁博长健,不辞最后饮屠苏。"其义亦然。五、六沉著。

查慎行《初白庵诗评》卷中:每当孤舟旅泊,时披读一过,觉陇水巴猿,未是断肠声也。

赵克宜《角山楼苏诗评注汇钞》卷四:二诗亦皆宋调。

元日过丹阳,明日立春,寄鲁元翰

堆盘红缕细茵陈,巧与椒花两斗新。

竹马异时宁信老,土牛明日莫辞春。

西湖弄水犹应早,北寺观灯欲及辰。

白发苍颜谁肯记,晓来频嚏为何人。

集评:

《瀛奎律髓汇评》卷一六《节序类》方回评:"西湖""北寺",皆指杭州事。元翰在杭,故于元日作此诗寄之也。

又纪昀评:东坡七律非胜场,然自有一种老健之气。

又:结入鲁有致,含蓄其人,又是一格。

纪昀评《苏文忠公诗集》卷一一:三、四沉著。寄鲁意转从对面写出,用笔灵活。

赵克宜《角山楼苏诗评注汇钞》卷四:一结意趣自胜。

延君寿《老生常谈》:东坡嘻笑怒骂固多,然亦有极蕴藉之作。(略)"竹马异时宁信老,土牛明日莫辞春。"学者当细心检点,不可卤莽草率,道听途说。

金山寺与柳子玉饮,大醉,卧宝觉禅榻。夜分方醒,书其壁

恶酒如恶人,相攻剧刀箭。

颓然一榻上,胜之以不战。

诗翁气雄拔,禅老语清软。

我醉都不知，但觉红绿眩。

醒时江月堕，撼撼风响变。

惟有一篝灯，二豪俱不见。

集评：

查慎行《初白庵诗评》卷中：（"醒时江月堕"四句）即此可入禅悟。

《御选唐宋诗醇》卷三四：豪放精悍，全是规仿《颂酒》之篇。

纪昀评《苏文忠公诗集》卷一一：（起处）语觉微快，然自奇崛。（"二豪俱不见"）结用"二豪"，太难为子玉、宝觉。然一首兀傲诗，非如此兀傲作结，便不配所谓箭在弦上也。

游鹤林招隐二首

其一

郊原雨初霁，春物有余妍。

古寺满修竹，深林闻杜鹃。

睡余柳花堕，目眩山樱然。

西窗有病客，危坐看香烟。

集评：

纪昀评《苏文忠公诗集》卷一一：（"古寺满修竹"二句）不减"曲径通幽"之句。

赵克宜《角山楼苏诗评注汇钞》卷四："古寺"二句，语意天然，与"两边山木合，终日子规啼"同一境象。

其二

行歌白云岭,坐咏修竹林。

风轻花自落,日薄山半阴。

涧草谁复识,闻香杳难寻。

时见城市人,幽居惜未深。

集评:

袁宏道评阅谭元春选《东坡诗选》卷三谭元春评:苏诗当选此类为主,方以沉、快二种别,穷其才之所至与性之所近耳。

纪昀评《苏文忠公诗集》卷一一:此首亦直逼唐人。

书普慈长老壁 _{自注:志诚。}

普慈寺后千竿竹,醉里曾看碧玉椽。

倦客再游行老矣,高僧一笑故依然。

久参白足知禅味,苦厌黄公聒昼眠。

自注:鸟名。

惟有两株红百叶,晚来犹得向人妍。

集评:

纪昀评《苏文忠公诗集》卷一一:三、四用文句极其自然,无宋人文句之野气。

赵翼《瓯北诗话》卷五《苏东坡诗》:坡诗有云"清诗要锻炼,方得铅中银"。然坡诗实不以锻炼为工,其妙处在乎心地空明,自然流出,一似全不著力而自然沁入心脾。此其独绝也。今第就七言律论之,如(略)"倦客再游行老矣,高僧一笑故依然"(略)。此数十联乃是称心而出,不假雕饰,自然意味悠长。即使事处,亦随其意之所欲出,而无牵合之迹。此不可以声调、格律求之也。

赵克宜《角山楼苏诗评注汇钞》卷四:("倦客再游行老矣"二句)必如此自然,才可阑入别调。

常润道中有怀钱塘寄述古五首

其一

从来直道不辜身,得向西湖两过春。
沂上已成曾点服,泮宫初采鲁侯芹。
休惊岁岁年年貌,且对朝朝暮暮人。
细雨晴时一百六,画船箫鼓莫违民。

集评:

黄彻《碧溪诗话》卷八:乐天《九日思杭州》云:"笙歌委曲声延耳,金翠动摇光照身。"子瞻《有怀钱塘》云:"剩看新番眉倒晕,未应泣别脸销红。"黎元耆旧,何遽忘之耶? 徐考其集,白送姚杭州赴任,因思旧游云:"闾里固宜勤抚恤,楼台亦要数跻攀。"苏亦云:"细雨晴时一百六,画船箫鼓莫违民。"是未尝无意于民庶也。然白又有"故妓数人凭问讯,新诗两首倩留传"。坡又有"休惊岁岁年年貌,且对朝朝暮暮人"。大抵淫乐之语,多于抚养之语耳。夫子称"未见好德如好色",而伤之曰:"已矣乎!"二公未能免俗,余人不必言。

赵翼《瓯北诗话》卷五:诗人遇成语佳对,必不肯放过。坡公尤妙于翦裁,虽工巧而不落纤佻,由其才分之大也。如(略)"休惊

189

岁岁年年貌，且对朝朝暮暮人"（《寄陈述古》）（略）。此等诗虽非坡公著意之作，然自然凑泊，触手生春，亦见其学之富而笔之灵也。

其二

草长江南莺乱飞，年来事事与心违。
花开后院还空落，燕入华堂怪未归。
世上功名何日是，樽前点检几人非。
去年柳絮飞时节，记得金笼放雪衣。

自注：杭人以放鸽为太守寿。

集评：

纪昀评《苏文忠公诗集》卷一一：（"世上功名何日是"二句）二句太滑，遂令通篇削色。

《御选唐宋诗醇》卷三四："慨当以慷，忧思难忘。"此诗结句，集内有"放鸽为寿"之自注。赵尧卿遂引唐《谭宾录》，言天宝宫中呼白鹦鹉为"雪衣"，此诗借呼鸽为"雪衣"。然考田汝成《西湖志》，称东坡有真迹云："杭州营妓周韶能诗，子容过杭，述古饮之，韶泣求落籍。子容曰：'可作一绝。'韶援笔立成曰：'陇上巢空岁月惊，忍看回首自梳翎。开笼若放雪衣女，长念观音般若经。'韶时有服，衣白。一坐嗟叹，遂落籍。"此诗寄述古，盖指此事，故曰"记得金笼放雪衣"，"雪衣"正用白鹦鹉事，不必借呼放鸽也。诗作如是解，与前后数诗亦正相类。然轼自注，故作隐语，岂其避谤欤。

王文诰《苏文忠公诗编注集成·编年古今体诗》卷一一：（"花开后院还空落"二句）此联从李太白《题东溪公幽居》"好鸟迎春歌后院，飞花送酒舞前檐"化出。

赵克宜《角山楼苏诗评注汇钞》卷四:("世上功名何日是"二句)七律全仗五、六转关有力,纪嫌太滑,洵然。(末二句)诗指放雪衣女事,而自注反托之放鸽,狡狯一至于此,若非翁氏究其原委,几被先生瞒过。

其三

浮玉山头日日风,涌金门外已春融。
二年鱼鸟浑相识,三月莺花付与公。
剩看新翻眉倒晕,未应泣别脸消红。
何人织得相思字,寄与江边北向鸿。

集评:

田汝成《西湖游览志余》卷一〇:杭州巨美,得白、苏而益章,考其治绩怡情,往往酷似。(略)乐天诗云:"笙歌委曲声延耳,金翠动摇光照身。"子瞻亦云:"剩看新翻眉倒晕,未应泣别脸消红。"

纪昀评《苏文忠公诗集》卷一一:("二年鱼鸟浑相识"二句)此应为官妓而发,说事大雅。

其四

国艳天娇酒半酣,去年同赏寄僧檐。
但知扑扑晴香软,谁见森森晓态严。
谷雨共惊无几日,蜜蜂未许辄先甜。
应须火急回征棹,一片辞枝可得黏。

集评:

查慎行《初白庵诗评》卷中:("国艳天娇酒半酣"二句)先生

《牡丹记》叙熙宁五年三月观于吉祥寺。

纪昀评《苏文忠公诗集》卷一一：多不成语。

其五

惠泉山下土如濡，阳羡溪头米胜珠。

卖剑买牛吾欲老，杀鸡为黍子来无。

地偏不信容高盖，俗俭真堪著腐儒。

莫怪江南苦留滞，经营身计一生迂。

集评：

费衮《梁溪漫志》卷四《毗陵东坡祠堂记》：东坡自黄移汝，上书乞居常，其后谢表有"买田阳羡，誓毕此生"之语。在禁林，与胡完夫、蒋颖叔唱和，有云："惠泉山下土如濡，阳羡溪头米胜珠。卖剑买牛吾欲老，杀鸡为黍子来无。"又云："雪芽我为求阳羡，乳水君应饷惠山。"晚自儋耳北还，崎岖万里，径归南兰陵以殁。盖出处穷达三十年间，未尝一日忘吾州；而郡无祠宇莫谒之所，邦人以为阙文。乾道壬辰，太守晁强伯子健来，（略）或朝服、或野服，列于壁间，而晁侍郎公武为之记（略）。记成，强伯刻石为二碑，一置之郡斋，一置之阳羡洞灵观，用杜元凯之法，盖欲俱传不朽，其措意甚美；然东坡公之名节，固自万世不磨矣。

袁宏道评阅谭元春选《东坡诗选》卷三谭元春评："卖剑"二语，世所赏爱，不当留之。

纪昀评《苏文忠公诗集》卷一一：此首深稳。

王文诰《苏文忠公诗编注集成·编年古今体诗》卷一一：公是时初至荆溪，此诗之意，因旧与蒋之奇有卜居阳羡之约而发，非买田时也。

赵克宜《角山楼苏诗评注汇钞》卷四:("地偏不信容高盖"二句)对句沉著,逼杜。

无锡道中赋水车

翻翻联联衔尾鸦,荦荦确确蜕骨蛇。
分畴翠浪走云阵,刺水绿针抽稻芽。
洞庭五月欲飞沙,鼍鸣窟中如打衙。
天工不见老翁泣,唤取阿香推雷车。

集评:

葛立方《韵语阳秋》卷二:言水车之利不及雷车所沾者广也。

查慎行《初白庵诗评》卷中:("翻翻联联衔尾鸦"二句)二语略尽形制。

《御选唐宋诗醇》卷三四:只是体物著题,触处灵通,别成奇光异彩。"想当施手时,巨刃摩天扬",此之谓也。赋物得此,神力罕匹。

纪昀评《苏文忠公诗集》卷一一:节短势险,句句奇矫。结句四平,未谐调。然义山韩碑已有此句法。

施补华《岘佣说诗》:东坡《秧马歌》《水车诗》,皆形容尽致之作,虽少陵不能也。

王文诰《苏文忠公诗编注集成·编年古今体诗》卷一一:此诗与《瓶笙》同一手法。

赵克宜《角山楼苏诗评注汇钞》卷四:言天公岂不见老农泣乎,宜雷雨以救其旱也。"雷车"字点染本题。

虎丘寺

入门无平田，石路细穿岭。

阴风生涧壑，古木翳潭井。

湛卢谁复见，秋水光耿耿。

铁花秀岩壁，杀气噤蛙黾。

幽幽生公堂，左右立顽矿。

当年或未信，异类服精猛。

胡为百岁后，仙鬼互驰骋。

窈然留清诗，读者为悲哽。

东轩有佳致，云水丽千顷。

熙熙览生物，春意破凄冷。

我来属无事，暖日相与永。

喜鹊翻初旦，愁鸢蹲落景。

坐见渔樵还，新月溪上影。

悟彼良自咍，归田行可请。

集评：

查慎行《初白庵诗评》卷中：（"坐见渔樵还"二句）细静。

《御选唐宋诗醇》卷三四：作虎丘诗者，多是缘情绮靡。若此诗，则但见其幽折闲静耳。是非时会不同，乃其命笔取材别开生径。观前此白居易于东虎丘有"怪石千僧坐，灵池一剑沉"之句，于西虎丘有"摇曳双红旆，娉婷十翠娥"之句，乌鹊黄鹂，红栏绿浪，唐时已极繁华艳冶矣。故知此诗是有意避喧，力求岑寂也。

纪昀评《苏文忠公诗集》卷一一：通体精悍。（"铁花秀岩壁"二句）十字精警。"秀"当作"绣"。

王文诰《苏文忠公诗编注集成·苏海识余》卷一:《虎丘》诗"阴风生涧壑,古木翳潭井""铁花秀岩壁,杀气噤蛙黾",似此出落虎丘,别开生面。凡前人诗以艳冶擅场,若不胜情之作,皆一例放倒矣。

赵克宜《角山楼苏诗评注汇钞》卷四:此诗逐节实叙,间作一二论断语,是为游览诗中一格。("我来属无事")至此方入己情。

苏州闾丘江君二家雨中饮酒二首

其一

小圃阴阴遍洒尘,方塘潋潋欲生纹。
已烦仙袂来行雨,莫遣歌声便驻云。
肯对绮罗辞白酒,试将文字恼红裙。
今宵记取醒时节,点滴空阶独自闻。

集评:

纪昀评《苏文忠公诗集》卷一一:中四句平头。("今宵记取醒时节"二句)推过一步作结,便脱窠臼。

王文诰《苏文忠公诗编注集成·编年古今体诗》卷一一:时方闵雨,故结句重申之。晓岚以为结"脱窠臼"者,非也。

赵克宜《角山楼苏诗评注汇钞》卷四:一结跟第六句生下,即"恼红裙"之辞也。

其二

五纪归来鬓未霜,十眉环列坐生光。
唤船渡口迎秋女,驻马桥边问泰娘。

曾把四弦娱白傅，敢将百草斗吴王。

从今却笑风流守，画戟空凝宴寝香。

集评：

纪昀评《苏文忠公诗集》卷一一：中四句切脚碍格，四古人名尤碍格。

过永乐文长老已卒

初惊鹤瘦不可识，旋觉云归无处寻。

三过门间老病死，一弹指顷去来今。

存亡惯见浑无泪，乡井难忘尚有心。

欲向钱塘访圆泽，葛洪川畔待秋深。

集评：

魏庆之《诗人玉屑》卷三引《藜藿野人诗话》：（"三过门间老病死"二句）句法清健，天生对也。陆务观诗云："老病已多惟欠死，贪嗔虽尽尚余痴。"不敢望东坡，而近世亦无人能到此。

查慎行《初白庵诗评》卷中：（"三过门间老病死"二句）天然绝对。

《御选唐宋诗醇》卷三四：寄感叹于解脱，挽长老合作如是诗。

纪昀评《苏文忠公诗集》卷一一：查谓三、四巧对。然作对太巧是一病，特此尚未太碍格。后半曲折顿挫。

赵翼《瓯北诗话》卷五：诗人遇成语佳对，必不肯放过。坡公尤妙于剪裁，虽工巧而不落纤佻，由其才分之大也。如（略）"三过门间老病死，一弹指顷去来今"（《过永乐长老已卒》）（略）。此等诗虽非坡公著意之作,然自然凑泊,触手生春,亦见其学之富而笔之灵也。

王文诰《苏文忠公诗编注集成·编年古今体诗》卷一一:("三过门间老病死")句谓初过而老,再过而病,三过而死。合下句读之,正言其速。

《历代诗发》卷二四:吊出世人,自应在有意无意之间。

赵克宜《角山楼苏诗评注汇钞》卷四:意沉著而语流美,七律佳境。

僧惠勤初罢僧职

轩轩青田鹤,郁郁在樊笼。
既为物所縻,遂与吾辈同。
今来始谢去,万事一笑空。
新诗如洗出,不受外垢蒙。
清风入齿牙,出语如风松。
霜髭茁病骨,饥坐听午钟。
非诗能穷人,穷者诗乃工。
此语信不妄,吾闻诸醉翁。

集评:

何孟春《余冬诗话》卷上:韩退之序裴均诗云:"文章之作,常发于羁旅草野。"欧阳永叔序梅圣俞诗,大意本之,谓非诗能穷人,殆穷者而后工也。东坡《赠惠勤》诗:"非诗能穷人,穷者诗乃工。此语信不妄,吾闻诸醉翁。"他日《答陈师仲书》又云:"诗能穷人,所从来尚矣。足下独言诗不能穷人,为之益力,诗日以工,安知不以此达乎?"宣和中,陈与义以《赋墨梅诗》受知徽宗,遂登册府,而序其集者,遂有诗能达人之说。前此,陈无己序王平甫集,亦曰:"诗能达人,未见其穷人也。"(何孟)春曰:穷达有命,诗何间哉。第天畀文士,例多命穷,而措大不能忘其愁思之声与怨刺之言耳。

查慎行《初白庵诗评》卷中:如今僧纲司也。

纪昀评《苏文忠公诗集》卷一二:("轩轩青田鹤"二句)取喻精警,语亦高浑。

游灵隐高峰塔

言游高峰塔,蓐食治野装。
火云秋未衰,及此初旦凉。
雾霏岩谷暗,日出草木香。
嘉我同来人,久便云水乡。
相劝小举足,前路高且长。
古松攀龙蛇,怪石坐牛羊。
渐闻钟磬音,飞鸟皆下翔。
入门空有无,云海浩茫茫。
惟见聋道人,老病时绝粮。
问年笑不答,但指穴藜床。
心知不复来,欲归更彷徨。
赠别留匹布,今岁天早霜。

集评:

张戒《岁寒堂诗话》卷上:人才各有分限,尺寸不可强。同一物也,而咏物之工有远近;皆此意也,而用意之工有浅深。(略)东

198

坡（略）《登灵隐寺塔》云："相劝小举足（略）。"意虽有佳处，而语不甚工，盖失之易也。

袁宏道评阅谭元春选《东坡诗选》卷三谭元春评：结语皆一层在上，所以有气运。

《御选唐宋诗醇》卷三四："雾霏""日出"，未举足而景象既殊；"古松""怪石"，及经行而应接不暇。"渐闻钟磬音，飞鸟皆下翔"十字，画出古寺清晨登高览胜之妙。"入门"以后，但记一时与道人留连赠答，语尽便住。象外传神，正复无际。

纪昀评《苏文忠公诗集》卷一二：直起直收，不著一语，而义蕴甚深。（"入门空有无"二句）写出大善知识境界。

张道《苏亭诗话》卷一：东坡诗，有推勘到尽头语：（略）"心知不复来，欲归更傍徨。"（《游高峰塔》）（略）余每遇山水之游，别时不忍去。东坡官系之身，不得自主，故知更怆然也。

赵克宜《角山楼苏诗评注汇钞》卷五：（"渐闻钟磬音"以下）四语拈出真境，自然超妙。

青牛岭高绝处有小寺，人迹罕到

暮归走马沙河塘，炉烟袅袅十里香。
朝行曳杖青牛岭，寒泉咽咽千山静。
君勿笑老僧，耳聋唤不闻，百年俱是可怜人。
明朝且复城中去，白云却在题诗处。

集评：

纪昀评《苏文忠公诗集》卷一二：（起处）语语脱洒，咫尺而有万里之势。（"明朝且复城中去"二句）结得缥缈。然中有寓托，不同泛作杳杳冥冥语。

199

赵克宜《角山楼苏诗评注汇钞》卷五:唐人结处多作指点不尽语,饶有余味。纪(昀)因与渔洋立异,故遇此等,每多费辞。

新城陈氏园次晁补之韵

荒凉废圃秋,寂历幽花晚。
山城已穷僻,况与城相远。
我来亦何事,徙倚望云巘。
不见苦吟人,清樽为谁满。

集评:

查慎行《初白庵诗评》卷中:忽作韦、柳格调,才人何所不能。

《御选唐宋诗醇》卷三四:淡而能腴,王、韦后绝无仅有。

纪昀评《苏文忠公诗集》卷一二:忽作王、孟清音,亦复相似。偶一为之,亦是一种文字。("山城已穷僻"二句)二句自好,有意故也。

王文诰《苏文忠公诗编注集成·编年古今体诗》卷一二:时无咎年甚少,此诗就无咎口吻为之,有循循善诱之意。故其不矜才不使气如此,可想见陈氏园中无限悦乐之状。

赵克宜《角山楼苏诗评注汇钞》卷五:脱胎于"高城已不见,况复城中人"之句,意境自佳,不甚似王、孟,后四语尤不相类。

与毛令方尉游西菩提寺二首

其一

推挤不去已三年,鱼鸟依然笑我顽。

人未放归江北路,天教看尽浙西山。

尚书清节衣冠后,处士风流水石间。

一笑相逢那易得,数诗狂语不须删。

集评:

查慎行《初白庵诗评》卷中:("天教看尽浙西山")乐天得意句。

《御选唐宋诗醇》卷三四:首作不露刻斫经营之迹,自成高唱。五、六用毛玠、方干,贴二人姓。此本古法,少陵集中多有之。

纪昀评《苏文忠公诗集》卷一二:("尚书清节衣冠后"二句)切姓便俗。工部之"杜酒张梨",不可训也。

赵翼《瓯北诗话》卷五《苏东坡诗》:坡诗有云"清诗要锻炼,方得铅中银"。然坡诗实不以锻炼为工,其妙处在乎心地空明,自然流出,一似全不著力而自然沁入心脾。此其独绝也。今第就七言律论之,如(略)"人未放归江北路,天教看尽浙西山"(略)。此数十联乃是称心而出,不假雕饰,自然意味悠长。即使事处,亦随其意之所欲出,而无牵合之迹。此不可以声调、格律求之也。

其二

路转山腰足未移,水清石瘦便能奇。

白云自占东西岭,明月谁分上下池。

黑黍黄粱初熟候,朱柑绿橘半甜时。

人生此乐须天付,莫遣儿郎取次知。

集评:

袁宏道评阅谭元春选《东坡诗选》卷三谭元春评:前首结句尚

非全璧，何不省此一首，留心末韵。

《御选唐宋诗醇》卷三四：次作"白云"句承"石瘦"来，"明月"句承"水清"来。"黑黍黄粱"，池旁之所见也；"朱柑绿橘"，岭上之所植也。错杂写来，自然合拍。惟其才大而气雄，故虽"清""白""黑""黄"等字叠见，不嫌其复。

纪昀评《苏文忠公诗集》卷一二：已开剑南之派。

《历代诗发》卷二四：气雄词勃，更复天机洒洒然。

陈衍《宋诗精华录》卷二：二、四摹仿乐天。

王文濡《宋元明诗评注读本》卷六：于一气奔放之中，仍复细腻熨帖。子瞻诗纪律谨严，于此可见。

听贤师琴

大弦春温和且平，小弦廉折亮以清。
平生未识宫与角，但闻牛鸣盎中雉登木。
门前剥啄谁叩门，山僧未闲君勿嗔。
归家且觅千斛水，净洗从前筝笛耳。

集评：

吴曾《能改斋漫录》卷三《使骄忌听琴事》：元微之《桐花》诗云："尔生不我得，我愿裁为琴。宫弦春以君，君若春日临。商弦廉以臣，臣作旱天霖。"盖取《史记》："骄忌子闻齐威王鼓琴，而为说曰：'大弦浊以春温者，君也；小弦廉折以清者，相也。'"《西清诗话》乃云："吴僧义海，琴妙天下。而东坡听唯贤琴诗，有'大弦春温和且平，小弦廉折亮以清'之句。"至谓"东坡未知琴趣，不独琴为然"。殊不知亦取骄忌子听琴之事耳。

202

又卷五《僧义海评韩文公苏东坡琴诗》：蔡絛《西清诗话》谓：
"三吴僧义海以琴名。世谓欧阳文忠公问东坡：'琴诗孰优？'坡答
以退之听颖公琴，曰：'此只是听琵琶尔。'或以问海，海曰：'欧阳
公一代英伟，何斯人而斯误也？"昵昵儿女语，恩怨相尔汝"，言轻
柔细屑，真情出见也；"划然变轩昂，勇士赴敌场"，精神余溢，竦观
听也；"浮云柳絮无根蒂，天地阔远随飞扬"，纵横变态，浩乎不失
自然也；"喧啾百鸟群，忽见孤凤凰"，又见颖孤绝，不同流俗下俚
声也；"跻攀分寸不可上，失势一落千丈强"，起伏抑扬，不主故常
也。皆指下丝声妙处，唯琴为然。琵琶格上声，乌能尔邪？退之
深得其趣，未易讥评也。'"以上皆《西清诗话》。余谓义海以数声
非琵琶所及是矣，而谓真知琴趣则非也。昔晁无咎谓尝见善琴者
云："'浮云柳絮无根蒂，天地阔远随飞扬'，为泛声。轻非丝、重非
木也。'喧啾百鸟群，忽见孤凤凰'，为泛声中寄指声也。'跻攀分
寸不可上'，为吟绎声也。'失势一落千丈强'，为厉声也。数声琴
中最难工。"洪庆善亦尝引用，而未知出于晁。是岂义海所知，况
西清邪？东坡后有《听惟贤琴》诗"大弦春温和且平，小弦廉折
亮以清。平生未识宫与角，但闻牛鸣盎中雉登木"云云，亦未知
琴。"春温和且平，廉折亮以清"，丝声皆然，何独琴也？"牛鸣盎中
雉登木"，概言宫角耳。八音皆然，何独宫角也？闻者以义海为知
言。西清又谓："尝考今昔琴谱，谓宫者非宫，角者非角。又五音
迭起，宫声为多，与五音之正者异，此又坡所未知也。"以上皆西清
语。余考《史记》："驺忌子闻齐威王鼓琴，而为说曰：'大弦浊以春
温者，君也；小弦廉折以清者，相也。'"又《管子》："凡听宫如牛
鸣窖中，凡听角如雉登木以鸣，音疾以清。"故《晋书》亦云："牛鸣
盎中宫，雉登木中角。"以此知义海、西清寡陋而妄为之说，可付之
一笑。

胡仔《苕溪渔隐丛话》前集卷一六引《西清诗话》：（僧义）海

曰："东坡词气倒山倾海,然亦未知琴。'春温和且平''廉折亮以清',丝声皆然,何独琴也?又特言大、小弦声,不及指下之韵。'牛鸣盎中雉登木',概言宫角耳。八音宫角皆然,何独丝也?"闻者以海为知言。余尝考今昔琴谱,谓宫者非宫,角者非角,又五调迭犯,特宫声为多,与五音之正者异,此又坡所未知也。

又:古今听琴、阮、琵琶、筝、瑟诸诗,皆欲写其音声节奏,类以景物故实状之,大率一律,初无中的句互可移用,是岂真知音者?但其造语藻丽,为可喜耳。(略)永叔、子瞻谓退之听琴诗,乃是听琵琶诗。僧义海谓子瞻听琴诗,丝声、八音宫角皆然,何独琴也。互相讥评,终无确论。如玉溪生《锦瑟》诗(略),此亦是以景物故实状之,若移作听琴、阮等诗,谁谓不可乎?

朱翌《猗觉寮杂记》卷上:东坡《琴》云:"平生不识宫与角,但闻牛鸣窖中雉登木。"出《管子·地员篇》:"凡听宫如牛鸣窖中,听角如雉登木。"

袁宏道评阅谭元春选《东坡诗选》卷三谭元春评:"山僧"忙得妙。

朱承爵《存余堂诗话》:(此诗)自是听琴诗,如曰听琵琶,吾未之信也。(略)东坡《听筝》云:"唤取吾家三凤槽,移作三峡孤猿号。""孤猿号"之语,可移以咏琵琶乎?自是听筝诗也。

《御选唐宋诗醇》卷三四:(韩愈)《听颖师琴》诗,曲中疾徐之节;(苏轼)《听贤师琴》诗,别传离合之神。两诗足以并峙。义海俗工,誉韩毁苏,《复斋漫录》直以不学斥之,最堪贬愚击蒙。

纪昀评《苏文忠公诗集》卷一二:意境甚阔,不知其为四韵诗。东坡举退之颖师琴诗答之,公云是琵琶诗。义海闻之曰:"公不精琴,故云尔耳。"如东坡此诗,反不如退之之切,所以不可不输也。("平生未识宫与角")四字,一篇眼目。("归家且觅千斛水")非东坡不能言。("净洗从前筝笛耳")结法输颖师琴诗。

（日本）赖山阳《东坡诗钞》附《书韩苏古诗后》：苏古诗，有意与韩斗，不特《石鼓》《听琴》也。

王文诰《苏文忠公诗编注集成·编年古今体诗》卷一二：公此诗因永叔而发，而昌黎诗由是传为口舌，至今屈抑莫伸，无有敢正之者。

赵克宜《角山楼苏诗评注汇钞》卷五：直起直落，大笔淋漓，亦因欧公议昌黎听琴诗，故别开一径。前半实赋，后半却于虚步掉弄，托高身分。

赠写真何充秀才

　　君不见潞州别驾眼如电，左手挂弓横撚箭。
　　又不见雪中骑驴孟浩然，皱眉吟诗肩耸山。
　　饥寒富贵两安在，空有遗像留人间。
　　此身常拟同外物，浮云变化无踪迹。
　　问君何苦写我真，君言好之聊自适。
　　黄冠野服山家容，意欲置我山岩中。
　　勋名将相今何限，往写褒公与鄂公。

集评：

　　吴曾《能改斋漫录》卷八《褒公鄂公》：杜子美《赠曹将军霸》诗："凌烟功臣少颜色，将军下笔开生面。良相头上进贤冠，猛将腰间大羽箭。褒公鄂公毛发动，英姿飒爽来酣战。"鄂公谓尉迟敬德，褒公谓段志玄也。故东坡《赠写真何充》诗："黄冠野服山家容，意欲置我山岩中。勋名将相今何限，往写褒公与鄂公。"鲍慎由《谢传神蔡景直》诗："驰誉丹青有古风，笔端及我未宜蒙。云台麟阁遥相望,往写褒公与鄂公。"用东坡语,尤为无功。

纪昀评《苏文忠公诗集》卷一二:意境甚浅。

(日本)赖山阳《东坡诗钞》附《书韩苏古诗后》:世服苏之广长舌,不知其收舌不尽展者更好。(略)《赠写真何充》,(略)皆丰约合度,姿态可观。

润州甘露寺弹筝

多景楼上弹神曲,欲断哀弦再三促。
江妃出听雾雨愁,白浪翻空动浮玉。
自注:金山名。
唤取吾家双凤槽,遣作三峡孤猿号。
与君合奏芳春调,啄木飞来霜树杪。

集评:

纪昀评《苏文忠公诗集》卷一二:小诗赋琐事,意境却空阔有余。

朱承爵《存余堂诗话》:东坡《听筝》云:"唤取吾家三凤槽,移作三峡孤猿号。""孤猿号"之语,可移以咏琵琶乎?自是听筝诗也。

雪后书北台壁二首

其一

黄昏犹作雨纤纤,夜静无风势转严。
但觉衾裯如泼水,不知庭院已堆盐。

五更晓色来书幌,半月寒声落画檐。

试扫北台看马耳,未随埋没有双尖。

集评:

蔡正孙《诗林广记》后集卷一引《蔡宽集》:本朝欧阳公《雪》诗多大篇,然已屏去白事,故东坡效之。东坡少时之作,亦多有犯此者。如(略)云:"但觉衾裯如泼水,不知庭户已堆盐。"

孙奕《履斋示儿编》卷一三《马耳》:东坡《雪夜》诗云:"试扫北台看马耳,未随埋没有双尖。"赵次公云:"马耳,山名。"窃谓天下之山,至低不下数丈,而止于寻丈者少。雪虽深,埋没山阜,未之有也。赵指为山,果何所据?殊不知雪夜王晋之与霍辨对谈,雪盈尺,王曰:"雪太深乎?"霍曰:"看北台马耳菜何如?"左右曰:"有两尖在。"坡盖用此,何赵未尝见是事,而妄为是说?(卢文弨案:马耳菜,不著所引书名。马耳自当作山名。千岩俱缟,即是埋没。马耳之双尖矗然露见,即是未随埋没。孙公说诗,何其固也。)

费衮《梁溪漫志》卷七:东坡《雪》诗:"五更晓色来书幌,半夜寒声落画檐。"或疑五更自应有晓色,亦何必雪?盖误认五更字。此所谓五更者,甲夜至戊夜尔,自昏达旦,皆若晓色,非雪而何?此语初若平易,而实新奇,前人未尝道也。

张淏《云谷杂记》卷三《苏诗注不详》:按北台在密州之北,因城为台,马耳与常山在其南。东坡为守日,葺而新之,子由因请名之曰超然台。

《瀛奎律髓汇评》卷二一《雪类》方回评:马耳,山名,与台相对。坡知密州时作。年三十九岁。偶然用韵甚险,而再和尤佳。或谓坡诗律不及古人,然才高气雄,下笔前无古人也。观此雪诗亦冠绝古今矣。虽王荆公亦心服,屡和不已,终不能压倒。

又何焯评:二诗应从倒转,可见作诗层次。

又纪昀评:"泼水""堆盐",字皆不雅。

又李光垣评:"尖""叉"二律倒置,下同。

又黄庭坚《春雪呈张仲谋》方回评:苏、黄名出同时,山谷此二诗(按:即《春雪呈张仲谋》与《咏雪奉和广平公》),适亦用"花"字、"檐"字韵,此乃山谷少作耳。视坡诗高下如何?细味之,"梦间""睡起""疏密""整斜"二联,与坡"泼水""堆盐"之句,亦只是一意,但有浅深工拙。而"庭院已堆盐"之句,却有顿挫。坡诗天才高妙,谷诗学力精严;坡诗宽而活,谷律刻而切云。(按:纪昀《瀛奎律髓刊误》卷二一评方回此语:四语评苏、黄恰当。)

顾嗣立《寒厅诗话》:己苍先生尝曰:"世人诗集中如有拟《铙歌》和江淹《杂体》及东坡'尖''叉'韵,此人必不知诗。"又曰:"诗有拟不得者,江文通《杂体》是也。有和不得者,'尖''叉'是也。知此者可与言诗。"

查慎行《初白庵诗评》卷中:"泼水""堆盐",皆不雅。诗话因"五更"字碍"半夜"字,遂改为"前月"而以雪后檐溜为之说;不知此"五更""半夜"亦是互文,不必泥定。

纪昀评《苏文忠公诗集》卷一二:作"半夜"("半月寒声落画檐",按"半月"之"月"一作"夜")则不似雪,作"半月",指晴后之檐溜,又与末二句不贯。

冯应榴《苏文忠公诗合注》卷一二:("五更晓色来书幌"二句)五更尚无晓色,转不必如《梁溪漫志》之费解也。上云"五更",下云"半夜",似倒。今从七集本、《梁溪漫志》作"半月",盖言月影方半也,与雪后意更合。

王文诰《苏文忠公诗编注集成·编年古今体诗》卷一二:首句是雨,二、三、四句是雪,皆从不见不知中落想。盖谓雪作如此,而我在卧中,惟觉严寒,犹未悟为雪也。第三联亦疑而未定之词。五更乃迟明之时,未应遽晓,而我方疑之,复因半夜寒声,渐悟为雪也。此乃以下句叫醒上句,其所以晓色之故,出落在下句也。诗之前半,但知雨作,余皆架空,乃专为此二句地,须知前半不易著手也。(略)阑入"月"字,全局打散,无论半月无声,又与雨矛盾也。所谓"寒声"者,雪大而有声也。其根在"势转严"三字内,或恐混雨,特以"无风"二字为界,听去,但若无风之雨,而所卧"衾裯如泼"亦在"严"字生根,此禁体法也。读者往往不喜"堆盐"一联,纪晓岚尤讥诋之,殊不知四句必要暗落"雪"字。非合前后联观之,不知其白战之妙也。("试扫北台看马耳"二句)谓试扫北台登望,则群山为雪所封,惟马耳双尖犹未没也。如以菜论,是此菜种于台之上矣,远则漫无所别,何以独见此菜双尖乎?不图喑万马者乃亦有此寒虫声,可笑可笑。

赵克宜《角山楼苏诗评注汇钞》附录卷中:凡雪堆积檐端树杪,积多则成块,堕落扑籁有声。第六句最是静中体验语,而昧者必谓化雪方有声,甚矣,说诗之难矣。

何日愈《退庵诗话》卷四:押险韵要工稳而有味。王荆公"尖""叉"韵,当时往复唱和,皆不及东坡"试扫北台看马耳,未随埋没有双尖"也。"双尖"二字,妙在从上句"马耳"生出,不然,亦平平耳。

高步瀛《唐宋诗举要》卷六引吴汝纶评:("不知庭院已堆盐")得雪之神。

其二

城头初日始翻鸦,陌上晴泥已没车。

冻合玉楼寒起粟,光摇银海眩生花。

遗蝗入地应千尺,宿麦连云有几家。

老病自嗟诗力退,空吟《冰柱》忆刘叉。

集评：

赵令畤《侯鲭录》卷一：东坡在黄州日，作《雪诗》云："冻合玉楼寒起粟，光摇银海眩生花。"人不知其使事也。后移汝海，过金陵，见王荆公，论诗及此，云："道家以两肩为玉楼，以目为银海，是使此否？"坡笑之，退谓叶致远曰："学荆公者，岂有此博学哉！"

叶梦得《石林诗话》卷下：诗禁体物语，此学诗者类能言之也。欧阳文忠公守汝阴，尝与客赋雪于聚星堂，举此令，往往皆阁笔不能下。然此亦定法，若能者则出入纵横，何可拘碍。郑谷"乱飘僧舍茶烟湿，密洒歌楼酒力微"，非不去体物语，而气格如此其卑。苏子瞻"冻合玉楼寒起粟，光摇银海眩生花"，超然飞动，何害其言"玉楼""银海"？

吴沆《环溪诗话》卷下：环溪尝谓："诗之工不在对句，然亦有时而用；第泥于对而失诗之意，则不可耳。"伯兄一日看东坡诗云"冻合玉楼寒起粟，光摇银海眩生花"，再三叹其佳对。环溪云："以'银'对'玉'则佳矣，以'海'对'楼'则未尽善。"伯兄云："只是银海、玉楼皆身上事，海不是海，楼不是楼，所以为佳耳。"环溪云："若就身上觅时，何不将'玉山'对'银海'？"伯兄喜曰："想当时坡意偶不及此，留与吾弟今朝作对耳。"

庄绰《鸡肋编》卷中：东坡作《雪》诗云："冻合玉楼寒起粟，光摇银海眩生花。"人多不晓"玉楼""银海"事，惟王文正公云："此见于道家，谓肩与目也。"

旧题王十朋《集注分类东坡先生诗》卷七引次公语：世传王荆公常诵先生此诗，叹云："苏子瞻乃能使事至此。"时其婿蔡卞曰："此句不过咏雪之状，状楼台如玉楼，弥漫万象若银海耳。"荆公哂焉，谓曰："此出道书也。"蔡卞曾不理会于"玉楼"何以谓之"冻合"，而下三字云"寒起粟"；于"银海"何以谓之"光摇"，而下三字云"眩生花"。"起粟"字，盖使赵飞燕"虽寒体无毵粟"也。

胡仔《苕溪渔隐丛话》前集卷二九《六一居士上》:苕溪渔隐曰:"东坡《雪》诗,有(略)'遗蝗入地应千尺,宿麦连云有几家',盖蝗遗子于地,若雪深一尺,则入地一丈,麦得雪则资茂而成稔岁。此老农之语也,故东坡皆收拾入诗句,殆无余蕴矣。余亦尝有《春雪》鄙句:'润资宿麦两歧秀,寒勒新花几信风。'"

费衮《梁溪漫志》卷七《作诗押韵》:作诗押韵是一奇。荆公、东坡、鲁直押韵最工,而东坡尤精于次韵,往返数四,愈出愈奇。如作梅诗、雪诗押"瞰"字、"叉"字,在徐州与乔太博唱和押"餐"字,数诗特工。荆公和"叉"字数首,鲁直和"餐"字数首,亦皆杰出。盖其胸中有数万卷书,左抽右取,皆出自然。初不著意要寻好韵,而韵与意会,语皆浑成,此所以为好。若拘于用韵,必有牵强处,则害一篇之意,亦何足称。

罗大经《鹤林玉露》丙编卷一:或问杜陵诗云"日月笼中鸟,乾坤水上萍。"何也? 余曰:"此自叹之词耳。盖拘束以度日月,若鸟在笼中,漂泛于乾坤间,若萍浮水上。本是形容凄凉之意,乃翻作壮丽之语。东坡《雪》诗"冻合玉楼寒起粟,光摇银海眩生花",亦此类。

《瀛奎律髓汇评》卷二一《雪类》方回评:雪宜麦而辟蝗,蝗生子入地,雪深一尺,蝗子入地一丈。"玉楼"为肩,"银海"为眼,用道家语,然竟不知出道家何书。盖《黄庭》一种书相传有此说。

又纪昀评:"玉楼""银海"之说,疑出诗话之附会。"银海"为目,义尚可通。"冻合"两肩,更成何语? 且自宋迄今,亦无确指出何道书者,不如依文解之为是。

又:此因"玉楼""银海",太涉体物,故造为荆公此说,以周旋东坡。其实只是地如"银海",屋似"玉楼"耳,不必曲为之说也。

又冯舒评:次联去唐远甚。

又冯班评:自然雄健。

又：三、四予意所不取，正以其"银""玉"影射可厌耳。试请知诗者论之。

又："玉楼""银海"正是病处。

又何焯评："冻合"二句若赋雪便无余味，妙在是雪后耳。两诗次第极工，冯（班）先生似未细看也。

王士禛《带经堂诗话》卷一二《赋物类》：或问余古人雪诗何句最佳，余曰：莫逾羊孚赞云："资清以化，乘气以霏。值象能鲜，即洁成辉。"陶渊明诗云："倾耳无希声，在目皓已洁。"王摩诘云："隔牖风惊竹，开门雪满山。"祖咏云："林表明霁色，城中增暮寒。"韦苏州云："怪来诗思清人骨，门对寒流雪满山。"此为上乘。若温庭筠"白马夜频惊，三更灞陵雪。"亦奇作也。近人唯见熊侍郎雪堂"输与黄岩僧补衲，满天风雪未开关"二语差佳。至韩退之之"银杯""缟带"，苏子瞻之"玉楼""银海"已伧父矣。下至苏子美"既以粉泽涂我面，又以珠玉缀我腮"，则下劣诗魔，适足喷饭耳。

查慎行《初白庵诗评》卷中引陆辛斋评：三、四如不解，"玉楼""银海"便不成语。近有谓不当解，解之味减者，真不足与言诗也。

又查慎行评：（"冻合玉楼寒起粟"二句）乃二篇之警策。

又：（"宿麦连云有几家"）《瀛奎律髓》作"万家"。

贺裳《载酒园诗话·用事》：宋人论事，多用心于无用之地，风气使然，名家不免。如（略）东坡之自负"玉楼""银海"，事则然矣。然并无佳处。韩诗不过平常，苏语且不免粗豪之累。作诗用意固当于其大者，不在尺尺寸寸。

袁守定《佔毕丛谈》卷五：诗嫌空腔，不能不用典实，然有可用者，有尽可不用者。如（略）苏文忠《雪》诗："冻合玉楼寒起粟，光摇银海眩生花。"（略）捋扯此等语有数病：非注不明，病一；替身字，病二；用古太痕，病三；颇近纤巧，病四；有损诗品，病五；有意卖弄腹笥,病六;与郝参军"蛳隅跃青池"无异,病七。自应以不用为高。

袁枚《随园诗话》卷一:东坡《雪》诗,用"银海""玉楼",不过言雪色之白,以"银""玉"字样衬托之,亦诗家常事。注苏者必以为道家肩、目之称,则当下雪时,专飞道士家,不到别人家耶?

又卷一四:或称东坡"冻合玉楼寒起粟,光摇银海眩生花",余曰:此亦有所本也。晚唐裴说诗:"瘦肌寒起粟,病眼馁生花。"

《御选唐宋诗醇》卷三四:至于"玉楼""银海",典故流传,其说不一。盖皆得自传闻,而所称作道书者,究无人知其出何道书。方回称是《黄庭》一种,亦臆度语耳。轼尝读道藏千函,有诗纪其事。要之,"玉楼"为肩,"银海"为目,必作如是解,诗意乃通。若集中诗尚有《雪中过淮谒客》诗云"万顷穿银海",《次韵仲殊雪中游西湖》诗云"玉楼已峥嵘",则又不当与此一例解也。

纪昀评《苏文忠公诗集》卷一二:此首较可。

赵翼批沈德潜《宋金三家诗选·苏东坡诗选》上卷:玉楼,肩也。银海,眼也。出道书。

潘德舆《养一斋诗话》卷七:欧公《聚星堂》诗禁体物语,石林云:"能者出入纵横,有何拘碍? 苏子瞻'冻合玉楼寒起粟,光摇银海眩生花',超然飞动,何害其言'银'与'玉'也。"论诚通脱,然"冻合玉楼"二语,字生新,句工整,则有之矣;超然飞动之妙,吾亦无从得之。此自由石林眼低耳,鉴别未精,遽欲持论抑扬,可乎?

高步瀛《唐宋诗举要》卷六引吴汝纶评:("冻合玉楼寒起粟"二句)清脁可爱。

王文濡《宋元明诗评注读本》卷六:句句切定"雪后"。"玉楼""银海"一联,颇见烹练之功。

孙巩《押韵序》:王荆公读《眉山集·雪诗》,爱其善用韵,而公继和者六首。

陆游《跋吕成叔和东坡尖叉韵雪诗》：古诗有倡有和，有杂拟追和之类，而无和韵者。唐始有之，而不尽同。有用韵者，谓同用此韵耳。后乃有依韵者，谓如首倡之韵，然不以次也。最后始有次韵，则一皆如其韵之次。自元、白至皮、陆，此体乃成，天下靡然从之。今苏文忠集中有《雪》诗，用"尖""叉"二字。王文公集中，又有次苏韵诗。议者谓非二公莫能为也。通判澧州吕文之成叔乃顿和百篇，字字工妙，无牵强凑泊之病。

《瀛奎律髓汇评》卷二一胡澹庵《追和东坡雪诗》方回评：看来十分好诗在前，似不当和也。

又赵昌父《顷与公择读东坡雪后北台二诗叹其韵险而无窘步尝约追和以见诗之难穷去冬适无雪正月二十日大雪因用前韵呈公择》方回评：昌父当行本色诗人，押此诗亦且如此，殆不当和而和也。存此以见"花""叉""盐""尖"之难和。荆公、澹庵、章泉俱难之，况他人乎。（按：纪昀《瀛奎律髓刊误》卷二一评方回此语：此论是。）

又王安石《读眉山集次韵雪诗五首》冯舒评：苏公偶作，荆公偶和，后人正不劳著笔。我尝谓世人诗集中如有拟《铙歌》，和江淹《杂拟》，用"尖""叉"韵者，此人必不知诗。悠悠此世，解我语者，皆竟几人？

冒春荣《葚原诗说》卷二：东坡咏雪"尖""叉"韵诗，偶然游戏，学之恐入于魔。彼胸无寄托，笔无远情，如谢宗可、瞿佑之流，直猜谜语耳。

《御选唐宋诗醇》卷三四："尖""叉"韵诗，古今推为绝唱，数百年来，和之者亦指不胜屈矣。然在当时，王安石六和其韵，用及"诸天夜叉""交戟叉头"等字，支凑勉强，贻人口实。

沈德潜《说诗晬语》卷下：东坡"尖""叉"韵诗，偶然游戏，学之恐入于魔。

纪昀评《苏文忠公诗集》卷一二：二诗徒以窄韵得名，实非佳作。

朱庭珍《筱园诗话》卷四：东坡"尖""叉"韵诗，实非佳作，以韵险而语意凡猥，易于谐俗，故得盛名。

谢人见和前篇二首

其一

已分酒杯欺浅懦，敢将诗力斗深严。

渔蓑句好应须画，柳絮才高不道盐。

败履尚存东郭足，飞花又舞谪仙檐。

书生事业真堪笑，忍冻孤吟笔退尖。

集评：

唐庚《唐子西文录》：诗在与人商论，深求其疵而去之，等闲一字放过则不可，殆近法家，难以言恕矣，故谓之诗律。东坡云："敢将诗律斗深严。"

阮阅《诗话总龟》前集卷九引《王直方诗话》：东坡作"渔蓑句好真堪画，柳絮才高不道盐"，只"不道盐"与"真堪画"自合是一对。

胡仔《苕溪渔隐丛话》前集卷二九《六一居士上》：苕溪渔隐曰：东坡《雪》诗，有"飞花又舞谪仙檐"之句。余读李谪仙诗："好鸟迎春歌后院，飞花送酒舞前檐。"恐或用此事也。

又后集卷二三引《艺苑雌黄》：《南史》："张融作《海赋》成，（略）示顾凯之，凯之曰：'此赋实超玄虚，但恨不道盐耳。'（略）"东坡《雪》诗押"盐"字一联："渔蓑句好真堪画，柳絮才高不道盐。"学者徒知柳絮撒盐用谢安故事,殊不知"不道盐"三字亦有来处也。

又后集卷二七引《艺苑雌黄》:《雪诗》押"檐"字一联云:"败履尚存东郭指,飞花又舞谪仙檐。""东郭指"正用雪事,出《史记·滑稽传》。"谪仙檐"盖取李太白诗所谓"飞花送酒舞前檐"者,即无雪事矣。

吴曾《能改斋漫录》卷七《海水立》:政如《雪》诗云:"柳絮才高不道盐。"人徒知用"撒盐空中差可拟",而不知兼用《南史》"但不道盐耳"故事也。

洪迈《容斋四笔》卷一六《严有翼诋坡公》:严有翼所著《艺苑雌黄》,该洽有识,盖近世博雅之士也。然其立说颇务讥诋东坡公,予尝因论玉川子《月蚀诗》,诮其轻发矣。又有八端,皆近于蚍蜉撼大木,招后人攻击。(略)最后一篇遂名曰《辨坡》。谓雪诗云"飞花又舞谪仙檐",李太白本言送酒,即无雪事。(略)殊不知坡藉花咏雪(略),正是妙处。

陈善《扪虱新话》上集卷一《文字各有所主未可优劣论》:撒盐空中,此米雪也。柳絮因风起,此鹅毛雪也。然当时但以道蕴之语为工。予谓《诗》云:"如彼雨雪,先集维霰。"霰即今所谓米雪耳。乃知谢氏二句,当各有所谓,固未可优劣论也。东坡遂有"柳絮才高不道盐"之句,此是且图对偶亲切耳。

《瀛奎律髓汇评》卷二一《雪类》方回评:"渔蓑句好",郑谷渔蓑,道韫柳絮,赖此增光,而世无异论。"不道盐"三字出《南史》,详见诗话及本诗注。退之诗:"兔尖齐莫并。"若苦寒则退尖矣。李白诗:"好鸟吟春歌后院,飞花送酒舞前檐。"文字可谓缚虎手。"尖""又"二字,和得全不吃力,非坡公天才,万卷书胸,未易至此。

又冯班评:韵妙。

又何焯评:此二首亦应倒转。

216

查慎行《初白庵苏诗补注》卷一二:"真堪"二字,八句中凡再见,"渔蓑句好真堪画""书生事业真堪笑",诸本皆然。后见宋刻本第三句乃是"应须"二字,足证俗本之讹。

纪昀评《苏文忠公诗集》卷一二:("忍冻孤吟笔退尖")此句强。

高步瀛《唐宋诗举要》卷六:("渔蓑句好应须画"二句)运用灵活。

其二

九陌凄风战齿牙,银杯逐马带随车。
也知不作坚牢玉,无奈能开顷刻花。
得酒强欢愁底事,闭门高卧定谁家。
台前日暖君须爱,冰下寒鱼渐可叉。

集评:

旧题王十朋《集注分类东坡先生诗》:退之有《叉鱼》诗。东坡既作此诗,以示黄门(苏辙)。黄门曰:"冰下有鱼,恐未易叉耳。东风解冻冰始解,莫若改为'冰解',如何?"公以为知言。

黄彻《碧溪诗话》卷七:临川爱眉山《雪》诗能用韵,有云"冰下寒鱼渐可叉",又"羔袖龙钟手独叉"。盖子厚尝有"江鱼或共叉",又云"入郡腰常折,逢人手尽叉"。

蔡正孙《诗林广记》后集卷一引《蔡载集》:本朝欧阳公《雪》诗多大篇,然已屏去白事,故东坡效之。东坡少时之作,亦多有犯此者。如"也知不作坚牢玉,无奈能开顷刻花。"

《瀛奎律髓汇评》卷二一《雪类》查慎行评:昌黎一联,本非佳句。自东坡用之,遂成公案。后来衮衮,亦数见不鲜矣。

又纪昀评：冯抹“带随车”三字，以无原诗“缟”字，不是雪也。“战齿牙”，不雅。山谷“花”字韵诗用“天巧能开顷刻花”句，却落俗格。此句只换二字，其语顿活。故诗家雅俗之别，只争用笔。

纪昀评《苏文忠公诗集》卷一二：（“九阳凄风战齿牙，银杯逐马带随车”）去一“缟”字，便不是雪。

王文诰《苏文忠公诗编注集成·编年古今体诗》卷一二：尧卿此说附会，解冻之意已到，且并未说死“叉”字，无须出“解”字也。

赵克宜《角山楼苏诗评注汇钞》卷五：押窄韵乃诗人一端之长，无关大体。世人争标此种为法，安得不入魔道。

高步瀛《唐宋诗举要》卷六：（“台前日暖君须爱”二句）吾乡人冬日凿冰为孔，伏其上叉冰下之鱼，为一种渔业，惜王见大（文诰）未见耳。（略）何尝含有“解冻”之意乎？

高步瀛《唐宋诗举要》卷六引吴汝纶评：半山和作，极尽艰难刻画之苦，而公前后四章皆极天然妙趣，所谓天马行空者也。此四篇皆率性漫作，特其才力伟大，故能特见精警。

《瀛奎律髓汇评》卷二一《雪类》方回评：“尖”“叉”二字，和得全不吃力，非坡公天才，万卷书胸，未易至此。

查慎行《初白庵诗评》卷中：先生再和，已不如前，后人乃好用此二首韵作雪诗，何也？

又纪昀评：此二诗实非佳作。以韵险故惊俗耳。查初白排之甚是。虚谷所论，皆宋人标榜之说，不足据也。

《御选唐宋诗醇》卷三四：即轼《谢人见和因再用韵》二诗，亦未能如原作之精采。方回谓“再和尤佳”者，非也。

王文诰《苏文忠公诗编注集成·编年古今体诗》卷一二：二诗语多托讽，与“闲花亦偶栽”同意。

铁沟行赠乔太博

城东坡陇何所似，风吹海涛低复起。

城中病守无所为，走马来寻铁沟水。

铁沟水浅不容辀，恰似当年韩与侯。

有鱼无鱼何足道，驾言聊复写我忧。

孤村野店亦何有，欲发狂言须斗酒。

山头落日侧金盆，倒著接䍦搔白首。

忽忆从军年少时，轻裘细马百不知。

臂弓腰箭南山下，追逐长杨射猎儿。

老去同君两憔悴，犯夜醉归人不避。

明年定起故将军，未肯先诛霸陵尉。

集评：

黄彻《碧溪诗话》卷八：余尝论李广以私憾杀灞陵尉，其褊愎险刻，决非长者，所以不侯，非直杀降之谴也。因观坡云："明年定起故将军，未肯先诛灞陵尉。"恐亦寓此意。

许颛《彦周诗话》：淮阴胜而不骄，乃能师李左车，最奇特事。荆公诗云："将军北面师降虏，此事人间久寂寥。"李广诛霸陵尉，薄于德矣，东坡诗云："明年定起故将军，未肯先诛霸陵尉。"用事当如此向背。

纪昀评《苏文忠公诗集》卷一二：（"忽忆从军年少时"以下）文境拓开，音节亦直逼唐人。

赵克宜《角山楼苏诗评注汇钞》卷五：东坡与乔并无年少从军事，驾空立论，唐人所无，然诗境却好。

出城送客，不及，步至溪上，二首

其一

送客客已去，寻花花未开。
未能城里去，且复水边来。
父老借问我，使君安在哉。
今年好风雪，会见麦千堆。

集评：

纪昀评《苏文忠公诗集》卷一三：（"父老借问我"二句）如此写"步"字神妙！

赵克宜《角山楼苏诗评注汇钞》卷五：（"父老借问我"四句）清空如话，此境正不易到。

其二

春来六十日，笑口几回开。
会作堂堂去，何妨得得来。
倦游行老矣，旧隐赋归哉。
东望峨眉小，卢山翠作堆。

自注：郡东卢山绝类峨眉而小。

集评：

纪昀评《苏文忠公诗集》卷一三：（"东望峨眉小"二句）绾合得不寂寞。

又：二诗皆老笔直写，无根柢人效之，便成浅率。

谢郡人田贺二生献花

城里田员外，城西贺秀才。
不愁家四壁，自有锦千堆。
珍重尤奇品，艰难最后开。
芳心困落日，薄艳战轻雷。

自注：昨日雷雨。

老守尤多病，壮怀先已灰。
殷勤此粲者，攀折为谁哉。

自注：贺献魏花三朵。

玉腕揎红袖，金樽泻白醅。
何当镊霜鬓，强插满头回。

集评：

纪昀评《苏文忠公诗集》卷一三：本色语，极老健。此老境，不易效；无其火候而效之，便入香山门户。

惜花

吉祥寺中锦千堆，前年赏花真盛哉。

自注：钱塘花最盛处。

道人劝我清明来，腰鼓百面如春雷，
打彻凉州花自开。
沙河塘上插花回，醉倒不觉吴儿咍，
岂知如今双鬓摧。
城西古寺没蒿莱，有僧闭门手自栽，

千枝万叶巧剪裁。

就中一丛何所似，马瑙盘盛金缕杯。

而我食菜方清斋，对花不饮花应猜。

夜来雨雹如李梅，红残绿暗吁可哀。

自注：钱塘吉祥寺花为第一，壬子清明赏会最盛，金盘彩篮以献于座者五十三人。夜归沙河塘上，观者如山，尔后无复继也。今年诸家园圃花亦极盛，而龙兴僧房一丛尤奇，但衰病牢落，自无以发兴耳。昨日雨雹，知此花之存者有几，可为太息也。

集评：

《御选唐宋诗醇》卷三四：语不斫削，似无意求工，而入颓放处正复滔滔清绝。

纪昀评《苏文忠公诗集》卷一三：信手写出，有曲折自如之妙。（"就中一丛何所似"二句）柏梁体间一句用韵，体例俟考。

赵克宜《角山楼苏诗评注汇钞》卷五：韩昌黎《岣嵝山》、李昌谷《高轩过》，体格皆如此。（"腰鼓百面如春雷"四句）衬笔写得兴会。

和子由四首（选二首）

送春

梦里青春可得追，欲将诗句绊余晖。

酒阑病客惟思睡，蜜熟黄蜂亦懒飞。

芍药樱桃俱扫地，鬓丝禅榻两忘机。

凭君借取法界观，一洗人间万事非。

自注：来书云近看此书，余未尝见也。

集评：

《瀛奎律髓汇评》卷二六《变体类》方回评："酒阑病客惟思睡"，我也，情也。"蜜熟黄蜂亦懒飞"，物也，景也。"芍药樱桃俱扫地"，景也。"鬓丝禅榻两忘机"，情也。一轻一重，一来一往，所谓四实四虚。前后虚实，又当何如下手？至此则知系风捕影，未易言矣。坡妙年诗律颇宽，至晚年乃神妙流动。

又冯舒评：亦是才高，故可纵横如意，执变体二字拟之，千里万里。

又冯班评：大手自然不同，岂可以寻常蹊径束之乎？

又纪昀评：三、四两句是对面烘染法。好在"亦"字，上下熔成一片。

又许印芳评：纪昀批本集云："第四句对得奇变，此对面烘托法。末联上句用五仄落脚，下句'万'字宜用平声。此亦小疵。"按：七律平起式，上句第五字拗作仄，下句第五字宜拗作平以救之。若第五、第六皆作仄，尤不可不救，此正格也。有不救者，乃是变格，古人诗中亦多有之，却不得指为疵病。晓岚之言，殆未博考诗家变格耳。"观"，去声。

查慎行《初白庵诗评》卷中：（"酒阑病客惟思睡"二句）对句不测。

《御选唐宋诗醇》卷三四："酒阑"句是赋，"蜜熟"句是比，对句却从上句生出。作手大家，即一属对，不易测识如是。

纪昀评《苏文忠公诗集》卷一三：（"酒阑病客惟思睡"四句）四句对得奇变，此对面烘托之法。（"凭君借取法界观"二句）上句五仄落脚，下句"万"字宜用平声。

赵克宜《角山楼苏诗评注汇钞》卷五：（"酒阑病客惟思睡"四句）四句一气挥斥，曲折排宕，惟坡公沛然为之有余，是天才不可及。

首夏官舍即事

安石榴花开最迟，绛裙深树出幽菲。
吾庐想见无限好，客子倦游胡不归。
坐上一樽虽得满，古来四事巧相违。
令人却忆湖边寺，垂柳阴阴昼掩扉。

集评：

《瀛奎律髓汇评》卷二六《变体类》方回评：此诗变体，他人殆难继也，首唱两句自说榴花，下面如何著语，似乎甚难。却自想吾庐之好，而恨此身之未归。第五、第六却又谓不是无酒，只是心事自不乐尔。至尾句却又摆脱，而归宿于湖上之寺。盖谓虽未可遽归，一出游僧舍亦可也。变体如此难学，姑书之以见苏公大手笔之异。如初夏《贺新郎》词后一段全说榴花，亦他人所不能也。如老杜"即看燕子入山扉"以下四句说景，却将四句说情，则甚易尔。善变者将四句说景括作一句，又将四句说情括作一句，以成一联，斯谓之难。

又冯舒评：何用许多闲讲？

又冯班评：趁笔所之，自然如意。

又何焯评：时新自杭倅迁密守，故有落句。

又无名氏（乙）评：纯于空处宕折。

纪昀评《苏文忠公诗集》卷一三：三、四宋调之清历者。结句复第三句。

西斋

西斋深且明，中有六尺床。

病夫朝睡足，危坐觉日长。

昏昏既非醉，踽踽亦非狂。

襄衣竹风下，穆然中微凉。

起行西园中，草木含幽香。

榴花开一枝，桑枣沃以光。

鸣鸠得美荫，困立忘飞翔。

黄鸟亦自喜，新音变圆吭。

杖藜观物化，亦以观我生。

万物各得时，我生日皇皇。

集评：

《御选唐宋诗醇》卷三四：目见耳闻，具有万物各得其所气象。昔人称渊明为古闲淡之宗，此则升堂入室矣。

纪昀评《苏文忠公诗集》卷一三：善写夷旷之意，善用托染之笔。写物处全是自写。音节字句，亦皆一一入古。此东坡极经意之作。

赵克宜《角山楼苏诗评注汇钞》卷五：此亦有意效陶，但陶觉气和，公觉气劲耳。（"杖藜观物化"二句）二语篇中枢纽。（"亦以观我生"）押"生"字用古韵，古庚阳通也。《韵补》谓"生"协音"商"，其说转泥。

答陈述古二首

其一

漫说山东第二州，枣林桑泊负春游。

城西亦有红千叶，人老簪花却自羞。

查慎行《初白庵诗评》卷中：结句集中再见。

赵克宜《角山楼苏诗评注汇钞》卷五：此首及次首"小桃"皆比也。

其二

小桃破萼未胜春，罗绮丛中第一人。
闻道使君归去后，舞衫歌扇总成尘。

自注：陈有小妓，述古称之。

集评：

纪昀评《苏文忠公诗集》卷一三：注"陈有"疑当作"杭有"。

查慎行《初白庵诗评》卷中：公倅杭州，述古为太守。公移守密州，述古未几亦去。二诗交互看来，自尔分明。

祭常山回小猎

青盖前头点皂旗，黄茅冈下出长围。
弄风骄马跑空立，趁兔苍鹰掠地飞。
回望白云生翠巘，归来红叶满征衣。
圣明若用西凉簿，白羽犹能效一挥。

集评：

朋九万《乌台诗案·祭常山作放鹰一首》：去年祭常山回，与同官习射放鹰，作诗一首，题在本州小厅上。除无讥讽外，云："圣朝若用西凉簿，白羽犹能效一挥。"意取西凉州主簿谢艾事。艾本书生也，善能用兵，故以此自比。若用轼为将，亦不减谢艾也。

吴可《藏海诗话》：蔡天启坐有客云："东湖诗叫呼而壮。"蔡云："诗贵不叫呼而壮。"此语大妙。（略）"弄风骄马跑空立，趁兔苍鹰掠地飞"，山谷社中人皆以为笑。坡暮年极作语，直如此作也。

查慎行《初白庵诗评》卷中：（"弄风骄马跑空立"四句）豪健自喜。

《御选唐宋诗醇》卷三四：此似规模右丞"风劲角弓鸣"一诗。马立、鹰飞，宛然"草枯鹰眼疾，雪尽马蹄轻"之句也。"白云""红叶"，亦是"千里云平"遗意。特其才大，不露青蓝冰水之迹耳。结以谢艾自况，想见下笔时顾盼自雄，踌躇满志。

纪昀评《苏文忠公诗集》卷一三：（"青盖前头点皂旗"）"旗"当作"旆"。（"回望白云生翠巘"二句）写得兴致。（"白羽犹能效一挥"）"白"字复。

赵翼《瓯北诗话》卷五《苏东坡诗》：坡诗有云："清诗要锻炼，方得铅中银。"然坡诗实不以锻炼为工，其妙处在乎心地空明，自然流出，一似全不著力而自然沁入心脾。此其独绝也。今第就七言律论之，如（略）"弄风骄马跑空立，趁兔苍鹰掠地飞"（略）。此数十联乃是称心而出，不假雕饰，自然意味悠长。即使事处，亦随其意之所欲出，而无牵合之迹。此不可以声调、格律求之也。

赵翼评沈德潜《宋金三家诗选·苏东坡诗选》卷上：（"归来红叶满征衣"）闲笔好。

方东树《昭昧詹言》卷二〇：瑰玮。五、六境象佳。

赵克宜《角山楼苏诗评注汇钞》卷五：（"弄风骄马跑空立"）"跑"字不雅。后半极其纵宕。

和蒋夔寄茶

我生百事常随缘，四方水陆无不便。

扁舟渡江适吴越，三年饮食穷芳鲜。

金齑玉脍饭炊雪，海螯江柱初脱泉。

临风饱食甘寝罢，一瓯花乳浮轻圆。

自从舍舟入东武，沃野便到桑麻川。

剪毛胡羊大如马，谁记鹿角腥盘筵。

厨中蒸粟堆饭瓮，大杓更取酸生涎。

自注：山东喜食粟饭，饮酸酱。

柘罗铜碾弃不用，脂麻白土须盆研。

故人犹作旧眼看，谓我好尚如当年。

沙溪北苑强分别，水脚一线争谁先。

清诗两幅寄千里，紫金百饼费万钱。

吟哦烹噍两奇绝，只恐偷乞烦封缠。

老妻稚子不知爱，一半已入姜盐煎。

人生所遇无不可，南北嗜好知谁贤。

死生祸福久不择，更论甘苦争蚩妍。

知君穷旅不自释，因诗寄谢聊相镌。

集评：

袁文《瓮牖闲评》卷六：余生汉东，最喜啜晶茶，闲时常过一二北人，知余喜啜此，则往往煮以相饷，未尝不欣然也。其法以茶芽盏许，入少脂麻，沙盆中烂研，量水多少煮之，其味极腴可爱。苏东坡诗云"柘罗铜碾弃不用，脂麻白土须盆研"者是矣。

楼钥《次韵黄文叔正言送日铸茶诗序》：龙图正言年兄寄日铸贡品，且以东坡诗中妖邪奴隶等语为病，使为直之。既与佳客品尝，比平日所得者绝不同，仰叹鉴赏之精也。细观坡公《和钱安道寄惠建茶》诗，一时和韵，反为双井所牵。后在北方《和蒋夔寄茶》），则云："沙溪北苑强分别，水脚一线争谁先。"又云："老妻稚子不知爱，一半已入姜盐煎。人生所遇无不可，南北嗜好知谁贤。死生祸福久不择，更论甘苦争蚩妍。"则是此老初亦无定论，似不必深较。辄次前韵，聊为日铸解嘲，以资一笑。

　　袁宏道评阅谭元春选《东坡诗选》卷三谭元春评：（"老妻稚子不知爱"二句）老顽皮戏笔，妙，妙。

　　杨慎《橘柚蒲桃橄榄》：坡诗又曰："人生所遇无不可，南北嗜好知谁贤。"可谓达人之言矣。

　　纪昀评《苏文忠公诗集》卷一三：（起处）开合变动，笔力不凡。结处一齐翻尽，乃通篇俱化烟云，笔墨脱洒之至。

和文与可洋川园池三十首（选五首）

湖　桥

朱栏画柱照湖明，白葛乌纱曳履行。
桥下龟鱼晚无数，识君拄杖过桥声。

集评：

　　王世贞《跋寄文与可绝句三十首》：公此书不甚假腕力，而遒婉秀媚，有笔外意。诗亦多清丽可喜，岂公以此君故瓣香洋州使君耶。

　　纪昀评《苏文忠公诗集》卷一四：暗用"堂堂""策策"事，写出闲逸。

横湖

贪看翠盖拥红妆，不觉湖边一夜霜。
卷却天机云锦段，从教匹练写秋光。

229

集评：

袁文《瓮牖闲评》卷八：余向欲凿一池种荷花，筑小亭其上，榜曰"云锦"，取苏东坡诗中"卷却天机云锦段"。"云锦"二字极佳，本出韩退之诗云"撑舟昆明度云锦"。东坡爱此二字，故于《和文洋州三十绝》中用之。今余老不事事，竟不能榜之于亭，未尝不惋恨。在江阴时，见曹氏新辟一堂，植荷花满池，已榜为"清香"，余偶道及前二字，答曰："请易之。"既而余归，亦未知其果易否。

袁宏道评阅谭元春选《东坡诗选》卷三谭元春评：袁（宏道）赏后二句，其实前二句有韵。

《御选唐宋诗醇》卷三四：荷尽而水益光明，写得景色澄静，不似老杜"斫却月中桂，清光应更多"，徒豪语耳。

纪昀评《苏文忠公诗集》卷一四：就原唱翻入一层。

赵克宜《角山楼苏诗评注汇钞》卷五：言霜落，荷花已尽，而湖光自佳也。

书轩

雨昏石砚寒云色，风动牙签乱叶声。

庭下已生书带草，使君疑是郑康成。

集评：

赵克宜《角山楼苏诗评注汇钞》卷五：次句入微。

溪光亭

决去湖波尚有情，却随初日动檐楹。

溪光自古无人画，凭仗新诗与写成。

旧题王十朋《集注分类东坡先生诗》卷一〇：("决去湖波尚有情"二句)诗意谓已决此溪之水为横湖，而其波随日以动，在檐楹间，恋恋不去，此为有情。

袁宏道评阅谭元春选《东坡诗选》卷三谭元春评：(结二句)袁(宏道)极赏之，何也？

纪昀评《苏文忠公诗集》卷一四：(后二句)本色语，却极清楚。

此君庵

寄语庵前抱节君，与君到处合相亲。
写真虽是文夫子，我亦真堂作记人。

集评：

旧题王十朋《集注分类东坡先生诗》卷一〇：名竹为抱节君，先生之新语也。

纪昀评《苏文忠公诗集》卷一四：(后二句)波峭多姿。

赵克宜《角山楼苏诗评注汇钞》卷五：洒落语不必求工，而意致殊胜。

寄题刁景纯藏春坞

白首归来种万松，待看千尺舞霜风。
年抛造物陶甄外，春在先生杖屦中。
杨柳长齐低户暗，樱桃烂熟滴阶红。
何时却与徐元直，共访襄阳庞德公。

集评：

阮阅《诗话总龟》前集卷九引《王直方诗话》：东坡作《藏春坞》有云："年抛造物陶甄外，春在先生杖屦中。"而秦少游作《俞充哀词》乃云："风生使者旌旄上，春在将军俎豆中。"余以为依仿太甚。

陈善《扪虱新话》上集卷二：东坡《藏春坞》诗有"年抛造物甄陶外，春在先生杖屦中"之句。其后秦少游作《俞待制挽词》遂云："风生使者旌旄上，春在将军俎豆中。"人已谓其依仿太甚。今人只见周美成《蔡相生辰》诗云："化行禹贡山川外，人在周公礼乐中。"相传竟以为佳，不知前辈已叠用之矣。人之易欺如此。

吴曾《能改斋漫录》卷八《春在先生杖屦中》：《西清诗话》记周邦彦祝寿诗："化行禹贡山川外，人在周公礼乐中。"余以为此乃模写东坡《刁景纯藏春坞》诗"年抛造物甄陶外，春在先生杖屦中"是也。

查慎行《初白庵诗评》卷中：（"年抛造物陶甄外"二句）诗意亦得游行自在之趣。

《御选唐宋诗醇》卷三四：三、四一联，句法独创。后人效之，未免学步邯郸。至五、六一联，轼乃脱化张谓《春园家宴》诗"樱桃解结垂檐子，杨柳能低入户枝"之句。今注诗者乃引白居易《梦游春》五言云"门柳暗全低，檐樱红半熟"，而不引张诗。既为未谙源委，且奈何舍盛唐而述中唐也？

赵克宜《角山楼苏诗评注汇钞》卷五：（"年抛造物陶甄外"二句）出句有安排之迹，不及对句浑成。

寄黎眉州

胶西高处望西川，应在孤云落照边。

瓦屋寒堆春后雪,峨眉翠扫雨余天。

治经方笑《春秋》学,好士今无六一贤。

自注:君以《春秋》受知欧阳文忠公,公自号六一居士。

且待渊明赋归去,共将诗酒趁流年。

集评:

　　叶矫然《龙性堂诗话》初集:老杜"水落鱼龙夜,山空鸟鼠秋",即岑参"鱼龙川北磐溪雨,鸟鼠山西洮水云"。"鱼龙""鸟鼠"皆地名,解鱼龙以秋为夜者,凿矣。此与"无风云出塞,不夜月临关"同解。子瞻"瓦屋寒堆春后雪,峨眉翠扫雨余天"亦仿此,皆借地名以起义也。

　　纪昀评《苏文忠公诗集》卷一四:悬空掷笔而下,起势极为超拔。三、四接得有力。后半亦沉著。

　　赵克宜《角山楼苏诗评注汇钞》卷五:前四语为寄字监脑,后半方入本位。

登常山绝顶广丽亭

西望穆陵关,东望琅邪台。

南望九仙山,北望空飞埃。

相将呼虞舜,遂欲归蓬莱。

嗟我二三子,狂饮亦荒哉。

红裙欲仙去,长笛有余哀。

清歌入云霄,妙舞纤腰回。

自从有此山,白石封苍苔。

何尝有此乐,将去复徘徊。

人生如朝露，白发日夜催。

弃置当何言，万劫终飞灰。

集评：

张戒《岁寒堂诗话》卷上：杜子美《登慈恩寺塔》云："回首叫
虞舜，苍梧云正愁。惜哉瑶池饮，日宴昆仑丘。"此但言其穷高极
远之趣耳，南及苍梧，西及昆仑，然而"叫虞舜""惜瑶池"，不为无
意也。《白帝城最高楼》云："扶桑西枝对断石，弱水东影随长流。"
使后来作者，如何措手？东坡《登常山绝顶广丽亭》云（下引"西
望穆陵关"六句)，袭子美已陈之迹，而不逮远甚。

纪昀评《苏文忠公诗集》卷一四：篇幅不长，而气脉极阔。一起
从老杜"熊罴唯我东"四句化出，好在作起笔，若在中间，则凡语矣。

赵克宜《角山楼苏诗评注汇钞》卷五：起势兀杲。观中数语，
此必当日燕于亭中，兼有歌舞也。（"人生如朝露"）入议论亦简净。

和晁同年九日见寄

仰看鸾鹄刺天飞，富贵功名老不思。
病马已无千里志，骚人长负一秋悲。
古来重九皆如此，别后西湖付与谁。
遣子穷愁天有意，吴中山水要清诗。

集评：

袁宏道评阅谭元春选《东坡诗选》卷四谭元春评：游止山水好景，
每寻替人不得。况坡老开浚西湖，何等关情，决不忍交付与俗人矣。

贺裳《载酒园诗话》卷一《谭评苏诗》：《和晁同年九日见寄》
曰："仰看鸾鹄刺天飞（略）。"谭云："游止山水好景，每寻替人不

得。况坡老开浚西湖,何等关情,决不忍交付与俗人矣。"此评亦好,但作诗时子瞻自杭州通守转密州,西湖尚未开也。此与伯敬硬断老杜西枝村寻置草堂地为成都草堂同病。

查慎行《初白庵诗评》卷中:("古来重九皆如此"二句)淡而弥旨,知此者鲜矣。

《御选唐宋诗醇》卷三四:("古来重九皆如此"二句)以"西湖"对"重九",一时凑泊,其妙不当于字句求之。

纪昀评《苏文忠公诗集》卷一四:沉著排宕。

王文诰《苏文忠公诗编注集成·编年古今体诗》卷一四:永叔谓公必名世,使美叔订交,两公亦颇自负,此在嘉祐极盛时也。诗前半皆寓此慨,后之本事,乃顺流而下,合成一局者也。

赵克宜《角山楼苏诗评注汇钞》卷五:对法活泼。结语虽本乐天,却是滑调。

王文濡《宋元明诗评注读本》卷六:大好山水,必得诗人以表彰之,慰人正所以自慰也。("仰看鸾鹄刺天飞")喻在朝之臣。("病马已无千里志")轼自喻。

延君寿《老生常谈》:七律之对仗灵便不测,虽不必首首如是,然此法则不可不会用。(略)又东坡《和晁同年九日》云:"古来重九皆如此,别后西湖付与谁。"此等缘故,不是有心去学,读得古人多了,自有不知不觉之妙。得此可以类推。

又:尝论东坡七律,固是学问大,然终是天才,迥不犹人,所以变化开合,神出鬼没,若行乎其所无事。如《和晁同年九日见寄》后半首云(略)。

和孔郎中荆林马上见寄

秋禾不满眼,宿麦种亦稀。

永愧此邦人，芒刺在肤肌。

平生五千卷，一字不救饥。

方将怨无襦，忽复歌《缁衣》。

堂堂孔北海，直气凛群儿。

朱轮未及郊，清风已先驰。

何以累君子，十万贫与嬴。

滔滔满四方，我行竟安之。

何时剑关路，春山闻子规。

集评：

　　黄彻《碧溪诗话》卷一〇：子建称孔北海文章多杂以嘲戏，子美亦戏效俳谐体，退之亦有寄诗杂诙俳，不独文举为然。（略）大体材力豪迈有余，而用之不尽，自然如此。（略）坡集类此不可胜数。（略）"平生五千卷，一字不救饥"（略）。皆斡旋其章而弄之。信恢刃有余，与血指汗颜者异矣。

　　王文诰《苏文忠公诗编注集成·编年古今体诗》卷一四：（"何以累君子"）"君子"二字，下得扼要，不但能添宗翰身价，且通首神韵皆此句领起也。自起句至此（"十万贫与嬴"）一节，所谓旧令尹之政，必以告新令尹者，言无数句，而和盘托出，明切晓畅。其仁爱恻怛之意，自然流露于齿颊，讽之而意味无穷，此非他集之所有也。（"滔滔满四方"二句）二句别有寄托，自此入结，洒落之甚。

留别释迦院牡丹呈赵倅

春风小院初来时，壁间惟见使君诗。

应问使君何处去，凭花说与春风知。

236

年年岁岁何穷已，花似今年人老矣。

去年崔护若重来，前度刘郎在千里。

集评：

查慎行《初白庵诗评》卷中：此诗刻吴山紫阳庵石壁间，乃先生真迹，余三十年前犹及见之。

又《初白庵苏诗补注》卷一四：按陈后山《登凤凰山怀子瞻》诗云："数篇曾见使君诗，前后登临各一时。妙舞新声难得继，清风明月却相宜。朱栏行遍花间路，看尽当年题壁处。更有何人问使君，青春欲尽花飞去。"自注引子瞻"应问使君何处去，凭花说与春风知"云云。凤凰山在杭州。又按田汝成《西湖游览志》："吴山宝成寺，晋天福中建，名释迦院。石壁刻先生手书。"合观二处，东坡此诗当是杭州作，讹入密州卷中者。但题中有"呈赵倅"三字，赵倅即成伯也。姑依施氏原本，俟考。

纪昀评《苏文忠公诗集》卷一四：前四句运意奇幻，后四句出以曼声，亦情思惘然不尽。

赵克宜《角山楼苏诗评注汇钞》卷五：轻倩之笔，在集中最为变调。（"去年崔护若重来"二句）崔护喻赵倅，刘郎自喻也。

董储郎中尝知眉州，与先人游。过安丘，访其故居，见其子希甫，留诗屋壁

白发郎潜旧使君，至今人道最能文。

只鸡敢忘桥公语，下马来寻董相坟。

冬月负薪虽得免，邻人吹笛不堪闻。

死生契阔君休问,洒泪西南向白云。

集评:

《御选唐宋诗醇》卷三四:"死生契阔"四字,括尽上六句意。无语不典核,而出以便利,情味洒然。

纪昀评《苏文忠公诗集》卷一四:殊有情思,语亦清稳。("死生契阔君休问"二句)补出"与先人游"意,好。

除夜大雪,留潍州。元日,早晴,遂行。中途,雪复作

除夜雪相留,元日晴相送。
东风吹宿酒,瘦马兀残梦。
葱昽晓光开,旋转余花弄。
下马成野酌,佳哉谁与共。
须臾晚云合,乱洒无缺空。
鹅毛垂马鬣,自怪骑白凤。
三年东方旱,逃户连敧栋。
老农释耒叹,泪入饥肠痛。
春雪虽云晚,春麦犹可种。
敢怨行役劳,助尔歌饭瓮。

集评:

程大昌《演繁露》续集卷四《骑白凤》:东坡《雪》诗:"鹅毛垂马鬣,自怪骑白凤。"《北梦琐言》卷五曰:沈询侍郎除山北节使,诵

曹唐《游仙诗》云："不知今夜游何处,自怪身骑白凤凰。"

杨慎《升庵诗话》卷一○《梅溪注东坡诗》:王梅溪注东坡诗,世称其博。予偶信手翻一册,《除夜大雪留潍州》诗云:"敢怨行役劳,助尔歌饭瓮。"山东民谣云:"霜淞打雾淞,贫儿备饭瓮。"淞音宋,积雪也,以为丰年之兆。坡诗正用此。而注云:"山东人以肉埋饭下,谓之饭瓮。"何异小儿语耶?

又卷一二《刘驾诗》:刘驾诗体近卑,无可采者,独"马上续残梦"一句,千古绝唱也。东坡改之,作"瘦马兀残梦",便觉无味矣。

王世贞《艺苑卮言》卷四:刘驾"马上续残梦",境颇佳,下云"马嘶而复惊",遂不成语矣!苏子瞻用其语,下云:"不知朝日升",亦未是。至复改为"瘦马兀残梦",愈坠恶道。

《御选唐宋诗醇》卷三五:即雪霁以致重粟勤民之意,壮厉慷忾。

纪昀评《苏文忠公诗集》卷一五:("鹅毛垂马鬃")"鹅毛"字本俚语,得下五字,便成奇采,可悟点化之法。("泪入饥肠痛")"泪入"五字惨。收处波澜壮阔,立言亦极得体。

赵翼批沈德潜《宋金三家诗选·苏东坡诗选》卷上:结有力。

陆鎣《问花楼诗话》卷一:诗有一字之差,工拙迥别。刘驾在晚唐,诗格最卑,东坡大才也。驾诗"马上续残梦"句,妙绝一世,坡老易作"瘦马兀残梦",了无意趣矣。

赵克宜《角山楼苏诗评注汇钞》卷五:入后辞意深厚。

书韩幹《牧马图》

南山之下,汧渭之间,想见开元天宝年。
八坊分屯隘秦川,四十万匹如云烟。
骓駓骃骆骊骝骍,白鱼赤兔骍皇翰。

龙颅凤颈狞且妍，奇姿逸德隐驽顽。

碧眼胡儿手足鲜，岁时翦刷供帝闲。

柘袍临池侍三千，红妆照日光流渊。

楼下玉螭吐清寒，往来蹙踏生飞湍。

众工舐笔和朱铅，先生曹霸弟子韩。

厩马多肉尻脽圆，肉中画骨夸尤难。

金羁玉勒绣罗鞍，鞭棰刻烙伤天全，

不如此图近自然。

平沙细草荒芊绵，惊鸿脱兔争后先。

王良挟策飞上天，何必俯首服短辕。

集评：

朋九万《乌台诗案·与王诜往来诗赋》：次日，王诜送韩幹画马十二匹，共六轴，求轼跋尾。不合作诗云："王良挟策飞上天，何必俯首求短辕？"意以骐骥自比，讥讽执政大臣无能尽我之才，如王良之能驭者，何必折节干求进用也。

王士祯《带经堂诗话》卷一五：《柏梁诗·大官令》云"枇杷橘栗桃李梅"，语本可笑，而后人多效之。如韩文公《陆浑山火》云"鸦鸱雕鹰雉鹄鹍"，苏文忠公《韩幹牧马图》云"骓駓駃骆骊骝骕"，然皆施于歌行耳，（略）用之律则非矣。

又：韩、苏七言诗学《急就篇》句法，如（按下引前条韩、苏二句）（略）。此种句法，间作七言可耳，五言即非所宜，解人当自知之。

《御选唐宋诗醇》卷三五：马诗有杜甫诸作，后人无从著笔矣。千载独有轼诗数篇，能别出一奇于浣花之外，骨干气象，实相等埒。篇中"骓駓駃骆骊骝骕"，盖本昌黎《陆浑山火》诗"鸦鸱雕鹰雉

240

鹋鹈"之句，王士禛谓并是学《急就篇》句法，由其气大，故不见其累重之迹。即如此诗，本是则效少陵，而此二句乃全似昌黎，亦不觉也。

纪昀评《苏文忠公诗集》卷一五:("南山之下，汧渭之间，想见开元天宝年")若第二句去一"之"字，作一句，神味便减。通首旁衬，只结处一著本位，章法奇绝。放翁《嘉陵驿折枝海棠》诗，似从此得法。("碧眼胡儿手足鲜")"鲜"字趁韵。("不如此图近自然"以下)到末又拖一意，变化不测。

方东树《昭昧詹言》卷一二:起跳跃而出，如生龙活虎。"先生"句逆出。"金羁"三句，提笔再入题。以真事衬，以众工衬，以先生衬，以厩马衬。"不如"一句入题，笔力奇横，浑雄遒切。放翁《折海棠》从此得法。大约句法以下三字写上四字，如"隘秦川"是也。诸家皆同。如下章"攒八蹄"三字，写上四字，不可胜言。浑雄遒妙。大约坡胜太白。

(日本)赖山阳《东坡诗钞》卷三:马诗，老杜至多，后来虽东坡不得不由之。("南山之下"三句)此诗起手，出自老杜"国初以来"之起，而丧其面目者。起手平直正大，自是大局面手法。"汧渭"下加"之"字，句便雄杰，是亦大局面手法。("骓駓骊骆骊骝骤"二句)二句雄杰。"骊"字若作"与"字，"骅"作"杂"等字，句便平弱。("龙颅凤颈狞且妍")雄杰，公本色。("奇姿逸德隐驽顽")是亦雄杰，而微露后案。("碧眼胡儿手足鲜")二句取姿。("柘袍临池侍三千")牧者之所衣。("红妆照日光流渊")御马从幸之处。("众工舐笔和朱铅")转笔，敏。("厩马多肉尻脽圆")自老杜《丹青引》来，而变其面目者。("王良挟策飞上天")学老杜《天育骠骑》诗，结得此二句，全篇飞动，非此，何足为东坡。二句出题外，奇拔。

又附《书韩苏古诗后》:世服苏之广长舌，不知其收舌不尽展者更好。（略）《韩幹牧马》（略）皆丰约合度，姿态可观。

赵克宜《角山楼苏诗评注汇钞》卷六：句法本之《急就章》。（"先生曹霸弟子韩"）斡旋杜少陵诗语。（"金羁玉勒绣罗鞍"数句）笔笔捡纵题中牧字不略。

高步瀛《唐宋诗举要》卷三：（"柘袍临池侍三千"四句）并写官人，才思横溢。别出一意作结，总不肯使一平笔。

送鲁元翰少卿知卫州

冗士无处著，寄身范公园。
桃李忽成阴，荞麦秀已繁。
闭门春昼永，惟有黄蜂喧。
谁人肯携酒，共醉榆柳村。
髯卿独何者，一月三到门。
我不往拜之，髯来意弥敦。
堂堂元老后，亹亹仁人言。
忆在钱塘岁，情好均弟昆。
时于冰雪中，笑语作春温。
欲饮径相觅，夜开丛竹轩。
搜寻到箧笥，鲊醢无复存。
每愧烟火中，玉腕亲炮燔。
别来今几何，相对如梦魂。
告我当北渡，新诗侑清尊。
坡陁太行麓，汹涌黄河翻。
仕宦非不遇，王畿西北垣。
斯民如鱼耳，见网则惊奔。

皎皎千丈清，不如尺水浑。

刑政虽首务，念当养其源。

一闻襦裤音，盗贼安足论。

集评：

吴曾《能改斋漫录》卷八《三诗皆用清浑字》：东坡《送鲁元翰》诗："皎皎千丈清，不如尺水浑。"陈后山次韵东坡诗："信有千丈清，不如一尺浑。"参寥诗："乍为含垢千寻浊，不作惊人一掬清。"

查慎行《初白庵诗评》卷中：（"斯民如鱼耳"四句）仁人之言，蔼然如春风被物。

《御选唐宋诗醇》卷三五：始述近事，中叙旧游，末段"见网惊奔"等语本指新法言之，亦是元翰本事，然却隐而不言，但以作赠行者劝勉之词，气味深厚如此。而《龟山语录》乃谓坡诗只是讥诮怒骂，何耶？

纪昀评《苏文忠公诗集》卷一五：（起六句）先作顿宕便入得不突。（"忆在钱塘岁"以下）插一事，便生动有情。（"别来今几何"以下）转得捷。（"坡陁太行麓"以下）接得紧。（"斯民如鱼耳"以下）一结立言得体，不以理路为嫌。观此数语，知东坡得志，必不为荆公。晦翁所云，左袒洛党之故耳。

赵克宜《角山楼苏诗评注汇钞》卷六：（"斯民如鱼耳"以下）从《班超传》化出此段议论，再以廉范事证成之，曲折尽致。

宿州次韵刘泾

我欲归休瑟渐希，舞雩何日著春衣。

多情白发三千丈，无用苍皮四十围。

晚觉文章真小技，早知富贵有危机。

为君垂涕君知否，千古华亭鹤自飞。

自注：泾之兄汴，亦有文，死矣。

集评：

纪昀评《苏文忠公诗集》卷一五：（起处）沉着。

赵翼《瓯北诗话》卷五：诗人遇成语佳对，必不肯放过。坡公尤妙于剪裁，虽工巧而不落纤佻，由其才分之大也。如（略）"多情白发三千丈，无用苍皮四十围"（《宿州次刘泾韵》）（略）。此等诗虽非坡公著意之作，然自然凑泊，触手生春，亦见其学之富而笔之灵也。

赵克宜《角山楼苏诗评注汇钞》卷六：（"晚觉文章真小技"二句）刻露语，极流动。

和孔密州五绝（选一首）

东栏梨花

梨花淡白柳深青，柳絮飞时花满城。

惆怅东栏二株雪，人生看得几清明。

集评：

洪迈《容斋随笔》卷一五：（张文潜）好诵东坡《梨花》绝句，（略）每吟一过，必击节赏叹不能已，文潜盖有省于此云。

陆游《老学庵笔记》卷一〇：东坡绝句云："梨花淡白柳深青（略）。"绍兴中，予在福州，见何晋之大著，自言尝从张文潜游，每见文潜哦此诗，以为不可及。余按，杜牧之有句云："砌下梨花一堆雪，明年谁此凭阑干。"东坡固非窃牧之诗者，然竟是前人已道之句,何文潜爱之深也,岂别有所谓乎? 聊记之以俟识者。

蔡正孙《诗林广记》后集卷三《苏东坡》:愚谓此绝亦有前诗
(按:指苏轼《中秋月》"暮云收尽溢清寒"一诗)感慨之意。

陆文圭《清明》:花开花落总无情,赢得诗人百感生。今日东
阑看梨雪,坡仙去后几清明?

俞弁《逸老堂诗话》卷下:"梨花淡白柳深青(略)。"陆放翁
谓东坡此诗,本杜牧之"砌下梨花一堆雪,明年谁此凭阑干"。余
爱坡老诗浑然天成,非模仿而为之者,放翁正所谓"洗瘢索垢"
者矣。

王士禛《带经堂诗话》卷九:可追踪唐贤。

《御选唐宋诗醇》卷三五:浓至之情,偶于所见发露,绝句中几
与刘梦得争衡。

袁枚《随园诗话补遗》卷三:("惆怅东栏二株雪"二句)此偷
杜牧之"砌下梨花一堆雪,明年谁倚此阑干"句也。然风调自别。

查慎行《初白庵诗评》卷中:("惆怅东栏二株雪"二句)"二",
意当作"一"。

纪昀评《苏文忠公诗集》卷一五:此首较有情致。

潘德舆《养一斋诗话》卷九:容斋取张文潜爱诵杜公"溪回松
风长"五古、坡公"梨花淡白柳深青"七绝,以为美谈。二诗何尝
有一字求奇,何尝有一字不奇? 仆少年不学,卤莽于诗,不谓容斋
巨手,久已为此。必知容斋述文潜之意,方于诗学有少分相应耳。
予又考坡公七绝甚多,而合作颇少。其才高博学,纵横驰骤,自难
为弦外音。"梨花淡白"一章,允属杰出。文潜所赏,足称只眼。

又:张文潜爱诵坡公"梨花淡白柳深青"一绝,而放翁讥之曰:
"杜牧之有句云:'砌下梨花一堆雪,明年谁此凭阑干。'东坡故非
窃人诗者,然竟是前人已道之句,何文潜爱之深也? 岂别有所谓
乎?"愚按坡公此诗之妙,自在气韵,不谓句意无人道及也。且玩

245

其句意,正是从小杜诗脱化而出,又拓开境地,各有妙处,不能相掩,放翁所见亦拘矣。

赵克宜《角山楼苏诗评注汇钞》卷六:辞句虽与小杜略同,而笔意凄婉欲绝,张文潜爱之诚是。

俞樾《湖楼笔谈》卷五:此诗妙绝,而明郎仁宝(瑛)以为既云"淡白",又云"一株雪",恐重言相犯,欲易"梨花淡白"为"桃花烂漫"。此真强作解事者。首句"梨花淡白"即本题也,次句"花满城"正承"梨花淡白"而言,若易首句为"桃花烂漫",则"花满城"当属桃花,与"惆怅东栏一株雪",了不相属,且是咏桃花,非复咏梨花矣。此等议论,大是笑柄。

王文濡《宋元明诗评注读本》卷四:人生如寄,莫要辜负韶光。("惆怅东栏二株雪")梨白,故以雪喻。

次韵答邦直、子由五首(选二首)

其三

老弟东来殊寂寞,故人留饮慰酸寒。
草荒城角开新径,雨入河洪失旧滩。
车马追陪迹未扫,唱酬往复字应漫。
此诗更欲凭君改,待与江南子布看。

集评:

查慎行《初白庵诗评》卷中:子由来徐,有《李邦直见邀终日卧南城亭》诗,与邦直唱和共八首,故有"留饮""唱酬"之句。

纪昀评《苏文忠公诗集》卷一五:末句指邦直。

其四

君虽为我此迟留，别后凄凉我已忧。
不见便同千里远，退归终作十年游。
恨无扬子一区宅，懒卧元龙百尺楼。
闻道鹓鸾满台阁，网罗应不到沙鸥。

集评：

邵博《邵氏闻见后录》卷一六：有童子问（略）。又《和李邦直》诗："恨无扬子一区宅，懒卧元龙百尺楼。"按陈登字元龙，许汜与刘备在刘表坐，表与备共论天下人。汜曰："陈元龙湖海之士，豪气不除。"备问汜宁有事邪？汜曰："昔过下邳见元龙，元龙无客主之意，久不相与语，自上大床卧，使客卧下床。"备曰："君有国士之名，今天下大乱，无救世之意，而求田问舍，言无可采，是元龙所讳也，何当与君语？如小人欲卧百尺楼上，卧君于地，何止上下床之间邪？"表大笑。则百尺楼者刘备，非元龙，亦误也。（略）东坡信天下后世者，宁有误邪？予应之曰："东坡累误千百，尚信天下后世也。"童子更曰："有是言，凡学者之误亦许矣。"予曰："尔非东坡，奈何？"

纪昀评《苏文忠公诗集》卷一五：（"闻道鹓鸾满台阁"二句）此却蕴藉。

袁宏道评阅谭元春选《东坡诗选》卷四谭元春评：亦可删。但"不见便同千里远"境事真全耳。

《御选唐宋诗醇》卷三五：自写疏慵潦倒，令人意恻。

司马君实独乐园

青山在屋上，流水在屋下。

中有五亩园,花竹秀而野。

花香袭杖履,竹色侵杯斝。

樽酒乐余春,棋局消长夏。

洛阳古多士,风俗犹尔雅。

先生卧不出,冠盖倾洛社。

虽云与众乐,中有独乐者。

才全德不形,所贵知我寡。

先生独何事,四海望陶冶。

儿童诵君实,走卒知司马。

持此欲安归,造物不我舍。

名声逐吾辈,此病天所赭。

抚掌笑先生,年来效喑哑。

集评:

朋九万《乌台诗案·寄题司马君实独乐园》:熙宁十年,司马光任端明殿学士,提举西京崇福宫,在西洛葺园号独乐。轼于是年五月六日,作诗寄题。除无讥讽外,云:"先生独何事?四方望陶冶。儿童诵君实,走卒知司马。""抚掌笑先生,年来效喑哑。"言四海苍生,望司马执政,陶冶天下,以讥讽见在执政不得其人。又言儿童走卒皆知姓字,终当进用。司马光字君实,曾言新法不便,与轼意合。既言终当进用,亦是讥讽朝廷新法不便,终当用司马光,光却喑哑不言,意望依前攻击。

葛立方《韵语阳秋》卷一三:元次山结屋浯溪之上,有三吾焉:因水而吾之,则曰浯溪;因屋而吾之,则曰吾亭;因石而吾之,则曰峿台:盖取吾所独有之义。故自为铭曰:"命之曰吾,茝吾独有。"噫,次山何其不达之甚邪。且身非我有,是天地之委形;生非我有,是天地之委和;性命非我有,是天地之委顺;子孙非我有,是天地之委蜕。而次山乃区区然认山川丛薄之微,惑其灵台,认为我有,抑可哀也已。《庄子》曰:"独往独来,是谓独有。独有之人,是谓至贵。"次山傥知此乎? 司马温公有园名独乐,尝为记云:"叟之所乐者,寂寞固陋,皆众所鄙笑,虽推以予人,人且不取,安得强之乎。必也有人肯同此乐,则再拜而献之,岂能专哉。"故东坡为赋诗云:"虽云与众乐,中有独乐者。才全德不形,所贵知我寡。"惟温公独有之道,蕴于胸中,故东坡独乐之章,形于笔下,与次山所见,殆霄壤矣。

阮阅《诗话总龟》前集卷九引《王直方诗话》:东坡为温公作《独乐园》诗,只从头四句,便已都说尽。云:"青山在屋上,流水在屋下。中有五亩园,花木秀而野。"此便可以图画。

黄彻《䂬溪诗话》卷一:温公治第洛中,辟园曰独乐,其心忧乐未始不在天下也。其自作记有云:"世有人肯同此乐,必再拜以献之矣。"东坡赋诗云:"儿童诵君实,走卒知司马。"盖言其得人心也。又云:"抚掌笑先生,年来效喑哑。"疑未尽命名之意。

王辟之《渑水燕谈录》卷二:("先生独何事"四句)盖纪实也。

周密《齐东野语》卷二〇《温公重望》:坡公《独乐园》诗云:"儿童诵君实,走卒知司马。"京师之贪污不才者,人皆指笑之,曰:"你好个司马家。"文潞公留守北京日,尝遣人入辽侦事。回见辽主大宴群臣,伶人剧戏作衣冠者,见物必攫取怀之,有从其后以物仆之,云:"汝司马端明邪?"是虽夷狄亦知之,岂止儿童走卒哉!宣和间,徽宗与蔡攸辈在禁中自为优戏,上作参军趋出。攸戏上曰:"陛下好个神宗皇帝。"上以杖鞭之云:"你也好个司马丞相。"是知公论在人心,有不容泯者如此。

胡应麟《诗薮》外编卷五:("青山在屋上"四句)此乐天声口耳,而坡学之不已。

《御选唐宋诗醇》卷三五：言景如画，言情如话，令人神游其地，想见其人。时钱公辅在鄞县建众乐亭，司马光赠以诗曰："使君如独乐，众庶必深颦。"盖独乐之与众乐，道本同然。此诗云："虽云与众乐，中有独乐者。"最得其意。（"儿童诵君实"）二句以姓对字，唐贤所未有，然非无本也。刘越石诗云："宣尼悲获麟，西狩泣孔某。"谢惠连诗云："虽好相如达，不学长卿慢。"正此诗所则效。其他史传所载，如"万事不理问伯始，天下中庸有胡公""甑中生尘范史云，釜中生鱼范莱芜"之类，尤不胜指数矣。

纪昀评《苏文忠公诗集》卷一五：（"青山在屋上"四句）直起脱洒。"儿童"二句乃互文，非惠连用相如、长卿，越石用宣尼、孔某之比。末二句终是太露。

宋长白《柳亭诗话》卷三《乌台诗案》：种豆为萁之歌，韩亡秦帝之咏，杨则词尚隐约，谢则径情直行，而皆足以贾祸。甚矣，言之者无罪，闻之者足以为戒之难也！东坡《独乐园》诗，（略）朋九万《乌台诗案》尚不能免其笺注，况其他乎。

王文诰《苏文忠公诗编注集成·编年古今体诗》卷一五：诗无攻击之意，其时仅能"喑哑"，无可再供。若更望之，是常梦不醒人语矣。此乃（舒）亶、（李）定欲陷君实于诛，特坐实之，其坐公不藉此诗也。

赵克宜《角山楼苏诗评注汇钞》卷六：颇似香山语，虽平易，不伤浅率。（"中有独乐者"）顿清题旨。（"才全德不形"）以下翻出议论。（"儿童诵君实"二句）切文正生平。

陈衍《宋诗精华录》卷二：东坡五、七古，遇端庄题目，不能用禅语、诙谐语者，则以对偶排纂出之。

王文濡《宋元明诗评注读本》卷一：写独乐园，寓有殷殷劝驾意，自与泛咏风景有别。

子由将赴南都，与余会，宿于逍遥
　堂。作两绝句，读之，殆不可为
　怀。因和其诗以自解。余观子由
　自少旷达，天资近道，又得至人养
　生长年之诀，而余亦窃闻其一二。
　以为今者宦游相别之日浅，而异
　时退休相从之日长。既以自解，
　且以慰子由云

其一

别期渐近不堪闻，风雨萧萧已断魂。
犹胜相逢不相识，形容变尽语音存。

集评：

　惠洪《冷斋夜话》卷一：用事琢句，妙在言其用，不言其名耳。
此法唯荆公、东坡、山谷三老知之。（略）东坡《别子由》诗："犹胜
相逢不相识，形容变尽语音存。"此用事而不言其名也。

　袁宏道评阅谭元春选《东坡诗选》卷四谭元春评：兄弟飘泊，
风雨别离，读之感人，非为诗也。

　纪昀评《苏文忠公诗集》卷一五：（"犹胜相逢不相识"二句）
宽一步，更沉著。

　宋长白《柳亭诗话》卷一二：较诸"绕梦云山"（按：见苏轼
《予以事系御史台狱》）之句，此诗犹蕴藉也。

　赵克宜《角山楼苏诗评注汇钞》卷六：（"犹胜相逢不相识"二

句）慰语转益凄惘。

其二

但令朱雀长金花，此别还同一转车。
五百年间谁复在，会看铜狄两咨嗟。

集评：

纪昀评《苏文忠公诗集》卷一五：此亦刺当日小人营营，终归于尽，而语意浑然不露。

赵克宜《角山楼苏诗评注汇钞》卷六：此首本序中"养生长年"意立说。

贝琼《送魏文芳序》：昔苏文忠公与弟黄门会于彭城之逍遥堂，夜窗听雨，赋诗唱和，奚翅埙箎之迭奏也。大抵天下之情，聚而乐，别而悲，见之朋友且然，况于兄弟之亲而厚者哉。余每读其诗，以为有《棠棣》之遗意，能使人益重同气之恩。

《御选唐宋诗醇》卷三五：二诗惟语语解慰，乃益见别恨之深，低回欲绝。

翁方纲《石洲诗话》卷三：其将赴南都也，与先生会宿逍遥堂，作两绝句，先生有和作二首，时子由从张文定签书南京判官也。

河复

熙宁十年秋，河决澶渊，注钜野，入淮、泗，自澶、魏以北皆绝流而济。楚大被其害，彭门城下水二丈八尺，七十余日不退，吏民疲于守御。十月十三日，澶州大风终日。既止，而河流一枝已复故道，闻之喜甚，庶几可塞乎？乃作《河复》诗，歌之道路，以致民愿而迎神休，盖守土者之志也。

君不见西汉元光、元封间,河决瓠子二十年。

钜野东倾淮泗满,楚人恣食黄河鳣。

万里沙回封禅罢,初遣越巫沉白马。

河公未许人力穷,薪刍万计随流下。

吾君盛德如唐尧,百神受职河神骄。

帝遣风师下约束,北流夜起澶州桥。

东风吹冻收微渌,神功不用淇园竹。

楚人种麦满河淤,仰看浮槎栖古木。

集评:

　　钱谦益《徐州杂题》:彭城十日水奔流,太守行呼吏卒愁。《河复》诗成无一事,羽衣吹笛坐黄楼。

　　查慎行《初白庵诗评》卷中:("楚人种麦满河淤")彭城,项羽所都,故称楚。

　　《御选唐宋诗醇》卷三五:赋古事以证时事,不更加论断,而于中间入题处曰"吾君仁圣如帝尧",则知《瓠子》筑宫,有不足道矣。更挽一笔云"神功不用淇园竹",以与前文相叫应。其沉雄雅健,要与《瓠子》二歌,不同其音调而同其气骨。

　　赵克宜《角山楼苏诗评注汇钞》卷六:("河公未许人力穷")反衬顿得足。(结处)回应河决,古雅。

韩幹马十四匹

二马并驱攒八蹄,二马宛颈鬃尾齐。

一马任前双举后,一马却避长鸣嘶。

老髯奚官骑且顾,前身作马通马语。

后有八匹饮且行，微流赴吻若有声。
前者既济出林鹤，后者欲涉鹤俯啄。
最后一匹马中龙，不嘶不动尾摇风。
韩生画马真是马，苏子作诗如见画。
世无伯乐亦无韩，此诗此画谁当看？

集评：

蔡正孙《诗林广记》后集卷三引《王直方诗话》：欧公《盘车图》诗云："古画画意不画形，梅诗咏物无隐情。忘形得意知者寡，不若见诗如见画。"东坡作《韩幹画马》诗云："韩生画马真是马，苏子作诗如见画。世无伯乐亦无韩，此诗此画谁当看？"（略）余以为若论诗画，于此尽矣。每诵数过，殆欲常以为法也。

陈模《怀古录》卷上：今之言诗者，皆知尊杜工部，而杜诗之所以好者，则未必能知之。夫有是物可见而能咏状之者已难矣，至于物之不可见者，而能咏状之者则尤难也。只如咏马，东坡赋《韩幹马》云（下引"后有八匹饮且行"六句），已自奇拔，然不过与工部"是何意态雄且杰，骏马萧梢朔风起""可怜九马争神骏，顾视清高气深稳""毛为绿缥两耳黄，眼有紫焰双瞳方"等句相驰骋耳。

洪迈《容斋五笔》卷七《韩苏杜公叙马》：韩公《人物画记》，其叙马处云："马大者九匹，于马之中又有上者下者焉，行者、牵者、奔者、涉者、陆者、翘者、顾者、鸣者、寝者、讹者、立者、龁者、饮者、溲者、陟者、降者、痒磨树者、嘘者、嗅者、喜而相戏者、怒相踶啮者、秣者、骑者、骤者、走者、载服物者、载狐兔者，凡马之事二十有七焉。马大小八十有三，而莫有同者焉。"秦少游谓其叙事该而不烦，故仿之而作《罗汉记》。坡公赋《韩幹十四马》诗云（略）。诗之与记，其体虽异，其为布置铺写则同。诵坡公之语，盖不待见画也。予《云林绘鉴》中有临本，略无小异。杜老《观曹将军画马图》云

（略）。其语视东坡，似若不及，至于"斯须九重真龙出，一洗万古凡马空"，不妨独步也。

查慎行《初白庵诗评》卷中：（"前身作马通马语"）中簇一波，前后叙致便错落。（"后有八匹饮且行"）后半此句是总挈。（"不嘶不动尾摇风"）掉尾亦健。

叶矫然《龙性堂诗话》初集：少陵咏马及题画马诸诗，写生神妙，直空千古，使后人无复著手处。如《骢马行》云"五花散作云满身，万里方看汗流血""赤汗微生白雪毛，银鞍却覆香罗帕""昼洗须腾泾渭深，朝趋可刷幽并夜"。《画马引》云"曾貌先帝照夜白，龙池十日飞霹雳""斯须九重真龙出，一洗万古凡马空"等语，皆笔夺化工。后子瞻《题韩幹画马》诗，知其独步，便不复摹写，第云"老髯奚官骑且顾，前身作马通马语"，只于马厩身上放一奇语，亦可谓补子美之所不及矣。

汪师韩《苏诗选评笺释》卷二：韩子《画记》，只是记体，不可以入诗。杜子《观画马图诗》，只是诗体，不可以当记。杜、韩开其端，苏乃尽其极，叙次历落，妙言奇趣，触绪横生。嘹然一吟，独立千载。

纪昀评《苏文忠公诗集》卷一五：杜公"韦讽宅观画马"诗，独创九马分写之格。此诗从彼处得法，更加变化耳。（起句）直起老横。东坡惯用此法。（"一马任前双举后"）"任"当作"在"。（"微流赴吻若有声"）"微流"句传神。（"最后一匹马中龙"）"最后"句有寓托。

（日本）赖山阳《东坡诗钞》卷三：韩幹所画十四匹马图，当时人之所能知，故书题如此。此诗诙谐，不如前诗之严正可法，而今撰之者，徒取其本色耳。此诗无一句渊源古人之作者，是东坡自我作古之意。（"二马并驱攒八蹄"）单刀直入。此诗比前诗，虽句数稍齐，自是小品局面，故起亦用单刀直入法。（"一马任前双举后"）韩非子云：马之能走者，任前举后。（"老髯奚官骑且顾"）二字（"老髯"）取姿。（"微流赴吻若有声"）东坡本色。是画。（"后者欲涉鹤俯啄"）新奇。

赵翼批沈德潜《宋金三家诗选·苏东坡诗选》卷上：马十五匹错落叙来，何等简净。

王文诰《苏文忠公诗编注集成·编年古今体诗》卷一五：（"前者既济出林鹤"二句）"前者""后者"贯下"最后"，皆详叙"饮（且）行"也。（"最后一匹马中龙"二句）此一匹即八匹之一，非十五匹也。此用饮中八仙法，以其板滞，特下"最后一匹"句，变其法也。

方东树《昭昧詹言》卷一二：（欧阳修）《盘车图》先写逆卷，题画老法。坡公偷此，作《韩幹十五马》。

又：叙十五马如画，尚不为奇，至于章法之妙，非太史公与退之不能知之。故知不解古文，诗亦不妙。放翁所以不快人意者，正坐此也。起四句分叙写。"老髯"二句一束夹，此为章法。"微流"句欲活。"前者"二句，总写八匹。"最后"二句补道足。"韩生"句，前叙后议。收自道此诗。直叙起，一法也。序十五马分合，二也。序夹写如画，三也。分合叙参差入妙，四也。夹写中忽入"老髯"二句议，闲情逸致，文外之文，弦外之音，五妙也。夹此二句，章法变化中，又加变化，六妙也。后"八匹"，"前者"二句忽断，七妙也。横云断山法，此以退之《画记》入诗者也。后人能学其法，不能有其妙。章法之说，山谷亦不能解，却胜他人。

赵克宜《角山楼苏诗评注汇钞》卷六：前无引端，后无议论，分写既毕，诗亦竟住。自是有意避杜，然力量逊杜亦在此。起用分写。（"老髯奚官骑且顾"）分写之中横插此联，所以避直致也。（"后有八匹饮且行"）八匹先总后分，叙法变化。

答吕梁仲屯田

乱山合沓围彭门,官居独在悬水村。

自注:吕梁地名。

居民萧条杂麋鹿,小市冷落无鸡豚。

黄河西来初不觉,但讶清泗奔流浑。

夜闻沙岸鸣瓮盎,晓看雪浪浮鹏鲲。

吕梁自古喉吻地,万顷一抹何由吞。

坐观入市卷闾井,吏民走尽余王尊。

计穷路断欲安适,吟诗破屋愁鸢蹲。

岁寒霜重水归壑,但见屋瓦留沙痕。

入城相对如梦寐,我亦仅免为鱼鼋。

旋呼歌舞杂诙笑,不惜饮醨空瓶盆。

念君官舍冰雪冷,新诗美酒聊相温。

人生如寄何不乐,任使绛蜡烧黄昏。

宣房未筑淮泗满,故道堙灭疮痍存。

明年劳苦应更甚,我当畚锸先黥髡。

付君万指伐顽石,千锤雷动苍山根。

高城如铁洪口快,谈笑却扫看崩奔。

农夫掉臂免狼顾,秋谷布野如云屯。

还须更置软脚酒,为君击鼓行金樽。

集评：

  查慎行《初白庵诗评》卷中:("付君万指伐顽石"四句)言伐石作堤以捍水也。

257

汪师韩《苏诗选评笺释》卷二：全诗分列三段，"黄河西来"以下纪河决也；"岁寒霜重"以下纪河复也；"宣房未筑"以下则言将伐石筑城，为民捍御，尤为淋漓尽致。或疑诗有"歌舞诙笑"之句，谓不于此时殷忧恻怛而以行乐为言，似为失体。然此语乃在河复之后，幸得免为鱼鼋，因而饮醵，固是人情所有。正见其率真不作妄语，岂比后之矫情自饰者，对人作凄怆之词，而实于民事漠不加意者耶？

纪昀评《苏文忠公诗集》卷一五：一气纵横，笔笔老健。结一段（"明年劳苦应更甚"以下）淋漓满足。论文不如此不振，论事不如此亦不合。若水来即吟诗破屋，水退即歌舞饮醵，成何政体？

方东树《昭昧詹言》卷一二：经济成算，从旁裕如，故可饮乐。今人非荒宴，即震惊忙迫耳。此等可想其人之气象，不独诗美也。"岁寒"四句亦逆法。

赵克宜《角山楼苏诗评注汇钞》卷六：次联便见惯经水患景况。（"坐观入市卷闾井"）称美仲屯田句有力量。大篇最忌入后语竭，看此何等兴会。

送郑户曹

游遍钱塘湖上山，归来文字带芳鲜。
羸童瘦马从吾饮，陋巷何人似子贤。
公业有田常乏食，广文好客竟无毡。
东归不趁花时节，开尽春风谁与妍。

集评：

吴聿《观林诗话》：赠人诗多用同姓事，如东坡《赠郑户曹》云："公业有田常乏食，广文好客竟无毡。"又赠蔡子华云："莫寻唐举问封侯,但遣麻姑为爬背。"

纪昀评《苏文忠公诗集》卷一六:三、四("赢童瘦马从吾饮,陋巷何人似子贤")究竟不对,而又非平行,便两不合格。

张道《苏亭诗话》卷一:东坡博通群籍,故下语精切,每有故实,供其驱使。如《送郑户曹》,则用郑姓故事。(略)周益公所云"初若豪迈天成,其实关键甚密"者也。

赵翼《瓯北诗话》卷五:坡公熟于庄、列、诸子及汉、魏、晋、唐诸史,故随所遇,辄有典故以供其援引,此非临时检书者所能办也。如《送郑户曹》诗:"公业有田常乏食,广文好客竟无毡。"则皆用郑姓故事。(略)以上数条,安得有如许切合典故,供其引证? 自非博极群书,足供驱使,岂能左右逢源若是! 想见坡公读书,真有过目不忘之资,安得不叹为天人也。

《虔州八境图》八首(选五首)

《南康八境图》者,太守孔君之所作也。君既作石城,即其城上楼观台榭之所见而作是图也。东望七闽,南望五岭,览群山之参差,俯章贡之奔流,云烟出没,草木蕃丽,邑屋相望,鸡犬之声相闻。观此图也,可以茫然而思,粲然而笑,慨然而叹矣。苏子曰:此南康之一境也,何从而八乎? 所自观之者异也。且子不见夫日乎,其旦如槃,其中如珠,其夕如破璧,此岂三日也哉? 苟知夫境之为八也,则凡寒暑、朝夕、雨旸、晦冥之异,坐作、行立、哀乐、喜怒之变,接于吾目而感于吾心者,有不可胜数者矣,岂特八乎? 如知夫八之出乎一也,则夫四海之外,诙诡谲怪,《禹贡》之所书,邹衍之所谈,相如之所赋,虽至千万,未有不一者也。后之君子必将有感于斯焉。乃作诗八章,题之图上。

其二

涛头寂寞打城还,章贡台前暮霭寒。

倦客登临无限思,孤云落日是长安。

集评:

纪昀评《苏文忠公诗集》卷一六:此首纯是唐音。

赵克宜《角山楼苏诗评注汇钞》卷七:恋阙之思,自然流露。

其三

白鹊楼前翠作堆,紫云岭路若为开。

故人应在千山外,不寄梅花远信来。

集评:

纪昀评《苏文忠公诗集》卷一六:忽入情语,便觉生动。

其四

朱楼深处日微明,皂盖归时酒半醒。

薄暮渔樵人去尽,碧溪青嶂绕螺亭。

集评:

纪昀评《苏文忠公诗集》卷一六:从无人处著笔,蹊径不俗。

赵克宜《角山楼苏诗评注汇钞》卷七:指点实境,得上句托出便佳。

其六

却从尘外望尘中,无限楼台烟雨濛。

山水照人迷向背,只寻孤塔认西东。

赵与虤《娱书堂诗话》卷下:欧阳文忠公诗"山浦转帆迷向背,夜江看斗辨西东。"东坡亦云:"山水照人迷向背,只寻孤塔认西东。"身游山水间,果有兹理,二公善于形容矣。

纪昀评《苏文忠公诗集》卷一六:实景写来如话。

赵克宜《角山楼苏诗评注汇钞》卷七:直而不率,得诀在第三句开宕生姿。

其八

> 回峰乱嶂郁参差,云外高人世得知。
> 谁向空山弄明月,山中木客解吟诗。

集评:

吴曾《能改斋漫录》卷八《还山弄明月》:东坡《虔州八境图》:"回峰乱嶂郁参差,云外高人世得知。谁向空中弄明月,山中木客解吟诗。"徐鼎臣《搜神记》云:"鄱阳山中有木客,秦时采木者,食木实,遂得不绝。时就民间饮酒,为诗一章云:'酒尽君莫沽,壶倾我当发。城市多嚣尘,还山弄明月。'"东坡盖用此也。然唐刘长卿有《龙门八咏》,其七《渡水》诗云:"日暮下山来,千山暮钟发。不如波上棹,还弄山中月。伊水连白云,东南远明灭。"乃知"还山弄明月",唐人已言之矣。

纪昀评《苏文忠公诗集》卷一六:此首确是末章。此八首起结,与洋川三十首同法。

赵克宜《角山楼苏诗评注汇钞》卷七:拈一琐事入诗,颇有余味,确切南康,不同泛赋。

苏轼《虔州八境图后叙》:南康江水,岁岁坏城。孔君宗翰为守,始作石城,至今赖之。轼为胶西守,孔君实见代,临行出《八境图》求文与诗,以遗南康人,使刻诸石。其后十七年,轼南迁过郡,得遍览所谓八境者,则前诗未能道其万一也。南康士大夫相与请于轼曰:"诗文昔尝刻石,或持以去,今亡矣。愿复书而刻之。"时孔君既没,不忍违其请。绍圣元年八月十九日,眉山苏轼书。

读孟郊诗二首

其一

夜读孟郊诗,细字如牛毛。

寒灯照昏花,佳处时一遭。

孤芳擢荒秽,苦语余诗骚。

水清石凿凿,湍激不受篙。

初如食小鱼,所得不偿劳。

又似煮彭蚎,竟日持空螯。

要当斗僧清,未足当韩豪。

人生如朝露,日夜火消膏。

何苦将两耳,听此寒虫号。

不如且置之,饮我玉色醪。

集评:

葛立方《韵语阳秋》卷一:孟郊诗"楚山相蔽亏,日月无全辉。万株古柳根,掣此磷磷溪。大行横偃脊,百里方崔嵬"等句,皆造语工新,无一点俗韵。然其他篇章,似此处绝少也。李翱评其诗云:"高处在古无上,平处下观二谢。"许之亦太甚矣。东坡谓"初如食小鱼,所得不偿劳。又似食彭蚎,竟日嚼空螯",贬之亦太甚矣。

曾季狸《艇斋诗话》:予旧因东坡云"我憎孟郊诗"及"要当

斗僧清，未足当韩豪""何苦将两耳，听此寒虫号"，遂不喜孟郊诗。五十以后，因暇日试取细读，见其精深高妙，诚未易窥，方信韩退之、李习之尊敬其诗，良有以也。东坡性痛快，故不喜郊之词艰深。要之，孟郊、张籍一等诗也。唐人诗有古乐府气象者，惟此二人。

黄彻《䂬溪诗话》卷四：孟郊诗最淡且古，坡谓"有如食彭蚝，竟日嚼空螯"。退之论数子，乃以张籍学古淡，东野为天葩吐奇芬，岂勉所长而讳所短，抑亦东野古淡自足不待学耶？

范晞文《对床夜语》卷四：退之序孟东野诗云："东野之诗，其高出魏晋，不懈而及于古，其他浸淫乎汉氏矣。"又荐之以诗云："有穷者孟郊，受材实雄骜。冥观洞古今，象外逐幽好。横空盘硬语，妥帖力排奡。敷柔肆纤余，奋猛卷海潦。荣华肖天秀，捷疾逾响报。"东坡读东野诗乃云（下引"孤芳擢荒秽"十四句）。退之进之如此，而东坡贬之若是，岂所见有不同耶？然东坡前四句，亦可谓巧于形似。

俞弁《逸老堂诗话》卷上：人之于诗，往往嗜好不同。如韩文公读孟东野诗，有"低头拜东野"之句，唐史言退之"性偏强，任气傲物，少许可"，其推让东野如此。坡公《读孟郊诗》有云："初如食小鱼，所得不偿劳。又如食彭蚝，竟日持空螯。"二公皆才豪一世，而其好恶不同若此。

查慎行《初白庵诗评》卷中：（"孤芳擢荒秽"四句）评骘能令东野低头，知坡老入得自深。

汪师韩《苏诗选评笺释》卷二：郊诗佳处，惟此言之亲切。前作"孤芳"二句，其体质也；"水清"二句，其格调也；继乃比之"食小鱼""煮彭蚝""听寒虫号"者，轼盖直以韩豪自居也。

又卷四：轼论文章，尝有郊寒岛瘦之目，其《读孟郊诗》有云："何苦将两耳，听此寒虫号。"

纪昀评《苏文忠公诗集》卷一六：（"孤芳擢荒秽"）五字写尽

东野。("水清石凿凿"二句)十字亦酷肖。

王文诰《苏文忠公诗编注集成·编年古今体诗》卷一六:公爱鲁直,而不谅孟郊,无怪纷然学鲁直者多也。不知所避何人,可发一笑。诗话及论诗绝句,往往不当。

潘德舆《养一斋诗话》卷一:郊、岛并称,岛非郊匹。人谓寒瘦,郊并不寒也。如"天地入胸臆,吁嗟生风雷。文章得其微,物象由我裁",论诗至此,胚胎造化矣,寒乎哉?东坡云:"要当斗僧清,未足当韩豪。"不足令东野心服。

翁方纲《石洲诗话》卷二:谏果虽苦,味美于回。孟东野诗则苦涩而无回味,正是不鸣其善鸣者。不知韩何以独称之?且至谓"横空盘硬语,妥帖力排奡",亦太不相类。此真不可解也。苏诗云:"那能将两耳,听此寒虫号。"乃定评不可易。

又卷三:其第一首目以"虫号",特是正面语,尚未极深致耳。

贺裳《载酒园诗话》卷一:宋人多不喜孟诗。严沧浪曰:"孟郊之诗刻苦,读之使人不欢。"又曰:"憔悴枯槁,其气局促不伸,退之许之如此,何耶?"《青箱杂记》曰:"白乐天'无事日月长,不羁天地阔',此达者之词也。孟东野'出门即有碍,谁谓天地宽',此褊狭者之词也。"苏颖滨亦指此为"唐人工于为诗,陋于闻道"。东坡亦有《读孟郊诗》曰(下引第一首)。愚意东野实亦诉穷叹屈之词太多,读其集,频闻呻吟之声,使人不欢。但跼天蹐地,《雅》亦有之。"终窭且贫",《邶风》先有此叹。(略)东野穷饿,不得安养其亲,五十始得一第,才尉溧阳,又困于秃龄。(略)旁观者但闻人嬉笑,而遂责向隅者耶?二苏皆年少成名,虽有谪迁之悲,未历饿寒之厄,宜有不知此痛痒之言。

延君寿《老生常谈》:浅人多浅视郊、岛两家诗,初未尝深究之也。东坡不甚喜东野诗,其天才雄迈,不能如此之吃苦耳。然必能为东坡之"千山动鳞甲,万谷酧笙钟",方许稍稍雌黄之。

香岩批《纪评苏诗》卷一六：东坡何尝不苦吟。

赵克宜《角山楼苏诗评注汇钞》卷七：刻画东野诗境，千载如睹，于此见作者本领。

其二

我憎孟郊诗，复作孟郊语。

饥肠自鸣唤，空壁转饥鼠。

诗从肺腑出，出辄愁肺腑。

有如黄河鱼，出膏以自煮。

尚爱《铜斗歌》，鄙俚颇近古。

桃弓射鸭罢，独速短蓑舞。

不忧踏船翻，踏浪不踏土。

吴姬霜雪白，赤脚浣白纻。

嫁与踏浪儿，不识离别苦。

歌君江湖曲，感我长羁旅。

集评：

查慎行《初白庵诗评》卷中：（"诗从肺腑出"二句）刻画颇肖。

汪师韩《苏诗选评笺释》卷二：后作自云"作孟郊语"，读之宛然郊诗。即如"诗从肺腑出，出辄愁肺腑"二语，非郊不能道。观《铜斗歌》全用其语，爱之深矣！"郊寒岛瘦"，千古奉轼语为定评，顾岛岂得与郊抗衡哉！

纪昀评《苏文忠公诗集》卷一六：（"饥肠自鸣唤"二句）十字神似东野。（"尚爱《铜斗歌》"以下）即借东野诗生情，绾合无迹。

翁方纲《石洲诗话》卷三：孟东野诗，寒削太甚，令人不欢。刻苦之至，归于惨栗，不知何苦而如此！坡公《读孟郊诗二首》，真善为形容。尤妙在次首，忽云"复作孟郊语"，又摘其词之可者而述之，乃以"感我羁旅"跋之，则益见其酸涩寒苦，而无复精华可把也。

王文诰《苏文忠公诗编注集成·编年古今体诗》卷一六：("诗从肺腑出"二句)十字绝倒，写尽郊寒之状。或以"我憎孟郊诗，复作孟郊语"为谑者，答曰：是所谓恶而知其美也。著此二句，郊之地位固在，此诗笔之妙也。

赵克宜《角山楼苏诗评注汇钞》卷七：一路运用东野诗，如何收束？结句拍合，敏妙之甚。

袁宏道评阅谭元春选《东坡诗选》卷四谭元春评：予尝评东野诗如鸿之唳云，如峡之犯舟，如雨之吹磷，如檐之滴溜。入其题，如入一崖壑；测其旨，如测一卦象。奇险高寒，生于命，长于性，成于故者也。颇自以为孟公知己，读此二诗，知坡老入得自深。

纪昀评《苏文忠公诗集》卷一六：二首即作东野体，如昌黎、樊宗师诸例。意谓东野体我固能为之，但不为耳。然东坡以雄视百代之才，而往往伤率伤漫伤放伤露者，正坐不肯为郊、岛一番苦吟工夫耳。读者不可不知。

翁方纲《石洲诗话》卷三：葛常之云："坡贬孟郊诗亦太甚。"因举孟诗"楚山相蔽亏，日月无全辉。万株古柳根，擎此磷磷溪"，以为造语之工。下二句诚刻琢，至于"日月无全辉"，是何等言语乎？诗人虽云"穷而益工"，然未有穷工而达转不工者。若青莲、浣花，使其立于庙朝，制为雅颂，当复如何正大典雅，开辟万古！而使孟东野当之，其可以为训乎？坡公亦太不留分际，且如孟东野之诗，再以牛毛细字书之，再于寒夜昏灯看之，此何异所谓"醉来黑漆屏风上，草写卢仝《月蚀诗》"耶？

访张山人得山中字二首(选一首)

其二

万木锁云龙,天留与戴公。

自注:山名。

路迷山向背,人在瀼西东。
荞麦余春雪,樱桃落晚风。
入城都不记,归路醉眠中。

集评:

纪昀评《苏文忠公诗集》卷一六:五、六("荞麦余春雪"二句)自是秀句。然专标此种,则终身不出九僧门户。("入城都不记")收拾"访"字。

又:章法从工部《寻张氏隐居二首》得来。二首篇章字句都入古法,然却无十分出色处。不善学之,便成空调。

赵克宜《角山楼苏诗评注汇钞》卷七:写景亦何可废,所谓言各有当也。

与梁左藏会饮傅国博家

将军破贼自草檄,论诗说剑俱第一。
彭城老守本虚名,识字劣能欺项籍。
风流别驾贵公子,欲把笙歌暖锋镝。
红旆朝开猛士躁,翠帏暮卷佳人出。
东堂醉卧呼不起,啼鸟落花春寂寂。
试教长笛傍耳根,一声吹裂阶前石。

267

集评:

查慎行《初白庵诗评》卷中:("红旂朝开猛士躁"二句)我非恶此而逃之。

汪师韩《苏诗选评笺释》卷二:"欲把笙歌暖锋镝",语奇而未亮,"红旂"二句以申言之,精采焕发矣。后来作《边城将》《少年行》等诗者,每仿佛其词,总不逮是诗之豪岸逸荡。

纪昀评《苏文忠公诗集》卷一六:虽乏深厚,而自有秀发之气。("红旂朝开猛士躁"二句)二句仿佛燕公"昼携壮士"二句。

(日本)赖山阳《东坡诗钞》卷三:("欲把笙歌暖锋镝")下"暖"字妙。似与上不相接,是诗品之所以高。("一声吹裂阶前石")余音悠然。

方东树《昭昧詹言》卷一二:道紧。

又:赠人寄人之诗,如此首暨(略)《与梁左藏》(略)皆入妙。

续丽人行

李仲谋家有周昉画背面欠伸内人,极精,戏作此诗。

深宫无人春日长,沉香亭北百花香。
美人睡起薄梳洗,燕舞莺啼空断肠。
画工欲画无穷意,背立东风初破睡。
若教回首却嫣然,阳城下蔡俱风靡。
杜陵饥客眼长寒,蹇驴破帽随金鞍。
隔花临水时一见,只许腰肢背后看。
心醉归来茅屋底,方信人间有西子。
君不见孟光举案与眉齐,何曾背面伤春啼。

集评：

胡仔《苕溪渔隐丛话》后集卷三四：(韩)子苍用此(诗)意题伯时所画宫女云："睡起昭阳暗淡妆，不知缘底背斜阳。若教转盼一回首，三十六宫无粉光。"终不及东坡之伟丽也。

胡应麟《诗薮》外编卷五：子瞻虽体格创变，而笔力纵横，天真烂熳。集中如(略)《周昉美人》(略)等篇，往往俊逸豪丽，自是宋歌行第一手。其他全篇涉议论滑稽者，存而不论可也。

汪师韩《苏诗选评笺释》卷二：题是背面欠伸，诗却以回首嫣然想见其情致，更不用"珠压腰极"字面，尤工于避俗。

纪昀评《苏文忠公诗集》卷一六：("君不见孟光举案与眉齐"二句)此则庄论而腐矣。

翁方纲《石洲诗话》卷三：《续丽人行》末句，何以忽带腐气，不似坡公神理？

赵克宜《角山楼苏诗评注汇钞》卷七：("画工欲画无穷意"八句)细意熨帖，雅与题称。("杜陵饥客眼长寒")杜陵有《丽人行》，故借以立说。("心醉归来茅屋底"四句)此用掉结法，言茅屋中无此人也。纪(昀)误以为正论，故讥其腐。

曾国藩《曾文正公全集·读书录》："心醉"二句拙，"孟光"二句腐。

起伏龙行

徐州城东二十里有石潭，父老云："与泗水通，增损清浊，相应不差，时有河鱼出焉。"元丰元年春旱，或云置虎头潭中，可以致雷雨。用其说作《起伏龙行》。

何年白竹千钧弩，射杀南山雪毛虎。

至今颅骨带霜牙,尚作四海毛虫祖。

东方久旱千里赤,三月行人口生土。

碧潭近在古城东,神物所蟠谁敢侮。

上敧苍石拥岩窦,下应清河通水府。

眼光作电走金蛇,鼻息为云擢烟缕。

当年负图传帝命,左右羲轩诏神禹。

尔来怀宝但贪眠,满腹雷霆暗不吐。

赤龙白虎战明日,倒卷黄河作飞雨。

自注:是月丙辰,明日庚寅。

嗟我岂乐斗两雄,有事径须烦一怒。

集评:

曾季狸《艇斋诗话》:东坡《起伏龙行》,盖讽富韩公也。韩公熙宁初入相,时荆公用事,韩公多称疾在告,故范忠宣在谏路,尝以书责之。东坡《起伏龙行》即与忠宣之意同。其间如云"满腹雷霆暗不吐",又云"赤龙白虎战明日""有事径须烦一怒",意欲韩公与荆公争辩也。

查慎行《初白庵诗评》卷中:("赤龙白虎战明日"四句)句中有力,足以持虎扰龙。

汪师韩《苏诗选评笺释》卷二:兴雨是龙,致雨是虎,却从虎说起。首四句更不说及雷雨,次点出久旱,次言龙之神灵,而以"怀宝""贪眠"二句煞住,突接"赤龙白虎战明日"四句结尽全篇。怪怪奇奇,笔底具有"龙从火里出,虎向水中生"之微旨。

叶矫然《龙性堂诗话》续集:坡公《伏龙行》云"眼光作电走金蛇""倒卷黄河作飞雨"。《铁挝杖》云:"柳公手中黑蛇滑,千年老根生乳节。"长吉复生,不能过此。

纪昀评《苏文忠公诗集》卷一六:("当年负图传帝命"四句)故作掀簸,非有讽刺。与和李清臣诗语相近而意别。

王文诰《苏文忠公诗编注集成·苏海识余》卷一:徐州《起伏龙行》末云:"赤龙白虎战明日,倒卷黄河作飞雨。嗟我岂乐斗两雄,有事径须烦一怒。"所谓"赤龙白虎",乃丙辰月庚寅日耳。此诗无论全幅之奇,即此四句转正,但以月日点染,发为奇采,又作煞尾,使他手为之,即再加四句,亦不能了事也。

赵克宜《角山楼苏诗评注汇钞》卷七:先顿虎头,语句豪横。次入潭龙。

和孙莘老次韵

去国光阴春雪消,还家踪迹野云飘。
功名正自妨行乐,迎送才堪博早朝。
虽去友朋亲吏卒,却辞谗谤得风谣。
明年我亦江南去,不问雄繁与寂寥。

集评:

查慎行《初白庵苏诗补注》卷一六:史容注《山谷集》云"莘老前后典郡,自广德徙湖州,又徙庐州。持祖母丧,服除,知苏州"云云。先生倅杭时,莘老自湖移庐,有诗送之。今是诗之作,当在莘老知苏州时,故结处有"明年我亦江南去"之句。

纪昀评《苏文忠公诗集》卷一六:露骨太甚。

游张山人园

壁间一轴烟萝子,盆里千枝锦被堆。

惯与先生为酒伴，不嫌刺史亦颜开。

纤纤入麦黄花乱，飒飒催诗白雨来。

闻道君家好井水，归轩乞得满瓶回。

集评：

曾季狸《艇斋诗话》：东坡"纤纤入麦黄花乱"，用司空图"绿树连村暗，黄花入麦稀"之句。

纪昀评《苏文忠公诗集》卷一六：似老而实率。

次韵答刘泾

吟诗莫作秋虫声，天公怪汝钩物情，
使汝未老华发生。

芝兰得雨蔚青青，何用自燔以出馨。

细书千纸杂真行，新音百变口如莺。

异义蜂起弟子争，舌翻涛澜卷齐城。

万卷堆胸兀相撑，以病为乐子未惊。

我有至味非煎烹，是中之乐吁难名。

绿槐如山暗广庭，飞虻绕耳细而清。

败席展转卧见经，亦自不嫌翠织成。

意行信足无沟坑，不识五郎呼作卿。

吏民哀我老不明，相戒无复烦鞭刑。

时临泗水照星星，微风不起镜面平。

安得一舟如叶轻，卧闻邮签报水程。

莼羹羊酪不须评，一饱且救饥肠鸣。

曾季狸《艇斋诗话》：东坡"飞蚊绕鬓鸣"，出《文粹》何讽《梦渴赋》。文潜（按：当为东坡诗）诗亦云"飞蚊绕枕细而清"。

汪师韩《苏诗选评笺释》卷二：固是源泉溢涌，然无字不经称量而出。柏梁体诗，最难如此精浑。黄河百里一小曲，千里一大曲，直有劲气以贯乎其中。

纪昀评《苏文忠公诗集》卷一六：发端奇逸，通体亦遒紧。

曾国藩《曾文正公全集·读书录》：前嘲刘之苦，后叙己之乐。

赵克宜《角山楼苏诗评注汇钞》卷七：（"时临泗水照星星"）此下游骑无归，与前路绝无关照。而是篇特为纪氏所取，未便删却，聊附鄙见，俟来者折衷。

携妓乐游张山人园

大杏金黄小麦熟，坠巢乳鹊拳新竹。
故将俗物恼幽人，细马红妆满山谷。
提壶劝酒意虽重，杜鹃催归声更速。
酒阑人散却关门，寂历斜阳挂疏木。

集评：

纪昀评《苏文忠公诗集》卷一六：短章而气脉不促。（"故将俗物恼幽人"二句）绾合得自然。结句（"寂历斜阳挂疏木"）紧对三、四句（"故将俗物恼幽人"二句），非以空调取姿也。

方东树《昭昧詹言》卷一二：起二句写时景如见。"故将"二句，叙题浑脱，不作死语。"提壶"二句叙，抵一大篇。收有韵，不但写后景，而兼写山人高情远韵。八句耳，而首尾叙事明划，章法一丝不乱，而闲情远致，宽博有余如长幅。此非放翁诸人所及。神来之笔，其气道紧，浏亮顿挫。

赵克宜《角山楼苏诗评注汇钞》卷七：凡唐人指点境象作结，为留不尽之味耳。纪与渔洋立异，每斥为"空调取姿"。夫句有实境，则非空调，岂有专倚虚字音节，遂足取姿者？立论之偏，恐滋流弊，不容不辨。

次韵僧潜见赠

道人胸中水镜清，万象起灭无逃形。
独依古寺种秋菊，要伴骚人餐落英。
人间底处有南北，纷纷鸿雁何曾冥。
闭门坐穴一禅榻，头上岁月空峥嵘。
今年偶出为求法，欲与慧剑加砻硎。
云衲新磨山水出，霜髭不剪儿童惊。
公侯欲识不可得，故知倚市无倾城。
秋风吹梦过淮水，想见橘柚垂空庭。
故人各在天一角，相望落落如晨星。
彭城老守何足顾，枣林桑野相邀迎。
千山不惮荒店远，两脚欲趁飞猱轻。
多生绮语磨不尽，尚有宛转诗人情。
猿吟鹤唳本无意，不知下有行人行。
空阶夜雨自清绝，谁使掩抑啼孤茕。
我欲仙山掇瑶草，倾筐坐叹何时盈。
簿书鞭扑昼填委，煮茗烧栗宜宵征。
乞取摩尼照浊水，共看落月金盆倾。

集评：

王观国《学林·蹈袭》：《楚辞》曰："餐秋菊之落英。"观国按：秋花不落，枝上自枯者，菊也。《楚辞》之言，于义未安。而苏子瞻《次韵僧潜见赠》诗曰："独依古寺种秋菊，要伴骚人餐落英。"如《楚辞》之言，要当不必循也。

吴曾《能改斋漫录》卷八《相望落落如星辰》：《王直方诗话》谓："东坡（略）《赠参寥》云：'故人各在天一角，相望落落如星辰。'（略）其后学者，尤多用此。"此上皆王说。余按古乐府徐朝云："两头纤纤月初生，半白半黑眼中睛。腷腷膊膊鸡初鸣，磊磊落落向曙星。"故刘梦得作《韦处厚集序》亦云："古今相望，落落然如骑星辰。"乃知二苏所用本古乐府，岂直方忘之耶？

惠洪《冷斋夜话》卷六《东坡称赏道潜诗》：东吴僧道潜，有标致。尝自姑苏归湖上，经临平，作诗云："风蒲猎猎弄轻柔，欲立蜻蜓不自出。五月临平山下路，藕花无数满汀洲。"坡一见如旧。及坡移守东徐，潜往访之，馆于逍遥堂，士大夫争欲识面。东坡馔客罢，与俱来，而红妆拥随之。东坡遣一妓前乞诗，潜援笔立成，曰："寄语巫山窈窕娘，好将魂梦恼襄王。禅心已作沾泥絮，不逐春风上下狂。"一座大惊，自是名闻海内。

查慎行《初白庵诗评》卷中：（前引《冷斋夜话》）今观诗中"彭城老守何足顾"正公守徐州时。所云"多生绮语"（"多生绮语磨不尽"），则红妆乞诗事也。

汪师韩《苏诗选评笺释》卷二：潜虽诗僧，而能明心寂守，故此诗不甚称其工诗。以次韵见赠之作，宜及于诗。但比之猿吟鹤唳，想见其高致。至后有《送参寥》一诗，专与说诗，盖已在数翻唱和之后矣。轼尝以书告文同，谓其"诗句清绝，与林逋上下，而通了道义，见之令人肃然"。《志林》又云："参寥子，予友二十余年矣。世所知独其诗文，所不知者盖过于诗文也。"而陈师道称为释

275

门之表,士林之秀,诗苑之英。其《送参寥序》云:"夜相语及唐诗僧,参寥子曰:'贯休、齐己,世薄其语。然以旷荡逸群之气,高世之志,天下之誉,王侯将相之奉而为石霜老师之役,终其身不去,此岂用意于诗者?工拙不足病也。'其言如此,此轼所为乐与从游而酬答欤!"

纪昀评《苏文忠公诗集》卷一六:(起处)一气涌出,毫无和韵之迹。诗家高境,"猿吟"二句写尽,意境超妙之至。"空阶"二句便不及其自然,此故可思。

冯应榴《苏文忠公诗合注》卷一六:("猿吟鹤唤本无意"四句)玩此四句,形容参寥诗情之妙,使行旅孤茕,闻之凄惋也。

延君寿《老生常谈》:举东坡之学太白数句,可以顿悟矣。(略)《次韵僧潜见赠》:"猿吟鹤唤本无意,不知下有行人行。"(略)此皆非有意学太白也,天才相近,故能偶然即似耳。

赵克宜《角山楼苏诗评注汇钞》卷七:诗意谓猿鹤声哀,足以感人,而在猿鹤本无意也。但次句欠圆醒,纪以为善写诗境,良所未喻。("空阶夜雨自清绝"二句)言诗家自成清绝之句,乃孤茕览而生悲,初不期然也。与上联相足,上用比,此用赋。

仆曩于长安陈汉卿家见吴道子画佛,碎烂可惜。其后十余年,复见之于鲜于子骏家,则已装背完好。子骏以见遗,作诗谢之

贵人金多身复闲,争买书画不计钱。
已将铁石充逸少,更补朱繇为道玄。

自注:殷铁石,梁武帝时人,今法帖大王书中有铁石字。

自注:世所收吴道子画多朱繇笔也。

烟薰屋漏装玉轴,鹿皮苍璧知谁贤。

吴生画佛本神授,梦中化作飞空仙。

觉来落笔不经意,神妙独到秋毫颠。

昔我长安见此画,叹息至宝空潸然。

素丝断续不忍看,已作蝴蝶飞联翩。

君能收拾为补缀,体质散落嗟神全。

志公仿佛见刀尺,修罗天女犹雄妍。

如观老杜飞鸟句,脱字欲补知无缘。

问君乞得良有意,欲将俗眼为洗湔。

贵人一见定羞怍,锦囊千纸何足捐。

不须更用博麻缕,付与一炬随飞烟。

集评:

查慎行《初白庵诗评》卷中:结处与起处呼应,言贵人若见此画,应自悔收藏赝物,不值一钱,只宜付之一炬而已。

汪师韩《苏诗选评笺释》卷二:以殷铁石为王逸少,以朱繇为吴道子,书画鉴赏之难,今古同然,真"不值一笑粲"也。"觉来落笔不经意,神妙独到秋毫颠",惟以不经意得之,所以独臻神妙。末云:"不须更用博麻缕",如用孟子"麻缕轻重同"之语,若云不须更论价之轻重耳。王注谓"博麻缕"似禅语麻三斤之类,未免曲解。

《御选唐宋诗醇》卷三五:("觉来落笔不经意"二句)写吴生神授处,洞入玄微。

纪昀评《苏文忠公诗集》卷一六:笔笔老重。("吴生画佛本神授"以下四句)写出神化之境。("贵人一见定羞怍"以下四句)回缴贵人,似是完密。然以此起("贵人金多身复闲"),仍以此结,似诋说贵人是此篇正意。不如就画或宕开作结。

赵翼《瓯北诗话》卷五:坡诗不尚雄杰一派,其绝人处在平议论英爽,笔锋精锐,举重若轻,读之似不甚用力而力已透十分,此天才也。试即其诗,略为举似。(略)七古如(略)"觉来落笔不经意,神妙独到秋毫颠"(《题吴道子画》)(略)。此皆坡诗中最上乘,读者可见其才分之高,不在功力之苦也。

王文诰《苏文忠公诗编注集成·编年古今体诗》卷一六:"贵人"以下四句,皆指贵人而言。

方东树《昭昧詹言》卷一二:坡此首暨《荔枝》、山谷《春菜》,皆可为咏小物之式。起二句,今世大夫皆宁见笑于公,亦可叹。"志公"句用事精切。

赵克宜《角山楼苏诗评注汇钞》卷七:("觉来落笔不经意")形容绝艺,语最超脱。("如观老杜飞鸟句")此种比例,奇妙绝伦。("锦囊千纸何足捐")此句回应已足,再增二语,则喧客夺主矣。

雨中过舒教授

疏疏帘外竹,浏浏竹间雨。

窗扉静无尘,几砚寒生雾。

美人乐幽独,有得缘无慕。

坐依蒲褐禅,起听风瓯语。

客来淡无有,洒扫凉冠履。

浓茗洗积昏,妙香净浮虑。

归来北堂暗,一一微萤度。

此生忧患中,一饷安闲处。

飞鸢悔前笑,黄犬悲晚悟。

自非陶靖节,谁识此间趣?

集评:

袁宏道评阅谭元春选《东坡诗选》卷三袁宏道评:似陶。

又谭元春评:"归来北堂暗,一一微萤度",甚有静思。袁(宏道)尤赏"浓茗"二语。("自非陶靖节"二句)为何便如此结?

查慎行《初白庵诗评》卷中:("此生忧患中"二句)诗境细静,耐人玩味。

汪师韩《苏诗选评笺释》卷二:一种闲情逸趣,锻练出以雅淡,任拈一语,无不静气迎人。

纪昀评《苏文忠公诗集》卷一六:(起处四句)淡远,有王、韦之意。

赵克宜《角山楼苏诗评注汇钞》卷七:("有得缘无慕")句练。("浓茗洗积昏"二句)静中领会语,粗才不能为,亦不能解。

送郑户曹

水绕彭城楼,山围戏马台。

古来豪杰地,千载有余哀。

隆准飞上天,重瞳亦成灰。

白门下吕布,大星陨临淮。

尚想刘德舆,置酒此徘徊。

尔来苦寂寞,废圃多苍苔。

河从百步响,山到九里回。

山水自相激,夜声转风雷。

荡荡清河壖,黄楼我所开。

秋月堕城角,春风摇酒杯。

迟君为座客,新诗出琼瑰。

楼成君已去,人事固多乖。

他年君倦游,白首赋归来。

登楼一长啸,使君安在哉!

集评:

　　纪昀评《苏文忠公诗集》卷一六:("荡荡清河壖"以下至结句)曲折往复,极有情思。"迟君"四句,犹是人意所有;"他年"一转,匪夷所思。

　　香岩批《纪评苏诗》卷一六:("水绕彭城楼"四句)一起即含结意,非漫作怀古语。古人文字,无不一线穿成者。

　　赵克宜《角山楼苏诗评注汇钞》卷七:("楼成君已去"以下)一意引伸不尽,即境生情,遂成妙语。

　　延君寿《老生常谈》:东坡《送郑户曹》诗后半首云(下引"荡荡清河壖"以下十二句)。(略)即同话家常,云楼修起了,正好约来做诗,却偏值远行。日后归来,我却走了。到了楼上,定然想起我来。(略)然虽是实话,"言之无文,行之不远",必得东坡之才之笔,曲曲传出,便能成奇文异彩,匪夷所思。若如近日讲诗,要说实话,街谈巷语,流弊所至,尚可问耶。

　　高步瀛《唐宋诗举要》卷一引吴汝纶评:收语豪迈。

答仲屯田次韵

秋来不见渼陂岑,千里诗盟忽重寻。

大木百围生远籁，朱弦三叹有遗音。

清风卷地收残暑，素月流天扫积阴。

欲遣何人赓绝唱，满阶桐叶候虫吟。

集评：

曾季狸《艇斋诗话》：东坡"素月流天扫积阴"，"素月流天"出《文选·月赋》。

袁宏道评阅谭元春选《东坡诗选》卷四谭元春评：可删。即"卷地""流天"二语，亦非至处。

汪师韩《苏诗选评笺释》卷二：寥亮清音，超心练冶。

赵翼《瓯北诗话》卷五：诗人遇成语佳对，必不肯放过。坡公尤妙于剪裁，虽工巧而不落纤佻，由其才分之大也。如（略）"大木百围生远籁，朱弦三叹有遗音"（《答仲屯田》）（略）。此等诗虽非坡公著意之作，然自然凑泊，触手生春，亦见其学之富而笔之灵也。

赵克宜《角山楼苏诗评注汇钞》卷七：（"朱弦三叹有遗音"）东坡品诗，犹有此语，学苏者何可不知此意？（"满阶桐叶候虫吟"）落句非写景也，言诗境自然，无人能和，准此，仿佛继声尔。

答范淳甫

吾州下邑生刘季，谁数区区张与李。

自注：来诗有张仆射、李临淮之句。

重瞳遗迹已尘埃，惟有黄楼临泗水。

自注：郡有厅事，俗谓之霸王厅，相传不可坐，仆拆之以盖黄楼。

而今太守老且寒，侠气不洗儒生酸。

犹胜白门穷吕布，欲将鞍马事曹瞒。

集评：

纪昀评《苏文忠公诗集》卷一六：意境自阔。（"而今太守老且寒"以下）结言不肯俯首权贵。（"犹胜白门穷吕布"二句）用吕布事，以徐州故也。

王文诰《苏文忠公诗编注集成·编年古今体诗》卷一六：（"犹胜白门穷吕布"二句）来诗以张、李为誉，公谓但不至如吕布之低首下心而已。原唱皆使徐州事，故其答之如此，讥吕惠卿、曾布虽党安石，终无成也。时淳甫在君实处，故打此隐谜，以博一笑。否则徐事无不可道，必不用吕布也。

方东树《昭昧詹言》卷一二：有趣。

香岩批《纪评苏诗》卷一六："重瞳"句随叙随转，手挥目送，言止神行。结意惟王见大（文诰）看得深细。

赵克宜《角山楼苏诗评注汇钞》卷七：短篇跌宕自喜。

和鲜于子骏《郓州新堂月夜》二首

其一

去岁游新堂，春风雪消后。
池中半篙水，池上千尺柳。
佳人如桃李，胡蝶入衫袖。
山川今何许，疆野已分宿。
岁月不可思，驶若船放溜。
繁华真一梦，寂寞两荣朽。
惟有当时月，依然照杯酒。
应怜船上人，坐稳不知漏。

其二

明月入华池，反照池上堂。

堂中隐几人，心与水月凉。

风萤已无迹，露草时有光。

起观河汉流，步屧响长廊。

名都信繁会，千指调笙簧。

先生病不饮，童子为烧香。

独作五字诗，清绝如韦郎。

诗成月渐侧，皎皎两相望。

中秋月三首

其一

殷勤去年月,潋滟古城东。

憔悴去年人,卧病破窗中。

徘徊巧相觅,窈窕穿房栊。

月岂知我病,但见歌楼空。

抚枕三叹息,扶杖起相从。

天风不相哀,吹我落琼宫。

白露入肺肝,夜吟如秋虫。

坐令太白豪,化为东野穷。

余年知几何,佳月岂屡逢。

寒鱼亦不睡,竟夕相唅喁。

集评:

汪师韩《苏诗选评笺释》卷二:首作虽以郊寒自况,啸歌徘回,其风流则颉颃乎太白矣。

纪昀评《苏文忠公诗集》卷一七:(起四句)句句深至。似此乃不摹古而直逼古人。("寒鱼亦不睡")"亦"字分明。

赵克宜《角山楼苏诗评注汇钞》卷八:随手触发,一结有致。

延君寿《老生常谈》:起首言去年看月,今年卧病云云,皆人所能。至"月岂知我病,但见歌楼空",则去年今年,虚神实理,两面皆到矣。下接云(下引"抚枕三叹息"以下八句)。若入如寻常人手,"抚枕三叹息"以下便追想去年,伤感今夕,可以结局矣。看其著"扶杖"一语,下边还有如许好光景,却不曾脱却"卧病"二字,可谓妙于布局,工于展势。文章家不解此法,终是门外汉。

其二

六年逢此月，五年照离别。

自注：中秋有月，凡六年矣，惟去岁与子由会于此。

歌君别时曲，满座为凄咽。

留都信繁丽，此会岂轻掷。

镕银百顷湖，挂镜千寻阙。

三更歌吹罢，人影乱清樾。

归来北堂下，寒光翻露叶。

唤酒与妇饮，念我向儿说。

岂知衰病后，空盏对梨栗。

但见古河东，荞麦花铺雪。

欲和去年曲，复恐心断绝。

集评：

汪师韩《苏诗选评笺释》卷二：次篇专为怀辙而作，直述往事，凄其动色。

袁宏道评阅谭元春选《东坡诗选》卷四谭元春评：（"镕银百顷湖"二句）句太丑，不可谓李白辈多有之。

纪昀评《苏文忠公诗集》卷一七：（"镕银百顷湖"二句）只"镕银"二句用体物语，余皆纯以神思镕铸，情景相融，绝妙言说。（"欲和去年曲"二句）仍缴到子由，首尾一线。

赵克宜《角山楼苏诗评注汇钞》卷八：（"唤酒与妇饮"）数联皆从对面著笔。

其三

舒子在汶上,闭门相对清。

自注:舒焕试举人郓州。

郑子向河朔,孤舟连夜行。

自注:郑仅赴北京户曹。

顿子虽咫尺,兀如在牢扃。

自注:顿起来徐试举人。

赵子寄书来,《水调》有余声。

自注:今日得赵杲卿书,犹记余在东武中秋所作《水调歌头》也。

悠哉四子心,共此千里明。

明月不解老,良辰难合并。

回头坐上人,聚散如流萍。

尝闻此宵月,万里同阴晴。

自注:故人史生为余言,尝见海贾云:中秋有月则是岁珠多而圆。贾人常以此候之,虽相去万里,他日会合相问,阴晴无不同者。

天公自著意,此会那可轻。

明年各相望,俯仰今古情。

集评:

汪师韩《苏诗选评笺释》卷二:三作杂述,所思不避纷沓,翻成错落。

纪昀评《苏文忠公诗集》卷一七:("悠哉四子心"二句)一语合并,笔力千钧。("尝闻此宵月"二句)插一波又好。

286

又:题当有"寄子由"三字,不然,则二首忽称"君"者为谁?

赵克宜《角山楼苏诗评注汇钞》卷八:("悠哉四子心")势须一总入题,否则散漫。

又:三诗直抒胸臆,是疏爽一派,谓之深至则非。

中秋见月和子由

明月未出群山高,瑞光万丈生白毫。
一杯未尽银阙涌,乱云脱坏如崩涛。
谁为天公洗眸子,应费明河千斛水。
遂令冷看世间人,照我湛然心不起。
西南火星如弹丸,角尾奕奕苍龙蟠。
今宵注眼看不见,更许萤火争清寒。
何人叙舟临古汴,千灯夜作鱼龙变。
曲折无心逐浪花,低昂赴节随歌板。
青荧灭没转山前,浪飐风回岂复坚。
明月易低人易散,归来呼酒更重看。
堂前月色愈清好,咽咽寒螀鸣露草。
卷帘推户寂无人,窗下咿哑惟楚老。

自注:近有一孙名楚老。

南都从事莫羞贫,对月题诗有几人。
明朝人事随日出,恍然一梦瑶台客。

集评:

苏辙《中秋见月寄子瞻》:西风吹暑天益高,明月耿耿分秋毫。彭城闭门青嶂合,卧听百步鸣飞涛。使君携客登燕子,月色著人冷如水。筵前不设鼓与钟,处处笛声相应起。浮云卷尽流金丸,戏马台西山郁蟠。杯中渌酒一时尽,衣上白露三更寒。扁舟明日浮古汴,回首逶巡陵谷变。河吞巨野入长淮,城没黄流只三版。明年筑城城似山,伐木为堤堤更坚。黄楼未成河已退,空有遗迹令人看。城头见月应更好,河流深处今生草。子孙幸免鱼鳖食,歌舞聊宽使君老。南都从事老更贫,羞见青天月照人。飞鹤投笼不能出,曾是彭城坐中客。

叶矫然《龙性堂诗话》续集:坡公(略)写月初生则云:"明月未出群山高,瑞光万丈生白毫。一杯未尽银阙涌,乱云脱坏如崩涛。"此等气魄,直与日月争光。李、杜文章虽光焰万丈,安得不虚此老一席。

汪师韩《苏诗选评笺释》卷二:起四句写月未出初出之景,声势奕奕,著纸生辉。次乃言星,次乃言灯,以至寒螀露草,无非旁侧铺衬。而一片澄明之境,与夫对景怀人之情,自令人讽诵流连而不能已。盖月不可摹,摹其在月中者自见。即谢庄《月赋》,其佳处固在木叶风篁数韵。一切镜光轮影之词,反是滓秽太虚耳。

纪昀评《苏文忠公诗集》卷一七:竟用初唐体,亦自宛转可思。("瑞光万丈生白毫")"瑞光"二字鄙。("西南火星如弹丸"以下四句)就"月明星稀"语衍开,脱尽体物窠臼。("何人舣舟临古汴"以下)蓦一波,对面写照。此是加一倍法。("明月易低人易散"二句)方入本位。("明朝人事随日出"二句)结用武元衡语无迹。

《历代诗发》卷二四:不落中秋窠臼,而俊气排空,别成胜致。

翁方纲《石洲诗话》卷三:玉川《月蚀诗》"星如撒沙出"云云,记异则可耳。若东坡《中秋见月和子由》,欲显月之明,而云"西南大星如弹丸,角尾奕奕苍龙蟠。今宵注眼看不见,更许萤火争清寒"。此则未免视玉川为拙矣。尚赖"青荧明灭"以下转得灵变,故不甚觉耳。

赵克宜《角山楼苏诗评注汇钞》卷八:("乱云脱坏如崩涛")刻画警快。("青荧灭没转山前")插入一事点缀,以作波致。("明月易低人易散")挽转本题。

与顿起、孙勉泛舟,探韵得未字

窗前堆梧桐,床下鸣络纬。
佳人尺书到,客子中夜喟。
朝来一樽酒,晤语聊自慰。
秋蝇已无声,霜蟹初有味。
当为壮士饮,眦裂须磔㺄。
勿作儿女怀,坐念蟏蛸畏。
山城亦何有,一笑泻肝胃。
泛舟以娱君,鱼鳖多可馈。
纵为十日饮,未遽主人费。
吾侪俱老矣,耿耿知自贵。
宁能傍门户,啼笑杂猩狒。
要将百篇诗,一吐千丈气。
萧条岁行暮,迨此霜雪未。
明朝出城南,遗迹观楚魏。
西风迫吹帽,金菊乱如沸。
愿君勿言归,轻别吾所讳。

集评:

黄彻《䂬溪诗话》卷五:庄子文多奇变,如"技经肯綮之未尝",乃"未尝经肯綮"也。诗句中时有此法。(略)坡"迨此雪霜

289

未"(略),余人罕敢用。

汪师韩《苏诗选评笺释》卷二:潦倒多才,起四语尤清辉相映。轼工于发端,每以偶语标其峻整。

纪昀评《苏文忠公诗集》卷一七:窄韵巧押,东坡长技。昌黎亦能押窄韵,而自然则逊矣。

赵克宜《角山楼苏诗评注汇钞》卷八:清浏之中,仍饶警策。

九日黄楼作

去年重阳不可说,南城夜半千沤发。
水穿城下作雷鸣,泥满城头飞雨滑。
黄花白酒无人问,日暮归来洗靴袜。
岂知还复有今年,把盏对花容一呷。
莫嫌酒薄红粉陋,终胜泥中千柄锸。
黄楼新成壁未干,清河已落霜初杀。
朝来白雾如细雨,南山不见千寻刹。
楼前便作海茫茫,楼下空闻橹鸦轧。
薄寒中人老可畏,热酒浇肠气先压。
烟消日出见渔村,远水鳞鳞山齾齾。
诗人猛士杂龙虎,楚舞吴歌乱鹅鸭。

自注:坐客三十余人,多知名之士。

一杯相属君勿辞,此景何殊泛清霅。

集评:

吴宽《赋黄楼送李贞伯》:维河有源星宿同,导河积石思神功。浊流汗漫失故道,积石却与澶渊通。平郊脱辔万马逸,一夜径度徐州洪。徐州太守苏长公,夜呼禁卒登城墉。一身未足捍大患,岂无木栅兼竹笼。戏马台前二十里,有堤横亘长如虹。高城不浸三版耳,挽回鱼鳖仍耆童。防河录成天有工,黄楼高起城之东。五行有土可制水,底用四壁涂青红。太守登楼宾客从,举杯酹水临长风。河伯稽首受约束,不敢更与城争雄。水流滔滔向东去,纾徐演漾殊从容。负薪投璧竟何用,汉家浪筑宣房宫。自公去后五百载,水流有尽恩无穷。我生慕公公不逢,安得置我兹楼中。颍滨淮海独何幸,留得两赋摩苍穹。凤池舍人今李邕,南行别我何匆匆。登高眺远必能赋,封题须附冥飞鸿。

查慎行《初白庵诗评》卷中:("朝来白雾如细雨"八句)阴阳晦明,摄入毫端,作大开合。浅人但见写景耳,吁!

汪师韩《苏诗选评笺释》卷三:去年、今年,雨夕、晴朝,各写得淋漓尽致。驱涛涌云,复出千古。

纪昀评《苏文忠公诗集》卷一七:(起处)笔笔作龙跳虎卧之势。

赵克宜《角山楼苏诗评注汇钞》卷八:阴阳晦明,非景而何,景有不同,写来自成开合。查氏徒为大言以尊苏,而绝少心得,深所不取。("薄寒中人老可畏"二句)前后写景,横插此联,有力。

陈衍《宋诗精华录》卷二:("诗人猛士杂龙虎"二句)以"鹅鸭"对"龙虎",所谓嬉笑成文章也。

送顿起

客路相逢难,为乐常不足。
临行挽衫袖,更赏折残菊。
佳人亦何念,凄断《阳关曲》。

酒阑不忍去，共接一寸烛。
留君终无穷，归驾不免促。
岱宗已在眼，一往继前躅。
天门四十里，夜看扶桑浴。
回头望彭城，大海浮一粟。
故人在其下，尘土相豗蹴。
惟有黄楼诗，千古配《淇澳》。

自注：顿有诗记黄楼本末。

集评：

纪昀评《苏文忠公诗集》卷一七：（“天门四十里”以下）从对面一边著笔，景中有情，情中有景。将两地两人，镕成一片，笔力奇绝！末二句收得少促，与上文亦不甚贯，遂为白璧之瑕。

王文诰《苏文忠公诗编注集成·编年古今体诗》卷一七：自“岱宗”句至结尾，一直贯下，此谓顿。从岱顶回望彭城，尘土豗蹴，都无所见。惟黄楼诗，顿所自有，已足千古，独非尘土所能埋没者耳。晓岚谓收句少促，又谓与上文不贯，殊不知“豗蹴”韵下，无他语可夹入一层也。

赵克宜《角山楼苏诗评注汇钞》卷八：（“天门四十里”）预计去程，犹属恒径，转从顿之怀己写出，思愈曲而情更深。

延君寿《老生常谈》：（东坡）《送顿起》云：（下引“岱宗已在眼”至“尘土相豗蹴”）（略）即同话家常，（略）后一首即如今日送人登泰山，每云上了山顶，想必该看见我们在这里尘土满面，不得清净。然虽是实话，“言之无文，行之不远”，必得东坡之才之笔，曲曲传出，便能成奇文异彩，匪夷所思。若如近日讲诗，要说实话，街谈巷语，流弊所至，尚可问耶。

李思训画长江绝岛图

山苍苍，水茫茫，大孤小孤江中央。

崖崩路绝猿鸟去，惟有乔木搀天长。

客舟何处来，棹歌中流声抑扬。

沙平风软望不到，孤山久与船低昂。

峨峨两烟鬟，晓镜开新妆。

舟中贾客莫漫狂，小姑前年嫁彭郎。

集评：

袁文《瓮牖闲评》卷三：大孤山、小孤山，本是此"孤"字，今庙中乃各塑一妇人像，盖讹"孤"字为"姑"字耳。其地有孟浪矶，亦讹为彭郎矶，相传云彭郎小姑婿也，其言尤可笑。苏东坡《游孤山访惠勤惠思》诗云："孤山孤绝谁肯庐，道人有道心不孤。"可证其误矣。至僧祖可作《大孤山》诗乃云："有时罗袜步微月，想见江妃相与娱。"则又以"大孤"为"大姑"也。

查慎行《初白庵诗评》卷中：（"沙平风软望不到"二句）二句已见公《颍口》七律。然在此处较为确切。

袁枚《随园诗话》卷一六："小姑嫁彭郎"，东坡谐语也。然坐实说，亦趣。

纪昀评《苏文忠公诗集》卷一七：绰有兴致。惟末二句佻而无味，遂似市井恶少语，殊非文雅所宜。

翁方纲《石洲诗话》卷三："舟中贾客莫漫狂，小姑前年嫁彭郎"，是题画诗，所以并不犯呆。而刘须溪岂有不知《归田录》之讹，不必也。题画则可，赋景则不可，可为知者道耳。讥此诗者，凡以为事出俚语耳，不知此诗"沙平风软"句及"山与船低昂"句，则皆公诗所已有,此非复见语耶?奈何置之不论也?（略）至此首（按,指《出颖口初见淮山,是日至寿州》）,则"舟中贾客",即上之"棹歌中流声抑扬"者也。"小姑"即上"与船低昂"之山也。不就俚语寻路打诨,何以出场乎?况又极现成,极自然,缭绕萦回,神光离合,假而疑真,所以复而愈妙也。（略）而评者顾以引用"小姑"事,沾沾过计,盖不记此为题画作也。

方东树《昭昧詹言》卷一二:神完气足,遒转空妙。

王文诰《苏文忠公诗编注集成·编年古今体诗》卷一七:此诗如古乐府,别为一体,妙在一结,含蓄不尽,使读者自得之也。且小姑本属山名,人皆知其传误,非若烈女贞姬,遽遭诬谤,诗必为之指证辨雪者比也。晓岚诋为"市井恶少语",此以市井恶少身而得度者则然,于诗何尤。

香岩批《纪评苏诗》卷一七:音节体格均近古乐府,一结含蓄,尤妙,使读者自得之也。

赵克宜《角山楼苏诗评注汇钞》卷七:（"沙平风软望不到"）置身画中,代为设想,妙甚。

高步瀛《唐宋诗举要》卷六引吴汝纶评:公有古风一首（按:指《李思训画长江绝岛图》）,与此（按,指《出颖口初见淮山,是日至寿州》）略同,盖自喜之甚,复约之以为近体。

百步洪二首

王定国访余于彭城。一日,棹小舟,与颜长道携盼、英、卿三子游泗水,北上圣女山,南下百步洪,吹笛饮酒,乘月而归。余时以事不得往,夜著羽衣伫立于黄楼上,相视而笑,以为李太白死,世间无此乐三百余年矣。定国既去逾月,复与参寥师放舟洪下,追怀曩游,已为陈迹,喟然而叹。故作二诗,一以遗参寥,一以寄定国,且示颜长道、舒尧文,邀同赋云。

其一

长洪斗落生跳波，轻舟南下如投梭。
水师绝叫凫雁起，乱石一线争磋磨。
有如兔走鹰隼落，骏马下注千丈坡。
断弦离柱箭脱手，飞电过隙珠翻荷。
四山眩转风掠耳，但见流沫生千涡。
崄中得乐虽一快，何异水伯夸秋河。
我生乘化日夜逝，坐觉一念逾新罗。
纷纷争夺醉梦里，岂信荆棘埋铜驼。
觉来俯仰失千劫，回视此水殊委蛇。
君看岸边苍石上，古来篙眼如蜂窠。
但应此心无所住，造物虽驶如吾何。
回船上马各归去，多言譊譊师所呵。

集评：

洪迈《容斋三笔》卷六《韩苏文章譬喻》：韩、苏两公为文章，用譬喻处，重复联贯，至有七八转者。（略）苏公《百步洪》诗云（下引"长洪斗落生跳波"八句）之类是也。

查慎行《初白庵诗评》卷中：（"有如兔走鹰隼落"四句）联用比拟，局阵开拓。古未有此法，自先生创之。

汪师韩《苏诗选评笺释》卷二：用譬喻为文，是轼所长。此篇摹写急浪轻舟，奇势迭出，笔力破余地，亦真是险中得乐也。后幅养其气以安舒，犹时见警策，收煞得住。

纪昀评《苏文忠公诗集》卷一七：语（指起处）皆奇逸，亦有滩起涡旋之势。（"有如兔走鹰隼落"）只用一"有如"贯下，便脱去连比之调。("飞电过隙珠翻荷")一句两比,尤为创格。后半全对参寥下语。诗须如此用意,方淡浮泛。

(日本)赖山阳《东坡诗钞》卷三:此诗是东坡本色,诗本二首,其和韵之诗,虽世人所喜,毕竟不如此诗之妙,故特选之。("有如兔走鹰隼落"四句)下笔雄跃奋速,四句宜作一句读之。("何异水伯夸秋河")自《庄子》来。("我生乘化日夜逝")是开,无此四句,便是小儿语耳。("坐觉一念逾新罗")本《传灯录》。("回视此水殊委蛇")是合。("回视此水殊委蛇"四句)百尺竿头进一步,著此四句,诗亦委蛇。

翁方纲《石洲诗话》卷三:《容斋三笔》谓"苏公《百步洪》诗,重复譬喻处,与韩《送石洪序》同"。此以文法论之,固似矣;而此诗之妙,不尽于此。今之选此诗者,但以《百步洪》原题为题,而忘其每篇自有本题。此篇之本题,则序中所谓"追怀曩游,已为陈迹"也。试以此意读之,则所谓"兔走隼落""骏马注坡""弦离箭脱""电过珠翻"者,一层内又贯入前后两层,此是何等神光!而仅仅以叠下譬喻之文法赏之耶?查初白评此诗,亦谓"连用比拟,古所未有"。予谓此盖出自《金刚经》偈子耳。

赵翼《瓯北诗话》卷五:东坡大气旋转,虽不屑屑于句法、字法中别求新奇,而笔力所到,自成创格。如《百步洪》诗(下引"有如兔走鹰隼落"四句)形容水流迅驶,连用七喻,实古所未有。

赵翼批沈德潜《宋金三家诗选·苏东坡诗选》上卷:("长洪斗落生跳波"十句)六七层譬喻,一气喷出,而不觉其拉杂,岂非奇作?

又:起处雄猛,结处欲与相称,必至板笨矣。诗以一笔扫之,戛然而止,省多少笔墨。

方东树《昭昧詹言》卷一二:"君看"句忽合,此为神妙。惜抱先生曰:"此诗之妙,诗人无及之者也,惟有《庄子》耳。"余谓此全从《华严》来。此首暨《刘孝叔》《南山之下》《二马并驱》《我昔在田间》五首，熟读之，可得奇纵之妙。余喜说理，谈至道，然必于此等闲题出之，乃见入妙。若正题实说，乃为学究伧气俗子也。

王文诰《苏文忠公诗编注集成·编年古今体诗》卷一七：（"骏马下注千丈坡"）周益公尝论此句"注"字之佳，与"驻"字不同。此诗以题字为诗，时与参寥同游，故结到参寥，须知后诗夹不进参寥也。叙云"一以遗参寥"者如此，读者不可不知。

赵克宜《角山楼苏诗评注汇钞》卷八：前一首实赋与参寥放舟。（略）（"回视此水殊委蛇"）翻转前文。（"古来篙眼如蜂窠"）即序所云陈迹也，暗藏"囊游"在内。

陈衍《宋诗精华录》卷二：坡公喜以禅语作诗，数见无味。此诗就眼前"篙眼"指点出，真非钝根人所及矣。"兔走"四句，从六如来，从韩文"烛照龟卜"来，此遗山所谓"百态妍"也。

高步瀛《唐宋诗举要》卷三引吴汝纶评：后半喜谈名理。

其二

佳人未肯回秋波，幼舆欲语防飞梭。
轻舟弄水买一笑，醉中荡桨肩相磨。
不学长安闾里侠，貂裘夜走胭脂坡。
独将诗句拟鲍谢，涉江共采秋江荷。
不知诗中道何语，但觉两颊生微涡。
我时羽服黄楼上，坐见织女初斜河。
归来笛声满山谷，明月正照金叵罗。
奈何舍我入尘土，扰扰毛群欺卧驼。
不念空斋老病叟，退食谁与同委蛇。
时来洪上看遗迹，忍见屐齿青苔窠。

诗成不觉双泪下，悲吟相对惟羊何。

欲遣佳人寄锦字，夜寒手冷无人呵。

集评：

朋九万《乌台诗案·徐州观百步洪诗》：熙宁十年知徐州日，观百步洪，作诗一篇，即无讥讽。有本州教授舒焕字尧文，和诗云："先生何人堪并席，李郭相逢上舟日。残霞明灭日脚沉，水面浮云天一色。磷磷石若铁林兵，翻激奔冲精甲白。岸头旗帜簇五马，一橹飞艎信东下。入夜寒生波浪间，汗衣如逐秋风干。相忘河鱼互出没，得性沙鸟鸣间关。委蛇二龙乃神物，游乐诸溪诚为难，筑亭种柳恐不暇，天下龙雨须公还。"上件诗意无讥讽。所有山村诗，即不曾寄召仲甫。

吴曾《能改斋漫录》卷六《金叵罗》：东坡诗："归来笛声满山谷，明月正照金叵罗。"按《北史》，祖珽盗神武金叵罗，盖酒器也。韩子苍诗云："劝我春风金叵罗。"

王楙《野客丛书》卷一四《金叵罗》：(前引《能改斋漫录》)仆谓金叵罗入诗中用，已见李太白矣，不但苏、韩二公也。虽知金叵罗为酒器，然观祖珽盗金叵罗置髻上，髻上岂可以置酒器乎？黄朝英亦有是疑。

洪迈《容斋五笔》卷九《燕赏逢知己》：王定国访东坡公于彭城，一日，棹小舟与颜长道携盼、英、卿三子游泗水，南下百步洪，吹笛饮酒，乘月而来。坡时以事不得往，夜著羽衣，伫立黄楼上，相视而笑，以为李太白死，世间无此乐三百余年矣。定国既去，逾月，复与参寥师泛舟洪下，追忆曩游，作诗曰："轻舟弄水买一笑，醉中荡桨肩相摩""归来笛声满山谷，明月正照金叵罗。"味此三游之胜，今之燕宾者宁复有之？盖亦值知己也。

汪师韩《苏诗选评笺释》卷二：叠韵愈出愈奇，百练钢化为绕

298

指柔,古今无敌手。此篇与前篇合看,益见其才大而奇。

纪昀评《苏文忠公诗集》卷一七:此首紧切王、颜携妓用意,亦句句雅健。结句对照好。

赵翼批沈德潜《宋金三家诗选·苏东坡诗选》上卷:此首紧切王、颜携妓用意,亦句句雅健。结句("欲遣佳人寄锦字")对照(起句云"佳人未肯回秋波")好。

王文诰《苏文忠公诗编注集成·编年古今体诗》卷一七:此诗以诗叙为题,专咏定国游事,故叙云"一以寄定国"也。公诗又有专以叙为题者,皆不重题字。每见论者死看题字,不悟其用意所在,故论多掣肘。

香岩批《纪评苏诗》卷一七:("欲遣佳人寄锦字")应起处。

赵克宜《角山楼苏诗评注汇钞》卷八:自叠前韵,辞意宛转相副,毫无牵掣之迹,斯为神技。("时来洪上看遗迹")合到当下放舟。

又:序中先述王、颜之游,已不得与。及与参寥放舟,追怀昔游,感而成咏。诗则前一首实赋与参寥放舟,后一首追怀昔游也。

刘将孙《自有乐地记》:山水之雄杰,本不预人事。虽如欧公于滁,东坡于百步洪,自以为乐矣,然或内不得于意,而外托以自宽,谈笑之中有景景者焉,燕酣之外有郁郁者焉,地与人不相属也。

送参寥师

上人学苦空,百念已灰冷。

剑头惟一吷,焦谷无新颖。

胡为逐吾辈,文字争蔚炳。

新诗如玉屑,出语便清警。

退之论草书，万事未尝屏。

忧愁不平气，一寓笔所骋。

颇怪浮屠人，视身如丘井。

颓然寄淡泊，谁与发豪猛。

细思乃不然，真巧非幻影。

欲令诗语妙，无厌空且静。

静故了群动，空故纳万境。

阅世走人间，观身卧云岭。

咸酸杂众好，中有至味永。

诗法不相妨，此语当更请。

集评：

　　查慎行《初白庵诗评》卷中：（"静故了群动"二句）禅理也，可悟诗境。

　　汪师韩《苏诗选评笺释》卷二：取韩愈论高闲上人草书之旨，而反其意以论诗，然正得诗法三昧者。其后严羽遂专以禅喻诗，至为分别宗乘，此篇早已为之点出光明。王士禛尝谓李、杜如来禅，苏、黄祖师禅，不妄也。

　　纪昀评《苏文忠公诗集》卷一七：查云："公与潜以诗友善，誉潜以诗。潜止一诗僧耳。寻出'空''静'二字（'欲令诗语妙，无厌空且静'）便有主脑，便是结穴处。"余谓潜本僧，而公以诗友之。若专言诗，则不见僧；专言禅，则不见诗。故禅与诗并而为一，演成妙谛。结处"诗法不相妨"五字，乃一篇之主宰，非专拈"空""静"也。（起处）直涉理路，而有挥洒自如之妙，遂不以理路病之。言各有当，勿以王、孟一派概尽天下古今之诗。

　　宋长白《柳亭诗话》卷一〇《空静》：（"欲令诗语妙"四句）以

音声语言而作佛事,深有得于此邦,真教体之意,不必成佛在灵运后也。

王文诰《苏文忠公诗编注集成·编年古今体诗》卷一七:("上人学苦空"二句)参寥入道有得,所不耐者,骂人与作诗耳。公意特首提十字,为后幅以空静求诗作章本。然论诗则是,而论人则不足以肖之。故生出张旭、高闲一段,以比拟其人,而归于诗当空静,所以深勉之也。("胡为逐吾辈"二句)他僧多借禅为诗,若蜜殊、法通之流,本属文人,又不以僧论也。惟参寥能于诗自树一帜,故此二句,特以予之。然上句已领起退之,下句已领起张旭、高闲,可见其胸有成竹,未易测识之也。("出语便清警")以上一节,是初知参寥口吻。"万事未屏"句,特与"百念灰冷"作对照。高闲固是僧,若张旭者,公以怀素并称秃翁,则亦几于僧也。诗特用此以比参寥无聊不平之所发,然二人究有不同,故单提退之,以并论之也。("忧愁不平气"二句)指张旭也。("颇怪浮屠人"二句)指高闲也。("谁与发豪猛")以上一节,专重论人,而以草书比诗,作过脉,意谓作诗亦当如旭,而其技始进,若高闲者,诚无以发其豪猛也。用此一扬而翻落本意,疾若风雨。晓岚不明此意,却于后节信手乱圈。此节是难,后节是解,如欲累圈,必当从退之圈起也。("细思乃不然")五字硬翻,此所谓本家笔也,惟公可用。若他人效之,亦以置一节头上,即不胜其疵累矣。("空故纳万境")以上六句翻去豪猛,而归于淡泊,舍张旭而取高闲也。("咸酸杂众好")此句仍是参寥本色,谓张旭、高闲并有之也。如谓所论不确,即不当有结二句。("中有至味永")以上四句,方收到参寥,其前都非是。两家之论(按:指纪昀及纪昀所引查慎行语),只可论"欲令诗语妙"至"中有至味永"止八句,若尽删前后诗句,单留此段,则所论当矣。"诗法不相妨"二句,谓诗不碍禅,而必如旭之喜怒不平以发之,即又不若高闲之善学也,故云"此语当更请"也。参寥既见知于公,

301

自此益目空一世，多与物忤，人有过，必面斥之，其后中奇祸，几死，而公亦归道山，乃赴颍川求叔党为箴言以自警。是参寥当日并未了悟此诗，而仅以得之蓄发编管困苦流离之后也。夫参寥亲受此诗，犹未能尽通其故，而欲冀后之人心眼相照，论无毫发之谬，不其难哉，不其难哉！

香岩批《纪评苏诗》卷一七：此评（指纪评）未得诗之要领。"退之"以下八句发难，"细思"六句是解，言禅不妨诗。"阅世"四句，言混俗和光，与众同好，不但不妨诗，且不妨禅，请其更进一境。参寥喜骂世忤物，坡公恐其贾祸，故规之耳。

赵克宜《角山楼苏诗评注汇钞》卷八：（"退之论草书"）根据昌黎之论以作波澜，翻跌有力。（"咸酸杂众好"）二语遒练。

宋复古画《潇湘晚景图》三首（选一首）

其三

咫尺殊非少，阴晴自不齐。
径蟠趋后崦，水会赴前溪。
自说非人意，曾经入马蹄。
他年宦游处，应指剑山西。

集评：

王文诰《苏文忠公诗编注集成·编年古今体诗》卷一七：（"径蟠趋后崦"二句）宋复古读至此二句，谓公亦深于画者。

香岩批《纪评苏诗》卷一七：（"咫尺殊非少"四句）画理精深。

赵克宜《角山楼苏诗评注汇钞》卷八：（"自说非人意"）"自说"句晦。（"径蟠趋后崦"二句）"径蟠"十字，论画精绝。少陵赋实境，有此句法，用以题画，则更妙矣。

石炭

彭城旧无石炭。元丰元年十二月,始遣人访获于州之西南白土镇之北。冶铁作兵,犀利胜常云。

君不见前年雨雪行人断,城中居民风裂骭。
湿薪半束抱衾裯,日暮敲门无处换。
岂料山中有遗宝,磊落如礜万车炭。
流膏迸液无人知,阵阵腥风自吹散。
根苗一发浩无际,万人鼓舞千人看。
投泥泼水愈光明,烁玉流金见精悍。
南山栗林渐可息,北山顽矿何劳锻。
为君铸作百炼刀,要斩长鲸为万段。

集评:

朱翌《猗觉寮杂记》卷上:石炭自本朝河北、山东、陕西方出,遂及京师。陈尧佐漕河东时,始除其税。元丰元年,徐州始发。东坡作诗记其事。《水经·魏土记》:枝渠东南火山出石炭,火之爇同樵炭。则石炭六朝时已有。

庄绰《鸡肋编》卷中:东坡《石炭诗引》云:"彭城旧无石炭。元丰元年十二月,始遣人访获于州之西南白土镇之北。以冶铁作兵,犀利胜常云。"按《东汉·地理志》豫章郡建城注云:《豫章记》曰:"县有葛乡,有石炭二顷,可然以爨。"则前世已见于东南矣。昔汴都数百万家,尽仰石炭,无一家然薪者。今驻跸吴、越,山林之广,不足以供樵苏。虽佳花美竹,坟墓之松楸,岁月之间,尽成赤地。根枿之微,斫撅皆遍,芽蘖无复可生。思石炭之利而不可得,东坡已呼为遗宝,况使见于今日乎? 或云信州玉山亦有之,人畏穿凿之扰,故不敢言也。

纪昀评《苏文忠公诗集》卷一七:微嫌其剽而不留。

赵克宜《角山楼苏诗评注汇钞》卷八:诗贵称题,此种小题,既无义蕴,并鲜典故,但能说得透露即工矣,不必以凝重责之。

台头寺步月得人字

风吹河汉扫微云,步屧中庭月趁人。
浥浥炉香初泛夜,离离花影欲摇春。
遥知金阙同清景,想见毡车辗暗尘。
回首旧游真是梦,一簪华发岸纶巾。

集评:

叶梦得《石林诗话》卷上:诗下双字极难,须使七言、五言之间,除去五字、三字外,精神兴致全见于两言,方为工妙。唐人记"水田飞白鹭,夏木啭黄鹂"为李嘉祐诗,王摩诘窃取之,非也。此两句好处,正在添"漠漠""阴阴"四字,此乃摩诘为嘉祐点化,以自见其妙,如李光弼将郭子仪军,一号令之,精彩数倍。不然,如嘉祐本句,但是咏景耳,人皆可到。要之,当令如老杜"无边落木萧萧下,不尽长江滚滚来"与"江天漠漠鸟双去,风雨时时龙一吟"等,乃为超绝。近世王荆公"新霜浦溆绵绵白,薄晚林峦往往青"与苏子瞻"浥浥炉香初泛夜,离离花影欲摇春",皆可以追配前作也。

汪师韩《苏诗选评笺释》卷二:清辉娱人,穆然意远。

纪昀评《苏文忠公诗集》卷一八:五、六拓得开,才不顺笔滑下,此处最忌顺笔直写。如人腰间无力,通身骨节都散缓。("回首旧游真是梦"二句)查云:不犯俗气。

赵克宜《角山楼苏诗评注汇钞》卷八：诗中用叠字，能使其余五字精神毕见，最佳。

游桓山，会者十人，以"春水满四泽，夏云多奇峰"为韵，得泽字

东郊欲寻春，未见莺花迹。
春风在流水，凫雁先拍拍。
孤帆信溶漾，弄此半篙碧。
舣舟桓山下，长啸理轻策。
弹琴石室中，幽响清磔磔。
吊彼泉下人，野火失枯腊。
悟此人间世，何者为真宅。
暮回百步洪，散坐洪上石。
愧我非王襄，子渊肯见客。
临流吹洞箫，水月照连璧。
自注：谓王氏兄弟也。
此欢真不朽，回首岁月隔。
想像斜川游，作诗寄彭泽。

集评：

费衮《梁溪漫志》卷七：张文潜诗云"春波一眼去凫寒"，晁无咎称之。至东坡，则云"春风在流水，凫雁先拍拍"，有无尽藏之春意。

纪昀评《苏文忠公诗集》卷十八：绰有陶、韦之意，而不袭其

貌,此乃善学陶、韦者。("春风在流水"二句)十字神来。("作诗寄彭泽")"寄"字乃"寄慨"之"寄"。

赵克宜《角山楼苏诗评注汇钞》卷八:起四语天然入妙,虽专主议论者,亦不能不醉心此种。

月夜与客饮杏花下

杏花飞帘散余春,明月入户寻幽人。
褰衣步月踏花影,炯如流水涵青蘋。
花间置酒清香发,争挽长条落香雪。
山城酒薄不堪饮,劝君且吸杯中月。
洞箫声断月明中,惟忧月落酒杯空。
明朝卷地春风恶,但见绿叶栖残红。

集评:

旧题王十朋《集注分类东坡先生诗》卷一〇引次公曰:此篇不使事,古所未有,殆涪翁所谓不食烟火食人之语也。

方岳《深雪偶谈》:坡公《月夜与客饮酒杏花下》诗:"杏花飞帘散余春,明月入户寻幽人。褰衣步月踏花影,炯如流水涵青蘋。"流水、青蘋之喻,景趣尽矣,前人未尝道也。独"杏花影下洞箫声"中著此句,辱尔。

叶寘《爱日斋丛钞》卷三:"褰衣步月踏花影,炯如流水涵青蘋",坡诗也。(略)古今写月中物影,有此入神之笔?

汪师韩《苏诗选评笺释》卷二:清幽超远,乃姜尧章所谓自然高妙者。方岳妄以杏花影下著此为辱,真是呓语。观其所作《感旧》诗,改为"蘋藻涵清流",工拙之间,何止百具庐舍。

纪昀评《苏文忠公诗集》卷一八：(起处)有太白之意。三、四写景入微。结乃劝今日之饮，非伤春意也。

罢徐州,往南京,马上走笔寄子由五首<small>(选二首)</small>

其二

父老何自来,花枝袅长红。

洗盏拜马前,请寿使君公。

前年无使君,鱼鳖化儿童。

举鞭谢父老,正坐使君穷。

穷人命分恶,所向招灾凶。

水来非吾过,去亦非吾功。

集评:

程大昌《演繁露》续集:("请寿使君公")君即公也,语似重出。今见《白乐天集·送别刘江州》曰:"遥见朱轮来出郭,相迎劳动使君公。"东坡盖用白语云。

汪师韩《苏诗选评笺释》卷二:次作使君问之,父老答之,使君复谢,谢毕便住,不增益一字,章法古直,千载下谆谆如见,凛凛如生。"水来非吾过"句,或以为当作"水来是吾过",如此方与上句相合,且更得体。然即不引为己过,亦适见其朴诚。

纪昀评《苏文忠公诗集》卷一八:此从前首"而我本无恩"二句生出。然自表捍水之功,语意殊浅。("请寿使君公""前年无使君")叠得不妥。("鱼鳖化儿童")倒装不妥。末二句与上不接。已曰"招灾凶"则已引为己过矣。

王文诰《苏文忠公诗编注集成·编年古今体诗》卷一八:("前

年无使君"二句)代述父老语,乃父老请寿之辞也。晓岚误看,以为倒装者,谬甚。("举鞭谢父老")自此至终,皆答父老语也。晓岚并上二句,皆作公语,故又有"自表捍水之功,语意殊浅"之论。若如其说,不但语义殊浅,直是文理不通。自不了了,却任意乱扛,后之读此集者,当以是为戒。

(日本)赖山阳《东坡诗钞》卷一:("花枝袅长红")徐州送太守以生华。("请寿使君公")白居易诗中有"使君公"字,是非强押。("鱼鳖化儿童")是倒语。

其三

古汴从西来,迎我向南京。
东流入淮泗,送我东南行。
暂别复还见,依然有余情。
春雨涨微波,一夜到彭城。
过我黄楼下,朱阑照飞甍。
可怜洪上石,谁听月中声。

集评:

纪昀评《苏文忠公诗集》卷一八:此首气局浑成,文情亦极宛转。

赵克宜《角山楼苏诗评注汇钞》卷八:于无情处生情,曲折尽致。

泗州僧伽塔

我昔南行舟系汴,逆风三日沙吹面。

舟人共劝祷灵塔，香火未收旗脚转。
回头顷刻失长桥，却到龟山未朝饭。
至人无心何厚薄，我自怀私欣所便。
耕田欲雨刈欲晴，去得顺风来者怨。
若使人人祷辄遂，造物应须日千变。
今我身世两悠悠，去无所逐来无恋。
得行固愿留不恶，每到有求神亦倦。
退之旧云三百尺，澄观所营今已换。
不嫌俗士污丹梯，一看云山绕淮甸。

集评：

吴开《优古堂诗话·耕田欲雨刈欲晴，去得顺风来者怨》：东坡《泗州僧伽塔》诗云："耕田欲雨刈欲晴，去得顺风来者怨。若使人人祷辄应，造物应须日千变。"张文潜用其意别为一诗云："山边半夜一犁雨，田父高歌待收获。雨多潇潇蚕簇寒，蚕妇低眉忧茧单。人生多求复多怨，天公供尔良独难。"

范温《潜溪诗眼》：句法之学，自是一家工夫。昔尝问山谷"耕田欲雨刈欲晴，去得顺风来者怨"，山谷云："不如'千岩无人万壑静，十步回头五步坐'。"此专论句法，不论义理。盖七言诗四字、三字作两节也。此句法出《黄庭经》，自"上有黄庭下关元"已下多此体。张平子《四愁诗》句句如此，雄健稳惬。

洪迈《容斋四笔》卷三《水旱祈祷》：坡诗云："耕田欲雨刈欲晴，去得顺风来者怨。若使人人祷辄遂，造物应须日千变。"此意未易为庸俗道也。

史绳祖《学斋佔毕》卷二《坡文之妙》：（"耕田欲雨刈欲晴"二句）此乃檃括刘禹锡《何卜赋》中语，曰："同涉于川，其时在风，沿者之吉,溯者之凶。同艺于野,其时在泽,伊稺之利,乃穆之厄。"坡以一联十四字而包尽刘禹锡四对三十二字之义,盖夺胎换骨之妙也。

袁宏道评阅谭元春选《东坡诗选》卷四谭元春评:不独评议古人及议天下大事,忌涉议论,即往还晴雨入神,许与之间,如此流便说去。一涉议头,失诗人之旨矣。

查慎行《初白庵诗评》卷中:("耕田欲雨刈欲晴"八句)说透至理,觉昌黎《衡山》一章,尚带腐气。

又《初白庵苏诗补注》卷一八:本篇有"我昔"("我昔南行舟系汴")"我今"("今我身世两悠悠")二语,后篇(《龟山》:"我生飘荡去何求,再过龟山岁五周。")又有"再过龟山"之句,乃自徐移湖时作也。先生初赴杭时,有《将至涡口遇风留宿》及《发洪泽中途遇大风复还》二诗,故此云"我昔南行舟系汴,逆风三日沙吹面"也。先生于甲寅秋杪自杭守密,至己未夏,自徐移湖,是为岁五周矣。故下首云:"再过龟山岁五周。"

蒋鸿翮《寒塘诗话》:("耕田欲雨刈欲晴"八句)此真有道之言。

汪师韩《苏诗选评笺释》卷二:至理奇文,只是眼前景物口头语。透辟无碍,是广长舌。

纪昀评《苏文忠公诗集》卷一八:(起处)极力作摆脱语,纯涉理路,而仍清空如话。("舟人共劝祷灵塔"四句)确是僧伽塔,不可移之别水神。("今我身世两悠悠"四句)又就自己伸一层,愈加满足。("退之旧云三百尺"以下)层层波澜,一齐卷尽。只就塔作结,简便之至。

(日本)赖山阳《东坡诗钞》卷一:放翁《夜闻松风有感》诗,学坡此诗,并看。其气格("我昔南行舟系汴")以下六句质朴如不练磨者,七古之体宜如此。("回头顷刻失长桥")实际如此。("不嫌俗士污丹梯")神理自"至人无心"句来。("一看云山绕淮甸")此句所以"留不恶"。

翁方纲《石洲诗话》卷三:《泗州僧伽塔》诗,看得透彻,说来可笑,此何必辟佛,乃能塞彼教之口耶?

赵翼《瓯北诗话》卷五《苏东坡诗》:坡诗不尚雄杰一派,其绝人处在乎议论英爽,笔锋精锐,举重若轻,读之似不甚用力而力已透十分,此天才也。试即其诗,略为举似。(略)七古如(略)"耕田欲雨刈欲晴,去得顺风来者怨。若使人人祷辄遂,造物应须日千变"(《泗州僧伽塔》)(略)。此皆坡诗中最上乘,读者可见其才分之高,不在功力之苦也。

宋长白《柳亭诗话》卷一六:("耕田欲雨刈欲晴"二句)李德远《东西船行》祖其意而扩充之。似不如髯苏之一语包尽也。

王文诰《苏文忠公诗编注集成·编年古今体诗》卷一八:("去无所逐来无恋")公以攻新法被出,反去为奉行新法之官,是此官无可做也。此句通篇主脑,却不道破。其在广陵与刘贡父诗,有"吾邦正喧哄"句,即"去无所逐"四字注脚也。即前之"我行日夜向江海"句,后之"我生飘荡去何求"句,一线穿下,皆用此意。

《历代诗发》卷二四:坦怀任遇,且惊造化,亦难应酬,正与不信神佛者有别。

梁章钜《退庵随笔》:李文贞不喜苏诗,谓东坡诗殊少风韵音节,逐句俱填典故,亦不是古法。此非笃论也。苏诗清空如话者,集中触处皆有。如(略)《泗州僧伽塔》云:"耕田欲雨刈欲晴,去得顺风来者怨。若使人人祷辄遂,造物应须日千变。"(略)此岂得以少风韵、填典故概之? 文贞意在讲学,于诗诣力未深。其于唐诗,只取张曲江及燕、许、李、杜、韩、柳数家,宋诗只取欧阳文忠、王荆公、朱子三家。讲学与论诗,自是两事,学者不必为所惑也。

龟山

我生飘荡去何求,再过龟山岁五周。

身行万里半天下,僧卧一庵初白头。

地隔中原劳北望,潮连沧海欲东游。

元嘉旧事无人记,故垒摧颓今在不?

自注:宋文帝遣将拒魏,太武筑城此山。

集评:

　　张耒《明道杂志》:苏长公有诗云:"身行万里半天下,僧卧一庵初白头。"黄九云"初日头",问其义,但云:"若此僧负暄于初日耳。"余不然。黄甚不平,曰:"岂有用白对天乎?"余异日问苏公,公曰:"若是黄九要改作'日头',也不奈他何。"

　　查慎行《初白庵诗评》卷中:("身行万里半天下"二句)似拟中晚而骨力胜之。

　　汪师韩《苏诗选评笺释》卷二:"万里"句阔远,"一庵"句静闲,妙作对偶。熙宁甲寅轼自杭倅移至密州,至元丰己未移知湖州,故云"再过龟山岁五周"。结寓感叹,以见兵戎事往,并故垒亦不复存,不独无人记忆已也。

　　纪昀评《苏文忠公诗集》卷一八:霸业雄图,尚有今昔之感。而况一人之身乎? 前四句与后四句映发有情,便不是吊古套语。

　　翁方纲《石洲诗话》卷三:海宁查夏重酷爱苏诗"僧卧一庵初白头"之句,而并明人诗"花间啄食鸟红尾,沙上浣衣僧白头",亦以为极似子瞻。不知苏诗"身行万里半天下,僧卧一庵初白头",此何等神力! 而"花间""沙上"一联,只到皮、陆境界,安敢与苏比伦哉! 查精于苏,奚乃以目皮相若此! 若必以皮毛略似,辄入品藻,则空同之学杜,当为第一义矣。

王文诰《苏文忠公诗编注集成·编年古今体诗》卷六:("我生飘荡去何求")此句领起全章,即"去无所逐来无恋"意,确为被出赴杭之作。若列守湖卷中,即大谬矣。("身行万里半天下"二句)此联谓"五周"之飘荡,皆名场所致也,今再遇庵僧,头已初白,而我之飘荡正无已时,将头白而止矣。如头白而仅与此僧比肩,是反不如亦卧一庵也。不如是解,则此联随处可用,而本意紧接上文。王安石欲改"日头"以对"天下",盖恶其作此等语,特意搅乱之,非不喻其意也。("地隔中原劳北望"二句)此联是龟山地面层次,而诗乃借形势以发挥,上句即"浮云蔽日"意,下句即"乘桴浮海"意,皆有意运用空灵,故人不觉也。其下但借本地一事,轻轻一问作收,全篇并无吊古之意,并亦不暇吊古也。晓岚解直是倭话。

舟中夜起

微风萧萧吹菰蒲,开门看雨月满湖。
舟人水鸟两同梦,大鱼惊窜如奔狐。
夜深人物不相管,我独形影相嬉娱。
暗潮生渚吊寒蚓,落月挂柳看悬蛛。
此生忽忽忧患里,清境过眼能须臾。
鸡鸣钟动百鸟散,船头击鼓还相呼。

集评:

查慎行《初白庵诗评》卷中:极奇极幻、极远极近境界,俱从静中写出。

汪师韩《苏诗选评笺释》卷二:一片空明,通神入悟,情怪所至,妙不自寻。

纪昀评《苏文忠公诗集》卷一八:("微风萧萧吹菰蒲"二句)初听风声,疑其是雨,开门视之,月乃满湖。此从"听雨寒更尽,开门落叶深"(释无可《秋寄从兄岛》)化出。("舟人水鸟两同梦")妙景中有妙悟。("大鱼惊窜如奔狐")写鱼却不是写鱼。("鸡鸣钟动百鸟散"二句)有日出事生之感,正反托一夜之清吟。

方东树《昭昧詹言》卷一二:空旷奇逸,仙品也。

王文诰《苏文忠公诗编注集成·苏海识余》卷一:公赴湖州过淮上,作《舟中夜起》诗云:"微风萧萧吹菰蒲,开门看雨月满湖。"予谓此诗全作非复人道,乃天地自有之文,公乃据所见钞下一纸耳。

赵克宜《角山楼苏诗评注汇钞》卷九:(起处)人人意中所有之境,拈出便精。("暗潮生渚吊寒蚓")写出静境。

陈衍《宋诗精华录》卷二:水宿风景如画。

高步瀛《唐宋诗举要》卷三引吴汝纶评:全不经意,妙合自然,《赤壁赋》亦如此。

大风留金山两日

塔上一铃独自语,明日颠风当断渡。
朝来白浪打苍崖,倒射轩窗作飞雨。
龙骧万斛不敢过,渔舟一叶从掀舞。
细思城市有底忙,却笑蛟龙为谁怒。
无事久留童仆怪,此风聊得妻孥许。
潜山道人独何事,夜半不眠听粥鼓。

集评：

惠洪《冷斋夜话》卷四：对句法，诗人穷尽其变，不过以事、以意、以出处具备谓之妙。如荆公曰："平昔离愁宽带眼，迄今归思满琴心。"又曰："欲寄岁寒无善画，赖传悲壮有能琴。"乃不若东坡微意特奇，如曰："见说骑鲸游汗漫，亦曾扪虱话辛酸。"（《和王斿二首》）又曰："蚕市风光思故国，马行灯火记当年。"又曰："龙骧万斛不敢过，渔舟一叶纵掀舞。"以"鲸"为"虱"对，以"龙骧"为"渔舟"对，大小气焰之不等，其意若玩世，谓之秀杰之气终不可没者，此类是也。

查慎行《初白庵苏诗补注》卷一八：先生自徐移湖，过高邮，与少游、参寥同行。游金山时，两公皆在焉。故前篇少游有和诗。此篇结句所云"潜山道人"，即参寥也。

《御选唐宋诗醇》卷三四："明日颠风当断渡"七字，即铃语也，奇思得自天外。轩窗飞雨，写风浪之景，真能状丹青所莫能状。末忽念及潜山道人不眠而听粥鼓，想其濡墨挥毫，真有御风蓬莱，泛彼无垠之妙。

纪昀评《苏文忠公诗集》卷一八：（起处）笔力横恣。"无事"二句，金山阻风中有景有人在。

（日本）赖山阳《东坡诗钞》卷一：诗题极简洁，而金山之形势如见，此等尤可法者。（前六句）六句中，叙大风之景，开合抑扬，波澜顿挫，尽具此，以有"塔上"云云句耳。（"塔上一铃独自语"二句）自大风将来著笔，极妙。（"朝来白浪打苍崖"）"白浪"与"苍崖"，句中为对。（"却笑蛟龙为谁怒"）嘲笑语，调古来今，东坡一人耳。（"潜山道人独何事"二句）如此结法，他人所无，五古犹可，七古必不可用。此等后来不可学者。

翁方纲《石洲诗话》卷一：（杜甫）《羌村》第一首"归客千里至"五字，乃"鸟雀噪"之语，下转入妻子，方为警动。若直作少陵自说千里归家，不特本句太实太直，而下文亦都逼紧，无复伸缩之理矣。此等处最是诗家关捩，而评杜者皆未及。苏诗"塔上一铃独自语，明日颠风当断渡"，下七字即塔铃之语也，乃少陵已先有之。

方东树《昭昧詹言》卷一二：道妙。

赵克宜《角山楼苏诗评注汇钞》卷九：（"塔上一铃独自语"四句）发端斗峭，死事活用，落想绝奇。（"无事久留僮仆怪"）二语合写入情。

陈衍《宋诗精华录》卷二：一起突兀，似有佛图澄在坐。收无聊。

赠惠山僧惠表

行遍天涯意未阑，将心到处遣人安。
山中老宿依然在，案上《楞严》已不看。
攲枕落花余几片，闭门新竹自千竿。
客来茶罢空无有，卢橘杨梅尚带酸。

集评：

惠洪《冷斋夜话》卷一：东坡尝曰："渊明诗初看若散缓，熟看有奇句。"（略）大率才高意远，则所寓得其妙，造语精到之至，遂能如此，似大匠运斤，不见斧凿之痕。不知者困疲精力，至死不之悟，而俗人亦谓之佳。如曰："一千里色中秋月，十万军声半夜潮。"又曰："蝴蝶梦中家万里，子规枝上月三更。"又曰："深秋帘幕千家雨，落日楼台一笛风。"皆如寒乞相，一览便尽，初如秀整，熟视无神气，以其字露也。东坡作对则不然，如曰"山中老宿依然在，案上《楞严》已不看"之类，更无龃龉之态。细味对甚的，而字不露。此其得渊明之遗意耳。

又：东坡诗曰："客来茶罢空无有，卢橘微黄尚带酸。"张嘉甫曰："卢橘何种果类？"答曰："枇杷是矣。"又问："何以验之？"答曰："事见相如赋。"嘉甫曰："卢橘夏熟，黄甘橙楱，枇杷橪柿，亭奈厚朴。卢橘果枇杷，则赋不应四句重用。应邵注曰：'《伊尹书》曰：箕山之东，青鸟之所，有卢橘，常夏熟。'不据依之何也？"东坡笑曰："意不欲耳。"

葛立方《韵语阳秋》卷一六：（东坡）又曰："客来茶罢空无有，卢橘杨梅尚带酸。"则皆以卢橘为枇杷也。彼徒见《上林赋》有卢橘夏熟之语，遂以为枇杷。审尔，则夏熟之下，不当复有黄甘、枇杷、橪柿之品。然唐子西《李氏山园记》言有一物而为二物者，如《上林赋》所谓卢橘夏熟，又言枇杷、橪柿是也。若据子西言，则卢橘即枇杷矣。李白《宫中行乐词》云："卢橘为秦树。"许浑《送表兄奉使南海》云："卢橘花香拂钓矶。"若以为枇杷，则何独秦中南海有邪？钱起《送陆赟诗》云："思亲卢橘熟。"用陆绩怀橘事，则又以为木奴，益无按据。

汪师韩《苏诗选评笺释》卷二：语经妙悟，所谓羚羊别角，无迹可寻者。

与秦太虚、参寥会于松江，而关彦长、徐安中适至，分韵得风字，二首（选一首）

其一

吴越溪山兴未穷，又扶衰病过垂虹。
浮天自古东南水，送客今朝西北风。

317

绝境自忘千里远，胜游难复五人同。

舟师不会留连意，拟看斜阳万顷红。

集评：

查慎行《初白庵诗评》卷中：（"浮天自古东南水"）二句入许丁卯手，便成板对。其才气短小，不能驱使动宕也。

端午遍游诸寺得禅字

肩舆任所适，遇胜辄流连。

焚香引幽步，酌茗开净筵。

微雨止还作，小窗幽更妍。

盆山不见日，草木自苍然。

忽登最高塔，眼界穷大千。

卞峰照城郭，震泽浮云天。

深沉既可喜，旷荡亦所便。

幽寻未云毕，墟落生晚烟。

归来记所历，耿耿清不眠。

道人亦未寝，孤灯同夜禅。

集评：

苏轼《自记吴兴诗》：仆游吴兴，有《游飞英寺》诗云："微雨止还作，小窗幽更妍。盆山不见日，草木自苍然。"非至吴越，不见此景也。

汪师韩《苏诗选评笺释》卷三："微雨""小窗"，深沉可喜也；"卞峰""震泽"，旷荡所便也。寓目辄书，详略各尽其致。

纪昀评《苏文忠公诗集》卷一八:("微雨止还作"四句)四句神来。("归来记所历"以下)善于空际烘托,结有余味。("道人亦未寝")入一衬,更有幽致。

(日本)赖山阳《东坡诗钞》卷一:清淡隽逸,五古最至者。("肩舆任所适")起手佳。("酌茗开净筵")不必点寺字,是寺内,妙。("盆山不见日")景况如见。("忽登最高塔")一转,折出意表,令人骇绝。("深沉既可喜"二句)括前一案,起下一案。("幽寻未云毕"二句)是塔上所见也,一倒置乃不凡。("道人亦未寝"二句)结笔亦超然。

王士祯《居易录》卷九《体制类》:坡公《吴兴飞英寺》诗起句云:"微雨止还作,小窗幽更妍。盆山不见日,草木自苍然。"古今妙绝语。然不若截取四句作绝句,尤隽永。

冯应榴《苏文忠公诗合注》八引何焯评:("盆山不见日"二句)《书·益稷》篇传:"光天之下,至于海隅,苍苍然生草木。"公诗用字之深博,不在荆公下也。

赵克宜《角山楼苏诗评注汇钞》卷八:一起便切遍游诸寺。("微雨止还作"数句)幽境写绝。("深沉既可喜"二句)顿住。("归来记所历")亦写得入情。

舶趠风

吴中梅雨既过,飒然清风弥旬,岁岁如此,湖人谓之舶趠风。是时,海舶初回,云此风自海上与舶俱至云尔。

三旬已过黄梅雨,万里初来舶趠风。
几处萦回度山曲,一时清驶满江东。
惊飘蔌蔌先秋叶,唤醒昏昏嗜睡翁。

欲作兰台快哉赋,却嫌分别问雌雄。

集评:

旧题王十朋《集注分类东坡先生诗》卷二〇引次公曰:先生诗,有因题中三字而为之对,(略)下以"黄梅雨"对"舶趠风",(略)其意自贯,不害为工。

查慎行《初白庵苏诗补注》卷一九:刘须溪曰:"先生诗格固豪放老健,至对偶切处,如"黄耳蕈"对"白芽姜","牛尾狸"对"鸡头鹃",今以"舶趠风"对"黄梅雨",或者谓因事请客,然原其句意,每每相贯。

纪昀评《苏文忠公诗集》卷一八:结("欲作兰台快哉赋"二句)亦太露不平。

与王郎昆仲及儿子迈绕城观荷花,登岘山亭,晚入飞英寺,分韵得"月明星稀",四首

其一

昨夜雨鸣渠,晓来风袭月。
萧然欲秋意,溪水清可啜。
环城三十里,处处皆佳绝。
蒲莲浩如海,时见舟一叶。
此间真避世,青蒻低白发。
相逢欲相问,已逐惊鸥没。

集评：

纪昀评《苏文忠公诗集》卷一九：忽作清音，却仍用本色，不规规于王、孟形模。（"蒲莲浩如海"以下）此暗用渔父事，非写景也。

其二

清风定何物，可爱不可名。
所至如君子，草木有嘉声。
我行本无事，孤舟任斜横。
中流自偃仰，适与风相迎。
举杯属浩渺，乐此两无情。
归来两溪间，云水夜自明。

集评：

袁宏道评阅谭元春选《东坡诗选》卷一《将之湖州戏赠莘老》谭元春评：予爱其"湖中橘林"二句，故选之。公更有"云水夜唯明"，皆是湖州苕、霅写照。

查慎行《初白庵诗评》卷中：（"清风定何物"四句）先生自道也。（"归来两溪间"）两溪，苕、霅也。

（日本）赖山阳《东坡诗钞》卷一：（"清风定何物"四句）此等诗极清高者，"定何物"三字，若作"如君子"，便俗陋。四句妙喻，非东坡不能言。（"中流自偃仰"以下）此中隐然见以清风自比也。

赵克宜《角山楼苏诗评注汇钞》卷九：起四语清隽有味。（"所至如君子"）从"君子之德风"化出。

其三

苕水如汉水，鳞鳞鸭头青。

321

吴兴胜襄阳，万瓦浮青冥。
我非羊叔子，愧此岘山亭。
悲伤意则同，岁月如流星。
从我两王子，高鸿插修翎。
湛辈何足道，当以德自铭。

集评：

　　葛立方《韵语阳秋》卷五：羊叔子镇襄阳，尝与从事邹湛登岘山，慨然有湮灭无闻之叹。岘山亦因是以传，古今名贤赋咏多矣。吴兴、东阳二郡，亦有岘山。吴兴岘山去城三里，有李适之洼尊在焉。东坡守吴兴日，尝登此山，有诗云："苕水如汉水（略）。"

　　韦居安《梅磵诗话》卷上：此山经东坡品题，亦因之而重。

其四

吏民怜我懒，斗讼日已稀。
能为无事饮，可作不夜归。
复寻飞英游，尽此一寸晖。
撞钟履声集，颠倒云山衣。
我来无时节，杖屦自推扉。
莫作使君看，外似中已非。

集评：

　　纪昀评《苏文忠公诗集》卷一九：二首（第三、四首）又以朴至胜。

　　赵翼《瓯北诗话》卷五：东坡大气旋转，虽不屑屑于句法字法中别求新奇，而笔力所到，自成创格。如（略）《泛舟城南》云："能为无事饮,可作不夜归。"(略)此虽随笔所至,自成创句,所谓"风行水上,自然成文",然未免句法重叠。

《历代诗发》卷二四:懒为吏民所怜,而岘山中人尚以使君目之,故末句自明。视松间喝道,何啻床上下之分。

查慎行《初白庵诗评》卷中:适字子立。道字子敏,皆从先生受业于湖。

汪师韩《苏诗选评笺释》卷三:此与"人皆苦炎"分韵之诗,体制不同,而精爽入神,虚明独照,并是杜诗所云"炯如一段清水出万壑,置在迎风含露之玉壶"者也。

王文诰《苏文忠公诗编注集成·编年古今体诗》卷一九:和陶之先声也。

予以事系御史台狱,狱吏稍见侵,自度不能堪,死狱中,不得一别子由,故作二诗授狱卒梁成,以遗子由

其一

圣主如天万物春,小臣愚暗自亡身。
百年未满先偿债,十口无归更累人。
是处青山可埋骨,他年夜雨独伤神。
与君今世为兄弟,又结来生未了因。

集评:

邵博《邵氏闻见录》卷一三:王荆公荐李定为台官,定尝不持母服,台谏、给、舍俱论其不孝,不可用。内翰因寿昌作诗贬定,故

曰"此事今无古或闻"也。后定为御史中丞，言内翰多作诗讪上。内翰自知湖州赴诏狱，小人必欲杀之。张文定、范忠宣二公上疏救，不报，天下知其不免矣。内翰狱中作诗寄黄门公子由云："与君世世为兄弟，更结来生未断因。"或以上闻，上览之凄然，亦赦之，止以团练副使安置黄州。

葛立方《韵语阳秋》卷三：自古文人，虽在艰危困踣之中，亦不忘于制述。盖性之所嗜，虽鼎镬在前不恤也。（略）东坡在狱中作诗赠子由云："是处青山可埋骨，他年夜雨独伤神。"犹有所托而作。

胡仔《苕溪渔隐丛话》前集卷三八引《王直方诗话》：东坡喜韦苏州"宁知风雨夜，复此对床眠"之句，（略）坡在御史狱有云："他年夜雨独伤神。"（略）此其兄弟所赋也，相约退休，可谓无日忘之，然竟不能成其约。

朱彧《萍洲可谈》卷二：东坡元丰间知湖州，言者以其诽谤时政，必致死地。御史台遣就任摄之，吏部差朝士皇甫朝光管押。东坡方视事，数吏直入。上厅事，捽其袂曰："御史中丞召！"东坡错愕而起，即步出郡署门，家人号泣出随之。弟辙适在郡，相逐。行及西门，不得与诀，东坡但呼："子由，以妻子累尔！"郡人为之泣涕。下狱即问："五代有无誓书铁券？"盖死囚则如此，他罪止问三代。东坡为一诗付狱吏，他日寄子由。其诗曰："圣主如天万物春（略）。"狱吏怜之，颇宽其苦楚。狱成，神考薄其罪，止责散官，安置黄州。

张端义《贵耳集》卷上：慈圣一日见神考不悦，问其所以，神考答曰："廷臣有谤讪朝政者，欲议行。"慈圣曰："莫非轼、辙也？老身尝见仁祖时策士大悦得二文士，问是谁，曰：'轼、辙也，朕留与子孙用。'"神考色渐和，东坡始有黄州之谪。在台狱有二诗别子由，诗奏神考，慈圣亦阅之。曰（下引二诗）。狱中闻湖、杭民作解厄道场屡月,故有此语。

王夫之《姜斋诗话》卷下:《离骚》虽多引喻,而直言处亦无所讳。宋人骑两头马,欲博忠直之名,又畏祸及,多作影子语,巧相弹射,然以此受祸者不少。既示人以可疑之端,则虽无所诽诮,亦可加以罗织。观苏子瞻乌台诗案,其远谪穷荒,诚自取之矣,而抑不能昂首舒吭以一鸣,三木加身,则曰"圣主如天万物春",可耻孰甚焉。

查慎行《初白庵诗评》卷中:兄弟有故者当废此诗。("他年夜雨独伤神")先生兄弟唱和诗,屡举"对床听雨"之语,故云。

又《初白庵苏诗补注》卷一九:先生狱中诗向不入正集,南宋人诗话中往往载之,多有不同者。石林《避暑录》"未满先偿债"作"未了须还债","无归"作"无家","埋骨"作"藏骨","他年"作"他时","眼中"作"额中","百岁"作"他日","何处"作"何所","知葬"作"应在"。《韵语阳秋》"埋骨"亦作"藏骨"。《扪虱新语》"世世"作"今世","吾子"作"无子","知葬"作"知在"。

汪师韩《苏诗选评笺释》卷三:此时已无生全之望,而词不怨怼,立说有体。独恋恋于兄弟之间,预结来生,极其痛切而深厚。

纪昀评《苏文忠公诗集》卷一九:("是处青山可埋骨"二句)情至语,不以工拙论也。

又:讥刺太多,自是东坡大病。然但多排权幸之言,而无一毫怨谤君父之意,是其根本不坏处,所以能传于后世也。

洪亮吉《北江诗话》卷一:("与君世世为兄弟"二句)读之令人增友于之谊。

其二

柏台霜气夜凄凄,风动琅珰月向低。
梦绕云山心似鹿,魂惊汤火命如鸡。

眼中犀角真吾子，身后牛衣愧老妻。

百岁神游定何处，桐乡知葬浙江西。

自注：狱中闻杭、湖间民为余作解厄道场累月，故有此句。

集评：

　　叶梦得《避暑录话》卷下：苏子瞻元丰间赴诏狱，与其长子迈俱行。与之期，送食惟菜与肉，有不测则彻二物，而送以鱼，使伺外间以为候。迈谨守逾月，忽粮尽，出谋于陈留，委其一亲戚代送，而忘语其约。亲戚偶得鱼鲊，送之，不兼他物。子瞻大骇，知不免，将以祈哀于上，而无以自达，乃作二诗寄子由，祝狱吏致之，盖意狱吏不敢隐，则必以闻。已而果然。神宗初固无杀意，见诗益动心，自是遂益欲从宽释，凡为深文者皆拒之。二诗不载集中，今附于此："柏台霜气夜凄凄（略）。""圣主如天万物春（略）。"

　　罗大经《鹤林玉露》乙编卷四：东坡文章，妙绝古今，而其病在于好讥刺。文与可戒以诗云："北客若来休问事，西湖虽好莫吟诗。"盖深恐其贾祸也。乌台之勘，赤壁之贬，卒于不免。观其狱中诗云："梦绕云山心似鹿，魂飞汤火命如鸡。"亦可哀矣。

　　蒋鸿翮《寒塘诗话》：东坡《狱中寄子由》诗，哀而不怨，悱恻淋漓，人尽知绝调。

　　汪师韩《苏诗选评笺释》卷三：轼有惠政于浙，末以朱邑尝奉桐乡为喻，固是信而不疑。

　　纪昀评《苏文忠公诗集》卷一九：（"魂惊汤火命如鸡"）句太俚。

　　宋长白《柳亭诗话》卷一二：较诸"绕梦云山"之句，上诗犹蕴藉也。

　　方东树《昭昧詹言》卷二〇：此亦宋调，虽有警句，吾不取。

326

十二月二十八日，蒙恩责授检校水部员外郎、黄州团练副使，复用前韵二首

其一

百日归期恰及春，余年乐事最关身。

出门便旋风吹面，走马联翩鹊唣人。

却对酒杯浑似梦，试拈诗笔已如神。

此灾何必深追咎，窃禄从来岂有因。

集评：

罗大经《鹤林玉露》乙编卷四：东坡文章，妙绝古今，而其病在于好饥刺。（略）然才出狱便赋诗云："却对酒杯浑似梦，试拈诗笔已如神。"略无惩艾之意，何也！

瞿佑《归田诗话》卷中《东坡傲世》：（东坡）放旷不羁，出狱和韵即云："却对酒杯浑似梦，试拈诗笔已如神。"方以诗得罪，而所言如此。

查慎行《初白庵诗评》卷中：（"试拈诗笔已如神"）钱牧斋出狱后，用"试拈"名集。惜末后行止，无颜谢天下耳，为之一叹。

汪师韩《苏诗选评笺释》卷三：诗狱甫解，又矜诗笔如神，殆是豪气未尽除。

纪昀评《苏文忠公诗集》卷一九：此却少自省之意，晦翁讥之，是。

香岩批《纪评苏诗》卷一九：观《子由自南都来陈三日而别》一首，自省至矣。此时方出狱，有更生之乐，未遑及他也。

327

其二

平生文字为吾累，此去声名不厌低。

塞上纵归他日马，城东不斗少年鸡。

休官彭泽贫无酒，隐几维摩病有妻。

堪笑睢阳老从事，为余投檄向江西。

自注：子由闻予下狱，乞以官爵赎予罪，贬筠州监酒。

集评：

查慎行《初白庵苏诗补注》卷一九：孙君孚《谈圃》云："子瞻得罪时，有朝士卖一诗策，内有使墨君事者，遂下狱。李定、何正臣劾其事，以指斥论。谓苏曰：'学士素有名节，何不与他招了？'苏曰：'轼为人臣，不敢萌此心。却未知何人造此意？'一日，禁中遣冯宗道按狱，止贬黄州团练副使。"此段《乌台诗案》所不载，附录于此。

汪师韩《苏诗选评笺释》卷三：在次首特为"诗笔如神"下一转语，"城东不斗少年鸡"，进乎道矣。

纪昀评《苏文忠公诗集》卷一九：（"此去声名不厌低"）句太俚。

梅花二首

其一

春来幽谷水潺潺，的皪梅花草棘间。

一夜东风吹石裂，半随飞雪度关山。

集评：

周必大《跋汪逵所藏东坡字》：右苏文忠公手写诗词一卷、《梅花》二绝，元丰三年正月贬黄州道中所作。"昨夜东风吹石裂"集本改为"一夜"。

袁文《瓮牖闲评》：苏东坡"春来幽谷水潺潺"诗，题目只作《梅花》，少年时读，甚疑之。此盖谪黄州时，路中作诗偶及之，初不专为梅花。

汪师韩《苏诗选评笺释》卷三：抚琴动操，众山皆响，前作有焉。

纪昀评《苏文忠公诗集》卷二〇：以格自比。（"的皪梅花草棘间"）"的皪"二字入绝句，不配色。

其二

何人把酒慰深幽，开自无聊落更愁。
幸有青溪三百曲，不辞相送到黄州。

集评：

许颛《彦周诗话》："何人把酒慰深幽，开自无聊落更愁。幸有青溪三百曲，不辞相送到黄州。""南枝北枝春事休，榆钱可寄柳带柔。定是沈郎作诗瘦，不应春能生许愁。"此东坡、鲁直《梅花》二章。作诗名貌不出者，当深考二诗。

王士祯《带经堂诗话》卷九：可追踪唐贤。

汪师韩《苏诗选评笺释》卷三：词若未至，意已独往，后作有焉。

纪昀评《苏文忠公诗集》卷二〇：前首借喻，此首说明，章法不苟。（"开自无聊落更愁"）从"落"字生情。（"幸有青溪三百曲"二句）奇幻。

初到黄州

自笑平生为口忙，老来事业转荒唐。
长江绕郭知鱼美，好竹连山觉笋香。
逐客不妨员外置，诗人例作水曹郎。
只惭无补丝毫事，尚费官家压酒囊。

自注：检校官例折支，多得退酒袋。

集评：

　　黄彻《碧溪诗话》卷一〇：子建称孔北海文章多杂以嘲戏，子美亦戏效俳谐体，退之亦有寄诗杂诙俳，不独文举为然。（略）大体材力豪迈有余，而用之不尽，自然如此。（略）坡集类此不可胜数。（略）《黄州》诗云："只惭无补丝毫事，尚费官家压酒囊。"（略）皆斡旋其章而弄之。信恢刃有余，与血指汗颜者异矣。

　　曾季狸《艇斋诗话》：东坡黄州诗云："长江绕郭知鱼美，好竹连山觉笋香。"读此可见黄州专有水竹也。

　　《瀛奎律髓汇评》卷四三《迁谪类》方回评：东坡元丰二年己未冬，责授检校水部员外郎、黄州团练使，本州安置，明年二月到郡。何逊、张籍、孟宾三诗人皆水部。

　　又冯班评：此何以似白公？有谓坡公不如谷者，我不信也。

　　又：此后诗不必工，多故事可用。

　　又：第六用白公语。

　　又查慎行评：结句元注自不可删，语有苏集，观者自考之。

　　又纪昀评：东坡诗多伤激切。此虽不免兀傲，而尚不甚碍和平之音。

　　又：末句本集自有注，不载则此句不明。

　　袁宏道评阅谭元春选《东坡诗选》卷四谭元春评："鱼美""笋

香"俱未尝实历,所以二语好。

汪师韩《苏诗选评笺释》卷三:因江而知鱼美,见竹而觉笋香,确是初到情景。员外、水曹则新授头衔也。末句承腹联说下,亦是初任事之词。

纪昀评《苏文忠公诗集》卷二〇:此却和平。

王文濡《宋元明诗评注读本》卷六:轼以诗得罪,即吴充亦谓其不能无触望。今观此诗,似不失素位而行之意。

陈衍《宋诗精华录》卷二:《南园》后二句,即"长江绕廓"一联作法。

陈季常所蓄《朱陈村嫁娶图》二首

其一

何年顾陆丹青手,画作《朱陈嫁娶图》。
闻道一村惟两姓,不将门户买崔卢。

其二

我是朱陈旧使君,劝农曾入杏花村。

自注:朱陈村在徐州萧县。

而今风物那堪画,县吏催钱夜打门。

集评:

纪昀评《苏文忠公诗集》卷二〇:二首皆浅直。

赵翼评沈德潜《宋金三家诗选·苏东坡诗选》卷上:"而今风物那堪画"二句)反托一笔,何限神往。

张道《苏亭诗话》卷三《故事类》下:东坡《陈季常所蓄〈朱陈

村嫁娶图》)诗,有"而今风物那堪画,县吏催钱夜打门"句。都穆《南濠诗话》:朱陈村在徐州丰县东南一百里,白乐天有《朱陈村》诗,余每诵之,则尘襟为之一洒,恨不生长其地。后读坡翁诗云云,则宋之朱陈,已非唐时之旧,若以今视之,又不知其何如也。

赵克宜《角山楼苏诗评注汇钞》附录卷下:题图不嫌于浅,但不得以为七绝恒蹊。

少年时,尝过一村院,见壁上有诗云:"夜凉疑有雨,院静似无僧。"不知何人诗也。宿黄州禅智寺,寺僧皆不在,夜半雨作,偶记此诗,故作一绝

佛灯渐暗饥鼠出,山雨忽来修竹鸣。
知是何人旧诗句,已应知我此时情。

集评:

查慎行《初白庵诗评》卷中:此诗全首载《宋文鉴》中,乃潘阆《夏日宿西禅寺》诗。

汪师韩《苏诗选评笺释》卷三:境真则情味自深,唏嘘欲绝。

纪昀评《苏文忠公诗集》卷二〇:第三句突出无根。若非题目分明,则上二句似是旧句矣。

王文诰《苏文忠公诗编注集成·编年古今体诗》卷二〇:上联全从潘句(按:指潘阆《夏日宿西禅寺》诗)脱出,而面貌则非,此犹诗之魂也。

定惠院寓居月夜偶出

幽人无事不出门,偶逐东风转良夜。
参差玉宇飞木末,缭绕香烟来月下。
江云有态清白媚,竹露无声浩如泻。
已惊弱柳万丝垂,尚有残梅一枝亚。
清诗独吟还自和,白酒已尽谁能借。
不惜青春忽忽过,但恐欢意年年谢。
自知醉耳爱松风,会拣霜林结茅舍。
浮浮大瓿长炊玉,溜溜小槽如压蔗。
饮中真味老更浓,醉里狂言醒可怕。
闭门谢客对妻子,倒冠落佩从嘲骂。

集评:

　　洪迈《容斋五笔》卷七《琵琶行海棠诗》:白乐天《琵琶行》一篇,读者但羡其风致,敬其词章,至形于乐府,咏歌之不足,遂以谓真为长安故倡所作。予窃疑之。唐世法网虽于此为宽,然乐天尝居禁密,且谪官未久,必不肯乘夜入独处妇人船中,相从饮酒,至于极弹丝之乐,中夕方去,岂不虞商人者他日议其后乎?乐天之意,直欲摅写天涯沦落之恨尔。东坡谪黄州,赋《定惠院海棠》诗,有"陋邦何处得此花,无乃好事移西蜀""天涯流落俱可念,为饮一尊歌此曲"之句,其意亦尔也。或谓殊无一话一言与之相似,是不然。此真能用乐天之意者,何必效常人章摹句写而后已哉?

　　叶矫然《龙性堂诗话》初集:至杜云"白摧朽骨龙虎死,黑入太阴雷雨垂""子规夜啼山竹裂,王母昼下云旗翻",语以奇胜而带幽。苏云"江云有态清白媚,竹露无声浩如泻"(略),语以幽胜而实奇,不相袭而相当,二公之谓欤。

查慎行《初白庵诗评》卷中:两篇曲折清真,自作风格。不知汉魏,何论六朝三唐。与《定惠院海棠》,各极其妙。即在先生集中,亦不易多得。后人不自揣量,乃有次韵追和者,无羞恶之良者也。

又《初白庵苏诗补注》卷二〇:施氏原注:"此诗墨迹在临川黄扰家。尝刻于婺倅厅。'但当谢客',墨迹作'闭门谢客'。"

汪师韩《苏诗选评笺释》卷三:清游胜赏,一往作气,澄鲜之语。忽念及欢意日谢,又说到醉里狂言可怕,谪居中情绪若揭。

蒋士铨《题东坡定惠院夜偶出二诗草稿后即用元韵二首》(选一):栖栖未徙临皋亭,凉凉独写清游夜。蚕行桑叶忽稍停,云抹山痕时一下。知公用才如服气,数转河车防直泻。叠字涂来乌择栖,成行窜去花偷亚。有丹挽骨肯待时,持璧易田宁许借。杜门疏食正省愆,投野全生曾报谢。安贫自用昼叉钱,学道将遗无庆舍。回思获谴同累丸,时欲杀公如断蔗。门前江近会浪惊,井底泥深瓶缏怕。旧稿才焚新稿成,可怜拌受妻奴骂。

又《前韵再题二首》:志墓新持乳母丧,对床远忆筠州夜。可怜吹笛黄楼中,何若牵船赤壁下。笑公扃钥文字口,不免漏卮时一泻。论事惟凭正气争,相倾半属交游亚。甀经堕地谁复惜,箭已在弦那可借。笋香鱼美谪居宜,柳弱梅残诗笔谢。偶遗结句龙匿尾,倒挽中联星改舍。平生读书盐入水,偶尔挥豪糖出蔗。岐亭蟹贱老饕喜,樊口酒酸豪饮怕。今年换武作团练,一笑休辞灌夫骂。黄泥坂词稿已失,不省黄州醉时夜。移居新扫旧巢痕,买牛甘老东坡下。杂花冉冉雨中媚,暗井涓涓草根泻。峨眉雪消江水来,千里莼羹乡味亚。春宵偶出踏明月,扶老一枝双不借。归哦秀句倚朝云,钗脚频挑玉虫谢。文词在世神附影,墨迹传摹胎夺舍。苏米斋中善本多,插架签赙如束蔗。襄阳眉山两军立,壁上诸侯观者怕。跋之我敢守东垣,骂者皆诛原不骂。

纪昀评《苏文忠公诗集》卷二〇:句句对仗,于后世为别格,然却是齐梁唐人之旧格。("参差玉宇飞木末")用翟夫师事,则"玉"字说"飞"亦可,然究未妥也。查云:"两篇曲折清真,自作风格。与《定惠院海棠》诗各极其妙。"良是。至谓"不知有汉,无论六朝三唐",则未免太过。

赵翼批沈德潜《宋金三家诗选·苏东坡诗选》上卷:联偶只如单行,通首无一弱笔,是坡公独擅处。

王文诰《苏文忠公诗编注集成·苏海识余》卷一:《定惠院寓居月夜偶出》诗:"江云有态清白媚,竹露无声浩如泻。已惊弱柳万丝垂,尚有残梅一枝亚。"此不食烟火人语,所谓"霜天欲晓,古寺清钟"是也。公乃时一奇弄,洗发不穷,奈林家此数篇何。肌肤虽腻,终非骨像天成,难与比肩矣。其后又云:"江头千树春欲暗,竹外一枝斜更好。""风清月落无人见,洗妆自趁霜钟早。"盖已前无先声,后无嗣响,又不论岭海三篇也。

赵克宜《角山楼苏诗评注汇钞》卷九:("江云有态清白媚")写景极炼极雅。("浮浮大甑长炊玉")此下皆是设想之辞。

张佩纶《涧于日记》辛卯下:("自知醉耳爱松风")二句且拓且煞,便觉咫尺万里,视他手规规止睫者,相去霄壤矣。

杨钟羲《雪桥诗话》三集卷七引张商言评:"偶逐东风转良夜",已出门矣。故下云"江云有态清白媚",又云"会拣霜林结茅舍",皆眼前指点,平远眺望光景,已在门外,不在门内,似未可言"前篇只说月夜"(按:指翁方纲评)也。

次韵前篇

去年花落在徐州,对月酣歌美清夜。

自注：去年徐州花下对月，与张师厚、王子立兄弟饮酒，作鳢字韵诗。

今年黄州见花发，小院闭门风露下。
万事如花不可期，余年似酒那禁泻。
忆昔扁舟溯巴峡，落帆樊口高桅亚。

自注：樊口在黄州南岸。

长江衮衮空自流，白发纷纷宁少借。
竟无五亩继沮溺，空有千篇凌鲍谢。
至今归计负云山，未免孤衾眠客舍。
少年辛苦真食蓼，老境安闲如啖蔗。
饥寒未至且安居，忧患已空犹梦怕。
穿花踏月饮村酒，免使醉归官长骂。

集评：

苏轼《东坡志林》卷一《忆王子立》：仆在徐州，王子立、子敏皆馆于官舍，而蜀人张师厚来过，二王方年少，吹洞箫饮酒杏花下。明年，余谪黄州，对月独饮，尝有诗云："去年花落在徐州，对月酣歌美清夜。今日黄州见花发，小院闭门风露下。"盖忆与二王饮时也。张师厚久已死，今年子立复为古人，哀哉！

汪师韩《苏诗选评笺释》卷三：字字熔炼而出。"食蓼""啖蔗"尤为见道之言。次韵较原作为更创获，长庆因继松陵唱和，犹当逊谢，何况余子。

纪昀评《苏文忠公诗集》卷二〇：清峭不减前篇。

马位《秋窗随笔》：《芥隐笔记》："乐天诗'去岁暮春上巳，共泛洛水中流。今岁暮春上巳，独立香山上头'。子瞻用之为《海外上元》诗。"愚谓此格不专出乐天，唐人极多。（略）子瞻犹有（略）

"去年花落在徐州,对酒酣歌美清夜。今年黄州见花发,小院闭门风露下。"严沧浪所谓扇对是也。

翁方纲《苏诗补注》卷四:按此诗作于元丰三年春,先生年四十五。老苏公之归葬在治平三年丙午,先生以护丧归蜀,过黄州南岸,时先生年三十一,距此时正十五年,故曰"忆昔还乡溯巴峡"也,其改定精密如此。

又《跋东坡诗稿二首》:所改字句与其原本相对看,尤见诗法。前一首题曰《月夜偶出》,而此篇只言月夜,直至第二篇(按:即《次韵前篇》)末乃说明偶出。此二诗之点明偶出,全在次篇末二句。

赵克宜《角山楼苏诗评注汇钞》卷九:凡次韵须与前篇用意有别。("去年花落在徐州"二句)衬起。("万事如花不可期")顿一联,不复写景,直用述怀。("忆昔扁舟溯巴峡")追往。("至今归计负云山")悼今。("少年辛苦真食蓼"四句)总述两联,洗炼之极。

杨钟羲《雪桥诗话》三集卷七引张商言评:后篇另为结构,感旧怀人,末云"穿花踏月饮村酒",亦是月夜偶出之意。故诗成复冠一题曰《次韵前篇》,非赘出也。

安国寺寻春

卧闻百舌呼春风,起寻花柳村村同。
城南古寺修竹合,小房曲槛敧深红。
看花叹老忆年少,对酒思家愁老翁。
病眼不羞云母乱,鬓丝强理茶烟中。
遥知二月王城外,玉仙洪福花如海。
薄罗匀雾盖新妆,快马争风鸣杂珮。

玉川先生真可怜，一生耽酒终无钱。

病过春风九十日，独抱添丁看花发。

集评：

查慎行《初白庵诗评》卷中：（"看花叹老忆年少"二句）每句作三折。

汪师韩《苏诗选评笺释》卷三：寻春写烂漫之景，宜也。乃因看花而叹老，因叹老而忆年少，又因对酒而思家，因思家而愁老翁。一句三折笔，璀璨处正尔含毫邈然。

纪昀评《苏文忠公诗集》卷二〇：起有神致。以后半篇文意推之，题下当有"寄某人"或"怀某人"字。东坡此时惟子迈随行，无所谓"抱添丁"（"独抱添丁看花发"）也。

方东树《昭昧詹言》卷一二：起超妙。"遥知"数句妙，有情。

寓居定惠院之东，杂花满山，有海棠一株，土人不知贵也

江城地瘴蕃草木，只有名花苦幽独。

嫣然一笑竹篱间，桃李漫山总粗俗。

也知造物有深意，故遣佳人在空谷。

自然富贵出天姿，不待金盘荐华屋。

朱唇得酒晕生脸，翠袖卷纱红映肉。

林深雾暗晓光迟，日暖风轻春睡足。

雨中有泪亦凄怆，月下无人更清淑。

先生食饱无一事，散步逍遥自扪腹。

不问人家与僧舍，挂杖敲门看修竹。

忽逢绝艳照衰朽，叹息无言揩病目。

陋邦何处得此花，无乃好事移西蜀。

寸根千里不易致，衔子飞来定鸿鹄。

天涯流落俱可念，为饮一樽歌此曲。

明朝酒醒还独来，雪落纷纷那忍触。

集评：

黄庭坚《跋所书苏轼海棠诗》：子瞻在黄州作《海棠诗》，追古今绝唱也，晦叔乞书，故为落笔。

胡寅《和叔夏海棠次东坡韵》：老坡有咏记江城，少陵无句惭巴蜀。顾我荒词陪绝唱，何异斥鹦追黄鹄。

黄彻《䂬溪诗话》卷八：介甫《梅》诗云："少陵为尔牵诗兴，可是无心赋海棠。"杜默云："倚风莫怨唐工部，后裔谁知不解诗。"曾不若东坡《柯丘海棠》长篇，冠古绝今，虽不指明老杜，而补亡之意，盖使来世自晓也。

朱弁《风月堂诗话》卷下：晁察院季一名贯之，清修善吐论。客言东坡尝自咏《海棠》诗，至"雨中有泪亦凄怆，月下无人更清淑"之句，谓人曰："此两句，乃吾向造化窟中夺将来也。"客曰："坡此语盖戏客耳。世岂有夺造化之句？"季一曰："韩退之云：'妙语斡元造。'如老杜'落絮游丝白日静，鸣鸠乳燕青春深'，虽当隆冬冱寒时诵之，便觉融怡之气生于衣裾，而韶光美景宛然在目，动荡人思。岂不是斡元造而夺造化乎？"

洪迈《容斋五笔》卷七《琵琶行海棠诗》：白乐天《琵琶行》一篇，读者但羡其风致，敬其词章，至形于乐府，咏歌之不足，遂以谓真为长安故倡所作。（略）乐天之意，直欲摅写天涯沦落之恨尔。东坡谪黄州，赋《定惠院海棠》诗，有"陋邦何处得此花，无乃好事移西蜀""天涯流落俱可念，为饮一尊歌此曲"之句，其意亦尔也。

或谓殊无一语一言与之相似,是不然。此真能用乐天之意者,何必效常人章摹句写而后已哉?

杨万里《诚斋诗话》:白乐天《女道士》诗云:"姑山半峰雪,瑶水一枝莲。"此以花比美妇人也。东坡《海棠》云:"朱唇得酒晕生脸,翠袖卷纱红映肉。"此以美妇人比花也。山谷《酴醾》云:"露湿何郎试汤饼,日烘荀令炷炉香。"此以美丈夫比花也。山谷此诗出奇,古人所未有,然亦是用"荷花似六郎"之意。

魏庆之《诗人玉屑》卷一七《长于譬喻》引《室中语》:子瞻作诗,长于譬喻。(略)如一联则"少年辛苦真食蓼,老境清闲如啖蔗",如一句即"雪里波菱如铁甲"之类,不可胜纪。

又卷一七《海棠诗》:东坡作此诗,词格超逸,不复蹈袭前人。其诗有"嫣然一笑竹篱间,桃李漫山总粗俗""自然富贵出天姿,不待金盘荐华屋。朱唇得酒晕生脸,翠袖卷纱红映肉。林深雾暗晓光迟,日暖风轻春睡足。雨中有泪亦凄怆,月下无人更清淑"。元丰间,东坡谪黄州,寓居定惠院,院之东小山上,有海棠一株,特繁茂,每岁盛开时,必为携客置酒,已五醉其下矣,故作此长篇。平生喜为人写,盖人间刊石者,自有五六本云。轼平生得意诗也。

方回《题东坡先生惠州(当为黄州,下同)定惠院海棠诗后赵子昂画像并书》:五季乾坤混为一,艰难得之容易失。一拳槌碎四百州,新法宰相王安石。二苏中尤恶大苏,周二程张俱不识。绍圣奸臣讲绍述,元祐诸贤纷窜斥。东坡饱吃惠州饭,心知悖卜乃国贼。恍惚他乡见似人,海棠一株困荆棘。海内文章蜀党魁,蜀第一花世无匹。邂逅相逢心相怜,瘴雨蛮烟污玉质。忆昔蒟酱筇竹枝,适与张骞遇西域。彼徒生事远劳人,此感与国同休戚。屈原放废郢都丧,箕子囚奴殷录讫。惠州未已更儋州,必欲杀之至此极。立党籍碑封舒王,竟使大梁无社稷。此诗此画系兴亡,可忍细看泪横臆。

胡应麟《诗薮》内编卷三：苏子瞻《定惠寺海棠》、郭功父《金山行》等篇，亦尚有佳处，而不能尽脱宋气。

又外编卷五：子瞻虽体格创变，而笔力纵横，天真烂熳。集中如（略）《定惠海棠》等篇，往往俊逸豪丽，自是宋歌行第一手。其他全篇涉议论滑稽者，存而不论可也。

袁宏道评阅谭元春选《东坡诗选》卷五谭元春评：中郎（袁宏道）极赏"朱唇""翠袖"二语，以为海棠写神。余谓此诗可选，别有气格，似不尽此二语。

王世贞《跋坡公行草定惠院海棠诗刻》：坡公好书《定惠院海棠歌》，真迹留人间凡十数本。而此其醉书赠张房元明者，于疏纵跌宕间自紧密有态，大概如良马春原骄嘶自赏，故不作款段骎骎步也。余以壬戌七月望登亦壁，歌公前后二赋，旋访定惠遗址，求海棠而不可得。览公此刻，不觉怅然。或谓公自爱其诗，或谓公蜀人，以海棠蜀种，时俱滞齐，故屡书之以志感。

查慎行《初白庵诗评》：读前半，竟似海棠曲矣。妙在"先生食饱"（"先生食饱无一事"）一转。此种诗境从少陵《乐游园歌》得来。寓其神理，而化其畦畛，斯为千古绝作。

汪师韩《苏诗选评笺释》卷三："朱唇"二句绘其态，"林深"二句传其神，"雨中"二句写其韵。不染铅粉，不置描摹，乃得是追魂摄魄之笔。倘中无写发，而但一味作叹息流落之词，岂复有此焱绝焕炳？

袁枚《随园诗话》卷一：徐凝《咏瀑布》云："万古常疑白练飞，一条界破青山色。"的是佳语，而东坡以为恶诗，嫌其未超脱也。然东坡《海棠》诗云："朱唇得酒晕生脸，翠袖卷纱红映肉。"似比徐诗更恶矣。人震苏公之名，不敢掉罄。此应劭所谓"随声者多，审音者少"也。

纪昀评《苏文忠公诗集》卷二〇：纯以海棠自寓，风姿高秀，兴象深微。后半尤烟波跌宕。此种真非东坡不能,东坡非一时兴到亦不能。

(日本)赖山阳《东坡诗钞》卷三:("不知贵")此三字,此诗之所以作。当时满朝公卿,犹杂花满山。偶有海棠一株,空使在山谷间,是此诗之寓意,而读者在以意迎之耳。一韵到底,无一字强押,是作者极力者。后世于坡公真迹中,往往有书此诗,盖属其得意作。("朱唇得酒晕生脸"二句)极形容海棠。("林深雾暗晓光迟"二句)乃杂花满山之意。("先生食饱无一事"二句)二句不关题,是大家手段。("天涯流落俱可念")归到自己身上。("明朝酒醒还独来"二句)添此二句尤妙。

赵翼批沈德潜《宋金三家诗选·苏东坡诗选》卷上:("无乃好事移西蜀")触动所思。

赵克宜《角山楼苏诗评注汇钞》卷九:先写题面,后入议论,诗境之常,佳处自在善于生情,工于用笔。若《乐游园歌》格意,绝不相类,不知查氏(慎行)何以云然。("嫣然一笑竹篱间")二语写绝。("朱唇得酒晕生脸"二句)比例恰切海棠,余花移掇不去。("忽逢绝艳照衰朽"六句)人与花绾结,发论极有情思。("天涯流落俱可念")一语双锁。

雨中看牡丹三首

其一

雾雨不成点,映空疑有无。
时于花上见,的皪走明珠。
秀色洗红粉,暗香生雪肤。
黄昏更萧瑟,头重欲相扶。

342

集评：

汪师韩《苏诗选评笺释》卷三：首作句句有雨在。

纪昀评《苏文忠公诗集》卷二〇：三首一气相生。("的皪走明珠")"走"字似荷叶矣。作"落"字"缀"字即得。("暗香生雪肤")不似雨中。("黄昏更萧瑟"二句)结语景真而字不雅。

（日本）赖山阳《东坡诗钞》卷一：此等诗，东坡中一种出色极细腻清高者，所谓大家无不有者。("雾雨不成点")自"雨"下笔，便不凡。("黄昏更萧瑟"二句)绝妙形容。

其二

明日雨当止，晨光在松枝。
清寒入花骨，肃肃初自持。
午景发浓艳，一笑当及时。
依然暮还敛，亦自惜幽姿。

集评：

查慎行《初白庵诗评》卷中：两句一转，化板为活。

又《初白庵苏诗补注》卷二〇：施氏原注："午景发'浓艳'，集本作'浓丽'，今从墨迹。"

贺裳《载酒园诗话》：《雨中看牡丹》"依然暮还敛，亦自惜幽姿"，尤有雅人风致。

王文诰《苏文忠公诗编注集成·苏海识余》卷一：贺裳曰："黄州《雨中看牡丹》诗'依然暮还敛，亦自惜幽姿'二句，尤有雅人深致。"余谓"黄昏更萧瑟，头重欲相扶"二句，其锻炼全在"更"字，著意雨中尤精。

香岩批《纪评苏诗》卷二〇："清寒"以下六句，从朝写至暮，五、六非转也。

其三

幽姿不可惜，后日东风起。

酒醒何所见，金粉抱青子。

千花与百草，共尽无妍鄙。

未忍污泥沙，牛酥煎落蕊。

集评：

陆游《老学庵笔记》卷一〇：唐王建《牡丹》诗云："可怜零落蕊，收取作香烧。"虽工而格卑。东坡用其意云："未忍污泥沙，牛酥煎落蕊。"超然不同矣。

汪师韩《苏诗选评笺释》卷三：三作言后日，又从雨中而想雨后之景，出奇无穷。

纪昀评《苏文忠公诗集》卷二〇：三首一气相生。

武昌铜剑歌

供奉官郑文尝官于武昌，江岸裂，出古铜剑，文得之以遗余，冶铸精巧，非锻冶所成者。

雨余江清风卷沙，雷公蹑云捕黄蛇。

蛇行空中如枉矢，电光煜煜烧蛇尾。

或投以块铿有声，雷飞上天蛇入水。

水上青山如削铁，神物欲出山自裂。

细看两胁生碧花，犹是西江老蛟血。

苏子得之何所为，蒯缑弹铗咏新诗。

君不见凌烟功臣长九尺,腰间玉具高拄颐。

集评:

查慎行《初白庵诗评》卷中:一意盘旋,句句灵活。

汪师韩《苏诗选评笺释》卷三:文之奇伟怪谲,固由才思天成。然无根之谈,作者弗尚。故世谓杜诗韩笔,无一字无来历也。即如此篇,全是《广异记》来,加之镕炼,遂成奇光异彩,岂后人臆说者所能仿佛其万一。

纪昀评《苏文忠公诗集》卷二〇:此与《醉道士石》诗同一运意,皆讨巧省力之法。彼只成游戏小品,而此能不失诗格者,赖有一结耳。

(日本)赖山阳《东坡诗钞》附《书韩苏古诗后》:世服苏之广长舌,不知其收舌不尽展者更好。(略)《谢铜剑》(略),皆丰约合度,姿态可观。

王士祯《王文简古诗平仄论》:(翁)方纲按:此篇换韵之格,乍看似参差,而实整齐之至也。末一韵多广长句,故第一韵少二句,以蓄其势,第五句、六句仍顺承三、四句之韵,则中间仍是四句一韵。前后伸缩,音节天然,岂得以参差异之?

方东树《昭昧詹言》卷一二:奇妙不减昌谷。

又:浑转溜亮,酣恣淋漓。坡此首暨(略)《武昌剑》(略)皆可为典制之式。

香岩批《纪评苏诗》卷二〇:用《广异记》敷佐成篇。

赵克宜《角山楼苏诗评注汇钞》卷九:(起处)绝妙运用,确切铜剑。观纪氏所评,或误认为凭空撰出耳。("细看两胁生碧花")语亦警策。

五禽言五首（选二首）

梅圣俞尝作《四禽言》，余谪黄州，寓居定惠院，绕舍皆茂林修竹，荒池蒲苇，春夏之交，鸣鸟百族，土人多以其声之似者名之。遂用圣俞体作《五禽言》。

其二

昨夜南山雨，西溪不可渡。

溪边布谷儿，劝我脱破裤。

不辞脱裤溪水寒，水中照见催租瘢。

自注：土人谓布谷为脱却破裤。

集评：

黄彻《碧溪诗话》卷八：（"不辞脱裤溪水寒"二句）等闲戏语，亦有所补。

其五

姑恶姑恶，姑不恶，妾命薄。

君不见东海孝妇死作三年干，不如广汉庞姑去却还。

自注：姑恶，水鸟也，俗云妇以姑虐死，故其声云。

集评：

查慎行《初白庵诗评》卷中：与退之《羑里操》同一忠孝至性。

纪昀评《苏文忠公诗集》卷二〇：此种题目，初作犹是乐府变体，歌谣遗意；再作则陈陈相因，转入窠臼矣。何效之者至今不已也？

346

翁方纲《石洲诗话》卷三:《五禽言》,亦近《竹枝》之神致。梅诗《四禽言》,惟《泥滑滑》一首为欧公所赏,果然神到。其余亦无甚佳致。苏诗五首,亦不为至者。

赵克宜《角山楼苏诗评注汇钞》附录卷下:诗有工拙,不以乐府歌谣之体陈陈相因而可废也。五七言古近体亦陈陈相因,岂可废而不用乎?特此五诗实未为工耳。

正月二十日,往岐亭,郡人潘、古、郭三人送余于女王城东禅庄院

十日春寒不出门,不知江柳已摇村。
稍闻决决流冰谷,尽放青青没烧痕。
数亩荒园留我住,半瓶浊酒待君温。
去年今日关山路,细雨梅花正断魂。

集评:

黄彻《䂬溪诗话》卷四:用自己诗为故事,须作诗多者乃有之。(略)坡赴黄州,过春风岭,有两绝句,后诗云:"去年今日关山路,细雨梅花正断魂。"至海外又云:"春风岭下淮南村,昔年梅花曾断魂。"

《瀛奎律髓》卷一〇方回评:坡诗不可以律缚,善用事者无不妙,他语意天然者如此,尽十分好。

又冯班评:于题不甚顾,力大才高故也。

又:比山谷何啻天壤?大略黄费筋力,苏自然,黄苦而险,苏散而阔。

又:杜、白、苏三家皆不为律缚者也。"江西"有意摆脱,丑态百

出。惟以力大学富,后人不能及耳。

又纪昀评:东坡七律,往往一笔写出,不甚绳削。其高处在气机生动,才力富健。其不及古人者,在少熔炼之工与浑厚之致。

又许印芳评:施氏注云:"潘名大临,古名耕道,郭名遘。"王氏注云:"黄州东十五里有永安城,俗呼女王城。"

又:晓岚前批总论东坡七律,语语的确。后批此诗亦惬当。惟批《律髓》此诗,但每句著圈,批本集则通首密圈。今从本集密圈之。又曰:"结语盖指初贬黄州,元丰三年春赴贬所时言。以诗法论之,当有小注,读者乃知其意之所在,此等处殊欠分晓。"

又:起句连下两"不"字,此不为复。惟七句"日"字与首句复。"烧"读去声。

袁宏道评阅谭元春选《东坡诗选》卷五谭元春评:坡诗多有堆、率二失,如此亦可选。然"半瓶浊酒"亦无救于率易。

汪师韩《苏诗选评笺释》卷三:竟体兀傲,一结含蕴无穷,仿佛少陵《东阁观梅》之作。

纪昀评《苏文忠公诗集》卷二一:一气浑成。

赵翼批沈德潜《宋金三家诗选·苏东坡诗选》上卷:公以才气胜,此以才情胜,系集中别调。

王文诰《苏文忠公诗编注集成·编年古今体诗》卷二一:("十日春寒不出门"四句)一片空灵,奔赴腕下。此因赴岐亭而念关山也,但本意于末句暗藏"路上行人"四字,结住道中,读者徒知赞叹,未见其夺胎之巧也。

赵克宜《角山楼苏诗评注汇钞》卷一〇:前六句浅直,赖末二句细润救之。

陈衍《宋诗精华录》卷二:写景中要有兴味,所谓有人存也。"乱山环合""十日春寒"各首皆是。

东坡八首

余在黄州二年,日以困匮,故人马正卿哀余乏食,为于郡中请故营地数十亩,使得躬耕其中。地既久荒,为茨棘瓦砾之场,而岁又大旱,垦辟之劳,筋力殆尽。释耒而叹,乃作是诗,自愍其勤,庶几来岁之入,以忘其劳焉。

其一

废垒无人顾,颓垣满蓬蒿。
谁能捐筋力,岁晚不偿劳。
独有孤旅人,天穷无所逃。
端来拾瓦砾,岁旱土不膏。
崎岖草棘中,欲刮一寸毛。
喟然释耒叹,我廪何时高。

集评:

查慎行《初白庵诗评》卷中:("独有孤旅人"四句)沉郁尽到。

纪昀评《苏文忠公诗集》卷二一:末四句逼真少陵。

(日本)赖山阳《东坡诗钞》卷一:此诗源于渊明,而其面目不同。("废垒无人顾"二句)此等处使白居易作之,必用对语。("谁能捐筋力"二句)押匀宜如此切实。("端来拾瓦砾")"端",正字意,云公正当拾瓦砾之时也。("崎岖草棘中")云崎岖于草棘中也。("欲刮一寸毛")"刮"字自"毛"字生来。("我廪何时高")分用《诗经》高廪字,妙。

赵克宜《角山楼苏诗评注汇钞》卷一〇:一结笔意高简,恰是首章地步。

其二

荒田虽浪莽,高庳各有适。

下隰种粳稌,东原莳枣栗。

江南有蜀士,桑果已许乞。

好竹不难栽,但恐鞭横逸。

仍须卜佳处,规以安我室。

家僮烧枯草,走报暗井出。

一饱未敢期,瓢饮已可必。

集评:

苏轼《与王定国》:《耕荒田》诗有云:"家童烧枯草,走报暗井出。一饱未敢期,瓢饮已可必。"(略)此句可以发万里一笑也。

陈模《怀古录》卷上:东坡诗云:"家童烧枯草,走报暗井出。一饱未敢期,瓢饮已可必。"亦皆有旷适之意。然其旷适者却与渊明不同。盖其一气赶从后,飘飘然豪俊之气终不掩,故止可以为东坡之诗,而非渊明之诗也。

汪师韩《苏诗选评笺释》卷三:因耕田而及桑果竹木,以至筑室穿井,各成幸愿,想见随遇而安。

纪昀评《苏文忠公诗集》卷二一:("家僮烧枯草"以下)波澜好。结得沉著。

(日本)赖山阳《东坡诗钞》卷一:古调。此首,八首中之最者也。奇绝佳绝,此坡公本色。("好竹不难栽")异样,不俗。("但恐鞭横逸")细腻。("一饱未敢期"二句)收结起意,妙句。

赵克宜《角山楼苏诗评注汇钞》卷一〇:("家僮烧枯草")摹写实境入细,借以生出结果意。

其三

自昔有微泉，来从远岭背。

穿城过聚落，流恶壮蓬艾。

去为柯氏陂，十亩鱼虾会。

岁旱泉亦竭，枯萍黏破块。

昨夜南山云，雨到一犁外。

泫然寻故渎，知我理荒荟。

泥芹有宿根，一寸嗟独在。

雪芽何时动，春鸠行可脍。

自注：蜀人贵芹芽脍，杂鸠肉为之。

集评：

纪昀评《苏文忠公诗集》卷二一：("泫然寻故渎"二句)"泫然"二句无理有情，沧浪所谓"诗有别趣"，盖指此种。惟标为宗者则隘矣。

(日本)赖山阳《东坡诗钞》卷一：("流恶壮蓬艾")言恶水流，蓬艾长。("枯萍黏破块")形容旱竭得妙，此一篇精采处。("泫然寻故渎")此公本色，非公不能言者。("春鸠行可脍")"春"字有味，作"鸠肉"便不振。

张道《苏亭诗话》卷五《补注类》：《二老堂诗话》："蜀人缕春鸠为脍，配以芹菜，或为诗云：'本欲将勤补，那知弄巧成。'"按此则可补入《东坡八首》之三"雪芽何时动，春鸠行可脍"句下注。

赵克宜《角山楼苏诗评注汇钞》卷一〇：("穿城过聚落"二句)次联体物精到。

其四

种稻清明前,乐事我能数。

毛空暗春泽,针水闻好语。

自注:蜀人以细雨为雨毛,稻初生时,农夫相语稻针出矣。

分秧及初夏,渐喜风叶举。

月明看露上,一一珠垂缕。

秋来霜穗重,颠倒相撑拄。

但闻畦陇间,蚱蜢如风雨。

自注:蜀中稻熟时,蚱蜢群飞田间,如小蝗状,而不害稻。

新春便入甑,玉粒照筐筥。

我久食官仓,红腐等泥土。

行当知此味,口腹吾已许。

集评:

汪师韩《苏诗选评笺释》卷三:苏东坡诗八首,大率皆田中语。其第四首云:"种稻清明前(略)。"此诗叙田家自清明至成熟,曲尽其趣。注未能尽发其妙。

查慎行《初白庵诗评》卷中:如老农说家常。王、储田家诗逊其精细。

《御选唐宋诗醇》卷三七:悉数四时田事,风霜月露,宛转关情,王、孟田家杂诗所未经道。

纪昀评《苏文忠公诗集》卷二一:三、四究微嫌生造。("我久食官仓"四句)忽作得意语,正无聊之极语也。

(日本)赖山阳《东坡诗钞》卷一:此诗,八诗中是为中权,极用细腻之笔,看他坡公极力处。("种稻清明前")自是八首中起手。

（"乐事我能数"）一篇运转句。（"毛空暗春泽"二句）蜀人，细雨云雨毛，初生云"针水"。（"渐喜风叶举"）言稻叶渐长，举扬于风也。（"一一珠垂缕"）"举""缕"，押韵俱佳。（"蚱蜢如风雨"）群飞如风雨。（"我久食官仓"）自"玉粒"句（"玉粒照筐筥"）转来，转法可学。

赵克宜《角山楼苏诗评注汇钞》卷一〇：通首说蜀中田务，皆是衬笔。"官仓"二语又垫起一层，只"行当知此味"一句，折醒本题，章法甚别。王、储善写田家情事，说不到此等语，不得反谓此驾出其上。

其五

良农惜地力，幸此十年荒。
桑柘未及成，一麦庶可望。
投种未逾月，覆块已苍苍。
农父告我言，勿使苗叶昌。
若欲富饼饵，要须纵牛羊。
再拜谢苦言，得饱不敢忘。

集评：

周紫芝《竹坡诗话》卷一：东坡诗云："君欲富饼饵，会须纵牛羊。"殊不可晓。河朔土人言，河朔地广，麦苗弥望，方其盛时，须使人纵牧其间，践蹂令稍疏，则其收倍多，是纵牛羊所以富饼饵也。

汪师韩《苏诗选评笺释》卷三：此首专言种麦，述农父问答有情。

纪昀评《苏文忠公诗集》卷二一：此亦寓忧戚玉成之意，观"苦言"字（"再拜谢苦言"）可见。

赵克宜《角山楼苏诗评注汇钞》卷一〇:以荒为幸,似于翻案,然田家实有此意,如此写来,便切情事。

其六

种枣期可剥,种松期可斫。
事在十年外,吾计亦已悫。
十年何足道,千载如风霆。
旧闻李衡奴,此策疑可学。
我有同舍郎,官居在灊岳。

自注:李公择也。

遗我三寸甘,照座光卓荦。
百栽倘可致,当及春冰渥。
想见竹篱间,青黄垂屋角。

集评:

汪师韩《苏诗选评笺释》卷三:岂诚愿学李衡?亦因遗甘而怀李公择耳。预想到屋角青黄,拙朴语亦征高旷。

(日本)赖山阳《东坡诗钞》卷一:古调。通篇极古调,结尾精采句,是宋诗之所以为贵也。("十年何足道")进一层转来,此东坡本色。("当及春冰渥")下字妙,妙。("想见竹篱间"二句)无此二句,全篇便索然。

赵克宜《角山楼苏诗评注汇钞》卷一〇:收法所谓篇终□清省也。

其七

潘子久不调,沽酒江南村。

郭生本将种,卖药西市垣。
古生亦好事,恐是押牙孙。
家有十亩竹,无时容叩门。
我穷交旧绝,三子独见存。
从我于东坡,劳饷同一飧。
可怜杜拾遗,事与朱阮沦。
吾师卜子夏,四海皆弟昆。

集评:

　　袁文《瓮牖闲评》卷四:"沽"字有二义,有作去声用者,有作平声用者。如李太白诗云:"夜台无晓日,沽酒与何人?"东坡诗云:"潘子久不调,沽酒江南村。"此作去声用也。如东坡诗云:"得钱只沽酒。"又云:"沽酒饮陶潜。"此作平声用也。

　　(日本)赖山阳《东坡诗钞》卷一:("沽酒江南村""卖药西市垣")沽酒与卖药,同事变局面,如此是化板为活法。("恐是押牙孙")富平县侠客也。("可怜杜拾遗"二句)"梅熟许同朱老吃,松高拟对阮生论"。

其八

马生本穷士,从我二十年。
日夜望我贵,求分买山钱。
我今反累君,借耕辍兹田。
刮毛龟背上,何时得成毡。
可怜马生痴,至今夸我贤。
众笑终不悔,施一当获千。

355

集评:

苏轼《与王定国》:又有云:"刮毛龟背上,何日得成毡。"此句可以发万里一笑也。

查慎行《初白庵诗评》卷中:结句失体。

纪昀评《苏文忠公诗集》卷二一:"刮毛"二句微嫌其纤。("众笑终不悔"二句)结用陶公冥报相贻意,查云立言"失体",亦是。

又:八章皆出入陶、杜之间,而参以本色,不摹古,而气息自古。

(日本)赖山阳《东坡诗钞》卷一:此篇归到自己身上,毕篇。

又卷一:叙引记事,因篇长短,各有详略,此等细记,不遗一事,自与八首称。

翁方纲《石洲诗话》卷三:《东坡八首》,第一首用"刮毛",第八首又用"刮毛",愈见其大,而不觉其犯。遗山《移居》诗,从此八首出也。

赵克宜《角山楼苏诗评注汇钞》卷一〇:结到马生,恰是本章地步。("求分买山钱")伏结句。("刮毛龟背上"二句)语有所本,意取透快,非纤也。("可怜马生痴"四句)情至语,写出可感。

元好问《学东坡移居八首》(选一):东坡谪黄州,符药行江湖。荒田拾瓦砾,贱役分僮奴。我读《移居》篇,感极为悲嘘。九原如可作,从公把犁锄。我贫公亦贫,赋分无贤愚。论人虽甚愧,诗亦岂不如?

太守徐君猷、通守孟亨之皆不饮酒,以诗戏之

孟嘉嗜酒桓温笑,徐邈狂言孟德疑。
公独未知其趣尔,臣今时复一中之。

356

风流自有高人识，通介宁随薄俗移。

二子有灵应抚掌，吾孙还有独醒时。

集评：

　　蔡梦弼《杜工部草堂诗话》卷一引《漫叟诗话》：杜诗有"自天题处湿，当暑著来清"。"自天""当暑"乃全语也。东坡苏子瞻诗云："公独未知其趣尔，臣今时复一中之。"可谓青出于蓝。

　　胡仔《苕溪渔隐丛话》前集卷九：东坡此诗，戏徐君猷、孟亨之皆不饮酒，不止天生此对（按：指"公独未知其趣尔"一联），其全篇用事亲切，尤为可喜。诗云（下引此全诗）。皆徐、孟二人事也。

　　费衮《梁溪漫志》卷四《东坡用事对偶精切》：东坡词源如长江大河，汹涌奔放，瞬息千里，可骇可愕，而于用事对偶精妙切当，人不可及。如（略）《徐君猷孟亨之皆不饮作诗戏之》，用徐邈、孟嘉饮酒事，仍各举当时全语以为对。

　　《瀛奎律髓汇评》卷一九《酒类》方回评：全用孟、徐二人饮酒事。以其泉下有灵，却笑厥孙不饮，善滑稽者。

　　又冯班评：坡体有气力。次联"江西"语也。词气高旷，更觉可味。

　　又纪昀评：戏笔不以正论，存一种耳。就此而论，却点化得玲珑璀璨。

　　又许印芳评：三句、五句承孟嘉，四句、六句承徐邈。纪批《律髓》此诗密圈第二联，批本集通首密点，今两从之。

　　又：纪昀于本集批云："小品自佳，凡诗语切姓，未免近俗。此诗亦从姓起义，恰有孟、徐二酒事佐之，又不以切姓为嫌。"又曰："查初白云：中二联两两分承起句，章法独创。"

　　又："独"字复，"有"字凡三见，"醒"读平声。

　　韦居安《梅磵诗话》卷上：诗人喜用全语。东坡《戏徐君猷孟

亨之皆不饮酒》诗云："公独未知其趣尔,臣今时复一中之。"(略)
下语皆浑然天成,然非诗之正体。

查慎行《初白庵诗评》卷下:用两人事实作两联,天成好对仗,
首尾一意反覆,章法新奇。

汪师韩《苏诗选评笺释》卷三:因姓援古以为著题,古人所有
也。只咏孟嘉、徐邈二人事,承说到底,章法独创,后人亦未见有效
之者。

赵翼《瓯北诗话》卷五:诗人遇成语佳对,必不肯放过。坡公
尤妙于剪裁,虽工巧而不落纤佻,由其才分之大也。如(略)"君
特未知其趣耳,臣今时复一中之"(《戏徐君猷孟亨之皆不饮酒》)
(略)。此等诗虽非坡公著意之作,然自然凑泊,触手生春,亦见其
学之富而笔之灵也。

又:坡公熟于庄、列、诸子及汉、魏、晋、唐诸史,故随所遇,辄
有典故以供其援引,此非临时检书者所能办也。如(略)《戏徐君
猷孟亨之不饮》),则通首全用徐邈、孟嘉故事(略)。以上数条,安
得有如许切合典故,供其引证? 自非博极群书,足供驱使,岂能左
右逢源若是! 想见坡公读书,真有过目不忘之资,安得不叹为天
人也。

何日愈《退庵诗话》卷一:荆公谓"用汉人语,仍须汉人语对,
用异代则不伦",真执拗语。作诗之道,如梓氏雕木,工人织锦,花
样随心,岂有一定死法? 正如造物,宇宙之内,飞潜动植,无物不
生,无态不有耳。如子瞻《戏徐孟二生不饮》云:"公独未知其趣
尔,臣今时复一中之。"用徐邈、孟嘉事,以晋语对汉语,能不谓之
佳乎? 总之,用事要雅切而自然,对仗要工稳而有致趣,便为能事,
不必问何世何代也。

侄安节远来,夜坐三首（选二首）

其一

南来不觉岁峥嵘,夜拨寒灰听雨声。

遮眼文书原不读,伴人灯火亦多情。

嗟予潦倒无归日,令汝蹉跎已半生。

免使韩公悲世事,白头还对短灯檠。

集评:

查慎行《初白庵诗评》卷中:("白头还对短灯檠")《西清诗话》云:"古诗'灯檠昏鱼目','檠'字仄声读。《集韵》:渠耿切。有四足,似几。其作平声读者,非'灯檠'字,乃榜也。自东坡用之,后人遂不复辨别矣。"

其二

心衰面改瘦峥嵘,相见惟应识旧声。

永夜思家在何处,残年知汝远来情。

畏人默坐成痴钝,问旧惊呼半死生。

梦断酒醒山雨绝,笑看饥鼠上灯檠。

集评:

袁宏道评阅谭元春选《东坡诗选》卷五谭元春评:"瘦峥嵘"妙,胜于前首"岁峥嵘"矣。

汪师韩《苏诗选评笺释》卷三:家常语愈浅愈真。安节以下第来黄州,《大全集·杂说》有"侄安节远来,饮酒乐甚,以识一时盛事"之言。此三诗但作喟叹,未见其乐也。然以谪居岑寂之中,有

359

骨肉远来聚首，秉烛寒宵，絮语不倦，悲之所发，即其乐之所形。

纪昀评《苏文忠公诗集》卷二一：（"笑看饥鼠上灯檠"）"笑"字无著。

翁方纲《石洲诗话》卷三：《侄安节远来夜坐》诗第二首云："残年知汝远来情。"既是用作对句，而题中又恰有"远来"字，所以更有致也。虽同一侄事，尚不可苟且吞用也。

冬至日赠安节

我生几冬至，少小如昨日。
当时事父兄，上寿拜脱膝。
十年阅雕谢，白发催衰疾。
瞻前惟兄三，顾后子由一。
近者隔涛江，远者天一壁。
今朝复何幸，见此万里侄。
忆汝总角时，啼哭为梨栗。
今来能慷慨，志气坚铁石。
诸孙行复尔，世事何时毕。
诗成却超然，老泪不成滴。

集评：

汪师韩《苏诗选评笺释》卷三：故此（《侄安节远来夜坐三首》）与《冬至日赠安节》所云"诗成却超然，老泪不成滴"者，情怀无弗同耳。

纪昀评《苏文忠公诗集》卷二一：（起处）真至之语，朴而不俚。

元丰四年十月二十二日,谒王文父、
　　齐万于江南。坐上得陈季常书,
　　报是月四日,种谔领兵深入,破杀
　　西夏六万余人,获马五千匹。众
　　喜忭唱乐,各饮一巨觥

　　闻说官军取乞阄,将军旗鼓捷如神。
　　故知无定河边柳,得共中原雪絮春。

集评:

　　程大昌《演繁录》卷一三:"羌笛何须怨杨柳,春风不度玉门关。"(王)之涣词也。(略)东坡诗曰:"故知无定河边柳,得共中原雪絮春。"岂采其意耶? 然点换精巧逾之涣矣。

　　纪昀评《苏文忠公诗集》卷二一:措语甚拙,似非东坡笔墨。

正月二十日,与潘、郭二生出郊寻
　　春,忽记去年是日,同至女王城作
　　诗,乃和前韵

　　东风未肯入东门,走马还寻去岁村。
　　人似秋鸿来有信,事如春梦了无痕。
　　江城白酒三杯酽,野老苍颜一笑温。
　　已约年年为此会,故人不用赋《招魂》。

集评：

《瀛奎律髓汇评》卷一〇《春日类》方回评：东坡初贬黄州之年，即"细雨梅花""关山断魂"之时也。次年正月二十日往岐亭，见陈慥季常，是以为女王城之诗。

又冯舒评：比放翁语稍详。末二句云："长与东风约今日，暗香先返玉梅魂。"

又查慎行评：三、四亦用"似"字"如"字，觉意味深长，沧浪《春睡》诗相去天渊矣。盖意不犹人，辞复超妙，坡仙所以独绝也。

又纪昀评：通体深稳，三、四尤好。

又许印芳评："人"字复。

又：纪昀批本集云："三、四警策，前后亦称。"陆放翁《诗注序》云："祖宗以三馆养士，储将相材。及元丰官制行而三馆罢，东坡尝直史馆，自谪为散官，削去史馆之职，乃至史馆亦废。"故云"新扫旧巢痕"，其用事之严如此。而"凤巢西隔九重门"，则又李义山诗也。又按何义门云："李义山《越燕》诗'安巢复旧痕'，坡诗翻用此语。"又韩致尧《湖南梅花一冬再发》诗三、四云："玉为通体依稀见，香号返魂容易回。"结句云："夭桃莫倚东风势，调鼎何曾用不才。"坡诗结意本此。盖坡之在黄，犹致尧之厄于崔昌遐而在湖南也。然时相力挤之，神宗独为保全，亦犹致尧之见知于昭宗。"先返玉梅魂"，盖谓神宗必不弃绝。而语意浑然，恰是收足复出东门意。此老诗句诚非浅人所能读也。

纪昀评《苏文忠公诗集》卷二一：（"人似秋鸿来有信"二句）三、四警策。

赵翼《瓯北诗话》卷五《苏东坡诗》：坡诗有云"清诗要锻炼，方得铅中银"。然坡诗实不以锻炼为工，其妙处在乎心地空明，自然流出，一似全不著力而自然沁入心脾。此其独绝也。今第就七言律论之，如（略）"人似秋鸿来有信，事如春梦了无痕"（略）。此

362

数十联乃是称心而出，不假雕饰，自然意味悠长。即使事处，亦随其意之所欲出，而无牵合之迹。此不可以声调、格律求之也。

方东树《昭昧詹言》〇：此诗无奇，开凡庸滑调。

王文濡《宋元明诗评注读本》卷六："春梦"句已入化境，非后人所能效颦。

红梅三首（选一首）

其一

怕愁贪睡独开迟，自恐冰容不入时。

故作小红桃杏色，尚余孤瘦雪霜姿。

寒心未肯随春态，酒晕无端上玉肌。

诗老不知梅格在，更看绿叶与青枝。

自注：石曼卿《红梅》诗云："认桃无绿叶，辨杏有青枝。"

集评：

苏轼《评诗人写物》：诗人有写物之功。"桑之未落，其叶沃若"，他木殆不可以当此。林逋《梅花》诗云："疏影横斜水清浅，暗香浮动月黄昏。"决非桃李诗。皮日休《白莲》云："无情有恨何人见，月晓风清欲堕时。"决非红莲诗。此乃写物之功。若石曼卿《红梅》诗云："认桃无绿叶，辨杏有青枝。"此至陋语，盖村学中体也。

刘克庄《后村诗话》续集卷一：曼卿《红梅》诗云："认桃无绿叶，辨杏有青枝。"坡公以为村学堂中语。然卒章云："未应娇意急，发赤怒春迟。"不害为佳作也。

无名氏《名贤诗旨》：作诗贵雕琢，又畏有斧凿痕；贵破的，又畏粘皮骨，此所以为难。（略）石曼卿《梅》诗云："认桃无绿叶，辨杏有青枝。"恨其粘皮骨也。

《瀛奎律髓汇评》卷二〇《梅花类》方回评：石曼卿《红梅》诗："认桃无绿叶，辨杏有青枝。"尝谓此两语村学堂中体也。范石湖著《梅谱》，因"诗老"二字误以为圣俞诗，非矣。

陈霆《渚山堂词话》卷一：东坡咏梅成三十篇，其《红梅》云："诗老不知梅格在，更看绿叶与青枝。"谓石曼卿有"认桃无绿叶，辨杏有青枝"之句也。胡平仲因用坡句作《减字木兰花令》云："天然标格，不问青枝和绿叶。仿佛吴姬，酒晕无端上玉肌。　怕愁贪睡，谁谓伤春无限意。乞与徐熙，画出横斜竹外枝。"夫红梅与桃杏迥异，不待观枝叶而辨已明矣。予甚爱坡语，用特录胡词贻之好事者。

汪师韩《苏诗选评笺释》卷三：不著意红字则泛衍，然一落色相又如涂涂附矣。石延年句岂不贴切，而诗谓其不知梅格，知此可与言诗。

纪昀评《苏文忠公诗集》卷二一：细意钩剔，却不入纤巧。中有寓托，不同刻画形似故也。

王士禛《花草蒙拾》："疏影横斜""月白风清"等作，为诗人咏物极致。若"认桃无绿叶，辨杏有青枝"（略），岂非诗词一劫？程村常云："咏物不取形而取神，不有事而用意。"二语可谓简尽。

王文诰《苏文忠公诗编注集成·编年古今体诗》卷二一：（"酒晕无端上玉肌"）以上逐句并切红梅，至第六句能以"无端"二字扣住，紧密之甚。（"诗老不知梅格在"二句）本集论咏物诗，以曼卿此联为至陋语，乃村学堂中体。合观此诗，乃自诩其前六句，谓非曼卿之所知也。然入结愈见窘步，似又特意讨巧，取其四字作收也。

贺裳《载酒园诗话》卷一：余又思二语（按：指黄庭坚《酴醾》

诗："露湿何郎试汤饼,日烘荀令炷炉香")虽佳,尚不及东坡《红梅》诗"寒心未肯随春态,酒晕无端上玉肌",尤为无迹。

赵克宜《角山楼苏诗评注汇钞》附录卷下:首联拙,次联浅,独第六句佳耳。结更无聊,盖曼卿原句稚极,不值与之辨,辨亦稚矣。

王文濡《宋元明诗评注读本》卷六:写"红"字以严重出之,方不失梅之标格。下字具见斟酌,读者不可忽过。

寒食雨二首

其一

自我来黄州,已过三寒食。
年年欲惜春,春去不容惜。
今年又苦雨,两月秋萧瑟。
卧闻海棠花,泥污燕脂雪。
暗中偷负去,夜半真有力。
何殊病少年,病起头已白。

集评:

纪昀评《苏文忠公诗集》卷二一:("暗中偷负去"二句)"暗中"二句用事殊笨。("何殊病少年"二句)末二句比拟亦浅。

(日本)赖山阳《东坡诗钞》卷一:本集《寒食二首》,前诗起手虽可观,至中段往往见病处,故今不取。

高步瀛《唐宋诗举要》卷一:词清味腴。

其二

春江欲入户,雨势来不已。

小屋如渔舟，濛濛水云里。

空庖煮寒菜，破灶烧湿苇。

那知是寒食，但感乌衔纸。

君门深九重，坟墓在万里。

也拟哭途穷，死灰吹不起。

集评：

旧题王十朋《集注分类东坡先生诗》卷六引次公曰：（"君门深九重"二句）此两句含蓄，言欲归朝廷邪，则君门有九重之深。欲返乡里邪，则坟墓有万里之远。皆以谪居而势不可也。

贺裳《载酒园诗话》：黄州诗尤多不羁，"小屋如渔舟，濛濛水云里"一篇，最为沉痛。

汪师韩《苏诗选评笺释》卷一：二诗，后作尤精绝。结四句固是长叹之悲，起四句乃先极荒凉之境。移村落小景以作官居，情况大可想见矣。后人乃欲将此四句裁作绝句，以争胜王、韦，是乃见山忘道也。

纪昀评《苏文忠公诗集》卷二一：（"小屋如渔舟"二句）"小屋"二句自好。（"也拟哭途穷"二句）结太尽。

（日本）赖山阳《东坡诗钞》卷一：如此章实是完然杰作也。韩、苏二公之诗并皆骨力过人，而其风韵之妙，韩亦输苏几筹。如此篇雅健俊绝，自是这老独擅处，非韩非杜，王、孟以下，宋之诸作家，梦想所不及。然近人选公诗，多收难题叠韵。难题叠韵，毕竟是公诗之病，而隽绝风韵以不用意得之尔，是最在人品上，所不可及也。（"春江欲入户"）雅丽而新奇。"春江"试作"江水"，即小儿语耳，此等可以悟奇凡之别。（"小屋如渔舟"二句）凡笔，必以此起笔，一颠倒，乃见东坡。（"空庖煮寒菜"二句）写琐事亦自无郊寒岛瘦之态。（"但见乌衔纸"）寒食景象止此三字（"乌衔纸"）。

（"君门深九重"）一转亦妙。"感"作"见"，"九重深"作"深九重"，是。（"死灰吹不起"）余音悠然。"死灰""湿苇"（"破灶烧湿苇"）等字，于有意无意间相映。

赵克宜《角山楼苏诗评注汇钞》卷一〇：起五字有神。

张道《苏亭诗话》卷二：东坡既不得归，每有先垄之思。在黄州云："坟墓在万里。"

陈衍《宋诗精华录》卷二：与《郓州新堂二首》，皆次首胜。

高步瀛《唐宋诗举要》卷一：（"春江欲入户"四句）固是极写荒凉之境，以喻感慨。然但就春雨言，已画所不及。结语双关喻意。

鱼蛮子

江淮水为田，舟楫为室居。
鱼虾以为粮，不耕自有余。
异哉鱼蛮子，本非左衽徒。
连排入江住，竹瓦三尺庐。
于焉长子孙，戚施且侏儒。
擘水取鲂鲤，易如拾诸涂。
破釜不著盐，雪鳞芼青蔬。
一饱便甘寝，何异獭与狙。
人间行路难，踏地出赋租。
不如鱼蛮子，驾浪浮空虚。
空虚未可知，会当算舟车。
蛮子叩头泣，勿语桑大夫。

集评：

曾季狸《艇斋诗话》：乐天《盐商妇》诗云："南北东西不失家，风水为乡舟作宅。"东坡《鱼蛮子》诗正取此意。

陆游《老学庵笔记》卷一：张芸叟作《渔父》诗曰："家住耒江边，门前碧水莲。小舟胜养马，大罟当耕田。保甲元无籍，青苗不著钱。桃源在何处，此地有神仙。"盖元丰中谪官湖湘时所作，东坡取其意为《鱼蛮子》云。

查慎行《初白庵诗评》卷中：（"人间行路难"至末）主新法者闻之当奈何？

汪师韩《苏诗选评笺释》卷三：分明指新法病民，出赋租者不如鱼蛮之乐也。忽又念及算舟车者，笔下风生凛凛。《史记·平准书》述卜式之言以结全篇，曰"烹弘羊，天乃雨"，不更益一字而意已显。此诗结云"蛮子叩头泣，勿语桑大夫"，亦不待明言其所以然，可称诗史。

纪昀评《苏文忠公诗集》卷二一：香山一派。读之，宛然《秦中吟》也。

赵翼批沈德潜《宋金三家诗选·苏东坡诗选》上卷：范成大有"近来湖上亦收租"之句，可见南宋时鱼蛮子亦出税矣。

赵克宜《角山楼苏诗评注汇钞》卷一〇：借端托讽，格意超绝。先括大意直起点题，后再与详写，是一意分两层叙法。（起处）四句一气注下，看其句法错落。（"人间行路难"）以下入议论，连作数转，使笔如风，略逗本意便住。

高步瀛《唐宋诗举要》卷一引吴汝纶评：似昌黎。

六年正月二十日，复出东门，仍用前韵

乱山环合水侵门，身在淮南尽处村。

五亩渐成终老计,九重新扫旧巢痕。

岂惟见惯沙鸥熟,已觉来多钓石温。

长与东风约今日,暗香先返玉梅魂。

集评:

  陆游《施司谏注东坡诗序》:("九重新扫旧巢痕")昔祖宗以三馆养士,储将相材。及官制行,罢三馆。而东坡盖尝直史馆,然自谪为散官,削去史馆之职久矣。至是史馆亦废,故云:"新扫旧巢痕。"其用事之严如此。而"凤巢西隔九重门",则又李义山诗也。

  《瀛奎律髓汇评》卷一〇《春日类》方回评:又次年正月三日尚在黄州,复出东门,仍和韵云:"乱山环合水侵门,身在淮南尽处村。五亩渐成终老计,九重新扫旧巢痕。"谓元丰官制行,罢废祖宗馆职立秘书省,以正字、校书郎等为差除资序,而储士之意浅矣。观此等语,岂惟可以考大贤之出处,抑亦可见时事之更张,仁庙之所以遗宴安于后世者,何其盛!熙丰之政所以大有可恨者,何其顿衰!坡下句云:"岂惟惯见沙鸥熟,已觉来多钓石温。"又可痛。坡翁一谪数年,甘心于渔樵而忘返也。"新扫旧巢痕"事,陆放翁为施宿注坡诗作序,记所对范致能语,学者可自检观。

  冯应榴《苏文忠公诗合注》卷二二引何焯语:"旧巢痕"三字,本义山《越燕》诗,此老可谓之无一字无来处也。("暗香先返玉梅魂")韩致光《湖南梅花一冬再发偶题》,其三、四云:"玉为通体依稀见,香号返魂容易回。"结云:"夭桃莫倚东风势,调鼎何曾用不才。"诗意本此。盖公之在黄,犹致光之厄于崔昌遐而在湖南然。时相虽力挤之,而神宗独为保全,亦犹致光之见知于昭宗。"先返玉梅魂",盖以神宗之必不忍绝弃也。而语意浑然,恰是收足"复出东门"意。此老诗诚非浅人所能读也。

  汪师韩《苏诗选评笺释》卷三:词旨温厚,意味深长。在集内近体诗中，更进一格。至于陆游之解，方回之评，俱似索解过高，然不可谓非解音知己者也。

纪昀评《苏文忠公诗集》卷二二：温雅可诵。

王文诰《苏文忠公诗编注集成·编年古今体诗》卷二二：解杜与解苏不同，杜无考，故易；苏事事有考，故难。（"九重新扫旧巢痕"）公后以追忆罢制科取士，再作《王中甫哀辞》云："堪笑东坡痴钝老，区区犹记刻舟痕。"其押"痕"字，与此诗用意一辙，可为陆（游）说之证。（"暗香先返玉梅魂"）公《历陈仕迹状》云："先帝复对左右，哀怜奖激，意欲复用，而左右固争，以为不可。臣虽在远，亦具闻之。"此段语适当其时，正此句之本意，所谓"暗香先返"者也。义门虽比拟迂远，不能指出确据，而所见与诗近，以方求仁者流，则已日月至焉矣。

又《苏文忠公诗编注集成·苏海识余》卷一：若熙宁六年正月"暗香先返玉梅魂"句，则又屡闻德音而发，非空言也。（略）以上诸句，乃黄州一集诗之间架，通其故，则前之杭、密、徐、湖，后之元祐三召，绍圣两黜，不独诗旨归一，而公之心迹亦皆血脉贯通。若邵注欲以笺杜例了当此集，乃是痴儿说梦也。

赵克宜《角山楼苏诗评注汇钞》卷一〇：（"五亩渐成终老计"二句）语意和平，斯为风人之旨。

陈衍《宋诗精华录》卷二：写景中要有兴味，所谓有人存也。"乱山环合""十日春寒"各首皆是。又读五、六两句，觉《旄丘》之何多日也，何其久也，殊少含蓄矣。

元修菜

菜之美者有吾乡之巢，故人巢元修嗜之，余亦嗜之。元修云：使孔北海见，当复云吾家菜耶？因谓之元修菜。余去乡十有五年，思而不

可得。元修适自蜀来，见余于黄，乃作是诗使归致其子，而种之东坡之
下云。

彼美君家菜，铺田绿茸茸。

豆荚圆且小，槐芽细而丰。

种之秋雨余，擢秀繁霜中。

欲花而未萼，一一如青虫。

是时青裙女，采撷何匆匆。

烝之复湘之，香色蔚其饛。

点酒下盐豉，缕橙芼姜葱。

那知鸡与豚，但恐放箸空。

春尽苗叶老，耕翻烟雨丛。

润随甘泽化，暖作青泥融。

始终不我负，力与粪壤同。

我老忘家舍，楚音变儿童。

此物独妩媚，终年系余胸。

君归致其子，囊盛勿函封。

张骞移苜蓿，适用如葵菘。

马援载薏苡，罗生等蒿蓬。

悬知东坡下，塉卤化千钟。

长使齐安民，指此说两翁。

集评：

旧题王十朋《集注分类东坡先生诗》卷一四引次公曰：此篇纪
叙为详，颇为形容之工。巢菜，蜀人皆识之，内地人非亲见巢菜者，

不知其工也。

葛立方《韵语阳秋》卷一九:蜀中食品,南方不知其名者多矣,而况其味乎?东坡所谓"豆荚圆且小,槐牙细而丰"者,巢菜也。所谓"赠君木鱼三百尾,中有鹅黄子鱼子"者,棕笋也。是二物者,蜀川甚贵重。东坡在黄州时,去乡已十五年,思巢菜而不可得,会巢元修自蜀来,使归致其子而种之东坡之下。又作棕笋,蜜煮酢浸,可致千里外,尝以饷殊长老。则此二物之珍可知矣。蒟酱,蜀酱也。《蜀都赋》所谓"蒟酱流味"是也。苞芦,蜀鲊也,老杜所谓"香饭兼苞芦"是也。

纪昀评《苏文忠公诗集》卷二二:质而不俚,细而不琐。此由笔力不同。("张骞移苜蓿"以下)有衬贴,便不单窘,否则收不住一篇长诗。

张道《苏亭诗话》卷五《补注类》:盛如梓《老学丛谈》:"巢菜有大巢小巢,大巢即豌豆之不实者,小巢生稻畦中,东坡所赋元修菜也。吴中名漂摇草,一名野蚕豆,人不知取食耳。放翁诗曰:'此行忽似蟆津路,自候风炉煮小巢。'"

赵克宜《角山楼苏诗评注汇钞》卷一〇:一路直如说话,而笔意自觉老健。

三月三日点灯会客

江上东风浪接天,苦寒无赖破春妍。
试开云梦羔儿酒,快泻钱塘药玉船。
蚕市光阴非故园,马行灯火记当年。
冷烟湿雪梅花在,留得新春作上元。

集评：

惠洪《冷斋夜话》卷四：对句法，诗人穷尽其变，不过以事、以意、以出处具备谓之妙。如荆公曰："平昔离愁宽带眼，迄今归思满琴心。"又曰："欲寄岁寒无善画，赖传悲壮有能琴。"乃不若东坡微意特奇，如曰："见说骑鲸游汗漫，亦曾扪虱话辛酸。"又曰："蚕市光阴非故园，马行灯火记当年。"又曰："龙骧万斛不敢过，渔舟一叶纵掀舞。"以"鲸"为"虱"对，以"龙骧"为"渔舟"对，大小气焰之不等，其意若玩世，谓之秀杰之气终不可没者，此类是也。

冯应榴《苏文忠公诗合注》卷二二：末二句，追忆当年景事也。又先生律诗首句韵通用者多，至如此诗之末韵通用者绝少。

王文诰《苏文忠公诗编注集成·编年古今体诗》卷二二：此题王、施、查三注，皆作"二月"，合注作"三月"，据诗乃正月作。首二句皆正初江上气象，二、三月非"苦寒无赖破春妍"时也，亦不得如合注以"追忆"论也。今首定为正月作。结二句显系正月初三日所作。合注谓"追忆当年景事"，此诗并无本年、当年界限，若如其说，则前四句皆属追忆，而次联乃指会客情事，与题不类。

南堂五首（选二首）

其二

暮年眼力嗟犹在，多病颠毛却未华。
故作明窗书小字，更开幽室养丹砂。

集评：

吴子良《荆溪林下偶谈》卷下：东坡诗云："暮年眼力嗟犹在，多病颠毛却未华。故作明窗书小字，更开幽室养丹砂。"黄鲁直注云：按先生《与王定国书》云，近有惠丹砂少许，光彩甚奇，固不敢服。欲其教以养火，观其变化，聊以悦神度日。

其五

扫地焚香闭阁眠，簟纹如水帐如烟。
客来梦觉知何处，挂起西窗浪接天。

集评：

魏庆之《诗人玉屑》卷一七引《王直方诗话》：（邢敦夫云）此东坡诗也，尝题于余扇，山谷初读以为是刘梦得所作也。

王士禛《带经堂诗话》卷九：可追踪唐贤。

查慎行《初白庵诗评》卷中：（"客来梦觉知何处"二句）想见襟怀。

汪师韩《苏诗选评笺释》卷三：境在耳目前，味出酸咸外。

纪昀评《苏文忠公诗集》卷二二：此首兴象自然，不似前四首，有宋人桠杈之状。然以为梦得则未似，不知山谷何所见也。

王文濡《宋元明诗评注读本》卷四：焚香闭阁，酣然高卧，羲皇上人，当不是过。

初秋寄子由

百川日夜逝，物我相随去。
惟有宿昔心，依然守故处。
忆在怀远驿，闭门秋暑中。
藜羹对书史，挥汗与子同。
西风忽凄厉，落叶穿户牖。

子起寻夹衣，感叹执我手。

朱颜不可恃，此语君莫疑。

别离恐不免，功名定难期。

当时已凄断，况此两衰老。

失途既难追，学道恨不早。

买田秋已议，筑室春当成。

雪堂风雨夜，已作对床声。

集评：

查慎行《初白庵诗评》卷中：（"百川日夜逝"四句）眼前语难得如许亲切。（"子起寻夹衣"十句）情文婉挚，令人欲唤奈何。

汪师韩《苏诗选评笺释》卷三：五言转韵能一气旋折，笔愈转而情愈深，味愈长。此等诗，他人不能为，在集中亦惟与子由往复数章仅见耳。

王士祯《癸卯诗卷自序》：尝读《东坡先生集》云："少与子由寓居怀远驿，一日，秋风起，雨作，中夜翛然，始有感慨离合之意。嗣是宦游四方，不相见者十八九，每秋风起，木落草衰，辄凄然有所感，盖三十年矣。"故其《述旧》诗曰："西风忽凄厉，落叶穿户牖。子起寻夹衣，感叹执我手。朱颜不可恃，此语君莫疑。别离恐不免，功名定难期。"而其终篇则曰："雪堂风雨夜，已作对床声。"至《陈州》《东府》诸篇，一则曰"夜雨何时听萧瑟"，一则曰"对床定悠悠，夜雨空萧瑟"。子由答坡公诗亦曰："误喜对床寻旧约，不知漂泊在彭城。"

纪昀评《苏文忠公诗集》卷二二：发端深警。（"西风忽凄厉"以下）音节似香山《桐花》诗，但收敛谨严耳。王摩诘《寄祖三诗》亦此格，而气体各别。

375

（日本）赖山阳《东坡诗钞》卷一：自情事起笔，全篇唯是言宿昔之事，而其言即时之景，止结末二语，是此诗之妙，后觉所可法。全诗四句一解，六解六韵，亦是五古变体。（"百川日夜逝"四句）何等起手，四句真是这老本色。（"朱颜不可恃"）以下四句是子由言。

赵克宜《角山楼苏诗评注汇钞》卷一〇：（起处）落笔便极痛快，此公本色。（"忆在怀远驿"）以下六韵皆追叙所谓"宿昔心"也。（"当时已凄断"）折入本位，笔笔曲，句句警。

洗儿戏作

人皆养子望聪明，我被聪明误一生。
惟愿孩子愚且鲁，无灾无难到公卿。

集评：

郎瑛《七修类稿》卷三八：吾杭先辈瞿存斋宗吉一诗云："自古文章厄命穷，聪明未必胜愚蒙。笔端花与胸中锦，赚得相如四壁空。"其意本东坡《洗儿诗》来，然自慊不露圭角，似过东坡。

钱谦益《反东坡洗儿诗》：东坡养子怕聪明，我为痴呆误一生。还愿生儿猬且巧，钻天暮地到公卿。

褚人获《坚瓠首集》卷一：明杨月湖廉反其意曰："东坡但愿生儿蠢，只为聪明自占多。愧我生平愚且鲁，生儿那怕过东坡。"虽出于游戏，总不如少陵所云"有子贤与愚，何必挂怀抱"为旷达也。

查慎行《补注东坡编年诗》卷二二：诗中有玩世嫉俗之意。

纪昀评《苏文忠公诗集》卷二二：此种岂可入集？

和蔡景繁海州石室

芙蓉仙人旧游处,苍藤翠壁初无路。

戏将桃核裹黄泥,石间散掷如风雨。

坐令空山作锦绣,倚天照海花无数。

花间石室可容车,流苏宝盖窥灵宇。

何年霹雳起神物,玉棺飞出王乔墓。

当时醉卧动千日,至今石缝余糟醑。

仙人一去五十年,花老室空谁作主。

手植数松今偃盖,苍鳞白甲低琼户。

我来取酒酹先生,后车仍载胡琴女。

一声冰铁散岩谷,海为澜翻松为舞。

尔来心赏复何人,持节中郎醉无伍。

独临断岸呼日出,红波碧巘相吞吐。

径寻我语觅余声,拄杖彭铿叩铜鼓。

长篇小字远相寄,一唱三叹神凄楚。

江风海雨入牙颊,似听石室胡琴语。

我今老病不出门,海山岩洞知何许。

门外桃花自开落,床头酒瓮生尘土。

前年开合放柳枝,今年洗心归佛祖。

梦中旧事时一笑,坐觉俯仰成今古。

愿君不用刻此诗,东海桑田真旦暮。

集评:

　　旧题王十朋《集注分类东坡先生诗》卷三引次公曰:自首句至

此（"苍髯白甲低琼户"），皆以言石曼卿也。

何孟春《余冬诗话》卷下：李太白诗："岸夹桃花锦浪生。"韩退之："种桃到处惟开花，川原远近蒸红霞。"苏子瞻："戏将桃核裹黄泥，石间散掷如风雨。坐令空山作锦绣，倚天照海花无数。"皆状桃花之盛，而妙语各臻其极。（略）聚三诗而观花境，信可爱也。

查慎行《初白庵诗评》卷中：（"芙蓉仙人旧游处"六句）叙事生色。

汪师韩《苏诗选评笺释》卷三：石延年通判海州，使人以泥裹桃核，弹掷山岭之上。一二岁间花发满山，诚为胜举。诗援此说入，自首句至"苍髯白甲低琼户"以上皆言石事。继述旧游，而以和诗之意终焉。舒展春容，有"大海回波生紫澜"之妙。

纪昀评《苏文忠公诗集》卷二二：（起处）情往兴来，处处有宛转关生之妙，东坡得意之笔。（"我来取酒酹先生"四句）只四语，而淋漓酣足。（"径寻我语觅余声"四句）前后萦拂，有情致，亦有法度。（"江风海雨入牙颊"）钩心斗角，触手玲珑。（"梦中旧事时一笑"以下四句）收亦满足。

翁方纲《石洲诗话》卷三：东坡《和蔡景繁海州石室》"后车仍载胡琴女"云云，施注引东坡在黄有《答景繁帖》云："某尝携家一游，时有胡琴婢，就室中作《濩索凉州》，凛然有冰车铁马之声。婢去久矣，因公复起一念。"云云。此与篇中"前年开合"云云相合。而《中州集》载党承旨《吊石曼卿》诗，自注云："曼卿尝通守朐山，携妓饮山石间，鸣琴为冰车铁马声。"则以此事为曼卿，岂传讹耶？

又：东坡《和蔡景繁海州石室》诗，阮亭不取入七言诗选，盖以为音节非正调也。然此间呼吸消纳，自不得不略通其变，其于正调之理一也。诗二十韵，单句以仄押句尾者凡十一句，单句第五字用仄者凡十七句，此则所以与对句第五字相为吐翕，而可以不须皆用仄矣。苏诗似此者尚多,可以类推。《古夫于亭问答》所载:"张萧亭论单句住脚字,如以入为韵,则第三句或用平,第五或用上,第七或用去,必错综用之,方有音节。"其言虽是,然犹未尽其窾郤也。

曾国藩《曾文正公全集·读书录》:"苍髯白甲低琼户"以上,叙石曼卿种桃。"我来"四句,叙公尝携家一游,有婢弹胡琴。"尔来"十句,因蔡寄诗,复念及胡琴婢。

赵克宜《角山楼苏诗评注汇钞》卷一〇:(起处)叙来历。("坐令空山作锦绣")写景俊伟。("当时醉卧动千日")曼卿嗜酒,故篇中多以酒字作映带。("我来取酒酹先生")自叙昔游。("持节中郎醉无伍")入蔡景繁。("红波碧巘相吞吐")句亦俊伟。("似听石室胡琴语")绾合敏妙。("我今老病不出门"数句)一气卷尽前文,清出和意,十分酣畅。

东坡

雨洗东坡月色清,市人行尽野人行。
莫嫌荦确坡头路,自爱铿然曳杖声。

集评:

纪昀评《苏文忠公诗集》卷二二:风致不凡。

王文诰《苏文忠公诗编注集成·编年古今体诗》卷二二:("莫嫌荦确坡头路"二句)此类句出自天成,人不可学。

赵克宜《角山楼苏诗评注汇钞》卷一〇:拈出小境,入神。

陈衍《宋诗精华录》卷二:东坡兴趣佳,不论何题,必有一二佳句,此类是也。

和秦太虚梅花

西湖处士骨应槁，只有此诗君压倒。

东坡先生心已灰，为爱君诗被花恼。

多情立马待黄昏，残雪消迟月出早。

江头千树春欲暗，竹外一枝斜更好。

孤山山下醉眠处，点缀裙腰纷不扫。

万里春随逐客来，十年花送佳人老。

去年花开我已病，今年对花还草草。

不知风雨卷春归，收拾余香还界昊。

集评：

伍涵芬《说诗乐趣》卷一〇引《王直方诗话》：秦少游尝和黄法曹《忆梅花》诗，东坡称之，故次其韵，有"西湖处士骨应槁，只有此诗君压倒"之句。此诗初无妙处，不知坡所爱者何语。和者数四，余独爱坡两句云："江头千树春欲暗，竹外一枝斜更好。"后必有辨之者。

许颛《彦周诗话》：林和靖《梅》诗云："疏影横斜水清浅，暗香浮动月黄昏。"大为欧阳文忠公称赏。大凡和靖集中，梅诗最好，梅花诗中此两句尤奇丽。东坡和少游梅诗云："西湖处士骨应槁，只有此诗君压倒。"仆意东坡亦有微意也。

胡仔《苕溪渔隐丛话》后集卷二一：秦太虚《和黄法曹忆梅花》诗，但只平稳，亦无惊人语。子瞻继之，以唱首第二韵是"倒"字，故有"西湖处士骨应槁，只有此诗君压倒"，亦是趁韵而已，非谓太虚此诗真能压倒林逋也。林逋"疏影横斜水清浅，暗香浮动月黄昏"之句，古今诗人尚不曾道得到，第恐未易压倒耳。后人不细味太虚诗,遂谓诚然,过矣。

陈善《扪虱新话》上集卷七《评诗句可作画本》:东坡《咏梅》有"竹外一枝斜更好"之句,此便是坡作夹竹梅花图,但未下笔耳。每咏其句,便如行孤山篱落间,风光物彩来照映人,应接不暇也。近读山谷文字云:"适人以桃杏杂花拥一枝梅见惠,谷为作诗,不知惠者何人,然能如此安排,亦是不凡。正如市倡东涂西抹,忽见谢家夫人,萧散自有林下风气,益复可喜。"窃谓此语便可与东坡诗对画作两幅图子也。戏录于此,将与好事者以为画本。

蔡正孙《诗林广记》后集卷八:此篇语意亦高妙,如"竹外一枝斜更好"之句,写出梅花幽独闲静之趣,真不在"暗香""疏影"之下也。

魏庆之《诗人玉屑》卷一七引《遁斋闲览》:凡咏梅多咏白,而荆公独云:"鬓燃黄金危欲堕,蒂团红蜡巧能妆。"不惟造语巧丽,可谓能道人不到处矣。又东坡咏梅一句云:"竹外一枝斜更好。"语虽平易,然颇得梅之幽独闲静之趣。凡诗人咏物,虽平淡巧丽不同,要能以随意造语为工。

《瀛奎律髓汇评》卷二〇《梅花类》方回评:坡梅诗古句佳者有"江头千树春欲暗,竹外一枝斜更好"。

韦居安《梅磵诗话》卷下:梅格高韵胜,诗人见之吟咏多矣。自和靖"香影"一联为古今绝唱,诗家多推尊之。其后东坡次少游"槁"字韵及谪罗浮时赋古诗三篇,运意琢句,造微入妙,极其形容之工,真可企媺孤山。以此见骚人咏物,愈出而愈奇也。

《师友诗传续录》:(刘大勤)问:"昔人论诗之格曰:'所以条达神气,吹嘘兴趣,非音非响,能诵而得之,犹清气徘徊于幽林,遇之可爱;微径纤回于遥翠,求之逾深。'是何物也?"(王士禛)答:"数语是论诗之趣耳,无关于格。格以高下论,如坡公咏梅'竹外一枝斜更好',高于和靖之'暗香''疏影',又高于'雪满山中''月明林下'。至晚唐之'认桃无绿叶,辨杏有青枝',则下劣极矣。"（按:"认桃"二句见石曼卿《红梅》诗,王误。）

王士桢《带经堂诗话》卷一二:咏物之作,须如禅家所谓不粘不脱,不即不离,乃为上乘。古今咏梅花者多矣,林和靖"暗香""疏影"之句,独有千古,山谷谓不如"雪后园林才半树,水边篱落忽横枝"。而坡公"竹外一枝斜更好",识者以为文外独绝,此其故可为解人道耳。

又:梅诗无过坡公"竹外一枝斜更好"七字及"雪后园林才半树,水边篱落忽横枝"。高季迪"雪满山中高士卧,月明林下美人来",亦是俗格。若晚唐"认桃无绿叶,辨杏有青枝",直足喷饭。

王偁《匡山丛话》卷四:（"竹外一枝斜更好"）虽平淡语,然颇得梅之幽独闲静之趣。凡诗咏物,平淡巧丽固不同,要能以随意造语为工。

田同之《西圃诗说》:梅花诗,东坡"竹外"七字及和靖"雪后"一联,自是象外孤寄。若唐释齐己"前村风雪里,昨夜一枝开",明高季迪"流水空山见一枝",不落刻画,亦堪并响。杨升庵云:"梅花诗被宋人做坏,令人见梅枝可憎而香影无味,安得诵刘方平诗及梁元帝、徐陵、阴铿诸咏,一洗梅花之辱乎?"余谓不然,"雪后园林才半树,水边篱落忽横枝",又"竹外一枝斜更好",非宋人诗乎?亦何得一概抹杀耶?

查慎行《初白庵诗评》卷中:（"多情立马待黄昏"四句）自成冷艳。（"孤山山下醉眠处"二句）二语不似先生口吻。（原注:附录陆辛斋先生评"多情立马待黄昏"四句云:数语压逋翁。）

汪师韩《苏诗选评笺释》卷六:集中梅花诗,有以清空入妙者,如《和秦观梅花诗》云"竹外一枝斜更好"是也。（略）轼尝称秦观诗有云:"西湖处士骨应槁,只有此诗君压倒。"观诗岂能过之,毋亦自道其所得耳。

沈德潜《说诗晬语》卷下:咏梅诗应以庾子山之"枝高出手寒",苏子瞻之"竹外一枝斜更好"为上。林和靖之"雪后园林才半树,水边篱落忽横枝",高季迪之"流水空山见一枝",亦能象外孤寄,余皆刻画矣。

又:东坡诗"幽寻尽处见桃花",又云"竹外桃花三两枝",自是桃花名句。

纪昀评《苏文忠公诗集》卷二二:("江头千树春欲暗"二句)实是名句,谓在和靖"暗香""疏影"一联上,固无愧色。("万里春随逐客来"二句)悲壮似高、岑口吻。

翁方纲《石洲诗话》卷三:即《和秦太虚梅花》诗末句押"昇昊","昇昊"恐又是一种神气,似乎不甚称。在先生之大笔,固是不规规于尺度,然后学正未可藉口。

《历代诗发》卷二四:不甚著意梅花,而萧散之神已自无心透露,正所谓粗服乱头都好也。

方东树《昭昧詹言》卷一二:梅诗无过坡公"竹外一枝斜更好"七字及"雪后园林才半树,水边篱落忽横枝"。

赵克宜《角山楼苏诗评注汇钞》卷一〇:("江头千树春欲暗")一点不著色相,所以为高。

朱庭珍《筱园诗话》卷四:东坡《松风亭梅花》长句及《和秦太虚梅花》作,高唱入云,放翁《蜀院梅花》,亦是奇作,然皆七古,非律诗也。律诗则苏、陆二巨公梅花诸作,皆不出色,况他人乎?

丁仪《诗学渊源》卷七:诗咏物最难工,须要略其貌,全其神,有题外旨、弦外音者乃佳。昔人谓东坡咏梅诗"竹外一枝斜更好",胜林逋"疏影""暗香"多多,即为此也。

又:独坡公"竹外一枝斜更好"一句,不言梅而舍梅无他属,韵清而古,毫不费力,实足与杜诗"幸不折来伤岁暮,若为看去乱乡愁"句匹敌,则较为胜矣。

海棠

东风袅袅泛崇光，香雾空濛月转廊。
只恐夜深花睡去，故烧高烛照红妆。

集评：

惠洪《冷斋夜话》卷五：至于荆公、东坡、山谷，尽古今之变。（略）东坡《海棠》诗云："只恐夜深花睡去，故烧高烛照红妆。"（略）山谷曰："此皆谓之句中眼，学者不知此妙语，韵终不胜。"

方岳《深雪偶谈》：东坡诗："东风袅袅泛崇光（略）。"不为事使，居然可爱。

胡应麟《艺林学山》卷一：坡诗题海棠也，次句言香雾，虽不主海棠言，亦诗之病，诗家不必深忌，亦不可不知。

袁宏道评阅谭元春选《东坡诗选》卷五谭元春评：服中郎（袁宏道）之力去此诗也。

查慎行《初白庵诗评》卷中：此诗极为俗口所赏，然非先生老境。

马位《秋窗随笔》：李义山诗"客散酒醒深夜后，更持红烛赏残花"，有雅人深致。苏子瞻"只恐夜深花睡去，故烧高烛照红妆"，有富贵气象。二子爱花兴复不浅。或谓两诗孰佳？余曰：李胜，苏微有小疵，既"香雾空濛月转廊"矣，何必"更烧红烛"？此就诗之全体言也。

冯应榴《苏文忠公诗合注》卷二二：家大人注李义山诗"客散酒醒深夜后，更持红烛赏残花"二句云："东坡诗'故烧高烛照红妆'，从此脱出也。"

王文诰《苏文忠公诗编注集成·编年古今体诗》卷二二：（"东风袅袅泛崇光"）施注既以"袅袅"为"袅袅"，即不当以白乐天"青云高渺渺"句释诗。云高可见,风高不可见也。《楚辞》"袅袅兮秋风",谓风细而悠扬也。公《赤壁赋》"余音袅袅,不绝如缕",其命意正同。由是推之,则此句正用《楚辞》也。

上巳日,与二三子携酒出游,随所见,辄作数句。明日集之为诗,故辞无伦次

薄云霏霏不成雨,杖藜晓入千花坞。

柯丘海棠吾有诗,独笑深林谁敢侮。

三杯卯酒人径醉,一枕春眠日亭午。

竹间老人不读书,留我闭门谁教汝。

出檐蘖枳十围大,写真素壁千蛟舞。

东坡作塘今几尺,携酒一劳农工苦。

却寻流水出东门,坏垣古堑花无主。

卧开桃李为谁妍,对立鸂鶒相媚妩。

开尊藉草劝行路,不惜春衫污泥土。

褰裳共过春草亭,扣门却入韩家圃。

辘轳绳断井深碧,秋千挂索人何所。

映帘空复小桃枝,乞浆不见麐门女。

南上古台临断岸,雪阵翻空迷仰俯。

故人馈我玉叶羹,火冷烟消谁为煮。

崎岖束缊下荒径,娅姹隔花闻好语。

更随落影尽余尊,却傍孤城得僧宇。

主人劝我洗足眠，倒床不必闻钟鼓。

明朝门外泥一尺，始悟三更雨如许。

平生所向无一遂，兹游何事天不阻。

固知我友不终穷，岂弟君子神所予。

集评：

查慎行《初白庵诗评》卷中：（"平生所向无一遂"二句）著此二语，全篇方有结束。

又《初白庵苏诗补注》卷二一：《名胜志》："柯山在赤壁高寒亭之东。"《图经》云："柯山四望，南直高丘，故名柯丘。"按先生诗云："欲买柯氏林。"又云："柯丘海棠吾有诗。"即此地也。

纪昀评《苏文忠公诗集》卷二二：此永叔所谓"一林乱石，天然位置"者也。其法始自元、白，而笔力则非元、白所及。

王文诰《苏文忠公诗编注集成·编年古今体诗》卷二二：此题不作转韵体，亦见其才之崛强矣。诗家天骨开张，真乃一生受用不尽。

赵克宜《角山楼苏诗评注汇钞》卷一〇：（"辘轳绳断井深碧"四句）写荒园景色如见。

别黄州

病疮老马不任鞿，犹向君王得敝帏。

桑下岂无三宿恋，尊前聊与一身归。

长腰尚载撑肠米，阔领先裁盖瘿衣。

投老江湖终不失，来时莫遣故人非。

集评：

纪昀评《苏文忠公诗集》卷二三：婉转清切，薄而不弱。敞帷埋马非老马，微嫌不伦，然不大碍。（"来时莫遣故人非"）"来时"作"将来"解，"非"字作"非议"解。（"投老江湖终不失"二句）既邀量移，似乎渐可自遂，故有此句。

王文诰《苏文忠公诗编注集成·苏海识余》卷一：殆京师传公病殁，神宗方进食，辍饭而起，自此卒出手诏内迁，故其《别黄州》诗又云"投老江湖终不失"也。以上诸句，乃黄州一集诗之间架，通其故，则前之杭、密、徐、湖，后之元祐三召，绍圣两黜，不独诗旨归一，而公之心迹亦皆血脉贯通。若邵注欲以笺杜例了当此集，乃是痴儿说梦也。

过江夜行武昌山闻黄州鼓角

清风弄水月衔山，幽人夜度吴王岘。
黄州鼓角亦多情，送我南来不辞远。
江南又闻出塞曲，半杂江声作悲健。
谁言万方声一概，鼍愤龙愁为余变。
我记江边枯柳树，未死相逢真识面。
他年一叶溯江来，还吹此曲相迎饯。

集评：

费衮《梁溪漫志》卷四：东坡平生宦游，多在淮、浙间。其始通守馀杭，后又为守杭，人乐其政，而公乐其湖山。尝过寿星院，恍然记若前身游历者。其于是邦，每有朱仲卿桐乡之念。谪居于黄凡五年，移汝。既去黄，夜行武昌山上回望，东坡闻黄州鼓角，凄然泣下,赋诗云:"黄州鼓角亦多情,送我南来不辞远。"

汪师韩《苏诗选评笺释》卷三:已去之地,鼓角多情。新至之处,曲声悲健。妙是半杂江声,通彼我之怀,觉行役宵中,有声有色。

纪昀评《苏文忠公诗集》卷二三:(起处)语特深秀。("幽人夜度吴王岘")屡以"幽人"自称,其实假借。此何不直曰"行人"?("谁言万方声一概"二句)是量移时语。("我记江边枯柳树"二句)萦拂有致。("他年一叶溯江来"二句)仍结本位,密。

翁方纲《石洲诗话》卷三:"半杂江声作悲健",改"悲壮"为"悲健","壮"虽与"健"同意,而用法神气,似乎不同。似未可以出自先生,而从为之辞。

方东树《昭昧詹言》卷一二:此可为流连光景等法。"谁言"句用杜精切。收四句仙气。

赵克宜《角山楼苏诗评注汇钞》卷一一:题本偶触,写来却有味。

陈衍《宋诗精华录》卷二:鼓角送行,未经人道过。

张佩纶《涧于日记》辛卯下:开合动荡,节短韵长,所谓"鼍愤龙愁为余变",先生自道其诗境也。

题西林壁

横看成岭侧成峰,远近高低各不同。
不识庐山真面目,只缘身在此山中。

集评:

苏轼《自记庐山诗》:仆初入庐山,(略)往来山南北十余日,以为胜绝不可胜谈,择其尤者,莫如漱玉亭、三峡桥,故作二诗。最后与总老同游西林，又作一绝云："横看成岭侧成峰，到处看山了不同。不识庐山真面目，只缘身在此山中。"仆庐山之诗，尽于此矣。

惠洪《冷斋夜话》卷七："横看成岭侧成峰，远近看山了不同。不识庐山真面目，只缘身在此山中。"鲁直曰："此老人于《般若》横说竖说，了无剩语。非其笔端，能吐此不传之妙哉！"

陈善《扪虱新话》上集卷一《因登山而感所见》：孔子登东山而小鲁，登泰山而小天下，所登愈高，所见愈大，天下之理固自如此。虽然，孔子岂但登泰山而后知天下之小哉！此孟子所以有感于是也。东坡尝用其意作《庐山》诗曰："横看成岭侧成峰，远近看山总不同。不识庐山真面目，只缘身在此山中。"知此则知孔子登山之意矣。无为杨次公奉使登泰山绝顶，鸡一鸣，见日出，由是而言，则世之不见日者尚多也。

杨慎《宋儒论天》：（"不识庐山真面目"二句）盖处于物之外，方见物之真也。

汪师韩《苏诗选评笺释》卷三：能作如是语，始是认取真面目者。妙高峰三日不见，而见之别峰，与此参看。

纪昀评《苏文忠公诗集》卷二三：亦是禅偈，而不甚露禅偈气，尚不取厌。以为高唱，则未然。

冯应榴《苏文忠公诗合注》卷二三：《西溪丛语》：南山宣律师《感通录》云："庐山七岭，共会于东，合而成峰。"因知东坡"横看成岭侧成峰"之句，有自来矣。又朱休度曰："此句用唐杨筠松《撼龙经》'横看是岭侧是峰，此是贪狼出阵龙'也。"

赵翼批沈德潜《宋金三家诗选·苏东坡诗选》下卷：庐山诗名作如林，若再实做，断难出色。坡公想落天外，巧于以偏师取胜。

王文诰《苏文忠公诗编注集成·编年古今体诗》卷二三：凡此种诗，皆一时性灵所发，若必胸有释典，而后炉锤出之，则意味索然矣。合注、施注以《感通录》《华严经》坐实之，诗皆化为糟粕，是谓顾注不顾诗。

陈衍《宋诗精华录》卷二：此诗有新思想，似未经人道过。

书李公择白石山房

偶寻流水上崔嵬，五老苍颜一笑开。
若见谪仙烦寄语，匡山头白早归来。

集评：

胡仔《苕溪渔隐丛话》后集卷二八：用杜诗《不见李白》云："匡山读书处，头白早归来。"东坡尝作《李氏山房藏书记》云："余友李公择，少时读书于庐山五老峰下白石庵之僧舍。公择既去，而山中之人思之，指其所居为李氏山房，藏书凡九千卷。"此诗虽言谪仙，实指公择，以事与姓皆同故也。（略）东坡作诗，用事亲切类如此，他人不及也。

纪昀评《苏文忠公诗集》卷二三：本地风光，点染殊妙。

庐山二胜

余游庐山南北，得十五六奇胜，殆不可胜纪，而懒不作诗，独择其尤佳者作二首。

开先漱玉亭

高岩下赤日，深谷来悲风。
擘开青玉峡，飞出两白龙。
乱沫散霜雪，古潭摇清空。

余流滑无声，快泻双石硔。
我来不忍去，月出飞桥东。
荡荡白银阙，沉沉水精宫。
愿随琴高生，脚踏赤鲩公。
手持白芙蕖，跳下清泠中。

集评：

胡仔《苕溪渔隐丛话》后集卷二九：予谓东坡此语似优于太白矣。大率东坡每题咏景物，于长篇中只篇首四句，便能写尽，语仍快健。（略）如《庐山开先漱玉亭》首句云："高岩下赤日，深谷来悲风。擘开青玉峡，飞出两白龙。"

刘埙《隐居通议》卷一〇：东坡先生苏文忠公《题庐山漱玉亭》诗云："高岩下赤日，深谷来悲风。擘开青玉峡，飞出两白龙。"此等句语，雄奇峭健，宜必有超轶绝尘之句以终之。而其末乃不过曰"愿从琴高生，脚踏赤鲩公。手扶白芙蕖，跳下清泠中"。且意度卑甚，殊无归宿，与起句如出两手。岂非坡公天才横纵，肆笔成书，非若拘谲者以排布锻炼为工，故若是邪？

瞿佑《归田诗话》卷中：意气伟然，真可以追踪太白矣。

查慎行《初白庵诗评》卷中：南唐中主年十五时，以万金买野人所献地为书堂。及即位，舍为寺，以献地为有国之祥，故名"开先"。

汪师韩《苏诗选评笺释》卷三：青峡白龙，纸上声光勃发。"高岩下赤日"以下写瀑布，奇势迭出，曲尽其妙。此巨灵开山手，徐凝恶诗真不足道耳。

纪昀评《苏文忠公诗集》卷二三：未必定有深意，直是气象不同。与《三峡桥》诗俱奇警。此近太白，彼近昌黎。初白谓三峡桥诗似杜，未然。写瀑布奇势迭出，曲尽其妙。此巨灵开山手！徐凝恶诗，诚不足道。

王文诰《苏文忠公诗编注集成·编年古今体诗》卷二三：（"荡荡白银阙"二句）挺得阔大，故能折出后四句。此诗前亦易办，后四句陡然便住，有非神工鬼斧所及。他人纵来得，亦了不得也。

张佩纶《涧于日记》壬辰上：敬斋于苏诗用典错误处亦颇有指谪，然亦无伤坡之全体，且可为学苏者作箴砭。其一条云：徐凝《庐山瀑布》诗云："千古长如白练垂，一条界破青山色。"坡笑之，谓之恶诗。及坡自题云："擘开青玉峡，飞出两白龙。"予谓东坡之"擘开"与徐凝之"界破"，其恶一也。此宇文叔通《济阳杂记》云尔。治近读坡集，其《游潜山》诗："擘开翠峡出风雷，截破奔崖作潭洞。"然则坡之诗，峡凡两度擘开矣。殊不知"擘开"用巨灵事，岂得与徐凝同讥乎？按：东坡诗原作："擘开翠峡走云雷，截破奔流作潭洞。"诗题乃《同正辅表兄游白水山》，而非《游潜山》。盖李治误记。

栖贤三峡桥

吾闻太山石，积日穿线溜。

况此百雷霆，万世与石斗。

深行九地底，险出三峡右。

长输不尽溪，欲满无底窦。

跳波翻潜鱼，震响落飞狖。

清寒入山骨，草木尽坚瘦。

空濛烟霭间，澒洞金石奏。

弯弯飞桥出，潋潋半月彀。

玉渊神龙近，雨雹乱晴昼。

垂瓶得清甘，可咽不可漱。

集评:

桑乔《庐山纪事》:"七尖山东北有大谷,是为栖贤谷。中有栖贤寺,本唐李渤读书之地。后舍宅为寺,故名"栖贤"。二诗一拟青莲,一拟少陵,各极其妙。

胡仔《苕溪渔隐丛话》后集卷二九:又《栖贤三峡桥》诗,有"清寒入山骨,草木尽坚瘦"之句,此等语精研绝韵,其他人道不到也。

王偶《匡山丛话》卷五:如东坡"清寒入山骨,草木尽坚瘦"之句,精研绝韵,后人焉能易议。

汪师韩《苏诗选评笺释》卷三:奇景以精理通之,发为高谈,结为幽艳,络绎间起,使人应接不暇。

纪昀评《苏文忠公诗集》卷二三:("长输不尽溪"二句)此种皆韩句。("清寒入山骨"二句)"清寒"十字绝唱。

赵翼批沈德潜《宋金三家诗选·苏东坡诗选》下卷:笔如百石弩,作诗者当于此等处得其神理,自入大家径路。

赵翼《瓯北诗话》卷五:东坡大气旋转,虽不屑屑于句法、字法中别求新奇,而笔力所到,自成创格。如(略)《栖贤三峡桥》云:"长输不尽溪,欲满无底窦。"(略)此虽随笔所至,自成创句,所谓"风行水上,自然成文",然未免句法重叠。

王文诰《苏文忠公诗编注集成·编年古今体诗》卷二三:("况此百雷霆"二句)总括,下乃分疏。五字瘦劲,确是三峡桥草木。

赵克宜《角山楼苏诗评注汇钞》卷一一:("清寒入山骨"数句)此东坡独到语,其余刻画犹人力所可及,此则全从妙悟得来。

高步瀛《唐宋诗举要》卷一:清新出奇。

赵克宜《角山楼苏诗评注汇钞》卷一一:《漱玉亭》《三峡桥》二诗,能状奇景,而语意俊杰廉悍,洵属出色之作。

自兴国往筠,宿石田驿南廿五里野人舍

溪上青山三百叠,快马轻衫来一抹。
倚山修竹有人家,横道清泉知我渴。
芒鞋竹杖自轻软,蒲荐松床亦香滑。
夜深风露满中庭,惟有孤萤自开阖。

集评:

汪师韩《苏诗选评笺释》卷三:"孤萤开阖"之句,较"暗飞萤
自照"为更冷然。

纪昀评《苏文忠公诗集》卷二三:(起处)语自俊逸,不嫌其
剽。("夜深风露满中庭"二句)结亦幽绝。

王文诰《苏文忠公诗编注集成·编年古今体诗》卷二三引纪
昀语:("横道清泉知我渴")恰如人意,谓之知可也。东坡诗"知我
理荒荟"同意。

郭祥正家醉画竹石壁上,郭作诗为谢,且遗二古铜剑

空肠得酒芒角出,肝肺槎牙生竹石。
森然欲作不可回,吐向君家雪色壁。
平生好诗仍好画,书墙涴壁长遭骂。
不瞋不骂喜有余,世间谁复如君者。
一双铜剑秋水光,两首新诗争剑铓。
剑在床头诗在手,不知谁作蛟龙吼。

集评：

周必大《题张志宁所藏东坡画》：苏文忠公诗云："空肠得酒芒角出，肝肺槎枒生竹石。森然欲作不可留，写向君家雪色壁。"英气自然，乃可贵重。五日一石，岂知此耶。

查慎行《初白庵诗评》卷中：（"空肠得酒芒角出"四句）棱角四射。

汪师韩《苏诗选评笺释》卷三：画从醉出，诗特为醉笔洗剔精神，读起四句森然动魄也。句句巉绝，在集中另辟一格。

周亮工《书影》卷一〇：苏文忠诗云："空肠得酒芒角出，肝肺槎牙生竹石。森然俗作不可留，写向君家雪色壁。"不必见其画，觉十指酒气，沸沸满壁。

叶矫然《龙性堂诗话》初集：子瞻（略）《画竹石壁》云："枯肠得酒芒角出，肝肺槎牙生竹石。森然欲作不可回，吐向君家雪色壁。"亦可谓手快风雨，笔下有神者矣。

纪昀评《苏文忠公诗集》卷二三：（起处）奇气纵横，不可控制。

（日本）赖山阳《东坡诗钞》卷三：此等诗，所谓寸铁杀人者，短古绝调。书题简洁，此等尤可法者。（"空肠得酒芒角出"二句）起得奇绝。得芒角槎牙等字，而诗剑如始相与者。（"吐向君家雪色壁"）自"空肠""肺肝"等字来。（"一双铜剑秋水光"）言剑只是一句，是蜻蜓点水法。（"剑在床头诗在手"二句）何等结法。

又附《书韩苏古诗后》：世服苏之广长舌，不知其收舌不尽展者更好。（略）《画竹》（略），皆丰约合度，姿态可观。

赵翼批沈德潜《宋金三家诗选·苏东坡诗选》下卷：落想在天外，笔更爽极，如剑芒不可逼视。

宋长白《柳亭诗话》卷五：（"空肠得酒芒角出"四句）真有酒气拂拂从十指出之意。

赵克宜《角山楼苏诗评注汇钞》卷一一：落想绝奇。

高步瀛《唐宋诗举要》卷三引吴汝纶评：("空肠得酒芒角出")突起。("吐向君家雪色壁")倒落。("平生好诗仍好画")逆接。("不瞋不骂喜有余")逆接。("世间谁复如君者")倒落。

次荆公韵四绝（选三首）

其二

斫竹穿花破绿苔，小诗端为觅桤栽。

细看造物初无物，春到江南花自开。

集评：

纪昀评《苏文忠公诗集》卷二四：("细看造物初无物")太腐气。

赵翼《瓯北诗话》卷五《苏东坡诗》：又如和荆公绝句云"春到江南花自开"（略），觉千载下，犹有深情，何必以奇惊雄骛见长哉！

其三

骑驴渺渺入荒陂，想见先生未病时。

劝我试求三亩宅，从公已觉十年迟。

集评：

胡仔《苕溪渔隐丛话》前集卷三五《半山老人三》引《潘子真诗话》：东坡得请宜兴，道过钟山，见荆公。时公病方愈，令坡诵近作，因为手写一通以为赠。复自诵诗俾坡书以赠己，仍约坡卜居秦淮。故坡和公诗云："骑驴渺渺入荒陂（略）。"

吕希哲《吕氏杂记》卷下:荆公熙宁、元丰间,既闲居,多骑驴游肆山水间,宾朋至者,亦给一驴。苏子瞻诗所谓"骑驴渺渺入荒陂"是也。

又:东坡自黄州归,路由金陵,荆公见之大喜,与之出游,因赠之诗。坡依韵和云:"骑驴渺渺入荒陂(略)。"

其四

甲第非真有,闲花亦偶栽。
聊为清净供,却对道人开。

自注:公病后舍宅作寺。

集评:

纪昀评《苏文忠公诗集》卷二四:东坡、半山,旗鼓对叠。似应别有佳处,方惬人意。

同王胜之游蒋山

到郡席不暖,居民空惘然。
好山无十里,遗恨恐他年。
欲款南朝寺,同登北郭船。
朱门收画戟,绀宇出青莲。

自注:荆公宅已为寺。

夹路苍髯古,迎人翠麓偏。
龙腰蟠故国,鸟爪寄层颠。
竹杪飞华屋,松根泫细泉。
峰多巧障日,江远欲浮天。

略彴横秋水，浮图插暮烟。
归来踏人影，云细月娟娟。

集评：

　　蔡絛《西清诗话》：元丰中，王荆公在金陵，东坡自黄北迁，日与公游，尽论古昔文字，闲即俱味禅悦。公叹息，谓人曰："不知更几百年方有如此人物。"东坡渡江，至仪真，赋此诗，亟取读之，至"峰多巧障日，江远欲浮天"，乃抚几曰："老夫平生无此二句。"

　　吴沆《环溪诗话》卷上：（张）右丞云："不是如此，杜诗妙处，人罕能知。凡人作诗，一句只说得一件物事，多说得两件。杜诗一句能说得三件、四件、五件物事。常人作诗，但说得眼前，远不过数十里内。杜诗一句能说数百里，能说两州军，能说半天下，能说满天下，此其所以为妙（略）。"环溪因取前辈之诗，参而考之，谓东坡（略）叠句至如"峰多巧障日，江远欲浮天"（略）等语，句虽佳，而每句不过用二物而已。（略）然竟无一句能用五物者。至半天下、满天下之说求之，尤未见其有也。然后知诗道之难如此，而古今之美，备在杜诗，无复疑矣。

　　赵与时《宾退录》卷一〇：（前引《环溪诗话》）此论尤异。以此论诗，浅矣！杜子美之所以高于众作者，岂谓是哉？若以句中事物之多为工，则必皆如陈无己"桂椒楠栌枫柞樟"之句，而后可以独步，虽杜子美亦不容专美。若以"乾坤日夜浮"为满天下句，则凡句中言"天地""华夷""宇宙""四海"者，皆足以当之矣，何谓无也。

　　查慎行《初白庵诗评》卷中：胜之以龙图学士守金陵，视事一日，移官南都，见先生《渔家傲》词自注。故此云："到郡席不暖。"须溪批此诗，谓先生自写其好事如此，讹矣。

　　汪师韩《苏诗选评笺释》卷三：次第写景，不必作峥嵘郁屈之势,而斫削精洁,神彩飞扬,自无一屑笔剩语,不独"峰多""江远"一联差肩杜老。

纪昀评《苏文忠公诗集》卷二四:风神秀削。

赵克宜《角山楼苏诗评注汇钞》卷一一:次联言好山去郭五十里,若不往游,恐他年尚有遗恨也。紧从"席不暖"句生出。("峰多巧障目"二句)语不必深,景真更妙。

豆粥

君不见滹沱流澌车折轴,公孙仓皇奉豆粥。
湿薪破灶自燎衣,饥寒顿解刘文叔。
又不见金谷敲冰草木春,帐下烹煎皆美人。
萍齑豆粥不传法,咄嗟而办石季伦。
干戈未解身如寄,声色相缠心已醉。
身心颠倒不自知,更识人间有真味。
岂如江头千顷雪色芦,茅檐出没晨烟孤。
地碓舂粳光似玉,沙瓶煮豆软如酥。
我老此身无著处,卖书来问东家住。
卧听鸡鸣粥熟时,蓬头曳履君家去。

集评:

胡仔《苕溪渔隐丛话》后集卷二八:东坡于饮食,作诗赋以写之,往往皆臻其妙。如《老饕赋》《豆粥》诗是也。

邵博《邵氏闻见后录》卷一六:有童子问(略)。又《豆粥》诗:"湿薪破灶自燎衣,饥寒顿解刘文叔。"按《汉史》,王郎起,光武自蓟东南驰,至南宫县,遇大风雨,引车入道旁空舍,冯异抱薪,邓禹爇火，光武对灶燎衣。冯异进麦饭，非豆粥，若芜蒌亭豆粥，则无湿薪破灶燎衣等事，亦误也（略）。东坡信天下后世者，宁有误邪？予应之曰："东坡累误千百，尚信天下后世也。"童子更曰："有是言，凡学者之误亦许矣。"予曰："尔非东坡，奈何？"

旧题王十朋《集注分类东坡先生诗》卷二五引次公曰：（"干戈未解身如寄"二句）上句以结光武之豆粥，下句以结石崇之豪富也。

何汶《竹庄诗话》卷一〇引《禁脔》：《豆粥》诗、《眉山石砚歌》，可谓分布用事法，凡二事比类于前，而后发其宏妙也。

查慎行《初白庵诗评》卷中：按结四句，豆粥当有主人，而题中不及，何也？

汪师韩《苏诗选评笺释》卷四：波腾雷动，起伏开阖，气伟采奇，青莲无以过。

纪昀评《苏文忠公诗集》卷二四：牵光武、石崇二事，强生意义，支缀成篇，殊无真实本领。

（日本）赖山阳《东坡诗钞》卷三：韵脚皆牢。（"干戈未解身如寄"）文叔。（"声色相缠心已醉"）季伦。（"岂如江头千顷雪色芦"）（"岂如"）二字运动全篇。（"茅檐出没晨烟孤"）如画，乃炊粥之烟。（"沙瓶煮豆软如酥"）此句下不著一语，是诗品。（"我老此身无著处"）转得音节大妙。（"卖书来问东家住"）自杜五律出来。

《历代诗发》卷二四：两拈旧事相比，反觉茅檐真味为胜。古人贵不如贱，富不如贫，此意得之。

香岩批《纪评苏诗》卷二四：（《赠潘谷》）胜于《豆粥》《眉子石砚》矣，妙在以意遣词耳。

又卷二七：五、六极趣。坡公惯作寒乞语，如（略）"卧听鸡鸣粥熟时"二句，与此皆一例。

赵克宜《角山楼苏诗评注汇钞》附录卷下：初无情思，仅从豆粥使事，故不免泛填。

金山梦中作

江东贾客木绵裘，会散金山月满楼。
夜半潮来风又熟，卧吹箫管到扬州。

集评：

黄彻《碧溪诗话》卷六："东来贾客木绵裘（略）。"集中题云"梦中作"。盖坡尝衣此，坐客误云："木绵裘俗。"饮散，乃出此诗，且云："虽欲俗，不可得也。"坐客大惭。贾客事乃《南史》：孔觊二弟颇营产业，请假东归，觊出渚迎之。辎重十余船，皆绵绢纸席之属。觊伪喜，因命置岸侧。既而正色谓曰："汝辈忝预士流，何至还东作贾客耶？"命烧尽乃去。

曾季狸《艇斋诗话》：唐人诗云："惟有河堤衰柳树，蝉声相送到扬州。"东坡诗云："夜半潮来风又熟，卧吹箫管到扬州。"参寥诗云："波底鲤鱼来去否，尺书寄汝到扬州。"皆用"到扬州"三字，各有思致。

潘德舆《养一斋诗话》卷九：容斋取张文潜爱诵杜公"溪回松风长"五古，坡公"梨花淡白柳深青"七绝，以为美谈。二诗何尝有一字求奇，何尝有一字不奇。仆少年不学，卤莽于诗，不谓容斋巨手，久已为此。必知容斋述文潜之意，方于诗学有少分相应耳。予又考坡公七绝甚多，而合作颇少。其高才博学，纵横驰骤，自难为弦外音。"梨花淡白"一章，允属杰出。文潜所赏，足称只眼。然坡之七绝高唱，犹有数章，漫识于此，供爱者之讽诵焉："江东贾客木绵裘（略）。"

纪昀评《苏文忠公诗集》卷二四：此有感而托之梦作耳。一气浑成，自然神到。（"夜半潮来风又熟"）今海船犹有"风熟"之语。盖风之初作，转移不定；过一日不转，谓之"风熟"。

赵克宜《角山楼苏诗评注汇钞》卷一一：风调自佳。

陈衍《宋诗精华录》卷二：公与蔡忠惠、欧阳文忠皆有梦中作，诗境皆奇。

次韵蒋颖叔

月明惊鹊未安枝，一棹飘然影自随。
江上秋风无限浪，枕中春梦不多时。
琼林花草闻前语，罨画溪山指后期。

自注：蒋诗记及第时琼林苑宴坐中所言，且约同卜居阳羡。

岂敢便为鸡黍约，玉堂金殿要论思。

集评：

曾季狸《艇斋诗话》：东坡："江上秋风无限浪，枕中春梦不多时。"盖用白乐天诗。白乐天云："秋风江上浪无限，夜雨舟中酒一尊。"

纪昀评《苏文忠公诗集》卷二四：三、四好。

赵翼《瓯北诗话》卷五《苏东坡诗》：坡诗有云"清诗要锻炼，方得铅中银"。然坡诗实不以锻炼为工，其妙处在乎心地空明，自然流出，一似全不著力而自然沁入心脾。此其独绝也。今第就七言律论之，如（略）"江上秋风无限浪，枕中春梦不多时"（略）。此数十联乃是称心而出，不假雕饰，自然意味悠长。即使事处，亦随其意之所欲出，而无牵合之迹。此不可以声调、格律求之也。

王文诰《苏文忠公诗编注集成·编年古今体诗》卷二四：（"月明惊鹊未安枝"）用曹操"绕树三匝，无枝可栖"，因访求田宅未遂发也。

402

高邮陈直躬处士画雁二首

其一

野雁见人时，未起意先改。

君从何处看，得此无人态。

无乃槁木形，人禽两自在。

北风振枯苇，微雪落璀璀。

惨澹云水昏，晶荧沙砾碎。

弋人怅何慕，一举渺江海。

集评：

张谦宜《絸斋诗谈·评论二·苏东坡》：《高邮陈直躬处士画雁》："野雁见人时，未起意先改。君从何处看，得此无人态。"此十字句法。

纪昀评《苏文忠公诗集》卷二四：（起处）一片神行，化尽刻画之迹。

（日本）赖山阳《东坡诗钞》卷一：此诗于前五首中尤胜者，妙想妙语，非公不能道出。（"北风振枯苇"以下）下半篇不出一雁字，言景物而雁在其中。（"一举渺江海"）暗说君人。

吴乔《围炉诗话》卷一：诗贵活句，贱死句。石曼卿《咏红梅》云："认桃无绿叶，辨杏有青枝。"于题甚切，而无丰致，无寄托，死句也。明人充栋之集，莫非是物，二李为尤甚耳。子瞻能识此病，故曰："赋诗必此诗，定非知诗人。"其题画云："野雁无人时，未起意先改。君于何处看，得此无人态。"措词虽未似唐人，而能于画外见作者鱼鸟不惊之致，乃活句也。

张道《苏亭诗话》卷一：东坡诗，体物有极细处。如（略）"野雁见人时,未起意先改"。

赵克宜《角山楼苏诗评注汇钞》卷一一:落想超绝。

高步瀛《唐宋诗举要》卷一引吴汝纶评:起四语,坡公独到妙处,他人所无。

其二

众禽事纷争,野雁独闲洁。

徐行意自得,俯仰若有节。

我衰寄江湖,老伴杂鹅鸭。

作书问陈子,晓景画苕雪。

依依聚圆沙,稍稍动斜月。

先鸣独鼓翅,吹乱芦花雪。

集评:

纪昀评《苏文忠公诗集》卷二四:此首蛇足。

香岩批《纪评苏诗》卷二四:无此一首,则只咏雁,非题画矣。

汪师韩《苏诗选评笺释》卷四:色斯举矣,语隐而不发。前作更从未起时见其意之先改,窃疑处士虽善画,未必能逮此诗。后作又于安翔徐行处见意,动静各得其微。诗中画,画中诗,二难并矣。

次韵王定国南迁回见寄

土晕铜花蚀秋水,要须悍石相砻砥。

十年冰蘖战膏粱,万里烟波濯纨绮。

归来诗思转清激,百丈空潭数鲂鲤。

逝将桂浦撷兰荪,不记槐堂收剑履。

却思庾岭今何在，更说彭城真梦耳。

自注：来诗述彭城旧游。

君知先竭是甘井，我愿得全如苦李。
妄心不复九回肠，至道终当三洗髓。
广陵阳羡何足较，只有无何真我里。

自注：余买田阳羡，来诗以为不如广陵。

乐全老子今禅伯，掣电机锋不容拟。

自注：谓张安道也，定国其婿。

心通岂复问云何，印可聊须答如是。
相逢为我话留滞，桃花春涨孤舟起。

集评：

　　王楙《野客丛书》卷二三《集注坡诗》：《集注坡诗》有未广者，
（略）坡诗又曰："桃花春涨孤舟起。"程注："《杜钦传》：来年桃花
水。"赵注："三月桃花浪，见《前汉志》。"不知此事已见《月令》：
"仲春之月，桃始华，雨水生。"

　　袁宏道评阅谭元春选《东坡诗选》卷五谭元春评：袁（宏道）
极赏首四语。

　　查慎行《初白庵诗评》卷中：（"十年冰蘖战膏粱"四句）登少
陵之堂，入昌黎之室。

　　纪昀评《苏文忠公诗集》卷二四：（起处）笔笔精锐。（"十年冰
蘖战膏粱"四句）盘空硬语，具体昌黎。

　　方东树《昭昧詹言》卷一二：奇起。"却思"四句，神到气到
之作。

　　又：赠人寄人之诗，如此首暨（略）《次韵王定国南迁回见寄》
篇皆入妙。

赵克宜《角山楼苏诗评注汇钞》卷一一:("十年冰蘖战膏粱")四句快语,东坡本色,未见似韩。("君知先竭是甘井"二句)此联是篇中枢纽。

泗州南山监仓萧渊东轩二首

其一

偶随渔父采都梁,竹屋松扉试乞浆。

自注:南山名都梁山,山出都梁香故也。

但见东轩堪隐几,不知公子是监仓。
溪中乱石墙垣古,山下寒蔬七箸香。
我是江南旧游客,挂冠知有老萧郎。

集评:

洪迈《容斋三笔》卷六《东坡诗用老字》:东坡赋诗,用人姓名,多以老字足成句。如(略)《东轩》云"挂冠知有老萧郎"(略),是皆以为助语,非真谓其老也。大抵七言则于第五字用之,五言则于第三字用之。

汪师韩《苏诗选评笺释》卷四:前首结句用老萧郎,亦本香山"能文好饮老萧郎"之句。容斋引老元为例而不引此,疏矣。

赵克宜《角山楼苏诗评注汇钞》卷一一:溯其先世作结,与"公子"字相应。

其二

北望飞尘苦昼霾,洗心聊复寄东斋。
珍禽声好犹思越,野橘香清未过淮。

有信微泉来远岭,无心明月转空阶。

一官仓庾真堪老,坐看松根络断崖。

集评:

周必大《跋东坡诗帖》:浏阳丞新喻萧君一致五世从祖潜夫元丰七年监盱眙仓,坡公岁除前过其东轩,留题二诗,盖量移汝州时也。按盱眙隶泗州,州在淮北,其县治即淮阴故都梁,号淮南第一山,景物清旷。公既乐之,而潜夫讳渊,盖慕陶靖节者,其人亦可知矣。此公所为赋诗也。

查慎行《初白庵苏诗补注》卷二四:施氏原注:"此诗犹存,萧氏墨迹,刻石成都。'珍禽声好犹思越'作'怀越',未知即萧氏所藏,或是别本也。"

赵克宜《角山楼苏诗评注汇钞》卷一一:托意在即离之间,语有隽味。

汪师韩《苏诗选评笺释》卷四:有幽邃之趣,萧条高寄,尽得风流。

纪昀评《苏文忠公诗集》卷二四:二诗俱清切。

寄吴德仁兼简陈季常

东坡先生无一钱,十年家火烧凡铅。

黄金可成河可塞,只有霜鬓无由玄。

龙丘居士亦可怜,谈空说有夜不眠。

忽闻河东狮子吼,拄杖落手心茫然。

谁似濮阳公子贤,饮酒食肉自得仙。

平生寓物不留物,在家学得忘家禅。

门前罢亚十顷田，清溪绕屋花连天。

溪堂醉卧呼不醒，落花如雪春风颠。

我游兰溪访清泉，已办布袜青行缠。

稽山不是无贺老，我自兴尽回酒船。

恨君不识颜平原，恨我不识元鲁山。

铜驼陌上会相见，握手一笑三千年。

集评：

胡仔《苕溪渔隐丛话》前集卷三八引《潘子真诗话》：吴瑛德仁，襟怀高远，遵路之子，淑之孙也。未五十以虞部员外郎致仕，归隐蕲春。元祐间，朝廷闻其高，聘之，不起。（下引"稽山不是无贺老"六句）东坡为德仁作也。

苕溪渔隐曰：《寄吴德仁兼简陈季常》诗，全篇云（略）。诗中所云龙丘居士，即陈季常也。濮阳公子，即吴德仁也。又云："我游兰溪访清泉，已办布袜青行缠。稽山不是无贺老，我自兴尽回酒船。"盖欲往访德仁未成也。李白诗云："稽山无贺老，却棹酒船回。"用此事也。又云"恨君不识颜平原"，东坡自谓也。"恨我不识元鲁山"，谓德仁也。"铜驼陌上会相见，握手一笑三千年"，盖言终当相见，如蓟子训之徒。此一篇诗意，本末次序，有伦有理，可谓精致矣。潘子真但只言"稽山不是无贺老"以下六句为德仁作，不知濮阳公子复是何人，无乃与诗题相戾乎？

蔡絛《西清诗话·东坡戏陈季常畏内》：东坡谪黄州，与陈慥季常游。季常自以饱禅学，而妻柳氏颇悍，季常畏之。客至，或诟骂未已，声达于外。东坡因诗戏云："谁似龙丘居士贤，谈空说有夜不眠。忽闻河东狮子吼，拄杖落手心茫然。"

洪迈《容斋三笔》卷三《陈季常》：陈慥字季常，公弼之子，居于黄州之岐亭，自称"龙丘先生"，又曰"方山子"。好宾客，喜畜声妓,然其妻柳氏绝凶妒,故东坡有诗云:"龙丘居士亦可怜,谈空说有夜不眠。忽闻河东狮子吼,拄杖落手心茫然。"河东狮子,指柳氏也。坡又尝醉中与季常书云:"一绝乞秀英君。"想是其妾小字。黄鲁直元祐中有与季常简曰:"审柳夫人时须医药,今已安平否?公暮年来想渐求清净之乐,姬媵无新进矣,柳夫人比何所念以致疾邪?"又一帖云:"承谕老境情味,法当如此,所苦既不妨游观山川,自可损药石,调护起居饮食而已。河东夫人亦能哀怜老大,一任放不解事邪?"则柳氏之妒名,固彰著于外,是以二公皆言之云。

袁宏道评阅谭元春选《东坡诗选》卷五谭元春评:作诗中用不得文章中语。

查慎行《初白庵诗评》卷中:("门前罢亚十顷田"句以下)笔挟仙气,故是太白后身。

汪师韩《苏诗选评笺释》卷四:以己之学仙引起陈慥之学禅,更由慥之学禅引起吴瑛之不学仙而得仙,不学禅而得禅。瑛见《宋史·隐逸传》。"门前罢亚"以下言瑛归蕲州,其胜情至致,有足令人企羡者。结处"恨君不识颜平原"句,如以颜比陈,盖颜亦用心仙佛故也。若胡仔谓东坡自谓,则文义就吴瑛一直说下,于陈慥绝无照应。而前幅"龙丘居士"四句但值诙嘲,岂简之之意耶?

纪昀评《苏文忠公诗集》卷二五:(起处)蓬蓬勃勃,气如涌出,此真兴到之笔!("门前罢亚十顷田"四句)得此四语,意境乃活,如画山水者烘以云气。

方东树《昭昧詹言》卷一二:起,妙品神到。三句用事精切。"门前"四句,起棱象外。先生尝至蕲州,欲访吴未果,彼此两不相识。

又:赠人寄人之诗,如此首暨(略)《寄吴德仁》(略)皆入妙。

赵克宜《角山楼苏诗评注汇钞》卷一二:("门前罢亚十顷田")

叙事之中插入景语,有姿态。("恨君不识颜平原")接笔极有兴会。用二古人并非有所取义,只为起下文耳。结语从蓟子训导中化出,与前路学仙相应。

高步瀛《唐宋诗举要》卷三引吴汝纶评:音节琅然,可歌可诵。机趣横生,而风采复极华妙。

题王逸少帖

颠张醉素两秃翁,追逐世好称书工。
何曾梦见王与锺,妄自粉饰欺盲聋。
有如市娼抹青红,妖歌嫚舞眩儿童。
谢家夫人澹丰容,萧然自有林下风。
天门荡荡惊跳龙,出林飞鸟一扫空。
为君草书续其终,待我他日不匆匆。

集评:

葛立方《韵语阳秋》卷一四:东坡评张颠、怀素草书云:"颠张醉素两秃翁,追逐世好称书工。有如市娼抹青红。"卑之甚矣。至评六观老人草书则云:"云如死灰实不枯(略)。"则知坡之所喜者,贵于自然,雕镌而成者非所贵也。然张颠自言,见公主担夫争道而得笔法,观公孙大娘舞剑器而得神俊。僧怀素自言,吾观夏云多奇峰,辄师之。谓夏云因风变化无常势,草书亦当尔。则二人笔法,固亦出于自然。而坡去取之异如此,何耶?

纪昀评《苏文忠公诗集》卷二五:短章而甚有笔力。("颠张醉素两秃翁")张何以亦称"秃翁"?("为君草书续其终"二句)题此诗必作行楷,故末二句云然。

王文诰《苏文忠公诗编注集成·编年古今体诗》卷二五:("颠张醉素两秃翁"四句)颠张醉素,书家魔道,贬之自是特识。("为君草书续其终"二句)入题作结,而仍收到帖,回斡疾甚,又若飏下者然,故其余韵长也。

赵克宜《角山楼苏诗评注汇钞》卷一二:结小有致。

书林逋诗后

吴侬生长湖山曲,呼吸湖光饮山绿。

不论世外隐君子,佣奴贩妇皆冰玉。

先生可是绝俗人,神清骨冷无由俗。

我不识君曾梦见,瞳子了然光可烛。

遗篇妙字处处有,步绕西湖看不足。

诗如东野不言寒,书似西台差少肉。

平生高节已难继,将死微言犹可录。

自言不作封禅书,更肯悲吟白头曲。

自注:逋临终诗云:"茂陵他日求遗草,犹喜初无封禅书。"

我笑吴人不好事,好作祠堂傍修竹。

不然配食水仙王,一盏寒泉荐秋菊。

集评:

袁文《瓮牖闲评》:苏东坡《送江公著》诗押两"耳"字,一云"忽忆钓台归洗耳",一云"亦念人生行乐耳"。其《题林逋诗后》押两"曲"字,一云"吴侬生长湖山曲",一云"更肯悲吟白头曲"。然东坡于"耳"字诗则注云"其义不同",虽重押无害,于"曲"字诗又却不注,何也?

田汝成《西湖游览志余》卷八：此诗景慕和靖甚切，但祠堂旁修竹，亦不失雅观，而遽以吴人不好事病之，此似叶韵语矣。其后朱淑真有《吊林和靖》诗云："每逢清景夜归时，月白风清易得诗。不识钓泉与拈菊，一庭寒翠蔼空祠。"盖亦祖述东坡之遗意也。

汪师韩《苏诗选评笺释》卷四：将以称美林逋，乃至谓吴侬之佣贩皆如冰玉，深一层说人，而林之"神清骨冷"，其为高节难继处，不待罗缕矣。轼论文章，尝有郊寒岛瘦之目，其《读孟郊诗》有云："何苦将两耳，听此寒虫号。"又尝论西台御史李建中之书，以为"虽可爱，终可鄙；虽可鄙，终不可弃"。若此篇所言，则谓其诗如东野而能不至于寒，如西台而又不至于肉，是兼有孟、李之长，尽去孟、李之所短也。后人多于西台句误会其意，此未深考耳。

纪昀评《苏文忠公诗集》卷二五：起手如未睹佛像，先现圆光。结得夭矫。（"好作祠堂傍修竹"四句）"修竹""秋菊"，皆取高洁相配，非图趁韵。

（日本）赖山阳《东坡诗钞》卷三：此诗用笔如题跋，又可当一篇后序。凡大家之作，皆健俊纵逸，而少清脆之气，虽如老杜能兼之，而犹过豪奇。如东坡此诗，自出别调，而过清脆者，故今撰之。（"不论世外隐君子"）此句既逗林逋。（"先生可是绝俗人"）衔接。（"我不识君曾梦见"二句）二句化凡为奇，非东坡不能言。（"自言不作封禅书"）东坡之取林逋，不为其爱梅，崔特有此事耳，是不可不出者。（"不然配食水仙王"）黄州有水仙王庙。（"一盏寒泉荐秋菊"）承篇首血脉来，结法是题跋笔法。

又附《书韩苏古诗后》：世服苏之广长舌，不知其收舌不尽展者更好。（略）《林逋诗后》，（略）皆丰约合度，姿态可观。

张道《苏亭诗话》卷五《补注类》：《皇宋书录》："山谷云：'林和靖字画尤工，笔意殊类李西台，而清劲处尤妙。'又云：'林处士诗，清气照人，其端劲有骨，亦似斯人涉世也。'晁氏《读书记》云：

412

'善行书,有法帖两卷,刻于豫章漕廨之观风堂。'"

方东树《昭昧詹言》卷一二:妙。

赵克宜《角山楼苏诗评注汇钞》卷一二:("佣奴贩妇皆冰玉")
是加一倍写法。

归宜兴留题竹西寺三首（选二首）

其一

十年归梦寄西风,此去真为田舍翁。

剩觅蜀冈新井水,要携乡味过江东。

集评:

纪昀评《苏文忠公诗集》卷二五:点缀有致。

其三

此生已觉都无事,今岁仍逢大有年。

山寺归来闻好语,野花啼鸟亦欣然。

集评:

苏辙《辨兄轼竹西寺题诗札子》:伏见赵君锡状,言与贾易各
论臣兄轼作诗事。臣问兄轼,云:"实有此诗,然自有因依。"乙丑
年三月六日在南京闻裕陵遗制,成服后,蒙恩许居常州。既南去,
至扬州。五月一日在竹西寺门外道傍,见十数父老说话,内一人合
掌加额曰:"闻道好个少年官家。"臣兄见有此言,中心实喜,又无
可语者,遂作二韵诗记之于寺壁,如此而已。今君锡等加诬,以为
大恶。兼月日相远,其遗制岂是山寺归来所闻之语? 伏望圣慈体

察。今日进呈君锡等文字,臣不敢与。

叶梦得《避暑录话》卷上:子瞻《山光寺》诗"野花鸣鸟亦欣然"之句,其辩说甚明,盖为哲宗初即位,闻父老颂美之言而云。神宗奉讳在南京,而诗作于扬州。余尝至其寺,亲见当时诗刻,后书作诗日月,今犹有其本,盖自南京回阳羡时也。始过扬州,则未闻讳,既归自扬州,则奉讳在南京,事不相及,尚何疑乎?近见子由作子瞻墓志,载此事,乃云:"公至扬州,常州人为公买田,书至,公喜而作诗,有'闻好语'之句。"乃与辩辞异。且闻买田而喜,可矣,野花啼鸟何与,而亦欣然?(略)然此言出于子由,不可有二,以启后世之疑。余在许昌时,志犹未出,不及见,不然,当以告迪与过也。

袁文《瓮牖闲评》佚文:苏东坡在扬州作诗云:"此生已觉都无事,今岁仍逢大有年。山寺归来闻好语,野花啼鸟亦忻然。"其年神宗上仙,当时谤者遂谓东坡以迁谪之故,忻幸神宗上仙而作是诗,故东坡有《辩谤札子》云:"是三月六日,臣在南京,闻先帝遗诏,举哀挂服了。至五月间,往扬州竹西寺,见百姓父老十数人,相与道旁语笑,其间一人以手加额云:'才见好一个少年官家。'又是时淮浙间所在丰熟,因作是诗,其时去神宗上仙已两月,决非山间始闻之语,事理甚明。"及观其弟子由作东坡墓志乃云:"公之自汝移常也,授命于宋。会神宗晏驾,哭于宋而南至扬州,常人与公买田书至,公喜作诗,有'闻好语'之句,言者妄谓公闻讳而喜,乞加深谴,然诗刻石有时日,朝廷知言者之妄,皆逐。"

王文诰《苏文忠公诗编注集成·编年古今体诗》卷二五:贾易谓原题"山寺"二句在前,"此生"二句在后,公不自安,后乃倒其前后句。今此二十八字具在,不论何人,试倒读之,通得去否?

赵翼《瓯北诗话》卷五:后黄州赦回,值神宗升遐之后,途次扬州,作诗题壁,又有"山寺归来闻好语,野花啼鸟亦欣然"之句。此何时而作此诗耶？还朝后为学士，发策试馆职，则又以王莽、曹操为问。其掌二制，更奋笔攘袂于窜逐诸小人，谪词申明罪状，略无包荒，以致群小侧目，即朔党、洛党等号为君子者，亦群起而攻之。先击去其所荐引黄鲁直、王定国、秦少游、欧阳叔弼等以撼之，贾易、赵君锡遂摘其"山寺闻好语"之句，以为幸先帝厌代。赖宣仁后辨明，得乞郡去。（略）其后身遭贬窜，万里投荒，犹曩时之余毒也。或疑坡既早见及此，何以作诗草制，不加检点，稍为诸人留余地？盖才人习气，落笔求工，必尽其才而后止，所谓矢在弦上，不得不发也。然如咏桧而及地下之蛰龙，当遏密之后而有"花鸟欣然"之语，亦太不检矣。

张道《苏亭诗话》卷五《考摘类》：元祐六年八月戊子朔，贾易摭诗语劾奏云："先帝厌代，轼别作诗自庆曰：'山寺归来闻好语，野花啼鸟亦欣然。此生已觉都无事，今岁仍逢大有年。'书于扬州上方僧寺，自后播于四方。轼内不自安。又增以别诗二首（即集中'十年归梦寄西风''道人劝饮鸡苏水'二首），换诗版于后，复倒其先后之句（今集本以'此生'二句作起），题以元丰八年五月一日，从而语诸人曰：'我托人置田，书报已成，故作此诗。'且置田极小事，何至'野花啼鸟亦欣然'哉？又先帝山陵未毕，人臣泣血号慕正剧，轼以买田而欣踊如此，其义安在？"东坡上札子辨云："是岁三月六日闻先帝遗诏，举哀挂服了当，迤逦往常州。至五月初，因往扬州竹西寺，闻百姓父老十数人道旁语笑，一人以手加额云：'见说好个少年官家。'臣实喜闻百姓讴歌吾君之子，出于至诚云云。"是时子由奏事延和面对，与东坡札辨语同，后子由志东坡墓乃云："公至扬州，常州人为公买田书至，公喜作诗，有'闻好语'之句，不知何以适合贾奏，不用札辨？"叶石林《避暑录》云："近见子由作子瞻墓志云云，与辨辞异，岂为志时未尝深考而误耶？然此言出于子由，不可有二，以启后世之疑。余在许昌时，志犹未出，不及见，

415

不然，当以告迫与过也。"又按此诗集本作《留题竹西寺》，与子由面对所云"臣兄见有此言，心中实喜，又无可语者，遂作二韵诗记之于寺壁"相合，而东坡札辨以为书之当涂僧舍壁上，叶石林以为山光寺诗，其不同又如此。又东坡《和曾子开从驾》诗："辇路归来闻好语，共惊尧额类高辛。"亦同此意。

王文诰《苏文忠公诗编注集成·编年古今体诗》卷二五：公流窜七年，至是喘息稍定，势不能无欣幸之意。此三诗皆发于情之正也，故其意兴洒落，倍于他诗。

送杨杰

无为子尝奉使登太山绝顶，鸡一鸣见日出。又尝以事过华山，重九日饮酒莲华峰上。今乃奉诏与高丽僧统游钱塘，皆以王事而从方外之乐。善哉，未曾有也，作是诗以送之。

天门夜上宾出日，万里红波半天赤。
归来平地看跳丸，一点黄金铸秋橘。
太华峰头作重九，天风吹滟黄花酒。
浩歌驰下腰带鞓，醉舞崩崖一挥手。
神游八极万缘虚，下视蚊雷隐污渠。
大千一息八十返，笑厉东海骑鲸鱼。
三韩王子西求法，凿齿弥天两劲敌。
过江风急浪如山，寄语舟人好看客。

集评：

叶矫然《龙性堂诗话》续集：坡公写日初出则云："天门夜上宾出日，万里红波半天赤。归来平地看跳丸，一点黄金铸秋橘。"写月初生则云:"明月未出群山高,瑞光万丈生白毫。一杯未尽银阙涌,乱云脱坏如崩涛。"此等气魄,直与日月争光。李、杜文章虽光焰万丈,安得不虚此老一席。

汪师韩《苏诗选评笺释》卷四:直叙三事,奔荡之音,奇突壮伟。李白《登落雁峰》曰:"恨不携谢朓惊人诗来,搔首问青天。"此诗奇胜,亦真足与泰、华争巍峨矣。

纪昀评《苏文忠公诗集》卷二六:笔墨横恣(指起处)。结亦波峭。

贺裳《载酒园诗话·苏轼》:坡诗常有全篇不佳,一二语奇绝者,形容泰山日出,"一点黄金铸秋橘",刻画可谓精工。

赵克宜《角山楼苏诗评注汇钞》卷一一:("一点黄金铸秋橘")奇句。

高步瀛《唐宋诗举要》卷三:("一点黄金铸秋橘")以上太山观日。("醉舞崩崖一挥手")以上莲华峰饮酒。("笑厉东海骑鲸鱼")以上总写其胸次高旷。("寄语舟人好看客")以上与僧统游钱塘。

登州海市

予闻登州海市旧矣,父老云:尝出于春夏,今岁晚,不复见矣。予到官五日而去,以不见为恨。祷于海神广德王之庙,明日见焉,乃作此诗。

东方云海空复空,群仙出没空明中。
荡摇浮世生万象,岂有贝阙藏珠宫。
心知所见皆幻影,敢以耳目烦神工。
岁寒水冷天地闭,为我起蛰鞭鱼龙。
重楼翠阜出霜晓,异事惊倒百岁翁。

人间所得容力取，世外无物谁为雄。

率然有请不我拒，信我人厄非天穷。

潮阳太守南迁归，喜见石廪堆祝融。

自言正直动山鬼，岂知造物哀龙钟。

伸眉一笑岂易得，神之报汝亦已丰。

斜阳万里孤鸟没，但见碧海磨青铜。

新诗绮语亦安用，相与变灭随东风。

集评：

邵博《邵氏闻见后录》卷一六：有童子问（略）。又《海市》诗："潮阳太守南迁归，喜见石廪堆祝融。"按韩退之《谒衡岳》诗："紫盖连延接天柱，石廪腾掷堆祝融。"又云："窜逐蛮夷幸不死。"故以为退之迁潮阳归日作。是未详退之先谪阳山令，徙掾江陵日，委舟湘流，往观衡岳之语。乃云"潮阳太守南迁归"，亦误也。（略）东坡信天下后世者，宁有误邪？予应之曰："东坡累误千百，尚信天下后世也。"童子更曰："有是言，凡学者之误亦许矣。"予曰："尔非东坡，奈何？"

邓肃《诗评》：或人问诗于邓子，邓子曰：诗有四忌，学白居易者忌平易，学李长吉者忌奇僻，学李太白者忌怪诞，若学举子诗者，尤忌说功名。平易之过，如钞录账目，了无精采；奇僻之过，如作隐语，专以罔人；怪诞之过，有类乞丐道人，作飞仙无根语；论功名之过，如谄谀卦影诗，不说青云，则必论旌麾，此尤可羞也。若能不作此数格，然后可以论诗。（略）又曰："岁寒水冷天地闭，为我起蛰鞭鱼龙。"此虽怪诞，要非乞丐道人所能近似也。（略）此四者不可笔墨求之，要运于笔墨之外者，自有所谓浩然之气，充塞乎天地之间。

柳贯《苏长公书登州海市诗后题》：右苏长公书自作《登州海

418

市》七言古体诗一章，凡十二韵，集有小序，而此不著。（略）长公以元丰八年八月自阳羡起知登州，十月十五日至登，二十日召为礼部员外郎。念奇观之非时，而兹游之莫再，乃沥诚致祷于海神广德王之庙。明日，见所谓海市如春夏焉，因作诗纪异。视昌黎公之谒于衡岳，不亦异体而同符哉？儒者语常不语怪，海市之云，涉于奇诡，佛言幻境，岂近是耶？（略）黄太史云："东坡乞得海市不时见，神物亦爱魁偏之士乎！"此足以明长公之心矣，夫奚疑哉？

王世贞《跋海市诗》：坡公以十月至登，祷海神而见海市，为诗自幸，比于昌黎之祝融。余以五六月再行部至登海，仅一市而风散之，海神岂真具眼耶？为之一笑。

袁宏道评阅谭元春选《东坡诗选》卷五谭元春评：（"率然有请不我拒"二句）每每寓感慨意，然不觉其愤。

查慎行《初白庵诗评》卷中：起便超脱，以下迎刃矣。只"重楼翠阜出霜晓"一句著题，此外全用议论，亦避实击虚法也。若将幻影写作真境，纵摹拟尽情，终属拙手。

汪师韩《苏诗选评笺释》卷四：海市只是重楼翠阜，此固不尽形容，亦正不能形容也。从未见之前，既见之后与岁晚得见之异结撰至思，炜炜精光，欲夺人目。是乃能使元气剖判，成乎笔端。

赵执信《坡仙词》：五日登州守，千秋《海市》诗。蛟龙留胜迹，雨雪满荒祠。才觉乾坤尽，名将日月垂。丹青余想像，漂泊识须眉。岛翠堆虚牖，檐丝胃断碑。仙灵几延伫，山鬼强攀追。黯淡苍苔气，凋残碧树枝。寿陵归国步，邻舍捧心姿。遍选丹崖字，谁为黄绢词。寒山公独在，坐卧我于斯。酒酹沧波远，吟耽夕照迟。方平有灵驾，肯负执鞭期。

纪昀评《苏文忠公诗集》卷二六：（"新诗绮语亦安用"二句）是海市结语，不是观海结语。

（日本）赖山阳《东坡诗钞》卷一：此诗与昌黎谒衡岳庙诗，欲

419

相敌,故句亦与彼同。然彼极庄重,而此极流洒,带嘲笑之气。并皆其本领而已,然毕竟不如昌黎之庄重,为得古诗之体也。("东方云海空复空")自所闻起笔。("斜阳万里孤鸟没"二句)言海。

又附《书韩苏古诗后》:苏古诗,有意与韩斗,(略)《海市》斗于《南岳庙》,市已灭之迹,此二句极妙。("但见碧海磨青铜")归宿起手"空复空"处。

光聪谐《有不为斋随笔》卷壬:昌黎《衡岳庙》诗:"潜心默祷若有应,岂非正直能感通。""正直"是谓岳神。坡公《海市》诗引之曰:"自言正直动山鬼,岂知造物哀龙钟。"则以"正直"为昌黎自言,失其旨矣。殆欲成己之论,遂不恤改窜前人,诗文家多有此弊。

赵翼批沈德潜《宋金三家诗选·苏东坡诗选》下卷:结处亦如海市缥缈。

王文诰《苏文忠公诗编注集成·编年古今体诗》卷二六:此诗以叙为题,只作"明日见焉"四字,《龙尾歌》即此法也。读者但就题论诗,故多膜论。("潮阳太守南迁归")本意以谪归自况,借作"非天穷"注脚。("新诗绮语亦安用"二句)此诗出之他人,则"斜阳"二句已可结矣。公必找截干净而唱叹无穷,此犹海市灵奇不可以端倪也。

施补华《岘佣说诗》:《登州海市》诗,虽不袭退之《衡山》,而风格近似,盖情事略同之故也。人所不能比喻者,东坡能比喻;人所不能形容者,东坡能形容。比喻之后,再用比喻;形容不尽,重加形容。此法得自《华严》《南华》。东坡《秧马歌》《水车诗》,皆形容尽致之作,虽少陵不能也。

方东树《昭昧詹言》卷一二:叙写清妙。

赵克宜《角山楼苏诗评注汇钞》卷一二:("信我人厄非天穷")顿句遒劲。("潮阳太守南迁归")拉一陪客,气势方厚。("斜阳万里孤鸟没")以此句渲染下句,摹写尽致。

潘德舆《养一斋诗话》卷一〇:("新诗绮语亦安用"二句)作诗文者胸中必具此等见地,方有入处。若驱逐声华,自夸坛坫,纵多杰构,终未得门。

惠崇春江晚景二首(选一首)

其一

竹外桃花三两枝,春江水暖鸭先知。
蒌蒿满地芦芽短,正是河豚欲上时。

集评:

胡仔《苕溪渔隐丛话》前集卷三一《梅圣俞》:苕溪渔隐曰:东坡诗云:"竹外桃花三两枝(略)。"此正是二月景致。是时河豚已盛矣,但"欲上"之语,似乎未稳。

王士禛《渔洋诗话》卷中:坡诗"蒌蒿满地芦芽短,正是河豚欲上时",非但风韵之妙,盖河豚食蒿芦则肥,亦如梅圣俞之"春洲生荻芽,春岸飞杨花",无一字泛设也。

王士禛《跋东坡先生诗》:坡诗云:"蒌蒿满地芦芽短,正是河豚欲上时。"七字非泛咏景物,可见坡诗无一字无来历也。

汪师韩《苏诗选评笺释》卷四:吹畦风馨,适然相值。

纪昀评《苏文忠公诗集》卷二六:此为名篇,兴象实为深妙!

潘德舆《养一斋诗话》卷九:容斋取张文潜爱诵杜公"溪回松风长"五古,坡公"梨花淡白柳深青"七绝,以为美谈。二诗何尝有一字求奇,何尝有一字不奇。仆少年不学,卤莽于诗,不谓容斋巨手,久已为此。必知容斋述文潜之意,方于诗学有少分相应耳。予又考坡公七绝甚多,而合作颇少。其高才博学,纵横驰骤,自难为弦外音。"梨花淡白"一章,允属杰出。文潜所赏,足称只眼。然坡之七绝高唱,犹有数章,漫识于此,供爱者之讽诵焉:"竹外桃花三两枝(略)。"

赵克宜《角山楼苏诗评注汇钞》卷一二:指点景象,饶有余味,正以题画佳耳。若实赋则味减。

道者院池上作

下马逢佳客,携壶傍小池。
清风乱荷叶,细雨出鱼儿。
井好能冰齿,茶甘不上眉。
归途更萧瑟,真个解催诗。

集评:

纪昀评《苏文忠公诗集》卷二七:("清风乱荷叶"二句)"风""雨"二字已隔一联,"萧瑟""催诗",俱嫌无著。("细雨出鱼儿")太因袭。

虢国夫人夜游图

佳人自鞚玉花骢,翩如惊燕踏飞龙。
金鞭争道宝钗落,何人先入明光宫。
宫中羯鼓催花柳,玉奴弦索花奴手。
坐中八姨真贵人,走马来看不动尘。
明眸皓齿谁复见,只有丹青余泪痕。
人间俯仰成今古,吴公台下雷塘路。

当时亦笑张丽华，不知门外韩擒虎。

集评：

胡应麟《诗薮》外编卷五：子瞻虽体格创变，而笔力纵横，天真烂熳。集中如《虢国夜游》《江天叠嶂》《周昉美人》《郭熙山水》《定惠海棠》等篇，往往俊逸豪丽，自是宋歌行第一手。其他全篇涉议论滑稽者，存而不论可也。

纪昀评《苏文忠公诗集》卷二七：收得淡宕，妙于不粘唐事，弥觉千古一辙之慨。（"当时亦笑张丽华"二句）直以庄论作收，而唱叹有神，此为诗人之言，异乎道学之史论。

冯应榴《苏文忠公诗合注》卷二七：（"坐中八姨真贵人"）《杨妃外传》：三姨封虢国，八姨封秦国。《旧唐书》云：三姨封虢国。《新唐书》虽浑言封韩、虢、秦三国为夫人，而以姊妹次序合之国名，亦是三姨为虢国也。余初疑先生诗咏虢国而作八姨，似误。王本原注改《杨妃外传》以附会诗句，邵氏亦仍之，但施注原本缺佚，无从辨正。而子由有《秦虢夫人走马图》二绝，先生所咏，或即此图。郑刊施注亦称《秦虢图》，则诗中"八姨"本指秦国，并非误用，恐题中脱去"秦国"字，诗中脱去"虢国"二句耳。观前后皆四句一转韵，惟"宫中"云云，止二句一转韵，可悟刊集者有脱落也。

王文诰《苏文忠公诗编注集成·编年古今体诗》卷二七：（"坐中八姨真贵人"）合注谓王注改"虢国"为"八姨"，以附会诗句，其说是。但公诗未尝以"八姨"为"虢国"也。合注又以考秦国而谓公脱去"虢国"二句，其误看与王注正等。据此诗起句"佳人自鞚玉花骢"，已将虢国夜游全题出尽，其夜游之状，已追到"自鞚"二字之内，故云出尽也。第五句"八姨"作衬，特以"坐中"二字截清题界，既曰"坐中"，斯虢国自在矣。"宫中"二句，已该入宫之事，观其以四字了当杨妃，则其下不欲再演，又可知矣。"坐中"二韵只有"坐中"句是八姨，其下"走马""明眸""丹青"三句，仍是虢国，且已顶接轚聪，找足杨妃。合注谓脱"虢国"二句者，此仍误看"八姨"四句皆作秦国事，故疑虢国未结，殊不知虢国之次第前后，皆已完足，中间无语可夹入也。公诗起落虚实，流走不定，本是难看，非眼光与其作意针锋相对，而欲轻议其诗，未有不为所绐者。欧阳公谓文有定价，而诟亦以为诗有定法，然其中神变百出，殆未可以言传也。转韵七古，诗之下格，惟天骨不张者宜之。取其恃韵为骨，通幅不至散漫，故如吴梅村之流，皆终身为所束缚而不能自奋。其为他七古，亦多不脱此调。唐人又有夹入三韵以取变者，究亦不妥。公乃以题画偶为之，岂必二句一韵，为所囿哉。前卷《送戴蒙赴成都玉局观》诗，虽转韵而不演长篇，其意可见。查注所载李之仪《次韵》诗宫字韵下，亦只手字一韵，可证本诗并无脱句。合注又谓施注原本缺佚，无从辨正，其所引郑羽重刊施注本，此诗有无得失，何以不一辨之，而独取秦、虢之说，疑诗有误，此又自为矛盾之显然者也。

方东树《昭昧詹言》卷一二：起写。"只有"句收题。"人间"以下，推开入议。

又：浑转溜亮，酣恣淋漓。坡此首暨（略）《虢国夜游》（略）皆可为典制之式。

赵克宜《角山楼苏诗评注汇钞》卷一三：绝不铺张夜游，意主后半发慨。其慨叹处，又全然脱离本事，在诗中另辟一格。

西太一见王荆公旧诗，偶次其韵二首（选一首）

其一

秋早川原净丽，雨余风日清酣。
从此归耕剑外，何人送我池南。

424

集评：

蔡正孙《诗林广记》后集卷二引赵次公曰：此篇止书景物而欲引归之意。先生蜀人，自京师言蜀，则为剑外矣。杜诗云："草木变衰行剑外。"池南，盖归蜀之路也。

纪昀评《苏文忠公诗集》卷二七：六言难得如此流利。

送贾讷倅眉二首

其一

当年入蜀叹空回，未见峨眉肯再来。
童子遥知颂襦裤，使君先已洗尊罍。

自注：李大夫，眉之贤太守也。

鹿头北望应逢雁，人日东郊尚有梅。

自注：人日出东郊，渡江游蟆颐山，眉之故事也。

我老不堪歌乐职，后生试觅子渊才。

集评：

纪昀评《苏文忠公诗集》卷二七：（起处）深稳。

其二

老翁山下玉渊回，手植青松三万栽。
父老得书知我在，蓬蒿亲手为君开。
试看一一龙蛇活，更听萧萧风雨哀。
便与甘棠同不翦，苍髯白甲待归来。

自注：先君葬于蟆颐山之东二十余里，地名老翁泉，君许为一往。感叹之深，故及之。

集评:

查慎行《初白庵诗评》卷中:("父老得书知我在"二句)轻便,似绝不经意。

又《初白庵苏诗补注》卷二七:施氏原注云:"此诗刻石于成都。第四句云'蓬蒿亲手为君开',集本作'小轩临水'("小轩临水为谁开"),'君'字集本作'谁'。"又云:"'试看——龙蛇活'石刻作'舞'。"今补录。

汪师韩《苏诗选评笺释》卷四:为情造文,通篇独就青松回环往复,语浅而思深。

纪昀评《苏文忠公诗集》卷二七:一气浑成。

黄鲁直以诗馈双井茶,次韵为谢

江夏无双种奇茗,汝阴六一夸新书。
磨成不敢付僮仆,自看雪汤生玑珠。
列仙之儒瘠不腴,只有病渴同相如。
明年我欲东南去,画舫何妨宿太湖。

自注:《归田录》:草茶以双井为第一。画舫宿太湖,顾渚贡茶故事。

集评:

纪昀评《苏文忠公诗集》卷二七:直效山谷体,却非山谷之佳者。

武昌西山

嘉祐中,翰林学士承旨邓公圣求为武昌令,常游寒溪西山,山中人至今能言之。轼谪居黄冈,与武昌相望,亦常往来溪山间。元祐元年十一月二十九日,考试馆职,与圣求会宿玉堂,偶话旧事,圣求尝作《元次山浯尊铭》刻之岩石,因为此诗,请圣求同赋。当以遗邑人,使刻之铭侧。

> 春江渌涨蒲萄醅,武昌官柳知谁栽。
> 忆从樊口载春酒,步上西山寻野梅。
> 西山一上十五里,风驾两腋飞崔嵬。
> 同游困卧九曲岭,褰衣独到吴王台。
> 中原北望在何许,但见落日低黄埃。
> 归来解剑亭前路,苍崖半入云涛堆。
> 浪翁醉处今尚在,石臼抔饮无尊罍。
> 尔来古意谁复嗣,公有妙语留山隈。
> 至今好事除草棘,常恐野火烧苍苔。
> 当时相望不可见,玉堂正对金銮开。
> 岂知白首同夜直,卧看椽烛高花摧。
> 江边晓梦忽惊断,铜环玉锁鸣春雷。
> 山人帐空猿鹤怨,江湖水生鸿雁来。
> 请公作诗寄父老,往和万壑松风哀。

集评:

黄彻《䂬溪诗话》卷六:又《武昌西山》云:"同游困卧九曲岭,褰衣独到吴王台。"失于一时笔快,遂以王官目之。

卞永誉《书画汇考》卷一〇"苏轼"条《苏子瞻书武昌西山赠邓圣求诗迹》岑象求跋:子瞻内翰昔窜谪黄冈,游武昌西山,观圣求所题墨迹。时圣求已贵处北扉,而子瞻方误时远放,流落穷困,不二年遂与圣求对掌诰命,并驱朝门,同优游笑语于清切之禁。在

427

常人固足感叹，况有文而赋于情者，宜何如哉！此前诗之所以作也。元祐丁卯二月，因会饮子功侍郎宅，子瞻为予笔此，遂记而藏之。

楼钥《次韵东坡武昌西山诗》：党论一兴谁可回，贤路荆棘争行栽。窜留多能擅笔墨，囚拘或可为盐梅。雪堂先生万人杰，议论磊落心崔嵬。向来罗织脱一死，至今诗话存乌台。凭高望远极宏放，眼界四海空无埃。黄风踏遍兴未尽，绝江浪破琉璃堆。邓郎神交信如在，石为宛樽胜金罍。邓侯先曾访遗迹，铭文深刻山之隈。山空地僻分埋没，二公前后搜莓苔。元祐一洗人间怨，天地清宁公道开。玉堂同念旧游胜，笔端万物挫欲摧。时哉难得复易失，弟兄远过崖与雷。北归天涯望阳羡，买田不及归去来。我为长歌吊此老，恸哭未抵长歌哀。

李东阳《苏子瞻书武昌西山赠邓圣求诗迹》：宫保都宪陆君全卿得坡翁此诗（略），乃为岑象求书者。岑跋云：子瞻谪黄冈（略）。楼大防和章，并及元次山遗迹，有"二公先后搜访，同念旧游"之语。今《坡集》载此诗，序云：嘉祐中圣求为武昌令，居黄相望，常往来溪山间。元祐元年十一月二十九日会宿玉堂，偶语旧事，而其诗乃有"玉堂金銮相望不可见"之句，意者更化之际，圣求先入，坡亦随召。其题所云者，则赋旧事为赠，非山游时作也。集又载次韵一首，序云：和者三十余人，今皆不复见。楼诗又出其后，而坡亦不见之矣。圣求名璧，其在翰林为学士承旨云。

汪珂玉《珊瑚网》卷四《苏子瞻书武昌西山赠邓圣求诗迹》：西山诗碑，止有坡、谷、张右史三篇，近岁邓公裔孙曾以前辈和篇数十首相示，辄不揣次韵，附见于后。时在翰苑，仍效周益公用印章。盖南渡以来，官府印多更铸，惟翰林院犹用承平时旧印，铸于景德二年。苏、邓二公俱曾用此也。

叶矫然《龙性堂诗话》初集：尝想左太冲"振衣千仞冈，濯足

428

万里流"二语,欲作数语点缀实景不得。及读坡老《武昌西山》诗云:"中原北望渺何许,但见落日低黄埃。归来解剑亭前路,苍崖半入云涛堆。"想见左语在阿堵中之妙。

汪师韩《苏诗选评笺释》卷四:述旧游则中原迷于落日,叙会宿则晓梦惊于江边。互相钩贯,情文相生,健笔圆机,开出剑南一派。

纪昀评《苏文忠公诗集》卷二七:笔笔老健。

《历代诗发》卷二四:叙次纵横之妙,敏快难言。

翁方纲《石洲诗话》卷三:《武昌西山》诗,不减少陵。

方东树《昭昧詹言》卷一二:正锋起写。"忆从"二句,追叙昔游,用逆,故有笔势。"西山"以下细叙,夹写带棱。"当时"句束。"江边"四句,如水银入地,笔不暇给,神流意极。"请公"二句收。

曾国藩《曾文正公全集·读书录》:前十二句叙昔在黄州往来西山。"浪翁"六句叙邓曾作《洼尊铭》。"当时"六句叙会宿玉堂。

香岩批《纪评苏诗》卷二七:句头虚字太多,便觉单弱。

赵克宜《角山楼苏诗评注汇钞》卷一三:起有兴会。

赵令晏崔白大图幅径三丈

扶桑大茧如瓮盎,天女织绡云汉上。
往来不遣凤衔梭,谁能鼓臂投三丈。
人间刀尺不敢裁,丹青付与濠梁崔。
风蒲半折寒雁起,竹间的皪横江梅。
画堂粉壁翻云幕,十里江天无处著。
好卧元龙百尺楼,笑看江水拍天流。

集评：

胡仔《苕溪渔隐丛话》后集卷二六引《艺苑雌黄》：吟诗喜作豪句，须不畔于理方善。如东坡《观崔白骤雨图》云："扶桑大茧如瓮盎，天女织绡云汉上。往来不遣凤衔梭，谁能鼓臂投三丈。"此语豪而甚工。（"往来不遣凤衔梭"二句）苕溪渔隐曰：可谓善造语，能形容者也。

袁文《瓮牖闲评》卷五：苏东坡诗云："扶桑大茧如瓮盎。""瓮"字人多作去声读，注云："瓮，于龙切。"然则此诗"瓮"字须作平声读为是。

查慎行《初白庵诗评》卷中：（"往来不遣凤衔梭"二句）刻画近俚，后幅大有神气。

汪师韩《苏诗选评笺释》卷四：有蔚然之光，有苍然之色，有铿然之韵，不徒为是大言炎炎。

纪昀评《苏文忠公诗集》卷二六《杨康功有石状如醉道士为赋此诗》：如《松石屏风》诗之用毕宏、韦偃，《崔白大幅》诗之用天女掷梭，原是奇语。

又卷二八：起极奇伟。查云："'谁能'二句，刻画近俚，亦防微杜渐之意。"其实此二句不得以俚目之。（"谁能以臂投三丈"句）斗然折入，节奏天然。

叶矫然《龙性堂诗话》初集：子瞻《题三丈大幅图》云："扶桑大茧如瓮盎，天女织绡云汉上。往来不遣凤衔梭，谁能以臂投三丈。"（略）亦可谓手快风雨，笔下有神者矣。

宋长白《柳亭诗话》卷五：又《题崔白大图》曰："扶桑大茧如瓮盎，天女织绡云汉上。往来不遣凤衔梭，谁能以臂投三丈。"天然豪放，得诸想像之外，较前语（按：指《郭祥正家醉画竹石壁上，郭作诗为谢，且遗二古铜剑》"空肠得酒芒角出，肝肺槎牙生竹石。森然欲作不可回，吐向君家雪色壁。"）更奇。

方东树《昭昧詹言》卷一二：折势飒然。

张道《苏亭诗话》卷五《补注类》：《海市》诗："神之报汝亦已丰。"施注引《文选·孙子荆与孙皓书》："丰报显赏，隆于今日。"按《国语》："艾人必丰。"注云："艾，报也。"孙子荆亦本此。《赵令晏崔白大图幅径三丈》诗："扶桑大茧如瓮盎。"袁质甫《瓮牖闲评》："东坡诗云云，'瓮'字人多作去声读。注云：瓮，于龙切。"按此说本颜师古。《前汉·西域传》："乌弋国有大鸟卵如瓮。"师古注音平声。又瓮盎联用，本《庄子》："瓮盎大瘿。"

赵克宜《角山楼苏诗评注汇钞》卷一三：全从"幅径三丈"落想，故得绝好起势，园中景色，更不去出力摹写。

次韵子由书李伯时所藏韩幹马

潭潭古屋云幕垂，省中文书如乱丝。
忽见伯时画天马，朔风胡沙生落锥。
天马西来从西极，势与落日争分驰。
龙膺豹股头八尺，奋迅不受人间羁。
元狩虎脊聊可友，开元玉花何足奇？
伯时有道真吏隐，饮啄不羡山梁雌。
丹青弄笔聊尔耳，意在万里谁知之？
幹惟画肉不画骨，而况失实空留皮。
烦君巧说腹中事，妙语欲遣黄泉知。
君不见韩生自言无所学，厩马万匹皆吾师。

集评：

胡仔《苕溪渔隐丛话》后集卷二六：吾家有二画马，乃陆远所

431

摹伯时旧本,其一则子瞻诗:"龙膺豹股头八尺,奋迅不受人间羁。"其一则黄鲁直诗:"西河骢作葡萄锦,目光夹镜耳卓锥。"止哦此二诗,虽不见画图,当如支遁语"道人怜其神俊"也。

纪昀评《苏文忠公诗集》卷二八:只就伯时生情,韩幹只于笔端萦绕。运意运笔,俱极奇弄。("幹惟画肉不画骨"以下)至此才入韩幹,用笔之妙,前无古人。此"君"字("君不见韩生自言无所学")指子由,此亦必见原唱乃知者。

方东树《昭昧詹言》卷一二:未妙。

赵克宜《角山楼苏诗评注汇钞》卷一三:纪云用笔奇变,固然。但题是书韩幹马,亦似太脱。

书晁补之所藏与可画竹三首

其一

与可画竹时,见竹不见人。
岂独不见人,嗒然遗其身。
其身与竹化,无穷出清新。
庄周世无有,谁知此疑神。

集评:

汪师韩《苏诗选评笺释》卷四:读"其身与竹化"一语,觉《墨君堂记》为繁。

纪昀评《苏文忠公诗集》卷二九:亦有手与笔化之妙。("谁知此疑神")庄子"用志不纷,乃疑于神",本作"疑",后乃讹沿为"凝"也。

赵克宜《角山楼苏诗评注汇钞》卷一三:("其身与竹化")二语超妙绝伦。

432

王文濡《宋元明诗评注读本》卷一：身与竹化,乃有此凝神之作,的是与可知己。

其二

若人今已无,此竹宁复有。
那将春蚓笔,画作风中柳。
君看断崖上,瘦节蛟蛇走。
何时此霜竿,复入江湖手。

集评:

汪师韩《苏诗选评笺释》卷四:次作见画而思其人,却言人亡而画不复得,珍惜之至。

纪昀评《苏文忠公诗集》卷二九:("何时此霜竿"二句)忽尔宕开,正以不规规收缴为妙。

赵克宜《角山楼苏诗评注汇钞》卷一三:春蚓风柳,谓拙工画竹之弱也。结有远致。

其三

晁子拙生事,举家闻食粥。
朝来又绝倒,谀墓得霜竹。
可怜先生盘,朝日照苜蓿。
吾诗固云尔,可使食无肉。

自注:吾旧诗云:"可使食无肉,不可使居无竹。"

集评:

纪昀评《苏文忠公诗集》卷二九:("吾诗固云尔"二句)先有

末二句乃有前六句。随手牵绾，无不入妙。

赵克宜《角山楼苏诗评注汇钞》卷一三：收到晁补之，是连章作法。

书皇亲画扇

十年江海寄浮沉，梦绕江南黄苇林。
谁谓风流贵公子，笔端还有五湖心。

集评：

纪昀评《苏文忠公诗集》卷二九：不脱窠臼。

书李世南所画秋景二首

其一

野水参差落涨痕，疏林敧倒出霜根。
扁舟一棹归何处，家在江南黄叶村。

集评：

李日华《六研斋笔记》卷三：武林潮鸣寺，有宋思陵赐统制刘汉臣诗云："野寺参差落涨痕（略）。"此苏子瞻句也。起句第二字是"水"字，今只改一"寺"字，遂掩而有之。思陵博雅，断不如是，当由一时在寺中偶御笔书之，遂以赐刘，而寺中欲假以为重，乃改字勒石，以侈荣观耳。不然，岂子瞻以诗得罪，易世之后，犹没其警句，竟充支赐之用耶？一笑。

查慎行《初白庵苏诗补注》卷二九：邓公寿《画继》云："'浩歌'二字，雕本皆以为'扁舟'（"扁舟一棹归何处"）。其实画一舟子,张颐鼓枻,作浩歌之态。今作'扁舟'甚无谓也。"

汪师韩《苏诗选评笺释》卷四:其声清越以长。

纪昀评《苏文忠公诗集》卷二九:("扁舟一棹归何处"二句)意境殊高。

潘德舆《养一斋诗话》卷九:容斋取张文潜爱诵杜公"溪回松风长"五古,坡公"梨花淡白柳深青"七绝,以为美谈。二诗何尝有一字求奇,何尝有一字不奇。仆少年不学,卤莽于诗,不谓容斋巨手,久已为此。必知容斋述文潜之意,方于诗学有少分相应耳。予又考坡公七绝甚多,而合作颇少。其高才博学,纵横驰骤,自难为弦外音。"梨花淡白"一章,允属杰出。文潜所赏,足称只眼。然坡之七绝高唱,犹有数章,漫识于此,供爱者之讽诵焉:(略)"野水参差落涨痕(略)。"

赵克宜《角山楼苏诗评注汇钞》卷一三:天然妙语,佳在题画,实赋便不及矣。

王文濡《宋元明诗评注读本》卷四:诗中有画。

其二

人间斤斧日创夷,谁见龙蛇百尺姿。
不是溪山曾独往,何人解作挂猿枝。

集评:

查慎行《初白庵苏诗补注》卷二九:《画继》:"李世南,字唐臣,安肃人。明经及第,终大理寺丞。长于山水。东坡题其《秋景平远》云云。余尝见其孙皓云:'此图本寒林障,分作两轴:前三幅画寒林,东坡所以有"龙蛇姿"之句("人间斤斧日创夷,谁见龙蛇百尺姿");后三幅画平远,所以有"家在江南黄叶村"之句。其实一景,而坡作两意。'"

赵克宜《角山楼苏诗评注汇钞》卷一三：亦有隽致。

书鄢陵王主簿所画折枝二首

其一

论画以形似，见与儿童邻。

赋诗必此诗，定非知诗人。

诗画本一律，天工与清新。

边鸾雀写生，赵昌花传神。

何如此两幅，疏淡含精匀。

谁言一点红，解寄无边春。

集评：

　蔡正孙《诗林广记》后集卷三引《王直方诗话》：欧公《盘车图》诗云："古画画意不画形，梅诗咏物无隐情。忘形得意知者寡，不若见诗如见画。"东坡（略）又云："论画以形似，见与儿童邻。赋诗必此诗，定非知诗人。"（略）余以为若论诗画，于此尽矣。每诵数过，殆欲常以为法也。

　陈善《扪虱新话》下集卷四：文章要须于题外立意，不可以寻常格律而自窘束。东坡尝有诗曰："论画以形似，见与儿童邻。赋诗必此诗，定非知诗人。"此便是文章关纽也。

　何汶《竹庄诗话》卷一〇引《吕氏童蒙训》：东坡诗云："赋诗必此诗，定非知诗人。"此或一道也。

　葛立方《韵语阳秋》卷一四：欧阳文忠公诗云："古画画意不画形，梅诗咏物无隐情。忘形得意知者寡，不若见诗如见画。"东坡诗云："论画以形似，见与儿童邻。赋诗必此诗，定非知诗人。"或谓二公所论，不以形似，当画何物？曰："非谓画牛作马也，但以气韵为主尔。"谢赫曰:"卫协之画,虽不该备形妙,而有气韵,凌跨雄杰。"其此之谓乎?

费衮《梁溪漫志》卷七:东坡尝见石曼卿《红梅》诗云:"认桃无绿叶,辨杏有青枝。"曰:"此至陋语,盖村学中体也。"故东坡作诗力去此弊,其《观画》诗云:"论画以形似,见与儿童邻。赋诗必此诗,定非知诗人。"此言可为论画、作诗之法也。

王若虚《滹南诗话》卷二:东坡云:"论画以形似,见与儿童邻。赋诗必此诗,定非知诗人。"夫所贵于画者,为其似耳。画而不似,则如勿画。命题而赋诗,不必此诗,果为何语?然则坡之论非欤?曰:论妙于形似之外,而非遗其形似;不窘于题,而要不失其题,如是而已耳。世之人不本其实,无得于心,而借此论以为高。画山水者,未能正作一木一石,而托云烟杳霭,谓之气象。赋诗者茫昧僻远,按题而索之,不知所谓,乃曰"格律贵尔"。一有不然,则必相嗤点,以为浅易而寻常,不求是而求奇,真伪未知,而先论高下,亦自欺而已矣,岂坡公之本意也哉?

方回《瀛奎律髓·著题类序》:著题诗,即六义之所谓赋而有比焉,极天下之最难。石曼卿《红梅》诗有曰:"认桃无绿叶,辨杏有青枝。"不为东坡所取,故曰:"题诗必此诗,定非知诗人。"然不切题,又落汗漫。

杨慎《升庵诗话·论诗画》:东坡先生诗曰:"论画以形似,见与儿童邻。作诗必此诗,定非知诗人。"言画贵神诗贵韵也。然其言有偏,非至论也。晁以道和公诗云:"画写物外形,要物形不改。诗传画外意,贵有画中态。"其论始为定,盖欲以补坡公之未备也。

俞弁《逸老堂诗话》卷下:今人见画不谙先观其韵,往往以形似求之,此画工鉴耳,非古人意趣,岂可同日语哉。欧阳文忠公诗云:"古画画意不画形。"苏东坡云:"论画以形似,见与儿童邻。"真名言也。

437

胡应麟《诗薮》内编卷五：苏长公诗无所解，独二语绝得三昧，曰："作诗必此诗，定知非诗人。"盖诗惟咏物不可汗漫，至于登临、燕集、寄忆、赠送，惟以神韵为主，使句格可传，乃为上乘。今于登临则必名其泉石，燕集则必纪其园林，寄赠则必传其姓氏，真所谓田庄牙人、点鬼薄、粘皮骨者，汉、唐人何尝如此？最诗家下乘小道。即一二大家有之，亦偶然耳，可为法乎！

贺贻孙《诗筏》：作诗必句句著题，失之远矣，子瞻所谓"赋诗必此诗，定非知诗人"。如咏梅花诗，林逋诸人，句句从香色摹似，犹恐未切。庾子山但云"枝高出手寒"，杜子美但云"幸不折来伤岁暮，若为看去乱乡愁"而已，全不粘住梅花，然非梅花莫敢当也。

汪师韩《苏诗选评笺释》卷四：轼尝言善画者画意不画形，善诗者道意不道名，语本欧阳"古画画意不画形，作诗咏物无咏情"之句。若此诗言诗画一律，又与轼他诗所云"韩生画马真是马，苏子作诗如见画"以及"少陵翰墨无形画，韩幹丹青不语诗"等句互相印可。然彼犹曰"此诗此画谁当看"，又曰"此画此诗今已矣"，叹索解人不得也，岂若此诗直以诗画三昧举示来哲乎？

贺裳《载酒园诗话·咏事》：东坡曰："论画以形似，见与儿童邻。赋诗必此诗，定知非诗人。"此言论画，犹得失参半，论诗则深入三昧。（黄白山评："苏本作'定非知诗人'。此谓读诗者不宜拘执，与上句论画不宜呆板同意，非指作诗而言。然此语有病。可知苏、黄二公解古人诗多误，正是胸中先作此见解耳。"）

袁枚《随园诗话》卷七：东坡云："作诗必此诗，定非知诗人。"此言最妙。然须知作此诗而竟不是此诗，则尤非诗人矣。其妙处总在旁见侧出，吸取题神，不是此诗，恰是此诗。

纪昀评《苏文忠公诗集》卷二九：（起四句）识入深微，不嫌说理。

赵翼批沈德潜《宋金三家诗选·苏东坡诗选》下卷：坡公生平

诗俱超诣象外,此处自已说出。作诗者欲诗境超脱,必从此等处证入。然实处亦不可全略也。

赵克宜《角山楼苏诗评注汇钞》卷一三:信笔拈出,自足千古。

朱庭珍《筱园诗话》卷一:诗以超妙为贵,最忌拘滞呆板。故东坡诗云:"赋诗必此诗,定非知诗人。"谓诗之妙谛,在不即不离,若远若近,似乎可解不可解之间。即严沧浪所谓"镜中之花,水中之月,但可神会,难以迹求",司空表圣所谓"超以象外,得其环中"者是也。盖兴象玲珑,意趣活泼,寄托深远,风韵泠然,故能高踞题颠,不落蹊径,超超玄著,耿耿元精,独探真际于个中,遥流清音于弦外,空诸所有,妙合天籁。放翁云:"文章本天成,妙于偶得之。"亦即此种境诣。诗至此境,如画家神品、逸品,更出能品、奇品之上。凡诗皆贵此诣,不止咏物诗以此诣为最上乘。乃是神来之候,其著想立意,用笔运法,无不高妙。若藐姑仙人,迥非尘中美色可比。非以不切题旨,别生枝节为训也。解人难索,后代诗家,未契真诠,误会秘旨,虽标神韵以为正宗,却执法相求形似。抹月批风,浅斟低唱,流连光景,修饰词华,似是而非,半吞微吐,特作欲不了之语,多构旁敲侧击之言,故为歇后,甘蹈虚锋。自诧王、孟嗣音,陶、韦的派,而不知马首之络到处可移,狗尾之冠终难续用,赝鼎饭色讵足混真,徒枉费心力耳。

吴仰贤《小匏庵诗话》卷二:东坡诗云:"作诗必此诗,定非知诗人。"此言诗贵超脱,当别有寄托,不取刻划。非不论何题,概以笼统门面语为高浑也。

其二

瘦竹如幽人,幽花如处女。

低昂枝上雀,摇荡花间雨。

双翎决将起，众叶纷自举。

可怜采花蜂，清蜜寄两股。

若人富天巧，春色入毫楮。

悬知君能诗，寄声求妙语。

集评：

查慎行《初白庵诗评》卷中：（"瘦竹如幽人"二句）别有明秀之色。（"低昂枝上雀"二句）分承。

汪师韩《苏诗选评笺释》卷四：次首言竹言花言雀言蜂，又言花之枝，花之叶，花间之雨，雀之翎，蜂之蜜，合之广大，析之精微，浓淡浅深，得意必兼得格。

纪昀评《苏文忠公诗集》卷二九：（起四句）生趣可掬。（"悬知君能诗"二句）忽回应前首作章法，可谓投之所向，无不如志。

（日本）赖山阳《东坡诗钞》卷一：（"瘦竹如幽人"）就所见起想。（"低昂枝上雀"）借雀形容他物，妙。

赵克宜《角山楼苏诗评注汇钞》卷一三：（"双翎决将起"二句）十字清遒，宛如见画。

戏书李伯时画御马好头赤

山西战马饥无肉，夜嚼长秸如嚼竹。

蹄间三丈是徐行，不信天山有坑谷。

岂如厩马好头赤，立仗归来卧斜日。

莫教优孟卜葬地，厚衣薪樗入铜历。

集评：

纪昀评《苏文忠公诗集》卷三〇：此亦不佳，然是东坡笔墨。

（"岂如厩马好头赤"二句）寓刺太直。（"莫教优孟卜葬地"二句）末二句尤为激讦，均于诗品有乖。

方东树《昭昧詹言》卷一二：前四句有笔势。本题无可说，用此格。

张道《苏亭诗话》卷五《补注类》：元祐三年，东坡在翰林，有《戏书李伯时画御马好头赤》诗。伯时此画，康熙间尚存。《香祖笔记》云：李龙眠五马图一卷，后题云："右一匹，元祐元年十二月十六日，左骐骥院收于阗国进到凤头骢，八岁，五尺四寸。右一匹，元祐元年四月初三日，左骐骥院收董毡进到锦膊骢，八岁，四尺六寸。右一匹，元祐二年十二月廿三日，于左天驷监拣中秦马好头赤，九岁，四尺六寸。（查注引《云烟过眼录·李伯时天马跋》，'右一匹'至'四尺五寸'止三十二字，与此同，惟'廿'作'二十'，又'六寸'作'五寸'。）元祐三年闰月十九日，温溪心进照夜白（右止有四马阙一）。""余尝评伯时人物，似南朝诸谢中有边幅者，然中朝士大夫多叹息伯时当在台阁，仅为善画所累。余告之曰：伯时丘壑中人，暂热之声名，傥来之轩冕，殊不汲汲也。此马驵骏，颇似吾友张文潜笔力，瞿昙所谓识鞭影者也。黄鲁直书。""余元祐庚午岁，以方闻科应诏来京师，见鲁直九丈于鬴池寺，鲁直方为张仲谟笺题李伯时天马图。鲁直顾余曰：'异哉伯时，貌天厩满川花，放笔而马殂矣。盖神骏精魄皆为伯时笔端摄之而去，实古今异事，当作数语记之。'后十四年，当崇宁癸未，余以党人贬零陵，鲁直亦除籍徙宜州，过余潇湘江上，因与徐靖国、朱彦明道伯时画杀满川花事，云此公卷所亲见。（按公卷，读作公衮，卷，古衮字也。）余曰：'九丈当践前言记之。'鲁直曰：'只少此一件罪过。'后二年，鲁直死贬所。又二十七年，余将漕二浙，当绍兴辛亥至嘉禾，与梁仲谟、吴德素、张元览泛舟访刘延仲于真如寺，延仲遽出是图，开卷错愕，宛然畴昔，抚时念往，愈四十年，忧患余生，肖然独在，傍徨吊影，殆若异身也。

因详叙本末,且以玉轴遗延仲,使重加装饰云。空青曾纡公卷书。'
右昆陵庄氏家藏。"

书王定国所藏《烟江叠嶂图》 自注:王晋卿画。

> 江上愁心千叠山,浮空积翠如云烟。
> 山耶云耶远莫知,烟空云散山依然。
> 但见两崖苍苍暗绝谷,中有百道飞来泉。
> 萦林络石隐复见,下赴谷中为奔川。
> 川平山开林麓断,小桥野店依山前。
> 行人稍度乔木外,渔舟一叶江吞天。
> 使君何从得此本,点缀毫末分清妍。
> 不知人间何处有此境,径欲往买二顷田。
> 君不见武昌樊口幽绝处,东坡先生留五年。
> 春风摇江天漠漠,暮云卷雨山娟娟。
> 丹枫翻鸦伴水宿,长松落雪惊昼眠。
> 桃花流水在人世,武陵岂必皆神仙。
> 江山清空我尘土,虽有去路寻无缘。
> 还君此画三叹息,山中故人应有招我归来篇。

集评:

　　张邦基《墨庄漫录》卷二:都尉王诜为王定国画《烟江叠嶂图》,东坡作诗,所谓"江上愁心千叠山"者。定国死,其子由以画货与高邮富人茅生,以献章献,或云禁中。

　　曾季狸《艇斋诗话》:"江上愁心"出《唐文粹》,张说有《江上愁心赋》。

许顗《彦周诗话》：画山水诗，少陵数首后，无人可继者。惟荆公《观燕公山水》诗前六句差近之，东坡《烟江叠嶂图》一诗，亦差近之。

王偶《匡山丛话》卷一：统观山水诗，少陵数首，无人可继者。惟荆公《观燕公山水》诗，东坡《烟江叠嶂图》诗差近之。

胡应麟《诗薮》内编卷三：题画自杜诸篇外，唐无继者。卫介甫《画虎图》、苏子瞻《烟江叠嶂》《夜游图》（略），皆有可观，而骨力变化，远非杜比。

又外编卷五：子瞻虽体格创变，而笔力纵横，天真烂漫。集中如（略）《烟江叠嶂》（略）等篇，往往俊逸豪丽，自是宋歌行第一手。其他全篇涉议论滑稽者，存而不论可也。

袁宏道评阅谭元春选《东坡诗选》卷五谭元春评：坡结句之妙者，亦只是议论挽束得有味耳。含不尽于言外，息罪动于无声，如歌弦之未停，瀑布之不收者未有也。至此等结则诵者败兴而返，不但兴尽矣。

查慎行《初白庵诗评》卷中：此诗公手书真迹在太食王长公家，见张丑《书画舫》。（"但见两崖苍苍暗绝谷"八句）读公诗，不必见画矣。（"不知人间何处有此境"二句）二句过脉。（"君不见武昌樊口幽绝处"六句）又添一帧画外画。（"桃花流水在人世"四句）随手开阖，结构谨严。（原注："陆辛斋先生云：'爽绝，无事刻画，自然入妙。'"）

汪师韩《苏诗选评笺释》卷四：竟是为画作记，然摹写之神妙，恐作记反不能如韵语之曲尽而有情也。"君不见"以下，烟云卷舒，与前相称，无非以自然为祖，以元气为根。

纪昀评《苏文忠公诗集》卷三〇：（起处）奇情幻景，笔足以达之。竟是为画作记。然摹写之妙，恐作记反不如也。（"春风摇江天漠漠"以下六句）节奏之妙，纯乎化境。（"君不见武昌樊口幽绝处"二句）蹙起波澜，文境乃阔。

（日本）赖山阳《东坡诗钞》卷三：老杜"五日一水"，"堂上枫树"等诗，便题画之渊源，而其后无次之者，如东坡此诗或可次诵。此诗一韵到底，自老杜《哀王孙》《哀江头》诗来，而每章似换韵，是此诗之妙处。（"江上愁心千叠山"二句）起手注题。二句如一篇冒头，自是大局面笔法。（"山耶云耶远莫知"）分说云烟二字。（"烟空云散山依然"）归到山。（"使君何从得此本"四句）此处四句为一章。具谓景来，至此忽入题，以后不谓画，归至自己身上，作者深意。（"君不见武昌樊口幽绝处"二句）二句为一章。（"春风摇江天漠漠"）四句为一章。（"还君此画三叹息"）二句为一章。（"山中故人应有招我归来篇"）结法暗偷老杜青鞋布袜之意。

又附《书韩苏古诗后》：世服苏之广长舌，不知其收舌不尽展者更好。（略）《烟江叠嶂》，皆丰约合度，姿态可观。

方东树《昭昧詹言》卷一二：起段以写为叙，写得入妙，而笔势又高，气又遒，神又旺。"使君"四句正锋。

赵翼批沈德潜《宋金三家诗选·苏东坡诗选》下卷：铺写画景，错落有致。

翁方纲《石洲诗话》卷三：苏诗"丹枫翻鸦伴水宿"，施注引"水禽日宿"。但此句"宿"字，自指人说。

王文诰《苏文忠公诗编注集成·编年古今体诗》卷三〇：（"江上愁心千叠山"十二句）《孟子》长篇多两扇法，老苏有《孟子》批本，而欧阳永叔亦极推《孟子》一书。当时孟子未列从祀，作语孟、论孟诸说以疑之者，不一而足，故其所尚为足贵也。至公则并以取之入诗，如此诗即用两扇法。以上自首句凭空突起，至此为一扇，道图中之景也。（"虽有去路寻无缘"）自"使君"句起至此为一扇，道观图之人也。后仅以二句作结，（"还君此画三叹息"）此句结图中之景，（"山中故人应有招我归来篇"）此句结观图之人。

赵克宜《角山楼苏诗评注汇钞》卷一四:("人间何处有此境")顿笔,生出下文。

曾国藩《曾文正公全集·读书录》:前十二句状画中胜境。"使君"四句点明题目。"君不见"十二句,言樊口胜境亦不减于图中之景,但人自欠闲耳。

尚镕《三家诗话》:七古如(略)东坡"桃花流水在人世,武陵岂必皆神仙",(略)皆古人妙处。

高步瀛《唐宋诗举要》卷三:以实境比况,结出作意。

又引吴汝纶评:("东坡先生留五年")以下波澜。("春风摇江天漠漠"四句)四时之景。

夜直玉堂,携李之仪端叔诗百余首,读至夜半,书其后

玉堂清冷不成眠,伴直难呼孟浩然。
暂借好诗消永夜,每逢佳处辄参禅。
愁侵砚滴初含冻,喜入灯花欲斗妍。
寄语君家小儿子,他时此句一时编。

集评:

葛立方《韵语阳秋》卷一:东坡跋李端叔诗卷云:"暂借好诗消永夜,每逢佳处辄参禅。"盖端叔作诗,用意太过,参禅之语,所以警之云。

《瀛奎律髓汇评》卷二《朝省类》方回评:李之仪诗得意趣颇深晦,非东坡不之察,故有是佳句。以孟浩然待之,非夸也。

又陆贻典评:东坡才学自是宋人中杰出,然无老杜深沉之韵,

不耐咀味,此其病也。此数首皆然。

又何焯评:玉堂岂可谈禅耶? 正言其诗晦耳。

又许印芳评:晓岚批《律髓》,此诗每句著圈,批本集五、六句密圈,今从本集。

又无名氏(乙)评:每于对句超绝,六尤冰暑生春。

汪师韩《苏诗选评笺释》卷四:能使人愁,能使人喜,非好诗那得有此? 故曰可以参禅。

纪昀评《苏文忠公诗集》卷三〇:气机流畅。然非五、六句苴实撑得住,则太滑矣。五句言诗境之苦,六句言赏心之乐。

纪昀《瀛奎律髓刊误》卷二:五句是沉思光景,六句是领悟光景,写得有神。浩然伴直,实有此事,非但比其诗也。

和王晋卿送梅花次韵

东坡先生未归时,自种来禽与青李。
五年不踏江头路,梦逐东风泛萍芷。
江梅山杏为谁容,独笑依依临野水。
此间风物君未识,花浪翻天雪相激。
明年我复在江湖,知君对花三叹息。

集评:

纪昀评《苏文忠公诗集》卷三一:自说自话。题目只借作映发,蹊径甚别。

张照等《石渠宝笈》卷三《宋名贤宝翰一册》:第二幅苏轼诗帖,行楷书,自署"次韵王晋卿送梅花一首"十字,款识云:"仆去黄州五周岁矣,饮食梦寐,未尝忘之。方请江湖一郡,书此一诗寄王文父子辩兄弟,亦请一示李乐道也。"

书王定国所藏王晋卿画著色山二首（选一首）

其二

君归岭北初逢雪,我亦江南五见春。

寄语风流王武子,三人俱是识山人。

集评:

纪昀评《苏文忠公诗集》卷三一:意境深微,气亦浑厚。

赵克宜《角山楼苏诗评注汇钞》卷一四:未为圆醒,纪氏乃极赏之,非末学所敢附会。

与莫同年雨中饮湖上

到处相逢是偶然,梦中相对各华颠。

还来一醉西湖雨,不见跳珠十五年。

集评:

王士禛《带经堂诗话》卷九:可追踪唐贤。

纪昀评《苏文忠公诗集》卷三一:窠白语。

王文诰《苏文忠公诗编注集成·编年古今体诗》卷九:此（《饮湖上初晴后雨二首》）是名篇,可谓前无古人,后无来者。公凡西湖诗,皆加意出色,变尽方法。然皆在《钱塘集》中。其后帅杭,劳心灾赈,已无复此种杰构,但云"不见跳珠十五年"而已。

送子由使契丹

云海相望寄此身，那因远适更沾巾。
不辞驿骑凌风雪，要使天骄识凤麟。
沙漠回看清禁月，湖山应梦武林春。
单于若问君家世，莫道中朝第一人。

集评：

洪迈《夷坚志》乙卷六：东坡《送子由奉使契丹》，末句云："单于若问君家世，莫道中朝第一人。"用唐李揆事也。

袁宏道评阅谭元春选《东坡诗选》卷七谭元春评：虽不甚佳，自负太过。

汪师韩《苏诗选评笺释》卷五：末用唐李揆事，非以第一人相矜夸，正是临别而望其善归之意。

纪昀评《苏文忠公诗集》卷三一：（"沙漠回看清禁月"二句）子由本翰林，而东坡在杭州，二句清切。（"单于若问君家世"二句）结用事亦好。

翁方纲《石洲诗话》卷三：元丰八年乙丑，先生自登州以礼部员外郎召还朝。明年为元祐元年丙寅，先生除中书舍人、翰林学士、知制诰，而是年子由亦自绩溪令召入为秘书省校书郎。至元祐四年己巳，先生除龙图阁学士、左朝奉郎，出守杭州，子由代为翰林学士。是年子由使契丹，先生自杭作七律一首送之。其出守杭时，相别无诗。

赵克宜《角山楼苏诗评注汇钞》卷一四：后四句倜傥不群。

文登蓬莱阁下，石壁千丈，为海浪所
　战，时有碎裂，淘洒岁久，皆圆熟
　可爱。土人谓此弹子涡也。取数
　百枚以养石菖蒲，且作诗，遗垂慈
　堂老人

蓬莱海上峰，玉立色不改。
孤根捍滔天，云骨有破碎。
阳侯杀廉角，阴火发光彩。
累累弹丸间，琐细成珠琲。
阎浮一沤耳，真妄果安在？
我持此石归，袖中有东海。
垂慈老人眼，俯仰了大块。
置之盆盎中，日与山海对。
明年菖蒲根，连络不可解。
倘有蟠桃生，旦暮犹可待。

集评：

　惠洪《冷斋夜话》卷五：造语之工，至于荆公、东坡、山谷，尽今
之变。（略）又曰："我持此石归，袖中有东海。"山谷曰："此皆谓之
句中眼，学者不知此妙语，韵终不胜。"

　杨万里《诚斋诗话》：诗有惊人句。（略）韩子苍《衡岳图》："故
人来自天柱峰，手提石廪与祝融。两山陂陀几百里，安得置之行李
中。"此亦是用东坡云："我持此石归，袖中有东海。"

吴可《藏海诗话》：东坡云："我持此石归，袖中有东海。"其因事用字，造化中得其变者也。

汪师韩《苏诗选评笺释》卷五：袖中东海，语至奇而理至平。进于《易》，则天在山中；通于禅，则一毫端现宝王刹也。

王士祯《带经堂诗话》卷三：象耳袁觉禅师尝云：东坡云："我持此石归，袖中有东海。"山谷云："惠崇烟雨芦雁，坐我潇湘洞庭。欲唤扁舟归去，傍人云是丹青。"此禅髓也。

纪昀评《苏文忠公诗集》卷三一：（起处）笔笔奇警，不觉题之琐碎。（"阳侯杀廉角"二句）精采焕发。

王文诰《苏文忠公诗编注集成·苏海识余》卷一：公杭州诗"我持此石归，袖中有东海"，此小题大作也。

张道《苏亭诗话》卷五《补注类》：《云林石谱》："登州海岸沙土中出石，洁白或莹澈者，质如茨实，粒粒圆熟，间有大者，或如樱桃，土人谓之弹子窝，久因风涛刷激而生。"按《文登蓬莱阁》云云，题下注应补此则。又诗中"垂慈老人眼，俯仰了大块"句，东坡此诗遗垂慈老人者，以千顷院亦有异石也。《石谱》云："顷岁钱塘千顷院有石一块，高数尺，旧有小承天法善堂徒弟，折衣钵得此石，直五百余千，其石置方廊中，四面嵌空险怪，洞穴委曲，于石罅间植枇杷一株，颇年远，岩窦中尝有露珠凝滴，目为瑰石。元居中有诗略云：'人久众所憎，物久众所惜。为负磊落姿，不随寒暑易。'政和间取归内府，亦石之尤者。"按东坡诗云云，盖以戏老人对此大块石耳。《石谱》"瑰石"疑"块石"之伪，故东坡使"块"字。

赵克宜《角山楼苏诗评注汇钞》卷一四：精炼语不可多得。（"袖中有东海"）奇句。以小物遗人，却与尽情说大了，方觉有兴，此诗人铺张之旨也。

450

异鹊

熙宁中,柯侯仲常通守漳州,以救饥得民。有二鹊栖其厅事,讫侯之去,鹊亦送之,漳人异焉,为赋此诗。

昔我先君子,仁孝行于家。
家有五亩园,么凤集桐花。
是时乌与鹊,巢毂可俯拏。
忆我与诸儿,饲食观群呀。
里人惊瑞异,野老笑而嗟。
云此方乳哺,甚畏鸢与蛇。
手足之所及,二物不敢加。
主人若可信,众鸟不我遮。
故知中孚化,可及鱼与豭。
柯侯古循吏,恓恓真无华。
临漳所全活,数等江干沙。
仁心格异族,两鹊栖其衙。
但恨不能言,相对空楂楂。
善恶以类应,古语良非夸。
君看彼酷吏,所至号鬼车。

集评:

袁宏道评阅谭元春选《东坡诗选》卷七谭元春评:事甚妙,又不径赋一事,更妙。

纪昀评《苏文忠公诗集》卷三一:香山一派。

寄蔡子华

故人送我东来时，手栽荔子待我归。
荔子已丹吾发白，犹作江南未归客。
江南春尽水如天，肠断西湖春水船。
想见青衣江畔路，白鱼紫笋不论钱。
霜髯三老如霜桧，旧交零落今谁辈。
莫从唐举问封侯，但遣麻姑更爬背。

集评：

  黄庭坚《书东坡与蔡子华诗后》：余来青衣，当东坡诗后十一年，三老人悉已下世，或见其儿孙甥侄耳。此邦士人恂恂，犹有忠厚之气，盖以前辈多老成耶。子华之孙汝砺持此诗来，时东坡犹在零陵，使人抚卷太息。

  吴聿《观林诗话》：赠人诗多用同姓事，如东坡（略）《赠蔡子华》云："莫从唐举问封侯，但遣麻姑为爬背。"

  纪昀评《苏文忠公诗集》卷三一：风韵特佳，如出初唐人手。

  赵克宜《角山楼苏诗评注汇钞》卷一四：纯用婉约之笔，音节琅然。结句乃用杜牧诗意也。

次韵林子中王彦祖唱酬

蚤知身寄一沤中，晚节尤惊落木风。

  自注：近闻莘老、公择皆逝，故有此句。

昨梦已论三世事，岁寒犹喜五人同。

  自注：轼与子中、彦祖、子敦、完夫同试举人景德寺，今皆健。

雨余北固山围座，春尽西湖水映空。

差胜四明狂监在，更将老眼犯尘红。

集评：

汪师韩《苏诗选评笺释》卷五：轼帅杭，代林希，及去杭，希复来替。其去杭时，希盖守润也。北固在润，西湖在杭，点缀无一泛设。

纪昀评《苏文忠公诗集》卷三二：尚老健。

寿星院寒碧轩

清风肃肃摇窗扉，窗前修竹一尺围。

纷纷苍雪落夏簟，冉冉绿雾沾人衣。

日高山蝉抱叶响，人静翠羽穿林飞。

道人绝粒对寒碧，为问鹤骨何缘肥。

集评：

周必大《二老堂诗话·东坡寒碧轩诗》：苏文忠公诗，初若豪迈天成，其实关键甚密。再来杭州，《寿星院寒碧轩》诗，句句切题，而未尝拘。其云："清风肃肃摇窗扉，窗前修竹一尺围。纷纷苍雪落夏簟，冉冉绿雾沾人衣。"寒碧各在其中。第五句"日高山蝉抱叶响"，颇似无意，而杜诗云："抱叶寒蝉静。"并叶言之，寒亦在中矣。"人静翠羽穿林飞"，固不待言，末句却说破："道人绝粒对寒碧，为问鹤骨何缘肥。"其妙如此。

查慎行《初白庵苏诗补注》卷三二：按《咸淳临安志》："寿星院有石刻，公自书此诗后云：'仆在黄州，偶思寿星竹轩作此诗。今

453

录以遗通禅师。元祐五年十二月。'"据此,则此诗应入黄州卷中。

王士禛《带经堂诗话》卷五《序论类》三七:此东坡《题西湖寿星院诗》也。予每读之,辄如入箕筜之谷,临潇湘之浦,而吟啸于渭川千亩之滨焉。

汪师韩《苏诗选评笺释》卷五:赋诗言志,正不必如周必大所云,而命意落笔,作者之用心要自有不苟然者,是亦不可举其大而略其细也。

《御选唐宋诗醇》卷三九:语语兀傲自喜,拔俗千寻。

纪昀评《苏文忠公诗集》卷三二:浑成脱洒。前六句有杜意,后二句是本色。

《唐宋诗本》卷六陆次云评:长公律诗,初读之,似信手而成,无可圈者。再读之,觉有可圈之句。细读之,则无一字不可不圈,以其一气贯注,才法俱全也。

方东树《昭昧詹言》卷二〇:奇气一片。

张道《苏亭诗话》卷一:东坡博通群籍,故下语精切,每有故实,供其驱使。如(略)若《寿星院寒碧轩》诗,羌无故实,却句句写寒碧。周益公所云"初若豪迈天成,其实关键甚密"者也。

赵克宜《角山楼苏诗评注汇钞》卷一四:五、六静细。

真觉院有洛花,花时不暇。往四月十八日,与刘景文同往赏枇杷

绿暗初迎夏,红残不及春。
魏花非老伴,卢橘是乡人。
井落依山尽,岩崖发兴新。
岁寒君记取,松雪看苍鳞。

集评：

洪迈《容斋四笔》卷一六《严有翼诋坡公》：严有翼所著《艺苑雌黄》，该洽有识，盖近世博雅之士也。然其立说颇务讥诋东坡公，予尝因论玉川子《月蚀诗》，诮其轻发矣。又有八端，皆近于蚍蜉撼大木，招后人攻击。如（略）《卢橘篇》中，谓坡咏枇杷云"卢橘是乡人"，为何所据而言。（略）此数者或是或非，固未为深失，然皆不必尔也。

纪昀评《苏文忠公诗集》卷三二：（"岁寒君记取"二句）宕开作收，不结本题，而恰结本题。

葛立方《韵语阳秋》卷一六：东坡《赏枇杷诗》曰："魏花真老伴，卢橘认乡人。"（略）则皆以卢橘为枇杷也。彼徒见《上林赋》有卢橘夏熟之语，遂以为枇杷。审尔，则夏熟之下，不当复有黄甘、枇杷、樵柿之品。然唐子西《李氏山园记》言有一物而为二物者，如《上林赋》所谓卢橘夏熟，又言枇杷、橪柿是也。若据子西言，则卢橘即枇杷矣。李白《宫中行乐词》云："卢橘为秦树。"许浑《送表兄奉使南海》云："卢橘花香拂钓矶。"若以为枇杷，则何独秦中、南海有邪？钱起《送陆贽诗》云："思亲卢橘熟。"用陆绩怀橘事，则又以为木奴，益无根据。

次韵林子中蒜山亭见寄

奇逸多闻老敬通，何人慷慨解怜翁。
十年簿领催衰白，一笑江山发醉红。
闻道赋诗临北固，未应举扇向西风。
叩头莫唤无家客，归扫岷峨一亩宫。

集评：

洪迈《容斋三笔》卷六《东坡诗用老字》：东坡赋诗，用人姓名，多以"老"字足成句。如（略）《蒜山亭》云"奇逸多闻老敬通"，（略）是皆以为助语，非真谓其老也。大抵七言则于第五字用之，五言则于第三字用之。

费衮《梁溪漫志》卷五《古者居室皆称宫》：古者居室，贵贱皆通称宫，初未尝分别也。秦、汉以来，始以天子所居为宫矣。《礼记》云："父子异宫。"又云："儒有一亩之宫，环堵之室。"林子中在京口作诗寄东坡云："欲唤无家一房客，五云楼殿锁鳌宫。"而东坡和云："叩头莫唤无家客，归扫岷峨一亩宫。"盖本诸此。

纪昀评《苏文忠公诗集》卷三二：（"闻道赋诗临北固"四句）仍有不平之气。（"叩头莫唤无家客"）"叩头"二字未详。

安州老人食蜜歌 自注：赠僧仲殊。

安州老人心似铁，老人心肝小儿舌。
不食五谷惟食蜜，笑指蜜蜂作檀越。
蜜中有诗人不知，千花百草争含姿。
老人咀嚼时一吐，还引世间痴小儿。
小儿得诗如得蜜，蜜中有药治百疾。
正当狂走捉风时，一笑看诗百忧失。
东坡先生取人廉，几人相欢几人嫌。
恰似饮茶甘苦杂，不如食蜜中边甜。
自注：佛云吾言譬如食蜜，中边皆甜。

因君寄与双龙饼，镜空一照双龙影。
三吴六月水如汤，老人心似双龙井。

456

集评:

汪师韩《苏诗选评笺释》卷五:游戏三昧,掣电机锋,合之以成绝世奇作。昔轼尝引佛言"譬如食蜜,中边皆甜"之语,以论陶、柳诗,谓人食五味,知其甘苦皆是,能分别其"中边"者,百无一二也。如此篇,其亦诗之"中边皆甜"者乎!

纪昀评《苏文忠公诗集》卷三二:纯是晚唐下调。初白先生极赏之,殆非末学所知。

翁方纲《石洲诗话》卷三:《安州老人食蜜歌》结四句云:"因君寄与双龙饼(略)。"亦若韩《石鼓歌》起四句句法。此可见起结一样音节也。然又各有抽放平仄之不同。

次韵苏伯固主簿重九

云间朱袖拂云和,知是长松挂女萝。
髻重不嫌黄菊满,手香新喜绿橙搓。
墨翻衫袖吾方醉,纸落云烟子患多。
只有黄鸡与白日,玲珑应识使君歌。

集评:

查慎行《初白庵诗评》卷中:("手香新喜绿橙搓")"搓"字定当压倒原唱。(原注:"陆辛斋先生云:和韵尖稳轻新,正是一乐。")

汪师韩《苏诗选评笺释》卷五:媚以芬蒨,远则沅湘。

纪昀评《苏文忠公诗集》卷三二:("知是长松挂女萝")次句未详。

九日袁公济有诗，次其韵

古来静治得清闲，我愧真长也一斑。
举酒东荣挹江海，回尊落日劝湖山。
平生倾盖悲欢里，蚤晚抽身簿领间。
笑指西南是归路，倦飞弱羽久知还。

集评：

纪昀评《苏文忠公诗集》卷三二：（"回尊落日劝湖山"）"回尊"句胜出句。（"平生倾盖悲欢里"四句）语有斤两。

赠刘景文

荷尽已无擎雨盖，菊残犹有傲霜枝。
一年好景君须记，正是橙黄橘绿时。

集评：

胡仔《苕溪渔隐丛话》后集卷一〇："天街小雨润如酥，草色遥看近却无。最是一年春好处，绝胜烟柳满皇都。"此退之《早春》诗也。"荷尽已无擎雨盖（略）。"此子瞻初冬诗也。二诗意思颇同而词殊，皆曲尽其妙。

李日华《紫桃轩杂缀》卷二：韩昌黎以一年好处在草色有无间，则初春时也。苏东坡又以为"橙黄橘绿时"，唐人则以为在"新笋晚花时"，大抵各有会心，不容互废耳。

汪师韩《苏诗选评笺释》卷五：浅语遥情。

王文诰《苏文忠公诗编注集成·编年古今体诗》：此是名篇，

非景文不足以当之。

高步瀛《唐宋诗举要》卷八：或以此诗与韩退之《早春呈水部张员外》诗相似，徒以"最是一年春好处"句偶近耳。其意境各有胜处，殊不相同也。

熙宁中，轼通守此郡，除夜，直都厅，囚系皆满，日暮不得返舍。因题一诗于壁。今二十年矣。衰病之余，复忝郡寄。再经除夜，庭事萧然，三圄皆空。盖同僚之力，非拙朽所致。因和前篇，呈公济、子侔二通守

前诗

除日当早归，官事乃见留。
执笔对之泣，哀此系中囚。
小人营糇粮，堕网不知羞。
我亦恋薄禄，因循失归休。
不须论贤愚，均是为食谋。
谁能暂纵遣，闵默愧前修。

集评：

袁宏道评阅谭元春选《东坡诗选》卷八谭元春评：蓄意甚厚，有鲜朝服，泣罪人之风。

纪昀评《苏文忠公诗集》卷三二：语语真至。

今诗

山川不改旧，岁月逝不留。

百年一俯仰，五胜更王囚。

同僚比岑范，德业前人羞。

坐令老钝守，啸诺获少休。

却思二十年，出处非人谋。

齿发付天公，缺坏不可修。

集评：

纪昀评《苏文忠公诗集》卷三二：此首殊不佳。

王文诰《苏文忠公诗编注集成·编年古今体诗》卷三二：狱空而不以闻，贤于钱穆父远矣。至此诗并不以狱空自任，身分益高。

张道《苏亭诗话》卷五《补注类》：《除夜圜空诗呈公济子侔二通守》，查初白云："子侔未详。本集前卷有《以文登白石寄子明学士》诗，施氏原注云'梅子明，吴郡人，为杭州通判'云云。子侔疑即子明之伪。施注言子明当已去官，不知何据也。"（《寄题梅宣义园亭》诗，施注："先生后有《除夜圜空诗呈公济子侔二通守》，不著子明，当已去官耶？"）按东坡自海外北归，有《虔守霍大夫见和复次前韵》诗，查氏注引《虔州志》："霍汉英，字子侔。"或即此人，元祐中曾倅杭钦？

赵克宜《角山楼苏诗评注汇钞》卷一四：和前篇仍赋前事，再经除夜，三圜皆空，略不一及，亦变格也。

460

次韵杨公济奉议梅花十首（选五首）

其二

相逢月下是瑶台，藉草清尊连夜开。
明日酒醒应满地，空令饥鹤啄莓苔。

集评：

纪昀评《苏文忠公诗集》卷三三：（"空令饥鹤啄莓苔"）末句少欠自然。

其四

月地云阶漫一尊，玉儿终不负东昏。
临春结绮荒荆棘，谁信幽香是返魂。

集评：

吴开《优古堂诗话·以玉儿为玉奴》：东坡《和杨公济梅花诗》云："月地云阶漫一尊，玉奴终不负东昏。"又《四时》诗云："玉奴纤手嗅梅花。"《南史》："东昏侯妃潘玉儿，有国色。"牛僧孺《周秦行记》："薄太后曰：'牛秀才远来，谁为伴？'潘妃辞曰：'东昏侯以玉儿身死国除，不拟负他。'"注云："玉儿，妃小字。"东坡盖两用此，而以儿为奴者误也，然不害为佳句。（按：一本"玉儿"作"玉奴"。）

葛立方《韵语阳秋》卷六：东坡诗云："玉奴弦索花奴手。"玉奴谓杨妃，花奴谓汝阳王琏也。及观《和杨公济梅花诗》，乃言"玉奴终不负东昏"，何邪？按《南史》东昏妃潘玉儿，当时笔误尔。

邵博《邵氏闻见后录》卷一六：有童子问予东坡《梅花》诗：

461

"玉奴终不负东昏。"按《南史》,齐东昏侯妃潘玉儿,有国色。牛僧孺《周秦行记》:"薄太后曰:'牛秀才远来,谁为伴?'潘妃辞曰:'东昏侯以玉儿身亡国除,不拟负他。'"注云:"玉儿,妃小字。"东坡正用此事,以"玉儿"为"玉奴",误也。(略)东坡信天下后世者,宁有误邪?予应之曰:"东坡累误千百,尚信天下后世也。"童子更曰:"有是言,凡学者之误亦许矣。"予曰:"尔非东坡,奈何?"

陈善《扪虱新话》上集卷四:客有诵陈去非《墨梅》诗于予者,且曰:"信古人未曾道此。"予诵其一,曰:"'粲粲江南万玉妃,别来几度见春归。相逢京洛浑依旧,只是缁尘梁素衣。'世以简斋诗为新体,岂此类乎?"客曰:"然。"予曰:"此东坡句法也。坡《梅花》绝句云:'月地云阶漫一樽(略)。'简斋亦善夺胎耳。简斋又有《腊梅》诗曰:'奕奕金仙面,排行立晓晴。殷勤夜来雪,少住作珠缨。'亦此法也。"

又下集卷一:东坡诗用事多有误,(略)《梅花》绝句云:"月地云阶漫一樽(略)。"此亦张丽华事,而坡作东昏侯事用之。

袁宏道评阅谭元春选《东坡诗选》卷八谭元春评:梅花何物,咏梅何事,乃如此唐突不已耶?直当尽删之,快香魂耳。

纪昀评《苏文忠公诗集》卷三三:("玉儿终不负东昏"二句)全不是梅花典故,而非梅花不足以当之。

王文诰《苏文忠公诗编注集成·编年古今体诗》卷三三:("玉儿终不负东昏")凡人与物呼以奴者,不可悉数。女子皆通称奴与儿,玉奴非杨妃名,玉儿非潘妃名,皆加一字称之,犹男子字纯、字穆,则称纯父、穆父,奴、儿之义,盖从其少与小也。公乃咏梅,并非咏史,呼玉儿以奴,无不可者。如上首《玄都观》并无霜根,而诗用刘郎,可谓公并此不知乎?此题名作林立,其命意总欲不著迹象。乃查注引洪容斋、葛立方语,纷然引辨,此皆注家陋习。(按:王文诰本"玉儿"作"玉奴"。)

462

其六

君知早落坐先开,莫著新诗句句催。

岭北霜枝最多思,忍寒留待使君来。

集评:

赵克宜《角山楼苏诗评注汇钞》卷一五:淡语有味。

其八

寒雀喧喧冻不飞,绕林空啅未开枝。

多情好与风流伴,不到双双燕子时。

集评:

纪昀评《苏文忠公诗集》卷三三:("多情好与风流伴"二句)情思深婉。

其十

缟裙练帨玉川家,肝胆清新冷不邪。

秾李争春犹办此,更教踏雪看梅花。

集评:

纪昀评《苏文忠公诗集》卷三三:("肝胆清新冷不邪")次句不成语。

再和杨公济梅花十绝（选二首）

其二

天教桃李作舆台，故遣寒梅第一开。

凭仗幽人收艾纳，国香和雨入青苔。

集评：

周密《浩然斋雅谈》卷中：东坡《梅》诗云："凭仗幽人收艾纳，国香和雨入莓苔。"艾纳，梅枝上苔也。梅至花过则苔极香，取少许细嚼之，苦而后甘，如食橄榄，坡意盖在此也。

《瀛奎律髓汇评》卷二〇《梅花类》方回评：坡梅诗古句佳者有（略）如"明日酒醒应满地，空令饥鹤啄莓苔。""凭仗幽人收艾纳，国香和雨入苍苔。"（略）后"苔"字韵亦苦苦思为之矣。

纪昀评《苏文忠公诗集》卷三三：（"凭仗幽人收艾纳"二句）兴象深微，说来浓至。

赵克宜《角山楼苏诗评注汇钞》卷一五：（"凭仗幽人收艾纳"二句）入想甚别，故非俗艳。

其十

北客南来岂是家，醉看参月半横斜。

他年欲识吴姬面，秉烛三更对此花。

集评：

纪昀评《苏文忠公诗集》卷三三：（"他年欲识吴姬面"二句）惘然不尽，情思殊深。

次韵仲殊雪中游西湖二首

其一

夜半幽梦觉，稍闻竹苇声。

起续冻折弦，为鼓一再行。

曲终天自明，玉楼已峥嵘。

有怀二三子，落笔先飞霙。

共为竹林会，身与孤鸿轻。

秀语出寒饿，身穷诗乃亨。

禅老复何为，笑指孤烟生。

我独念粲者，谁与子目成。

集评：

查慎行《初白庵诗评》卷中：（"夜半幽梦觉"四句）忽作东野语。

《御选唐宋诗醇》卷三四：要之，"玉楼"为肩，"银海"为目，必作如是解，诗意乃通。若集中诗尚有（略）《次韵仲殊雪中游西湖》诗云"玉楼已峥嵘"，则又不当与此一例解也。

赵克宜《角山楼苏诗评注汇钞》卷一五：结语无因，即欲戏殊，亦不应作尔语。

其二

宝云楼阁闹千门，林静初无一鸟喧。

闭户莫教风扫地，卷帘疑有月临轩。

水光潋滟犹浮碧，山色空濛已敛昏。

乞得汤休奇绝句，始知盐絮是陈言。

465

纪昀评《苏文忠公诗集》卷三三：("林静初无一鸟喧")全不著相。("乞得汤休奇绝句"二句)结出和意,是古法。

王文诰《苏文忠公诗编注集成·编年古今体诗》卷三三：纪昀曰："结出和意,是古法。"但此诗与《北台》同法,纯是一首禁体。公既不自觉,而晓岚亦不悟,轻易放过"林静"一句,故自始忽略至终也。

予去杭十六年而复来,留二年而去。平日自觉出处老少,粗似乐天。虽才名相远,而安分寡求,亦庶几焉。三月六日,来别南北山诸道人,而下天竺惠净师以丑石赠行,作三绝句

其一

当年衫鬓两青青,强说重临慰别情。
衰发只今无可白,故应相对话来生。

集评：

陈模《怀古录》卷上：东坡《别杭州南北山诸道人》云："当年衫鬓两青青,强说重临慰别情。衰发只今无可白,故应相对话来生。"所谓辞不迫切,意已独至者。其视戴式之"此行堪一哭,何日见诸君"者,固有间矣。苍山曰："坡句毕自露,不及义山。"

纪昀评《苏文忠公诗集》卷三三：("衰发只今无可白"二句)

沉著语,又恰是对僧语。

王文诰《苏文忠公诗编注集成·编年古今体诗》卷三三:("故应相对话来生")后二诗皆从"来生"句领起,题云"去杭",而语不及杭,乃有意包入乐天之内,使人不觉也。共用"故应"二字,无限作用,皆此二字神气。

赵克宜《角山楼苏诗评注汇钞》卷一五:直与说尽,而味自长,情至故也。

其二

出处依稀似乐天,敢将衰老较前贤。
便从洛社休官去,犹有闲居二十年。

集评:

洪迈《容斋三笔》卷五《东坡慕乐天》:苏公责居黄州,始自称东坡居士。详考其意,盖专慕白乐天而然。《去杭州》云:"出处依稀似乐天,敢将衰老较前贤。"序曰:"平生自觉出处老少粗似乐天。"则公之所以景仰者,不止一再言之,非东坡之名偶尔暗合也。

田汝成《西湖游览志余》卷一〇:杭州巨美,得白、苏而益章,考其治绩怡情,往往酷似。(略)盖子瞻景慕惟在乐天,故摹拟之词,比比歌咏。如"出处依稀似乐天,敢将衰老较前贤"。

高鹤《见闻搜玉》卷七:苏公雅慕白公,如(略)《去杭州》云:"出处依稀似乐天,敢将衰老较前贤。"其景仰白公可谓至矣。愚谓白公蕴藉,苏公超迈,趣则一也。

其三

在郡依前六百日,山中不记几回来。
还将天竺一峰去,欲把云根到处栽。

集评：

曾季狸《艇斋诗话》：东坡杭州诗云"在郡依前六百日"，用白乐天事。乐天诗云："在郡六百日，游山二十回。"

叶寘《爱日斋丛钞》卷三引《王直方诗话》：东坡平日最爱乐天之为人，（略）坡在钱塘，与乐天所留岁月略相似，其句云"在郡依前六百日"者是也。

田汝成《西湖游览志余》卷一〇：杭州巨美，得白、苏而益章，考其治绩怡情，往往酷似。（略）乐天取天竺奇石，受代携归，诗云："三年为刺史，饮水复食糵。唯向天竺山，取得两片石。此直抵千金，无乃伤清白？"子瞻亦云："在郡依前六百日（略）。"盖子瞻景慕惟在乐天，故摹拟之词，比比歌咏。

汪师韩《苏诗选评笺释》卷五：三诗宛转关情，曲意密源，绵邈尺素。

王文诰《苏文忠公诗编注集成·编年古今体诗》卷三三：乐天去杭之什，与此三诗，皆非经意之作，而读之自觉仁人之言，蔼然可亲，余恋犹在，何也？使以此两家作，易以他名姓，载入志乘，读之了无余味，抑又何也？凡为诗而欲别杭州者，当以是而思。

感旧诗

嘉祐中，予与子由同举制策，寓居怀远驿，时年二十六，而子由二十三耳。一日秋风起，雨作，中夜翛然，有感慨离合之意。自尔宦游四方，不相见者十常七八。每夏秋之交，风雨作，木落草衰，辄凄然有此感，盖三十年矣。元丰中，谪居黄冈，而子由亦贬筠州，尝作诗以纪其事。元祐六年，予自杭州召还，寓居子由东府，数月复出，领汝阴。时予年五十六矣，乃作诗，留别子由而去。

床头枕驰道，双阙夜未央。

车毂鸣枕中，客梦安得长。

新秋入梧叶，风雨惊洞房。

独行残月影，怅焉感初凉。

筮仕记怀远，谪居念黄冈。

一往三十年，此怀未始忘。

扣门呼阿同，安寝已太康。

自注：子由，一字同叔。

青山映华发，归计三月粮。

我欲自汝阴，径上潼江章。

想见冰盘中，石蜜与柿霜。

自注：予欲请东川而归，二物皆东川所出。

怜子遇明主，忧患已再尝。

报国何时毕，我心久已降。

集评：

袁文《瓮牖闲评》卷六：苏东坡一帖云："予少嗜甘，日食蜜五合，尝谓以蜜煎糖而食之可也。"又曰："吾好食姜蜜汤，甘芳滑辣，使人意快而神清。"其好食甜可知。至《别子由》诗云："我欲自汝阴，径上潼江章。想见冰盘中，石蜜与糖霜。"嗜甘之性，至老而不衰，其见于篇章者如此。

袁宏道评阅谭元春选《东坡诗选》卷八谭元春评：首四语已胜一《帝京篇》矣。

纪昀评《苏文忠公诗集》卷三三：真至之言，自然浑厚。（"车毂鸣枕中"二句）警语。

王文诰《苏文忠公诗编注集成·编年古今体诗》卷三三：此

诗前节,公自道其出入进退之迹。末四句,乃与子由嘱别之词也。("床头枕驰道"六句)六句言地处侵迫,为宰相所不容也。

赵克宜《角山楼苏诗评注汇钞》卷一五:("独行残月影"二句)淡语能移人情。

王士祯《癸卯诗卷自序》:尝读《东坡先生集》云:"少与子由寓居怀远驿,一日,秋风起,雨作,中夜潇然,始有感慨离合之意。嗣是宦游四方,不相见者十八九,每秋风起,木落草衰,辄凄然有所感,盖三十年矣。"故其《述旧》诗曰:"西风忽凄厉,落叶穿户牖。子起寻夹衣,感叹执我手。朱颜不可恃,此语君勿疑。别离恐不免,功名定难期。"而其终篇则曰:"雪堂风雨夜,已作对床声。"至《陈州》《东府》诸篇,一则曰"夜雨何时听萧瑟",一则曰"对床定悠悠,夜雨空萧瑟"。子由答坡公诗亦曰:"误喜对床寻旧约,不知漂泊在彭城。"

翁方纲《石洲诗话》卷三:元祐六年辛未,先生自杭召还朝,除翰林承旨,是时子由为尚书右丞。五月入院,以弟嫌请郡。八月,以龙图阁学士出知颍州。时先生寓居子由东府,数月而出知颍,乃作五言古一篇留别子由,题曰《感旧诗》。其序中记嘉祐中与子由同举制策、寓居怀远驿事,此事在《辛丑马上》一篇之前,而本集无诗可考也。

聚星堂雪

元祐六年十一月一日,祷雨张龙公,得小雪,与客会饮聚星堂。忽忆欧阳文忠公作守时,雪中约客赋诗,禁体物语,于艰难中特出奇丽。尔来四十余年,莫有继者。仆以老门生继公后,虽不足追配先生,而宾客之美,殆不减当时。公之二子又适在郡,故辄举前令,各赋一篇。

窗前暗响鸣枯叶，龙公试手行初雪。
映空先集疑有无，作态斜飞正愁绝。
众宾起舞风竹乱，老守先醉霜松折。
恨无翠袖点横斜，只有微灯照明灭。
归来尚喜更鼓永，晨起不待铃索掣。
未嫌长夜作衣棱，却怕初阳生眼缬。
欲浮大白追余赏，幸有回飙惊落屑。
模糊桧顶独多时，历乱瓦沟裁一瞥。
汝南先贤有故事，醉翁诗话谁续说。
当时号令君听取，白战不许持寸铁。

集评：

胡仔《苕溪渔隐丛话》前集卷二九《六一居士上》苕溪渔隐曰：六一居士守汝阴日，因雪会客赋诗，诗中玉、月、梨、梅、练、絮、白、舞、鹅、鹤、银等事，皆请勿用。诗曰（略）。其后东坡居士出守汝阴，"祷雨张龙公祠，得小雪，与客会饮聚星堂，忽忆欧阳文忠公作守时，雪中约客赋诗，禁体物语，于艰难中特出奇丽。尔来四十余年，莫有继者。仆以老门生继公后，虽不足追配先生，而宾客之美，殆不减当时。公之二子又适在郡，故辄举前令，各赋一篇"。（略）自二公赋诗之后，未有继之者，岂非难于措笔乎？

又后集卷一二：长吉诗"杨花扑帐春云热，龟甲屏风醉眼缬。"东坡雪诗："未嫌长夜作衣棱，却怕初阳生眼缬。"观此则不独醉眼可言也。

曾季狸《艇斋诗话》：东坡"老守先醉霜松折"，取退之"起舞先撼霜松摧"。

李治《敬斋古今黈》卷八：（"幸有回飙惊落屑"二句）或以为

471

"落屑"亦体物语,或者之言非也,此盖用陶侃竹头木屑事耳。

蔡正孙《诗林广记》后集卷一引《蔡载集》:本朝欧阳公《雪》诗多大篇,然已屏去白事,故东坡效之。东坡少时之作,亦多有犯此者。(略)后亦不作犯白事。如"白战不许持寸铁"一篇(《聚星堂雪》),虽无白事,亦坦然老健,直有少陵气象。

袁宏道《和东坡聚星堂韵》:东坡先生写雪真,不用烦言与喻说。杜老梅花诗亦然,广平空有心如铁。

贺裳《载酒园诗话》:殊不足观,固知钓奇立异,设苛法以困人,究亦自困耳。正犹以麤饭召客,亦须陪穆父忍饥半日,岂得独餔?

查慎行《初白庵诗评》卷中:("众宾起舞风竹乱"二句)向非禁体物语,此等妙句亦未必出。

汪师韩《苏诗选评笺释》卷五:赋雪者多以悠扬飘荡取其韵致,此独用生劖之笔作硬盘之语,誓脱常态,匪徒以禁体物语标其洁清。又"模糊桧顶"二句,谢赋中无此僵奇。

纪昀评《苏文忠公诗集》卷三四:(起处)句句恰是小雪,体物神妙,不愧名篇。

方东树《昭昧詹言》卷一二:本色正锋。起八句模写细景如画。"归来"四句虚字语病。奇丽,公自云。

张道《苏亭诗话》卷一《论述类》:人但知东坡《聚星堂雪》诗效欧阳禁体物语,不知其二十四岁适楚时,已有《江上值雪效欧阳体》诗,虽不及颍州作之遒警。

赵克宜《角山楼苏诗评注汇钞》卷一五:起语得神。"初阳"句入微。结笔劲。

陈衍《宋诗精华录》卷二:画龙最后点睛,结不落套。

朱庭珍《筱园诗话》卷四:诚为高唱。

又:二雪诗(指此首及《江上值雪效欧阳体》)结束皆能避熟。

472

喜刘景文至

天明小儿更传呼,髯刘已到城南隅。

尺书真是髯手迹,起坐熨眼知有无。

今人不作古人事,今世有此古丈夫。

我闻其来喜欲舞,病自能起不用扶。

江淮旱久尘土恶,朝来清雨濯鬓须。

相看握手了无事,千里一笑毋乃迂。

平生所乐在吴会,老死欲葬杭与苏。

过江西来二百日,冷落山水愁吴姝。

新堤旧井各无恙,参寥六一岂念吾。

别后新诗巧摹写,袖中知有钱塘湖。

集评:

纪昀评《苏文忠公诗集》卷三四:起数语旁面写出,愈加飞动。多少交情,都在无字句处。("平生所乐在吴会"二句)写得十分满足,至此更难下语,只好蘧起旁波。("别后新诗巧摹写"二句)一笔勒转,轻妙之至。

王文诰《苏文忠公诗编注集成·编年古今体诗》卷三四:("天明小儿更传呼")今详玩诗意,是时公尚未起,而举家轰成一片,此"小儿"指迨与过也。"喜"字从此入手,乃据事直起,非旁面也。("髯刘已到城南隅")此句乃小儿传呼之语也。("尺书真是髯手迹"二句)此联乃既闻其至,复见其书,而反疑是梦,皆喜极之词也。细究此层,乃知其首下"天明"二字,已立意写到此地位矣。("平生所乐在吴会")其说(按:指纪评)亦非。自此以下皆两公应有之语,故得以钱塘湖作结,收到"至"字,是正面,非旁波也。

赵克宜《角山楼苏诗评注汇钞》卷一五:落笔淋漓,深情满纸。

曾国藩《曾文正公全集·读书录》:前十二句喜刘至。后八句念苏、杭旧游,以刘自杭来也。

淮上早发

澹月倾云晓角哀,小风吹水碧鳞开。

此生定向江湖老,默数淮中十往来。

集评:

查慎行《初白庵苏诗补注》卷三五:按《年谱》:公以熙宁四年赴杭州通判;七年由杭赴密州;元丰二年三月,自徐州移湖州;其年七月,逮赴台狱;三年谪黄州;七年量移汝州;八年春赴南京,随放归阳羡;五月起知登州;是冬除起居舍人,赴阙;元祐四年出守杭州;六年再召还朝,今自颍移知扬州。往来皆经淮上,故云("默数淮中十往来")。

纪昀评《苏文忠公诗集》卷三五:语浅而意深。

双石

至扬州,获二石。其一绿色,冈峦迤逦,有穴达于背。其一正白可鉴,渍以盆水,置几案间。忽忆在颍州日,梦人请住一官府,榜曰仇池。觉而诵杜子美诗曰:"万古仇池穴,潜通小有天。"乃戏作小诗,为像友一笑。

梦时良是觉时非,汲井埋盆故自痴。

但见玉峰横太白,便从鸟道绝峨眉。

秋风与作烟云意,晓日令涵草木姿。

一点空明是何处,老人真欲住仇池。

集评:

汪师韩《苏诗选评笺释》卷五:猥并之气尽除,笔垂琳琅,裁而不俗。

纪昀评《苏文忠公诗集》卷三五:("便从鸟道绝峨眉")"绝"字与《汉书》"绝驰道""绝"字义同。

张道《苏亭诗话》卷五《补注类》:《云林石谱》:"英州含光、真阳县之间,石产溪水中有数种:一微青色,间有白脉笼络;一微灰黑,一线绿。各有峰峦,嵌空穿眼,宛转相通。其质稍润,扣之微有声。又一种色白,四面峰峦耸拔,多棱角,稍莹澈,面面有光,可鉴物,扣之有声。采人就水中度奇巧处凿取之。此石处海外度辽,贾人罕知之,然山谷已谓象江太守费万金载归,古亦能耳。顷年东坡获双石,一绿一白,目为仇池。又乡人王廓夫亦尝携数块归,高尺余,或大或小,各有奇观。方知有数种,不独白绿耳。"

石塔寺

世传王播饭后钟诗,盖扬州石塔寺事也。相传如此,戏作此诗。

饥眼眩东西,诗肠忘早晏。

虽知灯是火,不悟钟非饭。

山僧异漂母,但可供一莞。

何为二十年[①],记忆作此讪。

---

① 二:《集注分类东坡先生诗》作"三"。

斋厨养若人，无益只贻患。

乃知饭后钟，阇黎盖具眼。

集评：

　　黄彻《碧溪诗话》卷四：坡云："后生可畏吾衰矣，刀笔从来错料尧。"周昌以赵尧刀笔吏，后果无能为，所料信不错，而云"错料尧"，亦以涉讥谤倒用尔。又有（略）"乃知饭后钟，阇黎盖具眼"（略）皆倒用也。

　　纪昀评《苏文忠公诗集》卷三五：（"乃知饭后钟"二句）翻案，却有至理。

行宿、泗间，见徐州张天骥，次旧韵

　　二年三蹙过淮舟，款段还逢马少游。
　　无事不妨长好饮，著书自要见穷愁。
　　孤松早偃原非病，倦鸟虽还岂是休。
　　更欲河边几来往，只今霜雪已蒙头。

集评：

　　纪昀评《苏文忠公诗集》卷三五：东坡七律，骏快者多，难得如此沉著。

召还至都门先寄子由

　　老身倦马河堤永，踏尽黄榆绿槐影。
　　荒鸡号月未三更，客梦还家时一顷。

归老江湖无岁月,未填沟壑犹朝请。
黄门殿中奏事罢,诏许来迎先出省。
已飞青盖在河梁,定饷黄封兼赐茗。
远来无物可相赠,一味丰年说淮颍。

集评:

《道山清话》:刘贡父一日问苏子瞻:"'老身倦马河堤永,踏尽黄榆绿槐影',非阁下之诗乎?"子瞻曰:"然。"贡父曰:"是日影耶?月影耶?"子瞻曰:"'竹影金锁碎',又何尝说日月也?"二公大笑。

周煇《清波杂志》卷八:印板文字,讹舛为常,盖校书如扫尘,旋扫旋生。葛常之侍郎著《韵语阳秋》,评诗一条云:"沈存中云:退之《城南联句》'竹影金锁碎'者,日光也,恨句中无'日'字尔。余谓不然。杜子美云'老身倦马河堤永,踏尽黄榆绿槐影',亦何必用'日'字,作诗正要如此。"葛之说云尔。煇考此诗,乃东坡《召还至都门先寄子由》,首云:"老身倦马河堤永,踏尽黄榆绿槐影。"终篇皆为子由设,当时误书子瞻为子美耳。此犹可以意会。若麻沙本之差舛,误后学多矣。

纪昀评《苏文忠公诗集》卷三六:("老身倦马河堤永"四句)起手警拔。("归老江湖无岁月"二句)转便轻捷。("远来无物可相赠"二句)结寓投老颍滨之意,非泛作颂美时事之词。

赵克宜《角山楼苏诗评注汇钞》卷一六:("未填沟壑犹朝请")此联沉著。

次韵吴传正《枯木歌》

天公水墨自奇绝,瘦竹枯松写残月。
梦回疏影在东窗,惊怪霜枝连夜发。

生成变坏一弹指，乃知造物初无物。
古来画师非俗士，妙想实与诗同出。
龙眠居士本诗人，能使龙池飞霹雳。
君虽不作丹青手，诗眼亦自工识拔。
龙眠胸中有千驷，不独画肉兼画骨。
但当与作少陵诗，或自与君拈秃笔。
东南山水相招呼，万象入我摩尼珠。
尽将书画散朋友，独与长镵归来乎。

集评：

胡仔《苕溪渔隐丛话》后集卷二六《东坡一》：苕溪渔隐曰：东坡《题伯时画马》（按：题误）云"龙眠胸中有千驷"，议者谓讥其无德而称。余意其不然。如文与可善作墨竹，故《和篔筜谷》云："料得清贫馋太守，渭滨千亩在胸中。"岂亦是讥之耶？又山谷咏伯时《虎脊天马图》，亦云："笔端那有此，千里在胸中。"盖言画马之妙，得之于心，应之于手，若轮扁之斫轮也。

查慎行《初白庵诗评》卷中：（"妙想实与诗同出"五句）忽从一"诗"字生出两层，曲折变幻，不可端倪。（"龙眠胸中有千驷"四句）从诗画推开一层说，结处另是一意。

汪师韩《苏诗选评笺释》卷五：因吴诗而及李画，因歌枯木而及画马，轩然而来，翩然而往，随意所到，总入元微。

纪昀评《苏文忠公诗集》卷三六：吴诗不传，不知原唱之意，亦遂不甚解和之之意。就文论文，笔力故为超拔。

赵克宜《角山楼苏诗评注汇钞》卷一六：发端高妙。（"妙想实与诗同出"）著此一笔，下便好。诗画串说，方是和吴诗，不是题李画。

478

书晁说之《考牧图》后

我昔在田间,但知羊与牛。

川平牛背稳,如驾百斛舟。

舟行无人岸自移,我卧读书牛不知。

前有百尾羊,听我鞭声如鼓鼙。

我鞭不妄发,视其后者而鞭之。

泽中草木长,草长病牛羊。

寻山跨坑谷,腾趭筋骨强。

烟蓑雨笠长林下,老去而今空见画。

世间马耳射东风,悔不长作多牛翁。

集评:

查慎行《初白庵诗评》卷中:("舟行无人岸自移"六句)磊落自喜。("烟蓑雨笠长林下"二句)陡然入题,不嫌其突,上下神气已足。

汪师韩《苏诗选评笺释》卷五:《小雅·无羊》之诗,宣王考牧也。牛羊寝卧之状,牧人蓑笠之容,俄焉而麾,忽然而梦,维鱼维旟,变幻莫测。诗格之奇,无逾于此矣。不袭其词而能得其意,遥遥千古,斯作之外,谁其嗣音?

纪昀评《苏文忠公诗集》卷三六:自在流行,曲折无不如志,长短无不中节,殆无复笔墨之痕。("老去而今空见画")"而今"句一点,("世间马耳射东风"二句)"世间"二句仍宕开,收缴前文。通篇只一句著本位,笔力横绝。

(日本)赖山阳《东坡诗钞》附《书韩苏古诗后》:世服苏之广长舌,不知其收舌不尽展者更好。(略)《考牧图》,(略)皆丰约合度,姿态可观。

王文诰《苏文忠公诗编注集成·编年古今体诗》卷三六:公诗法多有独辟门庭,前无古人者,皆由以文笔运诗之故,而其文笔则得之于天也。鲁直、觉范诸人,赞叹欲绝,每至无可名言,辄以《般若》为说,诰以为此小儿见解也。

方东树《昭昧詹言》卷一二:此方是真妙。"我卧"句仙语。"泽中"三句见道。凡民逸则生患,勤则生善。"老去"一句,为一段章法。收另入一段。总分三段,一真一画一议耳。细分之,则一真之中,起,次分,次议,凡四段,大宫包小宫。一路如长江大河,忽然一束,又忽然一放。此诗具三十二相,分合章法,变化不测。一句入便住,所谓"将军欲以巧服人,盘马弯弓惜不发"。以真形之,题画老法,坡入妙。半山章法杜公,入神。《诗·无羊》,考牧也。

赵克宜《角山楼苏诗评注汇钞》卷一六:风雨合离,云烟变灭,纯乎化境。牛羊双起,次二韵单说牛,又次二韵单说羊,然后一联双承,但见自然,不觉安排,其妙难言。"烟蓑"句总承上文方好,一笔拍题,才拍题即以咏叹作收,意味深长。("如驾百斛舟")牵舟作比,一比忽化两层,甚妙。("泽中草木长")好节奏。

高步瀛《唐宋诗举要》卷三引吴汝纶评:公诗多超妙无匹,此首则天仙化人,非复人间所有蹊径。

书丹元子所示李太白真

天人几何同一沤,谪仙非谪乃其游。
麾斥八极隘九州,化为两鸟鸣相酬。
一鸣一止三千秋,开元有道为少留,
縻之不可矧肯求。
西望太白横峨岷,眼高四海空无人。

大儿汾阳中令君,小儿天台坐忘身。
平生不识高将军,手污吾足乃敢瞋,
作诗一笑君应闻。

集评：

魏庆之《诗人玉屑》卷二引惠洪《禁脔》：一韵七句方换韵,又是平声,其法不得双杀,双杀者不得引此法也。

何薳《春渚纪闻》卷六：士之所尚,忠义气节,不以摘词摘句为胜。唐室宦官用事,呼吸之间,生杀随之。李太白以天挺之才,自结明主,意有所疾,杀身不顾。王舒公言："太白人品污下,诗中十句,九句说妇人与酒。"至先生作《太白赞》,则云："开元有道为可留,縻之不可矧肯求。"又云："平生不识高将军,手污吾足乃敢瞋。"二公立论,正似见二公胸次也。

胡仔《苕溪渔隐丛话》前集卷一一：李、杜画像,古今诗人题咏多矣。(略)若李太白,其高气盖世,千载之下,犹可叹想,则东坡居士之赞尽之矣。

黄彻《䂬溪诗话》卷九：凡作诗有用事出处,有造语出处。(略)坡作《太白画像》诗云："大儿汾阳中令君,小儿天台坐忘身。"其事乃用白交汾阳于行伍中,竟脱白于祸;天台司马子微谓白有仙风道骨,可与神游八极之表。所造之语,乃《祢衡传》云："大儿孔文举,小儿杨德祖。"

张表臣《珊瑚钩诗话》卷一：退之《双鸟诗》,或云谓佛老,或云谓李、杜。东坡《李太白赞》云："天人几何同一沤,谪仙非谪乃其游。麾斥八极隘九州,化为两鸟鸣相酬。一鸣一止三千秋,开元有道为少留,縻之不可矧肯求。"乃知谓李、杜也。

贺裳《载酒园诗话》：文人有一言使人升九天、堕九渊者,此类是也。亦公自写其傲岸之趣,却令太白生面重开,胜《碑阴记》一段文字远甚。

查慎行《初白庵诗评》卷中：案宋孙绍远《声画集》第一卷载此，自"西望太白"以下，另作一首。题目下亦有"二首"两字，据此为改。("手污吾足乃敢瞋")四字无人能道。

又《初白庵苏诗补注》卷三七：按孙绍远《声画集》载东坡此诗，自"西望太白空峨岷"以下，另是一首，向来刻本合而为一者讹。僧洪觉范所著《禁脔》，谓"先生此诗一韵七句方换韵"，亦认以为一首也。今据《声画集》改正。

汪师韩《苏诗选评笺释》卷五：笔歌墨舞，实有手弄白日、顶摩青穹之气概，足为白写照矣。赵葵《行营杂录》云，神宗一日与近臣论人才，因曰："轼方古人孰比？"近臣曰："颇似李白。"上曰："不然。白有轼之才，无轼之学。"神宗之知轼者深，虽李定等百方媒孽，而终得保全也。又后人刊诗有将此作改为两首，特以平韵承接之故。然分则意象不昌，岂惟不谙诗法，且并其佳处失之。观集内儋州《夜梦》一诗犹用此体，可以为证。

纪昀评《苏文忠公诗集》卷三七：《声画集》载此诗，自"西望太白"以下为一首。而僧洪觉范《禁脔》谓此诗只一首，一韵七句方换韵，与旧本同。余案确是一首。若作两首，一则短促收不住，一则突兀无头绪，两不成诗矣。查注作两首，误。

又卷四一《夜梦》：前题太白像即此体。此体本之工部《大食刀歌》。观此，益知前分二首之非。

冯应榴《苏文忠公诗合注》卷三七：玩诗中起结，总括以一首为是。

王文诰《苏文忠公诗编注集成·编年古今体诗》卷三七：("手污吾足乃敢瞋")此题太白第一名句，公此诗亦颇自诩，可见其命意不凡矣。

方东树《昭昧詹言》卷一二：丹元奇人，故公诗亦奇，有以发之也。"小儿",司马子微也。

赵克宜《角山楼苏诗评注汇钞》卷一七:("平生不识高将军"三句)语极豪快。

陈衍《宋诗精华录》卷二:末以嘻笑为怒骂,语妙。

次韵滕大夫三首（选一首）

雪浪石

太行西来万马屯,势与岱岳争雄尊。

飞狐上党天下脊,半掩落日先黄昏。

削成山东二百郡,气压代北三家村。

千峰右卷蠹牙帐,崩崖凿断开土门。

褐来城下作飞石,一炮惊落天骄魂。

承平百年烽燧冷,此物僵卧枯榆根。

画师争摹雪浪势,天工不见雷斧痕。

离堆四面绕江水,坐无蜀士谁与论。

老翁儿戏作飞雨,把酒坐看珠跳盆。

此身自幻孰非梦,故国山水聊心存。

集评:

查慎行《初白庵诗评》卷中:从定州形势说起,突兀撑空。("承平百年烽燧冷"四句)看他脱卸出落法,便捷如转丸。

王士祯《带经堂诗话》卷二二《古器类》:雪浪石在州学,作亭覆之。《墨庄漫录》云:东坡帅中山得石,黑质白章,如孙知微所画。石间奔流,尽水之变,作白石大盆盛之,激水其上,名其室曰雪浪斋,有铭云云。予审视盆四面刻纹作芙蕖,唇上周遭即公手书铭,惜不及摹拓;旁一碑刻石图,下方"雪浪斋"三大字,亦公书。然石实无他奇,徒以见赏坡公,侈美千载,物亦有天幸焉。

汪师韩《苏诗选评笺释》卷五:劲气不可断,来则山岑竞举,止则壁岸无阶。

纪昀评《苏文忠公诗集》卷三七:语语挺拔。("半掩落日先黄昏")晚行深山中,乃知第四句之工。("离堆四面绕江水"六句)势须宕开作结。

方东树《昭昧詹言》卷一二:此诗奇横,以较诸人和作,其大小平奇自有辨。盖他人不能有此笔势,故不能有此雄恣。"离堆"二句,形容此似离堆耳。惜无蜀人不及知,故末句云云。"老翁"句用退之。土门即井陉口,今名土川口,太行八陉,第五陉也。

又:坡此首暨(略)《雪浪石》(略)皆可为典制之式。

厉鹗《题东坡先生雪浪石盆铭拓本即用雪浪石诗韵》:中山奇石犹云屯,苏公笔阵书林尊。回环属读有奇趣,如月照壁难霾昏。当年炮材久摧落,雨淋日炙眠沙村。偶然寓意在乡土,便如雪浪争夔门。九华明窗未能买,一颦眉绿偕销魂。人间贪者尽幻妄,要须禅喜穷荄根。不见宣和筑艮岳,峰峦万态金填痕。汴围日急取作炮,世事变化安可论(靖康围城时取艮岳诸石为炮,见《三朝北盟会编》)。摩挲已似铜狄话,拄杖谁窥玉女盆。如公伟人不可见,只有文字千年存。

王文诰《苏文忠公诗编注集成·编年古今体诗》卷二〇:本集小题大做之作,如《雪浪石》云:"太行西来万马屯,势与岱岳争雄尊。"凡此类者,未易悉数,又岂止此诗乎?晓岚主魏叔子之论,以小题大做为俗人得意之笔,又以魏为洞见肺肝,宜其少所见而多所怪矣。

张道《苏亭诗话》卷五《补注类》:《云林石谱》:"中山府土中出石,色灰黑,燥而无声,混然成质,其纹多白脉,笼络如披麻旋绕委曲之势。东坡顷帅中山,置一石于燕处,目之为雪浪石。"按此则应补入《雪浪石》题注。

赵克宜《角山楼苏诗评注汇钞》卷一七:通篇不写石之正面,却详叙来历,大气鼓荡,语极奇怪。("承平百年烽燧冷")入题极其撒脱。("离堆四面绕江水")此从大处作比例,即为结句埋根。

高步瀛《唐宋诗举要》卷三引吴汝纶评:起势雄伟。

鹤叹

园中有鹤驯可呼,我欲呼之立坐隅。
鹤有难色侧睨予,岂欲臆对如鹏乎。
我生如寄良畸孤,三尺长胫阁瘦驱。
俯啄少许便有余,何至以身为子娱。
驱之上堂立斯须,投以饼饵视若无。
戛然长鸣乃下趋,难进易退我不如。

集评:

唐庚《文录》:东坡作《病鹤》诗,尝写"三尺长胫□瘦躯",阙其一字,使任德翁辈下之,凡数字。东坡徐出其稿,盖"阁"字也。此字既出,俨然如见病鹤矣。

魏庆之《诗人玉屑》卷一七引《陵阳室中语》:作《鹤叹》,则替鹤分明。

朱翌《猗觉寮杂记》卷上:东坡《鹤叹》云:"戛然长鸣乃下趋,何至以身为子娱。"《世说》:有遗支道林双鹤,林曰:"既有凌霄之资,何肯为人作耳目之玩?"养令翮成,使飞去。

袁宏道评阅谭元春选《东坡诗选》卷一二谭元春评:立意不愧

古人，全首味之，却有一段风气经其笔端，作者听之而已。

贺裳《载酒园诗话》：著想俱不从人间，真化人出无人有之笔，然政如吞刀吐火，可暂不可常。

查慎行《初白庵苏诗补注》卷三七：按《唐子西语录》云："东坡作病鹤诗（略）"。今题中无"病"字，疑有脱落也。又《猗觉寮杂记》云："《世说》有遗支道林双鹤者，道林曰：'既有凌霄之姿，何肯为人作耳目玩？'"诗中"何至以身为子娱"，正用此。

汪师韩《苏诗选评笺释》卷五："难进易退我不如"，此《鹤叹》所以作也，却只于结处一句收住。中云"岂欲臆对如鹏乎"，乃疑而问鹤之词，而"我生如寄"四句便直代鹤作臆对语。章法奇绝，是方为善学贾赋者。

纪昀评《苏文忠公诗集》卷三七：纯是自托。（"难进易退我不如"）末以一语点睛，笔墨特为奇恣。竟住，妙。再赘衍，便入香山门径。（"我生如寄良畸孤"）四句皆承上"臆对"。

赵克宜《角山楼苏诗评注汇钞》卷一七：通体遒净绝伦，中四语妙用代法，本旨极透。

寄馏合刷瓶与子由

老人心事日摧颓，宿火通红手自焙。
小甑短瓶良具足，稚儿娇女共燔煨。
寄君东阁闲煮栗，知我空堂坐画灰。
约束家童好收拾，故山梨枣待归来。

集评：

查慎行《初白庵诗评》卷中：题不解何物。

慈湖夹阻风五首（选三首）

其一

捍索桅竿立啸空，篙师酣寝浪花中。
故应菅蒯知心腹，弱缆能争万里风。

集评:

王文诰《苏文忠公诗编注集成·编年古今体诗》卷三七:("篙师酣寝浪花中")七字写尽守风之状。

其二

此生归路转茫然，无数青山水拍天。
犹有小船来卖饼，喜闻墟落在山前。

集评:

袁宏道评阅谭元春选《东坡诗选》卷一二谭元春评:二首（按:指二、三首）亦无佳处。

纪昀评《苏文忠公诗集》卷三七:("犹有小船来卖饼"二句)当前之寥落可知。

王文诰《苏文忠公诗编注集成·编年古今体诗》卷三七:("犹有小船来卖饼"二句)乃遇风泊船，初不辨头路人语，惟老于江湖者知之，非道眼前之寥落也。

其五

卧看落月横千丈，起唤清风得半帆。
且并水村敧侧过，人间何处不巉岩。

纪昀评《苏文忠公诗集》卷三七：（"人间何处不巉岩"）末句太露。

汪师韩《苏诗选评笺释》卷五：荒湾旅泊，却写得即事皆可喜。读此数诗，足以豁尘襟而通静照矣。

壶中九华诗

湖口人李正臣蓄异石，九峰玲珑宛转，若窗棂然。予欲以百金买之，与仇池石为偶，方南迁，未暇也。名之曰壶中九华，且以诗纪之。

清溪电转失云峰，梦里犹惊翠扫空。
五岭莫愁千嶂外，九华今在一壶中。
天池水落层层见，玉女窗虚处处通。
念我仇池太孤绝，百金归买碧玲珑。

集评：

晁补之《书李正臣怪石诗后》：湖口李正臣，世收怪石至数十百。初，正臣蓄一石，高五尺，而状异甚，东坡先生谪惠州，过而题之云"壶中九华"，谓其一山九峰也。元符己卯九月，贬上饶，舣钟山寺下，寺僧言壶中九华奇怪，而正臣不来，余不暇往。庚辰七月遇赦北归，至寺下，首问之，则为当涂郭祥正以八十千取去累月矣。然东坡先生将复过此，李氏室中嶵岪森耸、殊形诡观者尚多，公一题之，皆重于九华矣。

曾季狸《艇斋诗话》：东坡"玉女窗虚处处通"，出《文选·灵光殿赋》"玉女窥窗而下视"。

袁文《瓮牖闲评》：苏东坡《壶中九华诗》板本首句云："我家

岷峨最高峰。"然余家收得东坡亲书此诗石本,首句乃云:"清溪电转失云峰。"此首句似不若板本之奇,疑后来径改也。

查慎行《初白庵诗评》卷中:("五岭莫愁千嶂外"二句)带南迁意,不觉。

汪师韩《苏诗选评笺释》卷五:崿流相承,孤标秀出。

《历代诗发》卷二四:二联虽咏小物,而气魄正自高浑。

方东树《昭昧詹言》卷二〇:一起奇气,后半平易近人。

南康望湖亭

八月渡长湖,萧条万象疏。
秋风片帆急,暮霭一山孤。
许国心犹在,康时术已虚。
岷峨家万里,投老得归无。

集评:

周煇《清波杂志》卷二:绍兴辛酉,煇随侍之鄱阳。至南康,扬澜左蠡失舟,老幼仅以身免。小泊沙际,俟易舟。信步至山椒,一寺轩名重湖。梁间一木牌,老僧指似:是乃苏内翰留题。登榻观之,即"八月渡重湖(略)"诗也。欲漫,尚可读。僧云以所处深险,人迹不到,故留至今。然律诗而用两韵,叩于能诗者,曰:诗格不一,如李诚之《送唐子方》亦两押"山""难"字韵,政不必拘也。

郎瑛《七修类稿》卷三五:(前引《清波杂志》)苏自以律诗可用两韵,引李诚之《送唐之方》两押"山""难"字为证,今人遂为口实。予以坡诗必信手涂抹,而僧特宝之,故言如此,未必当时有跋也。苟如僧言,只漏"无"字,庶几可耳,况此又非古韵。若李诗既是律矣,岂可押两韵耶?

查慎行《初白庵苏诗补注》卷三八：南宋人周煇《清波杂志》云（略）。据此则"望湖亭"当作"重湖亭"。

纪昀评《苏文忠公诗集》卷三八：但存唐人声貌，而无味可咀，此种最害事。而转相神圣，自命日高，稍或訾謷辄哂曰俗，盖盛唐之说愈多而盛唐之真愈失矣。

秧马歌

过庐陵，见宣德郎致仕曾君安止。出所作《禾谱》，文既温雅，事亦详实，惜其有所缺，不谱农器也。予昔游武昌，见农夫皆骑秧马，以榆枣为腹，欲其滑；以楸桐为背，欲其轻，腹如小舟，昂其首尾，背如覆瓦，以便两髀。雀跃于泥中，系束藁其首以缚秧，日行千畦，较之伛偻而作者，劳佚相绝。《史记》："禹乘四载，泥行乘橇。"解者曰："橇形如箕，擿行泥上。"岂秧马之类乎？作《秧马歌》一首附于《禾谱》之末云。

春云濛濛雨凄凄，春秧欲老翠剡齐。
嗟我妇子行水泥，朝分一垄暮千畦。
腰如箜篌首啄鸡，筋烦骨殆声酸嘶。
我有桐马手自提，头尻轩昂腹胁低。
背如覆瓦去角圭，以我两足为四蹄。
耸踊滑汰如凫鹥，纤纤束藁亦可赍。
何用繁缨与月题，朅从畦东走畦西。
山城欲闭闻鼓鼙，忽作的卢跃檀溪。
归来挂壁从高栖，了无刍秣饥不啼。
少壮骑汝逮老罴，何曾蹶轶防颠隮。
锦鞯公子朝金闺，笑我一生蹋牛犁，
不知自有木骎骎。

集评：

苏轼《题秧马歌后》：惠州博罗县令林君抃，勤民恤农，仆出此歌以示之。林君喜甚，躬率田者制作阅试，以谓背虽当如覆瓦，然须起首尾如马鞍状，使前却有力。今惠州民皆已施用，甚便之。念浙中稻米几半天下，独未知为此，而仆又有薄田在阳羡，意欲以教之。适会衢州进士梁君琯过我而西，乃得指示，口授其详，归见张秉道，可备言范式尺寸及乘驭之状，仍制一枚，传之吴人，因以教阳羡儿子，尤幸也。本欲作秉道书，又懒，此间诸事，可问梁君具详也。试更以示西湖智果妙总禅师参寥子，以发万里一笑，尤佳也。绍圣二年四月二十二日，轼书。

又：林博罗又云："以榆枣为腹患其重，当以栀木，则滑而轻矣。"又云："俯伛秧田，非独腰脊之苦，而农夫例于胫上打洗秧根，积久皆至疮烂。今得秧马，则又于两小颊子上打洗，又完其胫矣。"

又：翟东玉将令龙川，从予求秧马式而去。此老农之事，何足云者，然已知其志之在民也。愿君以古人为师，使民不畏吏，则东作西成，不劝而自力，是家赐之牛，而人予之种，岂特一秧马之比哉！

又：吾尝在湖北，见农夫用秧马行泥中，极便。顷来江西，作《秧马歌》以教人，罕有从者。近读《唐书·回鹘部族黠戛斯传》，其人以木马行水上，以板荐之，以曲木支腋下，一蹴辄百余步，意殆与秧马类欤？聊复记之，异日详问其状，以告江南人也。

周必大《跋东坡秧马歌》：东坡苏公年五十九，南迁过太和县，作《秧马歌》遗曾移忠，心声心画，惟意所适。如王湛骑难乘马于羊肠蚁封之间，姿容既妙，回策如萦，无异乎康庄，殆是得意之作。既到岭南，往往录示邑宰。

陈天定《古今小品》卷三：(引)形容琐物，如飞如动。

施补华《岘佣说诗》：人所不能比喻者，东坡能比喻；人所不能形容者,东坡能形容。比喻之后,再用比喻;形容不尽,重加形容。此法得自《华严》《南华》。东坡《秧马歌》《水车诗》,皆形容尽致之作,虽少陵不能也。

查慎行《初白庵诗评》卷中:("以我两足为四蹄")醒豁。

又《初白庵苏诗补注》卷三八:施青臣《继古丛编》:("耸踊滑汰如凫鹥")"东坡《秧马诗》'滑汰','汰'字入声,读与'达'同。"

汪师韩《苏诗选评笺释》卷五:直以马喻非马,瑰伟连犿,其说解颐,其谈清耳。

纪昀评《苏文忠公诗集》卷三八:("我有桐马手自提"以下)奇器以奇语写之,笔笔欲活。

(日本)赖山阳《东坡诗钞》附《书韩苏古诗后》:世服苏之广长舌,不知其收舌不尽展者更好。(略)《秧马》(略)皆丰约合度,姿态可观。

赵克宜《角山楼苏诗评注汇钞》卷一七:通首爽健耳,语固未为奇也。

八月七日初入赣过惶恐滩

七千里外二毛人,十八滩头一叶身。
山忆喜欢劳远梦,地名惶恐泣孤臣。
自注:蜀道有错喜欢铺,在大散关上。
长风送客添帆腹,积雨浮舟减石鳞。
便合与官充水手,此生何止略知津。

集评:

黄彻《碧溪诗话》卷五:柳(宗元):"十一年前南渡客,四千里外北归人。"又:"一身去国六千里,万死投荒十二年。"苏:"七千里外二毛人,十八滩头一叶身。"皆不约而合,句法使然故也。

曹彦约《杜少陵闷诗说》:东坡早年经过欢喜铺,至老不忘,迁谪中遇皇恐滩,其辞可见。

韦居安《梅硐诗话》卷上:东坡过皇恐滩,有"山忆喜欢劳远梦,滩名皇恐泣孤臣"之句。蜀中有喜欢山,坡公借此以对。胡澹庵南迁,行临皋道,《抵买愁村》诗:"北望长思闻喜县,南来怕入买愁村。"杨廷秀《过瘦牛岭》诗云:"平生岂愿乘肥马,临老须教过瘦牛。"二公效坡体,对俱的。

庄绰《鸡肋编》卷下:吉州万安县至虔州,陆路二百六十里,由赣水经十八滩三百八十里,去虔州六十里始出赣石,惶恐滩在县南五里。东坡贬岭南,有《初入赣》诗云:"七千里外二毛人,十八滩头一叶身。山忆喜欢劳远梦,地名惶恐泣孤臣。"注云:"蜀道有错喜欢铺。"入赣有大小惶恐滩,天设此对也。其《北归》云:"予发虔州,江水清,涨丈余,赣石三百里无一见者。惶恐之南,次名漂城、延津、大蓼、小蓼、武朔、昆仑、梁口、横石、清洲、铜盘、落濑、太湖、狗脚、小湖、笞机、天注、鳖口,凡十八滩。自梁口滩属虔州界,又有锡州、大小湖、李大王四洲。水涨或落,皆可行。惟石没水不深为可畏也。"

《瀛奎律髓汇评》卷四三《迁谪类》方回评:元注:"蜀道有错喜欢铺,在大散关上。"绍圣元年甲戌,东坡自知定州降知英州,未到,贬惠州安置。

又冯班评:"充水手"可用。

又查慎行评:黄公滩,万安县前。自东坡改为"惶恐"以对"喜欢",其后文信国用之以对"零丁",世遂沿袭不改,无复称旧名矣。

又纪昀评:此却和平。

又:东坡诗多伤激切,此虽不免兀傲,而尚不甚碍和平之旨。

何孟春《余冬诗话》卷下:子瞻(略)《过惶恐滩》云:"山忆喜

493

欢劳远梦,地名惶恐泣孤臣。"皆借山水写意。

查慎行《初白庵诗评》卷中:邢疏《坦斋通纪》云:"诗人好改易地名,以就句法。《庐陵志》:'二十四滩,坡诗乃云十八滩,非也。自下而上,第一滩在万安县前,名黄公滩,坡乃改为惶恐,以对喜欢。'"(原注:一作"坦斋云:'诗人好改易地名,以就句法。《庐陵志》:二十四滩,坡公改为十八滩;又自下而上,第一滩名黄公滩,又改为惶恐,皆非也。'")

汪师韩《苏诗选评笺释》卷五:起二句固是同调柳州,书作发端,乃更警策。按十八滩自下而上,第一滩在万安县前,名黄公滩,东坡改作"惶恐",以对"喜欢"。其后文山更以"惶恐"对"零丁",遂成典故。结处云"充水手"者,应是暗用何易于腰笏引舟事也。

纪昀评《苏文忠公诗集》卷三八:("便合与官充水手"二句)真而不俚,怨而不怒。

施润章《蠖斋诗话·惶恐滩》:"惶恐滩头说惶恐,零丁洋里叹零丁",偶用取巧,然实黄公滩也。子瞻误用之,遂成佳话。

方东树《昭昧詹言》卷二〇:此亦宋调,吾不取。

王文濡《宋元明诗评注读本》卷六:起势飘忽不群。

高步瀛《唐宋诗举要》卷六引吴汝纶评:纵逸不羁,如见其人。

十月二日初到惠州

仿佛曾游岂梦中,欣然鸡犬识新丰。
吏民惊怪坐何事,父老相携迎此翁。
苏武岂知还漠北,管宁自欲老辽东。
岭南万户皆春色,会有幽人客寓公。

自注:岭南万户酒。

《瀛奎律髓汇评》卷四三《迁谪类》方回评：绍圣元年甲戌。

又纪昀评：三句太浅，五、六不切。不得以东坡之故为之词。

纪昀评《苏文忠公诗集》卷三八：（"苏武岂知还漠北"二句）二事俱不切。

《御选唐宋诗醇》卷四〇：贬谪之地，见如旧游，有终焉之志。贤者固随寓而安。

朝云诗

世谓乐天有"粥骆马放杨柳枝"词，嘉其主老病不忍去也。然梦得有诗云："春尽絮飞留不住，随风好去落谁家。"乐天亦云："病与乐天相伴住，春随樊子一时归。"则是樊素竟去也。予家有数妾，四五年相继辞去，独朝云者随予南迁。因读《乐天集》，戏作此诗。朝云姓王氏，钱唐人，尝有子曰幹儿，未期而夭云。

不似杨枝别乐天，恰如通德伴伶元。
阿奴络秀不同老，天女维摩总解禅。
经卷药炉新活计，舞衫歌扇旧因缘。
丹成逐我三山去，不作巫阳云雨仙。

集评：

胡仔《苕溪渔隐丛话》后集卷二九：诗意佳绝，善于为戏，略去洞房之气味，翻为道人之家风。非若乐天所云"樱桃樊素口，杨柳小蛮腰"，但自咤其佳丽，尘俗哉。

洪迈《容斋五笔》卷九《不能忘情吟》：予既书白公钟情蛮、素于前卷，今复见其《不能忘情吟》一篇，尤为之感叹。（略）东坡犹以为柳枝不忍去,因刘梦得"春尽絮飞"之句方知之,于是美朝云之独留,为之作诗,有"不似杨枝别乐天,恰如通德伴伶玄"之语。然不及二年而病亡,为可叹也。

叶寘《爱日斋丛钞》卷三:予因诸诗之作而考之,东坡之慕乐天似不尽始黄州。(略)元祐经筵赐御书乐天《紫薇花》绝句,又不独公以此自拟也。记韩魏公醉白堂,以所得之厚薄深浅,孰有孰无,较勋名富乐之不同,而以忠言嘉谟效于当时,文采表于后世,死生穷达,不易其操,道德高于古人为同。迨其自处,则谓才名相远,不敢自比,而以由谪籍起为守登、侍从,庶几出处老少,晚节闲适,安分寡求为同。若乐天声伎之奉,固苏公所无。坡后赋朝云:"不似杨枝别乐天。"岂诚过之?戏言也。况已云"但无素与蛮"矣。

方东树《昭昧詹言》卷二〇:无留人处。

赵克宜《角山楼苏诗评注汇钞》卷一七:了无佳处。

马位《秋窗随笔》:东坡《祭柳子玉文》:"郊寒岛瘦,元轻白俗。"彦周谓其论道之语。然东坡诗镕化乐天语及用乐天事甚多,如(略)"不似杨枝别乐天"(略)之类。虽作此论,终不免践乐天之迹。

十一月二十六日,松风亭下梅花盛开

春风岭上淮南村,昔年梅花曾断魂。

自注:予昔赴黄州春风岭上,见梅花,有两绝句。明年正月往岐亭,道上赋诗云:"去年今日关山路,细雨梅花正断魂。"

岂知流落复相见,蛮风蜒雨愁黄昏。
长条半落荔支浦,卧树独秀桄榔园。
岂惟幽光留色夜,直恐冷艳排冬温。

松风亭下荆棘里，两株玉蕊明朝暾。
海南仙云娇堕砌，月下缟衣来扣门。
酒醒梦觉起绕树，妙意有在终无言。
先生独饮勿叹息，幸有落月窥清尊。

集评：

胡仔《苕溪渔隐丛话》后集卷二一：东坡"暾"字韵三首（按：指此首及《再用前韵》《花落复次前韵》）皆摆落陈言，古今人未尝经道者。三首并妙绝，第二首尤奇。

黄彻《䂬溪诗话》卷四：用自己诗为故事，须作诗多者乃有之。（略）坡赴黄州，过春风岭有绝句，后诗云："去年今日关山路，细雨梅花正断魂。"至海外又云："春风岭上淮南村，昔年梅花曾断魂。"

吴师道《追和坡翁松风亭下梅花三首》之一：老坡醉堕南蛮村，赋诗唤醒冰姬魂。松风亭高寒瑟瑟，罗浮山暝烟昏昏。朝云已空岭外梦，阳春自到江南园。主人孤标迥不俗，当时盛事今再温。高歌起踏中夜月，不眠坐见空山暾。炎荒万里浪奇绝，玉堂回首深君门。绿衣飞去梅树老，千载白鹤应能言。村居愿子且勿出，相看痛倒花前尊。

查慎行《初白庵苏诗补注》卷三八：先生诗不过借此二字（按：指"两株玉蕊明朝暾"之"玉蕊"二字），以形容梅花之白耳。曹能始于惠州条下引先生此诗，乃云"松风亭下有玉蕊花"，所谓痴人前不可说梦也。

汪师韩《苏诗选评笺释》卷六：秀色孤姿，涉笔如融风彩霭。集中梅花诗，（略）有以使事传神者，此诗"海南仙云娇堕砌，月下缟衣来扣门"是也

纪昀评《苏文忠公诗集》卷三八：朱晦庵极恶东坡，独此诗屡和不已。岂晋人所谓"我见犹怜"耶？（"海南仙云娇堕砌"以下六

句）天人姿泽，非此笔不称此花。

王文诰《苏文忠公诗编注集成·编年古今体诗》卷三八：其说（按：指纪评）过当。晦庵不敢恶刘元城，敢极恶东坡乎？当时朝政是朝政，公议是公议，虽敬夫、晦庵、华父、西山诸人，有不能概为之左右袒者。但据一论一，善于用巧而已。纪说乃朱所谓《书传》《论语说》之一端，而非其全，亦未可尽诬之也。

潘德舆《养一斋诗话》卷五：梅诗最难工。（略）坡公（略）"海南仙云娇堕砌，月下缟衣来扣门"，绮思妨正骨。

姚范《援鹑堂笔记》卷四〇：东坡梅花诗三首（按：指此首及《再用前韵》《花落复次前韵》），弇州最称其"罗浮山下"一首，而阮亭独以"春风"一章入选，核量为当。然以较他篇入选者，亦有不必胜于此二诗者，则二诗似亦可录。

再用前韵

罗浮山下梅花村，玉雪为骨冰为魂。
纷纷初疑月挂树，耿耿独与参横昏。
先生索居江海上，悄如病鹤栖荒园。
天香国艳肯相顾，知我酒熟诗清温。
蓬莱宫中花鸟使，绿衣倒挂扶桑暾。

自注：岭南珍禽有倒挂子，绿毛红喙，如鹦鹉而小。自东海来，非尘埃中物也。

抱丛窥我方醉卧，故遣啄木先敲门。
麻姑过君急扫洒，鸟能歌舞花能言。
酒醒人散山寂寂，惟有落蕊黏空尊。

集评：

周紫芝《竹坡诗话》：林和靖赋《梅花》诗有"疏影横斜水清浅，暗香浮动月黄昏"之语，脍炙天下殆二百年。东坡晚年在惠州，作《梅花》诗云："纷纷初疑月挂树，耿耿独与参横昏。"（略）张文潜云："调鼎当年终有实，论花天下更无香。"此虽未及东坡高妙，然犹可使和靖作衙官。

洪迈《容斋随笔》卷一〇：今人梅花诗词，多用"参横"字，盖出柳子厚《龙城录》所载赵师雄事，然此实妄书，或以为刘无言所作也。其语云："东方已白，月落参横。"且以冬半视之，黄昏时参已见，至丁夜则西没矣，安得将旦而横乎？秦少游诗："月落参横画角哀，暗香消尽令人老。"承此误也。唯东坡云："纷纷初疑月挂树，耿耿独与参横昏。"乃为精当。

安磐《颐山诗话》：（前引《竹坡诗话》）（竹坡）老人殆未知诗者。梅诗须让和靖，东坡别有段风味。

田同之《西圃诗说》：（前引《竹坡诗话》）东坡"纷纷""耿耿"句，未是绝作。且置却东坡"竹外"七字而于此是取，不唯难服和靖之心，亦且大拂东坡之意。妍媸骙昧，乌足言诗。

汪师韩《苏诗选评笺释》卷六：此题尚有和韵两篇，第二篇有"纷纷初疑月挂树，耿耿独与参横昏"二句，最为洪迈所称。胡仔亦云："三首皆摆落陈言，古今人未尝经道者。第二首尤奇。"然细玩全篇，究是不逮原唱也。

纪昀评《苏文忠公诗集》卷三八：语亦奇丽。二诗极意锻炼之作。（"抱丛窥我方醉卧"四句）忽作幻语，善于摆脱。

王文诰《苏文忠公诗编注集成·编年古今体诗》卷三八：（"蓬莱宫中花鸟使"以下）此则晓岚所见，高于注家远矣。（"惟有落蕊黏空尊"）此句亦是"月落参横"脱来，然落笔皆入化境，非复迹象之可寻矣。

赵克宜《角山楼苏诗评注汇钞》卷一七：（"耿耿独与参横昏"）此句有妙理悟。

陈衍《石遗室诗》续集卷二七：（前引《竹坡诗话》）此直是全不知诗之言。若"月挂树""参横昏"，则用典而已，有何工夫。

丁仪《诗学渊源》卷七：（前引《竹坡诗话》）东坡竞奇过甚，转致僻陋。（略）不及林之清而有韵。

赠王子直秀才

万里云山一破裘，杖端闲挂百钱游。
五车书已留儿读，二顷田应为鹤谋。
水底笙歌蛙两部，山中奴婢橘千头。
幅巾我欲相随去，海上何人识故侯。

集评：

叶梦得《石林诗话》卷中：苏子瞻尝用孔稚圭鸣蛙事，如"水底笙歌蛙两部，山中奴婢橘千头"。虽以笙歌易鼓吹，不碍其意同。至曰"已遣乱蛙成两部，更邀明月作三人"，则成两部不知为何物，亦是歇后。盖用事宁与出处语小异而意同，不可尽牵出处语而意不显也。

胡仔《苕溪渔隐丛话》后集卷二七引《艺苑雌黄》：《赠王子直》诗云："水底笙歌蛙两部，山中奴隶橘千头。"谁不爱其语之工。然《南史》："孔德彰门庭之内，草莱不剪，中有蛙鸣。或问之曰：'欲为陈蕃乎？'曰：'我以此当两部鼓吹，何必效蕃。'"即无笙歌之说。

洪迈《容斋四笔》卷一六《严有翼诋坡公》：严有翼所著《艺苑雌黄》，该洽有识，盖近世博雅之士也。然其立说颇务讥诋东坡公，予尝因论玉川子《月蚀诗》，诮其轻发矣。又有八端，皆近于蚍蜉撼大木，招后人攻击。（略）最后一篇遂名曰《辨坡》，谓（略）"水底笙歌蛙两部"，无"笙歌"字。殊不知坡（略）以鼓吹为笙歌，正是妙处。

蔡正孙《诗林广记》后集：东坡"五车书已留儿读，二顷田应为鹤谋"，此亦前辈所谓折句法也。

查慎行《初白庵诗评》卷中：（"二顷田应为鹤谋"）公自注："子直住鹤田山。"

汪师韩《苏诗选评笺释》卷六：用词多以数目字，大小相形，清艳两绝。

纪昀评《苏文忠公诗集》卷三九：宛然剑南之先声。王粲《七哀》既开少陵之派，鲍照《行路难》已导太白之前。文章与世变更，而机括往往先露。如此之类，指不胜屈，作者亦莫知其所以然也。

赵翼批沈德潜《宋金三家诗选·苏东坡诗选》下卷："笙歌"二字杜撰，便不典雅。

潘德舆《养一斋诗话》卷七：（"水底笙歌蛙两部"）石林云："以'笙簧'易'鼓吹'，不碍其意同。"不知蛙声拟以"鼓吹"可，拟以"笙簧"则不可。

王文濡《宋元明诗评注读本》卷六：山中岁月，自堪娱乐，热中人曷尝解此。

连雨江涨二首（选一首）

其一

越井冈头云出山，牂牁江上水如天。
床床避漏幽人屋，浦浦移家蜑子船。

龙卷鱼虾并雨落，人随鸡犬上墙眠。

只应楼下平阶水，长记先生过岭年。

集评：

　　查慎行《初白庵诗评》卷中：（"越井冈头云出山"）《广州志》："禺山之西，有越王冈。其阳有井深百尺。其冈名蜀冈，又名天井。"

　　纪昀评《苏文忠公诗集》卷三九：景真而语劣。

　　赵翼《瓯北诗话》卷五《苏东坡诗》：坡诗有云"清诗要锻炼，方得铅中银"。然坡诗实不以锻炼为工，其妙处在乎心地空明，自然流出，一似全不著力而自然沁人心脾。此其独绝也。今第就七言律论之，如（略）"龙卷鱼虾并雨落，人随鸡犬上墙眠"（略）。此数十联乃是称心而出，不假雕饰，自然意味悠长。即使事处，亦随其意之所欲出，而无牵合之迹。此不可以声调、格律求之也。

　　王文诰《苏文忠公诗编注集成·苏海识余》卷一：公在惠州作《江涨》诗云："床床避漏幽人屋，浦浦移家蜑子船。龙卷鱼虾并雨落，人随鸡犬上墙眠。"（略）此皆粤中到地诗，写尽写绝，千古不能变其说也。

四月十一日初食荔支

南村诸杨北村卢，白华青叶冬不枯。

自注：谓杨梅卢橘也。

垂黄缀紫烟雨里，特与荔子为先驱。

海山仙人绛罗襦，红纱中单白玉肤。

不须更待妃子笑，风骨自是倾城姝。

不知天公有意无，遣此尤物生海隅。

云山得伴松桧老，霜雪自困楂梨粗。

先生洗盏酌桂醑，冰盘荐此颗虬珠。

似闻江鳐斫玉柱，更洗河豚烹腹腴。

自注：予尝谓荔支厚味、高格两绝，果中无比，惟江鳐柱、河豚鱼近之耳。

我生涉世本为口，一官久矣轻莼鲈。

人间何者非梦幻，南来万里真良图。

集评：

费衮《梁溪漫志》卷四：东坡《食荔支》诗有云："云山得伴松桧老，霜雪自困楂梨粗。"常疑上句似泛，此老不应尔。后见习闽广者云，自福州古田县海口镇至于海南，凡宰上木，松桧之外，悉杂植荔支，取其枝叶荫覆，弥望不绝。此所以有"伴松桧"之语也。

洪迈《容斋四笔》卷一六《严有翼诋坡公》：严有翼所著《艺苑雌黄》，该洽有识，盖近世博雅之士也。然其立说颇务讥诋东坡公，予尝因论玉川子《月蚀诗》，诮其轻发矣。又有八端，皆近于蚍蜉撼大木，招后人攻击。如（略）《荔枝篇》中，谓四月食荔枝诗，爱其体物之工，而坡未尝到闽中，不识真荔枝，是特火山耳。此数者或是或非，固未为深失，然皆不必尔也。

胡仔《苕溪渔隐丛话》前集卷四七：诗人咏物形容之妙，近世为最。（略）东坡："海山仙人绛罗襦，红纱中单白玉肤。不须更待妃子笑，风骨自是倾城姝。"诵此则知其咏荔支也。

又后集卷七引《遁斋闲览》：（《四月十一日初食荔支》"海山仙人绛罗襦，红纱中单白玉肤"二句）予诵之，未尝不爱其体物之工，然其后云："似闻江鳐斫玉柱，更洗河豚烹腹腴。"予意东坡未尝至闽中,亦不识真荔枝。其曰"四月十一日",是特广南火山者耳,故其比类,仅与魏文帝、庾信同科。(略)苕溪渔隐曰:(略)《遁斋闲览》殊无鉴裁,遂言东坡比类,仅与魏文帝、庾信等同科。若言闽、广荔枝高下不同则可,若言东坡不善比类则不可也。

朱翌《猗觉寮杂记》卷上:岭外以枇杷为卢橘子,故东坡(略)又云:"南村诸杨北村卢,白花青叶冬不枯。"唐子西亦云:"卢橘、枇杷,一物也。"按《上林赋》"卢橘夏熟",李善引应劭云:《伊尹书》曰:箕山之东,有卢橘夏熟。晋灼曰:卢,黑也。《上林赋》又别出枇杷,恐非一物。枇杷熟则黄,不应云卢。《初学记》:张勃《吴录》曰:建安有橘,冬月于树上覆裹之。明年春夏,色变青黑,味绝美。继云:《上林赋》"卢橘夏熟"。又《太平御览》载《魏王花木志》:蜀土有给客橙,似橘而小,若柚而香,冬夏花实相继,亦名卢橘也。(略)考二事,则非枇杷甚明,东坡、子西但见岭外所呼故云尔。惠洪《冷斋夜话》亦辨之,但未详。

查慎行《初白庵诗评》卷中:("海山仙人绛罗襦"二句)只二句,描写已尽。

汪师韩《苏诗选评笺释》卷六:"绛罗""红纱"语,不露刻镂之迹,而形容备至,可谓约而尽矣。"江鳐""河豚"之比,特以其同为异味,非有深意。陈敏政驳之固无谓,胡仔辨之亦强作解事耳。

纪昀评《苏文忠公诗集》卷三九:生香真色,涌现毫端。非此笔不能写此果。("我生涉世本为口"以下四句)结乃无聊中自慰之语。宋人诗话以失之太豪少之,所谓"以词害意"。食荔枝何由挽入省愆悔过语耶?

(日本)赖山阳《东坡诗钞》卷三:以此时食荔子,不至岭南不得也。读者先宜详其题,而后窥古人也。("南村诸杨北村卢")此诗起首与后林逋诗同一章法。起手如史传叙论。("特与荔子为先驱")衔接。("海山仙人绛罗襦")复一韵是换韵之意。老杜诗,一篇复一韵者,往往有之,而不如此诗之每解相复。彼取踊跃变化,此取齐齐耳。("云山得伴松桧老"二句)不言荔子而言松桧楂梨,所谓疏枝大叶者,大家手段。("先生洗盏酌桂醑")以下以八句为一解。("我生涉世本为口"四句)承上"先生"句神理来,不然突出。四句出意外,骂尽世人,无此句("一官久矣轻莼鲈")何足为东坡。

又《书韩苏古诗后》:世服苏之广长舌,不知其收舌不尽展者更好。(略)《食荔枝》,(略)皆丰约合度,姿态可观。

方东树《昭昧詹言》卷一二:寻常叙情景入妙,如此首暨《海市》"清风弄水""江上愁心""塔上一铃"《孤山》等篇,不可枚举,可类推之。"不须"二句仙气,与《梅花》诗"仙云"句同妙。"云山"二句不脱"食"字。凡写、议、托寄、叙四者,各有神韵妙语。

赵克宜《角山楼苏诗评注汇钞》卷一八:形容譬况之妙,唐人所不能及。

高步瀛《唐宋诗举要》卷三:情景音节皆极入妙,可为咏物诗之轨则。("不知天公有意无"二句)落想奇妙。

荔支叹

十里一置飞尘灰,五里一堠兵火催。
颠坑仆谷相枕藉,知是荔支龙眼来。
飞车跨山鹘横海,风枝露叶如新采。
宫中美人一破颜,惊尘溅血流千载。
永元荔支来交州,天宝岁贡取之涪。
至今欲食林甫肉,无人举箸酹伯游。

自注:汉永元中?交州进荔支、龙眼,十里一置,五里一堠,奔腾死亡，罹猛兽毒虫之害者无数。唐羌字伯游，为临武长，上书言状，和帝罢之。唐天宝中，盖取涪州荔支，自子午谷路进入。

我愿天公怜赤子，莫生尤物为疮痏。

雨顺风调百谷登，民不饥寒为上瑞。

君不见武夷溪边粟粒芽，前丁后蔡相笼加。

自注：大小龙茶始于丁晋公，而成于蔡君谟。欧阳永叔闻君谟进小龙团，惊叹曰："君谟，士人也，何至作此事耶！"

争新买宠各出意，今年斗品充官茶。

自注：今年闽中监司乞进斗茶，许之。

吾君所乏岂此物，致养口体何陋耶。

洛阳相君忠孝家，可怜亦进姚黄花。

自注：洛阳贡花，自钱惟演始。

集评：

黄彻《䂬溪诗话》卷五：（"我愿天公怜赤子"以下）补世之语，不能易也。

洪迈《容斋三笔》卷一一：东坡先生作文，引用史传，必详述本末，有至百余字者，盖欲使读者一览而得之，不待复寻绎书策也。如（略）《荔枝叹》诗引唐羌言荔枝事是也。

胡仔《苕溪渔隐丛话》前集卷三〇：苕溪渔隐曰：（欧阳修）《花品序》又云："予居府中时，尝谒思公，见一小屏立坐后，细书字满其上，思公指之曰：'欲作《花品》，此是牡丹名，凡九十余种。'然予所经见，而今人多称者才三十许，不知思公何从而得之多也？"思公即钱惟演。东坡云："惟演为西都留守，始置驿贡洛花。识者鄙之，此宫妾爱君之意也。"故于《荔支歌》亦云："洛阳相君忠孝家，可怜亦进姚黄花。"盖为思公惜之也。

葛立方《韵语阳秋》卷一六:《后汉·和帝纪》言南海旧献荔枝,十里一置,五里一堠,奔腾阻险,死者堆路。故东坡诗云:"十里一置飞尘灰,五里一堠兵火催。颠坑仆谷相枕藉,知是荔枝龙眼来。"

查慎行《初白庵诗评》卷中:("君不见武夷溪边粟粒芽"至末)耳闻目见,无不可供我挥霍者。乐天讽谕诸作,不过就题还题,那得如许开拓!

又《初白庵苏诗补注》卷三九:诗中"雨顺风调百谷登,民不饥寒为上瑞"二句,诸刻本所无,今据施注原本增入。

汪师韩《苏诗选评笺释》卷六:"君不见"一段,百端交集,一篇之奇横在此。诗本为荔支发叹,忽说到茶,又说到牡丹,其胸中郁勃,有不可以已者。惟不可以已而言,斯至言至文也。

纪昀评《苏文忠公诗集》卷三九:貌不袭杜,而神似之。出没开合,纯是杜法。("宫中美人一破颜"以下六句)精神飞舞。("雨顺风调百谷登"二句)二句凡猥,宜从集本删之。("君不见武夷溪边粟粒芽"以下)自此以下百端交集,胸中郁勃,有不可以已者。惟不可以已而言,斯为至言。("争新买宠各出意"以下)波澜壮阔,不嫌露骨。("洛阳相君忠孝家"二句)结处又带一波,更长言不足。

方东树《昭昧詹言》卷一二:起三句写,有笔势。四句倒入叙。"永元"句逆入叙,结上。"我愿"二句,删好。小物而原委详备,所谓借题。章法变化,笔势腾掷,波澜壮阔,真太史公之文。《鳆鱼》不及多矣。

曾国藩《曾文正公全集·读书录》:后八句因荔支而叹贡茶贡花之弊。

赵克宜《角山楼苏诗评注汇钞》卷一八:悼古讽今,宾主相形,细绎而出,极见笔妙。(起处)按古事直起,却未点明,留与下段作筋节。("雨顺风调百谷登"二句)二句信凡猥,删之则语势不足。

（"至今欲食林甫肉"）用笔顺逆，皆极自然。（"君不见武夷溪边粟粒芽"以下）此主意也，却似牵连及之，故妙。

六月十二日，酒醒步月，理发而寝

羽虫见月争翾翻，我亦散发虚明轩。
千梳冷快肌骨醒，风露气入霜蓬根。
起舞三人漫相属，停杯一问终无言。
曲肱薤簟有佳处，梦觉琼楼空断魂。

集评：

汪师韩《苏诗选评笺释》卷六：语简而静，纸上有凉气扑人。

纪昀评《苏文忠公诗集》卷三九：（起处四句）郁律之中，清气吞吐，老手兴到之作。（"羽虫见月争翾翻"）兴也。

赵克宜《角山楼苏诗评注汇钞》卷一八：（"风露气入霜蓬根"二句）妙会。

江月五首（选二首）

岭南气候不常，吾尝曰："菊花开时乃重阳，凉天佳月即中秋。"不须以日月为断也。今岁九月，残暑方退，既望之后，月出愈迟。予尝夜起登合江楼，或与客游丰湖，入栖禅寺，叩罗浮道院，登逍遥堂，逮晓乃归。杜子美云："四更山吐月，残夜水明楼。"此殆古今绝唱也，因其句作五首，仍以"残夜水明楼"为韵。

其四

四更山吐月，皎皎为谁明。

幽人赴我约，坐待玉绳横。

野桥多断板，山寺有微行。

今夕定何夕，梦中游化城。

集评：

楼钥《书张武子诗集后》：（武子）又曰："四更山吐月，残夜水明楼。"东坡尝赋"五更"五诗，词虽工，惟"四更"为更佳。

其五

五更山吐月，窗迥室幽幽。

玉钩还挂户，江练却明楼。

星河澹欲晓，鼓角冷如秋。

不眠翻五咏，清切变蛮讴。

集评：

纪昀评《苏文忠公诗集》卷三九：诗亦清历。独五更五首，未免小样耳。六朝人有"从军五更转"，亦非大方规格，不得藉口。

赵克宜《角山楼苏诗评注汇钞》附录卷下：纪（昀）评可玩。作诗体格最要大方，忌落小样。元、白集中最多小样体格，亦不可从。

李彭《次韵东坡五更山吐月序》：东坡先生喜诵杜少陵"五更山吐月，残夜水明楼"之句。其在峤南，列置五章。仆盖诵之不离口，欲效其仿佛而不可得。秋高景寂，往来匡山，披衣视夜，气象幽胜，乃次其韵作五首，然终不近也。

钱世雄《跋施纯叟藏东坡帖后》：建中靖国元年，先生以玉局还自岭海。（略）七月十二日疾少间，曰："今日有意喜近笔砚，试为济明戏书数纸。"遂书《惠州江月》五诗。

洪迈《容斋续笔》卷一《重阳上巳改日》：唐文宗开成元年，归融为京兆尹，时两公主出降，府司供帐事繁，又俯近上巳曲江赐宴，奏请改日。上曰："去年重阳取九月十九日，未失重阳之意，今改取十三日可也。"且上巳、重阳，皆有定日，而至展一旬，乃知郑谷所赋《十日菊》诗云"自缘今日人心别，未必秋香一夜衰"，亦为未尽也。唯东坡公有"菊花开时即重阳"之语，故记其在海南艺菊九畹，以十一月望，与客泛酒作重九云。

袁宏道评阅谭元春选《东坡诗选》卷九谭元春评：《江月五咏》，高人幽事，其佳不宜止此。

查慎行《初白庵苏诗补注》卷三九：刘辰翁云："望后月迟，或一更，或二更，愈迟愈佳。乃是实见如此，故看得杜诗别。题中'予尝夜起'以后，是说数夜事。"

翁方纲《石洲诗话》卷三：坡公所云"游罗浮道院栖禅精舍"（按：指《正月二十四日与儿子过、赖仙芝、王原秀才、僧昙颖、行全、道士何宗一同游罗浮道院及栖禅精舍，过作诗，和其韵，寄迈、迨一首》），栖禅寺与罗浮道院并在丰湖之上，见《江月五首引》中。今编《罗浮志》者或以罗浮山中之道院实之，乃傅会之讹也。

章质夫送酒六壶，书至而酒不达，戏作小诗问之

白衣送酒舞渊明，急扫风轩洗破觥。
岂意青州六从事，化为乌有一先生。
空烦左手持新蟹，漫绕东篱嗅落英。
南海使君今北海，定分百榼饷春耕。

集评:

陈师道《后山诗话》:东坡居惠,广守月馈酒六壶,吏尝跌而亡之。坡以诗谢曰:"不谓青州六从事,翻成乌有一先生。"

曾季狸《艇斋诗话》:"南海使君今北海"诗,坡在岭南与广帅章质夫也。质夫之死,其家以其诗葬。

费衮《梁溪漫志》卷六《楚词落英》:王荆公有"黄昏风雨满园林,篱菊飘零满地金"之句,欧阳公曰:"百花尽落,独菊枝上枯耳。"因戏曰:"秋花不比春花落,为报诗人子细看。"荆公闻之,引《楚词》"夕餐秋菊之落英"为据。予按:《访落》诗"访予落止",毛氏曰:"落,始也",《尔雅》"俶、落、权舆,始也",郭景纯亦引"访予落止"为注。然则《楚词》之意,乃谓撷菊之始英者尔。东坡《戏章质夫寄酒不至》诗云"漫绕东篱嗅落英",其义亦然。

黄彻《碧溪诗话》卷八:坡有"白衣送酒舞渊明",人有疑"舞"字太过者。及观庾信《答王褒饷酒诗》"未能扶毕卓,犹足舞王戎",盖有所本。

陈岩肖《庚溪诗话》卷下:古今以体物语形于诗句,或以人事喻物,或以物喻人事。如唐许浑《题崔处士幽居》云:"荆树有花兄弟乐,橘林无实子孙忙。"语亦工矣。及观柳子厚《过卢少府郊居》云:"芍药闲庭延国老,开樽虚室值贤人。"则语尤自在而意胜。至东坡因章质夫以书送酒六壶,书至而酒不至,坡答以诗云:"岂意青州六从事,化为乌有一先生。"则上下意相关,而语益奇矣。

吴曾《能改斋漫录》卷一〇:文之所以贵对偶者,为出于自然,非假于牵强也。《潘子真诗话》记王禹玉元丰间以钱二万、酒十壶饷吕梦得,梦得作启谢之,有所谓"白水真人,青州从事",禹玉叹赏之为切题。后毛达可有《谢人惠酒启》云:"食穷三岁,曾无白水之真人;出钱百壶,安得青州之从事。"此用梦得语,尤为无功。非唯出于剽窃,又且"白水真人"为虚设也。至若东坡(略)"岂意

511

青州六从事,化为乌有一先生"二句,浑然一意,无斧凿痕,更觉其工。

黄昇《玉林诗话》:天下未尝无对,东坡(略)"岂意青州六从事,化为乌有一先生"(略),可为奇对。

王若虚《滹南诗话》卷二:(前引《碧溪诗话》)予谓疑者但谓渊明身上不宜用耳,何论其所本哉?

《瀛奎律髓汇评》卷一九《酒类》方回评:"青州""乌有"之联,既切题。"左手""东篱"一联下"空烦""漫绕"四字,见得酒不至也。善戏如此。

又冯班评:次联"江西"句法。

又陆贻典评:("岂意青州六从事,化为乌有一先生")与前(按:指《太守徐君猷通守孟亨之皆不饮酒以诗戏之》)三、四句法同。"江西派"句法,却高旷可味。

又查慎行评:次联,承蜩、弄丸,不足喻其巧妙。

又何焯评:五、六胜次联。

纪昀评:"舞"字不安。

又:亦是谐体,三、四太俳,不及五、六。

宋濂《跋东坡寄章质夫诗后》:苏文忠公子瞻,为翰林学士日,章庄简公质夫直龙图阁出知庆州。二公素友善,质夫以崔徽真为寄者,颇寓相谑之意。(略)然二公相谑,初不止此。质夫作广帅时,送酒六壶,书至而酒不达,子瞻作诗戏之,且谓青州从事化为乌有先生,盖亦犹前意也。(略)所以善谑者,特出于相爱之至情耳,非若后人流连狎亵而不知止者也。论二公者当以濂言为不诬。

安磐《颐山诗话》:("岂意青州六从事"二句)涉于嬉戏。

又:《庚溪诗话》谓体物语形于诗句,如许浑"荆树有花兄弟乐,橘林无实子孙忙",柳子厚"莳药闲庭延国老,开尊虚室值贤人",语尤自在而韵胜。至东坡"岂意青州六从事,化为乌有一先

512

生",则上下意相关,而语益奇。予以为一解不如一解,子厚涉于牵合,东坡涉于嬉戏,俱不若用晦之作,虽俳比而不觉焉。

冯应榴《苏文忠公诗合注》卷三九何焯评:皮日休《醉中寄鲁望一壶》绝句云:"醉中不得亲相倚,故遣青州从事来。"第三正用其语,刻画送酒六壶,与韦相泛用"青州从事来偏熟"者又别。甚矣,公诗之不易读也。

汪师韩《苏诗选评笺释》卷六:"青州""乌有",偶然拈作对偶。集中尚有以"通印子鱼"对"披锦黄雀",以"日斜庚子"对"岁在己辰",并为宋诗人所称,其实轼诗卓绝处不尽在此。

纪昀评《苏文忠公诗集》卷三九:("岂意青州六从事"二句)纤而俚。("南海使君今北海")亦太纤。

赵翼《瓯北诗话》卷五:诗人遇成语佳对,必不肯放过。坡公尤妙于剪裁,虽工巧而不落纤佻,由其才分之大也。如(略)"岂意青州六从事,化为乌有一先生。"(《章质夫寄酒六壶书到酒不到》)(略)此等诗虽非坡公著意之作,然自然凑泊,触手生春,亦见其学之富而笔之灵也。

赵克宜《角山楼苏诗评注汇钞》卷一八:太游戏,俗偏盛传此种。

何日愈《退庵诗话》卷四:诗有天然绝对者,如东坡(略)"岂意青州六从事,化为乌有一先生"是也。

丁仪《诗学渊源》卷七:("白衣送酒舞渊明")(前引《碧溪诗话》评)仪谓竹林七贤者皆任诞,当时有"鳖饮"诸醉法,自足当一"舞"字。若为渊明写生,则失之远矣。字虽有本,句殊无味。生平不喜读坡公诗,正为此等处耳。

新年五首（选三首）

其一

晓雨暗人日，春愁连上元。
水生挑菜渚，烟湿落梅村。
小市人归尽，孤舟鹤踏翻。
犹堪慰寂寞，渔火乱黄昏。

集评：

纪昀评《苏文忠公诗集》卷四〇：（"孤舟鹤踏翻"）似武功一派。

其二

北渚集群鹭，新年何所之。
尽归乔木寺，分占结巢枝。
生物会有役，谋生各及时。
何当禁毕弋，看引雪衣儿。

集评：

查慎行《初白庵诗评》卷中：格律纯学少陵。

袁宏道评阅谭元春选《东坡诗选》卷一二谭元春评：起语及"生物""谋生"二语，正是老坡景大处。袁（宏道）所赏似不为此。

其三

海国空自暖，春山无限清。
冰溪纷瘴雨，雪菌到江城。

更待轻雷发，先催冻笋生。

丰湖有藤菜，似可敌莼羹。

集评：

纪昀评《苏文忠公诗集》卷四〇：亦是杜语。

食荔支二首

惠州太守东堂，祠故相陈文惠公，堂下有公手植荔枝一株，郡人谓之将军树。今岁大熟，尝啖之余，下逮吏卒。其高不可致者，纵猿取之。

其一

丞相祠堂下，将军大树旁。

炎云骈火实，瑞露酡天浆。

烂紫垂先熟，高红挂远扬。

分甘遍铃下，也到黑衣郎。

集评：

王文诰《苏文忠公诗编注集成·编年古今体诗》卷四〇：（"也到黑衣郎"）此句用《战国策》"愿令补黑衣之数，以卫王宫"事，亦兼用《宣室志》。观安顿上五字句法及"也到"二字，其意显然。公往往弄此巧也。

赵克宜《角山楼苏诗评注汇钞》卷一九：（"炎云骈火实"）如此措语便切。

其二

罗浮山下四时春，卢橘杨梅次第新。

日啖荔支三百颗，不辞长作岭南人。

集评：

　　瞿佑《归田诗话》卷中《东坡傲世》：（东坡）放旷不羁，（略）又云："却笑睢阳老从事，为予投檄向江西。"不以为悲而以为笑，何也？至惠州云："日啖荔枝三百颗，不辞长作岭南人。"（略）方负罪戾，而傲世自得如此。虽曰取快一时，而中含戏侮，不可以为法也。

　　纪昀评《苏文忠公诗集》卷四〇：此却蛇足。

迁居

　　吾绍圣元年十月二日至惠州，寓居合江楼，是月十八日迁于嘉祐寺，二年三月十九日复迁于合江楼，三年四月二十日复归于嘉祐寺。时方卜筑白鹤峰之上，新居成，庶几其少安乎！

前年家水东，回首夕阳丽。
去年家水西，湿面春雨细。
东西两无择，缘尽我辄逝。
今年复东徙，旧馆聊一憩。
已买白鹤峰，规作终老计。
长江在北户，雪浪舞吾砌。
青山满墙头，鬇鬡几云髻。
虽惭抱朴子，金鼎陋蝉蜕。
犹贤柳柳州，庙俎荐丹荔。
吾生本无待，俯仰了此世。
念念自成劫，尘尘各有际。

516

下观生物息，相吹等蚊蚋。

集评：

汪师韩《苏诗选评笺释》卷六：柳州贬谪诗多忧郁凄楚之音，轼尝评其《南涧中》诗，引老杜"王侯与蝼蚁，同尽随丘墟"，仪曹何忧之深也。若惠州诸作，无处不宽然有余地，此其所得深矣。

纪昀评《苏文忠公诗集》卷四〇：（"东西两无择"二句）句句透脱。（"下观生物息"二句）结句太激，以通幅不露此意，又托之观物，尚不甚显然耳。

马位《秋窗随笔》：《芥隐笔记》："乐天诗'去岁暮春上巳，共泛洛水中流。今岁暮春上巳，独立香山上头'，子瞻用之为《海外上元》诗。"愚谓此格不专出乐天，唐人中极多，（略）子瞻犹有"前年家水东，回首夕阳丽。去年家水西，湿面春风雨。"（略）严沧浪所谓扇对是也。

王文诰《苏文忠公诗编注集成·编年古今体诗》卷三九：又有非和陶而意有得于陶者，如《迁居》（略）之类皆是。

又：（"下观生物息"二句）乃自为"吾生"十字注脚，盖谓俯仰了此世者，亦不过如此也。晓岚疑其有玩世不恭意，即大误矣。

纵笔

白头萧散满霜风，小阁藤床寄病容。
报道先生春睡美，道人轻打五更钟。

集评：

曾季狸《艇斋诗话》：东坡《海外上梁文口号》云："报道先生春睡美，道人轻打五更钟。"章子厚见之，遂再贬儋耳。以为安稳，故再迁也。

查慎行《初白庵诗评》卷中:("白头萧散满霜风")"白头"句集中再见。

汪师韩《苏诗选评笺释》卷六:自写酣适,本无怨刺,乃遭执政之怒,岂以其安于所遇,反不足以惬忌者之心耶?

纪昀评《苏文忠公诗集》卷四〇:此诗无所讥讽,竟亦贾祸。盖失意之人作旷达语,正是极牢骚耳。

吴骞《拜经楼诗话》卷三:刘贡父《诗话》:太宗晚年烧炼丹药,潘阆尝献丹书。及帝升遐,阆逃匿舒州潜山寺为行者,题钟楼云:"绕寺千千万万峰(原注:次句逸)。顽童趁暖贪春睡,忘却登楼打晓钟。"案:诗末二句与东坡"报道先生春睡美,道人轻打五更钟"意略相似,而坡公笔何等婉致。

撷菜

吾借王参军地种菜,不及半亩,而吾与过子终年饱菜。夜半饮醉,无以解酒,辄撷菜煮之,味含土膏,气饱风露,虽粱肉不能及也。人生须底物而更贪耶? 乃作四句。

秋来霜露满东园,芦菔生儿芥有孙。
我与何曾同一饱,不知何苦食鸡豚。

集评:

葛立方《韵语阳秋》卷一八:东坡《撷菜》诗云:"秋来霜露满东园(略)。"苟能如此,则岂肯纵嗜欲于口腹之间哉?

袁宏道评阅谭元春选《东坡诗选》卷一二谭元春评:可观。

王士禛《带经堂诗话》卷二四:每喜讽咏之,此仁人所当念。

汪师韩《苏诗选评笺释》卷六：见道之言，不嫌直遂。

纪昀评《苏文忠公诗集》卷四〇：颇嫌近俗。

赵克宜《角山楼苏诗评注汇钞》卷一九：语足醒世，但非诗品。

白鹤峰新居欲成，夜过西邻翟秀才，二首

其一

林行婆家初闭户，翟夫子舍尚留关。

连娟缺月黄昏后，缥缈新居紫翠间。

系闷岂无罗带水，割愁还有剑铓山。

自注：韩退之云："水作青罗带，山如碧玉篸。"柳子厚云："海上
尖峰若剑铓，秋来处处割愁肠。"皆岭南诗也。

中原北望无归日，邻火村春自往还。

集评：

叶梦得《石林诗话》卷上：诗终篇有操纵，不可拘用一律。苏
子瞻"林行婆家初闭户，翟夫子舍尚留关"。始读殆未测其意，盖
下有"连娟缺月黄昏后，缥缈新居紫翠间。系闷岂无罗带水，割愁
还有剑铓山"四句，则入头不怕放行，宁伤于拙也。然"系闷""罗
带""割愁""剑铓"之语，大是险谲，亦何可屡打。

陆游《老学庵笔记》卷二：柳子厚诗云："海上尖山似剑铓，秋
来处处割愁肠。"东坡用之云："割愁还有剑铓山。"或谓可言"割
愁肠"，不可但言"割愁"。亡兄仲高云："晋张望诗曰：'愁来不可
割。'此'割愁'二字出处也。"

陈秀明《东坡诗话录》卷下：韩退之诗云："水作青罗带，山为
碧玉簪。"柳子厚诗云："海上群山似剑铓，秋来处处割愁肠。"陆道

519

士云:"二公当时不相会,好作成一属对。"东坡为之对曰:"系闷岂无罗带水,割愁还有剑铓山。"

何孟春《余冬诗话》卷下:子瞻《白鹤新居》云:"系闷岂无罗带水,割愁还有剑铓山。"皆借山水写意。

查慎行《初白庵诗评》卷中:("系闷岂无罗带水"二句)属对最工,移唐音作宋调,使事天然。

纪昀评《苏文忠公诗集》卷四〇:(前引查注)余谓此种终是小样,不可揭以为式。

赵翼《瓯北诗话》卷五《苏东坡诗》:在儋耳夜过诸黎之家云"中原北望无归日,邻火村春自往还",觉千载下,犹有深情,何必以奇惊雄骛见长哉!

赵翼批沈德潜《宋金三家诗选·苏东坡诗选》卷下:("中原北望无归日"二句)绝不言愁,自令人肠断。

王文诰《苏文忠公诗编注集成·苏海识余》卷一:《白鹤峰新居欲成夜过西邻翟秀才》云:"系懑岂无罗带水,割愁还有剑芒山。中原北望无归日,邻火村春自往还。"此尚是谪居本色,道其所道,诗话每以为奇,又以为险,殊不然也。

其二

瓮间毕卓防偷酒,壁后匡衡不点灯。
待凿平江百尺井,要分清暑一壶冰。
佐卿恐是归来鹤,次律宁非过去僧。
他日莫寻王粲宅,梦中来往本何曾。

集评:

纪昀评《苏文忠公诗集》卷四〇:("瓮间毕卓防偷酒"二句)

鄙俚太甚。

赵翼《瓯北诗话》卷五：坡在惠州，《白鹤观新居将成》诗云："佐卿岂是归来鹤，次律宁非过去僧。"（略）按唐明皇射沙苑，偶中一鹤，带箭飞去。后明皇幸蜀，偶憩一寺，壁有挂箭，即御箭也。僧云："昔有徐佐卿者留此箭，俟箭主来，还之。"乃知鹤即佐卿所化也。（略）房次律悟前身为智永禅师，亦见柳子厚《龙城录》。皆唐人小说也。想坡公遭迁谪后，意绪无聊，借此等稗官脞说遣闷，不觉阑入用之，而不知已为后人开一方便法门矣。

又：坡诗有云"清诗要锻炼，方得铅中银"。然坡诗实不以锻炼为工，其妙处在乎心地空明，自然流出，一似全不著力而自然沁入心脾。此其独绝也。今第就七言律论之，如（略）"佐卿恐是归来鹤，次律宁非过去僧"（略）。此数十联乃是称心而出，不假雕饰，自然意味悠长。即使事处，亦随其意之所欲出，而无牵合之迹。此不可以声调、格律求之也。

王文诰《苏文忠公诗编注集成·编年古今体诗》卷四〇：（"瓮间毕卓防偷酒"）此句仍顶林行婆。（"壁后匡衡不点灯"）此句仍顶翟逢亨。

又《苏海识余》卷一：《白鹤峰新居欲成夜过西邻翟秀才》（略）其次首云："佐卿恐是归来鹤，次律宁非过去僧。他日莫寻王粲宅，梦中来往本何曾。"此则用意高远，脱去恒境，不复可能想像，是皆唐人集之所无也。

汪师韩《苏诗选评笺释》卷六：首作兀傲鲜妍，挥毫卓荦；次作以意贯串，故役事繁而思不隔。不善学之，则成点鬼簿，岂复有此峥嵘？

吾谪海南，子由雷州，被命即行，了
不相知。至梧，乃闻尚在藤也。
旦夕当追及，作此诗示之

九疑联绵属衡湘，苍梧独在天一方。
孤城吹角烟树里，落月未落江苍茫。
幽人拊枕坐叹息，我行忽至舜所藏。
江边父老能说子，白须红颊如君长。
莫嫌琼雷隔云海，圣恩尚许遥相望。
平生学道真实意，岂与穷达俱存亡。
天其以我为箕子，要使此意留要荒。
他年谁作舆地志，海南万里真吾乡。

集评：

汪师韩《苏诗选评笺释》卷六：水天景色，离合情怀，一种缠绵
悱恻之情，极排解乃极沉痛。

纪昀评《苏文忠公诗集》卷四一：（"落月未落江苍茫"）有景
有情。（"幽人拊枕坐叹息"）屡称"幽人"，其实非谪宦之称。（"江
边父老能说子"）入得飘忽，凡手定有数行转折。（"圣恩尚许遥相
望"）东坡难得如此和平。（"天其以我为箕子"）比拟不伦。

王文诰《苏文忠公诗编注集成·编年古今体诗》卷四一：此一
路诗，所谓不见老人衰惫之气者，诸门人已言之矣。

方东树《昭昧詹言》卷一二："白须"句有韵，"莫嫌"句顿束。
有韵而豪，无颓丧意。失志时能如此，可法。

赵克宜《角山楼苏诗评注汇钞》卷一九：（"江边父老能说子"）
浅语写得极真。

行琼、儋间，肩舆坐睡，梦中得句，云："千山动鳞甲，万谷酣笙钟。" 觉而遇清风急雨，戏作此数句

四州环一岛，百洞蟠其中。
我行西北隅，如度月半弓。
登高望中原，但见积水空。
此生当安归，四顾真途穷。
眇观大瀛海，坐咏谈天翁。
茫茫太仓中，一米谁雌雄。
幽怀忽破散，咏啸来天风。
千山动鳞甲，万谷酣笙钟。
安知非群仙，钧天宴未终。
喜我归有期，举酒属青童。
急雨岂无意，催诗走群龙。
梦云忽变色，笑电亦改容。
应怪东坡老，颜衰语徒工。
久矣此妙声，不闻蓬莱宫。

集评：

胡仔《苕溪渔隐丛话》前集卷四二：("幽怀忽破散"四句) 盖风来则千山草木皆动，如动鳞甲，万谷号呼有声，如酣笙钟耳。

又后集卷二九：予谓东坡此语似成于太白矣。大率东坡每题咏景物，于长篇中只篇首四句，便能写尽，语仍快健。(略)《行琼儋间》云："四州环一岛，百洞蟠其中。我行西北隅，如度月半弓。"

陆游《老学庵笔记》卷五:晁子止云:"曾见东坡手书'四州环一岛'诗,其间'茫茫太仓中'一句,乃'区区魏中梁'。"不知果否。

汪师韩《苏诗选评笺释》卷六:行荒远僻陋之地,作骑龙弄凤之思。一气浩歌而出,天风浪浪,海山苍苍,足当司空图豪放二字。

纪昀评《苏文忠公诗集》卷四一:以杳冥诡异之词,抒雄阔奇伟之气,而不露圭角,不使粗豪,故为上乘。源出太白,而运以己法,不袭其貌,故能各有千古。("登高望中原"以下)有此四句一顿挫,下半首乃折宕有力。凡古诗长篇,第一要知顿挫之法。("安知非群仙"以下四句)此一层又烘托得好。长篇须如此展拓,方不单薄。("应怪东坡老"以下)结处兀傲得好。一路来势既大,非此则收裹不住。

赵翼批沈德潜《宋金三家诗选·苏东坡诗选》下卷:想见独立苍茫景象。

王文诰《苏文忠公诗编注集成·编年古今体诗》卷四一:("登高望中原"四句)其说(按:指纪评)似未确。今观此诗,起四句如绘地图,接四句如释地理,乃合八句为一节也。但此非晓岚见不到,乃前注家皆不懂"月半弓"句,无处藉手之故。彼不了了,即不知此句是何牵前搭后因地,故舍上而论下,姑为顿挫之说也。其圈此诗,自五句起,逐句叠圈,至终而独遗。起四句者,乃致疑"月半弓"句飘空无著之故,情迹显见,尚何逃乎?("万谷酣笙钟")以上八句亦是一节,其前"四顾真途穷"句,已水穷山尽矣,却不肯别起头脑,直从"途穷"拓出,故有"茫茫""一米"等句。然一路写来,却是完"行琼、儋间"题面。("安知非群仙"四句)(纪昀)所论非是。此乃失看"此生当安归"句,故下无著落也。此节首转出"安知非群仙"句,乃欲跌出下意之故,特于"真途穷"时,落"喜我归有期"句,答还首节之"此生当安归"也。若以顿挫烘托论,则全篇气局皆散摊矣。《桄榔庵铭》"蝮蛇魑魅,出怒入娱"与"梦云""笑电"同一炉锤,盖非极困迫无聊中,亦不轻出也。自"安知"以下,至"笑电"八句,亦为一节。且于中一节言风,此一节言雨,点清"梦"字及戏之之意,题境已完。其后直下作结,"妙声"句虽为找足"群仙"诸语,实乃自为评赏,赞叹欲绝也。

又卷四六:渡海作"万谷酣笙钟",则又纯用空灵矣。

施补华《岘佣说诗》:东坡五古,有精神饱满、才气坌涌、甚不可及者,如"千山动鳞甲""何人守蓬莱"诸篇。

赵克宜《角山楼苏诗评注汇钞》卷一九:前路写实境,极其沉郁。后幅运幻想,极其酣畅。洵属得意之笔。

延君寿《老生常谈》:浅人多浅视郊、岛两家诗,初未尝深究之也。东坡不甚喜东野诗,其天才雄迈,不能如此之吃苦耳。然必能为东坡之"千山动鳞甲,万谷酣笙钟",方许稍稍雌黄之。

吴仰贤《小匏庵诗话》卷二:("千山动鳞甲"二句)造句奇伟,得未曾有。不知上句从杜诗"石鲸鳞甲动秋风"句化出,下句从杜诗"万壑树声满"及"疏松夹水奏笙簧"句化出。一入锤炉,便异样精彩。

儋耳山

突兀隘空虚,他山总不如。
君看道旁石,尽是补天余。

集评:

张邦基《墨庄漫录》卷一:("君看道旁石")叔党云:"'石'当作'者',传写之误。"一字不工,遂使全篇俱病。

纪昀评《苏文忠公诗集》卷四一:未喻其意。

施山《姜露庵杂记》卷三:(前引《墨庄漫录》)愚谓本当用

"石"字,若以为误,写作"者"字,直同呓语矣。宋人谈诗类如此。

籴米

籴米买束薪,百物资之市。
不缘耕樵得,饱食殊少味。
再拜请邦君,愿受一廛地。
知非笑昨梦,食力免内愧。
春秧几时花,夏稗忽已穟。
怅焉抚耒耜,谁复识此意。

集评:

查慎行《初白庵诗评》卷中:("籴米束薪"八句)可使素餐者汗背。

汪师韩《苏诗选评笺释》卷六:此与陶潜诗云"田家岂不苦,弗获辞此难。四体诚乃疲,庶无异患干",同为学道有得之语。

纪昀评《苏文忠公诗集》卷四一:("怅焉抚耒耜"二句)托意深微。

赵克宜《角山楼苏诗评注汇钞》卷一九:朴真有味。

上元夜过赴儋守召独坐有感 自注:戊寅岁。

使君置酒莫相违,守舍何妨独掩扉。
静看月窗盘蜥蜴,卧闻风幔落伊威。
灯花结尽吾犹梦,香篆消时汝欲归。
搔首凄凉十年事,传柑归遗满朝衣。

集评：

《瀛奎律髓汇评》卷一六《节序类》方回评：此诗元符元年戊寅作，坡年六十三矣。在儋州亦半年余，以去年绍圣丁丑六月渡海也。十年前事，当是元祐二年丁卯，以翰林学士侍宴端门，戊辰知贡举，皆在朝。至五十九岁时，绍圣元年甲戌，自中山谪惠州。乙亥年赋《上元》古诗有云："前年侍玉辇，端门万枝灯。"即元祐八年癸酉正月也。"去年中山府，老病亦宵兴。"即甲戌正月也。"今年江海上，云房寄山僧。"即乙亥正月也。人生能几何年？如上元一节物耳，出处去来，岁岁不同，当是时又焉知渡海而逢上元耶？坡甲戌之贬，至元符三年庚辰徽庙立，乃得北归。建中靖国元年辛巳卒于常州。学者睹此，则知身如浮云外物，如雌风，如雄风，皆不足计较也。

又纪昀评：借以抒慨，语殊支蔓，不见警拔。

又：（"使君置酒莫相违"）"莫"字是嘱词，不宜用之去后。

又何焯评："传柑"何足荣？唯君恩未报，不免恋恋耳。

又无名氏（甲）评：上元故事，京师戚里有传柑宴，亦出于上赐也。

和陶《游斜川》

正月五日，与儿子过出游作。

谪居澹无事，何异老且休。
虽过靖节年，未失斜川游。
春江渌未波，人卧船自流。
我本无所适，泛泛随鸣鸥。

中流遇洑洄，舍舟步层丘。
有口可与饮，何必逢我俦。
过子诗似翁，我唱而辄酬。
未知陶彭泽，颇有此乐不。
问点尔何如，不与圣同忧。
问翁何所笑，不为由与求。

集评：

纪昀评《苏文忠公诗集》卷四二：有自然之乐，形神俱似陶公。（"虽过靖节年"二句）绾合正月五日好。（"未知陶彭泽"二句）回顾三、四句（"虽过靖节年"二句），密。

陆鉴《问花楼诗话》卷二：先广文爱其和陶诗，以谓此老晚年进境。其《和归田园居》（略）诸作，多见道之言。佳句如"春江渌未波，人卧船自流"（略）。子由谓"精深华妙，无老人衰惫之气"者也。

翁方纲《石洲诗话》卷三：东坡在儋州诗有云："问点尔何如，不与圣同忧。"虽是偶尔撇脱语，却正道著春风沂水一段意思。盖春风沂水一段，与圣人老安少怀，究有虚实不同，不过境象相似耳。用舍行藏，未可遽以许若人也。孰谓东坡仅诗人乎？

温汝能《和陶合笺》卷二：起语着一"淡"字，便觉高远，气味逼真渊明。以迁谪之况，而得淡然无事，可谓乐天知命，随遇而安，东坡之胸次过人远矣。

又引樊潜庵评：有此令嗣，虽万里投荒，终强人意。未知陶彭泽颇有此乐不？真喜极之语，不觉信手拈出，非有意问渊明也。

赵克宜《角山楼苏诗评注汇钞》卷二〇："春江"十字，天然妙语。

海南人不作寒食，而以上巳上冢。
予携一瓢酒寻诸生，皆出矣，独老
符秀才在，因与饮至醉。符，盖儋
人之安贫守静者也

老鸦衔肉纸飞灰，万里家山安在哉。
苍耳林中太白过，鹿门山下德公回。
管宁投老终归去，王式当年本不来。
记取城南上巳日，木绵花落刺桐开。

集评：

《瀛奎律髓汇评》卷一六《节序类》方回评：昌黎不谪潮州，后
世岂知有赵德。东坡不落海南，后世岂知有符林。《李太白集·寻
城北范居士落苍耳道中》，坡用此以譬寻符林也。

又：司马德操诣庞德公，值其上冢。坡用此以譬所寻诸生皆
已上冢，不值也。

又：管宁避地辽东，后还中国。坡用此以譬己终当北归也。
王式为博士，悔为江公所辱，曰："我本不欲来。"坡用此以譬己元
祐进用，亦本无富贵心也。东坡诗间架宏大，不可步骤，岂许用晦
四句装景所可及欤！此诗首尾四句言景，中四句用事。又未若移
易中间四句两用事，两言景为佳也。

又冯舒评：诗本随人作，只要文理通耳，何尝有情景硬局耶？

又：第二句亦不专景。

又：第四句未妥。

又冯班评：方君谓第三句"譬所寻诸生皆已上冢，不值也"，

"回"字拍不上。

又：东坡无所不可，如此便板煞。

又纪昀评：方君谓"东坡不落海南，后世岂知有符林"，此语固是，然亦微露攀附之本怀。

又：前后景而中言情，正是变化。此以板法律东坡，与前后所说自相矛盾。

又：起句不雅，次句亦平易。

又冯班评：自然大样。

袁宏道评阅谭元春选《东坡诗选》卷一〇谭元春评：太白、德公、管宁、王式连用，安得老坡此中空洞无物乎？

纪昀评《苏文忠公诗集》卷四二：用四人名，碍格。

张道《苏亭诗话》卷二：东坡既不得归，每有先垄之思。（略）在儋州云："老鸦衔肉纸飞灰，万里家山安在哉。"（《海南人不知寒食云云》）

高步瀛《唐宋诗举要》卷六引吴汝纶评：起句倒戟而入，奇肆票姚。（"王式当年本不来"）用典妙绝。

和陶《拟古》九首（选二首）

其一

有客叩我门，系我门前柳。

庭空鸟雀散，门闭客立久。

主人枕书卧，梦我平生友。

忽闻剥啄声，惊散一杯酒。

倒裳起谢客，梦觉两愧负。

坐谈杂今古，不答颜愈厚。

问我何处来，我来无何有。

集评：

洪迈《容斋三笔》卷三《东坡和陶诗》：又"东方有一士"诗十六句，复重载于《拟古》九篇中，坡公遂亦两和之，皆随意即成，不复细考耳。陶之首章云："荣荣窗下兰，密密堂前柳。初与君别时，不谓行当久。出门万里客，中道逢嘉友。未言心先醉，不在接杯酒。兰枯柳亦衰，遂令此言负。"坡和云："有客扣我门（略）。"二者金石合奏，如出一手，何止子由所谓遂与比辙者哉！

纪昀评《苏文忠公诗集》卷四二：（"问我何处来"二句）结二句调用刘随州。然刘语觉峭拔，此觉近佻，非古人淳厚气象。由全篇体格不同也。（"惊散一杯酒"）句俚。（"不答颜愈厚"）强押。

温汝能《和陶合笺》卷一引樊潜庵评：首从梦至觉，信手拈来，极浑朴简秀，正不必有其事，觉《古诗十九首》反多设色。

王文诰《苏文忠公诗编注集成·编年古今体诗》卷四二：（"有客叩我门"四句）公在海南，真有此种情状，随手拈来，皆古人所不道。

其九

黎山有幽子，形槁神独完。
负薪入城市，笑我儒衣冠。
生不闻诗书，岂知有孔颜。
翛然独往来，荣辱未易关。
日暮鸟兽散，家在孤云端。
问答了不通，叹息指屡弹。
似言君贵人，草莽栖龙鸾。

遗我古贝布,海风今岁寒。

集评:

　　纪昀评《苏文忠公诗集》卷四二:以对照见意("生不闻诗书"以下四句),感慨以言外寓之。

　　温汝能《和陶合笺》卷一引樊潜庵评:九藉黎幽子以自况。渊明诗全指革运,公则寓物托情,事虽殊而感则一也。

　　王文诰《苏文忠公诗编注集成·编年古今体诗》卷四二:自此以上二篇,因出游而记近事也。凡此类和陶,公所谓借韵者也,如必逐首似陶,虽陶有所不能也,读者当以此意参之。

　　赵克宜《角山楼苏诗评注汇钞》卷二〇:写野人行径,巧于相形,寓慨深浑。

　　许学夷《诗源辨体》后集纂要卷一:子瞻《和陶诗》,篇篇次韵,既甚牵絷,又境界各别,旨趣亦异。(略)如《拟古》《杂诗》等作,用事殆无虚句,去陶益远。

　　王文诰《苏文忠公诗编注集成·编年古今体诗》卷三九:公之和陶,但以陶自托耳。至于其诗,极有区别。有作意效之,与陶一色者;有本不求合,适与陶相似者;有借韵为诗,置陶不问者;有毫不经意,信口改一韵者。若《饮酒》《山海经》《拟古杂诗》,则篇幅太多,无此若干作意,势必杂取咏古纪游诸事以足之,此虽和陶,而有与陶绝不相干者。盖未尝规规于学陶也。

　　戴第元《唐宋诗本》:此东坡在儋耳和陶之诗。题虽云《拟古》,皆言岭南风土,谪居实事,与从前多作寓言者不同。而性情温厚,气味冲淡,则固与陶为一。必如此,方可学陶。

被酒独行,遍至子云、威、徽、先觉四黎之舍,三首_(选一首)

其一

半醒半醉问诸黎,竹刺藤梢步步迷。
但寻牛矢觅归路,家在牛栏西复西。

集评:

胡仔《苕溪渔隐丛话》前集卷七:律诗之作,用字平侧,世固有定体,众共守之。然不若时用变体,如兵之出奇,变化无穷,以惊世骇目。(略)东坡尝用此变体作诗云:"半醒半醉问诸黎(略)。"

纪昀评《苏文忠公诗集》卷四二:("但寻牛矢觅归路")"牛矢"字俚甚。

王文诰《苏文忠公诗编注集成·编年古今体诗》卷四二:此儋州记事诗之绝佳者,要知公当此时,必无"令严钟鼓三更月"之句也。晓岚不取此诗,其意与不喜"鸭与猪""命如鸡"等句相似,皆囿于偏见,不能自广耳。《左传》文公十八年"埋之马矢之中",《史记·廉颇传》"一饭三遗矢",凡此类,古人皆据事直书,未尝以"矢"字为秽,代之以文言也。记事诗与史传等,当据事直书处,正复以他字替代不得。

倦夜

倦枕厌长夜,小窗终未明。
孤村一犬吠,残月几人行。
衰鬓久已白,旅怀空自清。

荒园有络纬,虚织竟何成。

集评:

袁宏道评阅谭元春选《东坡诗选》卷一〇谭元春评:字字唐人。

查慎行《初白庵诗评》卷中:通首俱得少陵神味。

汪师韩《苏诗选评笺释》卷六:虚廓寂寥,具臻妙境。

纪昀评《苏文忠公诗集》卷四二:("荒园有络纬"二句)结有意致,遂令通体俱有归宿。若非此结,则成空调。

赵克宜《角山楼苏诗评注汇钞》卷二〇:查评动引少陵,竟无毫发之似。纪言"结有意致"是矣,谓通体有归宿则非。

高步瀛《唐宋诗举要》卷四:("孤村一犬吠"二句)写景如在目前,而绝不吃力,故佳。("荒园有络纬"二句)义兼比兴。

纵笔三首

其一

寂寂东坡一病翁,白须萧散满霜风。
小儿误喜朱颜在,一笑那知是酒红。

集评:

惠洪《冷斋夜话》卷一:山谷云:"诗意无穷,而人之才有限;以有限之才,追无穷之意,虽渊明、少陵,不得工也。然不易其意而造其语,谓之换骨法;窥入其意而形容之,谓之夺胎法。"如(略)乐天诗曰:"临风杪秋树,对酒长年身。醉貌如霜叶,虽红不是春。"东坡南中作诗云:"儿童误喜朱颜在,一笑那知是醉红。"凡此之

534

类,皆夺胎法也。学者不可不知。

胡仔《苕溪渔隐丛话》前集卷五一引《王直方诗话》:乐天有诗云:"醉貌如霜叶,虽红不是春。"东坡有诗云:"儿童误喜朱颜在,一笑那知是酒红。"郑谷有诗云:"衰鬓霜供白,愁颜酒借红。"老杜有诗云:"发少何劳白,颜衰肯更红。"无己诗云:"发短愁催白,颜衰酒借红。"皆相类也。然无己初出此一联,大为当时诸公所称赏。

洪迈《容斋五笔》卷七《东坡不随人后》:乐天云:"醉貌如霜叶,虽红不是春。"坡则曰:"儿童误喜朱颜在,一笑那知是酒红。"(略)正采旧公案,而机杼一新,前无古人,于是为至。

瞿佑《归田诗话》卷中《诗无愁恨意》:东坡诗云:"寂寂东坡一病翁(略)。"皆言闲退而无愁恨之思。至黄山谷则云:"老色日上面,欢惊日去心。今既不如昔,后当不如今。"读之令人惨然不乐。

郎瑛《七修类稿》卷二八:(前引《冷斋夜话》)予以山谷之言自是,而觉范(惠洪)引证则非矣。盖东坡变乐天之辞,正是换骨。

纪昀评《苏文忠公诗集》卷四二:("小儿误喜朱颜在"二句)叹老意,如此出之,语妙天下。

赵克宜《角山楼苏诗评注汇钞》卷二〇:衍唐人"颜衰借酒红"五字为一联,语近稚拙,纪以为妙,殊所未解。

施补华《岘佣说诗》:东坡七绝亦可爱,然趣多致多,而神韵却少。(略)"小儿误喜朱颜在,一笑那知是酒红",趣也。

其二

父老争看乌角巾,应缘曾现宰官身。
溪边古路三叉口,独立斜阳数过人。

　　纪昀评《苏文忠公诗集》卷四二：("溪边古路三叉口"二句)含情不尽。

　　王文诰《苏文忠公诗编注集成·编年古今体诗》卷四二：("溪边古路三叉口")此三首之第三句，皆于极平淡中陡然而出，而此句尤奇突，殊不知"争看"二字已安根矣，三首皆弄此手法。

　　赵克宜《角山楼苏诗评注汇钞》卷二〇：愤语却写成闲适，所谓言近旨远也。

其三

北船不到米如珠，醉饱萧条半月无。
明日东家当祭灶，只鸡斗酒定膰吾。

集评：

　　袁宏道评阅谭元春选《东坡诗选》卷一〇谭元春评：("只鸡斗酒定膰吾")意浅。

　　纪昀评《苏文忠公诗集》卷四二：("明日东家当祭灶"二句)真得好。

　　赵克宜《角山楼苏诗评注汇钞》卷二〇：次句未圆。("只鸡斗酒定膰吾")《左传》"天子有事膰焉"，"膰"字原可活用，但"膰吾"二字终硬。

　　延君寿《老生常谈》：人生太穷，至于饮食不继，虽说该去忍饥读书，然枵腹高吟，肚里如何支架得住。偶忆东坡绝句云（下引此诗）。夫以东坡之贤豪，饿到十来天，也想人家馈东西吃，而真率之气，妙能纵笔写出。乃知陶公叩门乞食、浣花偕妻乞丝，都不足为古人深病。

　　汪师韩《苏诗选评笺释》卷六：摇曳生姿，含情不尽。

王文诰《苏文忠公诗编注集成·编年古今体诗》卷四二：此三首平淡之极，却有无限作用在内，未易以情景论也。

庚辰岁人日作，时闻黄河已复北流，老臣旧数论此，今斯言乃验，二首

其一

老去仍栖隔海村，梦中时见作诗孙。

天涯已惯逢人日，归路犹欣过鬼门。

三策已应思贾让，孤忠终未赦虞翻。

典衣剩买河源米，屈指薪笤作上元。

集评：

陆游《老学庵笔记》卷八：东坡《海外诗》云："梦中时见作诗孙。"初不解。在蜀见苏山藏公墨迹《叠韵竹诗》，后题云"寄作诗孙符"，乃知此句为仲虎发也。

《瀛奎律髓汇评》卷一六《节序类》纪昀评：虽非极笔，究是老将登坛，謦咳自别。

纪昀评《苏文忠公诗集》卷四三：（"三策已应思贾让"）五句非自誉语，乃冀幸语也。故不失忠厚之旨。

王文诰《苏文忠公诗编注集成·编年古今体诗》卷四三：此诗已形北归之兆，气机动矣。言者心之所发，虽公有不自知其然也。

赵克宜《角山楼苏诗评注汇钞》卷二〇："作诗孙"三字硬。

其二

不用长愁挂月村，槟榔生子竹生孙。

自注：海南勒竹，每节生枝，如竹竿大，盖竹孙也。

新巢语燕还窥研，旧雨来人不到门。

春水芦根看鹤立，夕阳枫树见鸦翻。

此生念念随泡影，莫认家山作本元。

集评：

《瀛奎律髓汇评》卷一六《节序类》方回评：前辈论诗文，谓子美夔州后诗，东坡岭外文，老笔愈胜少作，而中年亦未若晚年也。此诗元符三年东坡年六十五，谪居儋耳所作。"人日""鬼门"之对固工，两篇首尾雄浑，不敢删落。存此则知选诗之意，不拘节序也。明年靖国元年辛巳七月，东坡北还，卒于常州云。

又：海南人日，燕已来巢，亦异事。

又冯班评：可用。

又纪昀评：（驳方回"不拘节序"）未尝不拘节序，此语无著，且无谓。

又：此种诗只看其老健处，不以字字句句求之。

汪师韩《苏诗选评笺释》卷六：浑雄沉著，可遏浮响而拯颓风。

袁宏道评阅谭元春选《东坡诗选》卷一二谭元春评：结语丑甚。"春水""夕阳"二语全仿唐句，不足称也。

纪昀评《苏文忠公诗集》卷四三：（"此生念念随泡影"二句）末亦无聊自宽之语，勿以禅悦视之。

丁仪《诗学渊源》卷七：宋人用事，类多硬砌，如东坡"不用长愁挂月村"，用杜诗"月挂客愁村"句也。一则何等自然，一则何等生硬，山谷尤甚。如此用典，终觉太苦。

汲江煎茶

活水还须活火烹，自临钓石取深清。
大瓢贮月归春瓮，小杓分江入夜瓶。
雪乳已翻煎处脚，松风忽作泻时声。
枯肠未易禁三碗，坐听荒城长短更。

集评：

胡仔《苕溪渔隐丛话》后集卷一一：此诗奇甚，道尽烹茶之要，且茶非活水则不能发其鲜馥，东坡深知此理矣。

黄彻《碧溪诗话》卷七：唐赵璘述《因话录》，载其家兵部君性尤嗜茶，能自煎，谓人曰："茶须缓火炙，活水煎。"坡有"活水还须缓火煎"，恐亦用此。

高似孙《纬略》卷二：如东坡汲江水煎茶诗："活水还须活火烹，自临钓石取深清。"此二句直入茶泉理窟。

杨万里《诚斋诗话》：东坡《煎茶》诗云："活水还将活火烹，自临钓石取深清。"第二句七字而具五意：水清，一也；深处取清，二也；石下之水，非有泥土，三也；石乃钓石，非寻常之石，四也；东坡自汲，非遣卒奴，五也。"大瓢贮月归春瓮，小杓分江入夜瓶"，其状水之清美极矣。"分江"二字，此尤难下。"雪乳已翻煎处脚，松风仍作泻时声"，此倒语也，尤为诗家妙法，即少陵"红稻啄余鹦鹉粒，碧梧栖老凤凰枝"也。"枯肠未易禁三碗，卧听山城长短更"，又翻却卢仝公案。仝吃到七碗，坡不禁三碗。山城更漏无定，"长短"二字，有无穷之味。

《瀛奎律髓汇评》卷一八《茶类》方回评：杨诚斋大赏此诗，谓"自临钓石取深清"，深也，清也，近石也；又非常石，乃钓石；不令仆取,而自取之也。一句含数意。三、四尤奇。

又纪昀评:杨诚斋解首二句分为七层,太琐碎,诗不必如此说。

又:此说殊妄生支节,东坡本意不如此。

又:此诗老洁。

又:《博物志》曰:"饮真茶令人少眠。"结二句即此意。

又冯班评:气局自阔。次句似贾长江《斑竹杖》诗。

又查慎行评:"贮月""分江",小中见大;第六句对法不测。

又何焯评:"大瓢"句反呼"三碗","分江"二字方见活水,"夜"字为结句伏脉,五、六是形容活火。"三碗"便不能成寐,以足深清之意。"长短"则亦有活字余韵,枕上时闻时不闻也。

吴乔《围炉诗话》卷五:子瞻《煎茶》诗"活水还须活火烹",可谓之茶经,非诗也。

汪师韩《苏诗选评笺释》卷一:此(《试院煎茶》)与《汲江》一篇,在古近体中各推绝唱。

又卷六:舒促雅合,若风涌云飞。杨万里辈曲为疏解,似反失其趣诣。

纪昀评《苏文忠公诗集》卷四三:细腻而出一脱洒。细腻诗易于粘滞,如此脱洒为难。("枯肠未易禁三碗"二句)入情无迹。

翁方纲《石洲诗话》卷三:《汲江煎茶》七律,自是清新俊逸之作。而杨诚斋赏之,则谓"一篇之中,句句皆奇,一句之中,字字皆奇"。此等语,诚令人不解。如谓苏诗字句皆不落凡近,则何篇不尔?如专于此篇八句刻求其奇处,则岂他篇皆凡近乎?且于数千篇中,独以奇推此,实索之不得其说也。岂诚斋之于诗境,未窥见深旨耶?此等议论,直似门外人所为。

赵克宜《角山楼苏诗评注汇钞》卷二〇:("松风仍作泻时声")"松风"句传神。

儋耳

霹雳收威暮雨开，独凭阑槛倚崔嵬。

垂天雌霓云端下，快意雄风海上来。

野老已歌丰岁语，除书欲放逐臣回。

残年饱饭东坡老，一壑能专万事灰。

集评：

汪师韩《苏诗选评笺释》卷六：嶙峋雄姿，经挫折而不稍损抑，养浩然之气，于此见其心声。

方东树《昭昧詹言》卷二〇：（"垂天雌霓云端下"二句）三、四奇警。

高步瀛《唐宋诗举要》卷六引吴汝纶评：雄宕。

澄迈驿通潮阁二首

其一

倦客愁闻归路遥，眼明飞阁俯长桥。

贪看白鹭横秋浦，不觉青林没晚潮。

集评：

翁方纲《石洲诗话》卷三：东坡《澄迈驿通潮阁》诗："贪看白鹭横秋浦，不觉青林没晚潮。"真唐贤语也。（略）此皆阮亭《池北偶谈》采宋绝句所未之及者。

其二

余生欲老海南村，帝遣巫阳招我魂。

杳杳天低鹘没处，青山一发是中原。

集评：

胡仔《苕溪渔隐丛话》后集卷三〇：《次韵沈长官》诗云："莫道山中食无肉，玉池清水自生肥。"《天庆观乳泉赋》云："锵琼佩之落谷，滟玉池之生肥。"《澄迈驿通潮阁》诗云："杳杳天低鹘没处，青山一发是中原。"《伏波将军庙碑》有云："南望连山，若有若无，杳杳一发耳。"皆两用之，其语倔奇，盖得意也。

汪师韩《苏诗选评笺释》卷六：羁望深情，含蕴无际。

纪昀评《苏文忠公诗集》卷四三：(末二句) 神来之笔。

赵克宜《角山楼苏诗评注汇钞》卷二〇：意极悲痛，佳在但作指点，不与说尽。

施补华《岘佣说诗》：东坡七绝亦可爱，然趣多致多，而神韵却少。(略) 独"余生欲老海南村(略)"，则气韵两到，语带沉雄，不可及也。

陈衍《宋诗精华录》卷二：虞伯生题画诗云"青山一发是江南"，全套此诗。

六月二十日夜渡海

参横斗转欲三更，苦雨终风也解晴。

云散月明谁点缀，天容海色本澄清。

空余鲁叟乘桴意，粗识轩辕奏乐声。

九死南荒吾不恨，兹游奇绝冠平生。

集评：

刘克庄《后村诗话》前集卷二：李伯纪丞相《过海》绝句云"假使黑风漂荡去，不妨乘兴访蓬莱"，与坡公"九死南荒吾不恨，兹游奇绝冠平生"之句殆相伯仲，异乎李文饶、卢多逊穷愁无憀之作矣。

文天祥《送项巽可入南序》：东坡作《韩文公庙碑》诗云："作书诋佛讥君王，要观南海窥衡湘。"坡在南方亦云"兹游最奇绝"，又云"兹游奇绝冠平生"。当文公谏佛骨，岂故欲为揭阳之行？坡不幸罹党祸，乃以炎方为夸。自古诗人，大言而非情，往往如此。

方回《刘元辉诗评》：元祐臣僚被谪，乃熙、丰小人用事报复，宋之存亡攸关。坡过岭过海，不为诗也。名高众忌，视死如归，故诗曰："九死南荒吾不恨，兹游奇绝冠平生。"元辉责之太甚，千万世东坡自不朽也。

《瀛奎律髓汇评》卷四三《迁谪类》方回评：绍圣四年丁丑，东坡在惠州，年六十二矣。五月再谪琼州别驾，昌化军安置，即儋州也。以六月二十日夜渡海，七月十三日至儋州。或谓尾句太过，无省愆之意，殊不然也。章子厚、蔡卞欲杀之，而处之怡然。当此老境，无怨无怒，以为兹游奇绝，真了生死、轻得丧，天人也！四诗可一以此意观。

又纪昀评：（"兹游奇绝冠平生"）此语分明。东坡南迁，乃时宰之意，非天子之意，故不妨如此说。

又：前半纯是比体，如此措辞，自无痕迹。

又冯班评：落句可用。

又查慎行评：前半四句俱用四字作叠而不觉其板滞，由于气充力厚，足以陶铸熔冶故也。

又无名氏（甲）评：东坡晚年诗，人叹精深华妙矣。孰知按之于唐，终不入格。只是直言，无诗味也。

瞿佑《归田诗话》卷中《东坡傲世》:(东坡)放旷不羁,(略)《渡海》云:"九死南荒吾不恨,兹游奇绝甚平生。"方负罪戾,而傲世自得如此。虽曰取快一时,而中含戏侮,不可以为法也。

何焯《义门读书记》卷五:"远游虽寂寞"二句,坡翁"九死南荒吾不恨,兹游奇绝冠平生",分明学此,却觉痕迹。少味。"远游"只己事;投荒不恨,是以君命为戏也。

查慎行《初白庵苏诗补注》卷四三:按方回《瀛奎律髓》谓"此诗绍圣四年责儋州时作。六月二十渡海,七月十三日至儋"云云。以余考之,讹也。本集和渊明《移居》诗序云:"丁丑,余谪海南,子由亦谪雷州,五月十一日相遇于藤,同行至雷。六月十一日与子由相别渡海。"则南迁时渡海,乃六月十一日,非二十日也。又按本集《到昌化军谢表》,至儋州在七月二日,亦非十三日也。今从施氏原本,定为北归时作。

汪师韩《苏诗选评笺释》卷六:高阔空明,非实身有仙骨,莫能有其只字。

纪昀评《苏文忠公诗集》卷四三:("苦雨终风也解晴")比也。

贺裳《载酒园诗话·苏轼》:坡诗吾第一服其气概。后至垂老投荒,夜渡瘴海,犹云:"空余鲁叟乘桴意,粗识轩辕奏乐声。九死南荒吾不恨,兹游奇绝冠平生。"如此胸襟,真天人也。

张佩纶《涧于日记》辛卯下:以"滋游奇绝冠平生",结东海一案也。

王文诰《苏文忠公诗编注集成·编年古今体诗》卷四三:("云散月明谁点缀")问章惇也。("天容海色本澄清")公自谓也。凡此种联句,必不可傅会,典实注繁,则诗旨反为所晦。

赵克宜《角山楼苏诗评注汇钞》卷二○:虽有比兴,然语直而尽,却乏深味。

赠岭上老人

鹤骨霜髯心已灰，青松合抱手亲栽。

问翁大庾岭头住，曾见南迁几个回。

集评：

　　曾敏行《独醒杂志》卷二：东坡还至庾岭上，少憩村店，有一老翁出，问从者曰："官为谁？"曰："苏尚书。"翁曰："是苏子瞻欤？"曰："是也。"乃前揖坡曰："我闻人害公者百端，今日北归，是天祐善人也。"东坡笑而谢之，因题一诗于壁间。

　　查慎行《初白庵诗评》卷中：须溪评云："不知是去时，是归时。"按子由和诗，知是归时作。

　　汪师韩《苏诗选评笺释》卷六：高朗，得青莲之一体。

　　纪昀评《苏文忠公诗集》卷四四：自幸之词，然太浅。

过岭二首（选一首）

其二

七年来往我何堪，又试曹溪一勺甘。

梦里似曾迁海外，醉中不觉到江南。

波生濯足鸣空涧，雾绕征衣滴翠岚。

谁遣山鸡忽惊起，半岩花雨落毵毵。

集评：

　　《瀛奎律髓汇评》卷四三《迁谪类》方回评：绍圣元年甲戌贬惠州，四年丁丑贬儋州，明年元符戊寅改元，三年庚辰量移廉州、永州,自便,凡七年。杨凭贬临贺尉,惟徐晦送之,此事极切。"梦里似曾迁海外",此联甚佳,殊不以迁谪为意也。是年坡公年六十五。明年建中靖国元年辛巳七月卒于常州。

又冯班评:大笔自然不同。

又查慎行评:江西人以赣江为南江。

又纪昀评:三、四真境。

又:末句即"海鸥何事更相疑"意,非写所见之景。

又无名氏(甲)评:曹溪,在广东韶州。

汪师韩《苏诗选评笺释》卷六:视迁谪犹醉里梦中,知其胸中别有澄定者在。

纪昀评《苏文忠公诗集》卷四五:("谁遣山鸡忽惊起"二句)此言机心已尽,不必相猜之意,非写景也。

王文诰《苏文忠公诗编注集成·编年古今体诗》卷四五:("梦里似曾迁海外"二句)真乃吉祥文字。

次韵江晦叔二首(选一首)

其二

钟鼓江南岸,归来梦自惊。
浮云时事改,孤月此心明。
雨已倾盆落,诗仍翻水成。
二江争送客,木杪看桥横。

集评:

胡仔《苕溪渔隐丛话》后集卷二六:("浮云时事改"二句)语意高妙,如参禅悟道之人吐露胸襟,无一毫窒碍也。

王应麟《困学纪闻》卷一八:"更无柳絮随风舞,惟有葵花向日倾",可以见司马公之心。"浮云世事改,孤月此心明",见东坡之心。坡公晚年所造深矣。

汪师韩《苏诗选评笺释》卷六:冲襟内盎,见于文词,无不邃然入理。

翁方纲《石洲诗话》卷三:东坡《自岭外归次韵江晦叔》诗,苕溪渔隐极赏其"浮云世事改,孤月此心明",所谓语意高妙,吐露胸襟,无一毫窒碍者也。然予意则赏其结二语云:"二江争送客,木杪看桥横。"以为言外有神也。

咏怪石

家有粗险石,植之疏竹轩。
人皆喜寻玩,吾独思弃捐。
以其无所用,晓夕空崭然。
砧础则甲斫,砥砚乃枯顽。
于缴不可礌,以碑不可镌。
凡此六用无一取,令人争免长物观。
谁知兹石本灵怪,忽从梦中至吾前。
初来若奇鬼,肩股何屑颜。
渐闻硠礚声,久乃辨其言。
云我石之精,愤子辱我欲一宣。
天地之生我,族类广且蕃。
子向所称用者六,星罗雹布盈溪山。
伤残破碎为世役,虽有小用乌足贤。
如我之徒亦甚寡,往往挂名经史间。

居海岱者充《禹贡》，雅与铅松相差肩。

处魏榆者白昼语，意欲警惧骄君悛。

或在骊山拒强秦，万牛喘汗力莫牵。

或从扬州感卢老，代我问答多雄篇。

子今我得岂无益，震霆凛霜我不迁。

雕不加文磨不莹，子盍节概如我坚。

以是赠子岂不伟，何必责我区区焉。

吾闻石言愧且谢，丑状欻去不可攀。

骇然觉坐想其语，勉书此诗席之端。

集评：

纪昀评《苏文忠公诗集》卷四七：("如我之徒亦甚寡"以下)
此真恶札。此样凑泊，岂东坡所肯为？

王文诰《苏文忠公诗编注集成·苏海识余》卷一：嘉祐四年己
亥，公家居作《怪石》诗，凡二十三韵。诗虽五、七言相间，全用老
苏家法，正如一林怪石，为山水崩注，皆历落滚卸而下，兀突满前，
莫名瑰异，此其诗之最先者也。

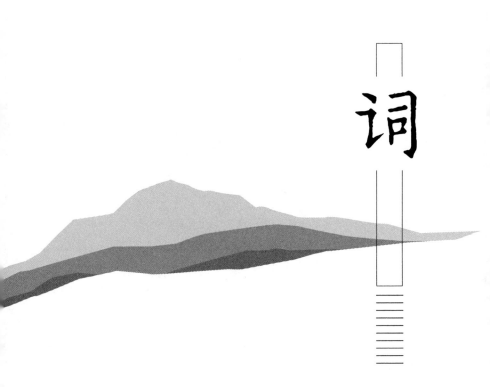

词

水龙吟 咏笛材

公旧序云：时太守闾丘公显已致仕，居姑苏。后房懿卿者，甚有才色，因赋此词。一云"赠赵晦之侍儿"

楚山修竹如云，异材秀出千林表。龙须半剪，凤膺微涨，玉肌匀绕。木落淮南，雨晴云梦，月明风袅。自中郎不见，桓伊去后，知孤负、秋多少。　　闻道岭南太守，后堂深、绿珠娇小。绮窗学弄，《梁州》初遍，《霓裳》未了。嚼徵含宫，泛商流羽，一声云杪。为使君洗尽，蛮风瘴雨，作《霜天晓》。

集评：

孔平仲《孔氏谈苑》：朝士赵昶有两婢善吹笛。知滕州日，以丹砂遗子瞻。子瞻以蕲笛报之，并有一曲。其词甚美，云："木落淮南，雨晴云梦，日斜风袅。"又云："自中郎不见，桓伊去后，知辜负，秋多少。"断章云："为使君洗尽，蛮风瘴雨，作清霜晓。"昶曰："子瞻骂我矣。"昶，南雄州人，意谓子瞻以蛮风讥之。

胡仔《苕溪渔隐丛话》后集卷二六：苕溪渔隐曰：《后山诗话》谓"退之以文为诗，子瞻以诗为词，如教坊雷大使之舞，虽极天下之工，要非本色"。余谓后山之言过矣，子瞻佳词最多，其间杰出者，如（略）"楚山修竹如云，异材秀出千林表"（咏笛词）（略）。凡此十余词，皆绝去笔墨畦径间，直造古人不到处，真可使人一唱而三叹。若谓以诗为词，是大不然。子瞻自言"平生不善唱曲，故间有不入腔处"，非尽如此。后山乃比之教坊司雷大使舞，是何每况愈下？盖其谬耳。

龚明之《中吴纪闻》卷五：闾丘孝终字公显，东坡谪黄州时，公为太守，与之往来甚密，未几，挂其冠而归，与诸名人为九老之会。东坡过苏必见之，今苏集有诗、词各二篇，皆为公作也。公后房有懿卿者，颇具才色，诗词俱及之。东坡尝云："苏州有二丘，不到虎丘，即到闾丘。"

曾敏行《独醒杂志》卷三：东坡《水龙吟》笛词，高云翔云："后之笺释者，独谓'楚山修竹如云'，是蕲州出笛竹；至'异材秀出千林表'之语，不知是东坡叙取材法也。凡竹林生，后长者必过前竹，其不能过者多死。一林内特一竹可材，远而望之，或伐取数十百竿，错乱终不可识。蔡邕仰视柯亭屋椽得奇材，不待如此求之，而邕后无至鉴，独有此法可求耳。"

张端义《贵耳集》卷下：东坡《水龙吟》笛词八字谜："楚山修竹如云，异材秀出千林表"，此笛之质也；"龙须半剪，凤膺微涨，玉肌匀绕"，此笛之状也；"木落淮南，雨晴云梦，月明风袅"，此笛之时也；"自中郎不见，将军去后，知孤负、秋多少"，此笛之事也；"闻道岭南太守，后堂深、绿珠娇小"，此笛之人也；"绮窗学弄，《凉州》初试，《霓裳》未了"，此笛之曲也；"嚼徵含宫，泛商流羽，一声云杪"，此笛之音也；"为使君洗尽，蛮烟瘴雨，作《霜天晓》"，此笛之功也。五音已用其四，乏一"角"字，"霜天晓"歇后一"角"也。

张侃《拙轩词话·李诗苏词》：李义山《锦瑟》诗云："锦瑟无端五十弦（略）。"读此诗俱不晓。苏文忠公云："此出《古今乐志》。锦瑟之为器也，其弦五十，其柱如之。其声也，适怨清和。考李诗'庄生晓梦迷蝴蝶'，适也。'望帝春心托杜鹃'，怨也。'沧海月明珠有泪'，清也。'蓝田日暖玉生烟'，和也。"孙仲益为锡山费茂和说苏文忠公《水龙吟》，曲尽咏笛之妙。其词曰："楚山修竹如云，异材秀出千林表"，笛之地也。"龙须半剪，凤膺微涨，绿肌匀绕"，笛之材也。"木落淮南，雨晴云梦，月明风袅"，笛之时也。"自中郎不见，桓伊去后，知孤负、秋多少"，笛之怨也。"闻道岭南太守,后堂深、绿珠娇小",笛之人也。"绮窗学弄,《梁州》初遍,《霓裳》未老",笛之曲也。"嚼徵含宫,泛商流羽,一声云杪",笛之声也。"为使君洗尽,蛮烟瘴雨,作《霜天晓》",笛之功也。予恐仲益用苏文忠读《锦瑟》诗,以释《水龙吟》耳。

张炎《词源》卷下《杂论》:东坡词如《水龙吟》咏杨花,咏闻笛,又如《过秦楼》《洞仙歌》《卜算子》等作,皆清丽舒徐,高出人表。

黄昇《唐宋诸贤绝妙词选》卷二:太守闾丘公显致仕,居姑苏,公饮其家,出后房佐酒。有懿卿者,善吹笛,公因赋此以赠。

沈际飞《草堂诗余》:笛制取良干,首存一节,节间留纤枝,剪而束之。节之下,若膺处则微涨,而全体皆须白净。"龙须"三句善状。

又:五十余字,堪与《马赋》并传。修语清远,马似不逮。

又:用许多故事,不为事用。

又:结岭南太守上,妙。

《类编草堂诗余》卷四李星垣评:玉骨冰心,千秋绝调,"霜天晓"隐角字,与上徵宫商羽合。

杨慎《词品》卷三《东坡咏吹笛》:岭南太守闾丘公显致仕,居姑苏,东坡每过必留连。坡尝言,过姑苏不游虎丘,不谒闾丘,乃二欠事。其重之如此。一日出其后房佐酒,有懿卿者,善吹笛,坡作《水龙吟》赠之,"楚山修竹如云"是也。词见《草堂诗余》,而不知其事,故著之。

先著、程洪《词洁辑评》卷五:非无字面芜累处,然丰骨毕竟超凡。玉田云"清丽舒徐",未敢轻议也。

水龙吟 次韵章质夫杨花词

似花还似非花,也无人惜从教坠。抛家傍路,思量却是，无情有思。萦损柔肠，困酣娇眼，欲开还闭。梦随风万里，寻郎去处，又还被、莺呼起。　　不恨此花飞尽，恨西园、落红难缀。晓来雨过，遗踪何在，一池萍碎。春色三分，二分尘土，一分流水。细看来，不是杨花，点点是离人泪。

集评:

章楶《水龙吟》:燕忙莺懒花残，正堤上、柳花飘坠。轻飞点画青林，谁道全无才思。闲趁游丝，静临深院，日长门闭。傍珠帘散漫，垂垂欲下，依前被、风扶起。　　兰帐玉人睡觉，怪春衣、雪沾琼缀。绣床旋满，香球无数，才圆却碎。时见蜂儿，仰粘轻粉，鱼吹池水。望章台路杳，金鞍游荡，有盈盈泪。

苏轼《与章质夫》:承喻慎静以处忧患。非心爱我之深，何以及此，谨置之座右也。《柳花》词妙绝，使来者何以措词。本不敢继作，又思公正柳花飞时出巡按，坐想四子，闭门愁断，故写其意，次韵一首寄去，亦告不以示人也。

王又华《古今词论·毛稚黄论词》:又《水龙吟》"细看来，不是杨花，点点是离人泪"，调则当是"点"字断句，意则当是"花"字断句。文自为文，歌自为歌，然歌不碍文，文不碍歌，是坡公雄才自放处。他家间亦有之，亦词家一法。

朱弁《曲洧旧闻》卷五:章质夫作《水龙吟》咏杨花，其命意用事，清洒可喜。东坡和之，若豪放不入律吕，徐而视之，声韵谐婉，便觉质夫词有织绣工夫。晁叔用云:"东坡如毛嫱、西施，净洗却面，与天下妇人斗好，质夫岂可比耶?"

姚宽《西溪丛语》卷下:杨柳二种，杨树叶短，柳树叶长。花即初发时，黄蕊子为飞絮。今絮中有小青子，著水泥沙滩上，即生小青芽,乃柳之苗也。东坡谓絮化为浮萍,误矣。

《魏庆之词话·章质夫》:章质夫咏杨花词,东坡和之。晁叔用以为东坡如毛嫱、西施,净洗却面,与天下妇人斗好,质夫岂可比,是则然矣。余以为质夫词中,所谓"傍珠帘散漫,垂垂欲下,依前被、风扶起",亦可谓曲尽杨花妙处。东坡所和虽高,恐未能及。诗人议论不公如此耳。

曾季狸《艇斋诗话》:东坡《和章质夫杨花词》云:"思量却是,无情有思。"用老杜"落絮游丝亦有情"也。"梦随风万里,寻郎去处,依前被、莺呼起",即唐人诗云"打起黄莺儿,莫教枝上啼。几回惊妾梦,不得到辽西"。"细看来,不是杨花,点点是离人泪",即唐人诗云"时人有酒送张八,惟我无酒送张八。君有陌上梅花红,尽是离人眼中血"。皆夺胎换骨手。

张炎《词源》卷下《句法》:词中句法,要平妥精粹,一曲之中,安能句句高妙,只要拍搭衬副得去,于好发挥笔力处,极要用功,不可轻易放过,读之使人击节可也。如东坡杨花词云:"似花还似非花,也无人惜从教坠。"又云:"春色三分,二分尘土,一分流水。"(略)此皆平易中有句法。

又卷下《杂论》:词不宜强和人韵,若倡者之曲韵宽平,庶可赓歌;倘韵险又为人所先,则必牵强赓和,句意安能融贯?徒费苦思,未见有全章妥溜者。东坡次韵章质夫杨花《水龙吟》韵,机锋相摩,起句便合让东坡出一头地,后片愈出愈奇,真是压倒今古。我辈倘遇险韵,不若祖其元韵,随意换易,或易韵答之,是亦古人"三不和"之说。

又:东坡词如《水龙吟》咏杨花、咏闻笛,又如《过秦楼》《洞仙歌》《卜算子》等作,皆清丽舒徐,高出人表。

《草堂诗余》正集卷五杨慎评:坡公词潇洒出尘,胜质夫千倍。

又沈际飞评:此词更进柳妙处一尘矣。读他文字,精灵尚在文字里面，坡老只见精灵，不见文字。

《草堂诗余》别集卷一沈际飞评：叶道卿《贺圣朝·留别》（"满斟绿醑留君住"）：东坡有"二分尘土，一分流水"之句，各道得我辈心死。

宋濂《跋东坡寄章质夫诗后》：质夫乃高州刺史、检校太傅、西北面行营制置使，仔钧诸孙非惟立功边徼，为国家保障。至于辞章，亦非人所易及。尝咏柳花，撰《水龙吟》寄子瞻，子瞻叹其妙绝，来者无以措辞，则其尊尚为何如，所以善谑者，特出于相爱之至情耳，非若后人流连狎亵而不知止者也。论二公者，当以濂言为不诬。子瞻之书此诗，年已五十又二，实元祐二年丁卯，故其老气尤森然云。

王世贞《艺苑卮言》：至咏杨花《水龙咏慢》，又进柳妙处一尘矣。

沈谦《填词杂说·东坡杨花词直是言情》：东坡"似花还似非花"一篇，幽怨缠绵，直是言情，非复赋物。

先著、程洪《词洁辑评》卷五：《水龙吟》末后十三字，多作五四四，此作七六，有何不可？近见论谱者于"细看来不是"及"杨花点点"下分句，以就五四四之印板死格，遂令坡公绝妙好词不成文理。起句入魔，"非花"矣而又"似"，不成句也。"抛家旁路"四字欠雅。"缀"字趁韵，不稳。"晓来"以下，真是化工神品。

李调元《雨村词话·春色三分》：宋初叶清臣字道卿，有《贺圣朝》词云："三分春色二分愁，更一分风雨。"东坡《水龙吟》演为长句云："春色三分，二分尘土，一分流水。"神意更远。

许昂霄《词综偶评·宋词》：与原作均是绝唱，不容妄为轩轾。（"思量却似，无情有思"）贯下文六句。（"晓来雨过"三句）公自注云："旧说杨花入水为浮萍，验之信然。"

又：（张炎"杨花点点是春心，替风前万花吹泪"）较坡公"点点是离人泪",更觉纤新。

邓廷桢《双砚斋词话·东坡词高华》:东坡以龙骧不羁之才,树松桧特立之操,故其词清刚隽上,囊括群英。(略)和章质夫杨花《水龙吟》之"晓来雨过,遗踪何在,半池萍碎。春色三分,二分尘土,一分流水",(略)皆能籔之揉之,高华沉痛,遂为石帚导师。譬之慧能肇启南宗,实传黄梅衣钵矣。

徐釚《词苑丛谈》卷四:资政殿学士章楶字质夫,以功名显。诗词尤见称于世,尝作《水龙吟》咏杨花,东坡与之帖云:"柳花词妙绝,使来者何以措词。"

况周颐《蕙风词话续编》卷一《黄雪舟水龙吟》:黄雪舟词,清丽芊绵,颇似北宋名作。唯传作无多,殊为憾事。其《水龙吟》云:"柔肠一寸,七分是恨,三分是泪。"盖仿东坡"春色三分,二分尘土,一分流水"之句。所不逮者,以刻镂稍著痕迹耳。其歇拍云:"待问春、怎把千红,换得一池绿水。"亦从"一分流水"句引伸而出。

吴衡照《莲子居词话》卷一《词品笃论》:杨升庵《词品》云:"词人语意所到,间有参差,或两句作一句,或一句作两句。惟妙于歌者,上下纵横取协。"此是笃论,如曲子家之有活板眼也。东坡"小乔初嫁了,雄姿英发""细看来,不是杨花,点点是离人泪"等处,皆当以此说通之。若契舟胶柱,徐虹亭所谓髯翁命宫磨蝎,身后又硬受此差排矣。

刘熙载《艺概》卷四:邻人之笛,怀旧者感之;斜谷之铃,溺爱者悲之。东坡《水龙吟·和章质夫咏杨花》云"细看来,不是杨花,点点是离人泪",亦同此意。

又:东坡《水龙吟》起云:"似花还似非花。"此句可作全词评语,盖不离不即也。时有举史梅溪《双双燕·咏燕》、姜白石《齐天乐·赋蟋蟀》令作评语者,亦曰:"似花还似非花。"

黄氏《蓼园词选》：首四句是写杨花形态，"萦损"以下六句，是写望杨花之人之情绪。二阕用议论，情景交融，笔墨入化，有神无迹矣。

李佳《左庵词话》卷上《东坡词》：东坡词如《水龙吟·咏杨花》《水调歌头·丙辰中秋作》，皆极清新。

又卷下《翻东坡词》：东坡词："春色三分，二分尘土，一分流水。"叶清臣词："三分春色，二分愁闷，一分风雨。"蒙亦有句云："十分春色，欣赏三分，二分懊恼，五分抛掷。"用意不同而同。

邹祗谟《远志斋词衷·词不宜和韵》：张玉田谓词不宜和韵（略）。其余名手多喜为此，如和坡公杨花诸阕，各出新意，篇篇可诵。

陈廷焯《白雨斋词话》卷一《东坡词别有天地》：词至东坡，一洗绮罗香泽之态，寄慨无端，别有天地。（略）《水龙吟》诸篇，尤为绝构。

郑文焯《大鹤山人词话》：煞拍画龙点睛，此亦词中一格。

王国维《人间词话·东坡和杨花似原唱》：东坡《水龙吟》咏杨花，和韵而似原唱。章质夫词，原唱而似和韵。才之不可强也如是。

又《白石咏梅无一语道著》：咏物之词，自以东坡《水龙吟》为最工，邦卿《双双燕》次之。白石《暗香》《疏影》格调虽高，然无一语道著，视古人"江边一树垂垂发"等句何如耶？

蔡嵩云《柯亭词论·咏物词贵有寓意》：咏物词贵有寓意，方合比兴之义。寄托最宜含蓄，运典尤忌呆诠，须具手挥五弦、目送飞鸿之妙，方合。如东坡《水龙吟》咏杨花而写离情。

又《水龙吟句法》：填词，一调有一调之体制，一调有一调之气象，即一调有一调之作法。《水龙吟》本非难调，亦无难句。惟前后遍中四字组成之六排句，太整太板，不易讨好。词中遇此等句法，须于整中寓散，板中求活。换言之，即各句下字时，须将实字虚字动字静字，分别错综组织，以尽其变。前言字法须讲伴色揣称，此其一端也。细玩东坡"似花还似非花"一首，稼轩"楚天千里清秋"一首，于此前后六排句，手法何等灵变。又此调二二组成之四字句太多，故讲究作法者，末尾四字句，多用一三句法，亦无非取其变化之意。词之句法，故不嫌变化多方也。如东坡之"是离人泪"，稼轩之"揾英雄泪"，即其一例。

陈匪石《宋词举》：东坡词如天马行空，其用意、用笔及取神遗貌，最不可及。此词咏杨花耳，许多话又被质夫说过。观其起句"似花还似非花"，从空处著想，却觉其他之花借用不得。杨花未辞树前，无可玩赏，无人爱惜；及其飘坠，始动人情感。"也无人惜从教坠"七字，实与上句同一天生妙文。以下便从"坠"字说入。"抛家傍路"是"坠"。"思量却是，无情有思"，由无情说到有情，"坠"后思量，又为"也无人惜"下一转语。"萦损"八字，杨花之动人处，将"有思"二字坐实。"欲开还闭"，又写"坠"时情态，为"有思"之由。"梦随风万里"四句，再以杨花神魂申说情思，而飞去飞还、忽起忽落之致，虽描写入微，却极浑化，此他人所不能也。前遍杨花正面说完，故过遍即说"开尽"。先以"不恨此花飞尽"作一曲笔，而"恨西园、落红难缀"，又以衬笔作转笔。以下转入杨花去路。"晓来"三句，用"柳花入水，经宿化萍"故实，著"遗踪何在"一语，便令人黯然魂断。"春色"三句，承化萍说。沾泥入水，归途无定，而溷入泥土者较多。意既补足，语亦名隽超脱，为千古绝唱。特由一气卷舒，町畦化尽，故仍有浑灏之象，否则作算博士语，一挑半剔，非伤薄，即伤纤。东坡此等处，即不许人捧心也。"细看来"以下，以翻为收，更进一层说法。"离人"之"泪"，近承"流水"，遥应"寻郎"，于法极密，而意亦悠悠不尽。张炎曰："后段愈出愈奇，压倒今古。"晁叔用曰："毛嫱、西施，净洗却面，与天下妇人斗好。"

愚谓此固东坡妙处，然统观全篇，格律精细，固不容豪放者藉口；而紧著题融化不涩，亦咏物之正法眼藏。谁谓才大者不受羁勒哉！

水龙吟

公旧注云：闾丘大夫孝直公显尝守黄州，作栖霞楼，为郡中胜绝。元丰五年，余谪居于黄。正月十七日，梦扁舟渡江，中流回望，楼中歌乐杂作。舟中人言：公显方会客也。觉而异之，乃作此词。公显时已致仕在苏州

小舟横截春江，卧看翠壁红楼起。云间笑语，使君高会，佳人半醉。危柱哀弦，艳歌余响，绕云萦水。念故人老大，风流未减，独回首、烟波里。　　推枕惘然不见，但空江、月明千里。五湖闻道，扁舟归去，仍携西子。云梦南州，武昌南岸，昔游应记。料多情梦里，端来见我，也参差是。

集评：

郑文焯《大鹤山人词话》：突兀而起，仙乎仙乎。"翠壁"句奇崭，不露雕琢痕。上阕全写梦境，空灵中杂以凄丽。过片始言情，有沧波浩渺之致，真高格也。"云梦"二句，妙能写闲中情景，煞拍不说梦，偏说梦来见我，正是词笔高浑，不犹人处。

姚宽《西溪诗话》卷上：《吴越春秋》云："吴国西子被杀。"杜牧之诗云："西子下姑苏，一舸逐鸱夷。"东坡词云："五湖闻道，扁舟归去，仍携西子。"予问王性之，性之云："西子自下姑苏，一舸自逐范蠡，遂为两义。不可云范蠡将西子去也。"

傅藻《东坡纪年录》：（元丰五年壬戌）正月十七日，梦扁舟渡江，中流回望栖霞楼中，歌乐杂作，舟中人言公显方会客，觉而异

之,乃作《水龙吟》。

叶申芗《本事词》卷上:闾邱,盖亦子瞻之旧交,其居苏州日,子瞻每过之,必为留连数日。且尝言:过姑苏,不游虎邱、不谒闾邱是二欠事,其倾倒可知矣。

满庭芳

<small>公旧序云:元丰七年四月一日,余将去黄移汝,留别雪堂邻里二三君子。会李仲览自江东来别,遂书以遗之</small>

归去来兮,吾归何处,万里家在岷峨。百年强半,来日苦无多。坐见黄州再闰,儿童尽、楚语吴歌。山中友,鸡豚社酒,相劝老东坡。　　云何。当此去,人生底事,来往如梭。待闲看,秋风洛水清波。好在堂前细柳,应念我、莫翦柔柯。仍传语,江南父老,时与晒渔蓑。

集评:

傅藻《东坡纪年录》:(元丰七年甲子)四月一日,将自黄移汝,留别雪堂邻里,作《满庭芳》。

李调元《雨村词话》卷一《曝》:陈同甫亮《彩凤飞》词云:"一一旧时香案,曝经惯。"曝宜作煞,音曝,炋煞也。曝则为日晒字。东坡词"时与曝渔蓑"(按:《全宋词》作"晒")是也。

满庭芳

蜗角虚名,蝇头微利,算来著甚干忙。事皆前定,谁弱又谁强。且趁闲身未老,尽放我、些子疏狂。百年里,浑教是醉,三万六千场。　　思量。能几许,忧愁风雨,一半相

561

妨。又何须,抵死说短论长。幸对清风皓月,苔茵展、云幕高张。江南好,千钟美酒,一曲《满庭芳》。

集评:

吴曾《能改斋词话·兀兀陶陶词》:豫章云:"醉醒醒醉一曲,乃《醉落魄》也。其词云(略)。此词亦有佳句,而多斧凿痕,又语高下不甚入律。或传是东坡语,非也。与'蜗角虚名''解下痴绦'之曲相似,疑是王仲父作。"

《苏诗纪事》卷上:东坡《满庭芳》词,碑刻遍传海内,使竞进之徒读之可以解体,恬淡之徒读之可以娱生。达人之言,读之使人心怀畅然。

《草堂诗余》卷四杨慎评:先生此词专为唤醒世上梦人,故不作一深语。

满庭芳 公旧序云:有王长官者,弃官三十三年,黄人谓

之王先生。因送陈慥来过余,因赋此

三十三年,今谁存者,算只君与长江。凛然苍桧,霜干苦难双。闻道司州古县,云溪上、竹坞松窗。江南岸,不因送子,宁肯过吾邦。　　拟拟。疏雨过,风林舞破,烟盖云幢。愿持此邀君,一饮空缸。居士先生老矣,真梦里、相对残釭。歌舞断,行人未起,船鼓已逢逢。

集评:

郑文焯《大鹤山人词话》:健句入词,更奇峰郁起,此境匪稼轩所能梦到。不事雕凿,字字苍寒,如空岩霜干,天风吹堕颇黎地上,

铿然作碎玉声。

王文诰《苏文忠公诗编注集成·编年总案》卷二二:(元丰六年癸亥五月)作《满庭芳》词。

满庭芳 杨绘《时贤本事曲子集》云:子瞻始与刘仲达往

来于眉山,后相逢于泗上。久留郡中。游南山话旧而作

三十三年,飘流江海,万里烟浪云帆。故人惊怪,憔悴老青衫。我自疏狂异趣,君何事、奔走尘凡。流年尽,穷途坐守,船尾冻相衔。 巉巉。淮浦外,层楼翠壁,古寺空岩。步携手林间,笑挽攕攕。莫上孤峰尽处,萦望眼、云海相搀。家何在,因君问我,归梦绕松杉。

集评:

王文诰《苏文忠公诗编注集成·编年总案》卷二四:(元丰七年甲子十二月)公少与刘仲达善,忽相遇于泗上,乃同至都梁山中话旧,作《满庭芳》词。

满庭芳 余谪居黄州五年,将赴临汝,作《满庭芳》一篇别黄

人。既至南都,蒙恩放归阳羡,复作一篇

归去来兮,清溪无底,上有千仞嵯峨。画楼东畔,天远夕阳多。老去君恩未报,空回首、弹铗悲歌。船头转,长风万里,归马驻平坡。 无何。何处有,银潢尽处,天女停梭。问何事人间,久戏风波。顾谓同来稚子,应烂汝、腰下

563

长柯。青衫破,群仙笑我,千缕挂烟蓑。

集评:

傅藻《东坡纪年录》:(元丰八年乙丑)二月,(略)蒙恩放归阳羡,复作《满庭芳》。

朱冠卿《宜兴续编图经四事》:黄土去县五十五里,东坡与单秀才步田至焉。地主以酒见饷,谓坡曰:"此红友也。"坡言:"此人知有红友而不知有黄封,真快活人也。"邑人旧传此帖,今亡。东坡初买田黄土村,田主有曹姓者,已鬻而造讼,有司已察而斥之。东坡移牒,以田归之。邑人慕容辉嗜酒好吟,不务进取,家于城南。所居有双楠,并植如盖,东坡访之,目为双楠居士。王平甫亦寄以诗。

周必大《书东坡宜兴事》:《满庭芳》词作于元丰八年初许自便之时,公虽以五月再到常州,寻赴登州守,未必再至阳羡也。军中谓壮士驰骏马下峻坂为注坡,其云"船头转,长风万里,归马注平坡",盖喻归兴之快如此。印本误以"注"为"驻"。今邑中大族邵氏园临水,有天远堂,最为奇观,取名于此词云。

曾从龙《跋满庭芳词》:坡老墨迹,三尺童子亦知敬之重之,不待赘语。惟其处羁困流落之余,而泰然不以穷达得丧累其心,此坡老之所以深可敬重者,予故表而出之。

庄夏《跋满庭芳词》:谢太傅东山之志始末不渝,逼于委寄,怅然自失。李文正公辞荣鼎轴,便欲为洛中九老之会,竟以事夺。苏文忠公亦欲买田阳羡,种橘荆溪,南归及门,赍志以没。士大夫出为时用,虽致位通显,皆有归营菟裘之心。然系縻于君恩,推茸于私爱,获遂其初志者几人?余蒙同官董橡出示先世所藏《楚颂帖》,三复而有感焉,敬书其末。

赵孟頫《跋满庭芳词》:东坡公欲买园种橘于荆溪之上,然志竟不遂。岂造物者尚有所靳耶？而《楚颂》一帖，传之后世为不朽，则又非造物者所能靳也。

刘熙载《艺概》卷四：词以不犯本位为高。东坡《满庭芳》"老去君恩未报，空回首、弹铗悲歌"，语诚慷慨，然不若《水调歌头》"我欲乘风归去，又恐琼楼玉宇，高处不胜寒"，尤觉空灵蕴藉。

冯煦《蒿庵论词·论苏轼词》：兴化刘氏熙载，所著《艺概》，于词多洞微之言，而论东坡尤为深至。（略）又云："词以不犯本位为高，东坡《满庭芳》'老去君恩未报，空回首、弹铗悲歌'，语诚慷慨，然不若《水调歌头》'我欲乘风归去，又恐琼楼玉宇，高处不胜寒'，尤觉空灵蕴藉。"观此可以得东坡矣。

王文诰《苏文忠公诗编注集成·编年总案》卷二五：（元丰八年乙丑二月）告下，仍以检校尚书、水部员外郎、汝州团练副使，不得签书公事，常州居住，再作《满庭芳》词。

水调歌头 快哉亭作

落日绣帘卷，亭下水连空。知君为我，新作窗户湿青红。长记平山堂上，欹枕江南烟雨，渺渺没孤鸿。认得醉翁语，山色有无中。　　一千顷，都镜净，倒碧峰。忽然浪起，掀舞一叶白头翁。堪笑兰台公子，未解庄生天籁，刚道有雌雄。一点浩然气，千里快哉风。

集评：

惠洪《跋东坡平山堂词》：东坡登平山堂，怀醉翁，作此词。张嘉甫谓予曰："时红妆成轮，名士堵立，看其落笔置墨，目送万里，殆欲仙去尔。"余衰退，得观此于祐上座处，便觉烟雨孤鸿在目中矣。

方勺《泊宅编》卷六："山色有无中"，王维诗也。欧公《平山堂词》用此一句，东坡爱之，作《水调歌头》，乃云："认取醉翁语，山色有无中。"

　　《魏庆之词话·六一》：欧阳永叔送刘贡父守维扬，作长短句云："平山栏槛倚晴空，山色有无中。"平山堂望江左诸山甚近，或以为永叔短视，故云。东坡笑之，因赋快哉亭道其事云："长记平山堂上，欹枕江南烟雨，杳杳没孤鸿。认得醉翁语，山色有无中。"盖山色有无，非烟雨不能然也。

　　曾季狸《艇斋诗话》：东坡平山堂词云："认取醉翁语，山色有无中。"然"山色有无中"，本王维诗："江流天地外，山色有无中。"

　　胡仔《苕溪渔隐丛话》后集卷二六：苕溪渔隐曰：《后山诗话》谓"退之以文为诗，子瞻以诗为词，如教坊雷大使之舞，虽极天下之工，要非本色"。余谓后山之言过矣，子瞻佳词最多，其间杰出者，如（略）"落日绣帘卷，亭下水连空"（快哉亭词）（略）。凡此十余词，皆绝去笔墨畦径间，直造古人不到处，真可使人一唱而三叹。若谓以诗为词，是大不然。子瞻自言"平生不善唱曲，故间有不入腔处"，非尽如此。后山乃比之教坊司雷大使舞，是何每况愈下？盖其谬耳。

　　吴曾《补能改斋词话》卷七《事实》：东坡《水调歌头》云（略）。"认得醉翁语，山色有无中"，盖欧阳文忠长短句云："平山栏槛倚晴空，山色有无中。"东坡盖指此也。然王摩诘《汉江临汛》诗已尝云："江流天地外，山色有无中。"欧实用此，而东坡偶忘之耶？

　　陆游《老学庵笔记》卷六："水流天地外，山色有无中"，王维诗也。权德舆《晚渡扬子江》诗云："远岫有无中，片帆烟水上。"已是用维语。欧阳公长短句云："平山阑槛倚晴空，山色有无中。"诗人至是盖三用矣。然公但以此句施于平山堂为宜，初不自谓工也。

东坡先生乃云"记取醉翁语,山色有无中",则似谓欧阳公创为此句,何哉?

傅藻《东坡纪年录》:(元丰六年癸亥)于快哉亭作《水调歌头》赠张偓佺。

《草堂诗余》正集卷四杨慎评:结句雄奇,无人敢道。

黄氏《蓼园词评·水调歌头(落日绣帘卷)》:前阕从"快"字之意入,次阕起三语,承上阕写景。"忽然"二句一跌,以顿出末二句来。结处一振,"快"字之意方足。

沈雄《古今词话·词辨》上卷《朝中措》:《艺苑雌黄》曰:欧阳公送刘贡父守扬州,为《朝中措》词云:"平山栏槛倚晴空,山色有无中。手种堂前杨柳,别来几度春风。 文章太守,挥毫万字,一饮千钟。行乐直须年少,尊前看取衰翁。"平山堂望江左诸山甚近,或以公短视,故云。东坡笑之,因赋快哉亭《水调歌头》以道其事,有云:"尝记平山堂上,欹枕江南烟雨。杳杳没孤鸿。认取醉翁语,山色有无中。"盖指烟雨而然也。

又《词品》卷下《语病》:《艺苑雌黄》曰:欧阳公:"平山阑槛俯晴空,山色有无中。"东坡赋《水调歌头》记其事:"长记平山堂上,欹枕江南风雨",盖以"山色有无",非烟雨不能然也。然以"平山阑槛俯晴空"为起句,已成语病,恐苏公不能为之讳也,则是以欧阳公为短视者近是。"俯"一作"倚"。

王文诰《苏文忠公诗编注集成·编年总案》卷二二:(元丰六年癸亥闰六月)张梦得营新居于江上,筑亭,公榜曰"快哉亭",作《水调歌头》词。

郑文焯《大鹤山人词话》:此等句法,使作者稍稍矜才使气,便入粗豪一派,妙能写景中人,用(因)生出无限情思。

水调歌头 公旧序云:丙辰中秋,欢饮达旦,大醉。作此篇,兼怀子由

明月几时有,把酒问青天。不知天上宫阙,今夕是何年。我欲乘风归去,又恐琼楼玉宇,高处不胜寒。起舞弄清影,何似在人间。 转朱阁,低绮户,照无眠。不应有恨,何事长向别时圆。人有悲欢离合,月有阴晴圆缺。此事古难全。但愿人长久,千里共婵娟。

集评:

蔡絛《铁围山丛谈》卷三:歌者袁绹,乃天宝之李龟年也。宣和间供奉九重,尝为吾言:东坡公昔与客游金山,适中秋夕,天宇四垂,一碧无际,加江流顷涌,俄月色如昼,遂共登金山山顶之妙高台,命绹歌其《水调歌头》曰:"明月几时有,把酒问青天。"歌罢,坡为起舞,而顾问曰:"此便是神仙矣。"吾谓文章人物,诚千载一时,后世安所得乎?

袁文《瓮牖闲评》卷五:苏东坡在黄州,有词云:"我欲乘风归去,又恐琼楼玉宇,高处不胜寒。"惟高处旷阔则易于生寒耳,故黄州城上筑一堂,以高寒名之,其名极佳。今士大夫书问中,往往多用高寒二字,虽云本之东坡,然既非高处,二字亦难兼也。

胡仔《苕溪渔隐丛话》前集卷五九《长短句》:先生尝云:坡词"低绮户",当云"窥绮户"。二字既改,其词益佳。

又后集卷二六:苕溪渔隐曰:《后山诗话》谓"退之以文为诗,子瞻以诗为词,如教坊雷大使之舞,虽极天下之工,要非本色"。余谓后山之言过矣,子瞻佳词最多,其间杰出者,如"明月几时有,把酒问青天"(中秋词)(略)。凡此十余词,皆绝去笔墨畦径间,

568

直造古人不到处，真可使人一唱而三叹。若谓以诗为词，是大不然。子瞻自言"平生不善唱曲，故间有不入腔处"，非尽如此。后山乃比之教坊司雷大使舞，是何每况愈下？盖其谬耳。

又后集卷三九《长短句》：苕溪渔隐曰：中秋词自东坡《水调歌头》一出，余词尽废。

张炎《词源·意趣》卷下：词以意趣为主，要不蹈袭前人语意。如东坡中秋《水调歌头》云："明月几时有（略）。"

赵彦卫《云麓漫钞》卷四：《水调歌头》版行者末云"但愿人长久"，真迹云"但得人长久"。以此知前辈文章为后人妄改亦多矣。

傅藻《东坡纪年录》：（熙宁九年丙辰）中秋，欢饮达旦，作《水调歌头》。

李治《敬斋古今黈》卷八：东坡《水调歌头》："我欲乘风归去，只恐琼楼玉宇，高处不胜寒。起舞弄清影，何似在人间。"一时词手，多用此格。如鲁直云："我欲穿花寻路，直入白云深处，浩气展虹霓。只恐花深处，红露湿人衣。"盖效东坡语也。近世闲闲老人亦云："我欲骑鲸归去，只恐神仙官府，嫌我醉时真。笑拍群仙手，几度梦中身。"

陈元靓《岁时广记》卷三一引《复雅歌词》：是词乃东坡居士以丙辰中秋，欢饮达旦，大醉，作《水调歌头》，兼怀子由，时丙辰熙宁九年也。元丰七年，都下传唱此词。神宗问内侍外面新行小词，内侍录此进呈。读至"又恐琼楼玉宇，高处不胜寒"，上曰："苏轼终是爱君。"乃命量移汝州。

《类编草堂诗余》卷三李星垣评：深情远韵与赤壁桂棹之歌同意。

《草堂诗余》卷四杨慎评：此等词翩翩羽化而仙，岂是烟火人道得只字。中秋词，古今绝唱。

先著、程洪《词洁辑评》卷三：凡兴象高，即不为字面碍。此词前半，自是天仙化人之笔。惟后"悲欢离合""阴晴圆缺"等字，苛求者未免指此为累。然再三读去，抟捖运动，何损其佳？少陵《咏怀古迹》诗云："支离东北风尘际，漂泊西南天地间。"未尝以天地、西南、东北等字窒塞，有伤是诗之妙。诗家最上一乘，固有以神行者矣，于词何独不然？题为中秋对月怀子由，宜其怀抱俯仰，浩落如是。录坡公词若并汰此作，是无眉目矣。亦恐词家疆宇狭隘，后来作者，惟堕入纤秾一队，不可以救药也。后村二调亦极力能出脱者，取为此公嗣响，可以不孤。

沈雄《古今词话·词品》上卷《藏韵》：沈雄曰：《水调歌头》间有藏韵者。东坡明月词"我欲乘风归去，惟恐琼楼玉宇"，后段"人有悲欢离合，月有阴晴圆缺"，谓之偶然暗合则可，若以多者证之，则间之笺体家，未曾立法于严也。

又《词辨》上卷《苏轼东坡词》：《尧山堂外纪》曰：东坡备历危险，中秋作《水调歌头》以怀子由。神宗读至"惟恐琼楼玉宇，高处不胜寒"，乃叹曰："苏轼终是爱君。"量移汝州。

又《词辨》下卷《水调歌头》：《词统》曰："明月几时有"一词，画家大斧皴，书家劈窠体也。后有海璚子一词，"一叶飞何处，天地起西风"为起句，"铁笛一声晓，唤起五湖龙"为卒章。此岂胸中有烟火，笔下有纤尘者所能仿佛其一二耶？且读此老《懒翁赋》，冰纨火布，错列交陈，直令馋眼为醉。沈雄曰：东坡中秋词，前段第三句作六字句，后段"不应有恨，何事长向别时圆"，又似四字七字句，《词品》所谓语意参差也。稼轩席上作"何人为我楚舞，听我楚歌声"与"人间万事，毫发常重泰山轻"类是。余俱整肃，能使神宗读至"惟恐琼楼玉宇，高处不胜寒"，叹曰"苏轼终是爱君"。但前后六字句，"我欲乘风归去"二句，"人有悲欢离合"二句，似有暗韵相叶，余人失之。然每观张于湖《观雨》、辛稼轩《观雪》、杨止济《登楼》、无名氏《望月》，固不如东坡之作，陈西麓所以品其为万古一清风也。

黄氏《蓼园词评·水调歌头（明月几时有）》：东坡自序云："丙辰中秋，欢饮达旦，大醉，作此篇，兼怀子由。"按通首只是咏月耳。首阕，是见月思君，言天上宫阙，高不胜寒，但仿佛神魂归去，几不知身在人间也。次阕，言月何不照人欢洽，何似有恨，偏于人离索之时而圆乎？复又自解，人有离合，月有圆缺，皆是常事，惟望长久共婵娟耳。缠绵悱恻之思，愈转愈曲，愈曲愈深。忠爱之思，令人玩味不尽。

张惠言《词选》卷一：忠爱之言，恻然动人。神宗读"琼楼玉宇，高处不胜寒"之句，以为"终是爱君"。

冯煦《蒿庵论词·论苏轼词》：又云："词以不犯本位为高，东坡《满庭芳》'老去君恩未报，空回首，弹铗悲歌'，语诚慷慨，然不若《水调歌头》'我欲乘风归去，又恐琼楼玉宇，高处不胜寒'，尤觉空灵蕴藉。"观此可以得东坡矣。

陈廷焯《白雨斋词话》卷一《东坡词别有天地》：词至东坡，一洗绮罗香泽之态，寄慨无端，别有天地。《水调歌头》（略）尤为绝构。

又卷六《比与兴之别》：所谓兴者，意在笔先，神余言外，极虚极活，极沉极郁，若远若近，可喻不可喻，反复缠绵，都归忠厚。求之两宋，如东坡《水调歌头》（略）等篇，亦庶乎近之矣。

端木埰《续词选批注》："宇"与"去"，"缺"与"合"均是一韵。坡公此调凡五首，他作亦不拘。然学者终以用韵为好，较整炼也。

李佳《左庵词话》卷上《东坡词》：东坡词如《水龙吟·咏杨花》《水调歌头·丙辰中秋作》，皆极清新。

又卷下《东坡水调歌头》：东坡《水调歌头》："明月几时有（略）。"此老不特兴会高骞，直觉有仙气缥缈于毫端。

江顺诒《词学集成》卷一引徐颢《水云楼词序》：诗余之作，盖亦乐府之遗。孤臣孽子，劳人思妇，吁阊阖而不聪，继以歌哭；惧正容之莫悟，矢以曼音。其体卑，其思苦，其寄托幽隐，其节奏啴缓。故为之者，必中句中矩，端如贯珠；宜宫宜商，较之累黍。太白、飞卿，实导先路；南唐、两宋，蔚成巨观。玉宇高寒，子瞻将其忠爱；斜阳烟柳，寿皇识为怨悱。

张德瀛《词徵》卷一《词叶短韵》：苏子瞻《水调歌头》前阕云："我欲乘风归去，又恐琼楼玉宇。"后阕云："月有阴晴圆缺，人有悲欢离合。""宇""去""缺""合"，均叶短韵，人皆以为偶合。然检韩无咎词赋此调云："放目苍崖万仞，云护晓霜城阵。""仞""阵"是韵。后阕云："落日平原西望，鼓角秋深悲壮。""望""壮"是韵。蔡伯坚词赋此调云："灯火春城咫尺，晓梦梅花消息。""尺""息"是韵。后阕云："翠竹江村月上，但要纶巾鹤氅。""上""氅"是韵。乃知《水调歌头》实有此一体也。

王闿运《湘绮楼词选》：通篇妥贴，亦恰到好处。（略）大开大合之笔，亦他人所不能。才子才子，胜诗文字多矣。

又评张孝祥《念奴娇》（洞庭青草）：飘飘有凌云之气，觉东坡《水调》有尘心。

郑文焯《大鹤山人词话》：发岢从太白仙心脱化，顿成奇逸之笔。湘绮诵此词，以为此"全"字韵，可当"三语掾"，自来未经人道。

陆以谦《词林纪事序》：窃惟词源于诗，诗源于《三百篇》。《三百篇》无非事者，故孔子以为可以兴、可以观、可以群、可以怨，且推诸事父事君之重。后代诗人，或仅以工声偶，务绮靡。降而倚声，则直以为弄月嘲风，供浅斟低唱以娱心而已。试取宋、金、元词考之，不尽然也。其事关伦纪者甚多。如东坡《水调歌头》"琼楼玉宇，高处不胜寒"，神宗以为苏轼终是爱君。

金应珪《词选后序》：乐府既衰，填词斯作。三唐引其绪，五季畅其支;两宋名公,尤工此体,莫不飞声尊俎之上,引节丝管之间。然乃琼楼玉宇,天子识其忠言;斜阳烟柳,寿皇指为怨曲。造口之壁,比之诗史;太学之咏,传其主文。举此一隅,合诸四始,途归所会,断可识矣。

王国维《人间词话》卷下:长调自以周、柳、苏、辛为最工,美成《浪淘沙慢》二词,精壮顿挫,已开北曲之先声。若屯田之《八声甘州》,东坡之《水调歌头》,则仵兴之作,格高千古,不能以常调论也。

陈匪石《声执·夹协》:一词之中,平仄韵互见,谓之夹协(略)。《水调歌头》东坡"明月几时有"一首,前后遍五、六两句,另换仄韵自协,宋元人或仿之。

水调歌头
公旧序云:欧阳文忠公尝问余:琴诗何者最善?答以退之《听颖师琴》诗最善。公曰:"此诗最奇丽,然非听琴,乃听琵琶也。"余深然之。建安章质夫家善琵琶者,乞为歌词。余久不作,特取退之词,稍加檃括,使就声律,以遗之云

昵昵儿女语,灯火夜微明。恩怨尔汝来去,弹指泪和声。忽变轩昂勇士,一鼓填然作气,千里不留行。回首暮云远,飞絮搅青冥。　　众禽里,真彩凤,独不鸣。跻攀寸步千险,一落百寻轻。烦子指间风雨,置我肠中冰炭,起坐不能平。推手从归去,无泪与君倾。

集评:

韩愈《听颖师弹琴》:昵昵儿女语,恩怨相尔汝。划然变轩昂,

勇士赴敌场。浮云柳絮无根蒂，天地阔远随飞扬。喧啾百鸟群，忽见孤凤凰。跻攀分寸不可上，失势一落千丈强。嗟予有两耳，未省听丝篁。自闻颖师弹，起坐在一旁。推手遽止之，湿衣泪滂滂。颖乎尔诚能，无以冰炭置我肠。

苏轼《与朱康叔》：章质夫求琵琶歌词，不敢不呈。

胡仔《苕溪渔隐丛话》后集卷一〇《韩退之》：《古今诗话》云："'呢呢儿女语（略）。'曲名《水调歌头》，东坡居士听琵琶而作也。旧都野人曰：此词句外取意，无一字染著，后学卒未到其阃域。反复味之，见居士之文采窃处：'呢呢儿女语'，取白乐天'小弦切切如私语'意；'忽变轩昂勇士，一鼓填然作气，千里不留行'，便是'银瓶乍破水浆迸，铁骑突出刀枪鸣'；'携手从归去，无泪与君倾'，则又翻'江州司马青衫湿'公案也。子瞻凡为文，非徒虚语。'寸步千险，一落百寻轻'之句，皆自喻耳。后人吟咏，患思而不得，既得之，为题意缠缚，不解点化者多矣。"苕溪渔隐曰：东坡尝因章质夫家善琵琶者乞歌词，取退之《听颖师琴》诗，稍加隐括，使就声律，为《水调歌头》以遗之。其自序云："欧公谓退之此诗最奇丽，然非听琴，乃听琵琶耳。余深然之。"旧都野人乃谓此词自外取意，无一字染著。彼盖不曾读退之诗，妄为此言也。又谓居士之文采窃处，取白乐天《琵琶行》意，此尤可绝倒也。

刘克庄《跋东坡颖师听琴水调及山谷帖》：隐括他人之作，当如汉王晨入信耳军，夺其旗鼓，盖其作略气魄，固已陵暴之矣，坡公此词是也。他人勉强为之，气尽力竭，在此则指麾呼唤不来，在彼则颉颃偃蹇不受，令勿作可矣。坡词前云："弹指泪纵横。"后云："无泪与君倾。"或以为复。余曰：前句雍门之哭也，后句昭文之不鼓也。结也，非复也。

沈雄《古今词话·词辨》下卷《水调歌头》：《古今词谱》曰：此不与艳词同科者，仄韵即《花犯念奴》。琵琶词，东坡所制。公旧序云："欧阳公尝问余琴诗（略）。"

王文诰《苏文忠公诗编注集成·编年总案》卷二八：（元祐二年丁卯四月）听章粢家琵琶，作《水调歌头》词。诰案：此词无年月可考，据《续资治通鉴长编》，元祐二年正月，章粢为吏部郎中。四月出知越州。时粢正在京也，因附载于此。

满江红 东武会流杯亭

东武南城，新堤固、涟漪初溢。隐隐遍、长林高阜，卧红堆碧。枝上残花吹尽也，与君更向江头觅。问向前、犹有几多春，三之一。　　官里事，何时毕。风雨外，无多日。相将泛曲水，满城争出。君不见兰亭修禊事，当时坐上皆豪逸。到如今、修竹满山阴，空陈迹。

集评：

杨湜《古今词话》：东坡自禁城出守东武，适值霖潦经月，黄河决流，漂溺钜野，及于彭城。东坡命力士持畚锸，具薪刍，万人纷纷，增塞城之败坏者。至暮水势益汹，东坡登城野宿，愈加督责，人意乃定，城不没者一板。不然，则东武之人尽为鱼鳖矣。坡复用僧应言之策，凿清冷口积水入于古废河，又东北入于海。水既退，坡具利害屡请于朝，筑长堤十余里以拒水势，复建黄楼以厌之。堤成，水循故道，分流城中。上巳日，命从事乐成之。有一妓前曰："自古上巳旧词多矣，未有乐新堤而奏雅曲者，愿得一阕歌公之前。"坡写《满江红》曰（略）。俾妓歌之，坐席欢甚。

胡仔《苕溪渔隐丛话》后集卷二六：苕溪渔隐曰：《后山诗话》谓"退之以文为诗，子瞻以诗为词，如教坊雷大使之舞，虽极天下之工，要非本色"。余谓后山之言过矣，子瞻佳词最多，其间杰出者，如（略）"东武南城，新堤固、涟漪初溢"（宴流杯亭词）（略）。凡此十余词，皆绝去笔墨畦径间，直造古人不到处，真可使人一唱而三叹。若谓以诗为词，是大不然。子瞻自言"平生不善唱曲，故间有不入腔处"，非尽如此。后山乃比之教坊司雷大使舞，是何每况愈下？盖其谬耳。

张侃《拙轩词话·诗文词用君不见三字》：凡作文须是有纲目，如"君不见"三字，苏文忠公《满江红》、辛待制《摸鱼儿》用之。

傅藻《东坡纪年录》：（熙宁九年丙辰）上巳日，流觞于南禅小亭，作《满江红》。

念奴娇 赤壁怀古

大江东去，浪淘尽、千古风流人物。故垒西边人道是，三国周郎赤壁。乱石穿空[1]，惊涛拍岸[2]，卷起千堆雪。江山如画，一时多少豪杰。　　遥想公瑾当年，小乔初嫁了，雄姿英发。羽扇纶巾谈笑间，强虏灰飞烟灭[3]。故国神游，多情应笑，我早生华发。人间如梦，一尊还酹江月。

集评：

葛立方《韵语阳秋》卷一三：黄州亦有赤壁，但非周瑜所战之地。东坡尝作赋曰："西望夏口，东望武昌，非孟德之困于周郎者乎？"盖亦疑之矣。故作长短句云："人道是周郎赤壁。"谓之"人

---

①穿空：一本作"崩云"。
②拍：一本作"裂"。
③强虏：一本作"樯橹"。

道是",则心知其非矣。

邵博《邵氏闻见后录》卷一九:东坡赤壁词"灰飞烟灭"之句,《圆觉经》中佛语也。

洪迈《容斋续笔》卷八《诗词改字》:向巨原云:元不伐家有鲁直所书东坡《念奴娇》,与今人歌不同者数处。如"浪淘尽"为"浪声沉","周郎赤壁"为"孙吴赤壁","乱石穿空"为"崩云","惊涛拍岸"为"掠岸","多情应笑我早生华发"为"多情应是笑我生华发","人生如梦"为"如寄"。不知此本今何在也。

曾季狸《艇斋诗话》:东坡大江东去词,其中云"人道是三国周郎赤壁",陈无己见之,言不必道"三国",东坡改云"当日"。今印本两出,不知东坡已改之矣。

胡仔《苕溪渔隐丛话》前集卷五九《长短句》:东坡大江东去赤壁词,语意高妙,真古今绝唱。

又后集卷二六:苕溪渔隐曰:《后山诗话》谓"退之以文为诗,子瞻以诗为词,如教坊雷大使之舞,虽极天下之工,要非本色"。余谓后山之言过矣,子瞻佳词最多,其间杰出者,如"大江东去,浪淘尽千古风流人物"(赤壁词)(略)。凡此十余词,皆绝去笔墨畦径间,直造古人不到处,真可使人一唱而三叹。若谓以诗为词,是大不然。子瞻自言"平生不善唱曲,故间有不入腔处",非尽如此。后山乃比之教坊司雷大使舞,是何每况愈下? 盖其谬耳。

俞文豹《吹剑录》:大江东去词,三"江"、三"人"、二"国"、二"生"、二"故"、二"如"、二"千"字,以东坡则可,他人固不可。然语意到处,他字不可代,虽重无害也。今人看人文字,未论其大体如何,先且指点重字。

又《吹剑续录》:东坡在玉堂,有幕士善讴,因问"我词比柳词何如",对曰:"柳郎中词只好十七八女孩儿,执红牙拍板唱'杨柳岸,晓风残月'。学士词须关西大汉,执铁板唱'大江东去'。"公为之绝倒。

傅藻《东坡纪年录》:(元丰五年壬戌)既望,泛舟于赤壁之下作《赤壁赋》,又怀古,作《念奴娇》。

张侃《拙轩词话·叶苏二公词》:苏文忠《赤壁赋》不尽语,裁成"大江东去"词,过处云:"人道是三国周郎赤壁。"赤壁有五处:嘉鱼、汉川、汉阳、江夏、黄州。周瑜以火败操在乌林,《后汉书》《水经》载已详细。陆三山《入蜀记》载韩子苍云:"此地能令阿瞒走。"则直指为公瑾之赤壁。又黄人谓赤壁曰赤鼻,后人取词中"酹江月"三字名之。(略)二公之名俱不朽,识者盍深考焉。

元好问《题闲闲书赤壁赋后》:夏口之战,古今喜称道之。东坡赤壁词殆戏以周郎自况也。词才百许字,而江山人物,无复余蕴,宜其为乐府绝唱。

《草堂诗余》卷四杨慎评:古今词多脂软纤媚取胜,独东坡此词感慨悲壮,雄伟高卓,词中之史也。铜将军铁拍板唱公此词,虽优人谑语,亦是状其雄卓奇伟处。

王世贞《跋山谷书东坡大江东去帖》:铜将军,铁绰板,唱大江东去,固也。然其词跌宕感慨,有王处仲挝鼓意气,傍若无人。鲁直书莽莽,亦足相发磊块。时阅之,以当阮公数斗酒。

又《艺苑卮言·东坡咏杨花词》:昔人谓铜将军、铁绰板唱苏学士"大江东去",十八九岁好女子唱柳屯田"杨柳外晓风残月",为词家三昧。然学士此词,亦自雄壮,感慨千古。果令铜将军于大江奏之,必能使江波鼎沸。

又引《词苑》:"大江东去,浪淘尽,千古风流人物",壮语也。(略)其词浓与淡之间也。

俞彦《爱园词话·柳词之所本》:子瞻词无一语著人间烟火,此自大罗天上一种,不必与少游、易安辈较量体裁也。其豪放亦止"大江东去"一词。何物袁绹,妄加品骘,后代奉为美谈,似欲以概子瞻生平。不知万顷波涛，来自万里，吞天浴日，古豪杰英爽都在，使屯田此际操觚，果可以"杨柳岸晓风残月"命句否。且柳词亦只此佳句，余皆未称。而亦有本，祖魏承班《渔歌子》"窗外晓莺残月"，第改二字、增一字耳。

毛奇龄《西河词话》卷一：词名多取诗句之佳者，如《夏云峰》则取"夏云多奇峰"句，《黄莺儿》则取"打起黄莺儿"句是也。独《酹江月》《大江东去》则因东坡《念奴娇》词内有"大江东去""一樽还酹江月"二句，遂易是名。夫以词中句而反易词名，则词亦伟矣。

王又华《古今词论》：东坡"大江东去"词，"故垒西边，人道是三国周郎赤壁"，论调则当于"是"字读断，论意则当于"边"字读断。"小乔初嫁了，雄姿英发"，论调则"了"字当属下句，论意则"了"字当属上句。"多情应笑我，早生华发"，"我"字亦然。（略）文自为文，歌自为歌，然歌不碍文，文不碍歌，是坡公雄才自放处。他家间亦有之，亦词家之一法。

沈谦《填词杂说》：词不在大小浅深，贵于移情。"晓风残月""大江东去"，体制虽殊，读之皆若身历其境，惝恍迷离，不能自主，文之至也。

徐釚《词苑丛谈》卷一：尤悔庵曰："词名断宜从旧。其更名者，乃摘前人词中句为之，如东坡《念奴娇》赤壁词，首云'大江东去'，末云'一樽还酹江月'。今人竟改《念奴娇》为《大江东去》，又名《酹江月》，又名《赤壁词》，如此则有一词即有一名，千百不能尽矣。后人讹'大江东'为'大江乘'，更可笑。举一以例其余。"

沈雄《古今词话·词话》上卷《柳词有来处》：江尚质曰：东坡《酹江月》，为千古绝唱。耆卿《雨霖铃》，惟是"今宵酒醒何处，杨柳岸晓风残月"，东坡喜而嘲之。沈天雨曰：求其来处，魏承班"帘外晓莺残月"，秦少游"酒醒处，残阳乱鸦"，岂尽是登溷语？余则为耆卿反唇曰:"大江东去,浪淘尽千古风流人物",死尸狼藉,臭秽何堪,不更甚于袁绹之一哂乎?

又《词品》上卷《详韵》引赵千门曰:入声最难牵合,颁韵分为四韵,今人亦别立五韵,亦就宋词中较其大略以为区别耳。今检昔词如去矜者十之七,彼此牵混者亦什之三,即如"物""部"等字押于昔词绝少,其仅见者,东坡《念奴娇》,"物"与"雪""灭""发""杰"等同押。

又《词辨》下卷《念奴娇》:苏长公以"大江东去"为首句,名《大江东》,《啸余谱》中有讹为《大江乘》者。以"一樽还酹江月"为卒章,名《酹江月》。中有公瑾、小乔事,名《赤壁谣》。

许宝善《自怡轩词选凡例》:如东坡"大江东去"一阕,群谓其不入调,至欲改之,何异裁割摩诘雪里芭蕉,徒然可笑。东坡何等天分?且能自制新腔,非不知声律者。白石、玉田诸名公,从无异议,而千百年后之人,偏欲讥其疵谬,正昌黎所云"蚍蜉撼大树"、工部所谓"前贤畏后生"也。

先著、程洪《词洁辑评·词洁发凡》引毛奇龄语:词本无韵,故宋人不制韵,任意取押,虽与诗韵相通不远,然要是无限度者。(略)若苏长公赤壁怀古是《念奴娇》调,其云"千古风流人物""人道是,三国周郎赤壁""卷起千堆雪""雄姿英发""一樽还酹江月",(略)展转杂通,无有定纪。

又《词洁辑评》卷四:坡公才高思敏,有韵之言多缘手而就,不暇琢磨。此词脍炙千古,点检将来,不无字句小疵,然不失为大家。《词综》从《容斋随笔》改本,以"周郎""公瑾"伤重,"浪声沉"较"淘尽"为雅。予谓"浪淘"字虽粗,然"声沉"之下不能接"千古风流人物"六字。盖此句之意全属"尽"字,不在"淘""沉"二字分别。至于赤壁之役,应属周郎,"孙吴"二字反失之泛。惟"了"字上下皆不属,应是凑字。"谈笑"句甚率,其他句法伸缩,前人已经备论。此仍从旧本,正欲其瑕瑜不掩,无失此公本来面目耳。

李调元《雨村词话序》:北宋自东坡"大江东去",秦七、黄九踵起,周美成、晏叔原、柳屯田、贺方回继之,转相矜尚,曲调愈多,派衍愈别。

尤侗《三十二芙蓉词序》:世人论词,辄举苏、柳两家。然大苏"琼楼玉宇,高处不胜寒",神宗叹为爱君;而柳七"晓风残月"有"登涠"之讥,至"太液波翻",忤旨抵地而罢。何遭遇之悬殊耶?予谓二子立身各有本末,即词亦雅俗自别。东坡"柳绵"之句,可入女郎红牙;使屯田赋《赤壁》,必不能制将军铁板之声也。

又《延露词序》:诗何以余哉?(略)"大江东去",《鼓角》《横吹》之余也。

焦循《雕菰楼词话·词音缓急》:词调愈平熟,则其音急;愈生拗,则其音缓。急则繁,其声易淫,缓则庶乎雅耳。如苏长公之"大江东去"及吴梦窗、史梅溪等调,往往用长句。同一调而句或可断若此,亦可断若彼者,皆不可断。而其音以缓为顿挫,字字可顿挫而实不必断。倚声者易于为平熟调,而艰于为生拗调。明乎缓急之理,而何生拗之有。

许昂霄《词综偶评·宋词》:一起真如太原公子褐裘而来。若"乱石"数语,则人人知其工矣。("一时多少豪杰")应上生下。("故国神游"二句)自叙。("一尊还酹江月")仍收归赤壁。

孙兆溎《片玉山房词话·茂林九日登高词》:词以蕴蓄缠绵、波折俏丽为工,故以南宋为词宗。然如东坡之"大江东去"、忠武之"怒发冲冠",令人增长意气,似乎两宗不可偏废。是在各人笔致相近,不必勉强定学石帚、耆卿也。今人谈词家,动以苏、辛为不足学,抑知檀板红牙不可无铜琵铁拨,各得其宜,始为持平之论。

冯金伯《词苑萃编》卷二一《辨证·苏词与柳词》引《词苑》:苏东坡"大江东去"有铜将军铁绰板之讥,柳七"晓风残月"谓可令十七八女郎按红牙檀板歌之,此袁绹语也。后人遂奉为美谈。然仆谓东坡词自有横槊气概,固是英雄本色。柳纤艳处,亦丽以淫耳。况"杨柳外"句,又本魏承班《渔歌子》"窗外晓莺残月",只改二字、增一字,焉得独擅千古?

又《词综本赤壁词》引朱竹垞语:东坡赤壁词"浪声沉",他本作"浪淘尽",与调未协。"孙吴"作"周郎",犯下"公瑾"字。"崩云"作"穿空","掠岸"作"拍岸",又"多情应是笑我生华发",作"多情应笑我早生华发",益非。今从《容斋随笔》所载黄鲁直手书本更正。至于"小乔初嫁"宜句绝,"了"字属下句乃合。按:是词当以词综本为善。

王文诰《苏文忠公诗编注集成·编年总案》卷二一:(元丰四年辛酉九月)赤壁怀古,作《念奴娇》词。

吴衡照《莲子居词话》卷一《词品笃论》:杨升庵《词品》云:"词人语意所到,间有参差,或两句作一句,或一句作两句。惟妙于歌者,上下纵横取协。"此是笃论,如曲子家之有活板眼也。东坡"小乔初嫁了,雄姿英发""细看来不是杨花,点点是离人泪"等处,皆当以此说通之。若契舟胶柱,徐虹亭所谓髯翁命宫磨蝎,身后又硬受此差排矣。

邓廷桢《双砚斋词话·东坡词高华》:东坡以龙骥不羁之才,树松桧特立之操,故其词清刚隽上,囊括群英。院吏所云:学士词须关西大汉,铜琶铁板,高唱"大江东去"。语虽近谑,实为知音。

丁绍仪《听秋声馆词话》卷一三:东坡赤壁怀古《念奴娇》词,盛传千古,而平仄句调都不合格,《词综》详加辨正,从《容斋随笔》所载山谷手书本,(略)较他本"浪声沉"作"浪淘尽","崩云"作"穿空","掠岸"作"拍岸",雅俗迥殊,不仅"孙吴"作"周郎",重下"公瑾"而已。惟"谈笑处"作"谈笑间","人生"作"人间"尚误。至"小乔初嫁"句,谓"了"字属下乃合。考宋人词后段第二、三句,作上五下四者甚多,仄韵《念奴娇》本不止一体,似不必比而同之。万氏《词律》仍从坊本,以此词为别格,殊谬。

钱裴仲《雨华盦词话·坡公赤壁词存旧为佳》:坡公才大,词多豪放,不肯剪裁就范,故其不协律处甚多,然又何伤其为佳叶。而《词综》论其《赤壁怀古》,"浪淘尽"当作"浪声沉",余以为毫釐千里矣。知词者,请再三诵之自见也。夫起句是赤壁,接以"浪淘尽"三字,便入怀古,使"千古风流人物"直跃出来。若"浪声沉",则与下句不相贯串矣。至于"小乔初嫁了","了"字属下,更不成语。"多情应笑"作"多情应是",亦未妥。不如存其旧为佳也。

黄氏《蓼园词评·大江东去》:题是怀古,意谓自己消磨壮心殆尽也。开口"大江东去"二句,叹浪淘人物,是自己与周郎俱在内也。"故垒"句至次阕"灰飞烟灭"句,俱就赤壁写周郎之事。"故国"三句,是就周郎拍到自己。"人生似梦"二句,总结以应起二句。总而言之,题是赤壁,心实为己而发。周郎是宾,自己是主。借宾定主,寓主于宾。是主是宾,离奇变幻,细思方得其主意处。不可但诵其词,而不知其命意所在也。

又《霜降水痕收》:沈际飞曰:(略)东坡升沉去住,一生莫定,故开口说梦。如云"人间如梦""世事一场大梦""未转头时皆梦""古今如梦,何曾梦觉""君臣一梦,今古虚名",屡读之,胸中鄙吝,自然消去。

李佳《左庵词话》卷上《东坡词》:最爱其《念奴娇·赤壁怀古》云:"大江东去(略)。"淋漓悲壮,击碎唾壶,洵为千古绝唱。

又卷下《金粟香笔记》:《金粟香笔记》辑录前后用东坡《念奴娇·赤壁怀古》元韵,不下数十阕,间有佳作。然较之苏词,终无出其右者。足见邯郸学步,万不及前人之工。和韵诗不必作,和韵词尤不必强作。

谢章铤《赌棋山庄词话》卷四《词调出入》：东坡《念奴娇》（"大江东去"阕）《水龙吟》（"似花又似非花"阕）、稼轩《摸鱼儿》（"更能消几番风雨"阕）《永遇乐》（"如此江山"阕）等篇，其句法连属处，按之律谱，率多参差。即谨严雅饬如白石，亦时有出入。若《齐天乐》（"咏蟋蟀"阕）末句可见，细校之不止一二数也。盖词人笔兴所至，不能不变化。

陈廷焯《白雨斋词话》卷二《吴彦高人月圆》：陶九成云："近世所谓大曲，苏小小《蝶恋花》、苏东坡《念奴娇》、晏叔原《鹧鸪天》、柳耆卿《雨零铃》、辛稼轩《摸鱼儿（子）》、吴彦高《春草碧》、蔡伯坚《石州慢》、张子野《天仙子》、朱淑真《生查子》、邓千江《望海潮》。"按：其中惟稼轩《摸鱼儿（子）》一篇，为古今杰作。叔原《鹧鸪天》，为艳体中极致，余亦泛泛，不知当时何以并重如此。

张德瀛《词徵》卷一《和韵词》：晁无咎《摸鱼儿》、苏子瞻《酹江月》、姜尧章《暗香》《疏影》，此数词，后人和韵最夥。

又卷五《陈翼论苏词》：宋牧仲谓宋诗多沉僿，近少陵，元诗多轻扬，近太白。然词之沉僿，无过子瞻。长乐陈翼论其词云："歌赤壁之词使人抵掌激昂，而有击楫中流之心。"（略）可谓知言。

又《苏词用武侯文》：苏文忠赤壁怀古词"乱石排空，惊涛拍岸"，盖用诸葛武侯《黄陵庙记》语。

沈祥龙《论词随笔·词重发端》：诗重发端，惟词亦然，长调尤重。有单起之调，贵突兀笼罩，如东坡"大江东去"是。有对起之调，贵从容整炼，如少游"山抹微云，天黏衰草"是。

王闿运《湘绮楼词选》：通首出韵，然自是豪语，不必以格求之。"与"旧作"了"，"嫁了"是嫁与他人也，故改之。

陈匪石《声执·词之结构》：有如黄河东来，虽微遇波折，仍一泻千里者，如东坡赤壁之《念奴娇》，稼轩北固亭之《永遇乐》。

念奴娇 中秋

　　凭高眺远，见长空万里，云无留迹。桂魄飞来光射处，冷浸一天秋碧。玉宇琼楼，乘鸾来去，人在清凉国。江山如画，望中烟树历历。　　我醉拍手狂歌，举杯邀月，对影成三客。起舞徘徊风露下，今夕不知何夕。便欲乘风，翻然归去，何用骑鹏翼。水晶宫里，一声吹断横笛。

集评：

　　《草堂诗余》卷四杨慎评：东坡中秋词，《水调歌头》第一，此词第二。

　　王文诰《苏文忠公诗编注集成·编年总案》卷二一：（元丰五年壬戌）八月十五日，作《念奴娇》词。

雨中花

　　今岁花时深院，尽日东风，荡飏茶烟。但有绿苔芳草，柳絮榆钱。闻道城西，长廊古寺，甲第名园。有国艳带酒，天香染袂，为我留连。　　清明过了，残红无处，对此泪洒尊前。秋向晚，一枝何事，向我依然。高会聊追短景，清商不暇余妍。不如留取，十分春态，付与明年。

集评：

　　傅藻《东坡纪年录》：（熙宁八年乙卯）以旱蝗斋素，方春，牡丹盛开，不获赏。九月，忽开一朵，雨中特置酒，作《雨中花》。

　　刘熙载《词概》卷四：词有尚风，有尚骨。欧公《朝中措》云：

"手种堂前杨柳,别来几度春风。"东坡《雨中花慢》云:"高会聊追短景,清商不假余妍。"孰风孰骨可辨。

王文诰《苏文忠公诗编注集成·编年总案》卷一三:(熙宁八年乙卯)方春时,城西牡丹盛开,公以旱蝗斋素,不获临赏。九月忽开一朵,雨中置酒会客,作《雨中花慢》词。

沁园春 赴密州,早行,马上寄子由

孤馆灯青,野店鸡号,旅枕梦残。渐月华收练,晨霜耿耿,云山摛锦,朝露溥溥。世路无穷,劳生有限,似此区区长鲜欢。微吟罢,凭征鞍无语,往事千端。　　当时共客长安。似二陆初来俱少年。有笔头千字,胸中万卷,致君尧舜,此事何难。用舍由时,行藏在我,袖手何妨闲处看。身长健,但优游卒岁,且斗尊前。

集评:

　　元好问《东坡乐府集选序》:绛人孙安常注坡词,(略)其所是正,亦无虑数十百处,坡词遂为完本,不可谓无功。然尚有可论者,如(略)。就中"野店鸡号"一篇,极害义理,不知谁所作。世人误为东坡,而小说家又以神宗之言实之,云神宗闻此词不能平,乃贬坡黄州,且言教苏某闲处袖手,看朕与王安石治天下。安常不能辨,复收之集中。如"当时共客长安。似二陆初来俱妙年。有胸中万卷,笔头千字,致君尧舜,此事何难。用舍由时,行藏在我,袖手何妨闲处看"之句,其鄙俚浅近,叫呼衒鬻,殆市駔之雄,醉饱而后发之。虽鲁直家婢仆且羞道,而谓东坡作者,误矣。

　　王文诰《苏文忠公诗编注集成·编年总案》卷一〇(熙宁七

年甲寅十月）密州道上早行,有怀子由,作《沁园春》词。诟案:公时由海州赴密,不复绕道至齐,一视子由,故其词如此耳。

木兰花令

　　霜余已失长淮阔。空听潺潺清颍咽。佳人犹唱醉翁词,四十三年如电抹。　　草头秋露流珠滑。三五盈盈还二八。与余同是识翁人,惟有西湖波底月。

集评:

　　《草堂诗余》续集卷下天羽居士评:古崛。按东坡尝与弟别颍州西湖,又有"别泪滴清颍"之句。一片性灵,绝去笔墨畦径。

木兰花令 次马中玉韵

　　知君仙骨无寒暑。千载相逢犹旦暮。故将别语恼佳人,要看梨花枝上雨。　　落花已逐回风去。花本无心莺自诉。明朝归路下塘西,不见莺啼花落处。

集评:

　　王明清《玉照新志》卷一:东坡知杭州,马中玉成为浙漕。东坡被召赴阙,中玉席间作词曰:"来时吴会犹残暑,去日武林春已暮。欲知遗爱感人深,洒泪多于江上雨。　　欢情未举眉先聚,别酒多斟君莫诉。从今宁忍看西湖,抬眼尽成肠断处。"东坡和之,所谓"明朝归路下塘西,不见莺啼花落处"是也。中玉,忠肃亮之子,仲甫犹子也。

周紫芝《竹坡诗话》卷二：白乐天《长恨歌》云："玉容寂寞泪阑干，梨花一枝春带雨。"人皆喜其工，而不知其气韵之近俗也。东坡作送人小词云："故将别语调佳人，要看梨花枝上雨。"虽用乐天语，而别有一种风味，非点铁成黄金手，不能为此也。

马位《秋窗随笔》：东坡《祭柳子玉文》："郊寒岛瘦，元轻白俗。"彦周谓其论道之语。然东坡诗熔化乐天语及用乐天事甚多，如"故将别语调佳人，要看梨花枝上雨"（略）之类。虽作此论，终不免践乐天之迹。

薛雪《一瓢诗话》：白香山"玉容寂寞泪阑干，梨花一枝春带雨"，有喜其工，有诋其俗。东坡小词"故将别语调佳人，要看梨花枝上语"，人谓其用香山语，点铁成金。殊不然也，香山冠冕，东坡尖新，夫人婢子，各有态度。

安磐《颐山诗话》：白乐天"玉颜寂寞泪阑干，梨花一枝春带雨"之句，后人累累以调笑解纷。东坡送人小词云："故将别语调佳人，要看梨花枝上雨。"韩待制戏为诗曰："昔日缇萦亦如许，尽道生男不如女。河阳满县皆春风，忍使梨花偏带雨。"（略）。二诗皆出于乐天，而新奇流动，尤可喜也。

西江月 重九

点点楼头细雨。重重江外平湖。当年戏马会东徐。今日凄凉南浦。　　莫恨黄花未吐。且教红粉相扶。酒阑不必看茱萸。俯仰人间今古。

集评：

《草堂诗余》卷一杨慎评：(末二句)翻杜老案，便自超达。

沈雄《古今词话·词辨》上卷《西江月》：《古今词谱》曰：调始

于欧阳炯《中吕宫曲》，以隔韵叶者。后则渐滥而无纪极矣，惟东坡重阳词近之。欧阳词云："月映长江秋水（略）。"东坡词云："点点楼前细雨（略）。"恐又是平仄一韵，然已合调耳。

西江月

　　世事一场大梦，人生几度秋凉。夜来风叶已鸣廊。看取眉头鬓上。　　酒贱常愁客少，月明多被云妨。中秋谁与共孤光。把盏凄然北望。

集评：

　　杨湜《古今词话》：东坡在黄州，中秋夜对月独酌，作《西江月》词曰（略）。坡以谗言谪居黄州，郁郁不得志，凡赋诗缀词必写其所怀。然一日不负朝廷，其怀君之心，末句可见矣。

　　胡仔《苕溪渔隐丛话》后集卷三九：（引杨湜《古今词话》）苕溪渔隐曰：《聚兰集》载此词，注曰"寄子由"，故后句云"中秋谁与共孤光。把酒凄凉北望"，则兄弟之情见于句意之间矣。疑是在钱塘作，时子由为睢阳幕客，若《词话》所云，则非也。

　　黄氏《蓼园词评·南乡子（霜降水痕收）》：沈际飞曰：（略）东坡升沉去住，一生莫定，故开口说梦。如云"人间如梦""世事一场大梦""未转头时皆梦""古今如梦，何曾梦觉""君臣一梦，今古虚名"，屡读之，胸中鄙吝，自然消去。

西江月　梅花

　　玉骨那愁瘴雾，冰姿自有仙风。海仙时遣探芳丛。倒挂绿毛么凤。　　素面翻嫌粉涴，洗妆不褪唇红。高情已逐晓云空。不与梨花同梦。

集评：

惠洪《冷斋夜话》卷一〇：岭外梅花与中国异，其花几类桃花之色，而唇红香著。东坡词曰（略）。

陈鹄《耆旧续闻》卷二引陆辰州子逸语：某尝于晁以道家见东坡真迹。晁氏云："东坡有妾名曰朝云、榴花。朝云死于岭外，东坡尝作《西江月》一阕，寓意于梅，所谓'高情已逐晓云空'是也。"

胡仔《苕溪渔隐丛话》前集卷四一《东坡四》：《冷斋夜话》云："东坡在惠州，作梅词云：'玉骨那愁瘴雾（略）。'时侍儿朝云新亡，其寓意为朝云作也。"苕溪渔隐曰：《王直方诗话》载晁以道云："说之初见东坡梅词，便知道此老须过海，只为古今人不曾道到此，须罚教去。"此言鄙俚，近于忌人之长，幸人之祸，直方无识，载之诗话，宁不畏人之讥诮乎？《高斋诗话》云："'高情已逐晓云空。不与梨花同梦'。后见王昌龄《梅花》诗云：'落落寞寞路不分，梦中唤作梨花云。'方知东坡引用此诗也。"

又后集卷二六：苕溪渔隐曰：《后山诗话》谓"退之以文为诗，子瞻以诗为词，如教坊雷大使之舞，虽极天下之工，要非本色"。余谓后山之言过矣，子瞻佳词最多，其间杰出者，如（略）"玉骨那愁瘴雾，冰肌自有仙风"（咏梅词）（略）。凡此十余词，皆绝去笔墨畦径间，直造古人不到处，真可使人一唱而三叹。若谓以诗为词，是大不然。子瞻自言"平生不善唱曲，故间有不入腔处"，非尽如此。后山乃比之教坊司雷大使舞，是何每况愈下？盖其谬耳。

袁文《瓮牖闲评》卷五："霭霭迷春态（略）。"此秦少游为朝云作《南歌子》词也。"玉骨那愁瘴雾（略）。"此苏东坡为朝云作《西江月》词也。余谓此二词皆朝云死后作，其间言语亦可见，而《艺苑雌黄》乃云：《南歌子》者，东坡令朝云就少游乞之；《西江月》者,东坡作之以赠焉。"恐非也。庄季裕《鸡肋编》曰:"东坡谪惠州作《梅词》云云。广南有绿毛丹嘴禽,其大如雀,状类鹦鹉,栖集皆倒悬于枝上,土人呼为'倒挂子',而梅花叶四周皆红,故有'洗妆'之句。二事皆北人所未知者。"

龚颐正《芥隐笔记·东坡西江月》:东坡词"不与梨花同梦",盖用王建《梦中梨花云》诗。

王若虚《滹南诗话》卷二:《王直方诗话》称晁以道见东坡《梅词》云:"便知道此老须过海,只为古今人不曾道到此,须罚教去。"苕溪渔隐曰:"此言鄙俚,近于忌人之长,幸人之祸,直方无识,宁不畏人之讥诮乎?"慵夫曰:"此词意属朝云也,以道之言特戏云尔,盖世俗所谓放不过者,岂有他意哉? 苕溪讥直方之无识,而不知己之不通也。"

《草堂诗余》卷一杨慎评:古今梅花词,此为第一。

王世贞《艺苑卮言》:"杏花疏影里,吹笛到天明",又"高情已逐晓云空。不与梨花同梦",爽语也。其词浓与淡之间也。

沈雄《古今词话·词品》上卷《用字》:么凤,惠州梅花上珍禽,名倒挂子,似绿毛凤而小,其矢亦香,俗人蓄之帐中,东坡《西江月》云"倒挂绿毛么凤"是也。

冯金伯《词苑萃编》卷一一《纪事·苏轼西江月》:朝云者,姓王氏,钱塘名倡也。苏子瞻宦钱塘,绝爱幸之,纳为侍妾。朝云初不识字,既事子瞻,遂学书,粗有楷法。又学佛,亦通大义。子瞻贬惠州,家伎多散去,独朝云依依岭外,子瞻甚怜之。赠之诗云:"不似杨枝别乐天(略)。"未几,朝云病且死,诵《金刚经》四句偈而绝,葬惠州栖禅寺松下。子瞻作咏梅《西江月》以悼之云:"玉骨那愁瘴雾(略)。"

王文诰《苏文忠公诗编注集成·编年总案》卷四〇:(绍圣三年丙子)十月梅开,作《西江月》词。

西江月　公自序云：春夜蕲水中过酒家饮。酒醉，乘月至一溪桥上，解鞍曲肱少休。及觉，已晓。乱山葱茏，不谓尘世也。书此词桥柱

照野弥弥浅浪，横空暧暧微霄。障泥未解玉骢骄。我欲醉眠芳草。　　可惜一溪明月，莫教踏破琼瑶。解鞍欹枕绿杨桥。杜宇一声春晓。

集评：

《苏诗纪事》卷上：是词调为《西江月》，小令凡二体，并双调。是其第一体，后段尤妙。

杨慎《词品》卷一《欧苏词用选语》：苏公词"照野弥弥浅浪，横空暧暧微霄"，乃用陶渊明"山涤余霭，宇暧微霄"之语也。填词虽以文为末，而非自选诗乐府来，亦不能入妙。

沈雄《古今词话·句法》："杜宇一声春晓"，东坡《西江月》句，及觉，乱山葱笼，不谓人世也。

又《词辨》上卷《西江月》：花庵词客曰："照野弥弥浅浪，横空暧暧微霄"，东坡用陶语"山涤余霭，宇暧微霄"也。公以春夜行蕲水中，过酒家醉饮，乘月一至溪桥，曲肱少寐，及觉已晓，乱山葱茏，不谓人世也。黄九疑公有突兀之句，故小叙及之。

张宗橚《词林纪事》卷五引王阮亭语：吾友杨菊庐比部，因此词，于玉台山作春晓亭，一时名士多为赋之，亦佳话也。

王文诰《苏文忠公诗编注集成·编年总案》卷二一：（元丰五年壬戌三月）夜过酒家，饮酒醉，月上，策马至溪桥，解鞍曲肱少休。及觉，乱山葱茏，不谓人世也。题《西江月》词于桥柱上。

592

西江月 平山堂

　　三过平山堂下,半生弹指声中。十年不见老仙翁。壁上龙蛇飞动。　　欲吊文章太守,仍歌杨柳春风。休言万事转头空。未转头时皆梦。

集评:

　　《苏诗纪事》卷上:欧文忠守维扬日,于城西建平山堂,颇畅游观之胜。刘原甫出守扬州,文忠饯之,作《西江月》词。后东坡亦守是邦,登平山堂,戏而和之云:"三过平山堂下(略)。"是诗与前体同,达人之言。

　　王士祯《花草蒙拾》:平山堂,一抔土耳,亦无片石可语。然以欧、苏词,遂令地重。因念此地,稚圭、永叔、原父、子瞻诸公,皆曾作守,令人惶汗。仆向与诸子游宴红桥,酒间小有酬唱,江南江北颇流传之,过扬州者,多问红桥矣。

　　黄氏《蓼园词评·南乡子(霜降水痕收)》:沈际飞曰:(略)东坡升沉去住,一生莫定,故开口说梦。如云"人间如梦""世事一场大梦""未转头时皆梦""古今如梦,何曾梦觉""君臣一梦,今古虚名",屡读之,胸中鄙吝,自然消去。

　　张宗橚《词林纪事》引楼敬思语:结二语,唤醒聪明人不少。

　　陈廷焯《白雨斋词话》卷六《东坡西江月》:东坡《西江月》云:"休言万事转头空。未转头时皆梦。"追进一层,唤醒痴愚不少。

　　王文诰《苏文忠公诗编注集成·编年总案》卷一八:(元丰二年己未四月)过扬州,访鲜于侁,同张大亨游平山堂,作《西江月》词。

张德瀛《词徵》卷五《欧公柳词》：欧阳文忠在维扬时，建平山堂，叶少蕴谓其壮丽，为淮南第一。文忠于堂前植柳一株，因谓之欧公柳，故公词有"手种堂前杨柳"之句。苏文忠词云："欲吊文章太守，仍歌杨柳春风。"张方叔词云："平山老柳，寄多少胜游，春愁诗瘦。"盖指此也。

临江仙 风水洞作

四大从来都遍满，此间风水何疑。故应为我发新诗。幽花香涧谷，寒藻舞沦漪。　　借与玉川生两腋，天仙未必相思。还凭流水送人归。层巅余落日，草露已沾衣。

集评：

傅藻《东坡纪年录》：（熙宁六年癸丑）八月望，观潮作诗，又再游风水洞，作诗并《临江仙》词。

临江仙

夜饮东坡醒复醉，归来仿佛三更。家童鼻息已雷鸣。敲门都不应，倚杖听江声。　　长恨此身非我有，何时忘却营营。夜阑风静縠纹平。小舟从此逝，江海寄余生。

集评：

叶梦得《避暑录话》卷上：子瞻在黄州病赤眼，逾月不出，或疑有他疾，过客遂传以为死矣。有语范景仁于许昌者，景仁绝不置疑，即举袂大恸，召子弟具金帛，遣人赒其家。子弟徐言："此传闻未审,当先书以问其安否,得实,吊恤之未晚。"乃走仆以往。子瞻发书大笑。故后量移汝州,谢表有云:"疾病连年,人皆相传为已死。"未几,复与数客饮江上,夜归,江面际天,风露浩然,有当其意,乃作歌辞,所谓"夜阑风静縠纹平。小舟从此逝,江海寄余生"者,与客大歌数过而散。翌日,喧传子瞻夜作此辞,挂冠服江边,拏舟长啸去矣。郡守徐君猷闻之,惊且惧,以为州失罪人,急命驾往谒,则子瞻鼻鼾如雷,犹未兴也。然此语卒传至京师,虽裕陵亦闻而疑之。

渔家傲　金陵赏心亭送王胜之龙图。王守金陵,视事一日移南郡

　　千古龙蟠并虎踞。从公一吊兴亡处。渺渺斜风吹细雨。芳草渡。江南父老留公住。　　公驾飞车凌彩雾。红鸾骖乘青鸾驭。却讶此洲名白鹭。非吾侣。翩然欲下还飞去。

集评:

　　赵令畤《侯鲭录》卷八:东坡自黄移汝,过金陵,见舒王。适陈和叔作守,多同饮会。一日,游蒋山,和叔被召将行,舒王顾江山曰:"子瞻可作歌。"坡醉中书云(略)。和叔到任,数日而去。舒王笑曰:"白鹭者得无意乎?"

　　王文诰《苏文忠公诗编注集成·编年总案》卷二四:(元丰七年甲子八月)与王益柔游蒋山,复登赏心亭,送益柔移守南都,作《渔家傲》词。

鹧鸪天　东坡谪黄州时作此词，真本藏林子敬家

林断山明竹隐墙。乱蝉衰草小池塘。翻空白鸟时时见，照水红蕖细细香。　　村舍外，古城旁。杖藜徐步转斜阳。殷勤昨夜三更雨，又得浮生一日凉。

集评：

郑文焯《大鹤山人词话》：此词从陶诗中得来，逾觉清异，较"浮生半日闲"句，自是诗词异调。论者每谓坡公以诗笔入词，岂审音知言者？

鹧鸪天　佳人

罗带双垂画不成。殢人娇态最轻盈。酥胸斜抱天边月，玉手轻弹水面冰。　　无限事，许多情。四弦丝竹苦丁宁。饶君拨尽相思调，待听梧桐叶落声。[1]

集评：

《草堂诗余》续集卷上天羽居士评：（"画不成"）三字精。仙染与俗墨异。意外意，琵琶筝笛听之，形躁而志越，故弹得相思一半，有人肠断，何况拨尽。

少年游　端午赠黄守徐君猷

银塘朱槛曲尘波。圆绿卷新荷。兰条荐浴，菖花酿

---

① 按此首疑非苏东坡作。

596

酒,天气尚清和。　　好将沉醉酬佳节,十分酒、一分歌。狱草烟深,讼庭人悄,无咎宴游过。

集评:

　　傅藻《东坡纪年录》:(元丰四年辛酉)端午,作《少年游》,赠徐君猷。

少年游 润州作

　　去年相送,馀杭门外,飞雪似杨花。今年春尽,杨花似雪,犹不见还家。　　对酒卷帘邀明月,风露透窗纱。恰似姮娥怜双燕,分明照、画梁斜。

集评:

　　沈雄《古今词话·词辨》上卷《少年游》:《古今词谱》曰:《黄钟宫曲》,林君复、苏东坡俱有之,亦不一体,其更变俱在换头也。东坡词换头云"卷帘对酒邀明月",非"对酒卷帘"也,刻误。落句云"恰似姮娥怜双燕,分明照、画梁斜",异矣。

　　王文诰《苏文忠公诗编注集成·编年总案》卷一一:(熙宁七年甲寅四月)有感雪中行役,作《少年游》词。

定风波 公旧序云:三月七日,沙湖道中遇雨。雨具先去,同行皆狼狈,余独不觉。已而遂晴,故作此词

　　莫听穿林打叶声。何妨吟啸且徐行。竹杖芒鞋轻胜马。谁怕。一蓑烟雨任平生。　　料峭春风吹酒醒。微

冷。山头斜照却相迎。回首向来潇洒处[①]。归去。也无风雨也无晴。

集评：

王文诰《苏文忠公诗编注集成·编年总案》卷二一：(元丰五年壬戌三月)七日,公以相田至沙湖,道中遇雨,作《定风波》词。

郑文绰《大鹤山人词话》：此足征是翁坦荡之怀,任天而动,琢句亦瘦逸,能道眼前景,以曲笔直写胸臆,倚声能事尽之矣。

定风波 重阳

与客携壶上翠微。江涵秋影雁初飞。尘世难逢开口笑。年少。菊花须插满头归。　　酩酊但酬佳节了。云峤。登临不用怨斜晖。古往今来谁不老。多少。牛山何必更沾衣。

集评：

杜牧《九日齐安登高》：江涵秋影雁初飞,与客携壶上翠微。尘世难逢开口笑,菊花须插满头归。但将酩酊酬佳节,不用登临叹落晖。古往今来只如此,牛山何必泪沾衣。

王士祯《花草蒙拾·词语从诗出》：词中佳语多从诗出。(略)若苏东坡之"与客携壶上翠微"(《定风波》),贺东山之"秋尽江南草未凋"(《太平时》),皆文人偶然游戏,非向樊川集中作贼。(按：二诗皆杜牧之作。)

---

① 潇洒：元本作"潇瑟"。

定风波 咏红梅

好睡慵开莫厌迟。自怜冰脸不时宜。偶作小红桃杏色，闲雅，尚余孤瘦雪霜姿。　　休把闲心随物态，何事，酒生微晕沁瑶肌。诗老不知梅格在，吟咏，更看绿叶与青枝。

集评：

刘熙载《艺概》卷四：东坡《定风波》云："尚余孤瘦雪霜姿。"《荷华媚》云："天然地、别是风流标格。""雪霜姿""风流标格"，学坡词者，便可从此领取。

冯煦《蒿庵论词·论苏轼词》：兴化刘氏熙载，所著《艺概》，于词多洞微之言，而论东坡尤为深至。（略）又云：东坡《定风波》云"尚余孤瘦雪霜姿"，（略）观此可以得东坡矣。

定风波 南海归，赠王定国侍人寓娘

常羡人间琢玉郎。天应乞与点酥娘。尽道清歌传皓齿。风起。雪飞炎海变清凉。　　万里归来颜愈少。微笑。笑时犹带岭梅香。试问岭南应不好。却道。此心安处是吾乡。

集评：

杨湜《古今词话》：东坡初谪黄州，独王定国以大臣之子不能谨交游，迁置岭表。后数年，召还京师。是时东坡掌翰苑，一日王定国置酒与东坡会饮，出宠人点酥侑尊。而点酥善谈笑，东坡问曰:"岭南风物,可嫌不佳。"点酥应声曰:"此身安处是家乡。"坡叹其善应对,赋《定风波》一阕以赠之,其句全引点酥之语曰(略)。点酥因是词誉藉甚。

吴开《优古堂诗话·此心安处便是吾乡》:东坡作《定风波序》云:"王定国歌儿曰柔奴,姓宇文氏。定国南迁归,予问柔广南风土应是不好? 柔对曰:'此心安处,便是吾乡。'因用其语缀词,云:'试问岭南应不好。却道。此心安处是吾乡。'"予尝以此语本出于白乐天,东坡偶忘之耶? 乐天《吾土》诗云:"身心安处为吾土,岂限长安与洛阳。"又《出城留别》诗云:"我生本无乡,心安是归处。"又重题诗云:"心泰身宁是归处,故乡可独在长安?"又《种桃杏》诗云:"无论海角与天涯,大抵心安即是家。"

南乡子 <small>席上劝李公择酒</small>

不到谢公台。明月清风好在哉。旧日髯孙何处去,重来。短李风流更上才。　　秋色渐摧颓。满院黄英映酒杯。看取桃花春二月,争开。尽是刘郎去后栽。

集评:

王文诰《苏文忠公诗编注集成·编年总案》卷一二:(熙宁七年甲寅九月)席上劝李常酒,再作《南乡子》。

南乡子 <small>重九涵辉楼呈徐君猷</small>

霜降水痕收。浅碧鳞鳞露远洲。酒力渐消风力软,飕飕。破帽多情却恋头。　　佳节若为酬。但把清尊断送

600

秋。万事到头都是梦，休休。明日黄花蝶也愁。

集评：

苏轼《与王定国书》：重九登栖霞楼，望君凄然，歌《千秋岁》，满座识与不识，皆怀君。遂作一词云："霜降水痕收（略）。"其卒章，则徐州逍遥堂中与君和诗也。

惠洪《冷斋夜话》卷一：如郑谷《十日菊》曰："自缘今日人心别，未必秋香一夜衰。"此意甚佳，而病在气不长。西汉文章雄浑雅健者，其气长故也。曾子固曰："诗当使人一览语尽而意有余，乃古人用心处。"所以荆公《菊》诗曰："千花万卉凋零后，始见闲人把一枝。"东坡则曰："万事到头终是梦，休休。明日黄花蝶也愁。"凡此之类，皆换骨法也。

胡仔《苕溪渔隐丛话》后集卷六：东坡《九日》诗云："相逢不用忙归去，明日黄花蝶也愁。"又词云："万事到头终是梦，休休。明日黄花蝶也愁。"（略）两用之，诗意脉络贯穿，并优于词。

又卷二六：苕溪渔隐曰：《后山诗话》谓"退之以文为诗，子瞻以诗为词，如教坊雷大使之舞，虽极天下之工，要非本色"。余谓后山之言过矣，子瞻佳词最多，其间杰出者，如（略）"霜降水痕收。浅碧鳞鳞露远洲"（九日词）。凡此十余词，皆绝去笔墨畦径间，直造古人不到处，真可使人一唱而三叹。若谓以诗为词，是大不然。子瞻自言"平生不善唱曲，故间有不入腔处"，非尽如此。后山乃比之教坊司雷大使舞，是何每况愈下？盖其谬耳。

陈鹄《耆旧续闻》卷二：余谓后辈作词，无非前人已道底句，特善能转换尔。《三山老人语录》云：从来九日用落帽事，东坡独云"破帽多情却恋头"，尤为奇特，不知东坡用杜子美诗："羞将短发还吹帽，笑倩傍人为整冠。"

傅藻《东坡纪年录》：（元丰五年壬戌）重九，涵辉楼作《南乡

601

子》呈君猷。

《草堂诗余》卷二杨慎评：东坡重阳词，《柳梢青》词则云"酒阑不必看茱萸"，此词则云"破帽多情却恋头"，俱反前人之案，用来妙，是脱胎手。

陈知柔《休斋诗话》：唐人尝咏《十日菊》"自缘今日人心别，未必秋香一夜衰"，世以为工，盖不随物而尽。如"酒盏此时须在手，菊花明日使愁人"，自觉气不长耳。东坡亦云"休休。明日黄花蝶也愁"也。然虽变其语，终有此过，岂在谪所遇时感慨，不觉发是语乎？

李佳《左庵词话》卷下《用事最难》：词中用事最难，要体认箸题，融化不涩。如东坡《定风波》"破帽多情却恋头"，用龙山落帽事。（略）皆用事不为事所使，自不落呆相。

南乡子 送述古

回首乱山横。不见居人只见城。谁似临平山上塔，亭亭。迎客西来送客行。　　归路晚风清。一枕初寒梦不成。今夜残灯斜照处，荧荧。秋雨晴时泪不晴。

集评：

胡仔《苕溪渔隐丛话》后集卷三八引《复斋漫录》：鲁直记江亭鬼所题词，有"泪眼不曾晴"之句。余以此鬼剽东坡乐章"秋雨晴时泪不晴"之语。

傅藻《东坡纪年录》：（熙宁七年甲寅）送述古赴南都，作《南乡子》。

王文诰《苏文忠公诗编注集成·编年总案》卷一二：（熙宁七年甲寅七月）追送陈襄移守南都，别于临平舟中，作《南乡子》词。

南乡子 有感

冰雪透香肌。姑射仙人不似伊。濯锦江头新样锦，非宜。故著寻常淡薄衣。　　暖日下重帏。春睡香凝索起迟。曼倩风流缘底事，当时。爱被西真唤作儿。

集评：

李调元《雨村词话》卷一《唤作儿》：人谓东坡长短句不工媚词，少谐音律，非也，特才大不肯受束缚而然。间作媚词，却洗尽铅华，非少游女孃语所及。如有感《南乡子》词云："冰雪透香肌（略）。""唤作儿"三字出之先生笔，却如此大雅。

南歌子 游赏

山与歌眉敛，波同醉眼流。游人都上十三楼。不羡竹西歌吹、古扬州。　　菰黍连昌歜，琼彝倒玉舟。谁家水调唱歌头。声绕碧山飞去、晚云留。

集评：

陈鹄《耆旧续闻》卷二：又《南歌子》云："游人都上十三楼。不羡竹西歌吹、古扬州。"十三间楼在钱塘西湖北山，此词在钱塘，旧注云汴京旧有十三楼，非也。

《草堂诗余》卷一杨慎评：端午词多用汨罗事，此独绝不涉，所谓善脱套者。

胡应麟《艺林学山》卷三：按坡"游人都上十三楼。"或其各地自有此楼名，坡直用之，如绿衣公言之类，非故事也。

杨慎《词品》卷二《十二楼十三楼十四楼》:《汉书》:"五城十二楼,仙人居也。"诗家多用之。东坡词:"游人都上十三楼。不羡竹西歌吹、古扬州。"用杜牧诗"婷婷袅袅十三余"之句也。

先著、程洪《词洁辑评》卷二:"十三楼"遂成故实,词家驱使字面,事实有限,如"昌歇"则忌用也。

张宗橚《词林纪事》:《西湖志》:大佛寺畔旧有相严院,晋天福二年钱氏建,有十三间楼,楼上贮三才佛一尊。苏子瞻治郡时,常判事于此,殆即此词所云十三楼耶?

黄氏《蓼园词评·南柯子(山与歌眉敛)》:按周建德中,许京城民居起楼阁,大将军周景威先于宋门内临汴水,建楼十三间。世宗嘉之。杜牧诗:"谁知竹西路,歌吹古扬州。"《左传》:"享有昌歇。"今水泽大菖蒲也。《海录碎事》:隋炀帝开汴州,自造《水调歌头》。首章之第一解也。《博物志》:"秦青善讴,每抚节而歌,声振林木,响遏行云。"此词不过叙汴京端午繁盛光景耳。在苏集中,此为平调,然亦自壮丽。

南歌子 八月十八日观潮

海上乘槎侣,仙人萼绿华。飞升元不用丹砂。住在潮头来处、渺天涯。　　雷辊夫差国,云翻海若家。坐中安得弄琴牙。写取余声归向、水仙夸。

集评:

王文诰《苏文忠公诗编注集成·编年总案》卷八:(熙宁五年壬子八月)十八日观潮,作《南柯子》词。

南歌子

《冷斋夜话》云:"东坡守钱塘,无日不在西湖。尝携妓谒大通禅师,大通愠形于色。东坡作长短句,令妓歌之

师唱谁家曲,宗风嗣阿谁。借君拍板与门槌。我也逢场作戏、莫相疑。　　溪女方偷眼,山僧莫眨眉。却愁弥勒下生迟。不见老婆三五、少年时。

集评:

胡仔《苕溪渔隐丛话》前集卷五七:《冷斋夜话》云:"东坡镇钱塘,无日不在西湖。尝携妓谒大通禅师,师愠形于色。东坡作长短句,令妓歌之曰(略)。时有僧仲殊在苏州,闻而和之曰:'解舞《清平乐》,如今说向谁? 红炉片雪上钳锤。打就金毛狮子、也堪疑。　　木女明开眼,泥人暗皱眉。蟠桃已是著花迟。不向春风一笑、待何时?'"

鹊桥仙　七夕和苏坚韵

乘槎归去,成都何在,万里江沱汉漾。与君各赋一篇诗,留织女、鸳鸯机上。　　还将旧曲,重赓新韵,须信吾侪天放。人生何处不儿嬉,看乞巧、朱楼彩舫。

集评:

陆游《跋东坡七夕词后》:昔人作七夕诗,率不免有珠栊绮疏惜别之意。惟东坡此篇,居然是星汉上语。歌之曲终,觉天风海雨逼人。学诗者当以是求之。

王文诰《苏文忠公诗编注集成·编年总案》卷三二:(元祐五

年庚午七月)七日和苏坚七夕词。

好事近 湖上

湖上雨晴时,秋水半篙初没。朱槛俯窥寒鉴,照衰颜华发。　醉中吹堕白纶巾,溪风漾流月。独棹小舟归去,任烟波飘兀。

集评:

王文诰《苏文忠公诗编注集成·编年总案》卷三二:(元祐五年庚午九月)泛湖,作《好事近》词。

望江南 暮春①

春未老,风细柳斜斜。试上超然台上看,半壕春水一城花。烟雨暗千家。　寒食后,酒醒却咨嗟。休对故人思故国,且将新火试新茶。诗酒趁年华。

集评:

傅藻《东坡纪年录》:(熙宁八年乙卯)于超然台上作《望江南》。

卜算子 感旧

蜀客到江南,长忆吴山好。吴蜀风流自古同,归去应

---

① 傅本词题作《超然台作》。

606

须早。 还与去年人,共藉西湖草。莫惜尊前仔细看,
应是容颜老。

集评：

　　傅藻《东坡纪年录》：是年（熙宁七年甲寅），（略）自京口还，
寄述古作《卜算子》。

卜算子
黄鲁直跋云："东坡道人在黄州时作。语意高
妙，似非吃烟火食人语。非胸中有万卷书，笔下无一点尘
俗气，孰能至是！"

　　缺月挂疏桐，漏断人初静。时见幽人独往来，缥缈孤
鸿影。　　惊起却回头，有恨无人省。拣尽寒枝不肯栖，
枫落吴江冷。

集评：

　　王之望《跋鲁直书东坡卜算子词》：东坡此词出《高唐》《洛
神》《登徒》诸赋之右，以出三界人，游戏三界中，故其笔力蕴藉，超
脱如此。山谷屡书之，且谓非食烟火语，可谓妙于立言矣。盖东坡
词如《国风》，山谷跋如小序，字画之工，亦不足言也。

　　曾丰《知稼翁词集序》：本朝太平二百年，乐章名家纷如也。
文忠苏公文章妙天下，长短句特绪余耳，犹有与道德合者。"缺月
疏桐"一章，触兴于惊鸿，发乎情性也；收思于冷洲，归乎礼义也。
黄太史相多，大以为非口食烟火人语。余恐不食烟火之人，口所出
仅尘外语，于礼义遑计欤？

　　俞文豹《吹剑录》：杜工部流离兵革中，更尝患苦，诗益凄怆，

607

《忆舍弟》诗:"戍鼓断人行,边秋一雁声。露从今夜白,月是故乡明。"《孤雁》诗:"惟怜一片影,相失万重云。望尽似犹见,哀多如更闻。"其思深,其情苦,读之使人忧思感伤。东坡《卜算子》词亦然。文豹尝妄为之释,"缺月挂疏桐",明小不见察也。"漏断人初静",群谤稍息也。"时见幽人独往来",进退无处也。"缥缈孤鸿影",悄然孤立也。"惊起却回头",犹恐谗慝也。"有恨无人省",谁其知我也。"拣尽寒枝不肯栖",不苟依附也。"寂寞沙洲冷",宁甘冷淡也。

吴曾《能改斋词话》:东坡先生谪居黄州,作《卜算子》词云(略)。其属意盖为王氏女子也,读者不能解。张右史文潜继贬黄州,访潘邠老,尝得其详,题诗以志之云:"空江月明鱼龙眠,月中孤鸿影翩翩。有人清吟立江边,葛巾藜杖眼窥天。夜冷月堕幽虫泣,鸿影翘沙衣露湿。仙人采诗作步虚,玉皇饮之碧琳琰。"

胡仔《苕溪渔隐丛话》前集卷三九:苕溪渔隐曰:"拣尽寒枝不肯栖"之句,或云鸿雁未尝栖宿树枝,惟在田野苇丛间,此亦语病也。此词本咏夜景,至换头但只说鸿,正如《贺新郎》词"乳燕飞华屋",本咏夏景,至换头但只说榴花。盖其文章之妙,语意到处即为之,不可限以绳墨也。

又后集卷二六:苕溪渔隐曰:《后山诗话》谓"退之以文为诗,子瞻以诗为词,如教坊雷大使之舞,虽极天下之工,要非本色"。余谓后山之言过矣,子瞻佳词最多,其间杰出者,如(略)"缺月挂疏桐,漏断人初静"(秋夜词)(略)。凡此十余词,皆绝去笔墨畦径间,直造古人不到处,真可使人一唱而三叹。若谓以诗为词,是大不然。子瞻自言"平生不善唱曲,故间有不入腔处",非尽如此。后山乃比之教坊司雷大使舞,是何每况愈下?盖其谬耳。

袁文《瓮牖闲评》卷五:苏东坡谪黄州,邻家一女子甚贤,每夕只在窗下听东坡读书。后其家欲议亲,女子云:"须得读书如东坡

608

者乃可。"竟无所谐而死,故东坡作《卜算子》以记之。黄太史谓语意高妙,盖以东坡是词为冠绝也。独不知其别有一词,名《江神子》者。

陈鹄《耆旧续闻》卷二:黄鲁直《跋东坡道人黄州所作卜算子词》云:"语意高妙,似非吃烟火食人语。"此真知东坡者也。盖"拣尽寒枝不肯栖",取兴鸟择木之意,所以谓之高妙。而胡仔《苕溪渔隐丛话》乃云:"鸿雁未尝栖宿树枝,惟在田野苇丛间,此亦语病。"当为东坡称屈可也。(略)又云:"余顷于郑公实处见东坡亲迹,书《卜算子》断句云'寂寞沙汀冷',今本作'枫落吴江冷',词意全不相属也。"

王楙《野客丛书》卷二四《东坡卜算子》:山谷曰:"东坡在黄州所作《卜算子》云云,词意高妙,非吃烟火食人语。"吴曾亦曰:"东坡谪居黄州,作《卜算子》云云,其属意王氏女也,读者不能解。张文潜继贬黄州,访潘邠老,得其详,尝题诗以志其事。"仆谓二说如此,无可疑者,然尝见临江人王说梦得,谓此词东坡在惠州白鹤观所作,非黄州也。惠有温都监女,颇有色,年十六,不肯嫁人,闻东坡至,喜谓人曰:"此吾婿也。"每夜闻坡讽咏,则徘徊窗外,坡觉而推窗,则其女逾墙而去。坡从而物色之,温具言其然,坡曰:"吾当呼王郎与子为姻。"未几,坡过海,此议不谐,其女遂卒,葬于沙滩之侧。坡回惠日,女已死矣,怅然为赋此词。坡盖借鸿为喻,非真言鸿也。"拣尽寒枝不肯栖"者,谓少择偶不嫁,"寂寞沙洲冷"者,指其葬所也。说之言如此。其说得之广人蒲仲通,未知是否,姑志于此,以俟询访。渔隐谓:"鸿雁未尝栖宿树枝,惟在田苇间,'拣尽寒枝不肯栖',此语亦病。"仆谓人读书不多,不可妄议前辈诗句,观隋李元操《鸣雁行》曰:"夕宿寒枝上,朝飞空井旁。"坡语岂无自邪?

吴师道《吴礼部诗话》:《卜算子》"缺月挂疏桐"云云,"缥缈孤鸿影"以下皆说鸿,别一格也。

张炎《词源》卷下《杂论》:东坡词如《水龙吟》咏杨花、咏闻笛,又如《过秦楼》《洞仙歌》《卜算子》等作,皆清丽舒徐,高出人表。

王若虚《滹南诗话》卷二:东坡雁词云"拣尽寒枝不肯栖",以其不栖木故云尔,盖激诡之致,词人贵正其如此。而或者以为语病,是尚可与言哉?近日张吉甫复以"鸿渐于木"为辩,而怪昔人之寡闻,此益可笑。《易》象之言,不当援引为证也。其实雁何尝栖木哉。

《类编草堂诗余》卷一引鲴阳居士云:"缺月",刺明微也。"漏断",暗时也。"幽人",不得志也。"独往来",无助也。"惊鸿",贤人不安也。"回头",爱君不忘也。"无人省",君不察也。"拣尽寒枝不肯栖",不偷安于高位也。"寂寞沙洲冷",非所安也。此词与《考槃》诗极相似。

徐伯龄《蟫精隽》卷一一:坡诗(略)其风流酝藉,曲尽闺人之情态,一何至是耶?又尝见有咏乳燕、《卜算子》,亦艳丽可爱。

王世贞《山谷书东坡卜算子词帖》:坡此词亦佳,第为宋儒解传时事,遂令面目可憎厌耳。词尾"寂寞沙洲冷",一本作"枫落吴江冷","枫落"是崔信余诗语,不如此尾与篇指相应。

徐𬭎《词苑丛谈》卷三:(前引鲴阳居士语)阮亭称其"村夫子强作解事,令人作呕"。韦苏州《滁州西涧》诗,叠山以为小人在朝、贤人在野之象。令韦郎有知,岂不叫屈?仆尝戏谓,坡公命宫磨蝎,湖州诗案,生前为王珪、舒亶辈所苦,身后又硬受此差排耶。

邓廷桢《双砚斋词话·东坡词高华》:东坡以龙骥不羁之才,树松桧特立之操,故其词清刚隽上,囊括群英。(略)然如《卜算子》云:"缺月挂疏桐(略)。"则明漪绝底,芳泽不闻,宜涪翁称之为不食人间烟火。而造言者谓此词为惠州温都监女作,又或谓为黄州王氏女作。夫东坡何如人,而作墙东宋玉哉?(略)皆能籀之揉之,高华沉痛,遂为石帚导师。譬之慧能肇启南宗,实传黄梅衣钵矣。

王文诰《苏文忠公诗编注集成·编年总案》卷二一:(元丰五年壬戌十二月)作《卜算子》词。

刘熙载《艺概》卷四:(前引黄庭坚跋)余案:词之大要,不外厚而清。厚,包诸所有;清,空诸所有也。

丁绍仪《听秋声馆词话》卷一一《苏轼贺新郎词》:其词寄托深远,与咏雁《卜算子》云"缺月挂疏桐(略)"同一比兴。(略)至《卜算子》词,或谓有女窥窗而作,殆因温都监女而附会之,亦不足信。一本"静"作"定","汀"作"洲",似不如"人初静"与"沙汀"之善。有谓雁不树宿,寒枝二字欠妥者,不知不肯枝栖,故有"寂寞沙汀"之慨,若作寒芦,似失意旨。

黄氏《蓼园词评·卜算子(缺月挂疏桐)》:铜阳居士云:"缺月,刺明微也(略)。"按此词乃东坡自写在黄州之寂寞耳。初从人说起,言如孤鸿之冷落。第二阕,专就鸿说,语语双关。格奇而语隽,斯为超诣神品。

谢章铤《赌棋山庄词话》卷二《咏物词》:咏物词虽不作可也,别有寄托如东坡之咏雁,独写哀怨如白石之咏蟋蟀,斯最善矣。至如史邦卿之咏燕,刘龙洲之咏指甲,纵工摹绘,已落言诠。

张宗橚《词林纪事》卷五:按此词为咏雁,当别有寄托。何得以俗情傅会也。

陈廷焯《白雨斋词话》卷一《东坡词别有天地》:词至东坡,一洗绮罗香泽之态,寄慨无端,别有天地。《水调歌头》《卜算子(雁)》《贺新凉》《水龙吟》诸篇,尤为绝构。

又《放翁鹊桥仙》:放翁词惟《鹊桥仙(夜闻杜鹃)》一章,借物寓言,较他作为合乎古。然以东坡《卜算子(雁)》较之,相去殆不可道里计矣。

又卷六《比与兴之别》：所谓兴者，意在笔先，神余言外，极虚极活，极沉极郁，若远若近，可喻不可喻，反复缠绵，都归忠厚。求之两宋，如东坡《水调歌头》《卜算子（雁）》，白石《暗香》《疏影》，碧山《眉妩（新月）》《庆清朝（榴花）》《高阳台（残雪庭除一篇）》等篇，亦庶乎近之矣。

谭献《复堂词话·评苏轼词》：皋文《词选》，以《考槃》为比，其言非《河汉》也。此亦鄙人所谓"作者未必然，读者何必不然"。

沈祥龙《论词随笔·词须有书卷气》：词不能堆垛书卷，以夸典博，然须有书卷之气味。胸无书卷，襟怀必不高妙，意趣必不古雅，其词非俗即腐，非粗即纤。故山谷称东坡《卜算子》词，非胸中有万卷书，孰能至此？

张德瀛《词徵》卷五：曾丰谓苏子瞻长短句，犹有与道德合者。"缺月挂疏桐"一章，触兴于惊鸿，发乎情性也；收思于冷洲，归乎礼义也。本朝张茗柯论词，每宗此义，遂为铜阳之续。

毛先舒《诗辩坻·词曲》：前半泛写，后半专叙，盛宋词人多此法。如子瞻《贺新凉》后段只说榴花，《卜算子》后段只说鸣雁，周清真《寒食》词后段只说邂逅，乃更觉意长。

陈匪石《宋词举》：《草堂》题曰《孤鸿》。汲古录《女红余志》原文，谓在惠州为温都监女作。然朱氏据南宋人王宗稷《东坡年谱》，为壬戌在黄州作；元本亦题《黄州定慧院寓居》，则《女红余志》之言不足信也。以《孤鸿》为题，疑亦后加。此词未必专为咏鸿，犹《贺新郎》未必即咏榴花也。铜阳居士曰："'缺月'，刺明微也。'漏断'，暗时也。'幽人'，不得志也。'独往来'，无助也。'惊鸿'，贤人不安也。'回头'，爱君不忘也。'无人省'，君不察也。'拣尽寒枝不肯栖'，不肯偷安于高位也。'寂寞沙洲冷'，非所安也。此词与《考槃》诗相似。"张惠言颇取其说。谭献曰："作者未必然，读者亦何必不然。"此常州派"比兴说",亦从东坡《西江月》"把盏凄然北望"及《水调歌头》"玉宇""琼楼"之句联想而及者。若就词论词,则黄山谷谓"语意高妙,似非吃烟火食人语"者,最为得之。首句写景,已一片幽静气象。次句写时,更觉万籁无声,纤尘不到。"幽人"身份境地,烘托已尽。然后说出"独往来"之"幽人"。"见"上著一"谁"字,更为上两句及下"孤"字出力。至"孤鸿"之"影",则为见"幽人"者,或即"幽人"自身,均不可定。然而此中"有恨"焉,不知谁实"惊"之,为谁"回头"?而却系如此,乃知实有恨事,"无人"为"省"。"拣尽寒枝"两句,"孤鸿"心事,即"幽人"心事。因含此"恨",寂寞自甘,但见徘徊"沙洲",自寄其"不肯栖"之意。而其所以"恨"者,依然"无人"知之,固亦有吞吐含蓄之妙也。而通首空中传恨,一气呵成,亦具有"缥缈孤鸿"之象。于小令为别调,而一片神行,则温、韦、晏、欧所未有。

瑞鹧鸪 观潮

碧山影里小红旗。侬是江南踏浪儿。拍手欲嘲山简醉,齐声争唱浪婆词。　　西兴渡口帆初落、渔浦山头日未欹。侬欲送潮歌底曲,尊前还唱使君诗。

集评:

胡仔《苕溪渔隐丛话》前集卷三九《长短句》:苕溪渔隐曰:唐初歌词多是五言诗,或七言诗,初无长短句。自中叶以后,至五代,渐变成长短句。及本朝则尽为此体。今所存者,止《瑞鹧鸪》《小秦王》二阕是七言八句诗并七言绝句诗而已。《瑞鹧鸪》犹依字易歌,若《小秦王》必须杂以虚声,乃可歌耳。其词云:"碧山影里小红旗(略)。"此《瑞鹧鸪》也。(略)皆东坡所作也。

613

王文诰《苏文忠公诗编注集成·编年总案》卷一〇:（熙宁六年癸丑）八月十五日观潮,题诗安济亭上,复作《瑞鹧鸪》词。诰案:是日似与陈襄同游,故落句及之。

瑞鹧鸪

城头月落尚啼乌。朱舰红船早满湖。鼓吹未容迎五马,水云先已漾双凫。　　映山黄帽螭头舫,夹岸青烟鹊尾炉。老病逢春只思睡,独求僧榻寄须臾。

集评:

吴曾《能改斋漫录》卷七《事实》:东坡诗有"夹道青烟鹊尾炉",按《松陵唱和集》皮日休《寄华阳润卿》诗云:"鹊尾金炉一世焚。"注云:"陶贞白有金鹊尾香炉。"又《珠林》云:"宋吴兴人费崇先,少信佛法。每听经,常以鹊尾香炉置膝前。"费崇先事又见王琰《冥祥记》。

昭君怨　送别

谁作桓伊三弄。惊破绿窗幽梦。新月与愁烟。满江天。　　欲去又还不去。明日落花飞絮。飞絮送行舟。水东流。

集评:

傅藻《东坡纪年录》:（熙宁七年甲寅）金山送子玉,作《昭君怨》。

沈雄《古今词话·词辨》上卷《昭君怨》:《柳塘词话》曰:调本两韵,如苏轼、韩驹、万俟雅言、辛弃疾、郑域、张镃,俱得体。

王文诰《苏文忠公诗编注集成·编年总案》卷一一:(熙宁七年甲寅二月)再送柳瑾,作《昭君怨》词。

贺新郎 夏景

乳燕飞华屋。悄无人、桐阴转午,晚凉新浴。手弄生绡白团扇,扇手一时似玉。渐困倚、孤眠清熟。帘外谁来推绣户,枉教人、梦断瑶台曲。又却是,风敲竹。　　石榴半吐红巾蹙。待浮花、浪蕊都尽,伴君幽独。秾艳一枝细看取,芳心千重似束。又恐被、秋风惊绿。若待得君来向此,花前对酒不忍触。共粉泪,两簌簌。

集评:

杨湜《古今词话》云:苏子瞻守钱塘,有官妓秀兰天性黠慧,善于应对。湖中有宴会,群妓毕至,惟秀兰不来。遣人督之,须臾方至。子瞻问其故,具以"发结沐浴,不觉困睡,忽有人叩门声急,起而问之,乃乐营将催督之,非敢怠忽,谨以实告"。子瞻亦恕之。坐中倅车属意于兰,见其晚来,恚恨未已,责之曰:"必有他事,以此晚至。"秀兰力辩,不能止倅之怒。是时榴花盛开,秀兰以一枝藉手告倅,其怒愈甚。秀兰收泪无言。子瞻作《贺新凉》以解之,其怒始息。其词曰(略)。子瞻之作,皆目前事,盖取其沐浴新凉,曲名《贺新凉》也。后人不知之,误为《贺新郎》,盖不得子瞻之意也。子瞻真所谓风流太守也,岂可与俗吏同日语哉!

曾季狸《艇斋诗话》:东坡《贺新郎》,在杭州万顷寺作。寺有榴花树,故词中云石榴。又是日有歌者昼寝,故词中云"渐困倚、

615

孤眠清熟"。其真本云"乳燕栖华屋",今本作"飞"字,非是。

胡仔《苕溪渔隐丛话》前集卷三九:《贺新郎》词"乳燕飞华屋",本咏夏景,至换头但只说榴花。盖其文章之妙,语意到处即为之,不可限以绳墨也。

又后集卷二六:苕溪渔隐曰:《后山诗话》谓"退之以文为诗,子瞻以诗为词,如教坊雷大使之舞,虽极天下之工,要非本色"。余谓后山之言过矣,子瞻佳词最多,其间杰出者,如(略)"乳燕飞华屋。悄无人、桐阴转午"(初夏词)(略)。凡此十余词,皆绝去笔墨畦径间,直造古人不到处,真可使人一唱而三叹。若谓以诗为词,是大不然。子瞻自言"平生不善唱曲,故间有不入腔处",非尽如此。后山乃比之教坊司雷大使舞,是何每况愈下? 盖其谬耳。

又卷三九:苕溪渔隐曰:(前引杨湜《古今词话》)野哉,杨湜之言,真可入《笑林》。东坡此词,冠绝古今,托意高远,宁为一娼而发邪?"帘外谁来推绣户,枉教人、梦断瑶台曲。又却是,风敲竹。"用古诗"卷帘风动竹,疑是故人来"之意,今乃云"忽有人叩门声急,起而问之,乃乐营将催督",此可笑者一也。"石榴半吐红巾蹙。待浮花、浪蕊都尽,伴君幽独。浓艳一枝细看取,芳心千重似束",盖初夏之时,千花事退,榴花独芳,因以写幽闺之情,今乃云"是时榴花盛开,秀兰以一枝藉手告俜,其怒愈甚",此可笑者二也。此词腔调寄《贺新郎》,乃古曲名也,今乃云"取其沐浴新凉,曲名《贺新凉》。后人不知之,误为《贺新郎》",此可笑者三也。词话中可笑者甚众,姑举其尤者。第东坡此词,深为不幸,横遭点污,吾不可无一言雪其耻。宋子京云:"江左有文拙而好刻石者,谓之诊痴符。"今杨湜之言俚甚,而锓板行世,殆类是也。

陈鹄《耆旧续闻》卷二:陆辰州子逸,左丞农师之孙,太傅公之玄孙也。晚以疾废,卜筑于秀野,越之佳山水也。公放傲其间,不复有荣念,客到,终日清谈不倦。尤好语及前辈事,细细倾人听。

余尝登门，出近作赠别长短句以示公，其末句云："莫待柳吹绵，柳绵时杜鹃。"公赏诵久之，是后从游颇密。公尝谓余曰："曾看东坡《贺新郎》词否？"余对以世所共歌者。公云："东坡此词，人皆知其为佳，但后撷用榴花事，人少知其意。某尝于晁以道家见东坡真迹，晁氏曰：'东坡有妾名朝云、榴花，朝云死于岭外，东坡尝作《西江月》一阕寓意于梅，所谓"高情已逐晓云空"是也。惟榴花独存，故其词多及之。观"浮花、浪蕊都尽，伴君幽独"，可见其意矣。'"

又：曩见陆辰州，语余以《贺新郎》词用榴花事，乃妾名也。退而书其语，今十年矣，亦未尝深考。近观顾景藩续注，因悟东坡词中用白团扇、瑶台曲，皆侍妾故事。按，晋中书令王珉好执白团扇，婢作《白团扇》歌以赠珉。又《唐逸史》：许澶暴卒复悟，作诗云："晓入瑶台露气清，座中惟见许飞琼。尘心未尽俗缘重，千里下山空月明。"复寝，惊起，改第二句，云"昨日梦到瑶池，飞琼令改之，云不欲世间知有我也"。按《汉武帝内传》所载，董双成、许飞琼，皆西王母侍儿。东坡用此事，乃知陆辰州得榴花之事于晁氏为不妄也。《本事词》载榴花事极鄙俚，诚为妄诞。

赵彦卫《云麓漫钞》卷四：版行东坡长短句，《贺新郎》词云："乳燕飞华屋。"尝见其真迹乃"栖华屋"。（略）以此知前辈文章为后人妄改亦多矣。

项安世《项氏家说》卷八：苏公"乳燕飞华屋"之词，兴寄最深，有《离骚经》之遗法，盖以兴君臣遇合之难，一篇之中，殆不止三致意焉。瑶台之梦，主恩之难常也。幽独之情，臣心之不变也。恐西风之惊绿，忧谗之深也。冀君来而共泣，忠爱之至也。其首尾布置，全类《邶·柏舟》。或者不察其意，多疑末章专赋石榴，似与上章不属，而不知此篇意最融贯也。

《草堂诗余》别集卷四沈际飞评：换头单说榴花，高手作文，语意到处即为之，不当限以绳墨。榴花开，榴花谢，以芳心共粉泪想象咏物妙境。凡作词或具深衷，或即时事，工与不工，则作手之本色，自莫可掩。《贺新郎》一解，茗溪正之诚然，而为秀兰非为秀兰，不必论也。两家纷然，子瞻在泉，不笑其多事耶？

又评宋谦父《贺新郎》(唤起东坡老)：谁敢者？东坡一生任达，看来还跳不出笼子当局，不如旁观。

王又华《古今词论》引毛稚黄语：前半泛写，后半专叙，盖宋词人多此法。如子瞻《贺新郎》后段只说榴花，《卜算子》后段只说鸿雁，周清真《寒食词》后段只说邂逅，乃更觉意长。

许昂霄《词综偶评·宋词》：东坡《贺新凉》词，后段单说榴花。荆公咏榴花，有"万绿丛中红一点，动人春色不须多"之句。

周济《介存斋论词杂著·应歌应社词》：北宋有无谓之词以应歌，南宋有无谓之词以应社。然美成《兰陵王》、东坡《贺新凉》，当筵命笔，冠绝一时。

谢元淮《填词浅说·词禁须活看》：苏轼《贺新郎》词"花前对酒不忍触。共粉泪，两簌簌"三句，连用十一仄字。其余四仄四平，指不胜屈，岂能尽谐律吕，恐其中不无尚可商榷者。

丁绍仪《听秋声馆词话》卷一一《苏轼贺新郎词》：《贺新郎》词一百十六字，或名《贺新凉》，或名《乳燕飞》，均因东坡词而起。其词寄托深远，与咏雁《卜算子》云"缺月挂疏桐（略）"同一比兴。乃杨湜《词话》谓为酒间召妓铺叙实事之作，谬妄殊甚。词云："乳燕飞华屋（略）。"计一百十五字。窃意"若待得君来向此"，下直接"花前对酒不忍触"，语气未洽，必系"花前"上脱一字。虽韩淲词此句亦仅七字，恐同一残缺，非全本也。其"蕊"字乃以上作平，与"两簌簌"句中"簌"字以入作平同。

黄氏《蓼园词评·贺新郎（乳燕飞华屋）》：前一阕，是写所居之幽僻。次阕，又借榴花，以比此心蕴结，未获达于朝廷，又恐其年已老也。末四句，是花是人，婉曲缠绵，耐人寻味不尽。

陈廷焯《白雨斋词话》卷一《东坡词别有天地》：词至东坡，一洗绮罗香泽之态，寄慨无端，别有天地。（略）《贺新凉》尤为绝构。

谭献《复堂词话·评苏轼词》：颇欲与少陵《佳人》一篇互证。

洞仙歌
公自序云：仆七岁时见眉山老尼，姓朱，忘其名，年九十余，自言：尝随其师入蜀主孟昶宫中。一日大热，蜀主与花蕊夫人夜起避暑摩诃池上，作一词。朱具能记之。今四十年，朱已死，人无知此词者。但记其首两句，暇日寻味，岂《洞仙歌令》乎？乃为足之

冰肌玉骨，自清凉无汗。水殿风来暗香满。绣帘开、一点明月窥人，人未寝、欹枕钗横鬓乱。　　起来携素手，庭户无声，时见疏星渡河汉。试问夜如何，夜已三更，金波淡、玉绳低转。但屈指、西风几时来，又不道、流年暗中偷换。

集评：

陈师道《后山诗话》：费氏，蜀之青城人，以才色入蜀宫，后主嬖之，号花蕊夫人，效王建作宫词百首。国亡，入备后宫。太祖闻之，召使陈诗。诵其《国亡》诗云："君王城上竖降旗，妾在深宫那得知。十四万人齐解甲，更无一个是男儿。"太祖悦。盖蜀兵十四万，而王师数万尔。

胡仔《苕溪渔隐丛话》前集卷六〇载《漫叟诗话》引杨元素《本事曲》：钱塘有一老尼，能诵后主诗首章两句，后人为足其意以填此词。余尝见一士人诵全篇云："冰肌玉骨清无汗，水殿风来暗香暖。帘开明月独窥人，欹枕钗横云鬓乱。起来琼户启无声，时见

619

疏星渡河汉。屈指西风几时来,只恐流年暗中换。"又东坡《洞仙歌》序云(略)。苕溪渔隐曰:《漫叟诗话》所载《本事曲》,云钱塘一老尼能诵后主诗首章两句,与东坡《洞仙歌》序全然不同,当以序为正也。

又后集卷二六:苕溪渔隐曰:《后山诗话》谓"退之以文为诗,子瞻以诗为词,如教坊雷大使之舞,虽极天下之工,要非本色"。余谓后山之言过矣,子瞻佳词最多,其间杰出者,如(略)"冰肌玉骨,自清凉无汗"(夏夜词)(略)。凡此十余词,皆绝去笔墨畦径间,直造古人不到处,真可使人一唱而三叹。若谓以诗为词,是大不然。子瞻自言"平生不善唱曲,故间有不入腔处",非尽如此。后山乃比之教坊司雷大使舞,是何每况愈下?盖其谬耳。

周紫芝《竹坡诗话》卷二:"冰肌玉骨清无汗(略)。"世传此诗为花蕊夫人作,东坡尝用此诗作《洞仙歌》曲。或谓东坡托花蕊以自解耳,不可不知也。

张邦基《墨庄漫录》卷九:东坡作长短句《洞仙歌》,所谓"冰肌玉骨,自清凉无汗"者。公自叙云(略)。近见李公彦季成诗话,乃云(略),能诵后主诗首章两句,后人为足其意,以填此词。其说不同。予友陈兴祖德昭云,顷见一诗话,亦题云李季成作,乃全载孟蜀主一诗:"冰肌玉骨清无汗(略)。"云东坡少年遇美人,喜《洞仙歌》,又邂逅处景色暗相似,故隐括稍协律以赠之也。予以谓此说近之。据此乃诗耳。而东坡自叙乃云是《洞仙歌令》,盖公以此叙自晦耳。《洞仙歌》腔出近世,五代及国初未之有也。

张炎《词源》卷下《意趣》:词以意趣为主,要不蹈袭前人语意。如东坡(略)夏夜《洞仙歌》云:"冰肌玉骨(略)。"

《草堂诗余》卷三杨慎评:("绣帘开、一点明月窥人")"点"字妙,从"柳点千家小"点字用法。"山高月小"即"一点明月窥人"。

杨慎《词品》卷一《关山一点》:杜诗"关山同一点","点"字绝妙。东坡亦极爱之,作《洞仙歌》云"一点明月窥人",用其语也。(略)今书坊本改"点"作"照",语意索然。且"关山同一照",小儿亦能之,何必杜公也。幸《草堂诗余》可证。

又《花蕊夫人》:花蕊夫人,宫词之外,尤工乐府。蜀亡入汴,书葭萌驿壁云:"初离蜀道心将碎,离恨绵绵。春日如年。马上时时闻杜鹃。"书未毕,为军骑催行。后人续之云:"三千宫女皆花貌,妾最蝉娟。此去朝天。只恐君王宠爱偏。"花蕊见宋祖,犹作"更无一个是男儿"之诗,焉有随昶行而书此败节之语乎?续之者不惟虚空驾桥,而词之鄙,亦狗尾续貂矣。

李日华《味水轩日记》:此词首语"冰肌玉骨,自清凉无汗",旧传蜀花蕊夫人句,后皆坡翁续成之。豪华婉逸,如出一手,亦公自所得意者。染翰洒洒,想见其轩渠满志也。

尤侗《消夏词序》:"冰肌玉骨凉无汗,水殿风来暗香满。"蜀宫人纳凉词也。东坡演为《洞仙歌》,每一咏之,枕簟冷然,如含妃子玉鱼,如挂公主澄水帛。虽然,此天上事,吾何望哉?

沈雄《古今词话·词辨》下卷《洞仙歌》:徐萍村曰:按《漫叟诗话》,杨元素作《本事曲记》,东坡《洞仙歌》成,而后为士人寄调《玉楼春》,以诵全篇也。或传《玉楼春》为蜀主昶自制曲,若然,则东坡为衍词也,何以云足成之?

李调元《雨村词话》卷一《东坡点金》:蜀主孟昶"冰肌玉骨"一阕,本《玉楼春》调,苏子瞻《洞仙歌》隐括其词,反为添蛇足矣。《词综》谓为点金,信然。

宋翔凤《乐府余论·辨洞仙歌》:按《(渔隐)丛话》载《漫叟诗话》而辨之甚备,则元素《本事曲》,仍是东坡词所谓"见一士人诵全篇"云云者,乃《漫叟诗话》之言,不出元素也。元素与东坡同时,先后知杭州。东坡是追忆幼时词,当在杭足成之。元素至杭,闻歌此词,未审为东坡所足,事皆有之。东坡所见者蜀尼,故能记蜀宫词。若钱塘尼,何自得闻之也?《本事曲》已误。至所传"冰肌玉骨清无汗"一词,不过隐括苏词,然删去数虚字,语遂平直,了无意味。盖宋自南渡,典籍散亡,小书杂出,真伪互见,《丛话》多有别白。而竹垞《词综》,顾弃此录彼,意欲变《草堂》之所选,然亦千虑之一失矣。

邓廷桢《双砚斋词话·东坡洞仙歌》:东坡作《洞仙歌》,自述:"少时尝闻朱姓老尼(略)。"是东坡止用其调,而非袭其词。迨后蜀帅谢元明浚摩诃池,得石刻孟昶原词,首二句"冰肌玉骨,自清凉无汗",正与东坡所记相符。是昶词本作《洞仙歌》,尤无疑义。乃不知谁何别作《玉楼春》一阕,伪托蜀主原词,其语句乃取坡词剪裁而成,致为浅直。而小长芦《词综》不收坡制,转录赝词,且诋坡词为点金成铁。竹垞工于顾曲者,所嗜乃颠倒如此,非惟昧昧淄渑,抑且说诬燕郢矣。

又《东坡词高华》:东坡以龙骧不羁之才,树松桧特立之操,故其词清刚隽上,囊括群英。(略)《洞仙歌》之"试问夜如何,夜已三更,金波澹、玉绳低转",皆能籁之揉之,高华沉痛,遂为石帚导师。譬之慧能肇启南宗,实传黄梅衣钵矣。

黄氏《蓼园词评·桂枝香(登临送目)》:东坡"明月几时有""冰肌玉骨"二篇,(略)皆清空中出意趣,无笔力者难为。

陈廷焯《白雨斋词话》卷一《张惠言词选》:张氏(惠言)《词选》,可称精当,识见之超,有过于竹垞十倍者,古今选本,以此为最。(略)又东坡《洞仙歌》,只就孟昶原词敷衍成章,所感虽不同,终嫌依傍前人。《词综》讥其有点金之憾,固未为知己,而《词选》必推为杰构,亦不可解。至以吴梦窗为变调,摈之不录,所见亦左。总之,小疵不能尽免,于词中大段,却有体会。温、韦宗风,一灯不灭,赖此耳。

沈祥龙《论词随笔·词之妙在神不在迹》:词韶丽处,不在涂脂抹粉也。诵东坡"冰肌玉骨，自清凉无汗，水殿风来暗香满"句，自觉口吻俱香。悲慨处不在叹逝伤离也，诵耆卿"渐霜风凄紧，关河冷落，残照当楼"句，自觉神魂欲断。盖皆在神不在迹也。

王闿运《湘绮楼词选》：原本皆七言，以宜作词，故加成此，不必以续凫断鹤讥之。然原所谓疏星即此玉绳也，此则以为流星，又有下三句，痴男不若慧女，信矣。

郑文焯《大鹤山人词话》：坡老改添此词数字，诚觉气象万千，其声亦如空山鸣泉，琴筑竞奏。

八声甘州 寄参寥子

有情风、万里卷潮来，无情送潮归。问钱塘江上，西兴浦口，几度斜晖。不用思量今古，俯仰昔人非。谁似东坡老，白首忘机。　　记取西湖西畔，正暮山好处，空翠烟霏。算诗人相得，如我与君稀。约他年、东还海道，愿谢公，雅志莫相违。西州路，不应回首，为我沾衣。

集评：

葛立方《韵语阳秋》卷一一：东坡以侍读为礼部尚书，时正得志之秋，而陈无己寄其诗，乃云："经国向来须老手，有怀何必到壶头。遥知丹地开黄卷，解记清波没白鸥。"是劝其早休也。洎坡知定州，时事变矣，又为诗劝之曰："功名不朽聊通袖，海道勿违具一舟。"坡未能用其语，而已有南迁绝海之祸矣。所谓"海道勿违具一舟"者，盖用坡所作《八声甘州》"约他年、东还海道，愿谢公，雅志莫相违"之意以动公，而不知二句皆成谶也。

胡仔《苕溪渔隐丛话》后集卷二六：苕溪渔隐曰：《后山诗话》谓"退之以文为诗，子瞻以诗为词，如教坊雷大使之舞，虽极

623

天下之工，要非本色"。余谓后山之言过矣，子瞻佳词最多，其间杰出者，如（略）"有情风、万里卷潮来，无情送潮归"（别参寥词）（略）。凡此十余词，皆绝去笔墨畦径间，直造古人不到处，真可使人一唱而三叹。若谓以诗为词，是大不然。子瞻自言"平生不善唱曲，故间有不入腔处"，非尽如此。后山乃比之教坊司雷大使舞，是何每况愈下？盖其谬耳。

又卷三九:《晋书》:"谢安虽受朝寄，然东山之志，始末不渝，每形于颜色。及镇新城，尽室而行，造泛海之装，欲须经略粗定，自海道还东。雅志未就，遂遇疾笃还都，寻薨。羊昙为安所爱重，安薨后，辍乐弥年，行不由西州路。尝因大醉，不觉至州门。左右白曰:'此西州门。'昙悲感，以马策扣扉，诵曹子建诗曰:'生存华屋处，零落归山邱。'因恸哭而去。"东坡用此故事，若世俗之论，必以为成谶矣。然其词石刻后，东坡自题云:"元祐六年三月六日。"余以《东坡年谱》考之，元祐四年知杭州，六年召为翰林学士承旨，则长短句盖此时作也。自后复守颍徙扬，入长礼曹，出帅定武。至绍圣元年方南迁岭表，建中靖国元年北归，至常乃薨。凡十一载。则世俗成谶之论，安可信耶？

《草堂诗余》正集卷四沈际飞评:伸纸书去，亭亭无染，青莲出池。

王文诰《苏文忠公诗编注集成·编年总案》卷四一:（绍圣四年丁丑）寄参寥，作《八声甘州》词。诰案:参寥欲转海来见，大率因此词发也。果来，大可免难。此词当为丁丑作。

黄氏《蓼园词评·八声甘州（有情风万里卷潮来）》:此词不过叹其久于杭州，未蒙内召耳。次阕，见人地相得，便欲订终焉之意。未免有激之言，然意自尔豪宕。

陈廷焯《白雨斋词话》卷十:东坡《八声甘州（寄参寥子）》结数语云:"算诗人相得，如我与君稀。约他年、东还海道，愿谢公，雅

624

志莫相违。西州路,不应回首,为我沾衣。"寄伊郁于豪宕,坡老所以为高。

郑文焯《大鹤山人词话》:突兀雪山,卷地而来,真似钱塘江上看潮时,添得此老胸中数万甲兵,是何气象雄且杰。妙在无一字豪宕,无一语险怪,又出以闲逸感喟之情,所谓骨重神寒,不食人间烟火气者,词境至此观止矣。云锦成章,天衣无缝,是作从至情流出,不假熨贴之工。

阮郎归 初夏

绿槐高柳咽新蝉。薰风初入弦。碧纱窗下水沉烟。棋声惊昼眠。　　微雨过,小荷翻。榴花开欲然。玉盆纤手弄清泉。琼珠碎却圆。

集评:

沈雄《古今词话·词辨》上卷《阮郎归》:苏东坡《阮郎归》"绿槐高柳咽新蝉。薰风初入弦",此定体也。

黄氏《蓼园词评·阮郎归(绿槐高柳咽新蝉)》:按此词清和婉丽中风格自佳。

江神子 公旧注云:陶渊明以正月五日游斜川,临流班坐,

顾瞻南阜,爱曾城之独秀,乃作斜川诗,至今使人想见其处。元丰壬戌之春,余躬耕于东坡,筑雪堂居之。南挹四望亭之后丘,西控北山之微泉,慨然而叹,此亦斜川之游也

梦中了了醉中醒。只渊明。是前生。走遍人间,依旧

却躬耕。昨夜东坡春雨足,乌鹊喜,报新晴。　　雪堂西畔暗泉鸣。北山倾。小溪横。南望亭丘,孤秀耸曾城。都是斜川当日境,吾老矣,寄余龄。

集评:

王文诰《苏文忠公诗编注集成·编年总案》卷二一:(元丰五年壬戌二月)作。

郑文焯《大鹤山人词话》:读东坡先生词,于气韵格律,并有悟到空灵妙境,匪可以词家目之,亦不得不目为词家。世每谓其以诗入词,岂知言哉?董文敏论画曰:"同能不如独诣。"吾于坡仙之词亦云。

江神子　孤山竹阁送述古

翠蛾羞黛怯人看。掩霜纨。泪偷弹。且尽一尊,收泪唱阳关。漫道帝城天样远,天易见,见君难。　　画堂新构近孤山。曲阑干。为谁安。飞絮落花,春色属明年。欲棹小舟寻旧事,无处问,水连天。

集评:

傅藻《东坡纪年录》:(熙宁七年甲寅)送述古赴南都,作(略)《江神子》。

《草堂诗余》续集卷下天羽居士评:依依灼灼,喈喈哕哕,发蕴飞滞。

王文诰《苏文忠公诗编注集成·编年总案》卷一〇:(熙宁七年甲寅七月)与陈襄放舟湖上,燕于孤山竹阁,作《江神子》。

江神子 江景①

凤凰山下雨初晴。水风清。晚霞明。一朵芙蕖,开过尚盈盈。何处飞来双白鹭,如有意,慕娉婷。 忽闻江上弄哀筝。苦含情。遣谁听。烟敛云收,依约是湘灵。欲待曲终寻问取,人不见,数峰青。

集评:

张邦基《墨庄漫录》卷一:东坡在杭州,一日游西湖,坐孤山竹阁前临湖亭上,时二客皆有服,预焉。久之,湖心有一彩舟渐近亭前,靓妆数人,中有一人尤丽,方鼓筝,年且三十余,风韵娴雅,绰有态度。二客竞目送之。曲未终,翩然而逝。公戏作长短句云:"凤凰山下雨初晴(略)。"

袁文《瓮牖闲评》卷五:东坡倅钱塘日,忽刘贡父相访,因拉与同游西湖。时二刘方在服制中。至湖心,有小舟翩然至前,一妇人甚佳。见东坡,自叙:"少年景慕高名,以在室无由得见,今已嫁为民妻,闻公游湖,不避罪而来。善弹筝,愿献一曲,辄求一小词,以为终身之荣,可乎?"东坡不能却,援笔而成,与之。其词云(略)。此词岂不更奇于《卜算子》耶?

郑文焯《大鹤山人词话·东坡乐府》:《江城子·湖上与张先同赋》云:"凤凰山下雨初晴(略)。"宋袁文《瓮牖闲评》记此词为刘贡父兄弟作,换头处作"忽闻筵上起哀筝",此误作"江上",盖后人因"江上数峰青"句而以意改之。不知此词本事实,于湖上遇小舟,载佳人,自云:"慕公十余年,善筝,愿当筵献一曲,并赐以词为

---

① 傅本词题作《湖上与张先同赋,时闻弹筝》,元本、二妙集本、毛本作《湖上与张先同赋》。

荣。"词中所咏，皆当时事也。

江神子 _{猎词}[①]

老夫聊发少年狂。左牵黄。右擎苍。锦帽貂裘，千骑卷平冈。为报倾城随太守，亲射虎，看孙郎。　　酒酣胸胆尚开张。鬓微霜。又何妨。持节云中，何日遣冯唐。会挽雕弓如满月，西北望，射天狼。

集评：

苏轼《与鲜于子骏书》：所索拙诗，岂敢措手，然不可不作，特未暇耳。近却颇作小词，虽无柳七郎风味，亦自是一家，呵呵。数日前猎于郊外，所获颇多。作得一阕，令东州壮士抵掌顿足而歌之，吹笛击鼓以为节，颇壮观也。写呈取笑。

傅藻《东坡纪年录》：(熙宁八年乙卯)冬，祭常山回，与同官习射放鹰，(略)作《江神子》。

王文诰《苏文忠公诗编注集成·编年总案》卷一三：(熙宁八年乙卯十月)祭常山回，小猎，与梅户曹会猎铁沟，作诗并作《江城子》词。

江神子 _{恨别}

天涯流落思无穷。既相逢。却匆匆。携手佳人，和泪折残红。为问东风余几许，春纵在，与谁同。　　隋堤三

---

① 此篇，通行本词牌名为《江城子》，词题为《密州出猎》。

628

月水溶溶。背归鸿。去吴中。回首彭城，清泗与淮通。寄我相思千点泪，流不到，楚江东。

集评：

　　傅藻《东坡纪年录》：（元丰二年己未）二月移知湖州，别徐州，作《江神子》。

　　《草堂诗余》卷三杨慎评：结句从李后主"恰似一江春水向东流"转出，更进一步。

　　黄氏《蓼园词评·江城子（天涯流落思无穷）》：按彭城即徐州，泗水、汴水皆在焉。其形胜，东接齐鲁，北属赵魏，南通江淮，西控梁楚。意此时东坡于彭城遇旧好，又别之而赴淮扬，临别赠言也。先从自己流落写起，言旧好遇于彭城，又匆匆折残红以泣别。别后虽有春，不能共赏矣。隋堤，汴堤也，通于淮。言我沿隋堤而下维扬，回望彭城，相去已远。纵泗水流与淮通，而泪亦寄不到，为可伤也。"楚江东"谓扬州，古称"吴头楚尾"也，故曰吴中，又曰楚江东。

　　王文诰《苏文忠公诗编注集成·编年总案》卷一八：（元丰二年己未三月）以祠部员外郎、直史馆知湖州军州事，留别田叔通、寇元弼、石坦夫，作《江神子》词。

江神子　冬景

　　相逢不觉又初寒。对尊前。惜流年。风紧离亭，冰结泪珠圆。雪意留君君不住，从此去，少清欢。　　转头山下转头看。路漫漫。玉花翻。银海光宽，何处是超然。知道故人相念否，携翠袖，倚朱阑。

集评:

  傅藻《东坡纪年录》:(熙宁九年丙辰十二月)东武雪中送章传道,(略)作《江神子》词。

江神子 乙卯正月二十日夜记梦①

  十年生死两茫茫。不思量。自难忘。千里孤坟,无处话凄凉。纵使相逢应不识,尘满面,鬓如霜。　　夜来幽梦忽还乡。小轩窗。正梳妆。相顾无言,惟有泪千行。料得年年断肠处,明月夜,短松冈。

集评:

  傅藻《东坡纪年录》:(熙宁八年乙卯正月)二十日记梦,作《江神子》。

  王文诰《苏文忠公诗编注集成·编年总案》卷一三:(熙宁八年乙卯正月)二十日记梦,作《江神子》词。诰案:词注谓公悼亡之作,考通义郡君卒于治平二年乙巳,至是熙宁八年乙卯,正十年也。

蝶恋花 春景

  花褪残红青杏小。燕子飞时,绿水人家绕。枝上柳绵吹又少。天涯何处无芳草。　　墙里秋千墙外道。墙外行人,墙里佳人笑。笑渐不闻声渐悄。多情却被无情恼。

---

①《全宋词》无词题,据曹本补。

集评:

魏庆之《诗人玉屑》卷二一《东坡蝶恋花》:东坡《蝶恋花》词（略）。予得真本于友人处,"绿水人家绕"作"绿水人家晓"。"多情却被无情恼",盖行人多情,佳人无情尔。此二字极有理趣,而"绕"与"晓"自霄壤也。

《林下词谈》:子瞻在惠州,与朝云闲坐,时青女初至,落木萧萧,凄然有悲秋之意。命朝云把大白,唱"花褪残红",朝云歌喉将啭,泪满衣襟,子瞻诘其故,答曰:"奴所不能歌,是'枝上柳绵吹又少。天涯何处无芳草'也。"子瞻翻然大笑曰:"是吾政悲秋,而汝又伤春矣。"遂罢。朝云不久抱疾而亡,子瞻终身不复听此词。

《草堂诗余》正集卷二:"枝上"二句,断送朝云。"一声何满子,肠断李延年",正若是耳。

《草堂诗余》卷三杨慎评:("绿水人家绕")"晓"字胜于"绕"字,"晓"字有味,"绕"字呆,可悟字法。

俞彦《爰园词话·好词不易改》:古人好词即一字未易弹,亦未易改。子瞻"绿水人家绕",别本作"晓",为《古今词话》所赏。愚谓"绕"字虽平,然是实境,"晓"字无畔著,试通咏全篇便见。

王士禛《花草蒙拾·坡公轶伦绝群》:"枝上柳绵",恐屯田缘情绮靡,未必能过。孰谓坡但解作"大江东去"耶?髯直是轶伦绝群。

尤侗《三十二芙蓉词序》:东坡"柳绵"之句,可入女郎红牙;使屯田赋《赤壁》,必不能制将军铁板之声也。

先著、程洪《词洁辑评》卷二:坡公于有韵之言,多笔走不守之憾。后半手滑,遂不能自由。少一停思,必无此矣。

项安世《项氏家说》卷八:余又谓"枝上柳绵吹渐少。天涯何处无芳草",此意亦深切。余在会稽,尝作《送春》诗曰:"堕红一片已堪疑,吹至杨花事可知。借问春归谁与伴,泪痕都付石榴枝。"

盖兼用两词之意，书生此念，千载一辙也。

沈雄《古今词话·词品》上卷《句法》："枝上柳绵吹又少。天涯何处无芳草"，苏东坡《蝶恋花》句，在可解不可解之间，姬人朝云日夕歌之，竟以病终。

又《词辨》下卷《蝶恋花》：《冷斋夜话》：东坡词云："花褪残红青杏小（略）。"东坡过海南，诸姬惟朝云随行，日咏"枝上柳绵"二句，每到流泪。及病亟，犹不释口也。东坡为作《西江月》悼之。

冯金伯《词苑萃编》卷一一《纪事》引《东坡集》：东坡制《蝶恋花》词云："花褪残红青杏小（略）。"常令朝云歌之。云唱至"柳绵"句，辄为掩抑，惆怅如不自胜。坡问之，曰："妾所不能竟者，'天涯何处无芳草'句也。"

黄氏《蓼园词评·蝶恋花（花褪残红青杏小）》："柳绵"自是佳句，而次阕尤为奇情四溢也。

李佳《左庵词话》卷下《东坡词》：苏东坡词云："架上秋千墙外道。墙外行人，墙里佳人笑。笑渐不闻声渐杳。多情却被无情恼。"此亦寓言，无端至谤之喻。

王闿运《湘绮楼词选》：此则逸思，非文人所宜。

蝶恋花 送春

雨后春容清更丽。只有离人，幽恨终难洗。北固山前三面水。碧琼梳拥青螺髻。　　一纸乡书来万里。问我何年，真个成归计。白首送春拚一醉。东风吹破千行泪。

集评：

傅藻《东坡纪年录》：（熙宁七年甲寅）得乡书，作《蝶恋花》。

蝶恋花 暮春

簌簌无风花自弹。寂寞园林,柳老樱桃过。落日多情还照坐。山青一点横云破。　　路尽河回千转柁。系缆渔村,月暗孤灯火。凭仗飞魂招楚些。我思君处君思我。

集评:

邵博《邵氏闻见后录》卷一九:东坡别李公择长短句"凭仗飞魂招楚些。我思君处君思我",退之《与孟东野书》"以余心之思足下,知足下悬悬于余"之意也。

傅藻《东坡纪年录》:(熙宁十年丁巳)公择守齐,(略)又作《蝶恋花》别公择。

《草堂诗余》别集卷二沈际飞评:"落日"二句敲空有响。

蝶恋花 密州上元

灯火钱塘三五夜,明月如霜,照见人如画。帐底吹笙香吐麝。此般风味应无价[1]。　　寂寞山城人老也。击鼓吹箫,乍入农桑社。火冷灯稀霜露下。昏昏雪意云垂野。

集评:

傅藻《东坡纪年录》:(熙宁八年乙卯)公在密州。上元作《蝶恋花》。

---

[1] 傅本此句作"更无一点尘随马"。

蝶恋花 述怀

云水萦回溪上路。叠叠青山，环绕溪东注。月白沙汀翘宿鹭。更无一点尘来处。　　溪叟相看私自语。底事区区，苦要为官去。尊酒不空田百亩。归来分得闲中趣。

集评：

王文诰《苏文忠公诗编注集成·编年总案》卷二五：(元丰八年乙丑六月)初闻起知登州，公将行，有怀荆溪，作《蝶恋花》词。诰案：词云"溪上"，即荆溪也。信为起知登州临去所作。自后入掌制命，出典雄藩，以及南迁海外，请老毗陵，未克践"归来"之语。读公述怀词，为之怃然也。

蝶恋花

春事阑珊芳草歇。客里风光，又过清明节。小院黄昏人忆别。落红处处闻啼鴂。　　咫尺江山分楚越。目断魂销，应是音尘绝。梦破五更心欲折。角声吹落梅花月。

集评：

杨慎《词品》卷一《仄韵绝句》：宋人作诗与唐远，而作词不愧唐人，亦不可晓。《太平广记》载妖女一词云："五原分袂真胡越，燕折莺离芳草歇。年少烟花处处春，北邙空恨清秋月。"其词亦佳。坡词"春事阑珊芳草歇"亦用其语。或疑"歇"字似趁韵，非也。唐刘瑶诗："瑶草歇芳心耿耿。"皆有出处，一字不苟如此。

王士禛《花草蒙拾·坡词惊心动魄》："春事阑珊芳草歇"一首，凡六十字，字字惊心动魄。"只为一声河满子，下泉须吊孟才人"，恐无此魂销也。

沈雄《古今词话·词品》上卷《用字》：芳草歇，王丽真"燕拆莺离芳草歇"，苏长公"春事阑珊芳草歇"，俱本康乐诗"芳草亦未歇"来。

黄氏《蓼园词评·蝶恋花（春事阑珊芳草歇）》：沈际飞曰：乌啼花落，梦回月落，一境惨一境。通首是别后远忆之词，非赠别之作。题作离别尚未确。

千秋岁　次韵少游

岛边天外。未老身先退。珠泪溅，丹衷碎。声摇苍玉佩。色重黄金带。一万里。斜阳正与长安对。　　道远谁云会。罪大天能盖。君命重，臣节在。新恩犹可觊。旧学终难改。吾已矣。乘桴且恁浮于海。

集评：

吴曾《能改斋词话》卷二《秦少游唱和千秋岁词》：秦少游所作《千秋岁》词，予尝见诸公倡和亲笔，乃知在衡阳时作也。少游云，至衡阳呈孔毅甫使君，其词云云，今更不载。毅甫本云次韵少游见赠，其词云（略）。其后东坡在儋耳，侄孙苏元老因赵秀才还自京师，以少游、毅甫所赠酬者寄之，东坡乃次韵，录示元老，且云："便见其超然自得，不改其度之意。"其词云："岛边天外（略）。"

永遇乐　寄孙巨源

长忆别时，景疏楼上，明月如水。美酒清歌，留连不住,月随人千里。别来三度,孤光又满,冷落共谁同醉。卷珠帘,凄然顾影,共伊到明无寐。　　今朝有客,来从淮上,能道使君深意。凭仗清淮,分明到海,中有相思泪。而今何在,西垣清禁,夜永露华侵被。此时看,回廊晓月,也应暗记。

集评:

　　傅藻《东坡纪年录》:(熙宁七年甲寅)海州寄巨源,作《永遇乐》。

　　王文诰《苏文忠公诗编注集成·编年总案》卷一〇:(熙宁八年乙卯正月)寄孙洙,作《永遇乐》。诰案:此词有"别来三度,孤光又满"句,乃与巨源相别三月,而客至东武,为道巨源寄语,故作此词。时巨源以同修起居注、知制诰召还,计其必已自淮入京,故又有"而今何在,西垣清禁"及"此时看,回廊晓月"等句,道其锁宿之情事也。此词作于乙卯正月,确不可易。施注于《广陵会三同舍·孙巨源》题下云:"东坡与巨源既别于海州景疏楼,后登此楼怀巨源作《永遇乐》。"误甚。

永遇乐 公旧注云:夜宿燕子楼,梦盼盼,因作此词。一

云:徐州梦觉此,登燕子楼作

　　明月如霜,好风如水,清景无限。曲港跳鱼,圆荷泻露,寂寞无人见。纮如三鼓,铿然一叶,黯黯梦云惊断。夜茫茫,重寻无处,觉来小园行遍。　　天涯倦客,山中归路,望断故园心眼。燕子楼空,佳人何在,空锁楼中燕。古今如梦,何曾梦觉,但有旧欢新怨。异时对,黄楼夜景,为余

浩叹。

集评：

曾敏行《独醒杂志》卷三：东坡守徐州，作燕子楼乐章，方具稿，人未知之。一日，忽哄传于城中，东坡讶焉，诘其所从来，乃谓发端于逻卒。东坡召而问之。对曰："某稍知音律，尝夜宿张建封庙，闻有歌声，细听乃此词也，记而传之，初不知何谓。"东坡笑而遣之。

胡仔《苕溪渔隐丛话》后集卷二六：苕溪渔隐曰：《后山诗话》谓"退之以文为诗，子瞻以诗为词，如教坊雷大使之舞，虽极天下之工，要非本色"。余谓后山之言过矣，子瞻佳词最多，其间杰出者，如（略）"明月如霜，好风如水，清景无限"（夜登燕子楼词）（略）。凡此十余词，皆绝去笔墨畦径间，直造古人不到处，真可使人一唱而三叹。若谓以诗为词，是大不然。子瞻自言"平生不善唱曲，故间有不入腔处"，非尽如此。后山乃比之教坊司雷大使舞，是何每况愈下？盖其谬耳。

杨万里《诚斋诗话》：客有自秦少游许来见东坡。坡问少游近有何诗句，客举秦《燕子楼词》云："小楼连苑横空，下临绣毂雕鞍骤。"坡笑曰："又连苑，又横空，又绣毂，又雕鞍，又骤，也劳攘。坡亦有此，云：'燕子楼中，佳人何在，空锁楼中燕。'"

张炎《词源》卷下：词用事最难，要体认著题，融化不涩，如东坡《永遇乐》云"燕子楼空，佳人何在，空锁楼中燕"，用张建封事。（略）此皆用事，不为事所使。

先著、程洪《词洁辑评》卷五："野云孤飞，去来无迹"，石帚之词也。此词亦当不愧此品目，仅叹赏"燕子楼空"十三字者，犹属附会浅夫。

徐釚《词苑丛谈》卷三：东坡夜登燕子楼，梦盼盼，因作《永遇乐》词云（略）。后秦少游自会稽入京，见东坡。坡云："久别当作文甚胜，都下盛唱公'山抹微云'之词。"秦逊谢，坡遽云："不意别后，公却学柳七。"秦答曰："某虽无识，亦不至是。先生之言无乃过乎？"坡云："'销魂当此际'，非柳词句法乎？"秦惭服。又问别作何词，秦举"小桥连苑横空，下窥绣毂雕鞍骤"。坡云："十三个字，只说得一个人骑马楼前过。"秦问先生近著，坡云："亦有一词，说楼上事。"乃举"燕子楼空，佳人何在，空锁楼中燕"。晁无咎在座，云："三句说尽张建封燕子楼一段事，奇哉。"

刘体仁《七颂堂词绎》：词有与古诗同妙者，（略）"燕子楼空，佳人何在，空锁楼中燕"，平生少年之篇也。

黄氏《蓼园词评·满庭芳（山抹微云）》：秦问坡近著，坡举"燕子楼空，佳人何在，空锁楼中燕"。无咎在座，谓三句，说尽张建封一段事，大以为奇。词之不易工如此。蔡伯世云："子瞻辞胜乎情，耆卿情胜乎词，情辞相称者，惟少游而已。"其推重如此。

又《南乡子（霜降水痕收）》：沈际飞曰：（略）东坡升沉去住，一生莫定，故开口说梦。如云"人间如梦""世事一场大梦""未转头时皆梦""古今如梦，何曾梦觉""君臣一梦，今古虚名"，屡读之，胸中鄙吝，自然消去。

王文诰《苏文忠公诗编注集成·编年总案》卷一六：（元丰元年戊午十月十五日）梦登燕子楼，翌日，往寻其地，作《永遇乐》词。

郑文焯《手批东坡乐府》：公以"燕子楼空"三句语秦淮海，殆以示咏古之超宕，贵神情不贵迹象也。

行香子　过七里滩

一叶舟轻。双桨鸿惊。水天清、影湛波平。鱼翻藻鉴，鹭点烟汀。过沙溪急，霜溪冷，月溪明。　　重重似画，曲曲如屏。算当年、虚老严陵。君臣一梦,今古虚名。但远山长,云山乱,晓山青。

集评:

《草堂诗余》别集卷三沈际飞评:傲世。名直是不必有的,名之误人,去利无几。

王文诰《苏文忠公诗编注集成·编年总案》卷九:(熙宁六年癸丑二月)自新城放棹桐庐,过严陵濑,作《行香子》词。

行香子 <small>与泗守过南山,晚归作</small>

北望平川。野水荒湾。共寻春、飞步孱颜。和风弄袖,香雾萦鬟。正酒酣时,人语笑,白云间。　　飞鸿落照,相将归去,澹娟娟、玉宇清闲。何人无事,宴坐空山。望长桥上,灯火乱,使君还。

集评:

楼钥《跋东坡行香子词》:《挥麈第三录》载东坡自黄州移汝州,中道起守文登,舟次泗上,偶作词云:"何人无事,燕坐空山。望长桥上,灯火闹,使君还。"太守刘士彦,法家者流,山东水强人也,闻之,亟谒东坡云:"知有新词,学士名满天下,一出则京师便传。在法,泗州夜过长桥者徒二年,况知州耶? 切告收起,勿以示人。"东坡笑曰:"轼一生罪过,开口不在徒二年以下。"吾乡丰吏部叔贾谊倅盱眙,游南山寺,有老僧云:"寺旧有苦条木一段,上有东坡亲书《行香子》词,后沉于深水中。亟募人取得之,遗墨如新,就刻其上。寻为一军官买去,析为枪杆矣。"此词惟曾宝文端伯所编本有之,亦云"与泗守游南山作",则《挥麈》所载殆未尽,岂与之同游后乃阅其词耶？偶从丰氏得墨本，既登之石，又以寄施使君武子，请刻之，以为都梁一段嘉话。

傅藻《东坡纪年录》：(元丰七年甲子)十二月，同泗州太守游南山，过七里滩，作《行香子》。

先著、程洪《词洁辑评》卷二：末语风致嫣然，便是画意。

冯金伯《词苑萃编》卷二一《辨证》引苕溪渔隐语：淮北之地平夷，自京师至汴口并无山。惟隔淮方有南山。米元章名其山为第一山。有诗云：“京洛风尘千里还，船头出没翠屏间。莫能衡霍撞星斗，且是东南第一山。”此诗刻在南山石崖上。石崖之侧，有东坡《行香子》词，后题云：“与泗守游南山作。”字画是东坡所书小字，但无姓名。崇、观间，禁元祐文字，遂镵去之。余顷居泗上，皆打得此二碑，至今尚存。其词云：“北望平川(略)。”

黄氏《蓼园词评·行香子(北望平川)》：凡游览题，易于平呆，最难做得超隽。“飞鸿”二句，情景交融，自具隽旨。结句于旁观著笔，笔笔有余妍。亦是跳脱生新之法。

王文诰《苏文忠公诗编注集成·编年总案》卷二四：(元丰七年甲子十二月)与刘士彦山行晚归，作《行香子》词。

菩萨蛮 西湖

秋风湖上萧萧雨。使君欲去还留住。今日漫留君。明朝愁杀人。　　佳人千点泪。洒向长河水。不用敛双蛾。路人啼更多。

集评：

傅藻《东坡纪年录》：(熙宁七年甲寅)送述古赴南都，作(略)《菩萨蛮》。

翻香令

金炉犹暖麝煤残。惜香更把宝钗翻。重闻处,余熏在,这一番、气味胜从前。　　背人偷盖小蓬山。更将沉水暗同然。且图得,氤氲久,为情深、嫌怕断头烟。

集评:

《草堂诗余》别集卷二沈际飞评:遮遮掩掩,孰谓坡老不解作儿女语。

虞美人　《本事集》云:陈述古守杭,已及瓜代。未交前数日,宴僚佐于有美堂,因请贰车苏子瞻赋词,子瞻即席而就,寄《摊破虞美人》①

湖山信是东南美。一望弥千里。使君能得几回来。便使尊前醉倒、且徘徊。　　沙河塘里灯初上。水调谁家唱。夜阑风静欲归时。惟有一江明月、碧琉璃。

集评:

傅藻《东坡纪年录》:(熙宁七年甲寅)述古将去,作《虞美人》。

王文诰《苏文忠公诗编注集成·编年总案》卷一二:(熙宁七年甲寅)七月,(略),陈襄将罢任,宴僚佐于有美堂,作《虞美人》。

---

①傅本词题作《为杭守陈述古作》。

哨遍　公旧序云：陶渊明赋《归去来》，有其词而无其声。

余治东坡，筑雪堂于上，人俱笑其陋。独鄱阳董毅夫过而悦之，有卜邻之意。乃取《归去来》词，稍加檃括，使就声律，以遗毅夫。使家僮歌之，时相从于东坡，释耒而和之，扣牛角而为之节，不亦乐乎

为米折腰，因酒弃家，口体交相累。归去来，谁不遣君归。觉从前皆非今是。露未晞。征夫指予归路，门前笑语喧童稚。嗟旧菊都荒，新松暗老，吾年今已如此。但小窗容膝闭柴扉。策杖看孤云暮鸿飞。云出无心，鸟倦知还，本非有意。　　噫。归去来兮。我今忘我兼忘世。亲戚无浪语，琴书中有真味。步翠麓崎岖，泛溪窈窕，涓涓暗谷流春水。观草木欣荣，幽人自感，吾生行且休矣。念寓形宇内复几时，不自觉皇皇欲何之。委吾心、去留谁计。神仙知在何处，富贵非吾志。但知临水登山啸咏，自引壶觞自醉。此生天命更何疑。且乘流、遇坎还止。

集评：

苏轼《与朱寿昌书》：董义夫相聚多日，甚欢，未尝一日不谈公美也。旧好诵陶渊明《归去来》，常患其不入音律，近辄微加增损，作《般涉调哨遍》，虽微改其词，而不改其意，请以《文选》及本传考之，方知字字皆非创入也。谨作小楷一本寄上，却求为书，抛砖之谓也。亦请录一本与郭元弼，为病倦，不及别作书也。

黄庭坚《与李献父知府书》：遍观古碑刻，无有用草书者，自于体制不相当，如子瞻以《哨遍》填《归去来》，终不同律也。

曹冠《燕喜词叙》：议者曰：少游诗似曲，东坡曲似诗。盖东坡

平日耿介直谅，故其为文似其为人。歌赤壁之词，使人抵掌激昂，而有击楫中流之心。歌《哨遍》之词，使人甘心淡泊，而有种菊东篱之兴。俗士则酣寐而不闻。

张炎《词源·杂论》卷下：《哨遍》一曲，隐括《归去来辞》，更是精妙，周、秦诸人所不能到。

沈义父《乐府指迷·豪放与协律》：近世作词者，不晓音律，乃故为豪放不羁之语，遂借东坡、稼轩诸贤自诿。诸贤之词，固豪放矣，不豪放处，未尝不协律也。如东坡之《哨遍》、杨花《水龙吟》，稼轩之《摸鱼儿》之类，则知诸贤非不能也。

傅藻《东坡纪年录》：（元丰五年壬戌）拟斜川之游，以渊明《归去来词》，隐括为《哨遍》。

《草堂诗余》卷五杨慎评：《醉翁亭》《赤壁》前后赋，当时俱括为词，俱泊然无味，独此东坡《归去词》独胜，不特其音律之谐也。《后山诗话》谓东坡以诗为词，如教坊雷大使之舞，极天下之工，要非本色。不知东坡自云平生不善唱曲，间有不入腔处，非尽如此也。见此，则东坡又善唱矣，后山何比况之下也。

《草堂诗余》正集卷六沈际飞评："谁不遣君归"，棒喝。隐括浑似东坡特作者。诗变而为骚，骚变而为词，皆可歌也。渊明以赋为词，故东坡云然。

贺裳《皱水轩词筌·苏黄隐括体不佳》：东坡隐括《归去来辞》，山谷隐括《醉翁亭》，皆堕恶趣。天下事为名人所坏者，正自不少。

王文诰《苏文忠公诗编注集成·编年总案》卷二一：（元丰五年壬戌）董钺来游雪堂，有卜邻意，公约《归去来词》，作《哨遍》，使其家僮扣牛角而歌之。

冯金伯《词苑萃编》卷九《指摘·坡词破碎》引《滹南诗话》云：东坡酷爱《归去来辞》，既次其韵，又衍为长短句，又裂为集字诗，破碎甚矣。陶文信美，亦何必尔，是亦未免近俗也。

李佳《左庵词话》卷下《东坡词》：东坡《哨遍》词，运化《归去来辞》，非有大力量不能。此类后人不易学，亦不必学。强为之，万不能好。

俞樾《徐诚庵荔园词序》：古人之诗，无不可歌者。《三百篇》以至汉魏，无论矣。至唐人而永丰杨柳之篇，禁中奏御；黄河远上之章，旗亭传唱。盖诗与乐犹未分也。其后以五言、七言限于字句，不能畅达其意，乃为长短之句，抑扬顿挫，以寄流连往复之思，而词兴焉。词兴而诗于是不尽可歌矣。词之初兴，小令而已。椎轮大辂，踵事而增。柴桑归去之辞，东坡衍之而成《哨遍》；屈子《东皇太一》之歌，高疏寮采其意而成《莺啼序》。一唱三叹，大放厥词，实开元人北曲之权舆焉。

张德瀛《词徵》卷五《陈翼论苏词》：宋牧仲谓宋诗多沉僿，近少陵；元诗多轻扬，近太白。然词之沉僿，无过子瞻。长乐陈翼论其词云："（略）歌《哨遍》之词，使人甘心澹泊，而有种菊东篱之兴。"可谓知言。

哨遍 春词

睡起画堂，银蒜押帘，珠幕云垂地。初雨歇，洗出碧罗天，正溶溶养花天气。一霎暖风回芳草，荣光浮动，掩皱银塘水。方杏靥匀酥，花须吐绣，园林排比红翠。见乳燕捎蝶过繁枝。忽一线炉香逐游丝。昼永人闲，独立斜阳，晚来情味。　　便乘兴携将佳丽。深入芳菲里。拨胡琴语，轻拢慢捻总掭利。看紧约罗裙，急趣檀板，霓裳入破惊鸿起。颦月临眉，醉霞横脸，歌声悠扬云际。任满头红雨落花飞。渐鸦鹊楼西玉蟾低。尚徘徊、未尽欢意。君看今古悠悠,浮宦人间世。这些百岁,光阴几日,三万六千而已。醉乡路稳不妨行,但人生、要适情耳。

集评:

赵令畤《侯鲭录》卷七:东坡老人在昌化,尝负大瓢行歌于田间。有老妇年七十,谓坡云:"内翰昔日富贵,一场春梦。"坡然之。里人呼此媪为"春梦婆"。

杨慎《词品》卷一《银蒜》:东坡《哨遍》词:"睡起画堂,银蒜押帘,珠幕云垂地。"(略)银蒜,盖铸银为蒜形,以押帘也。宋元亲王纳妃,公主下降,皆有银蒜帘押几百双。

许昂霄《词综偶评·宋词》:先言景,后言情,先言昼,后言夜,层次一丝不紊。楼敬思云:"词到工处,未有不静细者,此亦静细之一端也。"("银蒜押帘"二句)先从室中说起。("初雨歇"六句)次言景象。("方杏靥匀酥"五句)次言物类。("独立斜阳"二句)勒住。("便携将佳丽"二句)接入行乐。("拨胡琴语"二句)鸣弦。("看紧约罗裙"三句)看舞。("軃月临眉"三句)徵歌。("君看今古悠悠"至末)总收。

丁绍仪《听秋声馆话》卷一一《周济哨遍词》:《东坡集》载《哨遍》二阕,一隐括《归去来辞》,一赋春宴云:"睡起画堂(略)。"虽两词平仄句读均有出入,而字数则同。《词综》于"軃月"句上落"正"字,"一霎"句"时"字作"晴"字,均误。汲古阁本"时"字作"暖",换头句作"便乘兴携将佳丽","花飞"下多"坠"字,"红翠"作"翠红","悠飏"作"悠扬",亦非。"飏"字应读去声。此调,宋以后作者绝少,荆溪周保绪教授济赋秋兴云:"黄叶半林(略)。"句读叶韵,系用苏公隐括《归去来辞》词体,不支不蔓,直可追步坡尘。

645

张德瀛《词微》卷一《词与风诗意义相近》：词有与风诗意义相近者，自唐迄宋，前人巨制，多寓微旨。如（略）苏子瞻"睡起画堂"，《山枢》劝饮食也。

点绛唇

闲倚胡床，庾公楼外峰千朵。与谁同坐。明月清风我。　　别乘一来，有唱应须和。还知么。自从添个。风月平分破。

集评：

楼钥《跋袁光禄与东坡同官事迹》：元祐五年（袁毂）倅杭州，东坡为郡守，相得甚欢。（略）如"别乘一来""风月平分破"之词，最为脍炙，正为公而作，则其宾主之间风流，可想而知也。

《草堂诗余》续集卷上天羽居士评：目空一世，身置九霄，了无吝意。

王世贞《艺苑卮言》引《词苑》：子瞻"与谁同坐。明月清风我""明月几时有，把酒问青天"，快语也。（略）其词浓与淡之间也。

诉衷情　送述古迓元素

钱塘风景古来奇。太守例能诗。先驱负弩何在，心已誓江西。　　花尽后，叶飞时。雨凄凄。若为情绪，更问新官，向旧官啼。

集评：

　　傅藻《东坡纪年录》：（熙宁七年甲寅）送述古迓元素，作《诉衷情》。

　　王文诰《苏文忠公诗编注集成·编年总案》卷一二：（熙宁七年甲寅七月）杨绘自应天来代，作《诉衷情》。

阳关曲 中秋作 本名小秦王，入腔即阳关曲

　　暮云收尽溢清寒。银汉无声转玉盘。此生此夜不长好，明月明年何处看。

集评：

　　苏轼《记阳关第四声》：旧传阳关三叠，然今歌者，每句再叠而已，通一首言之，又是四叠。皆非是。或每句三唱，以应三叠之说，则丛然无复节奏。余在密州，有文勋长官，以事至密，自云得古本阳关，其声宛转凄断，不类向之所闻，每句皆再唱，而第一句不叠。乃知唐本三叠盖如此。及在黄州，偶读乐天《对酒》诗云："相逢且莫推辞醉，新唱阳关第四声。"注："第四声：'劝君更尽一杯酒。'"以此验之，若第一句叠，则此句为第五声矣，今为第四声，则第一不叠审矣。

　　又《书彭城观月诗》："暮云收尽溢清寒（略）。"余十八年前中秋夜，与子由观月彭城，作此诗，以《阳关》歌之。今复此夜宿于赣上，方迁岭表，独歌此曲，聊复书之，以识一时之事，殊未觉有今夕之悲，惘知有他日之喜也。

　　胡仔《苕溪渔隐丛话》后集卷二三：古人赋中秋诗，例皆咏月而已，少有著题者，惟王元之云"莫辞终夕看，动是隔年期"，苏子瞻云"暮云收尽溢清寒（略）"，盖庶几焉。

旧题王十朋《集注分类东坡先生诗》卷一八引次公曰:三诗各自说事,(略)先生皆以阳关歌之,乃聚为一处。

陆游《老学庵笔记》卷五:世言东坡不能歌,故所作乐府词多不协。晁以道云:"绍圣初,与东坡别于汴上,东坡酒酣,自歌《古阳关》。"则公非不能歌,但豪放不喜裁翦以就声律耳。

杨万里《诚斋诗话》:五七字绝句最少,而最难工,虽作者亦难得四句全好者。(略)东坡云(略)。四句皆好矣。

刘克庄《二苏公中秋月诗跋》:二苏公彭城中秋月倡和七言,可拍谪仙之肩。坡五言清丽者似鲍、庚,闲杂者似韦、柳。前人中秋之作多矣,至此一洗万古而空之。

又《后村诗话》后集卷一:("此生此夜不长好"二句)与高适"今年人日空相忆,明年人日知何处"之句暗合。

蔡正孙《诗林广记》后集卷三《苏轼》:愚谓东坡此诗之意,又有《十月十五日观月黄楼席上次韵》云:"为问登临好风景,明年还忆使君无?"又《和子由山茶盛开》云:"雪里盛开知有意,明年开后更谁看。"王元之《黄州竹楼记》云:"未知明年,又在何处。"近世有赋《赏春》词,末句云:"不知来岁牡丹时,再相逢何处。"噫,好景不常,盛事难再。读此语,则令人有岁月飘忽之感云。

范晞文《对床夜语》卷三:高适《九日》诗云:"纵使登高只断肠,不如独坐空搔首。"老杜有"羞将短发还吹帽,笑倩旁人为整冠",亦反其事也。结句云"明年此会知谁健,醉把茱萸仔细看",与刘希夷"今年花落颜色改,明年花开复谁在"之意同。气长句雅,俱不及杜。戴叔伦《对月》云:"明年此夕游何处,纵有清光知对谁。"欲脱其胎而不可,盖才力不逮也。东坡用其意,作《中秋月》诗云:"此生此夜不长好,明月明年何处看。"遂成绝句。

方回《瀛奎律髓·月类序》:著题诗中,梅、雪、月最难赋,故特以为类。中秋月尤难赋,"此夜一轮满,清光何处无",僧贯休句也;

648

"此生此夜不长好,明月明年何处看",东坡句也;"万山不隔中秋月",山谷一句尤奇。

翁方纲《石洲诗话》卷三:《阳关》之声,今无可考。但就此三诗绎之,与右丞"渭城"之作,若合符节。今录于此以记之(略)。其法以首句平起,次句仄起,三句又平起,四句又仄起,而第三句与四句之第五字,各以平仄互换。又第二句之第五字,第三句之第七字,皆用上声,譬如填词一般。渔洋先生谓"绝句乃唐乐府",信不诬也。

吴衡照《莲子居词话》卷一:唐七言绝歌法,若《竹枝》《柳枝》《清平调》《雨淋铃》《阳关》《小秦王》《八拍蛮》《浪淘沙》等阕,但异其名,即变其腔。至宋而谱之,存者独《小秦王》耳。故东坡《阳关曲》借《小秦王》之声歌之。《渔隐丛话》云:《小秦王》必杂以虚声乃可歌。此即《乐府指迷》所谓教师唱家之有衬字。其中二十八字为正格,余皆格外字,以取便于歌,如古乐府妃呼豨云云。凡七言绝皆然,不独《小秦王》也。元人歌《阳关》衍至一百余字,想亦借《小秦王》之声,非当时裂笛之旧已。

王文诰《苏文忠公诗编注集成·编年古今体诗》卷一五引江藩语:《阳关词》,古人但论三叠,不论声调,以王维一首定此词平仄。此三诗,与摩诘毫发不爽。

郑文焯《大鹤山人词话》:"不"字律妙句天成。

阳关曲 军中

受降城下紫髯郎。戏马台南旧战场。恨君不取契丹首,金甲牙旗归故乡。

王文诰《苏文忠公诗编注集成·编年古今体诗》卷一五《阳关词三首·赠张继愿》：王注次公曰：三诗各自说事，先生皆以阳关歌之，乃聚为一处，标其题曰《阳关三绝》。诰案：别本题止《军中》二字，施本题作《右赠张继愿》，列于诗后。其《答李公择》《中秋月》二题并同。

减字木兰花 立春①

春牛春杖。无限春风来海上。便与春工。染得桃红似肉红。　　春幡春胜。一阵春风吹酒醒。不似天涯。卷起杨花似雪花。

傅藻《东坡纪年录》：（元符二年己卯）立春日，作《减字木兰花》。

减字木兰花 春月

春庭月午。摇荡香醪光欲舞。步转回廊。半落梅花婉娩香。　　轻云薄雾。总是少年行乐处。不似秋光。只与离人照断肠。

《苕溪渔隐丛话》前集卷四一引《后山诗话》：苏公居颍，春夜

---

① 傅本词题作《己卯儋耳春词》。

对月。王夫人曰："春月可喜,秋月使人愁耳。"公谓前未及也,遂作词曰："不似秋光。只与离人照断肠。"老杜云："秋月解伤神。"语简而益工也。^①

赵令畤《侯鲭录》卷四:元祐七年正月,东坡先生在汝阴,州堂前梅花大开,月色鲜霁。先生王夫人曰:"春月色胜如秋月色,秋月色令人凄惨,春月色令人和悦,何如召赵德麟辈来饮此花下。"先生大喜曰:"吾不知子能诗邪! 此真诗家语耳。"遂相召与二欧饮,用是语作《减字木兰花》词。

傅藻《东坡纪年录》:(元祐七年壬申)二月十五夜,与德麟小酌聚星堂,作《减字木兰花》。

毛晋《后山词跋》:宋人好著诗话,未有著词话者。惟后山集中略载一二。(略)苏公居颍春夜对月,王夫人曰:"春月可喜,秋月使人愁耳。"公谓前未及也,遂作词曰:"不似秋光,只与离人照断肠。"

减字木兰花 五月二十四日,会于无咎之随斋。主人

汲泉置大盆中,渍白芙蓉,坐客翛然,无复有病暑意

回风落景。散乱东墙疏竹影。满坐清微。入袖寒泉不湿衣。 梦回酒醒。百尺飞澜鸣碧井。雪洒冰麓。散落佳人白玉肌。

集评:

傅藻《东坡纪年录》:(元祐七年壬申)五月,(略)二十四日会无咎随斋,汲泉渍白芙蓉,不复有病暑意,作《减字木兰花》。

———————

①按:今本《后山诗话》无此条。

浣溪沙　游蕲水清泉寺。寺临兰溪，溪水西流

　　山下兰芽短浸溪。松间沙路净无泥。萧萧暮雨子规啼。　　谁道人生无再少，门前流水尚能西。休将白发唱黄鸡。

集评：

　　苏轼《东坡志林》卷一《游沙湖》：黄州东南三十里为沙湖，亦曰螺师店，予买田其间。因往相田得疾，闻麻桥人庞安常善医而聋，遂往求疗。安常虽聋，而颖悟绝人，以纸画字，书不数字，辄深了人意。予戏之曰："予以手为口，君以眼为耳，皆一时异人也。"疾愈，与之同游清泉寺。寺在蕲水郭门外二里许，有王逸少洗笔泉，水极甘，下临兰溪，溪水西流，予作歌云（略）。是日剧饮而归。

　　陆游《入蜀记》卷四：十七日过回风矶，无大山，盖江滨石碛耳。然水急浪涌，舟过甚艰。过兰溪，东坡先生所谓"山下兰芽短浸溪"者。

　　曾敏行《独醒杂志》卷二：徐公师川尝言，东坡长短句有云："山下兰芽短浸溪，松间沙路净无泥。"白乐天诗云："柳桥晴有絮，沙路润无泥。""净""润"两字，当有能辨之者。

　　先著、程洪《词洁辑评》卷一：坡公韵高，故浅浅语亦觉不凡。

　　许昂霄《词综偶评·宋词》：（"松间沙路净无泥。萧萧暮雨子规啼"）何减"两边山木合，终日子规啼"耶？（"休将白发唱黄鸡"）香山诗："听唱黄鸡与白日。"

　　陈廷焯《白雨斋词话》卷六《东坡浣溪沙》：东坡《浣溪沙》（游蕲水清泉寺）云："谁道人生难再少，君看流水尚能西。休将白发唱黄鸡。"愈悲郁，愈豪放，愈忠厚。令我神往。

　　王文诰《苏文忠公诗编注集成·编年总案》卷二一：（元丰五

年壬戌三月）疾愈，与庞医游清泉寺，饮王羲之洗笔泉，傃徉兰溪之上，作《浣溪沙》词。

浣溪沙 春情

　　道字娇讹苦未成。未应春阁梦多情。朝来何事绿鬟倾。　　彩索身轻长趁燕，红窗睡重不闻莺。困人天气近清明。

集评：

　　《草堂诗余》续集卷上天羽居士评：首句却生。

　　贺裳《皱水轩词筌·子瞻春闺词》：苏子瞻有铜琶铁板之讥，然其《浣溪沙（春闺）》曰："彩索身轻常趁燕，红窗睡重不闻莺。"如此风调，令十七八女郎歌之，岂在"晓风残月"之下。

　　沈雄《古今词话·词话》上卷《欧黄丽语》：弇州曰：永叔、长公，极不能作丽语，而亦有之。永叔如"当路游丝萦醉客，隔花啼鸟唤行人"，长公如"彩索身轻常趁燕，红窗睡重不闻莺"，胜人百倍。

　　又《词品》上卷《句法》：人谓东坡惟唱"大江东去"，至如"彩索身轻"等语，使十七八女郎歌之，又岂在"晓风残月"之下。

浣溪沙 十二月二日，雨后微雪，太守徐君猷携酒见过，坐

上作《浣溪沙》三首。明日酒醒，雪大作，又作二首（选一首）

其一

覆块青青麦未苏。江南云叶暗随车。临皋烟景世间

无。　　雨脚半收檐断线，雪林初下瓦疏珠。归来冰颗乱黏须。

集评：

傅藻《东坡纪年录》：（元丰四年辛酉）十二月二日，雨后微雪，君猷携酒见过，作《浣溪沙》。

浣溪沙 徐门石潭谢雨，道上作五首（选二首）

其一

照日深红暖见鱼。连溪绿暗晚藏乌。黄童白叟聚睢盱。　　麋鹿逢人虽未惯，猿猱闻鼓不须呼。归家说与采桑姑。

集评：

王文诰《苏文忠公诗编注集成·编年总案》卷一六：（元丰元年戊午三月）时方春旱（略），祷既应，赴潭谢雨，道中作《浣溪沙》词。

其四

簌簌衣巾落枣花。村南村北响缲车。牛衣古柳卖黄瓜。　　酒困路长惟欲睡，日高人渴漫思茶。敲门试问野人家。

集评：

曾季狸《艇斋诗话》：东坡在徐州，作长短句云："半依古柳卖

654

黄瓜。"今印本作"牛衣古柳卖黄瓜",非是。予尝见坡墨迹作"半依",乃知"牛"字误也。

　　胡仔《苕溪渔隐丛话》前集卷五六引《高斋诗话》:东坡长短句云:"村南村北响缲车。"参寥诗云:"隔村仿佛闻机杼,知有人家在翠微。"秦少游云:"菰蒲深处疑无地,忽有人家笑语声。"三诗大同小异,皆奇句也。

　　王士禛《花草蒙拾·春晓亭子》:"牛衣古柳卖黄瓜",非坡仙无此胸次。

浣溪沙　元丰七年十二月二十四日,从泗州刘倩叔游南山

　　细雨斜风作晓寒。淡烟疏柳媚晴滩。入淮清洛渐漫漫。　　雪沫乳花浮午盏,蓼茸蒿笋试春盘。人间有味是清欢。

集评:

　　王文诰《苏文忠公诗编注集成·编年总案》卷二四:(元丰七年甲子十二月)二十四日同刘倩叔游南山,作《浣溪沙》词。

浣溪沙　徐州藏春阁园中

　　惭愧今年二麦丰。千畦细浪舞晴空。化工余力染夭红。　　归去山公应倒载,阑街拍手笑儿童。其时名作锦薰笼。

集评:

　　傅藻《东坡纪年录》卷一八:(元丰元年戊午)作《浣溪沙》词。

浣溪沙

缥缈红妆照浅溪。薄云疏雨不成泥。送君何处古台西。　　废沼夜来秋水满,茂林深处晚莺啼。行人肠断草凄迷。

集评:

傅藻《东坡纪年录》:(元丰元年戊午)送颜、梁,作《浣溪沙》。

浣溪沙 方响

花满银塘水漫流。犀槌玉板奏凉州。顺风环佩过秦楼。　　远汉碧云轻漠漠,今宵人在鹊桥头。一声敲彻绛河秋。

集评:

《草堂诗余》续集卷上天羽居士评:织女事,感慨歌者。

沈雄《古今词话·词品》上卷《用字》:方响,苏东坡有《浣溪沙》词,专咏方响者,"犀槌玉版奏凉州""一声敲彻绛河秋"是也。按梁始为方响,以代磬,用铁为之。廉郊弹琵琶,池内跃出方响一片,物类相感如此。

荷华媚 荷花

霞苞电荷碧。天然地、别是风流标格。重重青盖下,千娇照水,好红红白白。　　每怅望、明月清风夜,甚低迷不语,妖邪无力。终须放、船儿去,清香深处住,看伊颜色。

集评:

　　刘熙载《艺概》卷四:东坡《定风波》云:"尚余孤瘦雪霜姿。"《荷华媚》云:"天然地、别是风流标格。""雪霜姿""风流标格",学坡词者,便可从此领取。

　　李调元《雨村词话》卷一《夭邪》:东坡《荷花媚》词有句云:"妖邪无力。"按:妖应作夭,音歪。出白乐天《长庆集》诗自注。今俱作妖,刻误也。

青玉案 和贺方回韵,送伯固归吴中故居

　　三年枕上吴中路。遣黄耳、随君去。若到松江呼小渡。莫惊鸥鹭,四桥尽是,老子经行处。　　辋川图上看春暮。常记高人右丞句。作个归期天已许。春衫犹是,小蛮针线,曾湿西湖雨。①

集评:

　　况周颐《蕙风词话》卷二《东坡青玉案》:东坡词《青玉案》,用贺方回韵,送伯固归吴中,歇拍云:"作个归期天应许。春衫犹是,小蛮针线,曾湿西湖雨。"上三句,未为甚艳。"曾湿西湖雨"是清语,非艳语。与上三句相连属,遂成奇艳、绝艳,令人爱不忍释。坡公天仙化人,此等词犹为非其至者,后学已未易摹仿其万一。

---

①按此首别作蒋璨词,见《乐府雅词拾遗》卷上。《苕溪渔隐丛话》前集卷五九引《桐江诗话》谓姚进道作,《阳春白雪》卷五作姚志道词。

657

附录一：苏诗总评

苏辙《子瞻和陶渊明诗集引》：东坡先生谪居儋耳，置家罗浮之下，独与幼子过负担渡海。葺茅竹而居之，日啖荔芋，而华屋玉食之念不存于胸中。平生无所嗜好，以图史为园圃，文章为鼓吹，至此亦皆罢去。独喜为诗，精深华妙，不见老人衰惫之气。是时辙亦迁海康，书来告曰："古之诗人有拟古之作矣，未有追和古人者也。追和古人则始于东坡。吾于诗人无所甚好，独好渊明之诗。渊明作诗不多，然其诗质而实绮，癯而实腴。自曹、刘、鲍、谢、李、杜诸人，皆莫及也。吾前后和其诗凡百数十篇，至其得意，自谓不甚愧渊明。今将集而并录之，以遗后之君子，子为我志之。然吾于渊明，岂独好其诗也哉？如其为人，实有感焉。渊明临终疏告俨等：'吾少而穷苦，每以家贫东西游走，性刚才拙，与物多忤，自量为己必贻俗患，僶勉辞世，使汝等幼而饥寒。'渊明此语盖实录也。吾今真有此病而不早自知。半生出仕，以犯世患，此所以深服渊明，欲以晚节师范其万一也。"嗟夫！渊明不肯为五斗米一束带见乡里小人，而子瞻出仕三十余年，为狱吏所折困，终不能悛，以陷于大难，乃欲以桑榆之末景，自托于渊明，其谁肯信之？虽然，子瞻之仕，其出入进退犹可考也。后之君子其必有以处之矣。孔子曰："述而不作，信而好古，窃比于我老彭。"孟子曰："曾子、子思同道。"区区之迹，盖未足以论士也。辙少而无师，子瞻既冠而学成，先君命辙师焉。子瞻常称辙诗有古人之风，自以为不若也。然自其斥居东坡，其学日进，沛然如川之方至。其诗比杜子美、李太白为有余，遂与渊明比。辙虽驰骤从之，常出其后。其和渊明，辙继之者亦一二焉。

又《亡兄子瞻端明墓志铭》：(轼)尝谓辙曰："吾视今世学者，独子可与我上下耳。"既而谪居于黄，杜门深居，驰骋翰墨，其文一变，如川之方至，而辙瞠然不能及矣。(略)公诗本似李、杜，晚喜陶渊明，追和之者几遍，凡四卷。

朋九万《乌台诗案·监察御史里行舒亶札子》：太子中允、集贤殿校理、权监察御史里行舒亶札子："臣伏见知湖州苏轼近《谢上表》，有讥切时事之言，流俗翕然，争相传诵。忠义之士，无不愤惋。且陛下自新美法度以来，异论之人，固不为少，然其大，不过文乱事实，造作谣说，以为摇夺沮坏之计；其次，又不过腹非背毁，行察坐伺，以幸天下之无成功而已。至于包藏祸心，怨望其上，讪讟慢骂，而无复人臣之节者，未有如轼也。盖陛下发钱以本业贫民，则曰：'赢得儿童语音好，一年强半在城中。'陛下明法以课试郡吏，则曰：'读书万卷不读律，致君尧舜知无术。'陛下兴水利，则曰：'东海若知明主意，应教斥卤变桑田。'陛下谨盐禁，则曰：'岂是闻韶解忘味，迩来三月食无盐。'其他触物即事，应口所言，无一不以讥谤为主。小则镂板，大则刻石，传播中外，自以为能。其尤甚者，至远引衰汉梁、窦专朝之士，杂取小说燕蝠争晨昏之语，旁属大臣，而缘以指斥乘舆，盖可谓大不恭矣！"

陈师道《后山诗话》：诗欲其好，则不能好矣。王介甫以工，苏子瞻以新，黄鲁直以奇。而子美之诗，奇常、工易、新陈，莫不好也。

又：苏诗始学刘禹锡，故多怨刺，学不可不慎也。晚学太白，至其得意，则似之矣。然失于粗，以其得之易也。

又：往时青幕之子妇，妓也，善为诗词。同府以词挑之，妓答曰："清词丽句，永叔、子瞻曾独步；似恁文章，写得出来当甚强。"

又：退之以文为诗，子瞻以诗为词，如教坊雷大使之舞，虽极天下之工，要非本色。今代词手，惟秦七、黄九尔，唐诸人不逮也。

晁说之《和陶引辩》：东坡先生和陶诗，不见老人衰惫之气，如何？曰：孰敢以血气之盛衰而论盛德之士耶！又有拟古之作而未有追和古人者，如何？曰：亦所未喻也。梁吴均《和梁鸿在会稽赠友人高伯达》《和郭林宗赠徐子孺》《和扬雄就人乞酒不得作诗嘲之》，唐李贺《追和何谢铜雀妓》《追和柳恽汀洲白蘋》章，盖亦多矣。虽然，和不次韵，奈何？曰：时也，方观鸟迹时，可责以锺、张之法度乎？又问：曹、刘、鲍、谢、李、杜诸诗人皆莫及陶渊明，如何？曰：未之前闻也。若其所闻者，梁锺嵘作《诗品》，其中品陶彭泽出于应璩、左思，文体省静，辞兴婉惬，每观其文，想其人之德，世叹其直，如"欢言醉春酒""日暮天无云"，风华清靡，岂直为田舍语耶？古今隐逸诗人之宗也。如嵘之论，则彭泽为隐逸诗人之宗，而曹、刘、鲍、谢、李、杜者，岩廊诗人之宗也。窃尝譬之，曹、刘、鲍、谢、李、杜之诗，五经也，天下之大中正也。彭泽之诗，老氏也，虽可以抗五经，而未免为一家之言也。嗟夫，应璩之激，左思之放，本出于刘而祖于曹，未易容后来者胜之也，又安得而措一言于李、杜间耶！或以东坡之诗胜李、杜而比渊明者，其言大可惧哉！如以谓笃爱陶诗而服勤焉，唯见于东坡，则江淹之所拟，今泛滥入于陶之集中，未有辩之者。韦苏州、白乐天之所效者，皆极闲远之所致，亦皆优于曹、刘、鲍、谢、李、杜耶？又问：区区之迹未足以论士，如何？曰：是心与迹判之论也，吾温公斥之矣，盖论士者必以区区之迹。吾友有喜和陶诗者，因为辩之云尔。

又《题东坡诗》：柳子厚诗与陶渊明同流，前乎东坡，未有发之者。《檀弓》则又东坡窥之，以学为文章者。

又《题鲁直尝新柑帖》：元祐末，有苏、黄之称。渐不平之，或曰：苏公自有芍药之评。恐未必然也。

胡仔《苕溪渔隐丛话》后集卷三三引张舜民语:苏东坡之诗,如武库初开,矛戟森然,不觉令人神懔,仔细检点,不无利钝。

陈善《扪虱新话》上集卷六:东坡亦尝和陶诗百余篇,自谓不甚愧渊明。然坡诗语亦微伤巧,不若陶诗体合自然也。要知陶渊明诗,须观江文通杂体诗中拟渊明者,方是逼真。

陈秀明《东坡文谈录》:子由云:"东坡谪居儋耳,独善为诗,精深华妙,不见老人衰惫之气。"鲁直亦云:"东坡岭外文字,读之使人耳目聪明,如清风自外来也。"

杨时《龟山语录》:为文要有温柔敦厚之气。对人主语言及章疏文字,温柔敦厚尤不可无。如子瞻诗多于讥玩,殊无恻怛爱君之意。

又:作诗不知风雅之意,不可以作。诗尚谲谏,唯言之者无罪,闻之者足以戒,乃为有补。若谏而涉于毁谤,闻者怒之,何补之有? 观苏东坡诗,只是讥诮朝廷,殊无温柔敦厚之气,以此人故得而罪之。

范季随《陵阳先生室中语》:诗道无有穷尽,如少陵出峡、子瞻过海后诗愈工。若使二公出峡过海后未死,作之不已,则尚有妙处,又不止于是也。

惠洪《冷斋夜话》卷一:东坡在惠州,尽和渊明诗。时鲁直在黔南,闻之,作偈曰:"子瞻谪海南,时宰欲杀之。饱吃惠州饭,细和渊明诗。渊明千载人,子瞻百世士。出处固不同,风味亦相似。"

吴炯《五总志》:(黄庭坚)始受知于东坡先生,而名达夷夏,遂有苏、黄之称。坡虽喜出我门下,然胸中似不能平也。故后之学者因生分别,师坡者萃于浙右,师谷者萃于江右。以余观之,大是云门盛于吴,临济盛于楚。云门老婆心切,接人易与,人人自得,以为得法,而于众中求脚根点地者,百无二三焉;临济棒喝分明,勘辩极峻,虽得法者少,往往崭然见头角,如徐师川、余荀龙、洪玉父昆弟、欧阳元老,皆黄门登堂入室者,实自足以名家。噫!坡、谷之道一也,特立法与嗣法者不同耳。彼吴人指楚人为江西之流,大非公论。

强行父《唐子西文录》:诗在与人商论,深求其疵而去之,等闲一字放过则不可,殆近法家,难以言恕矣,故谓之诗律。东坡云:"敢将诗律斗深严。"余亦云:律伤严,近寡恩。大凡立意之初,必有难易二途,学者不能强所劣,往往舍难而趋易,文章罕工,每坐此也。作诗自有稳当字,第思之未到耳。

吴可《藏海诗话》:学诗当以杜为体,以苏、黄为用,拂拭之则自然波峻,读之铿锵。盖杜之妙处藏于内,苏、黄之妙发于外。

又:东坡诗不无精粗,当汰之。叶集之云:"不可。于其不齐不整中时见妙处为佳。"

又:东坡豪,山谷奇,二者有余,而于渊明则为不足,所以皆慕之。

周紫芝《见王提刑书》:东坡之疾快,似太白之豪放,要之才俸气类,同一来处,故易到耳。

又《竹坡诗话》卷二:余读东坡《和梵天僧守诠》小诗,所谓"但闻烟外钟,不见烟中寺。幽人行未已,草露湿芒屦。唯应山头月,夜夜照来去。"未尝不喜其清绝过人远甚。晚游钱塘,始得诠诗云:"落日寒蝉鸣,独归林下寺。松扉竟未掩,片月随行屦。时闻犬吠声,更入青萝去。"乃知其幽深清远,自有林下一种风流。东坡老人虽欲回三峡倒流之澜,与溪壑争流,终不近也。

蔡絛《诗评》:东坡诗天才宏放,宜与日月争光。凡古人所不到处,发明殆尽,万斛泉源,未为过也。然颇恨方朔极谏,时杂以滑稽,故罕逢酝藉。

李之仪《与孙肖之书》:前蒙示及读渊明诗有味,乃是才业稍进尔,兼长者正宜深读陶诗也。此境界难入,如东坡笃好之,然所和只是其诗加闲放尔，了无一点气格。

吕本中《与曾吉甫论诗第一帖》：东坡、太白诗，虽规摹广大，学者难依，然读之使人敢道，澡雪滞思，无穷苦艰难之状，亦一助也。要之，此事须令有所悟入，则自然超越诸子。悟入之理，正在工夫勤惰间耳。（略）近世次韵之妙，无出苏、黄，虽失古人唱酬之本意，然用韵之工，使事之精，有不可及者。

又《与曾吉甫论诗第二帖》：规摹既大，波澜自阔，少加治择，功已倍于古矣。试取东坡黄州以后诗如《种松》《医眼》之类，及杜子美歌行及长韵近体诗看，便可知。（略）近世江西之学者，虽左规右矩，不遗余力，而往往不知出此，故百尺竿头，不能更进一步，亦失山谷之旨也。

阮阅《诗话总龟》后集卷三一：老杜歌行与长韵律诗，后人莫及；而苏、黄用韵、下字、用故事处，亦古所未到。

陈鹄《耆旧续闻》卷二：学文须熟看韩、柳、欧、苏，先见文字体式，然后更考古人用意下句处。学诗须熟看老杜、苏、黄，亦先见体式，然后遍考他诗，自然工夫度越过人。

又：自古以来，语文章之妙，广备众体，出奇无穷者，唯东坡一人。极风雅之变，尽比兴之体，包括众作，本以新意者，唯豫章一人。此二者当永以为法。

张邦基《墨庄漫录》卷五：世谓子瞻诗多用小说中事，而介甫诗则无有也。予谓介甫诗亦为用之，比子瞻差少耳。

许颉《彦周诗话》：东坡海南诗、荆公钟山诗，超然迈伦，能追逐李、杜、陶、谢。

又：东坡诗，不可指摘轻议，词源如长河大江，飘沙卷沫，枯槎束薪，兰舟绣鷁，皆随流矣。珍泉幽涧，澄泽灵沼，可爱可喜，无一点尘滓，只是体不似江湖。读者幸以此意求之。

邵博《邵氏闻见后录》卷一四：东坡早得文章之法于《庄子》，

故于诗文多用其语。

又卷一六：有童子问予东坡《梅花》诗"玉奴终不负东昏"。按《南史》，齐东昏侯妃潘玉儿，有国色。牛僧孺《周秦行记》："薄太后曰：牛秀才远来，谁为伴？潘妃辞曰：东昏侯以玉儿身亡国除，不拟负他。"注云："玉儿，妃小字。"东坡正用此事，以"玉儿"为"玉奴"，误也。又《过岐亭陈季常》诗："不见卢怀慎，燕壶似燕鸭。"按《卢氏杂记》，郑馀庆约客食，戒中厨烂蒸去毛，勿拗项折。客为蒸鹅鸭。既就食，各置蒸壶芦一枚于前。则蒸壶似蒸鸭者郑馀庆，非卢怀慎，亦误也。又《送子由出疆》诗："忆昔庚寅降屈原，旋看蜡凤戏僧虔。"按《南史》，王昙首内集，听子孙为戏，僧达跳地作虎子。僧虔累十二博棋，不坠落。僧绰采蜡烛作凤皇。则以蜡凤戏者僧绰，非僧虔，亦误也。又《和徐积》诗："杀鸡未肯邀季路，裹饭应须问子来。"按《庄子》，子舆与子桑友，而霖雨十日。子舆曰："子桑殆疾矣！"裹饭往食之。则裹饭者子舆，非子来，亦误也。又《谢黄师是送酒》诗："偶逢元放觅拄杖，不觉麹生来坐隅。"检《左慈元放传》，无拄杖酒事。按抱朴子《列仙传》，孔元方每饮酒，以拄杖卓地倚之，倒其身，头在下，足在上。则拄杖酒事乃孔元方，非左元放，亦误也。又《和李邦直》诗："恨无扬子一区宅，懒卧元龙百尺楼。"按陈登字元龙，许汜与刘备在刘表坐，表与备共论天下人。汜曰："陈元龙湖海之士，豪气不除。"备问汜宁有事邪？汜曰："昔过下邳见元龙，元龙无客主之意，久不相与语，自上大床卧，使客卧下床。"备曰："君有国士之名，今天下大乱，无救世之意，而求田问舍，言无可采，是元龙所讳也，何当与君语？如小人欲卧百尺楼上，卧君于地，何止上下床之间邪？"表大笑。则百尺楼者刘备，非元龙，亦误也。又《豆粥》诗："湿薪破灶自燎衣，饥寒顿解刘文叔。"按汉史，王郎起，光武自蓟东南驰，至南宫县，遇大风雨，引车入道旁空舍，冯异抱薪，邓禹爇火，光武对灶燎衣。冯异进麦饭，非豆粥，若芜蒌亭豆粥，则无湿薪破灶燎衣等事，亦误也。又《和刘景文听琵琶》诗："犹胜江左狂灵运，共斗东昏百草须。"按唐刘梦得《嘉话》，晋谢灵运美须，临刑施为南海祗洹寺维摩塑像须。寺之人宝惜，初无亏损。至中宗朝，安乐公主五日斗百草，欲广物色，令驰驿取之，又恐为他所得，尽弃其余。则以灵运须斗百草者，唐安乐公主，非齐东昏侯，亦误也。又《会猎》诗："不向如皋闲射雉，归来何以得卿卿。"按《左传》昭公二十八年，贾大夫娶妻美，御以如皋，射雉，获之。杜氏注："为妻御之皋泽。"则如当训之，非地名，亦误也。又《海市》诗："潮阳太守南迁归，喜见石廪堆祝融。"按韩退之《谒衡岳》诗"紫盖连延接天柱，石廪腾掷堆祝融"，又云"窜逐蛮夷幸不死"，故以为退之迁潮阳归日作。是未详退之先谪阳山令，徙掾江陵日，委舟湘流，往观衡岳之语。乃云"潮阳太守南迁归"，亦误也。周《诗》"大姒嗣徽音"者，大姒嗣大任耳。大任于大姒，君姑也，有嗣之义。《司马文正行状》："二圣嗣位。"哲宗于神庙为子，曰"嗣位"则可；宣仁后于神庙为母，曰"嗣位"则不可。亦误也。又《二疏赞》："孝宣中兴，以法驭人。杀盖、韩、杨，盖三良臣。先生怜之，振袂脱屣。使知区区，不足骄士。"三良臣，谓盖宽饶、韩延寿、杨恽也。意以孝宣杀此三人，故二疏去之耳。按汉史，孝宣地节三年，疏广为皇太子太傅，兄子受为少傅。至元康四年，俱谢病去。后二年，当神爵二年九月，司隶校尉盖宽饶下有司，自杀。又三年，当五凤元年十二月，左冯翊韩延寿弃市。又一年，当五凤二年十二月，平通侯杨恽要斩，皆在二疏去之后。以二疏因杀三人而去者，亦误也。佛书"日月高悬，盲者不见"。《日喻》"眇者不识日"，眇能视，非盲也，岂不识？亦误也。又序："谢自然欲过海求师，或谓蓬莱隔弱水三万里，不可到。天台有司马子微，身居赤城，名在绛阙，可往从之。自然可还授道于子微，白日仙去。"按子微以开元十五年死于王屋山，自然生于大历

665

五年,至贞元十年仙去,是子微死四十三年自然始生。乃云"自然授道于子微",亦误也。东坡信天下后世者,宁有误邪? 予应之曰:"东坡累误千百,尚信天下后世也。"童子更曰:"有是言,凡学者之误亦许矣。"予曰:"尔非东坡,奈何?"

张戒《岁寒堂诗话》卷上:黄鲁直自言学杜子美,子瞻自言学陶渊明,二人好恶,已自不同。鲁直学子美,但得其格律耳;子瞻则又专称渊明,且曰"曹、刘、鲍、谢、李、杜诸子皆不及也"。夫鲍、谢不及则有之,若子建、李、杜之诗,亦何愧于渊明? 即渊明之诗,妙在有味耳,而子建诗,微婉之情、洒落之韵、抑扬顿挫之气,固不可以优劣论也。(略)苏子瞻学刘梦得,学白乐天、太白,晚而学渊明。(略)其始也学之,其终也岂能过之?

又:诗以用事为博,始于颜光禄而极于杜子美。以押韵为工,始于韩退之而极于苏、黄。然诗者,志之所之也。情动于中而形于言,岂专意于咏物哉? 子建"明月照高楼,流光正徘徊",本以言妇人清夜独居愁思之切,非以咏月也,而后人咏月之句,虽极其工巧,终莫能及。渊明"狗吠深巷中,鸡鸣桑树颠",本以言郊居闲适之趣,非以咏田园也,而后人咏田园之句,虽极其工巧,终莫能及。故曰"言之不足,故长言之。长言之不足,故咏叹之。咏叹之不足,故不知手之舞之,足之蹈之"。后人所谓含不尽之意者此也,用事押韵,何足道哉! 苏、黄用事押韵之工,至矣尽矣,然究其实,乃诗人中一害。使后生只知用事押韵之为诗,而不知咏物之为工,言志之为本也,风雅自此扫地矣。

又:《国风》《离骚》固不论,自汉、魏以来,诗妙于子建,成于李、杜,而坏于苏、黄。余之此论,固未易为俗人言也。子瞻以议论作诗,鲁直又专以补缀奇字,学者未得其所长,而先得其所短,诗人之意扫地矣。段师教康昆仑琵琶,且遣不近乐器十余年,忘其故态。学诗亦然。苏、黄习气净尽,始可以论唐人诗。唐人声律习气净尽,始可以论六朝诗。镌刻之习气净尽,始可以论曹、刘、李、杜诗。《诗序》云:"情动于中而形于言,言之不足,故嗟叹之。"子建、李、杜皆情意有余,汹涌而后发者也。刘勰云:"因情造文,不为文造情。"若他人之诗,皆为文造情耳。沈约云:"相如工为形似之言,二班长于情理之说。"刘勰云:"情在词外曰隐,状溢目前曰秀。"梅圣俞云:"含不尽之意,见于言外;状难写之景,如在目前。"三人之论,其实一也。

又:元微之《戏赠韩舍人》云:"玉磬声声彻,金铃个个圆。高疏明月下,细腻早春前。"此律诗法也。五言律诗,若无甚难者,然国朝以来,惟东坡最工,山谷晚年乃工。

又:陶渊明、柳子厚之诗,得东坡而后发明。

又:如介甫、东坡皆一代宗匠,然其词气,视太白一何远也!

朱弁《风月堂诗话》卷上:东坡文章,至黄州以后,人莫能及,唯黄鲁直诗时可以抗衡。晚年过海,则虽鲁直亦瞠若乎其后矣。或谓东坡过海虽为不幸,乃鲁直之大不幸也。

又:参寥在诗僧中独无蔬笋气,又善议论。尝与客评诗,客曰:"世间故实小说,有可以入诗者,有不可以入诗者。惟东坡全不拣择,入手便用。如街谈巷说、鄙俚之言,一经坡手,似神仙点瓦砾为黄金,自有妙处。"参寥曰:"老坡牙颊间别有一副炉鞴,他人岂可学耶?"座客无不以为然。

又卷下:其和人诗用韵妥帖圆成,无一字不平稳。盖天才能驱驾,如孙、吴用兵,虽市井乌合,亦皆为我臂指,左右前却,在我顾盼间,莫不听顺也。前后集似此类者甚多,往往有唱首不能逮者。

又《曲洧旧闻》卷九:或曰:东坡诗始学刘梦得,不识此论诚然乎哉?予应之曰:予建中靖国间在参寥座,见宗子士暕以此问参寥,参寥曰:"此陈无己之论也。东坡天才,无施不可以少也。实嗜梦得诗,故造词遣言,峻峙渊深,时有梦得波峭。然无己此论,施于黄州以前可也。坡自元丰末还朝后，出入李、杜，则梦得已有奔逸绝尘之叹矣。无己近来得渡岭越海篇章，行吟坐咏，不绝舌吻。常云：'此老深入少陵堂奥，他人何可及！'其心悦诚服如此，则岂复守昔日之论乎？"予闻参寥此说三十余年矣，不因吾子，无由发也。

邓肃《诗评》：或人问诗于邓子，邓子曰：诗有四忌，学白居易者忌平易，学李长吉者忌奇僻，学李太白者忌怪诞，若学作举子诗者，尤忌说功名。平易之过，如钞录账目，了无精采。奇僻之过，如作隐语，专以罔人。怪诞之过，有类乞丐道人，作飞仙无根语。论功名之过，如谄谀卦影诗，不说青紫则必论旌麾，此尤可羞也。若能不作此数格，然后可以论诗。东坡曰："要知西掖承平事，记取刘郎种竹初。"此虽平易，自有精采。又曰："阳虫陨羿丧厥喙，羽渊之化帝祝尾。"此虽奇僻，自非隐语。又曰："岁寒冰冷天地闭，为我起蛰鞭鱼龙。"此虽怪诞，要非乞丐道人所能近似也。至论功名，则曰："正与群帝骖龙翔，独留杞梓扶明堂。"是岂复有卦影气味乎？此四者，不可以笔墨求之，要运于笔墨之外者，自有所谓浩然之气，充塞乎天地之间。学者不可不知也。

葛立方《韵语阳秋》卷二：鲁直谓东坡作诗，未知句法。

赵夔《类注东坡先生诗序》：东坡先生读书数千万卷，学术文章之妙，若太山北斗，百世尊仰，未易可窥测藩篱，况堂奥乎！然仆自幼岁诵其诗文，手不暂释，其初如涉大海，浩无津涯，孰辨淄渑泾渭，而鱼龙异状，莫识其名，既穷山海变怪，然后了然无有疑者。崇宁年间，仆年志于学，逮今三十年，一句一字，推究来历，必欲见其用事之处。经史子传，僻书小说，图经碑刻，古今诗集，本朝故事，无所不览。又于道释二藏经文，亦常遍观抄节。及询访耆旧老成间，其一时见闻之事，有得既已多矣。顷者，赴调京师，继复守官，累与小坡叔党游从至熟，叩其所未知者，叔党亦能为仆言之。仆既慕先生甚切，精诚感通，一日梦先生野服乘驴，若世之所画李太白者,惠然见访。仆方坐一室中,书史环列,起而迎见。先生顾仆喜曰:"天下之乐,莫大于此。"了无他语。又一日,梦与先生对谈,因问水仙王事,即答以茫昧之语,殊不可晓,不知何意也。仆于此诗分五十门,总括殆尽。凡偶用古人两句,用古人一句,用古人六字、五字、四字、三字、二字,用古人上下句中各四字、三字、一字相对,止用古人意,不用字;所用古人字,不用古人意,能造古人意,能造古人不到妙处;引一时事,一句中用两故事;疑不用事而是用事,疑是用事而不用事;使道经僻事、释经僻事、小说僻事、碑刻中事、州县图经事,错使故事使古人作用字成一家句法;全类古人诗句用事有所不尽,引用一时小话,不用故事,而句法高胜;句法明白而用意深远,用字或有未稳,无一字无来历;点化古诗拙言;间用本朝名人诗句;用古人词中佳句;改古人句中借用故事,有偏受之故事,有参差之语言,诗中自有奇对,自撰古人名字;用古谣言、用经史注中隐事,间俗语俚谚,诗意物理,此其大略也。三十年中,殚精竭虑,仆之心力,尽于此书。今乃编写刊行,愿与学者共之。若乃事有遗误,当俟博雅君子补而镌之,庶俾先生之诗文与《左传》《汉书》《文选》并传无穷。而仆于杜预、颜籀、李善三子,亦庶几焉。虽然,尚有可以言者:先生之用事,不可谓无心,先生之用古人诗句,未必皆有意耳。盖胸中之书,汪洋浩博,下笔之际,不知为我语耶、他人之语也,观者以意达之可也。

　　王十朋《读东坡诗》:学江西诗者,谓苏不如黄;又言韩、欧二公诗乃押韵文耳。予虽不晓诗,不敢以其说为然。因读坡诗,感而有作:东坡文章冠天下,日月争光薄《风》《雅》。谁分宗派故谤伤,蚍蜉撼树不自量。堂堂天人欧阳子,引鞭逊避门下士。天昌斯文大才出,先生弟子俱第一。天人诗如李谪仙,此论最公谁不然?词无艰深非浅近,章成韵尽意不尽。味长何止飞鸟惊,臆说纷纷几元稹。浑然天成无斧凿,二百年来无此作。谁与争先惟大苏,谪仙退之非过呼。胸中万卷古今有，笔下一点尘埃无。武库森然富摘捄，利钝一从人点检。暮年海上诗更高，和陶之诗又过陶。地辟天开含万汇，少陵相逢亦应避。北斗以南能几人，大江之西有异议。日光玉洁一退之，亦言能文不能诗。碑淮颂圣十琴操，《生民》《清庙》《离骚》词。春容大篇骋豪怪，韵到窘束尤瑰奇。韩子于诗盖余事，诗至韩子将何讥？文章定价如金玉，口为轻重专门学。向来学者尊西昆，诗无老杜文无韩。净扫书斋拂尘几，瓣香敬为三夫子。

题王十朋《集注分类东坡先生诗序》：训注之学，古今所难，自非集众人之长，殆未易得其全体。况东坡先生之英才绝识，卓冠一世，平生斟酌经传，贯穿子史，下至小说、杂记、佛经、道书、古诗、方言，莫不毕究，故虽天地之造化、古今之兴替、风俗之消长，与夫山川、草木、禽兽、鳞介、昆虫之属，亦皆洞其机而贯其妙，积而为胸中之文，不啻如长江大河，汪洋闳肆，变化万状，则凡波澜于一吟一咏之间者，讵可以一二人之学而窥其涯涘哉！

曾季狸《艇斋诗话》：东坡之文妙天下，然皆非本色，与其它文人之文、诗人之诗不同。文非欧、曾之文，诗非山谷之诗，四六非荆公之四六，然皆自极其妙。

又：前人论诗，初不知有韦苏州、柳子厚，论字亦不知有杨凝式。二者至东坡而后发此秘。遂以韦、柳配渊明，凝式配颜鲁公。东坡真有德于三子也。

黄彻《䂬溪诗话》卷四：用自己诗为故事，须作诗多者乃有之。（略）坡赴黄州过春风岭有两绝句，后诗云："去年今日关山路，细雨梅花正断魂。"至海外又云："春风岭下淮南村，昔年梅花曾断魂。"又云："柯邱海棠吾有诗，独笑深林谁敢侮。"又《画竹》云："吾诗固云尔，可使食无肉。"

陈造《题韵类坡诗》：东坡仙伯之文，韩、欧伯仲。其于诗，迈

670

往劲直之气,溢于言外。而其严密腴丽,清而不浮,工而不露,学者与子美表里可也。

施宿《注东坡先生诗序》:(略)盖熙宁变法之初,当国者势倾天下,一时在廷,虽耆老大臣、累朝之旧有不能与之力争。独先生立朝之日未久,数上书言其不便,几感悟主意;而小人嫉之,摈使居外。至其忠诚愤郁不得发,始托于诗以规讽,大抵斥新法之不为民便,而小人之罔上者,盖凛凛也。既谪黄冈,躬耕东坡之下,若将终焉。遇其兴逸,绝江吊古,狎于鱼龙风涛之怪,放浪无涯涘,盖莫得以窥其际。元祐来归,挟益大议论,终不为苟同。宣仁圣后察见神宗皇帝末年之意,亲加擢用,然周旋禁近,不过四年,讫以不容而去。迨绍述事起,岭海万里,濒于九死,而皓首烟瘴,岿然独存。为时□人和陶之作,出《骚》入《雅》,深涉道德性命之境,落笔脱手,人争传诵,愈不可禁。盖先生之出处进退,天也。神宗皇帝知之而不及用,宣仁圣后用之而不能尽,与夫一时用事者能挤之死地而不能使之必死,能夺其官爵、困厄僇辱其身,而不能使其言语文字不传于世,岂非天哉?

陆游《施司谏注东坡诗序》:近世有蜀人任渊,尝注宋子京、黄鲁直、陈无己三家诗,颇称详赡。若东坡先生之诗,则援据闳博,指趣深远,渊独不敢为之说。某顷与范公至能会于蜀,因相与论东坡诗,慨然谓予:"足下当作一书,发明东坡之意,以遗学者。"某谢不能。他日,又言之。因举二三事以质之曰:"'五亩渐成终老计,九重新扫旧巢痕。''遥知叔孙子,已致鲁诸生。'当若为解?"至能曰:"东坡窜黄州,自度不复收用。故曰'新扫旧巢痕';建中初,复召元祐诸人,故曰'已致鲁诸生',恐不过如此耳。"某曰:"此某之所以不敢承命也。昔祖宗以三馆养士,储将相材,及官制行,罢三馆。而东坡盖尝直史馆,然自谪为散官,削去史馆之职久矣,至是史馆亦废,故云'新扫旧巢痕'。其用事之严如此。而'凤巢西隔九重门’，则又李义山诗也。建中初，韩、曾二相得政，尽收用元祐人，其不召者亦补大藩。惟东坡兄弟犹领宫祠。此句盖寓所谓不能致者二人，意深语缓，尤未易窥测。至如‘车中有布乎’，指当时用事者，则犹近而易见。‘白首沉下吏，绿衣有公言’，乃以侍妾朝云尝叹黄师是仕不进，故此句之意，戏言其上僭。则非得于故老，殆不可知。必皆能如此，然后无憾。”至能亦太息曰：“如此，诚难矣！”

又《跋东坡诗草》：东坡此诗云：“清吟杂梦寐，得句旋已忘。”固已奇矣。晚谪惠州，复出一联云：“春江有佳句，我醉堕渺莽。”则又加于少作一等。近世诗人，老而益严，盖未有如东坡者也。学者或以易心读之，何哉！

洪迈《楚东酬倡序》：次韵作诗，于古无有。春秋时，列国以百数，聘问相衔于道，拜赐告成，责言蒇事，周旋交际，盖未尝不赋诗，然所取正在《三百篇》中，初非抒意作也。苏、李河梁之别，建安之七子，潘、陆、颜、何、陶、沈、二谢，洞庭潇湘之阕，池草澄江之句，曲水斜川之集，联翩迭出，重酬累赠，双声叠韵，浮音切响，法度森严，圆转流丽，独未闻以韵为工者。高蜀州、严郑公、韦（迢）、郭（受），来往杜少陵间，有唱必报，率不过和意而已。韩诗三百七十一，唯陆浑《山火》一篇曰次韵，而与孟东野变化上下者乃四之；十联句中，使其以工韵为胜，吾知其神施鬼设，百出而百不穷，磊隗春容，靡紫青而撷胶葛也。自梦得、乐天，微之诸人，兹体稍出。极于东坡、山谷，以一吟一咏，转相简答，未尝不次韵。妍词秘思，因险见奇，搜罗捷出，争先得之为快。潏潏乎舟一叶而杭滟滪也，岌岌乎其索骊龙之睡也，盎盎乎朝华之舞春，琅琅乎朱弦之三叹也，翼乎雕鹗之戛秋空也，渊乎其色倾国也。诗至是极矣。

又《容斋三笔》卷三：《陶渊明集·归田园居》六诗，其末“种苗在东皋”一篇，乃江文通杂体三十篇之一，明言效陶征君《田居》。盖陶之三章云：“种豆南山下，草盛豆苗稀。晨兴理荒秽，带月荷锄归。"故文通云："虽有荷锄倦,浊酒聊自适。"正拟其意也。今陶集误编入,东坡据而和之。又"东方有一士"诗十六句,复重载于《拟古》九篇中,坡公遂亦两和之,皆随意即成,不复细考耳。陶之首章云："荣荣窗下兰,密密堂前柳。初与君别时,不谓行当久。出门万里客,中道逢嘉友。未言心先醉,不在接杯酒。兰枯柳亦衰,遂令此言负。"坡和云："有客扣我门,系马庭前柳。庭空鸟雀噪,门闭客立久。主人枕书卧,梦我平生友。忽闻剥啄声,惊散一杯酒。倒裳起谢客,梦觉两愧负。"二者金石合奏,如出一手,何止子由所谓遂与比辙者哉!

又卷六:韩、苏两公为文章,用譬喻处,重复联贯,至有七八转者。韩公《送石洪序》云："论人高下,事后当成败,若河决下流东注,若驷马驾轻车就熟路,而王良、造父为之先后也,若烛照数计而龟卜也。"《盛山诗序》云："儒者之于患难,其拒而不受于怀也,若筑河堤以障屋霤;其容而消之也,若水之于海,冰之于夏日;其玩而忘之以文辞也,若奏金石以破蟋蟀之鸣、虫飞之声。"苏公《百步洪》诗云"长洪斗落生跳波,轻舟南下如投梭。水师绝叫凫雁起,乱石一线争磋磨。有如兔走鹰隼落,骏马下注千丈坡。断弦离柱箭脱手,飞电过隙珠翻荷"之类是也。

又卷一一:东坡初赴惠州,过峡山寺,不值主人,故其诗云:"山僧本幽独,乞食况未还。云碓水自舂,松门风为关。石泉解娱客,琴筑鸣空山。"既至惠州,残腊独出,至栖禅寺,亦不逢一僧,故其诗云:"江边有微行,诘曲背城市。平湖春草合,步到栖禅寺。堂空不见人,老稚掩关睡。所营在一食,食已宁复事。客行岂无得?施子净扫地。风松独不静,送我作鼓吹。"后在儋耳作《观棋》诗,记游庐山白鹤观,观中人皆阖户昼寝,独闻棋声,云:"五老峰前,白鹤遗址。长松荫庭,风日清美。我时独游,不逢一士。谁欤棋者?户外屦二。不闻人声,时闻落子。"其寂寞冷落之味,可以想见,句语之妙，一至于此。

又《容斋五笔》卷八：白乐天为人诚实洞达，故作诗述怀，好纪年岁。（略）苏公素重乐天，故间亦效之，如"龙钟三十九，劳生已强半。岁莫日斜时，还为昔人叹"，正引用其语。又"四十岂不知头颅，畏人不出何其愚"，"我今四十二，衰发不满梳"，"忆在钱塘正如此，回头四十二年非"，"行年四十九，还此北窗宿"，"吾年四十九，赖此一笑喜"，"嗟我与君皆丙子，四十九年穷不死"，"五十之年初过二，衰颜记我今如此"，"白发苍颜五十三，家人强遣试春衫"，"先生年来六十化，道眼已入不二门"，"纷纷华发不足道，当返六十过去魂"，"我年六十一，颓景薄西山"，"结发事文史，俯仰六十逾"，"与君皆丙子，各已三万日"。玩味庄诵，便如阅年谱也。

胡仔《苕溪渔隐丛话》前集卷三八引《漫叟诗话》：东坡最善用事，既显而易读，又切当。若《招持服人游湖不赴》云："却忆呼卢袁彦道，难邀骂坐灌将军。"《柳氏求字答》云："君家自有元和脚，莫厌家鸡更问人。"天然奇作。

又卷四二引《童蒙诗训》：老杜歌行，最见次第，出入本末。东坡长句波澜浩大，变化不测，如作杂剧，打猛诨入，却打猛诨出也。

又卷四八引《童蒙诗训》：学古人文字须得其短处。（略）东坡诗有汗漫处，鲁直诗有太尖新、太巧处，皆不可不知。东坡诗如"成都画手开十眉""楚山固多猿，青者黠而寿"，皆穷极思致，出新意于法度，表前贤所未到。然学者专力于此，则亦失古人作诗之意。

又后集卷二：古今诗人，以诗名世者，或只一句，或只一联，或只一篇，（略）若唐之李、杜、韩、柳，本朝之欧、王、苏、黄，清辞丽句，不可悉数，名与日月争光，不待摘句言之也。

又后集卷三〇《东坡五》：吕丞相《跋杜子美年谱》云："考其笔力，少而锐，壮而肆，老而严，非妙于文章，不足以至此。"苕溪渔隐曰：余观东坡自南迁以后诗，全类子美夔州以后诗，正所谓老而严者也。子由云："东坡谪居儋耳，独喜为诗，精炼华妙，不见老人衰惫之气。"鲁直亦云："东坡岭外文字，读之使人耳目聪明，如清风自外来也。"观二公之言如此，则余非过论矣。

杨万里《正月十二日，游东坡白鹤峰故居。其北思无邪斋，真迹犹存》：诗人自古例迁谪，苏李夜郎并惠州。人言造物因嘲弄，故遣各捉一处囚。不知天公爱佳句，曲与诗人为地头。诗人眼底高四海，万象不足供诗愁。帝将湖海赐汤沐，莘莘可以当冥搜。却令玉堂挥翰手，为提橡笔判罗浮。罗浮山色浓泼黛，丰湖水光先得秋。东坡日与群仙游，朝发昆阆夕不周。云冠霞佩照宇宙，金章玉句鸣天球。但登诗坛将《骚》《雅》，底用蚁穴封王侯。元符诸贤下石者，只于千载掩鼻羞。我来剥啄王粲宅，鹤峰无恙江空流。安知先生百岁后，不来弄月白蘋洲？无人挽住乞一句，犹道雪乳冰湍不？当年醉里题壁处，六丁已遣雷电收。独遗无邪四个字，鸾飘凤泊蟠银钩。如今亦无合江楼，嘉祐破寺风飕飕。

又《江西宗派诗序》：昔者诗人之诗，其来遥遥也。然唐云李、杜，宋言苏、黄，将四家之外，举无其人乎？门固有伐，业固有承也。虽然，四家者流，一其形，二其味；二其味，一其法者也。盖尝观夫列御寇、楚灵均之所以行天下者乎？行地以舆，行波以舟，古也。而子列子独御风而行，十有五日而后反。彼其于舟车且乌乎待哉！然则舟车可废乎？灵均则不然，饮兰之露，餐菊之英，去食乎哉！芙蓉其裳，宝璐其佩，去饰乎哉！乘吾桂舟，驾吾玉车，去器乎哉！然朝阆风，夕不周，出入乎宇宙之间，忽然耳。盖有待乎舟车，而未始有待乎舟车者也。今夫四家者流，苏似李，黄似杜。苏、李之诗，子列子之御风也；杜、黄之诗，灵均之乘桂舟，驾玉车也。无待者神于诗者欤？有待而未尝有待者，圣于诗者欤？嗟乎！离神与圣，苏、李，苏、李乎尔！杜、黄，杜、黄乎尔！合神与圣，苏、李不杜、黄，杜、黄不苏、李乎？然则诗可以易而言之哉？

朱熹《答廖子晦》：坡公海外意况深可叹息。近见其晚年所作小词，有"新恩虽可冀，旧学终难改"之句，每讽咏之，亦足令人慨然也。

又《朱子语类》卷一三〇：问："东坡与韩公如何？"曰："平正不及韩公。东坡说得高妙处，只是说佛，其他处又皆粗。"

又卷一四〇：古诗须看西晋以前，如乐府诸作皆佳。杜甫夔州以前诗佳，夔州以后自出规模，不可学。苏、黄只是今人诗。苏才豪，然一滚说尽，无余意；黄费安排。

又：问："韩退之潮州诗、东坡海外诗如何？"曰："却好。东坡晚年诗固好。只文字也多是信笔胡说，全不看道理。"

陶澍《靖节先生集集注》诸本评陶汇集引朱熹语：渊明诗所以为高，正在不待安排，胸中自然流出。东坡乃篇篇句句依韵而和之，虽其高才，似不费力，然已失其自然之趣矣。

叶适《习学记言》卷四九：本朝初年，律诗大坏，王安石、黄庭坚欲兼用二体（按：指五言、七言律诗），擅其所长，然终不能庶几唐人。苏氏但谓七言之伟丽者，则失之尤甚。盖不考源流所自来，姑因其已成者貌似求之耳。

王楙《野客丛书》卷七：渔隐云："元祐文章，世称苏、黄，然二公争名，互相讥诮。东坡谓'鲁直诗文如蝤蛑、江瑶柱，格韵高绝，盘餐尽废，然不可多食，多食则发风动气'。山谷亦曰'盖有文章妙一世，而诗句不逮古人者'，此指东坡而言也。"殊不知苏、黄二公同时，实相引重，黄推苏尤谨，而苏亦奖成之甚力。黄云："东坡文章妙一世，乃谓效庭坚体，正如退之效孟郊、卢仝诗。"苏云："读鲁直诗如见鲁仲连、李太白，不敢复论鄙事。"其互相推许如此，岂争名者哉！诗文比之"蝤蛑、江瑶柱"，岂不谓佳？至言"发风动气，不可多食"者，谓其言有味，或不免讥评时病，使人动不平之

676

气。乃所以深美之，非讥之也。"文章妙一世，而诗句不逮古人"，此语盖指曾子固，亦当时公论如此，岂坡公邪？以坡公诗句不逮古人，则是陈寿谓孔明兵谋将略非其所长者也。此郭次象云。

敖陶孙《臞翁诗评》：因暇日与弟侄辈评古今诸名人诗：（略）本朝苏东坡如屈注天潢，倒连沧海，变眩百怪，终归雄浑。

钱文子《山谷外集诗注序》：书存于世，惟六经、诸子及迁、固之史有注，其下方者以其古今之变，诂训之不相通也。而今人之文，今人乃随而注之，则自苏、黄之诗始也。诗动乎情，发乎言，而成乎音，人为之，人诵之，宜无难知也。而苏、黄二公，乃以今人博古之书，譬楚大夫而居于齐，应对唯诺，无非齐言，则楚人莫喻也。如将以齐言而喻楚人，非其素尝往来庄岳之间，其孰能之？山谷之诗与苏同律，而语尤雅健，所援引者乃多于苏。

严羽《沧浪诗话·诗辩》：夫诗有别材，非关书也；诗有别趣，非关理也。然非多读书，多穷理，则不能极其至，所谓不涉理路，不落言筌者上也。诗者，吟咏情性也。盛唐诸人，惟在兴趣，羚羊挂角，无迹可求。故其妙处，透彻玲珑，不可凑泊。如空中之音，相中之色，水中之月，镜中之象，言有尽而意无穷。近代诸公乃作奇特解会，遂以文字为诗，以才学为诗，以议论为诗。夫岂不工，终非古人之诗也，盖于一唱三叹之音，有所歉焉。且其作多务使事，不问兴致，用字必有来历，押韵必有出处，读之反覆终篇，不知著到何处。其末流甚者，叫噪怒张，殊乖忠厚之风，殆以骂詈为诗。诗而至此，可谓一厄也。然则近代之诗无取乎？曰有之，我取其合于古人者而已。国初之诗，尚沿袭唐人，王黄州学白乐天，杨文公、刘中山学李商隐，盛文肃学韦苏州，欧阳公学韩退之古诗，梅圣俞学唐人平淡处。至东坡、山谷始自出己意以为诗，唐人之风变矣。

又《答吴景仙书》：（吴景仙）又谓盛唐之诗"雄深雅健"，仆谓此四字但可评文，于诗则用"健"字不得，不若《诗辩》"雄浑悲壮"之语为得诗之体也。毫厘之差,不可不辨。坡、谷诸公之诗,如米元章之字,虽笔力劲健,终有子路未事夫子时气象。盛唐诸公之诗,如颜鲁公书,既笔力雄壮,又气象浑厚,其不同如此。只此一字,便见我叔脚根未点地处也。

吕午《清隐丙稿序》:东坡先生居海外,尤喜为诗,精深华妙,略无老人衰惫之气。盖笔力不为穷通老少而变,故愈出愈奇。

刘辰翁《简斋诗笺序》:诗至晚唐已厌,至近年江湖又厌,谓其和易如流,殆于不可庄语,而学问为无用也。苏公妥帖排奡,时出经史,然格体如一。(略)或问:宋诗,简斋至矣,毕竟比坡公何如?曰:诗道如花,论高品则色不如香,论逼真则香不如色。

陈与义《简斋诗集引》:诗至老杜极矣。东坡苏公、山谷黄公奋乎数世之下,复出力振之,而诗之正统不坠。然东坡赋才也大,故解纵绳墨之外,而用之不穷;山谷措意也深,故游泳□味之余,而索之益远。大抵同出老杜,而自成一家,如李广、程不识之治军,龙伯高、杜季良之行己,不可一概诘也。近世诗家知尊杜矣,至学苏者,乃指黄为强,而附黄者亦谓苏为肆。要必识苏、黄之所不为,然后可以涉老杜之涯涘。此简斋陈公之说云耳。

陈叔方《颍川语小》卷下:用事之误,虽杜少陵不能免,而苏文忠公颇多,前辈评之详矣。止是不切之诗文,亦何所害,若告君之辞,岂容不谨。

刘克庄《赵寺丞和陶诗序》:自有诗人以来,惟阮嗣宗、陶渊明自是一家。(略)本朝名公,或追和其作,极不过一二篇。坡公以盖代之材,乃遍用其韵。今松轩赵侯,复尽和焉。出牧吾州,袖以教余。退而读之,见其攀敛之中有开拓,简淡之内出奇伟,藏大功于朴,寄大辩于讷;容止音节,不辨其孰为优孟,孰为孙叔也,可谓善学渊明者矣。客难余曰:"昔坡公和篇,初出颍滨,独云:'渊明不肯束带见督邮,子瞻既辱于世,欲以晚节自拟渊明,谁其信之?'今吾子推赵配陶,将毋与颍滨异耶?"余曰:"坡公和陶于老大坎壈之余,赵侯和陶于盛壮显融之日,夫如是,则知贵其身而求乎内矣。贵其身者,必重名节;求乎内者,必轻外物。其去渊明何远之有!颍滨复出,不易吾言矣。"

又《江西诗派总序·黄山谷》:国初诗人,如潘阆、魏野,规规晚唐格调,寸步不敢走作。杨、刘则又专为昆体,故优人有捉扯义山之谑。苏、梅二子,稍变以平淡豪俊,而和之者尚寡。至六一、坡公,巍然为大家数,学者宗焉。然二公亦各极其天才笔力之所至而已,非必锻炼勤苦而成也。

又《跋宋吉甫和陶诗》:和陶,自二苏公始。然士之生世,鲜不以荣辱得丧挠败其天真者。渊明一生,惟在彭泽八十余日涉世故,余皆高枕北窗之日。无荣,乌乎辱?无得,乌乎丧?此其所以为绝唱而寡和也。二苏公则不然,方其得意也,为执政,为侍从;及其失意也,至下狱,过岭。晚更忧患,始有和陶之作。二公虽惓惓于渊明,未知渊明果印可否?

又《后村诗话》前集卷一:"莫猺自生长,名字无符籍。市易杂鲛人,婚姻通木客。星居占泉眼,火种开山脊。夜渡千仞溪,含沙不能射。""蛮语钩辀音,蛮衣斑斓布。熏狸掘沙鼠,时节祠盘瓠。忽逢乘马客,恍若惊麏顾。腰斧上高山,意行无旧路。"此刘梦得《莫猺》《蛮子》诗也。世传坡诗始学梦得,观此二诗,信然。

又卷二:坡诗略如昌黎,有汗漫者,有典严者,有丽缛者,有简澹者。翕张开阖,千变万态。盖自以其气魄力量为之,然非本色也。他人无许大气魄力量,恐不可学。和陶之作,如海东青、西极马,一瞬千里,了不为韵束缚。

又:元祐后,诗人迭起,一种则波澜富而句律疏,一种则煅炼精而情性远,要之不出苏、黄二体而已。及简斋出,始以老杜为师,(略)造次不忘忧爱,以简严扫繁缛,以雄浑代尖巧,第其品格,故当在诸家之上。

又后集卷一：坡公海外笔力，益老健宏放，无忧患迁谪之态。黄、秦皆不能及，李文饶亦不能及。

高斯得《跋南轩永州诸诗》：杜子美诗自二十一岁以后，韩退之二十五岁以后，欧阳永叔、苏子瞻二十六岁以后，皆载集中，至今读者谁敢以少作少之？

赵孟坚《孙雪窗诗序》：窃怪夫今之言诗者，江西、晚唐之交相诋也，彼病此冗，此訾彼拘，胡不合杜、李、元、白、欧、王、苏、黄诸公而并观？诸公众体该具，弗拘一也，可古则古，可律则律，可乐府杂言则乐府杂言，初未闻举一而废一也。

方岳《深雪偶谈》：四言自韦孟、司马迁、相如、班固、束晰、陶潜、韩愈、柳宗元、梅尧臣、欧阳修、王安石、苏轼，工拙略见。尝怪五言而上，世人往往极其才之所至，而四言虽文辞巨伯，辄不能工。水心有是言矣。

又：诗无不本于性情。自诗之体随代变更，由是性情或隐或见，若存若亡，深者过之，浅者不及也。昔坡公云："苏、李之天成，曹、刘之自得，陶、谢之超然，固已至矣。李、杜以英伟绝世之姿，凌跨百代，古之诗人尽废。然魏晋以来，高风绝尘，亦少衰矣。"坡公本不以诗专门，使非上干汉、魏、晋、唐，出入苏、李、曹、刘、陶、谢、李、杜，潜窥沉玩，实领悬悟，能自信其折衷如是之的乎？医和之目，无复遁疢，理同然也。如天成，如自得，如超然，则夫诗之阃奥处，坡公所评，亦宜窥玩领悟，毋忽焉可也。坡公独以柳子厚、韦应物，发纤秾于简古，寄至味于淡泊，盖韦、柳皆以靖节翁为指归，而卒之齐足并驱也。坡公海表和陶诸篇，可以见其所趣，无不及焉。虽然，汉、魏、晋曷尝舍去性情，别出意见，而习为高远之言哉。当其代殊体变，性与情之隐见存亡浅深，虽其一时之名能诗者，亦不能自必其所至之然也。唐风既昌，一联一句，满听清圆，流液隽永，首肯变踔,性情信在是矣。然词藻胜则糟粕,律度严则拘窘,能不脂韦于二蔽之间,而脱颖奇焉。则天成自得超然,何得无之。至于作止雍容,声容怳穆,视温柔敦厚之教,庶几无论汉魏,顾晋以后诸人,自靖节翁之外,似未谕也。

史绳祖《学斋佔毕》卷一:龟山杨中立《语录》云:"作诗者不知风雅之意,未可以言诗。盖诗尚谲谏,故言之者无罪,闻之者足以戒,乃有所补。若涉于讪谤,闻者怒之,何补之有?观东坡诗,只是讥诮朝廷,殊无温柔敦厚之气,以此时人得而罪之。若是伯淳诗,则闻者自然感动。"谓明道也。予每味此言,以为深于诗教。

又卷二《坡诗不入律》:黄鲁直《次东坡韵》云:"我诗如曹郐,浅陋不成邦。公如大国楚,吞五湖三江。"其尊坡公可谓至,而自况可谓小矣。而实不然。其深意乃自负而讽坡诗之不入律也。曹、郐虽小,尚有四篇之诗入《国风》,楚虽大国,而《三百篇》绝无取焉。至屈原而始以《骚》称,为变风矣。黄又尝谓坡公文好骂,谨不可学。又指坡公文章妙一世,而诗句不迫古人。信斯证也。

卫宗武《赵帅幹在莒吟集序》:文以气为主,诗亦然。诗者,所以发越情思,而播于声歌者也。是气也,不抑则不张,不激则不扬。惟夫颠顿困阻,沉厄郁积,而其中所存,英华果锐,不与以俱靡,则奋而为辞,琦玮卓绝,复出寻俗,而足以传远。屈之《骚》,宋之《九辩》,荀卿子之《成相》《佹诗》,贾太傅之《吊湘》《赋鹏》,皆是物也。故少陵之间关转徙,而蜀中之咏益工;老坡之摈斥寥落,而海外之篇愈伟。其他未易枚举,莫不以是得之。

又《林丹嵒吟编序》:古之能赋者,讥评古今,嘲弄风月,刻画事物,以之抒逸思,畅幽愤,纪胜事,赞太平,或以典丽,或以闲雅,或酝藉而精深,或俊迈而清美。苟负所长,皆足以蜚英于时,流芳于后。而不可无学,无学则浅陋鄙俗,而诗不足言矣。尤不可不善用所学,不善用之,其失均也。(略)昔苏、黄以博极绪余,游戏章句,天运神化,变炫莫测,多后世名儒注释所不及知者。(略)然尝论坡翁有和陶篇,概亦相类,而卒不如优孟之学叔敖,何也?靖节违世特立,游神羲黄,盖将与造物为徒,故以其澹然无营之趣,为悠然自得之语,幽邃玄远,自诣其极,而非用力所到。犹庖丁之技,进于道矣,诗云乎哉?坡之高风迈俗,虽不减陶,而抱其宏伟,尚欲有所施用,未能忘情轩冕,兹其拟之而不尽同欤。

谢枋得《重刊苏文忠公诗序》:淳熙天子尊先猷以劝臣节,海内家有眉山书矣。其文如灵凤祥麟,不必圣人然后识。屡以诗得祸,儒者疑焉。同志以诗鸣,于其言毋不敬信,独不与其诗,异哉。温凉寒暑,有神气而无形迹,风人之诗也,宇宙不多见,独不闻宣王、幽、厉之《雅》乎?周人之免祸者幸,公之得祸者不幸也。诗固未易作,识诗亦未易也。帝张咸池于洞庭,鸟高飞,鱼深潜。渝歌郢曲,童儿妇女拊掌雀跃矣。光岳全气,震为大音,涵古游今,斯人几见。唐人诵杜子美,必怜其忠,公之诗独不可怜乎!

何梦桂《章明甫诗序》:诗,志至焉,气次之。志百变而不折,则气亦百变而不衰。知此,可与言诗矣。杜少陵在秦、夔,柳子厚在永、柳,坡翁在惠,山谷在宜,皆窘束不自聊赖,而所为诗益浩漫峻厉,是岂无故而然耶!其养完,故其发硕茂如此。

文天祥《罗主簿一鹗诗序》:诗所以发性情之和也。性情未发,诗为无声;性情既发,诗为有声。闷于无声,诗之精;宣于有声,诗之迹。前之二谢,后之一苏,其诗瑰玮卓荦,今世所脍炙,然此句之韵之者耳。梦草池塘,精神相付属;对床风雨,意思相怡愉。传曰:"立,见其参于前;在舆,见其倚于衡。"谢有焉。"乐则生,生则恶可已。"苏有焉。

又《跋周汝明自鸣集》:天下之鸣多矣。锵锵凤鸣,雍雍雁鸣,喈喈鸡鸣,嘒嘒蝉鸣,呦呦鹿鸣,萧萧马鸣,无不善鸣者,而彼此不能相为,各一其性也。其于诗亦然。鲍、谢自鲍、谢,李、杜自李、杜、欧、苏自欧、苏，陈、黄自陈、黄。鲍、谢之不能为李、杜，犹欧、苏之不能为陈、黄也。

陈仁子《放翁剑南集序》：世之诗，陶者自冲淡处悟入，杜者自忠义处悟入，苏者自豪迈处悟入，吾不知放翁诗悟入，当自何处？

谢尧仁《张于湖先生集序》：文章有以天才胜，有以人力胜，出于人者可勉也，出于天者不可强也。今观贾谊、司马迁、李太白、韩文公、苏东坡，此数人皆以天才胜，如神龙之矢矫，天马之奔轶，得蹑其踪而追其驾。惟其才力难局于小用，是以亦时有疏略简易之处，然善观其文者，举其大而遗其细可也。若乃柳子厚专下刻深工夫，黄山谷、陈后山专寓深远趣味，以至唐末诸诗人雕肝琢肺，求工于一言一字间，在于人力，固可以无恨，而概之前数公纵横驰骋之才，则又有间矣。故曰人可勉也，天不可强也。

普闻《诗论》：老杜之诗，备于众体，是为诗史。近世所论，东坡长于古韵，豪逸大度；鲁直长于律诗，老健超迈；荆公长于绝句，闲暇清癯。其各一家也。

陈善《扪虱新话》上集卷三：苏、黄文字妙一世，殆是天才难学，然亦尚有蹊径可得而寻。东坡常教学者但熟读《毛诗·国风》与《离骚》，曲折尽在是矣；又或令读《檀弓》上下篇。（略）世人好谈苏、黄多矣，未必尽知苏、黄好处。今《毛诗·国风》与《楚辞》《檀弓》并在，不知当如何读，曲折处当复如何，苏、黄之作又复如何？李太白曰"但得酒中趣，勿为醒者传"也。然虽如是，与其远想颇、牧，不若暗合孙、吴，便是苏、黄犹在。

又卷三《欧阳公变文格而不能变诗格》：欧阳公诗，犹有国初唐人风气。公能变国朝文格，而不能变诗格。及荆公、苏、黄辈出，然后诗格遂极于高古。

又卷四《拟渊明作诗》：山谷尝谓白乐天、柳子厚俱效陶渊明作诗，而惟柳子厚诗为近。然以予观之，子厚语近而气不近，乐天

683

气近而语不近。子厚气凄怆，乐天语散缓。虽各得其一，要于渊明诗，未能尽似也。东坡亦尝和陶诗百余篇，自谓不甚愧渊明，然坡诗语亦微伤巧，不若陶诗体合自然也。要知渊明诗，须观江文通《杂体》诗中拟渊明作者，方是逼真。

傅自得《四诗类苑序》：宋朝之诗，金陵、坡、谷三大家，或以其精，或以其博，或以其雅，体虽不同，而气壮语浑，同出于杜，此则诗之正派也。（略）少陵爱君忧国，食息不忘；金陵清德实行，不徇流俗；东坡高风峻节，穷达不移；山谷孝友清修，行己有耻。珠玑咳唾，随处发见，皆可为世模范，岂可与敲推句字、描貌浅易者比哉！矧其纪时世之盛衰，述政治之臧恶，评人物之高下，商古今之得失，制度兴废于焉而究，风俗污隆于焉而考。随其门目，粲然可观。吟哦讽味，浸润优悠。自四诗之派以溯《三百篇》之正，孰谓其无益于世道也哉！

苏籀《栾城遗言》：公言东坡律诗最忌属对偏枯，不容一句不善者。古诗用韵，必须偶数。

费衮《梁溪漫志》卷七：作诗押韵是一奇。荆公、东坡、鲁直押韵最工，而东坡尤精于次韵，往返数四，愈出愈奇。如作梅诗、雪诗押"暾"字、"叉"字，在徐州与乔太傅唱和押"粲"字，数诗特工。荆公和"叉"字数首，鲁直和"粲"字数首，亦皆杰出。盖其胸中有数万卷书，左抽右取，皆出自然。初不著意要寻好韵，而韵与意会，语皆浑成，此所以为好。若拘于用韵，必有牵强处，则害一篇之意，亦何足称。坡在岭外《和渊明怀古田舍》诗云："休闲等一味，妄想生愧觍。"自注云："渊明本用'缅'字，今聊取其同音字。"《和程正辅同游白水岩》诗云："恣倾白蜜收五棱，细劚黄土栽三桠。"自注云："来诗本用'砑'字，惠州无书，不见此字所出，故且从'木'奉和。"且东坡欲和此二韵，似亦不难矣，然才觉牵合，则宁舍之，不以是而坏此篇之全意也。后人不晓此理，才到和韵处，以不胜人为耻,必剧力冥搜,纵不可使,亦须强押,正如醉人语言,全无伦类,可以一笑也。

姜夔《白石道人诗说》:语贵含蓄。东坡云"言有尽而意无穷者,天下之至言也"。山谷尤谨于此。清庙之瑟,一唱三叹,远矣哉! 后之学诗者,可不务乎? 若句中无余字,篇中无长语,非善之善者也;句中有余味,篇中有余意,善之善者也。

韩淲《涧泉日记》卷下:陈无己云:"子瞻始学刘禹锡,故多怨刺。晚学太白,至其得意则似之矣,然失于粗。"

何汶《竹庄诗话》卷一:东坡《答王巩》云:"新诗如弹丸。"又《送欧阳叔弼》云:"中有清圆句,铜丸飞柘弹。"盖诗贵于圆热也。余以谓圆熟多失之平易,老硬多失之枯干。能不失于二者之间,则可与古之作者并驱矣。

又卷九引吕居仁云:诗欲波澜之阔,须放规模令大,涵养吾气而后可。规模既大,波澜自阔,少加持择,功已倍于古矣。试取东坡黄州以后诗,如《种松》《医眼》之类,便可见。

叶梦得《石林诗话》:诗之用事,不可牵强,必至于不得不用而后用之,则事辞为一,莫见其安排斗凑之迹。苏子瞻尝为人作挽诗云:"岂意日斜庚子后,忽惊岁在己辰年。"此乃天生作对,不假人力。

《仕学规范》卷三九:东坡云:诗要有为而后作,用事当以故为新,以俗为雅,好奇务新乃诗之病。柳子厚晚年诗颇似陶渊明,知诗病者也。

陈模《怀古录》卷上:东坡于诗,人所难言者,己则需然有余,且是驰骋而无往不可。其题《画雁》云:"野雁见人来,未动意先改。不知君何处,得无此人态。""耕田欲雨刈欲晴,去得顺风来者怨。若使人人祷辄遂,造物应须日千变。"如"杜陵评书贵瘦硬,此语未公吾不凭。短长肥瘦各有态,玉环飞燕谁敢憎",如"治家不求富，读书不求官。恰似饮不醉，陶然有余欢"，如"周公与管蔡，恨不茅三间"，如"论画以形似，见与儿童邻。赋诗必此诗，定非知诗人"。此皆立意高卓，而辞又足以达其意。"三杯洗战国，一斗销强秦""寒肠得酒芒角出，肺腑槎牙生竹石""大儿汾阳中令君，小儿天台坐忘真。平生不识高将军，手污吾足乃敢瞋"。此又以文气胜。《饮湖上初晴后雨》云："却把西湖比西子，淡妆浓抹总相宜。"《泛雪溪》云："清风定何物，可爱不可名。所至如君子，草木有嘉声。"《眉子石砚歌》云："游人指点小鳖处，中有渔阳胡马嘶。""青山偃蹇如高人，平时不肯入官府。高人自与山有约，不待招邀满庭户。"此则以物为人。《次韵王滁州见寄》："斯人何似似春雨，歌舞农夫怨行路。"此则又以人而为物。如长江大河，遇物赋形，有自然之妙。

又：东坡《和陶杂诗》云："斜日照孤隙，始知空有尘。微风动众窍，谁信我忘身。一笑问儿子，与汝定何亲。从我来海南，幽绝无四邻。耿耿如缺月，独与良庚晨。此道固应尔，不当怨尤人。"东坡诗云："家童烧枯草，走报暗井出。一饱未可期，飘（按：当作瓢）饮已可必。"亦皆有旷适之意。然其旷适者，却与渊明不同。盖其一气赶从后，飘飘然豪俊之气终不掩，故止可以为东坡之诗，而非渊明之诗也。苍山曰："只如'斜日照孤隙'，起三句便微伤于工巧矣，其豪俊已难比柳（按：指柳宗元）。柳清峭虽不可比陶，却出乎齐梁之上。"

王应麟《困学纪闻》卷一八：东坡文章好讥刺，文与可戒以诗云："北客若来休问事，西湖虽好莫吟诗。"晚年，郭功父寄诗云："莫向沙边弄明月，夜深无数采珠人。"饶德操、黎介然、汪信民寓宿州作诗，有略诋及时事者，吕荥阳闻之，作《麦熟》《缫丝》等四诗以讽止之，自此不复有前作。

周密《浩然斋雅谈》：东坡诗喜用"揭来"字，"揭来东观弃丹墨""长陵竭来见大姊""竭来城下作飞石""竭来畦东走畦西""竭来从我游""竭来齐安野""竭来清颍上""竭来廉泉上",其用字盖出于颜延年《秋胡》诗:"竭来空复辞。"所用之意同耳。

林光朝《读韩柳苏黄集》:苏、黄之别,犹丈夫女子之应接。丈夫见宾客,信步出将去;如女子,则非涂泽不可。

王恽《玉堂嘉话》卷二:坡诗虽二十字者,皆有莫大议论。

赵秉文《答李天英书》:东坡又以太白之豪、乐天之理,合而为一,是以高视古人,然亦不能废古人。

元好问《论诗三十首》:金入洪炉不厌频,精真那计受纤尘。苏门果有忠臣在,肯放坡诗百态新?

又《东坡诗雅引》:五言以来,六朝之谢、陶,唐之陈子昂、韦应物、柳子厚,最为近风雅,自余多以杂体为之,诗之亡久矣。杂体愈备,则去风雅愈远,其理然也。近世苏子瞻绝爱陶、柳二家,极其诗之所至,诚亦陶、柳之亚。然评者尚以其能似陶、柳,而不能不为风俗所移为可恨耳!夫诗至于子瞻,而且有不能近古之恨,后人无所望矣。

又《陶然集诗序》:方外之学有"为道日损"之说,又有"学至于无学"之说。诗家亦有之。子美夔州以后,乐天香山以后,东坡海南以后,皆不烦绳削而自合,非技进于道者能之乎?诗家所以异于方外者,渠辈谈道不在文字,不离文字;诗家圣处不离文字,不在文字。

方回《瀛奎律髓·迁谪类序》:迁客流人之作,唐诗中多有之。伯奇摈,屈原放,处人伦之不幸也。或实有咎责而献靖省循,或非其罪而安之若命,惟东坡之黄州、惠州、儋州尤伟云。

蔡正孙《诗林广记》引赵彦材《诗注》云:《蜗牛》《鬼蝶》虽不用事与语,而《蜗牛》之戒登高,《鬼蝶》之叹倏忽者,皆有深意矣。

王若虚《滹南诗话》卷二:东坡和陶诗,或谓其终不近,或以为实过之，是皆非所当论也。渠亦因彼之意，以见吾意云尔，曷尝心竞而较其胜劣邪？故但观其眼目旨趣之何如，则可矣。

又：郑厚云："魏、晋已来，作诗唱和，以文寓意。近世唱和，皆次其韵，不复有真诗矣。诗之有韵，如风中之竹，石间之泉，柳上之莺，墙下之蛩，风行铎鸣，自成音响，岂容拟议？夫笑而呵呵，叹而唧唧，皆天籁也，岂有择呵呵声而笑，择唧唧声而叹者哉！"慵夫曰："郑厚此论，似乎太高，然次韵实作者之大病也。诗道至宋人，已自衰弊，而又专以此相尚。才识如东坡，亦不免波荡而从之，集中次韵者几三之一，虽穷极技巧，倾动一时，而害于天全多矣。使苏公而无此，其去古人何远哉！"

又：东坡《南行唱和诗序》云："昔人之文，非能为之为工，乃不能不为之为工也。山川之有云，草木之有华实，充满勃郁而见于外，虽欲无有，其可得耶！故予为文至多，而未尝敢有作文之意。"时公年始冠耳，而所有如此，其肯与江西诸子终身争句律哉！

又：东坡，文中龙也，理妙万物，气吞九州，纵横奔放，若游戏然，莫可测其端倪。鲁直区区持斤斧准绳之说，随其后而与之争，至谓未知句法。东坡而未知句法，世岂复有诗人？而渠所谓法者，果安出哉？老苏论扬雄，以为使有孟轲之书，必不作《太玄》。鲁直欲为东坡之迈往而不能，于是高谈句律，旁出样度，务以自立而相抗，然不免居其下也，彼其劳亦甚哉！向使无坡压之，其措意未必至是。世以坡之过海为鲁直不幸，由明者观之，其不幸也旧矣。

又：山谷之诗，有奇而无妙，有斩绝而无横放，铺张学问以为富，点化陈腐以为新，而浑然天成，如肺肝中流出者，不足也。此所以力追东坡而不及欤？或谓论文者尊东坡，言诗者右山谷，此门生亲党之偏说，而至今词人多以为口实，同者袭其迹而不知返，异者畏其名而不敢非。善乎吾舅周君之论也，曰："宋之文章至鲁直，已是偏仄处。陈后山而后，不胜其弊矣。人能中道而立，以巨眼观之,是非真伪,望而可见也。"若虚虽不解诗,颇以为然。近读《东都事略·山谷传》云:"庭坚长于诗,与秦观、张耒、晁补之游苏轼之门,号四学士,独江西君子以庭坚配轼,谓之苏、黄。"盖自当时已不以是为公论矣。

又卷三:山谷自谓得法于少陵,而不许于东坡。以予观之,少陵,"典谟"也;东坡,《孟子》之流;山谷,则扬雄《法言》而已。

周昂《鲁直墨帖》:诗健如提十万兵,东坡真欲避时名。须知笔墨浑闲事,犹与先生抵死争。

刘壎《隐居通议》卷六《李杜苏黄》:少陵诗似《史记》,太白诗似《庄子》,不似而实似也;东坡诗似太白,黄、陈诗似少陵,似而又不似也。

又《东坡实见》:东坡晚年,在海上不观他人诗,惟以陶、柳集自随,岂非世虑尽而实见定欤?

刘祁《归潜志》卷八:赵闲闲尝为余言:"少初识尹无忌,问:'久闻先生作诗不喜苏、黄,何如?'无忌曰:'学苏、黄,则卑猥也。'"

郝经《东坡先生画像》:根极孔孟据六经,道德仁义炳日星。蹴踏漆园隘兰陵,挥斥战国跨两京。睥睨仪秦更纵横,每笑子云讥长卿。屈宋贾马撷华英,李杜韩柳皆包并。诸子百氏归题评,出入老佛杂刑名。杂不越理纯粹精,融会变化集大成。

吴澄《王实翁诗序》:黄太史必于奇,苏学士必于新,荆国丞相必于工,此宋诗之所以不能及唐也。

又《皮昭德诗序》:宋氏王、苏、黄三家各得杜之一体。涪翁于苏迥不相同,苏门诸人其初略不之许,坡翁独深器重,以为绝伦。眼高一世,而不必人之同乎己者如此。

徐明善《送黄景章序》:中州士大夫文章翰墨颇宗苏、黄,盖唐有李、杜,宋有二公,遒笔快句,雄文高节,今古罕俪,宗之宜矣。

袁桷《书杜东洲诗集后》：苏文忠自渡岭海以后，诗律大变。盖其精神气概，逢海若而不慑，喷薄变化，迎受之而莫辞。昔之善赋咏者，必穷涉历之远。至于空岩隐士，其所讽拟，不过空林古涧，语近意短，又安能足以广耳目之奇，写胸臆之伟哉！

张之翰《方虚谷以诗饯余至松江因和韵奉答》：宋称欧苏及黄陈，唐尊李杜与韩柳。自余作者非不多，殆类众星朝北斗。

刘将孙《九皋诗集序》：夫诗者，所以自乐吾之性情也，而岂观美自鬻之技哉！欣悲感发，得之油然者有浅深，而写之适然者有浓淡。志尚高则必不可凡，世味薄则必不可俗。故渊明之冲寂，苏州之简素，昌黎之奇畅，欧之清远，苏、黄之神变，彼其养于气者落落相望，皆如嵇延祖之轩轩于鸡群。宜其超然尘埃混浊之外，非复喧啾之所可匹侪。

又《黄公诲诗序》：盖余尝怃然于世之论诗者也，标江西竟宗支，尊晚唐过《风》《雅》，高者诡《选》体如删前，缀袭熟字，枝蔓类景，轧屈短调，动如夜半传衣，步三尺不可过。至韩、苏名家，放为大言以概之，曰：“是文人之诗也。”于是常料格外，不敢别写物色，轻愁浅笑，不复可道性情。至散语则匍匐而仿课本小引之断续，卷舌而谱杂拟诸题之磢裂，类以为诗人当尔。吾求之《三百篇》之流丽，卜子夏之条畅，无是也。（略）每见昌黎诸诗，凡小家数，矜持称能者，其中无不有，第小绝杂赋则精至。此老狡狯，特使人不可测。东坡神迈千古，至回文作诗词，语更可爱。于以见文人于诗，皆寝处而活脱之，宜诗人者之望而娟之。

叶寘《爱日斋丛钞》卷三：《王直方诗话》：东坡平日最爱乐天之为人，故有诗云：“我甚似乐天，但无素与蛮。”又：“我似乐天君记取，华颠赏遍洛阳春。”又：“他时要指洛阳人，知是香山老居士。”又：“定似香山老居士，世缘终浅道根深。”而坡在钱塘，与乐天所留岁月略相似，其句云“在郡依然六百日”者是也。洪氏《三

690

笔》论苏公谪黄州，始称东坡居士，其意盖专慕白乐天。白公有《东坡种花》诗、《步东坡》诗、《别东坡花树》诗，皆为忠州刺史时作。苏公在黄，正与白公忠州相似，因忆苏诗《赠写真李道士》云："知是香山老居士。"《赠善相陈杰》云："我似乐天君记取。"《送程懿叔》云："我甚似乐天。"《入侍迩英》云："定似香山老居士。"而跋云："乐天自江州司马除忠州刺史，旋以主客郎中知制诰，遂拜中书舍人。某虽不敢自比，然谪居黄州，起知文登，召为仪曹，遂忝侍从，出处老少大略相似，庶几复享晚节闲适之乐焉。"《去杭州》云："出处依稀似乐天，敢将衰朽较前贤。"序曰："平生自觉出处老少，粗似乐天；才名相远，而安分寡求亦庶几焉。"则东坡之名，非偶尔暗合也。益公《杂志》亦称："苏公不轻许可，独敬爱乐天，屡形诗篇。盖其文章皆主辞达，而忠厚好施，刚直尽言，与人有情，于物无著，大略相似。谪居黄州，始号东坡，其原必起于乐天忠州之作。"予因诸诗之作而考之，东坡之慕乐天似不尽始黄州。《吊海月辨师》云："乐天不是蓬莱客，凭仗西方作主人。"倅杭时作，已有慕白之意矣。坡诗注："卢子《逸史》：会昌元年，有南客飘至大山，有人引至一处，见道士坐大殿，曰：此蓬莱山也。宫内院宇数十，而一院扃锁，曰：此白乐天宫，乐天在中国未来耳。乐天闻之，遂作《答客说》诗：'海山不是吾归处，归则应归兜率天。'"又《与果上人》诗："不须惆怅从师去，先请西方作主人。"观引用此事，知其已慕白也。守胶西《和张子野竹阁见忆》云："柏堂南畔竹如云，此阁何人是主人？但遣先生披鹤氅，不须更画乐天真。"或谓此自属之子野。元祐经筵赐御书乐天《紫薇花》绝句，又不独公以此自拟也。记韩魏公醉白堂，以所得之厚薄深浅孰有孰无，较勋名富乐之不同，而以忠言嘉谟效于当时，文采表于后世，死生穷达，不易其操，道德高于古人为同。追其自处，则谓才名相远，不敢自比，而以由谪籍起为守登、侍从，庶几出处老少、晚节闲适、安分寡求为同。若乐天声伎之奉，固苏公所无。坡后赋朝云："不似杨枝别乐天。"岂诚过之？戏言也。况已云"但无素与蛮"矣。子由暮年赋诗，亦谓："时人莫作乐天看，燕望端能毕此身。"自注："乐天居洛阳日，正与予年相若，非斋居道场，辄携酒寻花，游赏泉石，略无暇日。予性拙且懒，杜门养病，已仅十年，乐天未必能尔也。"或当日又以乐天称子由。香山一老，而两苏公共之。子由《读白集五绝句》极论所处同异，今尽钞其诗云："乐天梦得老相从，洛下诗流得二雄。自笑索居朋友绝，偶然得句共谁同。""乐天得法老凝师，后院犹存杨柳枝。春尽絮飞余一念，我今无累百无思"。"乐天投老刺杭苏，溪石胎禽载舳舻。我昔不为二千石，四方异物固应无。""乐天引洛注池塘，画舫飞桥映绿杨。灈水隔城来不得，不辞策杖看湖光。""乐天种竹自成园，我亦墙阴数百竿。不共伊家斗多少，也能不畏雪霜寒。"

杨维桢《张北山和陶集序》：诗得于言，言得于志。人各有志有言以为诗，非迹人以得之者也。东坡和渊明诗，非故假诗于渊明也。其解有合于渊明者，故和其诗，不知诗之为渊明，为东坡也。涪翁曰："渊明千载人，东坡百世士。出处固不同，气味乃相似。"盖知东坡之诗可比渊明矣。

倪瓒《谢仲野诗序》：《诗》亡而为《骚》，至汉为五言，吟咏得性情之正者，其惟渊明乎？韦、柳冲淡萧散，皆得陶之旨趣，下此则王摩诘矣。何则？富丽穷苦之词易工，幽深闲远之语难造。至若李、杜、韩、苏，固已烜赫焜煌，出入今古，逾前而绝后。校其情性，有正始之遗风，则间然矣。

孙作《还陈检校山谷诗》：苏子落笔奔海江，豫章吐句敌山岳。汤汤涛澜绝崖岸，崿崿木石森剑槊。二子低昂久不下，薮泽遂包貙与鳄。至今杂遝呼从宾，谁敢倔强二子角。

宋濂《答章秀才论诗书》：元祐之间，苏、黄挺出，虽曰共师李、杜,而竞以己意相高,而诸作又废矣。自此以后,诗人迭起,或波澜富而句律疏,或锻炼精而情性远,大抵不出于二家。观于苏门四学士及江西宗派诸诗,盖可见矣。

贝琼《送郑千之序》:使无其本,而朝盈夕涸,求其涣而为文,汤而为声,恶可得哉! 士之厄而通者亦然,圣人弗论也。若唐之韩退之、柳子厚、李太白、杜少陵,宋之欧阳永叔、苏子瞻,所谓天下之士,亦皆起于困踣颠顿,则揭阳、柳州、夜郎、夔子、夷陵、儋耳,其犹河之龙门欤! 六子至是道益彰,文益奇,誉益崇,又孰得而抗之也? 由其所蓄,类于河之有本,而最巨者矣。

黄瑜《彭陆论韵》:古人用韵,大率因六书谐声而来,往往通而不拘,如六经可见已。(略) 古韵至魏、晋时尚多知之,宋、齐而下,浸以湮灭。然有博雅好古之士,若唐韩退之、柳宗元、白居易,宋欧阳永叔、苏子瞻、子由,犹能深考古韵而用之。

黄容《江雨轩诗序》:(绝句) 至宋苏文忠公与先文节公,独宗少陵、谪仙二家之妙,虽不拘拘其似,而其意远义赅,是有苏、黄并李、杜之称。当时如临川、后山诸公,皆杰然无让古者。

李东阳《苏子瞻》:两国山川一战功,子瞻词赋亦争雄。江流自古愁无限,落木长天万里风。

又《书愧斋唱和诗序后》:昔黄山谷谓坡老曰:"有文章名一世,诗不逮古人者。"而彭渊材恨曾子固不能诗。自今观之,子瞻豪雄浩翰,决不出山谷下;子固集所传诸作,当世亦岂多得? 不足信也。夫天下无两似之物,二美相并,必有所掩。

又《怀麓堂诗话》:五、七言古诗仄韵者,上句末字类用平声。惟杜子美多用仄,如《玉华宫》《哀江头》诸作,概亦可见。其音调起伏顿挫,独为遒健,似别出一格。回视纯用平字者,便觉萎弱无生气。自后则韩退之、苏子瞻有之,故亦健于诸作。此虽细故末节,盖举世历代而不之觉也。偶一启钥,为知音者道之。若用此太多,过于生硬,则又矫枉之失,不可不戒也。

又:昔人论诗,谓"韩不如柳,苏不如黄";虽黄亦云"世有文章名一世,而诗不逮古人"者,殆苏之谓也。是大不然。汉、魏以前,诗格简古,世间一切细事长语,皆著不得。其势必久而渐穷,赖杜诗一出,乃稍为开扩,庶几可尽天下之情事。韩一衍之,苏再衍之,于是情与事无不可尽,而其为格亦渐粗矣。然非具宏才博学,逢原而泛应,谁与开后学之路哉?

又:苏子瞻才甚高,子由称之曰:"自有文章,未有如子瞻者。"其辞虽夸,然论其才气,实未有过之者也。独其诗伤于快直,少委曲沉著之意,以此有不逮古人之诮。然取其诗之重者,与古人之轻者而比之,亦奚翅古若耶?

又:韩、苏诗虽俱出入规格,而苏尤甚。盖韩得意时,自不失唐诗声调。如《永贞行》固有杜意,而选者不之及,何也?

都穆《南濠诗话》:昔人谓"诗盛于唐,坏于宋",近亦有谓元诗过宋诗者,陋哉见也。刘后村云:"宋诗岂惟不愧于唐,盖过之矣。"予观欧、梅、苏、黄、二陈至石湖、放翁诸公,其诗视唐未可便谓之过,然真无愧色者也。

杨慎《周受庵诗选序》:苏文忠公宋代诗祖,而轻铨后进云:文章妙天下,诗律不逮古人。盖规磨之谈,媢嫉之訾耳。

又《升庵诗话》卷四:宋人诗话云:"东坡如毛嫱、西子洗妆,与天下妇人斗巧。"

谢榛《四溟诗话》卷三:和古人诗,起自苏子瞻。远谪南荒,风土殊恶,神交异代,而陶令可亲,所以饱惠州之饭,和渊明之诗,藉以自遣尔。本朝有和唐音者,得一茧而抽万丝,逞独能而敌众妙,专以坡老为口实,则两心异同,识者自当见之。譬一武士,登九里山,观古战场,命人掘地,因得折戟断剑余矢缺刀,乃自称元戎,前与韩、彭诸将对敌,战则无功,败则取笑,其不自量也,愚哉。

694

《静居绪言》:读坡、谷诗,如读《华严》《内景》诸篇,随心触法,便见渠舌根有青莲花生,华池有金丹气转,不可以人世语言较量。故须另具心眼,得有玄解,乃知宋诗妙处。一以唐人格律绳之,却是不会读宋诗。

又:子瞻之才,可谓冠宋,唐之子美也。瞻于学术而放乎性灵,睥睨一世而摆落万象,然不免贪多务博,良楛互见,元遗山所谓"苏门若有忠臣在,肯放坡诗百态新"也。东坡尝曰:"好奇务新,乃诗之病。"此老尚未饮上池水三十日,而欲药人,不亦惑矣!

又:髯苏以江湖流览之情,寄忧谗畏讥之思,却不觉言语之凄楚。其胸有云梦,目空尘海,实是占得诗境自然处,有风人之意焉。

袁宏道《与李龙湖》:韩、柳、元、白、欧,诗之圣也;苏,诗之神也。彼谓宋不如唐者,观场之见耳。

又《冯琢师》:宏道近日始读李唐及赵宋诸大家诗文,如元、白、欧、苏,与李、杜、班、马,真足雁行。

又《与丘长儒书》:陈、欧、苏、黄诸人,有一字袭唐者乎?又有一字相袭者乎?至其不能为唐,殆是气运使然,犹唐之不能为《选》,《选》之不能为汉、魏耳。

又《东坡诗选识语》:宋初承晚习,诸公多尚昆体,靡弱不足观。至欧公始变而雅正,子瞻集其大成,前掩陶、谢,中凌李、杜,晚跨白、柳,诗之道至此极盛。此后遂无复诗矣。

安磐《颐山诗话》:西涯云:"子瞻诗伤于快直,少委曲沉著之意,以此有不逮古人之诮,虽后山亦谓其失之粗,以其得之易也。"愚谓伤快直率易固然,但坡翁好用事,甚者句句以事衬贴,如《贺陈章生子》《张子野买妾》《戏徐孟不饮》之诗是也。刘辰翁谓黄太史盛欲用万卷书,与古人争能于一字,然不知意多而情远,句累而格近也。锺嵘云:"任昉博物,动辄用事,所以诗不能奇。"然则用事不可耶?少陵"读书破万卷,下笔如有神",未尝不用事,而浑然不觉,乃为高品也。

娄坚《草书东坡五七言各一首因题其后》:世之论古文者,谓法亡于韩。而予以为贾马之后,独韩最高雅。如《进学解》效《答客难》《解嘲》而为之,然皆不拟其词格,而命意尤醇雅,真儒者之文也。至其诗尤不宜于俗读,《调张籍》一篇,虽盲聋可几于聪明矣。宋人之诗,高者固多,有如苏长公发妙趣于横逸谑浪,盖不拘拘为汉魏晋唐,而卒与之合,乃曰此真宋诗耳。"诗何以议论为",此与儿童之见何异?

何乔新《史论·苏轼以事不便民者不敢言,以诗托讽,庶有益于国。李定、舒亶摘其语以为怨谤,欲置之死。帝怜之,但贬黄州团练副使本州安置》:苏轼在宋,雄文直气,冠冕一时,群险侧目久矣。为轼者缄其口、卷其舌,犹惧不免,顾乃轻出所有以扬己长而昭人过,宁免于祸乎! 轼之意盖谓以诗托讽,庶其君之一悟,亦可谓不思矣。新法之行,举朝争之而不肯从,寂寥短章,遽能使其君感悟耶? 当是时,李定、舒亶、王珪之徒极力锻炼,轼几不能自脱,幸而神宗不以言语罪人,薄示贬责而已,使遇汉宣帝不免种豆南山之祸,遇隋炀帝安能逭燕泥庭草之诛!

朱承爵《存余堂诗话》:东坡少年有诗云:"清吟杂梦寐,得句旋已忘。"固已奇矣。晚谪惠州复有一联云:"春江有佳句,我醉堕渺莽。"则又加少作一等。评书家谓笔随年老,岂诗亦然邪?

张萱《疑耀》卷二:苏东坡绝世之才,早年学诗,独宗刘禹锡,而不及王、杨、卢、骆、高、岑、李、杜诸公。晚年虽曰学李青莲,其得意处虽逼真,然多失于粗,止能为白居易,则以信手拈来,不复措意耳。又言平生不好司马《史记》,然其文多有模仿司马者。朱考亭谓坡公晚年海外文字多是信笔胡说,全不看道理,此又非知公也。

王世贞《书苏诗后》:苏长公之诗,在当时天下争趣之,若诸侯王之求封于西楚,一转首而不能无异议。至其后则若垓下之战,正统离而不再属。今虽有好之者,亦不敢公言于人,其厄亦甚矣。余晚而颇不以为然。彼见夫盛唐之诗格极高,调极美,而不能多有,不足以酬物而尽变,故独于少陵氏而有合焉。所以弗获如少陵者,才有余而不能制其横,气有余而不能汰其浊,角韵则险而不求妥,斗事则逞而不避粗,所谓武库中器,利钝森然,诚有以切中其弊者。然当其所合作亦自有斐然而不可掩,无论苏公,即黄鲁直倾奇峭峻亦多得之少陵,特单薄无深味,蹊径宛然,故离而益相远耳。鲁直不足观也。庄生曰神奇化而臭腐,苏公时自犯之。臭腐复为神奇,则在善观苏诗者。

又《跋坡公杂诗刻》:右坡老书黄州诸作,五言古一首、七言近体六首、词七首。中故有致语,而压韵使事殊令人不快。书笔翩翩自肆,间出姿态于矩度中,尤可爱也。公压嫌字韵云"雪似故人人似雪",虽可爱有人,其词翰却不远此语。

又《艺苑卮言》卷四:读子瞻文,见才矣,然似不读书者。读子瞻诗,见学矣,然似绝无才者。懒倦欲睡时,诵子瞻小文及小词,亦觉神王。

又:严(沧浪)又云:"诗不必太切。"予初疑此言,及读子瞻诗,如"诗人老去""孟嘉醉酒"各二联,方知严语之当。

又:诗格变自苏、黄,固也。黄意不满苏,直欲凌其上,然固不如苏也。何者? 愈巧愈拙,愈新愈陈,愈近愈远。

又:永叔不识佛理,强辟佛;不识书,强评书;不识诗,自标誉能诗。子瞻虽复堕落,就彼趣中,亦自一时雄快。

又:诗自正宗之外,如昔人所称广大教化主者,于长庆得一人,曰白乐天;于元丰得一人焉,曰苏子瞻;于南渡后得一人,曰陆务观:为其情事景物之悉备也。然苏之与白,尘矣;陆之与苏,亦劫也。

又:子瞻多用事实,从老杜五言古排律中来。鲁直用生拗句法,或拙或巧,从老杜歌行中来。介甫用生重字力于七言绝句及颔联内,亦从老杜律中来。但所谓差之毫厘,谬以千里耳。骨格既定,宋诗亦不妨看。

又:子瞻和陶诗,篇篇次韵,既甚牵萦,又境界各别,旨趣亦异。如和《归园田》,乃以游白水山至荔枝浦当之,其境趣判不相合,安在其为和陶也。其他率多类此。又如《拟古》《杂诗》等作,用事殆无虚句,去陶益远。

许学夷《诗源辩体》卷六:靖节诗平淡自然,本非有所造诣。但后之学者天分不足,风气亦漓,欲学平淡,必从峥嵘豪荡得之,乃不至于卑弱耳。东坡《与侄书》云:"大凡为文,当使气象峥嵘,采色绚烂,渐老渐熟,乃造平淡。"故东坡为诗,尝学退之;晚年寓惠州,和靖节,始有相类者。今人才力绵弱,不能自砺,辄自托于靖节,此非欺人,适自欺也。

又:靖节诗甚不易学,不失之浅易,则伤于过巧。予少时初学靖节,终岁得百余篇,率浅易无足采录;今间一为之,又不免类白、苏矣,白、苏学陶而失之巧。因遂绝笔不复为也。

又后集纂要卷一:元美、元瑞论诗,于正者虽有所得,于变者则不能知。袁中郎于正者虽不能知,于变者实有所得。中郎云:"至李、杜而诗道始大。韩、柳、元、白、欧,诗之圣也。苏,诗之神也。"以李、杜、柳与四家并言,固不识正变之体;以韩、白、欧为圣,苏为神,则得变体之实矣。试以五言古论之,韩、白、欧、苏虽各极其至,而才质不同。韩才质本胜欧,但以全集观,则韩太苍莽,欧入录较多而警绝稍逊,然不免步武退之。白虽能自立门户,然视其全集,则体多冗漫,而气亦屡弱矣。至于苏,则才质备美,造诣兼至,故奔放处有收敛,倾倒处有含蓄。盖三子本无造诣,而苏则实有造诣也。总四家而论,苏为上,韩次之,白次之,欧又次之,而元不足取。宋人首称苏、黄,黄诸体恣意怪僻,遂为变中之变。元美谓其"愈巧愈拙,愈新愈陈,愈近愈远",又云"鲁直不足小乘,直是外道,已堕傍生趣中"是也。然黄竟为江西诗派之祖,流毒终于宋世,中郎直举欧、苏而置黄勿论,可为宋代功臣。

又:吕居仁云:"东坡苏轼,长句波澜浩大,变化不测,如作杂剧,打猛诨入,却作打猛诨出。"《西清诗话》云:"东坡天才宏放,凡古人所不到处,发明殆尽,'万斛源泉',未为过也。"愚按:韩、白、欧、苏俱以才力相胜,而韩、苏五言古尤能尽变。元美乃云"读子瞻诗,见学矣,然似绝无才者",此不可晓,疑有误字。

又:张芸叟云:"子瞻诗如武库乍开,矛戟森然,不觉令人神惧,子细检点,不无利钝。"愚按:子瞻五七言古,一牵于次韵,再伤于应酬,险韵有往复四五者,安得不扭捏牵率也。或谓"读太白长篇如无韵者",盖一本乎自然耳。

又:子瞻七言绝,风调多有可观,气格亦胜永叔,自是宋人杰作。

又:子瞻在黄州、扬州有和陶诗,绝不相肖。晚年在惠州和陶,稍有类者。

又:刘后村云:"欧公诗如韩昌黎,不当以诗论。"西清云:"坡诗如方朔极谏,时杂滑稽,罕逢酝藉。"此论皆正,然可以论唐,而非所以论宋也。袁中郎云:"诗至欧、黄,滔滔滚滚,有若江河。"此又不分正变。故凡欧、苏之诗,美而知其病,病而知其美,主是法眼。

又:宋人尝谓欧公以文为诗,坡公罕逢酝藉,此论诚当;然于鲁直则反称美之,岂以欧、苏为变,鲁直为正耶? 甚矣,宋人之愈惑也。宋人五言古,欧、苏门户虽大,然悉成大变。

胡应麟《诗薮》内编卷二:禅家戒事、理二障,余戏谓宋人诗病政坐此。苏、黄好用事,而为事使,事障也;程、邵好谈理,而为理缚,理障也。

又卷四：用事之僻，始见商隐诸篇。宋初杨、李、钱、刘，愈流绮刻。至苏、黄堆叠诙谐，粗疏诡谲，而陵夷极矣。

又：杜用事错综，固极笔力，然体自正大，语尤坦明。晚唐宋初，用事如作谜。苏如积薪，陈如守株，黄如缘木。

又内编卷五：苏长公诗无所解，独二语绝得三昧，曰："作诗必此诗，定知非诗人。"盖诗惟咏物不可汗漫，至于登临、燕集、寄忆、赠送，惟以神韵为主，使句格可传，乃为上乘。今于登临则必名其泉石，燕集则必纪其园林，寄赠则必传其姓氏，真所谓田庄牙人、点鬼簿、粘皮骨者，汉、唐人何尝如此？最诗家下乘小道。即一二大家有之，亦偶然耳，可为法乎！

又外编卷二：晚年剧喜陶。故苏诗虽时有俊语，而失之太平，由才具高，取法近故也。

又：六一虽洗削西昆，然体尚平正，特不甚当行耳。推毂梅尧臣诗，亦自具眼。至介甫创撰新奇，唐人格调，始一大变。苏、黄继起，古法荡然。

又：大历而后，学者溺于时趋，罔知反正。宋、元诸子亦有志复古，而不能者，其说有二：一则气运未开，一则鉴戒未备。苏、黄矫晚唐而为杜，得其变而不得其正，故生峥嵘而乖大雅。

又：苏、黄初亦学唐，但失之耳。眉山学刘、白，得其轻浅而不得其流畅，又时杂以论宗，填以故实。修水学者经杜，得其拗涩而不得其沉雄，又时参以名理，发以诙谐。宋、唐体制，遂尔悬绝。宋之（略）学刘禹锡者，苏子瞻。

又：子美之不甚喜陶诗，而恨其枯槁也；子瞻剧喜陶诗，而以曹、刘、李、杜俱莫及也。二人者之所言皆过也。善乎锺氏之品元亮也，千古隐逸诗人之宗也，而以源出应璩，则亦非也。

又卷五："青山在屋上，流水在屋下。中有五亩园，花竹秀而野。"此乐天声口耳，而坡学之不已。

又：子瞻虽体格创变，而笔力纵横，天真烂熳。集中如《虢国夜游》《江天叠嶂》《周昉美人》《郭熙山水》《定惠海棠》等篇，往往俊逸豪丽，自是宋歌行第一手。其他全篇，涉议论滑稽者，存而不论可也。

龚鼎孳《题许青屿苏长公墨迹》：东坡先生风流文采照映古今，由其劲节高致，视世闲悲愉得丧一无足以动乎其心，故浩然之气流于笔墨，千载而下，犹令人想见其人于掀髯岸帻、栖毫拂素之闲也。

陈廷敬《题东坡先生集》：苏公天上人，万丈银河垂。举手扪星辰，足蹋龙与螭。旋斡周四运，浩气森淋漓。感心生直亮，体道念艰危。圣删三千篇，劫火烧其遗。真宰固有意，风雅将在兹。斯文配天命，大化需人为。何不陟辅相，致民如尧时？一闻韶濩音，季叶还春熙。

钱谦益《复遵王书》：眉山之学，实根本六经，又贯穿两汉诸史，演迤弘奥，故能凌猎千古。然坡老论诗，亦颇多匠心矫俗，不可为典要之语。若少陵论太白诗，比论于庾、鲍、阴铿。又云："何、刘、沈、谢力未工，才兼鲍照愁绝倒。"称量古人，尺寸铢两，不失针芒，此等细心苦心，恐坡老尚有未到处。

贺贻孙《诗筏》：才小者尺幅易窘，然苏长公翻为才大所累；学贫者渴笔难工，然王元美翻为学富所困。其故何也？

又：唐人和诗不和韵，宋人和韵，往往至五六首，虽以子瞻、山谷、少游之才，未免凑泊，他集则如跛鳖矣。

又：学诗者不可学古人无病处，亦不必学古人有病处。非大家不能无病，非大家亦不能有病。盖其才无所不具，其学无所不有，故于深浅浓淡，洪纤高下，种种皆备，而其瑕颣亦复不免。如长江大河，不乏腐骴；名山巨岳，亦有恶木。其所以异于他山水者，政在波涛之鼓荡，无所不有；地势之庞厚，无物不生耳。若夫丘峦涧沚之胜,一览即尽,纵复幽雅奇秀,然非所语于大观也。后之学诗者,毛举琐求,以一字之累,一语之犯,遂弃其全。而负才不羁之士,又不肯深求古人精神之所存,见陶之时有似于枯淡也,遂以枯淡为陶;见杜之偶似于滞累也,遂以滞累为杜;见李之偶似于轻率也,遂以轻率为李;见苏之偶似于谐浅也,遂以谐浅为苏。此犹学孔子者,但学其微服过宋,君命召不俟驾,见南子,佛肸召欲往而已,岂学孔子者哉!

又:谓宋诗不如唐,宋末诗又不如宋,似矣。然宋之欧、苏,其诗别成一派,在盛唐中亦可名家。

王夫之《姜斋诗话》:太白胸中浩渺之致,汉人皆有之,特以微言点出,包举自宏。太白乐府歌行,则倾囊而出耳。如射者引弓极满,或即发矢,或迟审久之,能忍不能忍,其力之大小可知已。要至于太白止矣。一失而为白乐天,本无浩渺之才,如决池水,旋踵而涸。再失而为苏子瞻,萎花败叶,随流而漾,胸次局促,乱节狂兴,所必然也。

又:元美末年以苏子瞻自任,时亦誉为"长公再来"。子瞻诗文虽多灭裂,而以元美拟之,则辱子瞻太甚。子瞻,野狐禅也,元美则吹螺摇铃,演《梁皇忏》一应付僧耳。"为报邻鸡莫惊觉,更容残梦到江南。"元美竭尽生平,能作此两句不?

又:立门庭者必饾饤,非饾饤不可以立门庭。盖心灵人所自有而不相贷,无从开方便法门,任陋人支借也。人讥西昆体为獭祭鱼,苏子瞻、黄鲁直亦獭耳!彼所祭者,肥油江豚,此所祭者,吹沙跳浪之鲻鲨也。除却书本子,则更无诗。

又:宋人骑两头马,欲博忠直之名,又畏祸及,多作影子语巧相弹射,然以此受祸者不少,既示人以可疑之端,则虽无所诽诮,亦可加以罗织。观苏子瞻乌台诗案,其远谪穷荒,诚自取之矣;而抑不能昂首舒吭以一鸣,三木加身,则曰"圣主如天万物春",可耻孰

702

甚焉！

叶矫然《龙性堂诗话》初集：暇日偶阅营山陈蝶庵周政先生《与王普瞻书》，盛述此数公（按：指韩愈、李贺、李商隐、苏轼）之诗，乃知世固有真读书风雅人先得我心者。其书云（略）坡公之诗未易读，彼其傀儡古人，调和众味，命意使事，迥出意表，盖从义山一派，窥出《三百篇》"荇菜""瓶罍""匏叶""冰泮"微意，《风》《雅》正派，正在于此。

又：子瞻云："不识庐山真面目，只缘身在此山中。"鲁直云："世人但学《兰亭》面，欲换凡骨无金丹。"今人学古诗而徒求之曹、刘、沈、谢，学今体而徒求之李、杜、高、岑，皆从门入者，不能至也。东坡教人作诗熟读《毛诗》与《离骚》，曲折尽在是矣，亦至言也。

又：诗至天趣，亦难言矣。求之古人，其唯谪仙、坡仙乎！

又：宋人称诗，前推苏、黄，后推陈、陆。

又：东坡不喜（孟）郊诗，比之"寒虫夜号"，此语似过。盖东坡逸才，仿佛太白，太白尚不知饭颗山头之苦，而谓以文章为乐事者，不厌此愁结肺腑之言哉！然"春风得意马蹄疾，一日看尽长安花"，未始非快语也。

又：予欲合子美、子瞻七言古体，梓为一集。盖此体中之神通广大，无如二公，杜奇而壮，苏奇而秀，千古双绝。袁石公《读少陵集》云："仅有苏玉局，异代足相配。"知言哉！

又：少陵"词源倒流三峡水，笔阵独扫千人军""三年笛里《关山月》，万国兵前草木风"，此壮语也。东坡"鲲鹏击水三千里，组练长驱十万夫""令严钟鼓三更月，野宿貔貅万灶烟"，足称劲敌。然此人所易知者，至杜云"白摧朽骨龙虎死，黑入太阴雷雨垂""子规夜啼山竹裂，王母昼下云旗翻"，语以奇胜而带幽。苏云"江云有态清自媚，竹露无声浩如泻""微风万顷靴纹细，断霞半空鱼尾赤"，语以幽胜而实奇。不相袭而相当，二公之谓欤？

又：老杜《题王宰山水图歌》云："巴陵洞庭日本东，赤岸水与银河通，中有云气随飞龙。舟人渔子入浦溆，山木尽亚洪涛风。"又《题刘少府山水障歌》云"沧浪水深青溟阔，欹岸侧岛秋毫末。不见湘妃鼓瑟时，至今斑竹临江活"等句，笔底烟云，透出纸背，无能继者。后子瞻《题三丈大幅图》云："扶桑大茧如瓮盎，天女织绡云汉上。往来不遣风衔梭，谁能鼓臂投三丈？"《画竹石壁上》云："枯肠得酒芒角出，肝肺槎枒生竹石。森然欲作不可回，吐向君家雪色壁。"亦可谓手快风雨，笔下有神者矣。

又：子瞻七言律好用典实，自是博洽之累。或曰其源实本之义山，良然。

又续集：晚之不及初盛者，非谓今体，谓古体也。元和今体新逸，时出开元、大历之上，惟古体神情婉弱，酝酿既薄，变化易穷。至宋得长公、涪翁、永叔诸公，天分既高，人力复尽，其绘情写物，虽似另开生面，而实青莲、工部胎骨，不知者徒以苏、黄之体少之，真矮人观场也。

又：韩、白、欧、苏诗，自是大家材料，不当律以常格。元美以宋人呼退之为大家，未免势利；永叔不识诗，自标誉能诗；子瞻坠落彼趣中，亦自雄快。皆方隅之见，不能另具一副心眼者也。

又：子瞻诗包罗万象，一由我法，集中一种烟云满纸、咳唾琳琅者为最，清空如话者次之，至有时斗韵露异，不无小巧，求真得浅，未免添足。退之、香山、义山亦时时有之，要不碍其为大家。胡元瑞以为于诗无解，蟪蛄岂知春秋哉！

又：坡公写日初出则云："天门夜上宾出日，万里红波半天赤。归来平地看跳丸，黄金一点铸秋橘。"写月初生则云："明月未出群山高，瑞光千丈生白毫。一杯未尽银涛涌，乱云脱坏如崩涛。"此等气魄，直与日月争光，李、杜文章虽光焰万丈，安得不虚此老一席！

又:《伏龙行》云:"眼光作电走金蛇,倒卷黄河作飞雨。"《铁拄杖》云:"柳公手中黑蛇滑,千年老根生乳节。"即长吉复生,不能过此。

沈雄《古今词话·词评上卷·苏轼东坡词》引晁无咎曰:谓东坡词多不谐声律,但其才横放杰出,自是曲子中缚不住耳。如取东坡词歌之,终觉天风海雨逼人。

宋荦《漫堂说诗》:余意历代五古,各有擅场,不第唐之王、孟、韦、柳,即宋之苏、黄、梅、陆,要是斐然,而必以少陵为归墟。

又:七言古诗,上下千百年定当推少陵为第一。盖天地元气之奥,至少陵而尽发之,允为集大成之圣。子美自许沉郁顿挫,擎鲸碧海;退之称其"光焰万丈";介甫称其"疾徐纵横,无施不可";孙仅亦称其"驰骤怪骇,开阖雷电"。合诸家之论,施之七古,尤属定评。后来学杜者,昌黎、子瞻、鲁直、放翁、裕之各自成家。

又《施注苏诗序》:迹公生平,自嘉祐登朝,历熙宁、元丰、元祐、绍圣,三十余年间,论新法,迕群奸,投荒锢党,几蹈不测,而矢其孤忠,百折不回,读公诗自可知其人而论其世。

张榕端《施注苏诗序》:古今诗人之总萃,唐则子美,宋则子瞻。

邵长衡《注苏例言》:常迹公生平,自嘉祐登朝,历熙宁、元丰、元祐、绍圣三十余年,其间新法之废兴,时政之得失,贤奸之屡起屡仆,按其作诗之岁月而考之,往往概见事实。而于出处大节,兄弟朋友过从离合之踪迹为尤详,更千百年犹可想见。(略)诗家援据该博,使事奥衍,少陵之后,麇见东坡。盖其学富而才大,自经史四库,旁及山经地志、释典道藏、方言小说,以至嬉笑怒骂,里媪灶妇之常谈,一入诗中,遂成典故。

吴乔《答万季埜诗问》:问云:今人忽尚宋诗,如何?答曰:为此说者,其人极负重名,而实是清秀李于鳞,无得于唐。唐诗如父母然,岂有能识父母,更认他人者乎?宋之最著者苏、黄,全失唐人一唱三叹之致,况陆放翁辈乎?(略)子瞻、鲁直、放翁,一泻千里,不堪咀嚼,文也,非诗矣。欧、苏学少陵,只成一家之体,尚能自立。

又《围炉诗话》卷一:李杜之文,终是诗人之文,非文人之文。欧、苏之诗,终是文人之诗,非诗人之诗。

又:炼字乃小家筋节。四六文,梁陈诗之余,炼字之妙,大不易及。子瞻文集只"山高月小,水落石出"八字耳。永叔曾无一字。

又卷二:古体宁如张曲江、韦苏州之有边幅。子美之古诗只可一人为之。子瞻古诗如搓黄麻绳百千尺。子瞻极重韦、柳,而自作殊不然,何也?

又卷三:诗思太苦则为方干,太易则为子瞻,消息其间甚难。

又卷五:子瞻之文,方可与子美之诗作匹,皆是匠心操笔,无所不可者也。子瞻作诗,亦用其作文之意,匠心纵笔而出之,却去子美远矣。

又引贺黄公曰:子瞻诗美不胜言,病不胜摘。大率多俊迈而少渊渟,得瑰奇而失详慎,多粗豪滑稽草率,又多以文为诗。然其才古今独绝。子瞻《闻子由不赴商州》曰:"惟有王城最堪隐,万人如海一身藏。"《倅杭》云:"南行千里成何事?一听秋涛万鼓音。"《过海》云:"空余鲁叟乘桴意,粗识轩辕奏乐声。九死南荒吾不恨,兹游奇绝冠平生。"如此胸襟,真天人矣。公诗本一往无余,徐州后更恣纵。如《贾耘老水阁》云:"爱酒陶元亮,能诗张志和。青山来水槛,白雨满渔蓑。泪垢添丁面,贫低举案蛾。不知何所乐,竟夕独酣歌。"写旷怀蕴藉。黄州诗尤不羁,"小屋如渔舟,濛濛水云里"一篇,最为沉痛。"雨中看牡丹,依然暮还敛",亦自惜幽姿,尤有雅人深致。其清空而妙者,如"野阔牛羊同雁鹜,天长草树接云霄""古琴弹罢风吹座,山阁醒时月照杯""狙公欺病来分栗,水伯知馋为出鱼""床下雪霜侵户月，枕中琴筑落阶泉"，俱嘉。

又：苏、黄以诗为以戏，坏事不小。

又：读子瞻长篇文，惟恐其尽；读子瞻长篇诗，惟恐其不尽。

田雯《论诗》：《选》体可学乎？学之者如优孟学叔敖，衣冠笑貌俨然似也，然不可谓真叔敖也。善学者须变一格，如昌黎、义山、东坡、山谷、剑南之学杜，则湘灵之于帝妃，洛神之于甄后，形体不具，神理无二矣。不然，《选》体何易学也！

又：今之谈风雅者，率分唐、宋而二之。不知唐之杜、韩，海内俎豆之矣。宋梅、欧、王、苏、陆诸家，亦无不登少陵之堂，入昌黎之室。惟其生于宋也，南辕以后，竞趋道学，遂以村究语入四声，去风人旨实远。

又：苏门六君子，无不掉鞅词场，凌躐流辈。而坡公于山谷则数效其体，前哲虚怀，往往如是。

又：七言古诗（略），宋则欧、王、苏、黄、陆诸君子，根柢于杜、韩，而变化出之。

又《诗话》：黄山谷，苏门六君子之一也。尝云："子瞻诗句妙一世，乃云学庭坚体，盖退之戏效孟郊、樊宗师之体，以文滑稽耳。"如山谷斯言，爱之斯学之，苏且学黄也。

又《论七言古诗》：眉山大苏出欧公门墙，自言为诗文如泉源万斛，是其七言歌行实录。神明于子美，变化于退之，开拓万古，推倒一世。

又《论七言绝句》：东坡包括唐人而自成其高唱，云涌泉沸，藻思奇才。山谷道人新洁如茧丝出盆，清飔如松风度曲，下笔迥别。

又《石楼和苏诗序》：昔人作诗有拟古者，无追和古人者，追和古人见于苏公之和陶。当公谪居儋耳，置家罗浮之下，独携幼子过负担渡海，葺茅竹而居之，日啖薯芋，因自谓半生出处较渊明为有愧，故欲以晚节规摹其万一。今按其诗自《时运》以至《刘柴桑》，凡一百有九篇，大略依陶韵为之。至其记事用意，则又两人各不相袭。以是知诗道之大，惟视其人自为辟阖，而非一切拘牵声韵者所得参也。世之为和诗者，吾窃疑之，河梁之咏，彼酬此唱，已发其端，读之如见苏、李当日促席对语时。魏、晋而下以迄于唐，和诗者日众，然有意相呼应而韵别者，有用韵而顿放次第各异者。步韵之诗，唐元、白、皮、陆诸家为最，而后之学诗者遂尊之，卷舌同声，拟足并迹，揞揞役役于一家之体制，一时之情事，其为诗岂复知有变化哉？石楼之和苏也，本乎苏之和陶也。和苏而不泥于苏，亦犹苏和陶而不囿于陶。如李光弼将郭子仪军，旌旗改色，禅僧拈佛祖语，信口无非妙道，只自抒其胸臆所欲吐，而隐然与之神行意会，斯亦奇矣。夫苏之在儋耳也，阅历已深，故其诗萧散酝藉，感慨而有余悲。石楼以文学侍从之臣，改官郎署，生平不可谓不遇。而要其逼仄郁塞，孤行于当代，浩浩落落，豪宕不羁，悉发其奇情藻思以追和苏于千载之上，苍然而幽，充然而艳，极馋刻瑰异之状，则与苏之旨趣微合。而苏以陶之一体和陶，石楼以苏之全体和苏，此其所以追和古人以能变化，为独工也。苏公自谓作诗如泉源万斛，昔人称陶公诗若绛云在霄，舒卷自如，观陶与苏可以晓然于石楼之诗矣。

张谦宜《絸斋诗谈》卷三：友人陈对初告我曰："诗不必学苏、陆。"恐格调日下也。

又卷五：长公才大，而深思隽致殊少。

又：坡老精神到处只是豪放，不到处颓唐淡薄而已。

又：苏诗人推重太过，细读之，蕴藉有厚味者甚少，豪放虽可喜，平漫不著意处，更无结作力量。

又：古人作诗，精神沉著，故气象凝定。坡老任意布笔，故无收敛渟蓄，一泄而尽。兼之宦途赠送太烦，未必尽由衷出，故颓唐散漫者多。

又：苏诗琢炼入细，使人味之无际者少，长篇用韵杂沓，不快

708

意处尤多。由心粗手滑，无矜慎之思也。

又：坡老才固豪纵，然古诗多不依通韵成法，似染昌黎习气，有自我作古意，此不可为训。

又：坡老唱和诗令人气闷。甚矣应酬之害诗也！

又：东坡和陶诗，气象太紧直，声调太响亮，尚非当家。

又：东坡和陶诗，豪气不除，鳞甲尽露，那及其万一。前人不许并论，今见其实。大凡文字，摹仿便不似。文中子拟《论语》《春秋》，扬子云拟《周易》，何曾一字相近，徒见讥于后世耳。

又：长公与渊明胸襟不同，气味不合，特可言用韵，和则相违。

又：陶是袖手不肯做，自讨便宜。苏原攘臂要做，做不来更得祸，才收拾雄心，作恬退消阻语，此即相隔天渊。兼之骨格槎枒，声高气莽，都不是陶家路上人，强用其韵，了无干涉。

又：豪放而独存忠厚者，少陵是也。豪放而混入仙佛者，东坡是也，虽令人洞心骇目，咀之实无味。

贺裳《载酒园诗话》：东坡曰："论画以形似，见与儿童邻。赋诗必此诗，定知非诗人。"此言论画，犹得失参半，论诗则深入三昧。（黄白山评："苏本作'定非知诗人'。此谓读诗者不宜拘执，与上句论画不宜呆板同意，非指作诗而言。然此语有病。可知苏、黄二公解古人诗多误，正是胸中先作此见解耳。"）

又：古人和意不和韵，故篇什多佳。始于元、白作俑，极于苏、黄助澜，遂成艺林业海。然如子瞻和陶《饮酒》，虽不似陶，尚有双雕并起之妙。至子由所和，竟不知何语矣。子瞻于惠州炙食羊骨，谓子由三年堂庖所饱刍豢，灭齿而不得骨，岂复知此味？此诗和于秉政时，宜其强笑不乐也。然余喜其"生平不饮酒，欲醉何由成"，反真率得陶致。

又：渔隐曰："东坡云：'黄鲁直诗文如蝤蛑江瑶柱，格韵高绝，盘餐尽废。然不可多食，多食则发风动气。'山谷云：'盖有文章妙一世,而诗句不逮古人者。'指东坡而言也。二公文章,自今视之,世自有公论,岂至各如前言,盖一时争名之词耳。俗人便以为诚然,遂为讥议,所谓'蚍蜉撼大树,可笑不自量'者耶?"余意二公之言,皆为至论,非为争名,终不自掩厥失者,所谓睫无内见之明也。坡诗苦于太尽,常有才大难降、笔走不守之恨。鲁直颇能开辟,如虬髯客耻自从龙,要亦倔强海外耳。至渔隐所言,如盲师论南泉公案,谓特作斩猫势。(黄白山评:"二公互相评论,真正相知之言,不阿所好者。谓为争名,犹是隔壁话。")

沈德潜《姜自芸太史诗序》:昔韩退之以言事得谤,斥守揭阳;苏子瞻以触逆权臣,窜逐海外。两贤诗格,较胜于前。大抵遭放逐,处逆境,有足以激发其性情,而使之怪伟特绝,纵欲自掩其芒角而不能者也。

又《东隅兄诗序》:读苏子瞻诗,如见其不合时宜,风流尔雅。

又《书东坡诗集序》:海外何愁瘴疠深,华严法界入高吟。宣仁龙驭回天后,谁见孤臣万年心。

又《说诗晬语》卷下:苏子瞻胸有洪炉,金银铅锡,皆归熔铸。其笔之超旷,等于天马脱羁,飞仙游戏,穷极变幻,而适如意中所欲出,韩文公后,又开辟一境界也。元遗山云:"只知诗到苏黄尽,沧海横流却是谁?"嫌其有破坏唐体之意,然正不必以唐人律之。苏门诸君子,清才林立,并入寰中,犹之郏、莒也。苏诗长于七言,短于五言,工于比喻,拙于庄语。

又:性情面目,人人各具。读太白诗,如见其脱屣千乘;读少陵诗,如见其忧国伤时。其世不我容、爱才若渴者,昌黎之诗也;其嬉笑怒骂、风流儒雅者,东坡之诗也。

又:东坡诗"幽寻尽处见桃花",又云"竹外桃花三两枝",自是桃花名句。

浦起龙《宋以后诗》:哲宗元祐之间,苏轼、黄庭坚挺出,虽曰共师李、杜，而竞以己意相高，而诸作又废矣。自此以后，诗人迭起，大抵不出乎二家。观于苏门四学士诸作以及江西宗派诸诗可见矣。

宋顾乐《梦晓楼随笔》：六朝以来，题画诗绝罕见。盛唐如李太白辈间一为之，拙劣不工；王季友一篇，虽有小致，不能佳也；杜子美始创为画松、画马、画鹰、画山水诸大篇，搜奇抉奥，笔补造化。嗣是苏、黄二公，极妍尽态，物无遁形。

李重华《贞一斋诗说》：七言成于鲍照，而李、杜才力廓而大之，终为正宗，厥后韩愈、苏轼稍变之。

又：七古自晋世乐府以后，成于鲍参军，盛于李、杜，畅于韩、苏，凡此俱属正锋。

又：七言律（略）至宋代独苏子瞻雄迈绝伦，次韵过多，去其滥觞可耳。

又：赵宋诗家，欧、梅始变西昆旧习，然亦未诣其盛。至坡公始以其才涵盖今古，观其命意，殆欲兼擅李、杜、韩、白之长。各体中七古尤阔视横行，雄迈无敌，此亦不可时代限者。

又：次韵一道，唐代极盛时，殊未及之。至元、白、皮、陆，始因难见巧，然亦多勉强凑合处。宋则眉山最擅其能，至有七古长篇押至数十韵者，特以示才气过人可耳。若李、杜二公当此，纵才气绰能为之，亦不屑以百万锐师，置之无用之地。盖次韵随人起倒，其遣词运意，终非一一自然，较平时自出机轴者，工拙正自判然也。

又：诗家奥衍一派，开自昌黎，然昌黎全本经学。次则屈、宋、扬、马，亦雅意取裁，故得字字典雅。后此陆鲁望颇造其境。今或满眼陆离，全然客气，问所从，则曰我韩体也。且谓四库书俱寻常闻见，于是专取说部，撷拾新奇，以夸繁富。不知说部之学，眉山时复用之者，不过借作波澜，初非靠为本领。今所尚止在于斯，乃正韩、苏大家吐弃不屑者，安得以奥衍目之？

又：五言古以陶靖节为诣极，但后人轻易摹仿不得。王、孟、韦、柳虽与陶为近，亦各具本色。韦公天骨最秀，然亦参学谢康乐。至坡老和陶，好在不学状貌。

又：匠门业师谓：平生所抱歉者，仙释二氏书，篇中罕能运用。余曰：以某管见，诗以《风》《雅》为宗，二氏原不入局，以故少陵引用特鲜，义山始参半拦入，坡公则随手掇拾，不以为嫌。究其实，与删诗之旨显然县隔。且如昌黎专辟二氏，今其诗卓然为一代宗师。是则运用阙如，正属好处，安得自以为歉？

全祖望《宋诗纪事序》：宋诗之始也，杨、刘诸公最著，所谓西昆体者也。说者多有贬辞。然一洗西昆之习者欧公，而欧公未尝不推服杨、刘，犹之草堂之推服王、骆，始知前辈之虚心也。庆历以后，欧、梅、苏、王数公出，而宋诗一变。坡公之雄放，荆公之工练，并起有声。

汪师韩《诗学纂闻》：律诗不出韵，古诗可用通韵，一定之理也。近乃有上江诗人作《诗话》，谓五古可通，七古不可通。其说尊杜，谓杜诗七古通韵者仅数处，必是传写之讹。以余考之，殊不其然。（略）《诗话》又谓七古通韵始于苏诗，余观庐陵、宛陵、半山、山谷无不通韵，其他尤不胜数，何得独咎苏诗？

又《苏诗选评叙》：轼之器识学问见于政事，发于文章，史称言足以达其有猷，行足以遂其有为，节义足以固其有守，皆志与气为之也。惟诗亦然。其诗地负海涵，不名一体，而核其旨要之所在，如云"我诗虽云拙，心平声韵和"，此轼自评其诗者也。"作诗熟读《毛诗·国风》《离骚》，曲折尽在是"，此轼自以其所得教人者也。且夫"精深华妙"，则苏辙称之矣。"公如大国楚，吞五湖三江"，则黄庭坚称之矣。"天才宏放，宜与日月争光"，则蔡絛称之矣。"屈注天潢，倒连沧海，变眩百怪，终归浑雅"，则敖陶孙称之矣。前之曹、刘、陶、谢，后之李、杜、韩、白，无所不学，亦无所不工，同时欧阳、王、黄，犹俱逊谢焉。洵乎独立千古，非一代一人之诗也。而陈师道顾谓其初学刘禹锡，晚学李太白，乃一知半解欤！但其诗气豪体大，有非后学所易学步者。是以元好问论诗有云："只知诗到苏黄尽，沧海横流却是谁？"又云："苏门果有忠臣在，肯放坡诗百态新？"盖非用此为讥议，乃正可以见其不可模拟耳。其与轼并世之人漫为评论者，如张舜民有"仔细检点，不无利钝"之言，而杨时至谓其"不知风雅之意"，后来严羽更以其自出己意，为"诗之大厄"，创大言以欺世，夫岂可为笃论哉！

《御选唐宋诗醇》卷三二：诗自杜、韩以后，唐季、五代纤佻薄弱，日即沦胥。宋初杨亿、刘筠、钱惟演之徒，崇尚昆体，只是温、李后尘。嗣是苏舜钦以豪放自异，梅尧臣以高淡为宗，虽志于古矣，而神明变化之功少，未有能骖驾杜、韩。卓然自成一家，而雄视百代者，必也其苏轼乎。

袁枚《钱竹初诗序》：东坡诗风趣多，情韵少，晚年坎坷，亦其证也。

又《随园诗话》卷二：近今风气，有不可解者。（略）间有习字作诗者，诗必读苏，字必学米，侈然自足，而不知考究诗与字之源流。皆因（略）苏、米之笔多放纵，可免拘束故也。

又卷三：予在转运卢雅雨席上，见有上诗者，卢不喜，余为解曰："此应酬诗，故不能佳。"卢曰："君误矣！古大家韩、杜、欧、苏集中，强半应酬诗也。谁谓应酬诗不能工耶？"予深然其说。

又卷四：凡事不能无弊，学诗亦然。学汉、魏《文选》者，其弊常流于假；学李、杜、韩、苏者，其弊常失于粗。（略）人能取诸家之精华，而吐其糟粕，则诸弊尽捐。大概杜、韩以学力胜，学之，刻鹄不成犹类鹜也。太白、东坡以天分胜，学之，画虎不成反类狗也。佛云："学我者死。"无佛之聪明而学佛，自然死矣。

又卷五：苏、黄瘦硬，短于言情。

713

又卷六：凡作诗，写景易，言情难。何也？景从外来，目之所触，留心便得；情从心出，非有一种芬芳悱恻之怀，便不能哀感顽艳，然亦各人性之所近。杜甫长于言情，太白不能也。永叔长于言情，子瞻不能也。

又卷七：讲韵学者，多不工诗。李、杜、韩、苏不斤斤于分音列谱，何也？空诸一切，而后能以神气孤行；一涉笺注，趣便索然。

又：夫六经之字，尚且不可搀入诗中，况他书乎？刘禹锡不敢题"糕"字，此刘之所以为唐诗也。东坡笑刘不题"糕"字为不豪，此苏之所以为宋诗也。

又：人不能在此处分唐、宋，而徒在浑含、刻露处分唐、宋，则不知《三百篇》中，浑含固多，刻露者亦复不少。

又：诗难其真也，有性情而后真，否则敷衍成文矣。诗难其雅也，有学问而后雅，否则俚鄙率意矣。太白斗酒诗百篇，东坡嬉笑怒骂，皆成文章，不过一时兴到语，不可以词害意。若认以为真，则两家之集，宜塞破屋子，而何以仅存若干？且可精选者，亦不过十之五六。人安得恃才而自放乎？

又：东坡诗，有才而无情，多趣而少韵，由于天分高，学力浅也。有起而无结，多刚而少柔，验其知遇早、晚景穷也。

又：余尝教人：古风须学李、杜、韩、苏四大家，近体须学中、晚、宋、元诸名家。或问其故，曰：李、杜、韩、苏才力太大，不屑抽筋入细，播入管弦，音节亦多未协。中、晚名家，便清脆可歌。

又卷一三：东坡云："孟襄阳诗非不佳，可惜作料少。"施愚山驳之云："东坡诗非不佳，可惜作料多。诗如人之眸子，一道灵光，此中著不得金屑，作料岂可在诗中求乎？"予颇是其言。或问："诗不贵典，何以少陵有读破万卷之说？"不知"破"字与"有神"二字，全是教人读书作文之法。盖破其卷，取其神，非囫囵用其糟粕也。

又《随园诗话补遗》卷三：诗家百体，严沧浪《诗话》胪列最详,谓东坡、山谷诗,如子路见夫子,终有行行之气。此语解颐。即我规蒋心余能刚而不能柔之说也。然李、杜、韩、苏四大家,惟李、杜刚柔参半,韩、苏纯刚,白香山则纯乎柔矣。

又卷七:韦正己曰:"歌不曼其声则少情,舞不长其袖则少态。"此诗之所以贵情韵也。古人东坡、山谷,俱少情韵。

(日)赖山阳《东坡诗钞》附《书韩苏古诗后》:读杜诗必合读韩、苏诗,犹读《孟》可解《论语》也。又读香山、山谷及明李空同,犹读《法言》《中说》,见其模拟不到处也。《石藤杖》学《藤竹杖》,《汴泗交流》学《冬狩》,《石鼓》自《八分歌》来,其变化径蹊可窥伺矣。

又:苏古诗,有意与韩斗,不特《石鼓》《听琴》也。《海市》斗于《南岳庙》,《赠簟》斗于《谢琴》。以余观之,《石鼓》交绥,其余皆似输一筹。且"汴州乱,雉带箭""东方半明"等,苏集无此健调。然至《馈岁》《守岁》《泛颍》《眼医》等,韩集亦无此妙语也。韩诗《南山》和《月蚀》等,与东坡诸次韵,并硬语排奡,特示腹笥腕力,一览索然。后人学韩、苏者,专慕此等,遗山、牧斋、竹垞及乾隆三家类皆是,可谓不知取舍也。

又:世服苏之广长舌,不知其收舌不尽展者更好。《试院煎茶》《食荔枝》《林逋诗后》《考牧图》《韩幹牧马》《赠写真何充》《秧马》《砚屏》《墨妙亭》《藏墨》《画竹》《谢铜剑》《横翠阁》《烟江叠嶂》,皆丰约合度,姿态可观。《谢迩英赐御书》《赠写御容》者,最庄雅精炼。《别子由》诸作,皆真动人。要看谑浪笑傲其貌,铁石心肠其神也。后人舍刘,袭其貌,非好学者。苏诗虽戏,犹士大夫之善谑也,如明清二袁乃帮闲牵头耳。

陈仅《竹林答问》:问:古诗声韵当何从?(答)作古诗,声调须坚守杜、韩、苏三家法律。至用韵,当以杜、韩为宗主。韩诗间溢入叶韵,苏诗则偶有蓁界处,不可为典要也。

又:问:古诗家多,其声调有可宗有不可宗,何也?(答)古诗声调,亡于晚唐,至宋欧、苏复振之,南渡以后微矣,至金、元而亡,再复振于明弘治、嘉靖间,至袁、徐、锺、谭而又亡,本朝诸大家振起之。故欲知声调之法,杜、韩其宗也,盛唐诸家其辅也,宋则欧、苏、黄、陈而已。

又《长律浅说示单生士林》:问:沈归愚谓"东坡长于七言,短于五言",其说然否?(答)坡公五言有两种:一则兀奡淋漓,法韩而变其境界;一则冲夷萧散,学陶而参以禅机。盖其气节峥嵘似韩,胸怀超旷似陶,故学焉而能备正变之体。归愚说未当。

又:问:东坡《醉石道士》诗二十八句,而二十六句皆设假象,坡公以前无此格,当是独创。(答)《诗经》《甫田》《衡门》《鹤鸣》,全篇皆设譬,《鹤鸣》章末二句,虽露诲意,而仍用假说,妙在不离不即之间。坡诗本此,读者自不觉耳。

张晋《仿元遗山论诗绝句六十首》:长句吾尤爱老坡,风流绝世古无多。别从李杜昌黎外,更发惊才浩浩歌。

纪昀《云林诗钞序》:夫陶渊明诗,时有庄论,然不至如明人道学诗之迂拙也。李、杜、韩、苏诸集,岂无艳体,然不至如晚唐人诗之纤且亵也。酌乎其中,知必有道焉。

纪昀评《苏文忠公诗集》卷二尾批:以上二卷大抵少作,气体未能成就。疑当日删定之余稿,后人重东坡名,拾缀存之耳。施氏本记始辛丑,未必无所受之,未可以疏漏讥也。

又卷八尾批:以东坡管领湖山,宜有高唱,而此卷警策之作却不甚多,岂吏事萦心之故耶?

又卷一一尾批:才出杭州,诗便深警。非胸中清思半耗于簿书,半耗于游宴耶?信乎诗非静力不工。虽东坡天才,亦不能于胶胶扰扰时,挥洒自如也。

又卷二九尾批:此卷多冗杂潦倒之作。始知木天玉署之中,征逐交游,扰人清思不少。虽以东坡之才,亦不能于酒食场中,吐烟雾语也。

又卷四五尾批:此一卷皆冗漫浅易之作。盖至是而菁华竭矣!

王昶《舟中无事偶作论诗绝句四十六首》(录二):华严楼阁笔端生,万斛源泉任意倾。更有大名兼李杜,乌台琼海任游行。

山谷孤吟也绝尘,巧将酸涩斗清新。净名经在何曾似,漫与坡翁作替人。

赵翼《瓯北诗话》卷五:大概东坡诗有所作,即刊刻流布,故一时才名震爆,所至风靡。而忌之者因得胪列以坐其罪,故得祸亦由此。今即以"乌台诗案"而论,其诗之入于爱书者,非一人一时之事,若非刻有卷册,忌者亦何由逐处采辑,汇为一疏,以劾其狂谬? 如"读书万卷不读律,致君尧舜终无术"则送子由诗也。"赢得儿童语音好,一年强半在城中""岂是闻韶解忘味,迩来三月食无盐",则倅杭时入山村诗也。"东海若知明主意,应教斥卤变桑田",则看潮诗也。"根到九泉无曲处,世间惟有蛰龙知",则咏王秀才家双桧诗也。此见于奏章者也。其他如"古称为郡乐,渐恐烦敲搒",则送钱藻出守婺州诗也。"至今天下士,去莫如子猛",则送子由乞官出京诗也。"横前坑阱众所畏,布路金珠谁不裹",则送蔡冠卿守饶州诗也。"羡子去安闲,吾邦正喧哄",则广陵赠刘贡父诗也。"坐使鞭棰环呻呼,追胥保伍罪及孥",则和李杞寺丞诗也。"颠狂不用酒,酒尽会须醒",则和刘道原诗也。"近来愈觉世议隘,每到宽处差安便",则游径山诗也。"世事渐艰吾欲去",则游风水洞诗也。"奈何效燕蝠,屡欲争晨晦",则亦径山诗也。"杀人无验终不快,此恨终身恐难了",则送陈睦、张若济诗也。"草茶无赖空有名,张禹纵贤非骨鲠",则和钱安道建茶诗也。"况复连年苦饥馑",则寄刘孝叔诗也。"纷纷不足怪,悄悄徒自伤",则答黄鲁直诗也。"荒林蜩蚻乱，废沼蛙蝈淫"，则答张安道诗也。"疲民尚作鱼尾赤，数罟未除吾颡泚"，则次潜师放鱼诗也。"扶颠未可责由求"，则答周开祖诗也。以上数十条，为李定、舒亶、张璪、何正臣、王珪等所周内锻炼者，皆在"诗案"中。岂非其诗早已流布，故得胪列以成其罪耶？按李定、舒亶劾疏，亦只"儿童语音好"及"读书不读律""斥卤变桑田""三月食无盐"数条，王珪所奏亦只咏桧"蛰龙"一条，其余则逮赴狱时所质讯者，何以详备若此？按施元之谓：坡得罪后，有司移取杭州境内所留诗，谓之"诗帐"。又坡《上文潞国书》谓："被逮时，家口在船，被有司率吏卒穷搜。"岂"诗案"中各条，得自杭州"诗帐"耶？抑舟中所搜获耶？

又：孔毅父集古人句成诗赠东坡，坡答曰："天边鸿鹄不易得，便令作对随家鸡。"又云："路旁拾得半段枪，何必开炉铸矛戟。"又云："不如默诵千万言，左抽右取谈笑足。"又云："千章万句卒非我，急走捉君应已迟。"似讥集句非大方家所为。然坡又有集渊明《归去来辞》作五律十首，则不惟集句，且集字矣。坡又有《题织锦回文》三首，此外又《回文》八首，大方家何至作此狡狯！盖文人之心，无所不至，亦游戏之一端也。

又：以文为诗，自昌黎始，至东坡益大放厥词，别开生面，成一代之大观。今试平心读之，大概才思横溢，触处生春，胸中书卷繁富，又足以供其左旋右抽，无不如志。其尤不可及者，天生健笔一枝，爽如哀梨，快如并剪，有必达之隐，无难显之情，此所以继李、杜后为一大家也。而其不如李、杜处亦在此。盖李诗如高云之游空，杜诗如乔岳之矗天，苏诗如流水之行地。读诗者于此处著眼，可得三家之真矣。

又：坡诗不尚雄杰一派，其绝人处在乎议论英爽，笔锋精锐，举重若轻，读之似不甚用力而力已透十分，此天才也。试即其诗，略为举似。五古如："读书想前辈，每恨生不早。纷纷少年场，犹得见此老。"(《哭刁景纯》)"余光幸分我,不死安可独。"(《答陈季常》)"丈夫贵出世,功名岂人杰。"(《和陶诗》)"年来万事足,所欠惟一死。"(《海外归赠郑秀才》)七古如:"当其下手风雨快,笔所未到气已吞。"(《题王维吴道子画》)"世人岂不硕且好,身虽未病中已疲。此叟神完中有恃,谈笑可却千熊罴。至今兀坐寂不语,与昔未死无增亏。"(《题杨惠之塑维摩像》)"虽无尺棰与寸刃,口吻排击含风霜。"(《送刘道原》)"颜公变法出新意,细筋入骨如秋鹰。徐家父子亦秀绝,字外出力中藏棱。"(《墨妙亭诗》)"耕田欲雨刈欲晴,去得顺风来者怨。若使人人祷辄遂,造物应须日千变。"(《泗州僧伽塔》)"我从山水窟中来,尚爱此山看不足。"(《游道场山何山》)"世上小儿夸疾走,如君相待今安有。"(《往富阳,李节推先行,留风水洞见待》)"黄鸡催晓不须愁,老尽世人非我独。"(《与宗同年饮》)"觉来落笔不经意,神妙独到秋毫颠。"(《题吴道子画》)"长松千尺不自觉,企而羡者蓬与蒿。"(《赵阅道高斋诗》)"脚力尽时山更好,莫将有限趁无穷。"(《登玲珑山诗》)此皆坡诗中最上乘,读者可见其才分之高,不在功力之苦也。

又:坡诗有云"清诗要锻炼,方得铅中银"。然坡诗实不以锻炼为工,其妙处在乎心地空明,自然流出,一似全不著力而自然沁入心脾。此其独绝也。今第就七言律论之,(略)此数十联乃是称心而出,不假雕饰,自然意味悠长。即使事处,亦随其意之所欲出,而无牵合之迹。此不可以声调、格律求之也。又如和荆公绝句云"春到江南花自开",在儋耳,夜过诸黎之家云"中原北望无归日,邻火村春自往还",觉千载下犹有深情,何必以奇警雄鸷见长哉!

又:诗人遇成语、佳对,必不肯放过。坡公尤妙于剪裁,虽工巧而不落纤佻,由其才分之大也。如"时复中之徐邈圣,无多酌我次公狂。"(《赠孙莘老》)"休惊岁岁年年貌,且对朝朝暮暮人。"(《寄陈述古》)"三过门间老病死,一弹指顷去来今。"(《过永乐长老已卒》）"岂意日斜庚子后，忽惊岁在戊辰年。"（《孔长源挽诗》）"大木百围生远籁，朱弦三叹有遗音。"（《答仲屯田》）"君特未知其趣耳，臣今时复一中之。"（《戏徐君猷孟亨之皆不饮酒》）"何人可复间季孟，与子不妨中圣贤。"（《与王定国会饮》）"岂意青州六从事，化为乌有一先生。"（《章质夫寄酒六壶书到酒不到》）"曲无和者应思郢，论少卑之且借秦。"（《答刘贡父李公择》）"多情白发三千丈，无用苍皮四十围。"（《宿州次刘泾韵》）"前身自是卢行者，后学过呼韩退之。"（《答周循州》）"信命不须歌去汝，逢人未免叹犹吾。"（《答叶致远》）此等诗虽非坡公著意之作，然自然凑泊，触手生春，亦见其学之富而笔之灵也。

又：坡公熟于庄、列诸子及汉、魏、晋、唐诸史，故随所遇，辄有典故以供其援引，此非临时检书者所能办也。如《送郑户曹》诗："公业有田常乏食，广文好客竟无毡。"则皆用郑姓故事。《嘲张子野买妾》所引"发长九尺""莺莺""燕燕""柱下相君""后堂安昌"等，皆用张姓故事。《戏徐君猷孟亨之不饮》，则通首全用徐邈、孟嘉故事。不特此也，贺黄鲁直生子而其母微，则云："进馔客争起。"又云"但使伯仁长，还兴络秀家"，用《晋书》裴秀母贱，嫡母尝使进馔，客以秀故，皆惊起。又周颛母络秀谓颛曰："我屈为汝家妾，为门户计耳。汝若不与吾家为亲，吾亦何惜余生。"颛从命，由是李氏遂为方雅之族也。《和周邠长官》诗："颇忆呼卢袁彦道，难邀骂坐灌将军。"时邠有服，故所用"呼卢""骂坐"，皆服中故事也。《答孙侔》云："蒋济谓能来阮籍，薛宣真欲吏朱云。"侔与王荆公素善，及荆公为相，数年不复相闻，故用阮籍不应济之辟，朱云不肯留宣东阁事也。《以双刀遗子由》则云："惟有王玄通，阶庭秀芝兰。知子后必大，故择刀所便。"用《晋书》王祥以吕虔刀遗其弟览故事也。《和子由送梁左藏》诗，则云："问羊他日到金华。"用黄初平兄寻初平到金华叱石成羊故事，谓他日己寻子由，同登仙籍也。

《与子由同转对》则云："晋阳岂为一门事。"用《唐书》温大雅与弟彦博对掌华近，唐高祖曰"我起晋阳，为卿一门"故事也。《贺陈述古弟章生子》，则云："参军新妇贤相敌。"用《晋书》王浑妻言："新妇得配参军，生子当不啻如此。"参军王沦乃浑之弟也。《送王巩任震知蔡州》，则云："君归助献纳，坐继岑与温。"则用《唐书》岑文本及其侄长倩、温大雅及其弟彦博同在机近故事，望其叔侄同入禁林也。《哭任遵圣》，望其子成立，则云："他年如入洛，生死一相访。惟有王濬冲，心知中散状。"用《晋书》嵇康死后，其子绍入洛，王戎特推奖之故事也。文与可为王执中作墨竹，嘱其勿令人题，俟东坡来题之。与可没八年，坡还朝，执中以此来乞题，则云："谁言生死隔，相见如龚隗。"用《晋书》隗照善筮，将死，以版授其妻，五年后有龚姓者奉使过此，以此索其金。至期，果有龚使过，妻以版索金。龚亦善筮，为筮之曰："吾不负金，汝夫自有金，知吾善《易》，故书版措意耳。"果如言，而得金于屋东壁。以喻与可预嘱待己来题，今果如所嘱也。孔常父来访，坡适宴客，遣人邀孔同饮，孔已上马驰去。明日有诗来，坡和之云："岂复见吾横气机，遣人追君君绝驰。"则用《庄子》季咸相壶子，壶子曰："是殆见吾横气机也。"明日又来见，立未定，自失而去，使列子追之不及。壶子曰："已失矣，吾勿及矣。"此又与常父驰去，追之不及相似也。以上数条，安得有如许切合典故，供其引证？自非博极群书，足供驱使，岂能左右逢源若是！想见坡公读书，真有过目不忘之资，安得不叹为天人也。

又：东坡大气旋转，虽不屑屑于句法、字法中别求新奇，而笔力所到，自成创格。如《百步洪》诗："有如兔走鹰隼落，骏马下注千丈坡。断弦离柱箭脱手，飞电过隙珠翻荷。"形容水流迅驶，连用七喻，实古所未有。又如《答章传道》云："欲将驹过隙，坐待石穿溜。"《游径山》云："肯将红尘脚，暂著白云履。"《泛舟城南》云：

"能为无事饮，可作不夜归。"《孔毅父妻挽词》云："那将有限身，长泻无穷涕。"《哭子遁》云："仍将恩爱切，割此衰老肠""欲除苦海浪，先干爱河水。"《送鲁元翰》云："聊乘应舍筏，直溯无生源。"《栖贤三峡桥》云："长输不尽溪，欲满无底窦。"《答王晋卿欲夺仇池石》云："守子不贪宝，完我无瑕玉。"《送黄师是》云："愿君五袴手，招此半菽魂。"《答李端叔谢送牛戬画》云："知君论将口，似予识画眼。"《和陶归园田居》云："以彼无尽灯，写我有限年。"《赵景贶以洞庭春色酒见饷》云："应呼钓诗钩，亦号扫愁帚。"此虽随笔所至，自成创句，所谓风行水上，自然成文，然未免句法重叠。若《浚井》之"上除青青芹，下洗凿凿石"。《白鹤新居凿井不得泉使工再凿》云："丰我粢与醪，利汝椎与钻。"《和陈传道雪中观灯》云："未忍便倾浇别酒，且来同看照愁灯。"则又不泥一格矣。又《与赵景贶陈履常同过欧阳叔弼小斋》云："梦回闻剥啄，谁乎赵陈予。"句法之奇，自古未有。然老横莫有敢议其拙率者，可见其才大，无所不可也。当时亦共骇此句。欧阳季默曰："长官请客，吏问客目，答曰：'主簿、少府、我。'可作佳对。"亦可见文人游戏之韵事。

又：坡诗放笔快意，一泻千里，不甚锻炼。如少陵《登慈恩寺塔》云："俯视但一气，焉能辨皇州。"以十字写塔之高，而气象万千。东坡《真兴寺阁》云："山川与城郭，漠漠同一形。市人与鸦鹊，浩浩同一声。"以二十字，写阁之高，尚不如少陵之包举。此炼不炼之异也。又少陵《出塞》诗："落日照大旗，马鸣风萧萧。"觉字句外，别有幽燕沉雄之气。坡公《五丈原怀诸葛公》诗："吏士寂如水，萧萧闻马挝。"虽形容军容整肃，而魄力不及远矣。

又：昌黎之后，放翁之前，东坡自成一家，不可方物。昌黎好用险韵以尽其锻炼，东坡则不择韵而但抒其意之所欲言；放翁古诗好用俪句，以炫其绚烂，东坡则行墨间多单行而不屑于对属。且昌黎、放翁多从正面铺张，而东坡则反面、旁面，左萦右拂，不专以铺叙见长。昌黎、放翁使典亦多正用，而东坡则驱使书卷入议论中，穿穴翻簸，无一板用者。此数处似东坡较优。然雄厚不如昌黎而稍觉轻浅，整丽不如放翁而稍觉率略。此固才分各有不同，不能兼长也。

又：元遗山论诗云："苏门若有功臣在，肯放坡诗百态新。"此言似是而实非也。新岂易言，意未经人说过则新，书未经人用过则新，诗家之能新，正以此耳。若反以新为嫌，是必拾人牙后，人云亦云，否则抱柱守株，不敢逾限一步，是尚得成家哉！尚得成大家哉！

又：东坡旁通佛老，诗中有仿《黄庭经》者。如《辨道歌》《真一酒歌》等作，自成一则。至于摹仿佛经，掉弄禅语，以之入诗，殊觉可厌，不得以其出自东坡，遂曲为之说也。如钱道人有"认取主人翁"之句，坡演之云："主人若苦令侬认，认主人人竟是谁？"又云："有主还须更有宾，不知无镜自无尘。只从半夜安心后，失却当年觉痛人。"《过温泉》诗："石龙有口口无根，自在流泉谁吐吞？若信众生本无垢，此泉何处觅寒温？"《和柳子玉》诗："说静故知犹有动，无闲底处更求忙。"《答宝觉》诗："从来无脚不解滑，谁信石头行路难。"《记梦》诗："圆间有物物间空，岂有圆空入井中。不信天形真个样，故应眼力自先穷。连环易解如神手，万窍犹号未济风。稽首问天天不语，本来无碍更求通。"《题荣师湛然堂》诗："卓然精明念不起，兀然灰槁照不灭。方定之时慧在定，定慧照寂非两法。妙湛总持不动尊，默然真人不二门。语息则默非对语，此语要将《周易》论。诸方人人抱雷电，不容细看真头面。欲知妙湛与总持，更问江东三语掾。"此等本非诗体而以之说禅理，亦如撮空，不过仿禅家语录机锋，以见其旁涉耳。惟《书焦山纶长老壁》云："法师住焦山，而实未尝住。我来辄问法，法师了无语。法师非无语，不知所答故。"又《闻辨才复归上天竺》诗云："寄诗问道人，借禅

723

以为谈。何所闻而去，何所见而回。道人笑不答，此意安在哉！昔年本不住，今者亦无来。"此二首绝似《法华经》《楞严经》偈语，简净老横，可备一则也。

又：坡诗不以炼句为工，然亦有研炼之极而人不觉其炼者。如"年来万事足，所欠惟一死""饥来据空案，一字不堪煮""周公与管蔡，恨不茅三间""人间无正味，美好出艰难""剑米有危炊，毡针无稳坐""舌音渐獠变，面汗尝骈羞""云碓水自舂，松门风为关""潜鳞有饥蛟，掉尾取渴虎"，此等句，在他人虽千锤万杵尚不能如此爽劲，而坡以挥洒出之，全不见用力之迹，所谓天才也。

又卷六：宋诗以苏、陆为两大家。后人震于东坡之名，往往谓苏胜于陆，而不知陆实胜苏也。盖东坡当新法病民时，口快笔锐，略少含蓄，出语即涉谤讪。"乌台诗案"之后，不复敢论天下事。及元祐登朝，身世俱泰，既无所用其无聊之感；绍圣远窜，禁锢方严，又不敢出其不平之鸣。故其诗止于此，徒令读者见其诗外尚有事在而已。放翁则转以诗外之事，尽入诗中。时当南渡之后，和议已成，庙堂之上，方苟幸无事，讳言用兵，而士大夫新亭之泣，固未已也。于是以一筹莫展之身，存一饭不忘之谊，举凡边关风景、敌国传闻，悉入于诗。虽神州陆沉之感，已非时事所急，而人终莫敢议其非。因得肆其才力，或大声疾呼，或长言永叹。命意既有关系，出语自觉沉雄。此其诗之易工一也。东坡自黄州起用后，扬历中外，公私事冗，其诗多即席、即事，随手应付之作，且才捷而性不耐烦，故遣词或有率略，押韵亦有生硬。放翁则生平仕宦，凡五佐郡、四奉祠，所处皆散地，读书之日多，故往往有先得佳句，而后标以题目者。如《写怀》《书愤》《感事》《遣闷》，以及《山行》《郊行》《书室》《道室》等题，十居七八，而酬应赠答之作，不一二焉。即如纪梦诗，核计全集，共九十九首。人生安得有如许梦！此必有诗无题，遂托之于梦耳。心闲则易触发，而妙绪纷来；时暇则易琢磨，而微疵尽去。此其诗之易工二也。由斯以观,其才之不能过于苏在此,其诗之实能胜于苏亦在此。试平心以两家诗比较,当不河汉其言矣。

又卷八:元遗山才不甚大,书卷亦不甚多,较之苏、陆,自有大小之别。然正惟才不大、书不多,而专以精思锐笔,清炼而出,故其廉悍沉挚处,较胜于苏、陆。

又:苏、陆古体诗,行墨间尚多排偶,一则以肆其辨博,一则以侈其藻绘,固才人之能事也。遗山则专以单行,绝无偶句,构思窅渺,十步九折,愈折而意愈深,味愈隽,虽苏、陆亦不及也。

又卷一一:北宋诗推苏、黄两家,盖才力雄厚,书卷繁富,实旗鼓相当,然其间亦自有优劣。东坡随物赋形,信笔挥洒,不拘一格,故虽澜翻不穷,而不见有矜心作意之处。山谷则专以拗峭避俗,不肯作一寻常语,而无从容游泳之趣。且坡使事处,随其意之所之,自有书卷供其驱驾,故无捃摭痕迹。山谷则书卷比坡更多数倍,几于无一字无来历,然专以选才庀料为主,宁不工而不肯不典,宁不切而不肯不奥,故往往意为词累,而性情反为所掩。此两家诗境之不同也。

又卷一二:(七言律诗)东坡出,又参以议论,纵横变化,不可捉摸,此又开南宋人法门,然声调风格,则去唐日远也。

又吴之振《论诗偶成》:夺胎换骨义难羁,诗到苏黄语益奇。一鸟不鸣翻旧案,前人定笑后人痴。

又《宋诗钞·东坡诗钞序》:子瞻诗,气象洪阔,铺叙宛转,子美之后,一人而已。然用事太多,不免失之丰缛,虽其学问所溢,要亦洗削之功未尽也。而世之訾宋诗者,独于子瞻不敢轻议,以其胸中有万卷书耳,不知子瞻所重不在此也。加之梅溪之注,斗钉其间,则子瞻之精神反为所掩,故读苏诗者汰梅溪之注,并汰其过于丰缛者,然后有真苏诗也。

毛先舒《诗辩坻》卷三：严仪卿生宋代，能独睹本朝诗道之误，谓"近代诸公乃作奇特解会，遂以文字、才学、议论为诗，于一唱三叹之音，有所歉焉。其末流甚者，叫噪怒张，乖忠厚之风"。论眉山、江西，亦可称沉著痛快，真复绝之识，其书之足传宜也。

又：唐人文多似诗，不害为佳；退之多以文法为诗，则伧父矣。六朝人序记多似赋，不害为佳；子瞻多以序记法为赋，则委苶矣。

周之鳞《山谷先生诗钞序》：世之称苏、黄旧矣，不徒词翰之谓，惟诗亦然。然苏之诗丽而该，黄之诗遒而则，其规模似不相埒。即山谷先生有云："未闻南风歌，同调广陵散。"是山谷固以元祐诗人之杰自予，于东坡则奉若汉、魏焉。且其平生服膺推毂，形为歌咏者，每不敢与之并肩。然则一体而同视可乎？曰可。盖苏公在翰林，较黄公为先，而诗之雄悍魁杰又足以相服，实则各有所擅也。譬之射，挽百钧之弓为左右射，中必及的，苏之所以巧力备也；若夫礼射雍容，两人固未易轩轾。即驰骋林莽间，黄亦能射疏及远，发一叠双，第获禽之后，气力稍柔苶耳，而岂其三舍避乎哉！

方东树《昭昧詹言》卷一：东坡横截古今，使后人不知有古，其不可及在此；然而遂开后人作滑俗诗，不求复古亦在此。

又：欧、苏、黄、王，章法尤显，此所以为复古也。

又：姜坞先生曰："凡文字贵持重，不可太近飒洒，恐流于轻便快利之习。故文字轻便快利，便不入古。才说仙才，便有此病。太白、东坡，皆有此患。"按此皆精识造微之论。

又：朱子曰："行文要紧健，有气势，锋刃快利，忌软弱宽缓。"按此宋欧、苏、曾、王皆能之，然嫌太流易，不如汉、唐人厚重，然却又非炼局减字法，真知文者自解之。以诗言之，东坡则是气势紧健，锋刃快利，但失之流易，不厚重，以此不及杜、韩。在彼自得超妙，而陋才崽士，以猥庸才识学之，则但得其流易之失矣。

又：朱子曰："李、杜、韩、柳，亦学《选》诗，然杜、韩变多，柳、

726

李变少。"以朱子之言推之，苏、黄承李、杜、韩之后，而又能变李、杜、韩，故意离而去之，所以为自立也。自此以外，千余年诗家，除大历、长庆、温、李、西昆诸小乘蒭记不论，其余名家，无不为杜、李、韩、苏、黄五家嗣法派者。至于汉魏阮、陶、谢、鲍，皆成绝响。故后世诗人只可谓之学李、杜、韩、苏、黄而不能变，不可谓能变《选》诗也。如放翁之于坡，青丘之于太白，空同之于少陵是也。

又：气势之说，如所云"笔所未到气已吞""高屋建瓴""悬河泄海"，此苏氏所擅场。但嫌太尽，一往无余，故当济以顿挫之法。

又：惟陶公则全是胸臆自流出，不学人而自成，无意为诗而已。至东坡亦如是，固是天生不再之贤。

又：凡后人作诗，其题有所谓拟古者，皆吾所不知也。拟古而自有托意，如曹氏父子，用乐府题而自叙述时事，自是一体。太白《古风》、曲江《感遇》，自述怀抱，同于咏史，亦可也。拟古而自无所托意，特文人自多其能，导人以作伪诗而已。

又：东坡和陶，虽自有题，亦觉无味，殆与士衡同一才多之患耶？

又：韩公纵横变化，若不及杜公，而邱壑亦多，盖是特地变，不欲似杜，非不能也。坡公亦纵横变化，邱壑亦多。

又：唐之名家，皆从汉、魏、六代人出。杜、韩更远溯《经》《骚》。宋以后从皆止于唐。惟苏公自我作祖，一切离而去之。然使人于古人深苦奥密之旨遂不复闻，亦公之故也。

又：东坡下笔，摆脱一切，空诸依傍，直是前无古人，后无来者，所以能为一大宗；然滑易之病，末流不可处。故今须以韩、黄药之。放翁多客气假象，自家却有面目，然不能出坡境界。

又：钱牧斋极服王简栖《头陀寺碑》，故其作诗多用禅典，最俗而可憎厌。其病亦沿于东坡，而源于辋川。王为释氏作文，不得不尔，非以概施之也。

又卷四：坡公和陶，直是倚其才大，学之易似耳。而皆非其佳什，世亦无诵习之者。夫以坡公且如此，况末士之无知者哉！

又卷八：东坡"笔所未到气已吞"，自是绝境，而有流病。

又：深观康乐，终落第二乘，不及杜、韩远甚。盖杜、韩能包康乐，康乐不能兼有杜、韩。非特杜、韩，即太白、子瞻纵宕横放，变化顿挫，壮浪恣肆飞越，终非鲍、谢所敢望。

又卷九：韩、苏并称，然苏公如祖师禅，入佛入魔，无不可者，吾不敢以为宗，而独取杜、韩。又李、杜、韩、苏并称，以其七言歌行，瑰诡纵荡，穷态尽变，所以为大家。至五言，则苏未能与三家并立也。

又：选字避陈熟，固矣。而于不经意语助虚字，尤宜措意。必使坚重稳老，不同便文，随意带使。此惟杜、韩二家最不苟。东坡则多率便矣，然要自稳老，非庸懦比。

又卷一〇：诗文句意忌巧，东坡时失之此，遂开俗人。故作者宁朴无巧。至于凡近习俗庸熟，不足议矣。

又卷一一：诗莫难于七古。七古以才气为主，纵横变化，雄奇浑颢，亦由天授，不可强能。杜公、太白，天地元气，直与《史记》相埒，二千年来，只此二人。其次，则须解古文者，而后能为之。观韩、欧、苏三家，章法剪裁，纯以古文之法行之，所以独步千古。

又：山水风月，花鸟物态，千奇万状，天机活泼，可惊可喜，太白、杜公、坡公三家最长。（略）杂以嘲戏，讽谏谐谑，庄语悟语，随兴生感，随事而发，此东坡之独有千古也。

又：杜公如佛，韩、苏是祖，欧、黄诸家五宗也。此一灯相传。

又：杜、韩、李、苏四家，能开人思界，开人法，助人才气兴会，长人笔力，由其胸襟高，道理富也。欧、王两家，亦尚能开人法律章法。山谷则止可学其句法奇创，全不由人。凡一切庸常境句，洗脱净尽，此可为法；至其用意则浅近，无深远富润之境，久之令人才思短缩，不可多读，不可久学。取其长处，便移入韩，由韩再入太白、坡公，再入杜公也。

又：李、杜、韩、苏四大家，章法篇法，有顺逆开阖展拓，变化不测，著语必有往复逆势，故不平。韩、欧、苏、王四家，最用章法，所以皆妙，用意所以深曲。山谷、放翁未之知也。

又：李、杜、韩、苏，非但才气笔力雄肆，直缘胸中蓄得道理多，触手而发，左右逢原，皆有归宿，使人心目了然餍足，足以感触发悟心意。

又：杜公乃佛祖，高、岑似应化文殊辈，韩、苏是达摩。圣人复起，不易吾言矣。

又：坡诗纵横如古文，固须学其使才恣肆处，尤当细求其法度细致处，乃为作家。

又：太白时作仙语，意亦超旷，亦时造快语。东坡品境似之。果欲学坡，须兼白意乃佳。若但取其貌，乃为不善也。若能志庄、佛，兼取白、坡意境，而加以杜、韩，必成大家，非他人所知矣。

又：杜公作诗，时作经济语；坡时出道根语。然坡之道，只在《庄子》与佛理耳；取入诗，既超旷，又善造快句，所以可佳。

又：莫难于起句。不能如太白、杜、坡天外落笔，便当以退之为宗，且得老成安定辞也。

又：欲知插叙、逆叙、倒叙、补叙，必真解史迁脉法乃悟，以此为律令；小才小家学之，便成乱杂不通也。此非细故，乃一大门径，非哲匠不解其故。所谓章法奇古，变化不测也。坡、谷以下皆未及此，惟退之、太史公文如是，杜公诗如是。

又：起法以突奇先写为上乘，汁浆起棱，横空而来也。其次则队仗起。其次乃叙起。叙起居十之九，最多亦最为平顺。必曲，必衬，必开合，必起笔势，必夹写，必夹议。若平直起，老实叙，此为凡才，杜、韩、李、苏、黄诸大家所必无也。

又卷一二：坡公之诗每于终篇之外，恒有远境，匪人所测。于篇中又各有不测之远境，其一段忽从天外插来，为寻常胸臆中所无有。不似山谷，仅能句上求远也。

又：姜坞先生曰："东坡诗词天得，常语快句，乘云驭风，如不经虑而出之。凄淡豪丽，并臻妙诣。至于神来气来，如导师说无上妙谛，如飞仙天人，下视尘界。"

又：惜抱先生曰："东坡文远逊韩，若以诗论，故当胜之。"

又卷一四：隶事以苏、黄为极则，所谓"云山经雨始鲜明"也。以我用事，驱使得他为我用乃妙。

又：谢茂秦戒用大历以后事，虽拘，然不可不晓其意。但有一种题，若不用后世事，则不能成词，以古事不给今用也。至佛典字宜戒用，杜公、辋川尚不觉，坡公已嫌太多。

义：学于杜者，须知其言高旨远，一也；奇警而出之自然，流吐不费力，二也；随意喷薄，不装点做势安排，三也；沉著往来，不拘一定而自然中律，四也。此惟苏、黄之才，能嗣仿佛。

卷二〇：东坡只用长庆体，格不必高，而自以真骨面目与天下相见，随意吐属，自然高妙，奇气巀兀，情景涌见，如在目前，此岂乐天平叙浅易可及！举辋川之声色华妙，东川之章法往复，义山之藻饰琢炼，山谷之有意兀傲，皆一举而空之，绝无依傍，故是古今奇才无两，自别为一种笔墨，脱尽蹊径之外。彼世之凡才陋士，腹俭情鄙，率以其淡易卑熟浅近之语，侈然自命为"吾学苏也"，而苏遂流毒天下矣！政与太白同一为人受过。然其才大学富，用事奔凑，亦开俗人流易滑轻之病。

卷二一：宋漫叟云："东坡善用事，既显易，读又切当。"

叶燮《原诗》卷一：苏轼之诗，其境界皆开辟古今之所未有，天地万物，嬉笑怒骂，无不鼓舞于笔端，而适如其意之所欲出，此韩愈后之一大变也，而盛极矣。

又卷二：吾尝观古之才人，合诗与文而论之，如左邱明、司马迁、贾谊、李白、杜甫、韩愈、苏轼之徒，天地万物皆递开辟于其笔端，无有不可举，无有不能胜，前不必有所承，后不必有所继，而各有其愉快。如是之才，必有其力以载之；惟力大而才能坚，故至坚而不可摧也。历千百代而不朽者以此。

卷三：作诗者在抒写性情，此语夫人能知之，夫人能言之，而未尽夫人能然之者矣。作诗有性情，必有面目，此不但未尽夫人能然之，并未尽夫人能知之而言之者也。如（略）举苏轼之一篇一句，无处不可见其凌空如天马，游戏如飞仙，风流儒雅，无入不得，好善而乐与，嬉笑怒骂，四时之气皆备，此苏轼之面目也。

又《原诗·外篇上》：杜甫之诗，独冠今古。此外上下千余年，作者代有，惟韩愈、苏轼，其才力能与甫抗衡，鼎立为三。韩诗无一字犹人，如太华削成，不可攀跻。若俗儒论之，摘其杜撰，十且五六，辄摇唇鼓舌矣。苏诗包罗万象，鄙谚小说，无不可用，譬之铜铁铅锡，一经其陶铸，皆成精金，庸夫俗子，安能窥其涯涘？并有未见苏诗一斑，公然肆其讥弹，亦可哀也。韩诗用旧事，而间以己意易以新字者；苏诗常一句中用两事三事者，非骈博也，力大故无所不举。然此皆本于杜，细览杜诗，知非韩、苏创为之也。必谓一句止许用一事者，此井底之蛙，未见韩、苏，并未见杜者也。且一句止用一事，如七律一句，上四字与下三字，总现成写此一事，亦非谓不可。若定律如此，是记事册，非自我作诗也。诗而曰作，须有我之神明在内，如用兵然，孙、吴成法，懦夫守之不变，其能长胜者寡矣。驱市人而战，出奇制胜，未尝不愈于教习之师。故以我之神明役字句，以我所役之字句使事，知此方许读韩、苏之诗。不然，直使古人之事，虽形体眉目悉具，直如刍狗，略无生气，何足取也？诗是心声，不可违心而出，亦不能违心而出。功名之士，决不能为泉石淡泊之音；轻浮之子，必不能为敦庞大雅之响。故陶潜多素心之语，李白有遗世之句,杜甫兴广厦万间之愿,苏轼师四海弟昆之言。

施闰章《蠖斋诗话》:古人诗入三昧,更无从堆垛学问,正如眼中著不得金屑。坡公谓浩然诗韵高才短,嫌其少料。评孟良是,然坡诗正患多料耳。坡胸中万卷书,下笔无半点尘,为诗何独不然?

曹禾《渔洋续诗集序》:杜氏之功不在删《诗》正《乐》之下,其俨然绍风雅之统无惑也。昌黎韩氏扩而为怪奇谲诡,眉山苏氏变而为茫洋恣肆,唯陈言之务去,而师古人之意,统绪相承,未之或异也。唐宋之诗人多矣,独三家者为大宗,而杜氏之功甚伟。

王士禛《和苏诗二集序》:苏文忠公在惠州,和陶诗几遍,其自言曰:"古之诗人有拟古之作矣,未有追和古人者矣。追和古人则始于东坡。"又曰:"吾于渊明,岂独好其诗哉?欲以晚节师法其万一也。"夫以文忠公之为人,卓绝千古,牢笼百代,乃独于渊明惓惓若此,不胜其执鞭欣慕之意者何也?及读颍滨之序,谓"渊明不肯为五斗折腰束带见乡里小儿,而子瞻出仕三十余年,为狱吏所折辱,终不能悛,以陷于难,乃欲以桑榆之晚景,自托于渊明,其谁信之?"始喟然而兴曰:文忠之和陶也,其有悔心与?嵇叔夜诗云:"远惭柳下,近愧孙登。"文忠之于渊明,亦若是焉已矣。夫文忠兄弟生当宋庆历、元祐极盛之时,仁祖赏其文,至谓"今日为子孙得二宰相"。神宗虽不进用其身,宫中每叹以为奇才。异日宣仁述之,至于泪下。古来文人遇合之奇,盖未有如文忠者。公即杀身成仁,以报累朝之遇,亦其宜也。故虽流离颠沛,窜逐于海外瘴疬之乡,至于百折九死,而其气不挫。其与渊明生当晋之末造,自以先世宰辅不肯仕他姓者,固不可同日而语也。故颍滨又云:"子瞻之仕,其出处进退犹可考也。"吾谓渊明为其易,而文忠为其难。渊明之不仕也,楚狂接舆、荷篠丈人之类也;文忠之仕也,迟迟去鲁之类也。渊明、子瞻,易地皆然,未可轩轾乎其间也。

又《跋东坡先生小字帖》:山谷诗云:"子瞻谪海南,时宰欲杀之。饱吃惠州饭，细和渊明诗。"吾友黄州杜濬亦有诗云："堂堂复堂堂，子瞻出峨眉。早读《范滂传》，晚和渊明诗。"二作说尽东坡一生，并识之。

又《黄湄诗选序》：欧、梅、苏、黄诸家，其才力学识，皆足凌跨百代，使俯首而为扯拾吞剥秃屑俗下之调，彼遽不能耶，其亦有所不为耶！

又《冬日读唐宋金元诸家诗偶有所感各题一绝于卷后》：庆历文章宰相才，晚为孟博亦堪哀。淋漓大笔千年在，字字华严法界来。

又《上方寺访东坡先生石刻诗次韵》：（略）缅思峨嵋人，文采真神仙。赠诗日南使，宾佐皆豪贤。邈然竟终古，漱墨留春泉。老笔欲飞动，妙态殊便娟。空堂响人语，怖鸽飞联翩。后游慨今昔，凭吊当同然。

又《蚕尾诗集序》：古今诗人莫不以李、杜为绝诣矣，李、杜而外无有相雄峙者乎？曰曷为而无也，退之、子瞻，后李、杜而诣其极者也。然则退之、子瞻袭李、杜为之乎？曰前乎有李、杜焉，后乎复一李一杜，则不得为绝诣矣。李之与杜，固不相袭者也。退之学李、杜而非李杜也，子瞻学李、杜尤学退之，而究非李、杜，亦非退之也。李、杜之作，汉、魏以来诗人之总萃，得乎《风》《雅》之传之正者。昌黎则加恢奇焉，排奡焉，而一变矣。至子瞻则加赡博焉，整比焉，以恣行其奇裒者，而又一变矣。然其归要于礼义，其用使人各得其情性，则亦犹之正而已矣。此四君子之所以各诣其极，而更数百年以来未有起而配之者也。

又《带经堂诗话》卷一：宋明以来诗人学杜子美者多矣。予谓退之得杜神，子瞻得杜气，鲁直得杜意，献吉得杜体，郑继之得杜骨；他如李义山、陈无己、陆务观、袁海叟辈，又其次也。

又：余偶论唐、宋大家七言歌行，譬之宗门，李、杜如来禅，苏、黄祖师禅也。

又：七言歌行，杜子美似《史记》，李太白、苏子瞻似《庄子》，黄鲁直似《维摩诘经》。

又：七言歌行，至子美、子瞻二公，无以加矣。而子美同时，又有李供奉、岑嘉州之创辟经奇；子瞻同时，又有黄太史之奇特。正如太华之有少华，太室之有少室。

又：尝戏论唐人诗，王维佛语，孟浩然菩萨语，刘眘虚、韦应物祖师语，柳宗元声闻辟支语，李白、常建飞仙语，杜甫圣语，陈子昂真灵语，张九龄典午名士语，岑参剑仙语，韩愈英雄语，李贺才鬼语，卢仝巫觋语，李商隐、韩偓儿女语。苏轼有菩萨语，有剑仙语，有英雄语，独不能作佛语、圣语耳。

又：子瞻贯析百家，及山经、海志、释家、道流、冥搜、集异诸书，纵笔驱遣，无不如意，如风雨雷霆之骤合，砰礚戛击，角而成声，融然有度，其用实处多，而用虚处少，取其少者为佳。

又：宋人诗，至欧、梅、苏、黄、王介甫而波澜始大。

又：许顗彦周云："东坡诗如长江大河，飘沙卷沫，枯槎束薪，兰舟绣鹢，皆随流矣。珍泉幽涧，澄泽灵沼，可爱可喜，无一点尘滓，只是体不似江河耳。"余谓由上所云，唯杜子美与子瞻足以当之。由后所云，则宣城、水部、右丞、襄阳、苏州诸公皆是也。大家、名家之别在此。

又：苏文忠作诗常云"效山谷体"，世因谓苏极推黄，而黄每不满苏诗，非也。黄集有云："吾诗在东坡下，文潜、少游上，杂文与无咎伯仲耳。"此可证俗论傅会之谬。

又卷二：东坡诗笔妙天下，外国皆知仰之。子由《使北》诗云："莫把文章动蛮貊，恐妨谈笑卧江湖。"其盛名如此。然当时尚有指摘其用事之误者，予《居易录》中已言之。王楙《纪闻》又云："吴人方唯深子通绝不喜子瞻诗文。胡文仲连因语及苏诗'清寒入山骨,草木尽坚瘦',方曰:'做多自然有一句半句道著也。'"其狂僭至此,譬蜣螂转粪,语以苏合之香,岂肯顾哉?

又卷三:曹颂嘉祭酒常语余曰:"杜、李、韩、苏四家歌行,千古绝调,然语句时有利钝。先生长句,乃句句用意,无瑕可攻,拟之前人,殆无不及。"余曰:唯句句作意,此其所以不及前人也。四公之诗,如万斛泉源,不择地而出,行乎其所不得不行,止乎其所不得不止。余诗如鉴湖一曲,若放翁、遗山已下,或庶几耳。

又卷四:欧阳公见苏文忠公,自谓"老夫当放此人出一头地",盖非独古文也,唯诗亦然。文忠公七言长句之妙,自子美、退之后,一人而已。

又卷五:汉魏已来二千余年间,以诗名其家者众矣,顾所号为仙才者,唯曹子建、李太白、苏子瞻三人而已。

卷二九:七言古若李太白、杜子美、韩退之三家,横绝万古,后之追风蹑景,唯苏长公一人耳。

又《师友诗传续录》:问:古诗以音节为顿挫,此语屡闻命矣,终未得其解。答:此须神会。以粗迹求之,如一连二句皆用韵,则文势排宕,即此可以类推。熟子美、子瞻二家自了然矣。专为七言而发。

又:弇州如何比得东坡?东坡千古一人而已,唯律诗不可学。

又:问:尝见批袁宣四先生诗,谓古诗一韵到底者,第五字须平,此定例耶?抑不尽然耶?答:一韵到底,第五字须平声者,恐句弱似律句耳。大抵七古句法字法,皆须撑得住,拓得开,熟看杜、韩、苏三家自得之。

又:问:昔人论诗之格曰:"所以条达神气,吹嘘兴趣,非音非响,能诵而得之。清气徘徊于幽林,遇之可爱;微径纡回于遥翠,求之愈深。"是何物也?答:数语是论诗之趣耳,无关于格。格以高下论,如坡公咏梅"竹外一枝斜更好",高于和靖之"暗香""疏影";林又高于季迪之"雪满山中""月明林下"。至晚唐之"似桃无绿叶,辨杏有青枝",则下劣极矣。

又:问:昔人谓韵不必有出处,字不必拘来历,其然岂其然?答:杜子美、苏子瞻诗无一字无来历。善押强韵,莫如韩退之,却无一字无出处也。

又《然镫记闻》:七律宜读王右丞、李东川,尤宜熟玩刘文房诸作。宋人则陆务观。若欧、苏、黄三大家,只当读其古诗、歌行、绝句,至于七律必不可学。

陈明善《宋金三家诗选序》:苏子瞻天才奔放,铸古熔今。

顾宗泰《宋金三家诗选序》:窃尝取三家诗读之,东坡于韩吏部后,独开生面,其才之大,如金银铜锡合为一冶,其笔之超旷,如天马行空,不可羁靮,洵巨手也。

纳兰性德《渌水亭杂识》:诗乃心声,性情中事也。(略)昌黎逞才,子瞻逞学,便与性情隔绝。

薛雪《一瓢诗话》:横山先生说诗,推杜浣花、韩昌黎、苏眉山为三家鼎立。(略)苏眉山天才俊逸,潇洒风流,嬉笑怒骂,皆成文章,又因其学力宏赡,无入不得。幸有权臣与之龃龉,成就眉山到老。其长诗差可追随二公,余则不在语言文字间与之铢寸较量也。

又:王阮亭先生谓东坡千古一人,惟律诗不可学。终是具眼人语。

又:东坡作诗颂云:"字字觅奇险,节节累枝叶。咬嚼三十年,转更无相涉。"又云:"冲口出常言,法度法前轨。人言非妙处,妙处在于是。"普天下诗人,当于言下领会,勿便下得转语去。

马位《秋窗随笔》:《芥隐笔记》:乐天诗:"去岁暮春上巳,共泛洛水中流。今岁暮春上巳,独立香山下头。"子瞻用之为《海外上元》诗。愚谓此格不专出乐天,唐人中极多,如:"去年花里留连饮,暖日夭桃莺乱啼。今日江边容易别,淡烟衰草马频嘶。"又"昔年洛阳社,贫贱相提携。今日长安道,对面隔云泥"是也。即子瞻犹有"前年家水东,回首夕阳丽。去年家水西,湿面春风雨""去年花落在徐州,对酒酤歌美清夜。今年黄州见花发,小院闭门风露下"。严沧浪所谓"扇对"是也。

又:东坡祭柳子玉文:"郊寒岛瘦,元轻白俗。"彦周谓其论道之语。然东坡诗熔化乐天语及用乐天事甚多,如"故将别语调佳人,要看梨花枝上雨""不似杨枝别乐天""海天兜率两茫然""肠断闺中杨柳枝"之类。虽作此论,终不免践乐天之迹。

李调元《雨村诗话》卷下:余雅不好宋诗而独爱东坡,以其诗声如钟吕,气若江河,不失于腐,亦不流于郓。由其天分高,学力厚,故纵笔所之,无不精警动人,不特在宋无此一家手笔,即置之唐人中,亦无此一家手笔也。公尝自举生平得意之句,以"令严钟鼓三更月,野宿貔貅万灶烟"一联为其最,实不止此也。公集中无论长篇短幅,任举一句,皆具大魄力。如《有美堂暴雨》起笔云:"游人脚底一声雷,满座顽云拨不开。天外黑风吹海立,浙东飞雨过江来。"其声直震百里,谁能有此?

姚鼐《荷塘诗集序》:古之善为诗者,不自命为诗人者也,其胸中所蓄高矣,广矣,远矣,而偶发之于诗,则诗兴之为高广且远焉,故曰善为诗也。曹子建、陶渊明、李太白、杜子美、韩退之、苏子瞻、黄鲁直之伦,忠义之气,高亮之节,道德之养,经济天下之才,舍而仅谓之一诗人耳,此数君子岂所甘哉!

又《与伯昂从侄孙》:古体诗须先读昌黎,然后上溯杜公,下采东坡,于此三家得门径寻入。

鲁九皋《诗学源流考》:东坡才大,汪洋纵恣,出入于李、杜、韩三家。山谷则一意学杜,精深峭拔,别出机杼,自成一格。

马春田《读黄山谷集》:苏、黄虽并称,苏宫而黄徵。

翁方纲《七言诗歌行钞凡例》:苏文忠公凌踔千古,独心折山

737

谷之诗,数效其体,前人之虚怀如此。后世腐儒乃谓山谷与东坡争名,何其陋耶!

又《石洲诗话》卷三:《宋诗钞》之选,意在别裁众说,独存真际,而实有过于偏枯处,转失古人之真。如论苏诗,以使事富缛为嫌。夫苏之妙处,固不在多使事,而使事亦即其妙处。奈何转欲汰之,而必如梅宛陵之枯淡、苏子美之松肤者,乃为真诗乎?且如开卷《凤翔八观》诗,尚欲加以芟削,何也? 余所去取,亦多未当。苏为宋一代诗人冠冕,而所钞若此,则他更何论!

又:七古平韵到底者,单句末一字忌用平声,固已,然亦有文势自然,遂成音节者。以苏诗论之,即如“问今太守为谁欤? 雪眉老人朝扣门”“潮阳太守南迁归,山耶雪耶远莫知”“画山何必山中人,汝应奴隶蔡少霞”之类,皆行乎其所不得不然者也。若“欲从稚川隐罗浮,故人日夜望我归”,乃于一篇中有二句,要之非出自然,则固不可耳。

又:次韵用韵,至苏公而极其变化。然不过长袖善舞,一波三折,又与韩翁之用力真押者不同,未可概以化境目之。

又:苏诗内和人韵之诗,亦有只云和某人某题,而不写出次韵者,亦有写次韵者。其只云和,而不云次韵者,实多次韵之作。想苏公诗题,固无一定之例也。

又:太白仙才,独缺七律,得东坡为补作之,然已隔一尘矣。

又:吴《钞》(按:指《宋诗钞》)云:“元祐文人之盛,大都材致横阔,而气魄刚直,故能振靡复古。”其论固是。然宋之元祐诸贤,正如唐之开元、天宝诸贤,自有精腴,非徒雄阔也。即东坡妙处,亦不在于豪横。吴《钞》大意,总取浩浩落落之气,不践唐迹,与宋人大局未尝不合,而其细密精深处,则正未之别择。即如论苏诗,首在去梅溪之饾饤,而并欲汰苏之富缛。夫梅溪之饾饤,本不知苏,不必与之较也。而苏岂以富缛胜者? 此未免以目皮相。

卷四：宋诗之大家无过东坡，而转桃苏祖黄者，正以苏之大处，不当以南、北宋风会论之。舍元祐诸贤外，宋人盖莫能望其肩背，其何从而祖之乎？

又：宋人七律，精微无过王半山，至于东坡，则更作得出耳。阮亭尝言东坡七律不可学，此专以盛唐格律言之，其实非通论也。

卷五：五言诗，自苏、黄而后，放翁已不能脚踏实地。居此后者，欲复以平正自然，上追古人，其谁信之？

又：遗山虽较之东坡，亦自不免肌理稍粗，然其秀骨天成，自是出群之姿。若无其秀骨，而但于气概求之，则亦末矣。

卷八："李、杜光芒万丈长，昌黎《石鼓》气堂堂。吴莱、苏轼登廊庑，缓步空同独擅场。"（按：此为王士禛《戏仿元遗山论诗绝句三十五首》之一）（略）既以韩《石鼓歌》接李、杜光焰，顾何以吴立夫继之？且以吴居苏前，可乎？且以李空同继之，可乎？此则必不可以示后学者矣。

洪亮吉《读史六十四首》：诗案曾留御史台，恰人亦转叹奇才。雄文却要蛟龙助，不枉先生过海来。

又《北江诗话》卷二：宋代诗文兼擅者，亦惟欧阳文忠、苏文忠、王荆公，南渡则朱文公。

又：苏端明自言学刘梦得，而究亦不能过梦得，所谓棋输先著也。

又卷四：或曰：今之称诗者众矣，当具何手眼观之？余曰：除二种诗不看，诗即少矣。假王、孟诗不看，假苏诗不看是也。何则？今之心地明了而边幅稍狭者，必学假王、孟；质性开敏而才气稍裕者，必学假苏诗。若言诗能不犯此二者，则必另具手眼，自写性情矣。是又余所急欲观者也。

吴文溥《南野堂笔记》卷一：闲尝取唐、宋以来诗人之诗，标举数家，若右丞之简贵，襄阳之清醇，左司之冲淡，少陵之变化，太白之横逸，昌黎之闳肆，玉溪生之绮丽缠绵，东坡、山谷之波澜峻峭，各撫性情，自著本色，未尝有所袭也。然（略）东坡和陶，山谷癖杜，古之人皆有所资以为诗者矣，袭云乎哉！

韩尌《苏文忠公诗编注集成序》：注古人之诗难矣，注大家之诗更难。若夫杜少陵、苏长公二家之诗，则尤有难者。盖少陵于天宝之际，出入戎马，跋履关山，感事撫怀，动有关系，非熟于有唐一代之史者，不能注杜集也。长公亲见庆历人才之盛，备知安石变法之弊，进身元祐更化，卒罹绍圣党祸，凡所感激，尽吐于诗。其诗视少陵为多，其荣悴升沉，亦与少陵仅以奔赴行在者异。少陵事状颇略，而长公政绩独详。唐之杂纂不载少陵，而两宋纪录非长公不道。故注苏较难于注杜，虽熟有宋一代之史，势不能括其全。然仕迹虽异，而其飘零远徙，系心君国，至于每饭不忘则同。此又二家诗之极致，必明之而后可也。

达三《苏文忠公诗编注集成序》：有宋苏文忠公文章气节，照耀千古，虽妇人孺子，莫不知有东坡先生也。然考其生平，才足以致治安，而未邀当宁之倚任；文足以追贾、陆，而不免宵小之抵排。初授史官，遽补外任；暂叨侍从，遂窜南荒。在朝日少，迁谪日多，得志事少，拂意事多。其忠义奋发之气，百折不回之操，一皆发之于诗。而且才雄力大，取多用宏，子史之外，兼参仙释。其诗浩瀚汪洋，往往非初学所能窥其涯涘。

梁同书《苏文忠公诗编注集成序》：苏文忠公以文章经济为有宋冠冕，观其学术之富，德业之盛，忠义气之奋发，虽跨唐越汉，陆、贾不足多也。公起自西蜀，适当熙宁、绍圣之会，邪说暴行，薰灼天下。始则上书攻法，托为讽谏，构怨群小，至于放废。逮元祐更化，廷臣皆以变法干进，公独以谓改革利弊不一，未足推明先志，消弭后忧，辄与在廷争议，或开陈讲筵之上。忧危家国，每饭不忘；草制撫疏，必达此意。由是忤权坐讪，屡召屡出。然犹随地效忠，举凡筹边弭盗，备灾放欠，治河清漕诸事，鲜不讲求规画，以期有补于国。既迁岭海，坐不贴席，而目眵兵偷民惰，政不恤下，尚时时以泽民为念，终其身弗少懈。故迹其所为诗，或取观于兴象，或寓讽于联吟，词虽达而旨则隐，文或华而体实质。虽天才浩瀚而津涘莫测，未可谓言语妙天下，遽以谈谐啸傲视之也。

姚莹《复吴子方书》：《三百篇》而下，无悖于兴观群怨之旨，而足以千古者，汉之苏、李，魏之子建，晋之渊明，唐之李、杜、韩、白，宋之欧、苏、黄、陆，止矣。此数子者，岂独其才力学问使然哉，亦其忠孝之性有以过乎人也。

又《论诗绝句》：妙语天成偶得之，眉山绝趣苦难追。纷纷力薄争唐宋，断港横流也未知。

李树滋《石樵诗话》卷四：宋时苏、黄并驾，然鲁直多生涩而欠浑成，不若东坡胸有洪炉，于李、杜、韩后又开辟一种境界。

林昌彝《射鹰楼诗话》卷一八："奇外无奇更有奇，一波才动万波随。只知诗到苏黄尽，沧海横流却是谁？"此元遗山论诗句也。遗山意以苏、黄诗稍直，少曲折，故不及李、杜，故曰"沧海横流却是谁"。李、杜诗汪洋澎湃，而沉郁顿挫，赴题曲折，故如沧海横流，苏、黄之不及李、杜者以此，遗山之所以不足苏、黄者以此。此中神妙，难与外人言也。故遗山论诗又曰："鸳鸯绣出从君看，不把金针度与人。"

周寿昌《思益堂日札》卷六：唐人用本朝事入诗，无过于牧之者。至宋人尤多，大家如苏、黄亦不免。

胡薇元《梦痕馆诗话》卷三：宋初不脱晚唐体，李文靖、徐常侍，白体也。二宋、张乖崖，昆体也。欧公与苏子美，乃仿效太白、退之。东坡出，乃追本溯源，放乎四海。然风会使然，唐与宋划界分畦，迥乎不类矣。唐以前多比兴，宋人多敷陈直言故也。

洪昌燕《答友人问汉唐古诗乐府暨宋元明诸诗家书》：宋承五

季之余，去唐差远，欧、梅而外，最数苏、黄。说者谓东坡晚年和陶诗，或邻颓放；山谷少宗昆体，未免纤称。抑知苏可俪韩，黄实师杜，足为劲敌，无愧大家。

宋咸熙《耐冷谭》卷一：东坡拟陶，尚有驰骤之语，亦犹狂者之于中行也。

李慈铭《越缦堂诗话》卷上：宋人自苏、黄、陆三家外，绝无能自立者。

又：七古，子美一人足为正宗，退之、子瞻、山谷、务观、遗山、青丘、空同、大复，可称八俊。

又卷下：凡事必陶冶古人，自成面目。尝言唐之白、宋之苏，到底是诗家本色，而诸君颇不然之。

王闿运《湘绮楼说诗》卷三：俗人论诗，以为不可入经义训诂，此语发自梁简文。刘彦和又云不可入议论。则明七子惩韩、苏、黄、陆之敝，而有此说，是歧经史文词而裂之也。

金武祥《粟香随笔》卷二：诗句有全平全仄者，如玉溪《韩碑》诗"封狼生貙貙生罴，帝得圣相相曰度"是也。苏、黄诸家时时有之。

袁洁《蠡庄诗话》卷八：诗人穷而益工。盖穷则嗜欲少，而攻苦多，故能思微律细。唐人如少陵、太白、昌黎、柳州，宋人如东坡、石湖、永叔，皆遭遇坎坷，诗名最著。

邓绎《藻川堂谭艺·三代篇》：唐、宋以来，兼长诗、古文辞者，其诗每不若古文辞之盛，韩、柳、欧、苏皆其人也。韩、苏雄直之气，一往无余，而其中之包蕴浅矣。

钱振锽《快雪轩全集》卷上：古今拟陶诗、和陶诗甚多，如苏轼及近世舒梦兰，则无首不和矣，然谓之似陶可也，谓之佳诗则不敢。

乔亿《剑溪说诗》卷上：韩、苏笔力相当，韩排奡，苏雄放，并体出杜陵。苏兼有谪仙，然谪仙超忽，终隔一尘在。

又：坡公规模大，波澜壮阔；涪翁笔力高，风格孤峻。

又：坡公尝自评其文曰："吾文如万斛泉源，不择地皆可出，在平地滔滔汩汩，虽一日千里无难。及其与山石曲折，随物赋形而不可知也。所可知者，常行于所当行，常止于不可不止，如是而已矣。其他虽吾亦不能知也。"公之诗亦然。

又：《史》《汉》、八家之文，可通于七古；李、杜、韩、苏之七古，可通于散体之文。

又：古人诗境不同，譬诸山川：杜诗如河岳；李诗如海上十洲；孟诗如匡庐；王诗如会稽诸山；高、岑诗如疏勒、祁连，名标塞上；大历十子诗如巫山十二，各占一峰；韦诗如峨嵋天半，高无与比；柳诗如巴东三峡，清夜啼猿；韩诗如太行；孟诗如羊肠坂；苏诗如罗浮；黄诗如龙门八节滩。此类不可悉数，惟览者自得之耳。

又卷下：坡公七绝具迈往之气，放翁、遗山亦远擅长。

又：题画诗，三唐间见，入宋寖多，要惟老杜横绝古今，苏文忠次之，黄文节又次之。

又：诗题至于玉局（按：即苏轼），别构佳境，唐人家法，为稍变矣。

又：次韵始于元、白，盛于皮、陆，再盛于坡、谷，后来记丑而博者，专用此擅场。

又《剑溪说诗又编》：唐代深于骚者，自青莲、昌黎、柳州、贞曜、昌谷而外，盖亦寥寥。后来坡、谷虽甚爱其文词，只供为文驱使，于骚人之旨，未见有合焉者，而音韵尤乖。甚矣，骚之难也！

梁章钜《退庵随笔·学诗二》：李文贞不喜苏诗，谓东坡诗殊少风韵音节，逐句俱填典故，亦不是古法。此非笃论也。苏诗清空如话者，集中触处皆有。如《和陶》云："丈夫贵出世，功名岂人杰。"《哭刁景纯》曰："读书想前辈，每恨生不早。纷纷少年场，犹得见此老。"《题杨惠之塑维摩像》云："世人非不硕且好，身虽未病

743

心已疲。此叟神完中有恃，谈笑可却千熊罴。至今遗像兀不语，与昔未死无增亏。"《泗州僧伽塔》云："耕田欲雨刈欲晴，去得顺风来者怨。若使人人祷辄遂，造物应须日千变。"《与宗同年饮》云："黄鸡催晓不须愁，老尽世人非我独。"《赵阅道高斋》诗云："长松千尺不自觉，企而羡者蓬与蒿。"《登玲珑山》云："脚力尽时山更好，莫将有限趁无穷。"此岂得以少风韵、填典故概之？文贞意在讲学，于诗诣力未深。其于唐诗，只取张曲江及燕、许、李、杜、韩、柳数家，宋诗只取欧阳文忠、王荆公、朱子三家。讲学与论诗，自是两事，学者不必为所惑也。

又：李、杜、韩、苏诗中，亦不免有疵词累句，不但无损其为名家，且并有与古人暗合者。

又：唐以李、杜、韩、白为四大家，宋以苏、陆为两大家，自《御选唐宋诗醇》，其论始定。《四库提要》阐绎之，其义益明。《提要》云："诗至唐而极其盛，至宋而极其变。盛极或伏其衰，变极或失其正。通评甲乙，要当以此六家为大宗。（略）至于北宋之诗，苏、黄并驾（略）。"可谓千古定评。窃谓有志学诗，此六家缺一不可。

黄子云《野鸿诗的》：子瞻不师古而长于野战，犹吾吴丹青家，见粗钩硬皴，嗤为"浙派"也。

施补华《岘佣说诗》：后人学陶，以韦公为最深，盖其襟怀澄淡，有以契之也。东坡与陶气质不类，故集中"效陶""和陶"诸作，真率处似之，冲漠处不及也，间用驰骤，益不相肖。

又：东坡五古，有禅理者甚佳，用禅语者甚劣。

又：东坡才思甚大，而有好尽之病，少含蓄也。

又：东坡五古，有精神饱满才气坌涌甚不可及者，如"千山动鳞甲""何人守蓬莱"诸篇。

又：东坡五古好和韵叠韵，欲以此见长，正以此见拙。捆了好打，毕竟是捆。

又：陶诗多微至语；东坡学陶，多超脱语。天分不同也。

又：《和子由园中草木》及黄州垦荒、海外种菜等诗，皆质朴有味。

又：东坡最长于七古，沉雄不如杜，而奔放过之；秀逸不如李，而超旷似之。又有文学以济其才，有宋三百年无敌手也。

又：东坡七古间学初唐，亦复音节婉转。

又：东坡七古亦时以和韵叠韵见细，其运用故典亦有随笔拉杂，不甚贴切者，学者宜知其病。

又：少陵七律，无才不有，无法不备。义山学之，得其浓厚；东坡学之，得其流转；山谷学之，得其奥峭。

又：东坡七律，一气相生旋转自如之作，最为上乘。言情深至者亦可取。填砌典故，凑韵凑篇者最下。

又：东坡能行气不能炼句，故七律每走而不守。

又：少陵、退之、东坡三大家皆不能作五绝。盖才太大，笔太刚，施之二十字，反吃力不讨好。言岂一端而已，夫各有所当也，五绝究以含蓄清淡为佳。

又：东坡七绝亦可爱，然趣多致多，而神韵却少。"水枕能令山俯仰，风船解与月徘徊"，致也。"小儿误喜朱颜在，一笑那知是酒红"，趣也。独"余生欲老海南村，帝遣巫阳招我魂。杳杳天低鹘没处，青山一发是中原"，则气韵两到，语带沉雄，不可及也。

潘德舆《养一斋诗话》卷一：《石洲诗话》一书，引证该博，又无随园佻纤之失，信从者多。予窃有惑焉，不敢不商榷，以质后之君子。其书亦推张曲江为复古，李、杜为冠冕，杜可直接"六经"。而酷好苏诗，以之导引后进，谓学诗只此一途，虽根本忠爱之杜诗，必不可学，"人不知杜公有多大喉咙，以为我辈亦可如此，所以梦如乱丝"。夫苏诗非不雄视百世，而杜诗者，尤人人心中自有之诗也。今望而生怖，谓不如苏之蹊径易寻，则是避难就易之私心，犹书家之有侧锋,仕途之有捷径,自为之可耳,岂所以示天下耶!又谓"五言诗自苏、黄后,放翁已不能脚踏实地。居此后者,欲以平正自然上追古人,其谁信之"。夫苏、黄之诗,标新领异,旁见侧出,原令人目眩心摇。然久于其中,竟谓举世之人舍此断无出路,何其轻量人才之甚也!且必不以平正自然为诗,则诗之为物,累人心术亦甚矣!尤可异者,偏爱苏诗,并以遗山《论诗绝句》中攻苏之作,亦傅会为爱苏之论也。如:"奇外无奇更出奇,一波才动万波随。只知诗到苏黄尽,沧海横流却是谁?"此首明以"沧海横流"责苏,而石洲以为遗山自慨身世。"金入洪炉不厌频,精真那计受纤尘?苏门果有忠臣在,肯放坡诗百态新?"此首明言苏门无忠直之言,故致坡诗竞出新态,而石洲以为收足论苏之旨,即苏诗"始知真放本精微"意。"百年才觉古风回,元祐诸人次第来。讳学金陵犹有说,竟将何罪废欧梅?"此首明言欧、梅甫能复古,而元祐苏、黄诸人次第变古,学元祐者废金陵犹可,废欧、梅则必不可。而石洲以为"'回'字乃坡公'升平格力未全回'之'回',何尝有人讳学金陵,何尝有人欲废欧、梅?此可得文章风会气脉"。凡石洲所解,皆与遗山本诗义理迥不入,脉络绝不贯,不知何以下笔?盖既为偏好苏诗所蔽,而又不敢贬驳遗山,故于无可解说处,亦强为傅会,遂使人览之茫然耳。且遗山贬苏如此,而石洲犹以为"程学盛于南,苏学盛于北",屡屡举此语以教人。古人有知,岂不为遗山所笑?且石洲于苏诗,亦未得其窔奥也。苏之名作甚多,而石洲举"河声便是广长舌,山色岂非清净身"二语,谓足尽全集之妙。此非论诗,直表章禅学矣。又举"始知真放本精微"一语,谓可作全集总评,亦禅机而已矣。"浮云世事改,孤月此心明",前辈多赏之。石洲恐落窠臼,独赏其结句"二江争送客,木杪看桥横",为言外有神,殆故作奇论,自建一帜耳。昔渔洋谓东坡七律不可学,石洲斥其非通论,是言各体均宜学也。此一家之言,果可示后生耶?

其他泛论群家,亦多可疑。(略)谓茶山诗优于放翁,后山诗无可回味处。盖茶山清转处,约略似苏;喜苏之快辩,自不知陈之郁轖也。总之矫七子学唐太似之病,必然师法苏、黄。此论竹垞已及之,石洲亦引之而故蹈之,为偏好所蔽耳。

又:苏颖滨谓坡"律诗最戒属对偏枯,不容一句不善;古诗用韵,必须偶数"。此皆坡诗极琐处,何必举以示人?

又:苏、黄并称,其实相反。苏豪宕纵横而伤于率易,黄劲直沉著而苦于生疏。朱子云"黄诗费安排",良然。然黄之深入处,苏亦不能到也。

又:(张戒)云:"诗含不尽之意,用事押韵何足道!苏、黄用事押韵之工至矣,究其实,乃诗人中一害。"伟哉论乎!前此所未有也。

又:东坡谓襄阳诗"韵高而才短",非东坡不敢开此口。然东坡诗病亦只一句,盖才高而韵短,与襄阳恰相反也。

又卷二:昌黎诗有斗胜之意,东坡诗有游戏之意,皆非古音。而昌黎古于东坡者,昌黎读书精于东坡故也。第斗胜之意迫,游戏之意闲,故时人觉昌黎诗不如东坡之妙。

又:韩昌黎、苏眉山皆以文为诗,故诗笔健崛骏爽,而终非本色。

又:(王)若虚雅服郑厚评诗,荆公、苏、黄,曾不比数,独云:"乐天如柳阴春莺,东野如草根秋虫,为造化中一妙。"此亦误也。荆公诗本不足与苏、黄匹,苏、黄与乐天、东野互有得失,何必以白、孟抹苏、黄也?

又:若虚又谓"老杜诗如'典谟',东坡诗如《孟子》,鲁直诗如《法言》",亦非的语。(略)东坡诗或似《庄子》,鲁直诗或似《韩非子》,《法言》何足道!

又卷三:(虞道园诗)长篇铺放处,虽时仿东坡,而不似东坡之疏快无余地。

又：初学（诗）由七古入，七古由苏、韩入，发轫之地，取其充畅阔远，不局才气。

又卷一〇：坡诗"何须更待飞鸢堕，方念平生马少游""不须更说知几早，直为鲈鱼也自贤"，此固诗家翻弄之小术，然词旨清迥，可箴俗虑，吾每爱诵之。

陆蓥《问花楼诗话》卷二：坡公才大如海，其诗旁见侧出，都成妙谛，承学之士，靡然从风，奉为圭臬，岂容赘赞？先广文爱其和陶诗，以谓此老晚年进境。其和《归田园居》《时运》《始春怀古》《田舍》《三良》诸作，多见道之言。佳句如"春江绿未波，人卧船自流""城东两黎子，室迩人自远。呼我钓其池，人鱼两忘返""惊雀再三起，树端已微明。白露净原野，始觉丘垄平"，子由所谓"精深华妙，无老人衰惫之气"者也。

朱庭珍《筱园诗话》卷一：东坡则天仙化人，飞行绝迹，变尽唐人面目，另辟门户，巧夺天工，敏妙超脱，在宋人中独为大宗。

又卷四：东坡一代天才，其文得力庄子，其诗得力太白，虽面目迥不相同，而笔力之空灵超脱，神肖庄、李。如鲁男子之学柳下，九方皋之相马，其性情契合，在笔墨形色之外，盖以神契，以天合也。故能自开生面，为一朝大作手。后人效法前人，当师坡公，方免效颦袭迹之病。如西昆杨、刘诸公之学李玉溪，明前后七子之文学秦、汉，诗学少陵、东川，肖形象声，摹仿字句音调，直是双钩填廓而已。呜呼愚哉！

陈衍《宋十五家诗选·东坡诗选》：东坡五、七古才大思精，沉郁顿挫，昌黎而后一人而已。近体超妙精卓，尽态极妍。语溪《诗钞序》谓有用事太多，未免失之丰缛，汰其过于丰缛者而后有真苏诗。可谓善言苏诗者矣。

刘熙载《艺概》卷二《诗概》：东坡诗打通后壁说话，其精微超旷，真足以开拓心胸，推倒豪杰。

又：东坡诗推倒扶起，无施不可，得诀只在能透过一层，及善用翻案耳。

又：东坡诗善于空诸所有，又善于无中生有，机括实自禅悟中来。以辩才三昧而为韵言，固宜其舌底澜翻如是。

又：滔滔汩汩说去，一转便见主意，《南华》《华严》最长于此。东坡古诗惯用其法。

又：陶诗醇厚，东坡和之以清劲，如宫商之奏，各自为宫，其美正复不相掩也。

又：东坡《题与可画竹》云："无穷出清新。"余谓此句可为坡诗评语，岂偶借与可以自寓耶？杜于李亦以清新相目。诗家"清新"二字，均非易得。元遗山于坡诗，何乃以新讥之？

又：东坡、放翁两家诗，皆有豪有旷。但放翁是有意要做诗人，东坡虽为诗，而仍有夷然不屑之意，所以尤高。

又：退之诗豪多于旷，东坡诗旷多于豪。豪旷非中和之则，然贤者亦多出入于其中，以其与龊龊之肠胃，固远绝也。

又：遇他人以为极艰极苦之境，而能外形骸以理自胜，此韩、苏两家诗意所同。

又：东坡诗，意颓放而语遒警。颓放过于太白，遒警亚于昌黎。

又：太白长于风，少陵长于骨，昌黎长于质，东坡长于趣。

又：诗以出于《骚》者为正，以出于《庄》者为变。少陵纯乎《骚》，太白在《庄》《骚》间，东坡则出于《庄》者十之八九。

又：山谷诗未能若东坡之行所无事。

又：无一意一事不可入诗者，唐则子美，宋则苏、黄。要其胸中具有炉锤，不是金银铜铁强令混合也。

又：唐诗以情韵、气格胜。宋苏、黄皆以意胜，惟彼胸襟与手法俱高，故不以精能伤浑雅焉。

又：林艾轩谓"苏、黄之别，犹丈夫、女子之应接。丈夫见宾客，信步出将去，如女子则非涂泽不可"。余谓此论未免诬黄而易苏。

王文诰《苏文忠公诗编注集成自序》：（略）阅一千四百余载，至宋，而其后嗣文忠公继起，公之诗庶矣。然约举其要，则亦本诸垂教立极者也。"定策天知我，膺期止一章"，尧之"历数尔躬"也。"四海望陶冶，赤手降於菟"，舜之"股肱元首"也。"未敢书上瑞，何人折其锋"，禹之"戒休董威"也。"根株穷脉缕，堕网不知羞"，汤之"民欲偕亡"也。"官军取乞闾，尺书招赞普"，武之"杀伐用张"也。"护此不贪宝，河流正东酾"，周公之"绸缪牖户"也。"忠义老研磨，惟我独也正"，孔子之"履霜坚冰"也。至序所谓暴公谮苏公者，公诗尤倍蓰焉。"闲花亦偶栽，已偃手种松"，则慨维暴而申亲厚也。"车毂鸣枕中，丝声不附木"，则逝梁陈而警愧畏也。"萧散满霜风，凉月今宵挂"，则行安亟而致盱祇也。"孤生知永弃，吾道无南北"，则测鬼蜮而视罔极也。是皆同于《何人斯》章，亦诗人忠厚之旨也。然苏公诗后无征，而公之孤忠斥逐，差与灵均为近。史迁谓《骚》自怨生，指大义远，志洁行廉，不容自疏，而《怀沙》一篇，伤怀永哀，郁结纡轸，终莫能释出之，濯淖污中以浮游尘埃之外，或滞凝焉。公正道直行，竭智尽忠，谗人间之，困急折辱，而其诗上溯唐虞，下逮齐鲁，明道德之广崇，娴治乱之条贯，参观穷达之理，与灵均信一致矣。独其生平用图史为园圃，文章为鼓吹，及迁海上，亦皆罢去，惟肆意乎陶咏。陶家弊游走，自量必贻俗患，俯仰辞世，而公早不自觉，婴犯世难，意甚愧之。复有《园田》《下潠》之思，《影》《形》《神释》之寄。盖其托为讽谏，原欲有补君国，而天性乐易，怨无自生，故能以陶自广，全其晚节。此较闻沧浪而卒不返者，殆又各行其志，而公则皭然泥而不滓者也。其于诗道，诚

750

大备矣。

又《苏文忠公诗编注集成·苏海识余》卷一：学者必先详玩此二诗（按：指《送宋君用游辇下》《咏怪石》），知其诗笔之所自起，而后接读南行诸作，考其逐首图变，总欲不凡之意，则诗法入门次第踪迹皆可寻矣。公自不能诗而至能诗，自名家而至大家，皆于此两三年间，数十篇之内养成具体。到凤翔首作《石鼓歌》，已出昌黎之上，不可压也。自此以后，熙宁还朝一变，倅杭守密正其纵笔时也。及入徐、湖，渐改辙矣。元丰谪黄一变，至元祐召还，又改辙矣。绍圣谪惠州一变，及渡海而全入化境，其意愈隐，不可穷也。黄鲁直于公诸集，独推尊海外诗。崇、观间禁锢甚严，而海外诗盛行，士大夫无不传习者。盖其时去公未远，门人子弟犹在，皆有以通晓其故也。今予论公自作诗入门至于谪黄，人所易信。自论元祐召还，至于惠、儋，人皆不信。此犹道路然，前十里在明处走，虽行人蹇步，亦欲勉力以赴。后十里在暗处走，虽健者不知路在何处，盖未亦变暗为明也。兹以无可与言，特首载于此，以为学者异日进步之验。

袁熙《论诗绝句》：炼得金丹一粒真，何妨赤手是贫人。东坡居士原无赖，乱撒泥沙作玉尘。

汪绎《题东坡集后》：万斛泉源随地涌，满空花雨自天来。一从太白骑鲸去，应数先生第一才。

汪应铨《绝句》：东坡居士出群雄，无意为文文自工。万斛明珠倾腕底，却从险语认苏公。

田同之《论诗》：昵昵声中听颖琴，划然一变限云深。眉山偏爱昌黎句，却让庐陵独审音。（东坡以昌黎《琴诗》"昵昵儿女语，恩怨相尔汝。划然变轩昂，勇士赴敌场"四语为最佳，欧云："此诗固佳，然自是听琵琶语，非琴语也。"）

汪由敦《题苏诗后》：逸气何心獭祭鱼，纵横万卷读残书。别裁最惜遗山老,多事飞鸿笑蹇驴。

屈复《论诗绝句》:大海无波天地浮,从来风雅尚温柔。东坡才气雄难敌,滚滚黄河日夜流。

叶观国《秋斋钞汉魏以来诗作绝句》:才思泉源万斛同,精深华妙老愈工。不知撼树蚍蜉苦,偏有人间万子通。

谢启昆《读全宋诗仿元遗山论诗绝句·苏轼》:西台风骨似徐陵,东野清寒亦可憎。皮骨几人摹杜甫,削成太华露峻蹭。

玉笛横吹赤壁矶,新声一曲鹤南飞。英雄事去山川在,月白风清梦缟衣。

彭门河复赋黄楼,水利杭州又颍州。云卷葑田疏旧井,月明淮水凿新沟。

眉山家学振词林,地负海涵金玉音。叹息奇才邀宠遇,一场春梦粤江吟。

作诗形似定非诗,佳处相逢老画师。天女散花吴道子,妙参真契悟毫厘。

四海知心弟与兄,连床夜雨忆同听。东窗读《易》互师友,饱啜藜羹灯火青。

出头曾避欧阳子,论事不容司马公。死后维摩参个里,生前磨蝎是身宫。

黄州筑室是坡仙,冤雪乌台圣主怜。阳羡买田辜夙愿,数竿修竹小斜川。

钱世雄《论宋人绝句十二首和陈检斋司马》:长卿怨刺本非宜,况复纷纷新法时。孤负故人文与可,殷勤相劝莫吟诗。("西湖虽好莫吟诗",与可送东坡诗也。)

彭泽田园是古贤,惠州细和谪居年。晦翁岂忘雌黄下,笔力虽高欠自然(朱子谓渊明天真烂然,东坡篇篇追和,笔力虽高而乏自然之趣)。

万卷陶熔绝点尘,仙人游戏果通神。儿童目眩休轻学,且让坡诗百态新。

李书吉《论诗杂咏》:错落天葩信手拈,儒林仙佛一身兼。天教泄尽洪荒秘,儋耳今犹俎豆髯。

李兆元《论诗绝句》:诗古词今贵别裁,屯田那有大苏才。放歌气要吞云梦,携取铜琶铁板来。

李玉川《与张支百研话诗随笔》:天才英丽宜供奉,健笔纵横逼少陵。二百年间数诗格,眉山灵气绝棱层。

宋湘《与人论东坡诗》:纵不前贤畏后生,名山胜水本无形。唐翻晋案颜家帖,几首唐诗守六经?

一生心醉陶彭泽,暗地师资杜少陵。毕竟要还真面目,人豪才是戒来僧。

叶绍本《仿遗山论诗得绝句》:磊落坡公一代雄,长空浩浩御天风。无人会得《华严》趣,目昀云烟变灭中。

刘鸿翱《读东坡集》:万斛泉源是大苏,天风吹浪泻江湖。今朝我欲乘槎去,探取骊龙颔下珠。

江之纪《读东坡海外诗偶题》:雄风雌霓放怀初,九死元龙气未除。不解潮阳韩太守,上书何至学相如。

王祖昌《论诗绝句》:淋漓大笔是东坡,廊庙江湖足咏歌。爱国真心随处见,二程訾议竟如何。

柯岳《论诗》:东坡居士谪仙才,曾向开元掉臂来。元气不忧宣泄尽,禅机特地为君开。

王衍梅《眉山》:峨眉老子谪堂堂,李杜光芒万丈长。假使韩碑无巨字,此间并少段文昌。

祁寯藻《题罗田陈九香食古砚斋诗集》:香山心远师彭泽,坡老才高慕乐天。底用论诗苦轩轾,缘情体物是真诠。

邵堂《论诗》:健笔淋漓苏学士,日星河岳此天才。如何耳食参禅悦,强说华严法界来。

彭铬《读乌台诗案》:当年共构乌台案,后世珍同党籍碑。不是此番留注脚,几人争解读公诗。

毛国翰《暇日偶阅近人诗各系一诗》:陶园诗老气峥嵘,万里江湖载酒行。儋耳人归春梦醒,六如亭上奏新声。

王惟成《论唐宋诗绝句》:耆苏名节继欧公,谈笑犹生四座风。信有奇才能靖献,不忘君处见孤忠。

康发祥《偶题坡公诗集后》:一条界破青山色,此语看来不甚讹。公与徐凝如有怨,恶诗何事每嘲他。

将军口腹原无负,鄙士葫芦且烂蒸。公嗜花猪兼竹𪉲,鸡豚何独笑何曾。

陈启畤《论诗十二首呈裴慎圃邑宰》:新诗百态浪翻江,前后黄州句少双。非战健儿汉庭吏,簪花美女气先降。

又《与晴峰讼诗》:文人从古善相轻,不附青云语不惊。坡老庭坚体曾效,黄州佳句本天成。

杨光仪《论诗》:依永和声见化机,岂缘一字斗新奇。东坡言语妙天下,开卷偏多叠韵诗。

秦焕《苏东坡》:烛照金莲宠遇多,无端海外谪东坡。文章大得波涛助,才信沉沦是琢磨。

黄维申《病中读宋四家诗·苏东坡》:两宋骚场一老魁,少陵工力谪仙才。更从和韵论心力,元白真成末座陪。

高彤《读诗杂感》:岭峤飘流鬓已幡,大瓢独负且行歌。多君才调能千古,感叹空劳春梦婆。

王柘《读苏文忠公集》:奇才早已动官家,泪到金莲烛上花。一样能知不能用,汉文皇帝贾长沙。

乌台诗狱暗相倾,舒李原无足重轻。元祐党人碑未立,如何蜀洛尚纷争。

陈炽《效遗山论诗绝句》:狡狯通神骇世人,苏门真惜少功臣。横流沧海今谁挽,莫纵狂炎更益新。

林国赞《读苏诗绝句》:生面巉然下笔开,独将记序入新裁。行云流水真无定,似此香山那得来。(以记序之体作诗,始自王无功,盛于杜工部。坡公如《甘露寺》《李氏园》《答任师中家汉公》《王定国所藏烟江叠嶂图》诸作,实皆祖此。其摩写之妙,反有作记序所不如者。然无大力以运之,即为长庆潦倒语。)

刘缨《读苏诗绝句》:词赋清流种祸根,碑铭删尽亦君恩。不缘内府都裁汰,那得蛇龙字字存。

玉堂归去月华新,竹柏阴清荇藻匀。始信江山随处好,人间难得两闲人。

五百年生不世才,清名仁庙早相推。伤心元祐孤臣泪,第一思量社饭来。

金山钟鼓过淮南,修竹森森月满湾。如此江山不归去,更从何处著茅庵。

大字磨崖石不灰,新诗七字隐岩隈。黄湾夜半登登立,万里沧溟浴日来。

黎维枞《读苏诗绝句》:休凭道学鄙诗家,风骨清时气自华。最是晦翁倾倒处,松风亭下和梅花。谱出潮州古韵亡,翻疑叶仄失铿锵。漫将老杜拘绳墨,不见《南池》与《客堂》。(黄朝英《缃素杂记》讥坡公仄韵诗多用外韵,为老杜所无。《苕溪渔隐丛话》引杜诗《南池》《客堂》二首以驳之)。

旨趣渊微费引征,永嘉注后更吴兴。旧巢新扫情遥寄,十载蕲春解未曾。(陆放翁《施注序》引"九重新扫旧巢痕"等句,见苏诗不易笺注。若洪容斋《续录》所载蕲春士人注苏诗十年,而不知月地云阶之典,尤不足道矣)。

徐兆英《读东坡诗集》:东坡著作文居首,次第诗词各擅场。

诗妙原非拘格律,词高从不泥宫商。

诗成无缝似天衣,好句如珠世所稀。信口拈来君勿学,恐贻画虎不成讥。

平生忧愤寓于诗,讥刺多留隐约词。不有《乌台诗案》在,主文谲谏岂能知。

便便腹笥世无伦,和韵天成叠韵神。自是才人爱游戏,后来莫作效颦人。

吴用威《读宋人诗六首》:广陵老守竹三昧,缓带看云写性灵。早识乌台有诗案,栽花才了种浮萍。

李希圣《论诗绝句·东坡》:涂抹坡诗百态新,南毛北纪是忠臣。莆田处士金陵客,艺苑雌黄别有人。

毛瀚丰《论蜀诗绝句·苏子瞻》:万古骚坛止二仙,老坡何必让青莲。弇州倔强终方悔,到死犹看手一编。

朱应庚《论诗》:几人沧海叹横流,逸气行空万籁秋。红荔黄柑餐未足,秋风匹马过儋州。

蔡寿臻《论诗绝句·东坡》:泥沙俱下似黄河,苏氏文章霸气多。纯以气行得天趣,任他磨蝎命宫磨。

许愈初《论诗绝句》:鹍鹏奋击才如海,云水先摇思若仙。自是眉山诗格好,一生忠孝半生禅。

林思进《论蜀诗绝句·苏轼》:坡老文章擅古今,南荒九死尚长吟。何人解向黄州后,一读《华严》辨浅深。

徐旭《题东坡诗集》:四谪频烦出翰林,江湖冰蘗苦沉吟。湘累骚谏公诗谏,不听原非圣主心。

潘德舆《书苏公和陶诗后》:柴桑幽静人,峨眉豪迈士。和陶不类陶,衣钵岂在是。人生观大节,文章其末技。寸心符古人,奚必判彼此。见道忧患余,得句清于水。我老困涉世,万事悟知止。何陶亦何苏,但见太空日。双鹄翔林皋,呼我出泥滓。我亦乘清风,天游自今始。

延君寿《老生常谈》:天地生一传人,从小即心地活泼,理解神透。如东坡《入峡》诗:"闻道黄精草,丛生绿玉簪。尽应充食饮,不见有彭聃。"《八阵碛》云:"神兵非学到,自古不留诀。至人已心悟,后世徒妄说。"《双凫观》云:"双凫偶为戏,聊以惊世顽。不然神仙迹,罗网安能攀!"以年谱按之,公作此诗不过二十岁。若钝根人有老死悟心不生者,难以语此。

又:昌黎《谒衡岳庙》诗,(略)"侯王将相"二句,启后来东坡一种,苏出于韩,此类是也。然苏较韩更觉浓秀凌跨,此之谓善于学古,不似后人依样葫芦。

又:至全用仄韵到底,工部已有之,盛于作者,极于东坡,歌行之能事备矣。

又:尝论东坡七律,固是学问大,然终是天才迥不犹人,所以变化开合,神出鬼没,若行乎其所无事。如《和晁同年九日见寄》后半首云:"古来重九皆如此,别后西湖付与谁?遣子穷愁天有意,吴中山水要清诗。"又有一意翻为一联,用笔用气直贯至尾,魄力雄健者。《送傅倅》云:"两见黄花扫落英,南山山寺遍题名。宗成不独依岑范,鲁卫终当似弟兄。去岁云涛浮汴泗,与君泥土满衣缨。如今别酒休辞醉,试听双洪落后声。"又《雪夜独宿柏山庵》云:"晚雨纤纤变玉霙,小庵高卧有余清。梦惊忽有穿窗片,夜静惟闻泻竹声。稍厌冬温聊得健,未濡秋旱若为耕?天公用意真难会,又作春风烂漫晴。"纯以质劲之气,作闪烁之笔,遂能于寻常蹊径中,得此出没变化之妙。王荆公《咏雪》一首云:"奔走风云四面来,坐看山垄玉崔嵬。平治险秽非无德,润泽枯焦是有才。势合便疑包地尽,功成终欲放春回。寒乡不念丰年瑞,只忆青天万里开。"则又是一种笔墨,从艰险中入去,却从明显处出来,学者知此可参其变。

757

又：读陶后，当去看东坡和陶诸作，方为元元本本，乃知古人有断断不可及处。

又：昌黎《送盘谷子》诗，东坡谓“退之寻常诗，自谓不逮老杜，此诗当不减子美”。余谓此诗学杜得其疏处，浓处仍不似也。东坡学韩，此种却能神骨俱肖，所以称之耳。

又：东坡《送郑户曹》诗后半首云：“荡荡清河壖，黄楼我所开。秋月堕城角，春风摇酒杯。迟君为座客，新诗出琼瑰。楼成君已去，人事固多乖。他年君倦游，白首赋归来。登楼一长啸，使君安在哉！”《送顿起》句云：“岱宗已在眼，一往继前躅。天门四十里，夜看扶桑浴。回头望彭城，大海浮一粟。故人在其下，尘土相豗蹴。”二诗即同话家常，云楼修起了，正好约来做诗，却偏值远行。日后归来，我却走了。到了楼上，定然想起我来。后一首即如今日送人登泰山，每云上了山顶，想必该看见我们在著里尘土满面，不得清净。然虽是实话，“言之无文，行之不远”，必得有东坡之才之笔，曲曲传出，便能成奇文异彩，匪夷所思。若如近日讲诗，要说实话，街谈巷语，流弊所至，尚可问耶！

又：七律之对仗灵便不测，虽不必首首如是，然此法则不可不会用。东坡赠僧云：“每逢蜀叟谈终日，便觉峨眉翠扫空。”黄仲则之《游西山道中》“渐来车马无声地，忽与云山有会心”，似从此化出。此等缘故，不是有心去学，读得古人多了，自有不知不觉之妙。又东坡《和晁同年九日》云：“古来重九皆如此，别后西湖付与谁？”《喜雪御筵》云：“偶还仗内身如寄，尚忆江南酒可赊。”得此可以类推。东坡喜笑怒骂固多，然亦有极蕴藉之作，如《次韵王郁林》云：“平生多难非天意，此去残年尽主恩。”又《元日过丹阳，明日立春，寄鲁元翰》云：“竹马异时宁信老，土牛明日莫辞春。”学者当细心检点，不可卤莽草率，道听途说。

又：东坡句云：“平生饱霿簡，食笋乃余债。”弄笔生趣，人多知其为宋人句。"我欲泛中流，搪突鼋獭瞋。"乍读之，初不知为工部句。乃知唐、宋之分，是论其大段不似耳。人人读书，具有性灵，安有唐、宋之别哉？即如工部之"溪行衣自湿，亭午气始散。冬温蚊蚋在，人远凫鸭乱"，读者又猜以为东坡诗矣。诸如此类，未可枚举。是又在有眼力人检好的读将去，自不致走差路头。

又：人咸谓坡公歌行学昌黎，不知其源出于太白，于韩则支分派衍耳。其自辟境地，横说竖说，以精悍之笔，逞生花之管，真能前无古人，后无来者。

又：苏、黄并称，特坡公天才横溢，尤不可及耳。其（按：指黄庭坚）《答东坡》句云："枯松倒涧壑，波涛所舂撞。万牛挽不前，公乃独力扛。"非东坡不足以当此语。

又：东坡作诗，非只不能同孟东野之吃苦，并不能如黄山谷之刻至，赖有天才，抱万卷书，以真气行之耳。

又：东坡《中秋月》一首，起首言去年看月，今年卧病云云，皆人所能。至"月岂知我病，但见歌楼空"，则去年今年，虚神实理，两面皆到矣。下接云"抚枕三叹息，扶杖起相从。天风不相哀，吹我落琼宫。白露入肺腑，夜吟如秋虫。坐令太白豪，化为东野穷"云云。若入寻常人手，"抚枕三叹息"以下，便追想去年，伤感今夕，可以结局矣。看其著"扶杖"一语，下边还有如许好光景，却不曾脱却"卧病"二字，可谓妙于布局，工于展势。文章家不解此法，终是门外汉。又《九月十五日观月听琴西湖示坐客》云"白露下众草，碧空卷微云。孤光为谁来，似为我与君。水天浮四座，河汉落酒樽。使我冰雪肠，不受麹蘖醺。尚恨琴有弦，出鱼乱湖纹"云云。此首纪晓岚评语，深能知此诗妙处，谓"清思袅袅，静意可掬，不似俗手貌为惝恍语。'尚恨琴有弦'，入得有神无迹。入俗手，非琴月对写，即另写琴声一段矣"。余谓东坡一集，其命题有极琐屑，他人断不能得好事者，公偏能于无奇处生奇，无新处生新。

细玩其捉笔时，似亦未尝铺排，我先写月一段，"琴"字只用一笔带出。是其天机活泼，法律精深，其成文也，如风水相遭，亦不知其所以然之故。后人千辛万苦弄来，了无生气，总是读的书不多，心源养得不灵妙耳。

张道《苏亭诗话》卷一：东坡诗，天才横逸，力量雄健。树骨于老杜，炼气于太白，其古体纵横跌荡，骏利伉壮，推倒千古豪杰。近体复秀整有姿态，真是奇才。

又：东坡博通群籍，故下语精切，每有却肖故实，供其驱使。如《送郑户曹》，则用郑姓故事。《嘲张子野买妾》，通首用张姓故事。《和周长官》以邻有服，则用袁彦道、灌夫事。《以双刀遗子由》，则用王祥、王览事。《与子由五月同转对》，则用温大雅与弟彦博及唐贞元中诏五月朝宣政殿事。《孔常父来访适宴客遣人邀孔同饮孔上马驰去》则用《庄子》季咸相壶子事。若《寿星院寒碧轩》诗，羌无故实，却句句写寒碧。周益公所云"初若豪迈天成，其实关键甚密"者也。

又：东坡诗，不屑讲求字法，纯以气运。然亦有一二语，如后人所标新奇句眼者。如"日上气暾江，雪晴光眩野""西来为我风鬣面，独卧无人雪缟庐"，殊小巧精炼也。

又：东坡诗，有推勘到尽头语："此生更得几回来？"（《再游径山》）"心知不复来，欲归更傍徨。"（《游高峰塔》）"却忧别后不忍到，见子行迹空余凄。"（《与子由同游寒溪西山》）"衰发只今无可白，故应相对话来生。"（《天竺惠净以丑石赠行》）"恐无再见日，笑谈来生因。"（《送张中》）余每遇山水之游，别时不忍去，东坡官系之身，不得自主，故知更怆然也。

又：东坡诗，体物有极细处。如"我哀篮中蛤，闭口护残汁。又哀网中鱼，开口吐微湿。""我身牛穿鼻，卷舌聊自湿。"（《岐亭》）"野雁见人时，未起意先改。"（《陈直躬画雁》）"老鸡卧粪土，振羽

760

双瞑目。倦马展风沙,奋鬣一喷玉。"(《子由浴罢》)今人赋物,第疏物状,东坡则善体物情,故妙出不穷。至"风轮晓长春笋节,露珠夜上秋禾根"(《和子由月中梳发》),则从体验而得,尤作寻常物理也。

又:东坡诗"此病天所赭",又"白发青衫天所械",此言天有意穷人,如罪人之衣赭荷械也。又"一饱天所酢",言天赐也。又"老大劝农天所直",言天直其所为也。(子由生日和东坡诗:"耆老天所鬶。")

又:麦有穗,风过则生浪,盖在黄熟之后,然古人所咏则不然。东坡诗如:"玉花飞半夜,翠浪舞明年。"(《和田国博喜雪》)"登城望蜉麦,翠浪风掀舞。"(《答郡中同僚贺雨》)"仁风被宿麦,绿浪摇秦川。"(《送范中济》)亦可称麦波,如"东风摇波舞净绿。"(《游博罗香积寺》)"苍波改色屯云黄。"(《真一酒歌》)盖本柳子厚"麦芒际天摇青波"也。

又:东坡诗有自袭句,略为记之。如"秀句出寒饿",见一卷(《病中大雪》),又见三十卷(《次韵仲殊雪中游西湖》)。"人老簪花不自羞",见四卷(《吉祥寺赏牡丹》),又见十卷(《答陈述古》,惟改"不"字作"却")。"前生自是卢行者,后学过呼韩退之",见三十六卷(《答周循州》),又见三十九卷(《赠虔州术士谢晋臣》,惟"自"字作"恐")。"痴绝还同顾长康",见三十八卷(《次韵子由赠吴子野》),又见三十九卷(《次韵韶守狄大夫见赠》)。"捷烽夜到甘泉宫",见二十六卷(《九月十五日迩英讲论语终篇云云》),又见续补遗下卷(《闻洮西捷报》,惟"烽"作"书")。"万松岭上黄千叶",见三十卷(《用前韵作雪诗留景文》),又见同卷(《蜡梅一首赠赵景贶》,惟句上有"君不见'三字)。"回首觚棱一梦中",见二十五卷(《送杜介归扬州》),又见三十三卷(《次韵秦少游王仲至》)。"吾生如寄耳",见十六卷(《寄子由》),又见十卷(《过淮》),

又见三十二卷（《送芝上人游庐山》），又见三十九卷（《郁孤台》），又见四十二卷（《和陶拟古》）。其语意相似者，如"我本无家更安往"（四卷《望湖楼醉书》），"我本无家何处归"（三十卷《西塞风雨》）。"欲把西湖比西子"（六卷《饮湖上先晴后雨》），"西湖真西子"（二十九卷《次韵刘景文登介亭》），"西湖似西子"（三十卷《次韵答马忠玉》），"西湖虽小亦西子"（三十二卷《再次韵德麟新开西湖》）。"自酌金尊劝孟光"（八卷《子玉家宴》），"只许清樽对孟光"（十二卷《次韵李邦直感旧》）。"方念平生马少游"（六卷《山村》），"应羡居乡马少游"（十六卷《次韵田国博部夫南京见寄》），"为谢平生马少游"（二十八卷《次韵黄鲁直》）。"胶西未到吾能说"（九卷《次韵孙巨源》），"我能未到说黄州"（十七卷《陈州与文郎逸民饮别》）。"定似香山老居士"，（二十五卷《轼以去岁春夏侍立迩英云云》），"知是香山老居士"（二十六卷《赠李道士》）。"会稽何日乞方回"（二十五卷《再和》），"会稽聊喜得方回"（二十七卷《送钱穆父出守越州》）。"一斑我亦愧真长"（二十七卷《范景仁和赐酒烛诗》），"我愧真长也一斑"（《续补遗·九日袁公济有诗次其韵》）。"水光潋滟晴方好，山色空濛雨亦奇"（六卷《饮湖上先晴后雨》），"水光潋滟犹浮碧，山色空漾已敛昏"（三十卷《次韵仲殊雪中游西湖》）。"四海一子由"（十四卷《送李公择》），"当时四海一子由"（三十二卷《送晁美叔》）。"莫示孙郎帐下儿"（二十八卷《次韵答刘景文左藏》），"莫遣孙郎帐下看"（三十二卷《次韵刘景文》）。"不用撑肠拄腹文字五千卷"（五卷《试院煎茶》），"枯肠五千卷，磊落相撑拄"（三十九卷《虔州吕倚承事云云》）。"文如瓶水翻"（二十九卷《次韵和王巩》），"诗仍翻水成"（三十九卷《次韵江晦叔》）。"新诗如弹丸，脱手不暂停"（十五卷《答王巩》），"新诗如弹丸，脱手不移晷"（二十四卷《次韵王定国》）。"但得低头拜东野"（十七卷《答孙侔》），"未许低头拜东野"（二十二卷《和田仲

762

宣》）。"团团如磨驴"（十九卷《送安节》），"团团如磨牛"（三十二卷《送芝上人游庐山》）。

又：东坡诗好言衰老，四十以前霜髭雪鬓，流连嗟歌，皆非真实语也。"明年纵健人应老"（《壬寅重九不预会独游普门寺僧阁有怀子由》），"流年冉冉入霜髭"（《病中闻子由得告不赴商州》），"白发秋来已上簪"（《微雪怀子由弟》），时年仅二十七也。"惟有霜鬓来如期"（《送安惇秀才失解西归》），时年三十。"因循鬓生丝"（《送张安道赴南都留台》），时年三十四。"白发青衫我亦歌"（《次韵杨褒早春》），"如今衰老俱无用"（《戏子由》），时年三十六。"人老簪花不自羞"（《吉祥寺赏牡丹》），"嗟予老矣百事废"（《游径山》），"却顾老钝躯"（《监试呈诸试官》），"衰鬓亦惊秋"（《哭欧公孤山》），"白发年来渐不公"（《和邵同年戏赠贾收秀才》），时年三十七。"病起空惊白发新"（《正月二十一日病后述古邀往城外寻春》），"老病逢春只思睡"（《寒食未明至湖上》），"头上花枝奈老何"（《李钤辖坐上分题戴花》），"老去尚餐彭泽米"（《自昌化双溪馆下步寻溪源至治平寺》），"老尽世人非我独"（《与临安令宗人同年剧饮》），"寂寞山栖老渐便"（《立秋日祷雨宿灵隐寺》），"老人登山汗如濯"（《再游径山》），"白发长嫌岁月侵"（《九日寻臻阇黎遂泛小舟至勤师院》），"忆著衰翁首重回"（同上），"老病年来益自珍"（《述古以诗见责屡不赴会》），"年来白发惊秋速"（《李顾秀才善画山以两轴见寄仍有诗》），"遂良须鬓已成丝"（《柳氏二外甥求笔迹》），"白发苍颜谁肯记"（《元日过丹阳》），"老去此身无处著"（《景纯见和》），"与物寡情怜我老"（《杭州牡丹开时云云》），"似怜衰病不相违"（《次韵沈长官》），"老身穷苦自招渠"（《捕蝗至浮云岭》），"龙钟三十九，劳生已强半。岁暮日斜时，还为昔人叹"（《除夜病中赠段屯田》），"亦如老病客"（《二公再和亦再答之》），时年三十九。"倦游行老矣"（《出城送客不及步至溪上》），"胶西病守

763

老且迁"(《送段屯田分得于字》),"应怜郡守老且愚"(《次韵章傅道喜雨》),"老守仍多病"(《谢郡人田贺二生献花》),"何当镊霜鬓"(同上),"灰心霜鬓更休论"(《寄吕穆仲寺丞》),"人老簪花却自羞"(《答陈述古》),时年四十。其后去杭守任有诗云:"当年衫鬓两青青,强说重临慰别情。衰发只今无可白,故应相对话来生。"则东坡三十七八岁倅杭时,固未有白发也。在中山《立春日小集戏李端叔》诗:"白发已十载,青春无一堪。"时年五十九。据此则四十九岁始有霜雪侵鬓耳。

又:东坡博极群籍,左抽右取,纵横恣律,隶事精切,如不著力。尤熟于史、汉、六朝、唐史,《庄》《列》《楞严》《黄庭》诸经及李、杜、韩、白诗,故如万斛泉源,随地喷涌,未有羌无故实者。然亦有数语记误处,如"孔明不自爱,临老起三顾"(《游径山》),孔明释耒从先主,年仅二十七,未及颓老也。又"产、禄彼何人,能致绮与园"(《和陶贫士》),按迎四皓者为吕泽,见《汉·张良传》,非产、禄(冯星实已详辨之)。又"裹饭先须问子来"(《次韵徐积》),此《庄子》子舆与子桑事,非子来,岂尔时《庄子》本以桑作"犇",与"来"近似致误耶?(《查初白云:"《艺苑雌黄》:'《庄子》裹饭者子桑,非子来也,先生诗讹。'然观退之《赠崔斯立》诗:'昔者十日雨,子来寒且饥。'其失自退之始矣。"冯星实曰:"今本韩诗'子桑苦寒肌',并不作'子来',岂旧本有作'子来'者耶?")又"绝胜仓公饮上池"(《次韵钱舍人病起》),据《汉书》,盖扁鹊事,非仓公(《苕溪渔隐丛话》《敬斋古今黈》亦云)。又"宁免刺虎圈"(《和穆父新凉》,冯星实云:"当用《汉书·李广传》:'上召李万刺虎悬下圈中'事。"),按此使辕固刺彘故实,误"彘"为"虎"也。又"长颈高结喉"(《正辅既见和复次前韵慰鼓盆劝学佛》),按韩愈《石鼎联句序》,"长颈而高结"句,"喉中又作楚语"句,"结"同"髻"。他若"应记侬家旧姓西"(《次韵代留别》),以西子为西姓。"珍重多情关令尹"(《谢关景仁送红梅栽》），以尹喜为关姓。东坡岂不读书缪舛如此，特一时应酬迅疾，不暇点检耳。此率之病也，然亦才见此数句。

又：东坡《送江公著》诗："钓台归洗耳""人生行乐耳"，凡两押，自注云："二'耳'义不同，故得重用。"然此乃后人忌重韵，故自加注。若古昔却不然，顾氏《日知录》言之极详。《骊山》诗"由来留连多丧国""不必骊山可亡国"，（《骊山》诗，《宋文鉴》作李廌作，丧国之"国"作"德"。）《廉泉》诗"不清或挠之""孰是吴隐之"，皆两押，岂有异义耶？又《送杨孟容》诗"故人余老庞""爱惜双眉庞"，义虽异而字则一。山谷次韵改第二庞字为厐，意亦嫌重也。（施注云："《小雅·黄鸟》之诗曰：'无集于谷''不我肯谷'；杜子美《园人送瓜诗》：'爱惜如芝草''种此何草草'。皆以义不同，故重用也。"冯星实云："《诗人玉屑》重押韵一条云：'诗人如此叠用韵者甚多，不可具举。'子瞻《送江公著》诗，二'耳'义不同，故得重用，自不必注也。"）

又：东坡《望海楼》诗："更看银山二十回"，亦不作"十二"首，故今人以"铁弩三千""银山十二"为偶句。按浙江潮大月五十八回，小月五十六回。东坡此诗，在《八月十日夜看月》诗前，则是初八、九日。诗云"二十"，盖指每日一回言也。

又卷二：东坡诗好使药名。如"芎藭生蜀道，白芷来江南"（《和子由寄咏园中草木》）。"菖蒲人不识，生此乱石沟"（同上）。"扫除白发烦昌蒲"（《李杞寺丞见和前篇》）。"穿林闲觅野芎苗"（《自昌化双溪馆下步寻溪源》）。"会须扫白发，不复用黄精"（《初别子由》）。"茵陈甘菊不负渠"（《春菜》）。"试开病眼点黄连"（《寒食答李公择》）。"千金得奇药，开视皆豨苓"（《次韵黄鲁直见赠古风》）。"茯苓无消息，双鬓日夜摧"（《种松》）。"闻道山中富奇药，往往灵芝杂葵薤。诗人空腹待黄精，生计只看长柄械"（《又次前韵赠贾耘老》）。"味如蜜藕和鸡苏"（《梦食石芝》）。"道人劝饮鸡苏水,童子能煎莺粟汤"(《归宜兴留题竹西寺》)。"莫道长松浪得名"(《谢王泽州寄长松》)。"无复青黏和漆叶,枉将钟乳敌仙茅"(同上)。"幽人只采黄精去,不见春山鹿养茸"(《书艾宣画黄精鹿》)。"扫白非黄精,轻身岂胡麻"(《次韵致张朝奉》)。"旧闻人衔芝,生此羊肠岭"(《紫团参寄王定国》)。"欲持三桠根,往侑九转鼎"(同上)。"林深野桂寒无子,雨浥山姜病有花"(《天竺寺》)。"闲挑荜拨根"(《寄虎儿》)。"林下寻苗荜拨香"(《桄榔杖》)。"远客来寻百结花"(《留题显圣寺》)。"鸡壅桔梗一称帝,堇也虽尊等臣仆"(《周教授索枸杞》)。"淇上白玉延"(《和陶诗刘柴桑》,自注:淇上出山药,一名玉延。)。

张崇兰《角山楼苏诗评注汇钞序》:世之称诗者必曰李、杜、韩、苏,良以开阖变化,包罗众有,诣之所极,各辟一境,势均力敌,不容偏废,故群奉为大家无异辞。有明一代,诗宗唐贤,而苏集有所不得与。袁公安、谭竟陵稍知涉猎,犹隔藩而窥其庭,无当于堂奥之深广也。国朝诗人厌薄明代,摹仿唐贤风气,力矫其失,一以清快透脱为宗,而苏诗于是乎盛行。二百年来,家置一编,五尺童子,皆能上口矣。

蒋超伯《角山楼苏诗评注汇钞序》:世之误诟坡集者,比之江河怨湍,玉石交下,斯所谓盆盎之水,弗见一山之形者也。夫字斟句酌,眉秃袖穿,此郊、岛苦吟辈耳。东坡之诗,轹韩轷杜,龙兴鸾集,电趱飙驰。同时如山谷之崛强,犹自比于曹郐,况余子耶?

赵克宜《角山楼苏诗评注汇钞自序》:诗之变态,至苏为已极。其磅礴浩瀚,一往莫御之势人皆见之;其洞中要害,不烦言而已解者,或未尽识也。其曲折刻露,无微不入之致,人皆见之;其落想超妙,来无端而去无迹者,或未尽识也。故见以为豪,而不知其静;见以为雄,而不知其幽;见以为奇快,而不知其深至:皆未足语于苏之全体也。若其隶事运古,信手挥霍,犹陶朱、猗顿之烂用金布,非如贫家子称贷取资，览者尤未易识所从来。则甚矣，苏诗之难读也。

钱泳《履园谭诗·总论》：作诗易于造作，难于自然。坡公尝言："能道得眼前真景，便是佳句。"

方世举《兰丛诗话》：通（韵）只五古耳，七古不通。七古之通自东坡始，人利其宽而托巨公以自便耳。

又：宋七绝多有独胜，王新城《池北偶谈》略采之，又由东坡开导也。

又：东坡亦未必逼真古人，却是妙绝时人。王荆公、欧阳子、梅都官工夫皆深于坡，而坡亭亭独上。

陈衍《海藏楼诗叙》：李卫公、白乐天、东坡、荆公、山谷、放翁、遗山，皆有自然高妙语。

又《石遗室诗话》卷一：今人强分唐诗、宋诗。宋人皆推本唐人诗法，力破余地耳。庐陵、宛陵、东坡、临川、山谷、后山、放翁、诚斋、岑、高、李、杜、韩、孟、刘、白之变化也。

又卷二三：今人作诗，（略）学韩、苏者，只知韩、苏之粗硬，非真知诸家者也。

谭嗣同《致刘淞芙书》：王、孟、韦、柳、储、苏，特各各成家，于陶无涉。世人辄曰"原出于陶"，真皮相之言也。

高步瀛《唐宋诗举要》卷二：（七言古诗）苏之御风乘云，不可方物，殆如天仙化人，而不善学者，或流于轻易。

又卷五：（七言律诗）东坡天纵之才，虽用其格调，而灭迹飞行，远出其上，特无坡之才而强为学步，亦惟见举鼎绝膑而已。

无名氏《药洲笔记》：苏诗乍看快意，深看尤快意，而脉理难寻。黄诗乍看不快意，深看亦不快意，而脉理可寻。

附录二：苏词总评

刘攽《见苏子瞻所作小诗因寄》：千里相思无见期，喜闻乐府短长诗。灵均此秘未曾睹，郢客探高空自知。不怪少年为狡狯，定应师法授微辞。吴娃齐女声如玉，遥想明眸鬢黛时。

彭乘《墨客挥犀》：子瞻尝自言平生有三不如人，谓著棋、吃酒、唱曲也。然三者亦何用如人？子瞻之词虽工而多不入腔，正以不能唱曲耳。

陈师道《后山诗话》：退之以文为诗，子瞻以诗为词，如教坊雷大使之舞，虽极天下之工，要非本色。

胡仔《苕溪渔隐丛话》前集卷四二引《王直方诗话》：东坡尝以所作小词示无咎、文潜，曰："何如少游？"二人皆对云："少游诗似小词，先生小词似诗。"

又引《吕氏童蒙训》：老杜歌行，最见次第，出入本末。而东坡长短句，波澜浩大，变化不测，如作杂剧，打猛诨入，却打猛诨出也。

又后集卷三三：《复斋漫录》云：东坡词，人谓多不谐音律，然居士词横放杰出，自是曲中缚不住者。

王灼《碧鸡漫志》卷二：东坡先生以文章余事作诗，溢而作词曲，高处出神入天，平处尚临镜笑春，不顾侪辈。或曰："长短句中诗也。"为此论者，乃是遭柳永野狐涎之毒。诗与乐府同出，岂当分异？

又：长短句虽至本朝盛，而前人自立，与真情衰矣。东坡先生非心醉于音律者,偶尔作歌,指出向上一路,新天下耳目,弄笔者始知自振。今少年妄谓东坡移诗律作长短句,十有八九,不学柳耆卿,则学曹元宠。虽可笑,亦勿用笑也。

李清照《词论》:至晏元献、欧阳永叔、苏子瞻,学际天人,作为小歌词,直如酌蠡水于大海,然皆句读不葺之诗尔,又往往不谐音律者。

胡寅《题酒边词》:词曲者,古乐府之末造也;古乐府者,诗之傍行也。诗出于《离骚》楚词,而《离骚》者,变风变雅之怨而迫、哀而伤者也。其发乎情则同,而止乎礼义则异,名之曰"曲",以其曲尽人情耳。方之曲艺,犹不逮焉。其去《曲礼》则益远矣。然文章豪放之士鲜不寄意于此者,随亦自扫其迹,曰"谑浪游戏而已"也。唐人为之最工。柳耆卿后出,掩众制而尽其妙,好之者以为不可复加。及眉山苏氏一洗绮罗香泽之态,摆脱绸缪宛转之度,使人登高望远,举首高歌,而逸怀浩气超然乎尘垢之外,于是《花间》为皂隶,而柳氏为舆台矣。

陆游《老学庵笔记》卷一六:世言东坡不能歌,故所作乐府多不协律。晁以道:"绍圣初,与东坡别于汴上。东坡酒酣,自歌《古阳关》。则公非不能歌,但豪放不喜裁翦以就声律耳。试取东坡诸词歌之,曲终,觉天风海雨逼人。

陈应行《于湖先生雅词序》:苏明允不工于诗,欧阳永叔不工于赋,曾子固短于韵语,黄鲁直短于散语,苏子瞻词如诗,秦少游诗如词,才之难全也,岂前辈犹不免耶!

汪莘《方壶诗余自序》:唐宋以来词人多矣,其词主乎淫,谓不淫非词也。余谓词何必淫?顾所寓何如尔。余于词所爱喜者三人焉,盖至东坡而一变,其豪妙之气,隐隐然流出言外,天然绝世,不假振作;二变而为朱希真,多尘外之想,虽杂以微尘,而其清气自不可没;三变而为辛稼轩,乃写其胸中事,尤好称渊明。此词之三变也。

俞德邻《奥屯提刑乐府序》：乐府，古诗之流也。丽者易失之
淫，雅者易邻于拙，求其丽以则者鲜矣。自《花间集》后迄宋之世，
作者殆数百家，雕镂组织，牢笼万态，恩怨尔汝，于于喁喁，佳趣政
自不乏，然才有余德不足，识者病之。独苏东坡大老以命世之才，游
戏乐府，其所作者皆雄浑奇伟，不专为目珠睫钩之泥，以故昌大器
庶，如协八音，听者忘疲。

孙兢《竹坡老人词序》：昔□□先生蔡伯评近世之词，谓苏东
坡辞胜乎情，柳耆卿情胜乎辞，辞情兼称者，惟秦少游而已。世以
为善评。

刘辰翁《辛稼轩词序》：词至东坡，倾荡磊落，如诗如文，如天
地奇观，岂与群儿雌声学语较工拙；然犹未至用经用史，牵《雅》
《颂》入郑卫也。

费衮《梁溪漫志》卷四：东坡词源如长江大河，汹涌奔放，瞬息
千里，可骇可愕。而于用事对偶，精妙切当，人不可及。

曾丰《知稼翁词集序》：本朝太平二百年，乐章名家纷如也。
文忠苏公文章妙天下，长短句特绪余耳，犹有与道德合者。（略）黄
太史相多，大以为非口食烟火人语；余恐不食烟火之人口所出，仅
尘外语，于礼义遑计欤。

汤衡《张紫微雅词序》：昔东坡见少游《上巳游金明池诗》有
"帘幕千家锦绣垂"之句，曰："学士又入《小石调》矣。"世人不察，
便谓其诗似词，不知坡之此言，盖有深意。夫镂玉雕琼，裁花剪叶，
唐末词人非不美也，然粉泽之工，反累正气。东坡虑其不幸而溺乎
彼，故援而止之，惟恐不及。其后元祐诸公，嬉弄乐府，寓以诗人句
法，无一毫浮靡之气，实自东坡发也。

傅共《注坡词序》：东坡□□□□天下，其为长短句数百章，世
以其名尚□□□□闺窗孺弱，亦知爱玩。然其寄意幽渺，指事深

远,片词只字,皆有根柢。是以世之玩者,未易识其佳处。譬犹徯奇珍怪之宝,来于异域,光彩照耀,人人骇瞩,而□辨质其名物者盖寡矣。展玩虽□□□□□,兹可慨焉。

元好问《新轩乐府序》:唐歌词多宫体,又皆极力为之。自东坡一出,情性之外不知有文字,真有一洗万古凡马空气象。虽时作宫体,亦岂可以宫体概之? 人有言:乐府本不难作,从东坡放笔后便难作。此殆以工拙论,非知坡者。所以然者,《诗三百》所载小夫贱妇幽忧无聊赖之语,时猝为外物感触,满心而发、肆口而成者尔。其初果欲被管弦、谐金石,经圣人手,以与六经并传乎? 小夫贱妇且然,而谓东坡翰墨游戏,乃求与前人角胜负,误矣。自今观之,东坡圣处,非有意于文字之为工,不得不然之为工也。坡以来,山谷、晁无咎、陈去非、辛幼安诸公,俱以歌词取称,吟咏性情,留连光景,清壮顿挫,能起人妙思。亦有语意拙直,不自缘饰,因病成妍者,皆自坡发之。

王若虚《滹南诗话》卷二○:晁无咎云:"眉山公之词短于情,盖不更此境耳。"陈后山曰:"宋玉不识巫山神女,而能赋之,岂待更而后知? 是直以公为不及于情也。呜呼,风韵如东坡,而谓不及于情,可乎? 彼高人逸才,正当如是。其溢为小词,而间及于脂粉之间,所谓滑稽玩戏,聊复尔尔者也。若乃纤艳淫媟,入人骨髓,如田中行、柳耆卿辈,岂公之雅趣也哉?"

又:公雄文大手,乐府乃其游戏,顾岂与流俗争胜哉? 盖其天资不凡,辞气迈往,故落笔皆绝尘耳。

俞彦《爰园词话》:子瞻词无一语著人间烟火,此自大罗天上一种,不必与少游、易安辈较量体裁耳。

何良俊《草堂诗余序》:作者既多,中间不无昧于音节,如苏长公者,人犹以"铁绰板唱大江东去"讥之,他复何言耶!

沈雄《古今词话·词话》上卷《东坡为词诗稼轩为词论》:陈

子宏曰：近日词，惟周美成、姜尧章，而以东坡为词诗，稼轩为词论。此说固当，然词曲以委曲为体，徒狃于风情婉娈，则亦易厌。回视苏、辛所作，岂非万古一清风哉？

王士禛《花草蒙拾·坡词豪放》：名家当行，固有二派。苏公自云："吾醉后作草书，觉酒气拂拂，从十指间出。"黄鲁直亦云："东坡书挟海上风涛之气。"读坡词当作如是观。琐琐与柳七较锱铢，无乃为髯公所笑。

王士禛《倚声集序》：诗余者，古诗之苗裔也。语其正则南唐二主为之祖，至漱玉、淮海而极盛，高、史其嗣响也；语其变则眉山导其源，至稼轩、放翁而尽变，陈、刘其余波也。有诗人之词，唐蜀五代诸人是也；有文人之词，晏、欧、秦、李诸君子是也；有词人之词，柳永、周美成、康与之属是也；有英雄之词，苏、陆、辛、刘是也。至是声音之道乃臻极致，而词之为功，虽百变而不穷。

邹祇谟《梅村诗余序》：词者，诗之余也，乃诗人与词人，有不相兼者。如李、杜，皆诗人也，然太白《菩萨蛮》《忆秦娥》为词开山，而子美无之也。温、李皆诗人也，然飞卿《玉楼春》《更漏子》为词擅场，而义山无之也。欧、苏以文章大手，降体为词，东坡《大江东去》卓绝千古，而六一婉丽，实妙于苏。介甫偶然涉笔，而子固无之。眉山一家，老泉、子由无之。以辛幼安之豪气，而人谓其不当以诗名而以词名。岂诗与词若有分量，不可得而逾者乎？

毛奇龄《词洁发凡》：若苏长公赤壁怀古，是《念奴娇》调，其云"千古风流人物""人道是，三国周郎赤壁""卷作千堆雪""雄姿英发""一樽还酹江月"；鲜于伯玑亦有是词，云"双剑千年初合""放出群龙头角""极目春潮阔""年年多病如削"；张于湖是调，有云"更无一点风色""著我扁舟一叶""妙处难与君说""稳泛沧浪空阔""万象为宾客""不知今夕何夕"，则是既通物、月与屑与锡，又通觉、药与曷与合，而又合通陌、职与曷与屑与叶与缉。是一入声，而一十七韵展转杂通，无有定纪。

夏树芳《刻宋名家词序》：夫词至宋人，而词始霸。曼衍繁昌，至宋而词之名始大备。其人韶令秀世，其词复鲜艳殢人，有新脱而无因陈，有圆情而无沾滞，有纤丽而无冗长，有峭拔而无钩棘。一时之以赓和名家，而鼓吹中原，不啻肩摩于世云。（略）余得而下上之，辘轳酣畅，若同叔之玄超，小山之流媚，柳屯田之翻空广调，六一居士之清远多风，几最按拍。加以坡翁之卓绝，山谷之萧疏，淮海之搴芳，东堂之振藻，亟为引商。

贺贻孙《诗筏》：李易安云："王介甫、曾子固文章似西汉，若作一小歌词，则人必绝倒，不可读。而欧阳永叔、苏子瞻词，乃句读不葺之诗耳。"又尝记宋人有云："昌黎以文为诗，东坡以诗为词。"甚矣词家之难也！余谓易安所讥介甫、子固、永叔三人甚当，但东坡词气豪迈，自是别调，差不如秦七、黄九之到家耳。东坡自言平日不喜唱曲，故不中音律，是亦一短。以诗为词，难为东坡解嘲，若以为"句读不葺之诗"，抑又甚矣。（略）大率宋人以词自负，故所言类此。然遂欲以此评诗，不免隔靴搔痒。

樊增祥《微云榭词选自叙》：他若子瞻天才，复绝一世；稼轩嗣响，号曰苏辛。第纵笔一往，无复纤曲之致，要眇之音，其胜者珠剑同光，而失者泥沙并下。

沈谦《填词杂说·学周柳苏辛当以离处为合》：学周、柳，不得见其用情处。学苏、辛，不得见其用气处。当以离处为合。

张惠言《词选序》：宋之词家，号为极盛，然张先、苏轼、秦观、周邦彦、辛弃疾、姜夔、王沂孙、张炎，渊渊乎文有其质焉。其荡而不反，傲而不理，枝而不物，柳永、黄庭坚、刘过、吴文英之伦，亦各引一端，以取重于当世。

田同之《西圃词说·曹学士论词》：钱塘曹学士云："词之为体如美人，而诗则壮士也。如春华，而诗则秋实也。如夭桃繁杏，而诗则劲松贞柏也。"罕譬最为明快。然词中亦有壮士，苏、辛也。亦有秋实，黄、陆也。亦有劲松贞柏，岳鹏举、文文山也。选词者兼收并采，斯为大观。若专尚柔媚，岂劲松贞柏反不如夭桃繁杏乎？

又《陈眉公论张柳苏辛词各有优劣》：陈眉公曰："幽思曲想，张、柳之词工矣，然其失则俗而腻也。伤时吊古，苏、辛之词工矣，然其失则莽而俚也。两家各有其美，亦各有其病。"斯为词论之至公。

又《宋徵璧论宋词七家》：华亭宋尚木徵璧曰："吾于宋词得七人焉，曰永叔秀逸，子瞻放诞，少游清华，子野娟洁，方回鲜清，小山聪俊，易安妍婉。"

又《邹祗谟论隐括体与回文体》：词有隐括体，有回文体。回文之就句回者，自东坡、晦庵始也。其通体回者，自义仍始也。

又《王元美论正宗与变体》：李氏、晏氏父子、耆卿、子野、美成、少游、易安，至矣，词之正宗也。温、韦艳而促，黄九精而刻，长公丽而壮，幼安辨而奇，又其次也，词之变体也。

俞樾《玉可庵词存序》：余于词非所长，而遇好词辄喜诵之。尝谓吴梦窗之七宝楼台，照人眼目；苏学士之天风海雨，逼人而来。虽各极其妙，而词之正宗则贵清空，不贵饾饤；贵微婉，不贵豪放。

陈维崧《词选序》：东坡、稼轩诸长调，又骎骎乎如杜甫之歌行与西京之乐府也。盖天之生才不尽，文章之体格亦不尽。

许玉瑑《苏辛词合刻叙》：且词之为学，赋情各殊，按律有定。苏、辛以忠爱之旨，写忧乐之怀，固与姜、张诸家刻画宫徵，判然异轨。然邓林之荫甚美，弗取其疏；楚畹之兰竞芬，宜汰其似。缺者补之，违者正之。证法界于华严，听秋声于江上。此一幸也。玉瑑未跻唐述，罔识虞初。窃念是书，来自里门。龙威丈人之藏，鸡次渡江之典，沿流讨源，实所珍异。且铜琶余韵，青兕前身，尤足鼓濩梁之化机，荡郑卫之细响。

周济《宋四家词选序论》：苏辛并称，东坡天趣独到处，殆成绝诣。而苦不经意，完璧甚少。稼轩则沉著痛快，有辙可循。南宋诸公无不传其衣钵，固未可同年而语也。

又《介存斋论词杂著·应歌应社词》：北宋有无谓之词以应歌，南宋有无谓之词以应社。然美成《兰陵王》、东坡《贺新凉》，当筵命笔，冠绝一时。

又《东坡韶秀》：人赏东坡粗豪，吾赏东坡韶秀。韶秀是东坡佳处，粗豪则病也。

又《苏轼每事俱不用力》：东坡每事俱不十分用力，古文书画皆尔，词亦尔。

又《苏辛不同》：世以苏辛并称，苏之自在处，辛偶能到；辛之当行处，苏必不能到。二公之词，不可同日语也。

况周颐《蕙风词话》卷一《明以后词纤庸少骨》：东坡、稼轩其秀在骨，其厚在神。初学看之，但得其粗率而已。其实二公不经意处，是真率，非粗率也。余至今未敢学苏、辛也。

又卷二《秦少游卓然名家》：有宋熙、丰间，词学称极盛。苏长公提倡风雅，为一代山斗。黄山谷、秦少游、晁无咎，皆长公客也。山谷、无咎皆工倚声，体格于长公为近。唯少游自辟蹊径，卓然名家。

又《刘文靖词朴厚》：文忠词，以才情博大胜。

纳兰性德《渌水亭杂识》：词虽苏辛并称，而辛实胜苏。苏诗伤学，词伤才。

蒋兆兰《词说·词家两派》：宋代词家，源出于唐五代，皆以婉约为宗。自东坡以浩瀚之气行之，遂开豪迈一派。南宋辛稼轩，运深沉之思于雄杰之中，遂以苏、辛并称。他如龙洲、放翁、后村诸公，皆嗣响稼轩，卓卓可传者也。嗣兹以降，词家显分两派，学苏、辛者所在皆是。

宋翔凤《乐府余论·词曲一事》；《能改斋漫录》载徐师川云：“张志和《渔父词》，东坡以为语清丽，恨其曲度不传，加数语以《浣溪沙》歌之。”则古人之词，必有曲度也。人谓苏词多不谐音律，则以声调高逸，骤难上口，非无曲度也。

又《词曲一事》：宋元之间，词与曲一也。以文写之则为词，以声度之则为曲。晁无咎评东坡词，谓“曲子中缚不住”，则词皆曲也。

《词学集成》卷五《宋词各造其极》：蔡小石（宗茂）《拜石词序》云：“词胜于宋，自姜、张以格胜，苏、辛以气胜，秦、柳以情胜，而其派乃分。然幽深窅眇，语巧则纤；跌宕纵横，语粗则浅。异曲同工，要在各造其极。”诒案：此以苏、辛、秦、柳与姜、张并论，究之格胜者，气与情不能逮。

又《词有诗文不能造之境》：郭频伽云：“词家者流，源出于国风，其本滥于齐梁。自太白以至五季，非儿女之情不道也。宋之乐用于庆赏饮宴，于是周、秦以绮靡为宗，史、柳以华缛相尚，而体一变。苏、辛以高世之才，横绝一时，而愤末广厉之音作。姜、张祖骚人之遗，尽洗秾艳，而清空婉约之旨深。自是以后，虽有作者，欲别见其道而无由。然写其心之所欲出，而取其性所近，千曲万折，以赴声律，则体虽异，而其所以为词者无不同也。”

又卷七《曹珖玉壶买春词序》：吴县曹稼山珖《玉壶买春词序》：(略)海以大之有苏，渊以沉之有张，涛以雄之有稼轩，平以远之有竹屋，潋纹靥气以绮之有梦窗，缠绵菀结以赴之有石帚。

郭麐《灵芬馆词话》卷一《词有四派》：东坡以横绝一代之才，凌厉一世之气，间亦倚声，意若不屑。雄词高唱，别为一宗。

沈祥龙《论词随笔》：唐人词，风气初开，已分两派：太白一派，传为东坡，诸家以气格胜，于诗近江西；飞卿一派，传为屯田，诸家以才华胜，于诗近西昆。后虽迭变，总不越此二者。

吴衡照《莲子居词话》卷一《滹南论坡词》：王从之若虚，自号
慵夫，藁城人。金承安二年进士。博学好持论，多为名流所推服。
生平论诗，大抵本其舅周德卿昂之说，不喜涪翁而尊坡公，尝言：
"坡公，孟子之流，涪翁则扬子《法言》而已。"著有《滹南诗话》，间
及诗余，亦往往中肯。云陈后山谓坡公以诗为词，大是妄论。盖词
与诗只一理，自世之末作，习为纤艳柔脆，以投流俗人之好。高人
胜士，或亦以是相矜，日趋于委靡，遂谓其体当然，而不知其弊至于
此也。顾或谓先生虑其不幸而溺焉，故援而止之，特寓以诗之法。
斯又不然。公以文章余事作诗，又溢而作词，其挥霍游戏所及，何
矜心作意于其间哉。要其天资高，落笔自超凡耳。此条论坡公词
极透彻。髯翁乐府之妙，得滹南而论定也。

又卷四《朱彝尊论南宋词》：词至南宋，始极其工。秀水创此
论，为明季人孟浪言词者示救病刀圭，意非不足。夫北宋也，苏之
大，张之秀，柳之艳，秦之韵，周之圆融，南宋诸老，何以尚兹。

又《苏辛并称》：苏辛并称，辛之于苏，亦犹诗中山谷之视东坡
也。东坡之大与白石之高，殆不可以学而至。

陆蓥《问花楼词话·苏辛周柳》：词家言苏、辛、周、柳，犹诗歌
称李、杜，骈体举庾、徐，以为标帜云尔。无论三唐五季，佳词林立。
即论两宋，庐陵翠树，元献清商，秦少游山抹微云，张子野楼头画
角，竹屋之幽蒨，花影之生新，其见于《草堂》《花间》，不下数百家。
虽藻采孤骞，而源流攸别。安得有综博之士，权舆三李，断代南渡，
为唐宋词派图？爰黜淫哇，以崇雅制，词学其日昌矣乎。

李佳《左庵词话》卷上：词以意趣为主，意趣不高不雅，虽字句
工颖，无足尚也。意能迥不犹人最佳。东坡词最有新意，白石词最
有雅意。

谢章铤《双邻词钞序》：词也者，意内而言外者也。言胜意，剪
彩之花也；意胜言，道情之曲也。顾与其言胜，无宁意胜，意胜而情

深。"梧桐树,三更雨,不道离情正苦。一叶叶,一声声,空阶滴到明。"羌无故实,其感人有甚于"手里鹦鹉,胸前凤凰"者矣。"何处合成愁。离人心上秋。纵芭蕉、不雨也萧萧",都无点缀,其移情更有甚于"檀栾金碧,娜婀蓬莱"者矣。是故词贵清空,嫌质实。然而五石之瓠,非不彭然也,清空则清空矣,一往而尽焉。东坡词诗,稼轩词论,其流弊又有不厌众口者矣。盖言之意不易称也如是。

又《赌棋山庄词话》卷二《咏物词》:咏物词虽不作可也,别有寄托如东坡之咏雁,独写哀怨如白石之咏蟋蟀,斯最善矣。至如史邦卿之咏燕,刘龙洲之咏指足,纵工摹绘,已落言诠。

又《苏辛藩篱独辟》:晏、秦之妙丽,源于李太白、温飞卿。姜、史之清真,源于张志和、白香山。惟苏、辛在词中,则藩篱独辟矣。读苏、辛词,知词中有人,词中有品,不敢自为菲薄,然辛以毕生精力注之,比苏尤为横出。吴子律曰:"辛之于苏,犹诗中山谷之视东坡也,东坡之大,殆不可以学而至。"此论或不尽然。苏风格自高,而性情颇歉,辛却缠绵恻悱。且辛之造语俊于苏。若仅以大论也,则室之大不如堂,而以堂为室,可乎?

又卷一二《两宋词评》:北宋多工短调,南宋多工长调。北宋多工软语,南宋多工硬语。然二者偏至,终非全才。欧阳、晏、秦,北宋之正宗也。柳耆卿失之滥,黄鲁直失之伧。白石、高、史,南宋之正宗也。吴梦窗失之涩,蒋竹山失之流。若苏、辛自立一宗,不当侪于诸家派别之中。

刘熙载《艺概》卷四《词曲概》:词品喻诸诗,东坡、稼轩,李、杜也;耆卿,香山也;梦窗,义山也;白石、玉田,大历十子也。其有似韦苏州者,张子野当之。

又:东坡词颇似老杜诗,以其无意不可入,无事不可言也。若其豪放之致,则时与太白为近。

又:太白《忆秦娥》声情悲壮,晚唐、五代惟趋婉丽,至东坡始能复古。后世论词者，或转以东坡为变调，不知晚唐、五代乃变调也。

又：东坡《与鲜于子骏书》云："近却颇作小词，虽无柳七郎风味，亦自成一家。"一似欲为耆卿之词而不能者。然坡尝讥秦少游《满庭芳》词学柳七句法，则意可知矣。

又：东坡词具神仙出世之姿，方外白玉蟾诸家，惜未诣此。

又：东坡词在当时鲜与同调，不独秦七、黄九，别成两派也。晁无咎坦易之怀，磊落之气，差堪骖靳，然悬崖撒手处，无咎莫能追蹑矣。

又：苏、辛皆至情至性人，故其词潇洒卓荦，悉出于温柔敦厚。世或以粗犷讥苏、辛，固宜有视苏、辛为别调者哉。

又：王敬美论诗云："河下舆隶须驱遣，另换正身。"胡明仲称眉山苏氏词"一洗绮罗香泽之态，摆脱绸缪宛转之度，使人登高望远，举首高歌，而逸怀浩气，超乎尘埃之表。"此殆所谓正身者耶？

又：东坡《定风波》云"尚余孤瘦雪霜姿"，《荷华媚》云"天然地、别是风流标格"，"雪霜姿""风流标格"，学坡词者便可从此领取。

又：词以不犯本位为高，东坡《满庭芳》"老去君恩未报，空回首、弹铗悲歌"，语诚慷慨，然不若《水调歌头》"我欲乘风归去，又恐琼楼玉宇，高处不胜寒"，尤觉空灵蕴藉。

顾起纶《花庵词选跋》：唐人作长短词，乃古乐府之滥觞也。李太白首倡《忆秦娥》，凄婉流丽，颇臻其妙，为千载词家之祖。至王仲初《古调笑》，融情会景，犹不失题旨。白乐天始调换头，去题渐远。揆之本来，词体稍变矣。骚雅名流，隽语竞爽，苏长公辈才情各擅所长，其风流余蕴，藉藉人口。厥后，元季乐府之盛，概又不出史邦卿蹊径耳。于时家握灵蛇，非蛟伯巨擘俦，能探其唅邪？

纪昀等《四库全书总目·东坡词》：词自晚唐五代以来，以清切婉丽为宗。至柳永而一变，如诗家之有白居易；至轼而又一变，如诗家之有韩愈，遂开南宋辛弃疾等一派。寻源溯流，不能不谓之别格，然谓之不工则不可。故至今日，尚与花间一派并行而不能偏废。

陈廷焯《词坛丛话·贺周词胜诸家》：昔人谓东坡词胜于情，耆卿情胜于词，秦少游兼而有之。然较之方回、美成，恐亦瞠乎其后。

又《不能以绳尺律东坡》：东坡词独树一帜，妙绝古今，虽非正声，然自是曲子内缚不住者。不独耆卿、少游不及，即求之美成、白石，亦难以绳尺律之也。后人以绳尺律之，吾不知海上三山，彼亦能以丈尺计之否耶。

又《东坡词别有天地》：东坡词，一片去国流离之思，哀而不伤，怨而不怒，寄慨无端，别有天地。

又《白雨斋词话》卷一《宋词不尽沉郁》：唐五代词，不可及处，正在沉郁。宋词不尽沉郁，然如子野、少游、美成、白石、碧山、梅溪诸家，未有不沉郁者。即东坡、方回、稼轩、梦窗、玉田等，似不必尽以沉郁胜，然其佳处，亦未有不沉郁者。词中所贵，尚未可以知耶。

又《苏辛不相似》：苏辛并称，然两人绝不相似。魄力之大，苏不如辛。气体之高，辛不逮苏远矣。东坡词寓意高远，运笔空灵，措语忠厚，其独至处，美成、白石亦不能到。昔人谓东坡词非正声，此特拘于音律言之，而不究本原之所在。眼光如豆，不足与之辩也。

又《东坡词人不易学》：太白之诗，东坡之词，皆是异样出色。只是人不能学，乌得议其非正声。

又《蔡伯世论词陋极》：蔡伯世云："子瞻辞胜乎情，耆卿情胜乎辞，辞情相称者，惟少游而已。"此论陋极。东坡之词，纯以情

780

胜,情之至者,词亦至。只是情得其正,不似耆卿之喁喁儿女私情耳。论古人词,不辨是非,不别邪正,妄为褒贬,吾不谓然。

又《东坡少游皆情余于词》:东坡、少游,皆是情余于词,耆卿乃辞余于情,解人自辨之。

又《张綖论苏秦词似是而非》:张綖云:"少游多婉约,子瞻多豪放,当以婉约为主。"此亦似是而非,不关痛痒语也。诚能本诸忠厚,而出以沉郁,豪放亦可,婉约亦可,否则豪放嫌其粗鲁,婉约又病其纤弱矣。

又《张惠言不知梦窗》:张皋文《词选》,独不收梦窗词,以苏、辛为正声,却有巨识。

又卷五《彭骏孙词藻所论多左》:彭骏孙《词藻》四卷,品论古人得失,欲使苏、辛、周、柳两派同归。不知苏、辛与周、秦,流派各分,本原则一。若柳则傲而不理,荡而忘返,与苏、辛固不能强合,视美成尤属歧途。

又《莲子居词话论北宋词家浅陋》:《莲子居词话》云:"苏之大,张之秀,柳之艳,秦之韵,周之圆融,南宋诸老,何以尚兹。"此论殊属浅陋。谓北宋不让南宋则可,而以秀艳等字尊北宋则不可。如徒曰秀艳圆融而已,则北宋岂但不及南宋,并不及金元矣。至以耆卿与苏、张、周、秦并称,而不数方回,亦为无识。又以秀字目子野,韵字目少游,圆融字目美成,皆属不切。即以大字目东坡,艳字目耆卿,亦不甚确。大抵北宋之词,周、秦两家皆极顿挫沉郁之妙。而少游托兴尤深,美成规模较大,此周、秦之异同也。子野词于古隽中见深厚,东坡词则超然物外,别有天地。而江南贺老,寄兴无端,变化莫测,亦岂出诸人下哉?此北宋之隽,南宋不能过也。若耆卿词,不过长于言情,语多凄秀,尚不及晏小山,更何能超越方回,而与周、秦、苏、张并峙千古也?

又《苏辛两家不同》:东坡心地光明磊落,忠爱根于性生,故词极超旷，而意极和平。稼轩有吞吐八荒之概，而机会不来，正则可以为郭、李，为岳、韩，变则即桓温之流亚。故词极豪雄，而意极悲郁。苏、辛两家，各自不同。后人无东坡胸襟，又无稼轩气概，漫为规模，适形粗鄙耳。

又《学苏辛不可不慎》：学周、秦、姜、史不成，尚无害为雅正。学苏、辛不成，则入于魔道矣。发轫之始，不可不慎。

又卷七《词宜熟读》：熟读温、韦词，则意境自厚。熟读周、秦词，则韵味自深。熟读苏、辛词，则才气自旺。熟读姜、张词，则格调自高。熟读碧山词，则本原自正，规模自远。本是以求风雅，何必遽让古人。

卷八《东坡词全是王道》：东坡词全是王道，稼轩则兼有霸气，然犹不悖于王也。

《词宜穷正始》：白石仙品也，东坡神品也，亦仙品也，梦窗逸品也，玉田隽品也，稼轩豪品也，然皆不离于正。故与温、韦、周、秦、梅溪、碧山同一大雅，而无傲而不理之诮。后人徒恃聪明，不穷正始，终非至诣。

又《唐宋名家流派不同》：唐宋名家，流派不同，本原则一。论其派别，大约温飞卿为一体（皇甫子奇、南唐二主附之），韦端己为一体（牛松卿附之），冯正中为一体（唐五代诸词人以暨北宋晏、欧、小山等附之），张子野为一体，秦淮海为一体（柳词高者附之），苏东坡为一体，贺方回为一体（毛泽民、晁具茨高者附之），周美成为一体（竹屋、草窗附之），辛稼轩为一体（张、陆、刘、蒋、陈、杜合者附之），姜白石为一体，史梅溪为一体，吴梦窗为一体，王碧山为一体（黄公度、陈西麓附之），张玉田为一体。其间惟飞卿、端己、正中、淮海、美成、梅溪、碧山七家，殊途同归。余则各树一帜，而皆不失其正。东坡、白石尤为矫矫。

又《皋文蒿庵为风雅正宗》：温、韦创古者也，晏、欧继温、韦之后,面目未改,神理全非,异乎温、韦者也。苏、辛、周、秦之于温、韦,貌变而神不变,声色大开,本原则一。南宋诸名家,大旨亦不悖于温、韦,而各立门户,别有千古。元、明庸庸碌碌,无所短长。

又《知稼翁词合东坡碧山为一手》:黄公度《知稼翁词》,气格高远,语意浑厚,直合东坡、碧山为一手。所传不多,卓乎不可企及。

又《东坡白石具有天授》:稼轩求胜于东坡,豪壮或过之,而逊其清超,逊其忠厚。玉田追踪于白石,格调亦近之,而逊其空灵,逊其浑雅。故知东坡、白石具有天授,非人力所可到。东坡、稼轩,同而不同者也。白石、碧山,不同而同者也。

又《诗词皆有境》:诗有诗境,词有词境,诗词一理也。(略)太白之诗,东坡词可以敌之。子昂高古,摩诘名贵,则子野、碧山,正不多让。退之生凿,柳州幽峭,则稼轩、玉田,时或过之。至谓白石似渊明,大晟似子美,则吾尚不谓然。然则词中未造之境,以待后贤者尚多也。

谭献《复堂词话》:稼轩心胸,发其才气,改之而下则犷。(略)大踏步出来,与眉山同工异曲。然东坡是衣冠伟人,稼轩则弓刀游侠。

张德瀛《词徵》卷一《词之六至》:释皎然《诗式》谓诗有六至:至险而不僻,至奇而不差,至丽而自然,至苦而无迹,至近而意远,至放而不迂。以词衡之,至险而不僻者,美成也。至奇而不差者,稼轩也。至丽而自然者,少游也。至苦而无迹者,碧山也。至近而意远者,玉田也。至放而不迂者,子瞻也。

又卷五《北宋五子》:同叔之词温润,东坡之词轩骁,美成之词精邃,少游之词幽艳,无咎之词雄邈,北宋惟五子可称大家。若柳耆卿、张子野,则又当时所翕然叹服者也。

又《苏辛词》:苏辛二家,昔人名之曰词诗词论。愚以古词衡之曰，不用之时全体在，用即拈来，万象周沙界。

又《陈翼论苏词》：宋牧仲谓宋诗多沉僿，近少陵；元诗多轻扬，近太白。然词之沉僿，无过子瞻。长乐陈翼论其词云："歌赤壁之词使人抵掌激昂，而有击楫中流之心。歌哨遍之词，使人甘心澹泊，而有种菊东篱之兴。"可谓知言。

又卷六《清初三变》：汪蛟门谓宋词有三派，欧、晏正其始，秦、黄、周、柳、姜、史之徒极其盛，东坡、稼轩放乎其言之矣。

胡薇元《岁寒居词话·辛弃疾词》：（辛弃疾）于倚声家为雄豪一派，世称苏、辛，然坡翁奋笔直写。

又《天云楼词序》：诗余者，古诗苗裔也。语其正，则南唐二主为之祖；语其变，则眉山导其源。

沈祥龙《论词随笔·唐词分二派》：唐人词，风气初开，已分二派。太白一派，传为东坡，诸家以气格胜，于诗近江西。飞卿一派，传为屯田，诸家以才华胜，于诗近西昆。后虽迭变，总不越此二者。

又《词有婉约有豪放》：词有婉约，有豪放，二者不可偏废，在施之各当耳。房中之奏，出以豪放，则情致绝少缠绵。塞下之曲，行以婉约，则气象何能恢拓？苏、辛与秦、柳，贵集其长也。

陈洵《海绡说词·通论·源流正变》：宋词既昌，唐音斯畅。二晏济美，六一专家。爰逮崇宁，大晟立府，制作之事，用集美成。此犹治道之隆于成康，礼乐之备于周公，监殷监夏，无间然矣。东坡独崇气格，箴规柳、秦，词体之尊，自东坡始。

蔡宗茂《拜石山房词钞序》：词盛于宋代，自姜、张以格胜，苏、辛以气胜，秦、柳以情胜，而其派乃分。然幽深窅眇，语巧则纤；跌宕纵横，语粗则浅。异曲同工，要在各造其极而已。（略）凡姜、张清隽，苏、辛豪宕，秦、柳妍丽，固已提袂而合唱，无俟改弦而更张已。

赵执信《坡仙祠》：五日登州守，千秋《海市》诗。蛟龙留胜迹，雨雪满荒祠。才觉乾坤尽，名将日月垂。丹青余想像，漂泊识须眉。岛翠堆虚牖，檐丝冒断碑。仙灵几延伫，山鬼强攀追。黯淡苍苔气，凋残碧树枝。寿陵归国步，邻舍捧心姿。遍选丹崖字，谁为黄绢词。寒山公独在，坐卧我于斯。酒酹沧波远，吟耽夕照迟。方平有灵驾，肯负执鞭期。

张宗橚《词林纪事》卷五引胡元任评：坡词绝去笔墨畦径，直造古今不到处，真可使人一唱而三叹。

又引张叔夏评：东坡词清丽舒徐处，高出人表，周、秦诸人所不能到。

又引楼敬思评：东坡老人，故自灵气仙才，所作小词冲口而出，无穷清新，不独寓以诗人句法，能一洗绮罗香泽之态也。

又引许嵩庐评：子瞻自评其文云："如万斛泉源，不择地皆可出。"唯词亦然。

汪莘《方壶诗余自叙》云：唐宋以来词人多矣，其词主于淫，谓不淫非词也。余谓词何必淫，亦顾寓意何如尔。余于词，所喜爱三人焉。盖至东坡而一变，其豪妙之气，隐隐然流出言外，天然绝世，不假振作。二变而为朱希真，多尘外之想，虽杂以微尘，而清气自不可没。三变而为辛稼轩，乃写其胸中事，尤好称渊明。此词之三变也。

王国维《人间词话·东坡之词旷稼轩之词豪》：东坡之词旷，稼轩之词豪，无二人之胸襟而学其词，犹东施之效捧心也。

又《苏辛词中之狂》：苏、辛词中之狂。白石犹不失为狷。若梦窗、梅溪、玉田、草窗、西麓辈，面目不同，同归于乡愿而已。

又《周柳苏辛最工长调》：长调自以周、柳、苏、辛为最工。美成《浪淘沙慢》二词，精壮顿挫，已开北曲之先声。若屯田之《八声甘州》，东坡之《水调歌头》，则伫兴之作，格高千古，不能以常调论也。

又《白石可鄙》：东坡之旷在神，白石之旷在貌。白石如王衍，口不言阿堵物，而暗中为营三窟之计，此其所以可鄙也。

又《清真为词中老杜》：（周清真）先生于诗文无所不工，然尚未尽脱古人蹊径。平生著述，自以乐府为第一。词人甲乙，宋人早有定论，惟张叔夏病其意趣不高远。然北宋人如欧、苏、秦、黄，高则高矣，至精工博大，殊不逮先生。故以宋词比唐诗，则东坡似太白，欧、秦似摩诘，耆卿似乐天，方回、叔原则大历十子之流。南宋惟一稼轩可比昌黎。而词中老杜，则非先生不可。昔人以耆卿比少陵，犹为未当也。

蔡嵩云《柯亭词论·自然与人工各占地位》：宋初慢词，犹接近自然时代，往往有佳句而乏佳章。自屯田出而词法立，清真出而词法密，词风为之丕变。如东坡之纯任自然者，殆不多见矣。

又《东坡词笔无点尘》：东坡词，胸有万卷，笔无点尘。其阔大处，不在能作豪放语，而在其襟怀有涵盖一切气象。若徒袭外貌，何异东施效颦？东坡小令，清丽纤徐，雅人深致，另辟一境。设非胸襟高旷，焉能有此吐属！

王鹏运《半塘手稿》：北宋人词，如潘逍遥之超逸，宋子京之华贵，欧阳文忠之骚雅，柳屯田之广博，晏小山之疏俊，秦太虚之婉约，张子野之流丽，黄文节之隽上，贺方回之醇肆，皆可罗拟，得其仿佛。唯苏文忠公之清雄复乎轶尘绝迹，令人无从步趋。盖霄壤相悬，宁止才华而已？其性情，其学问，其襟抱，举非恒流所能见。词家苏、辛并称，其实辛犹人境也，苏其殆仙乎！

陈匪石《声执·行文两要素》：行文有两要素，曰气曰笔。气载笔而行，笔因文而变。（略）苏、辛集中，固有被称为摧刚为柔者。（略）东坡、稼轩音响虽殊，本原则一。

又《周济词辨》：其（周济）退苏进辛，而目东坡为韶秀，亦非真知东坡者。

又《宋词举》：苏轼寓意高远，运笔空灵，非粗非豪，别有天地。秦观为苏门四子之一，而其为词，则不与晁、黄同赓苏调。

叶恭绰《东坡乐府笺序》：宋代词家多矣，卓然名世者，无虑数十，扯持规模，笼罩至今。自元迄今，仿晏、张、秦、柳、周、贺、姜、辛、吴、王，以至花间、阳春、南唐二主者，盖靡所不有。独未闻有真能学苏者，岂超绝古今，直不容人学步欤？盖东坡之词，纯表其胸襟见识、情感兴趣者也。规矩准绳，乃其余事。故论者至以为非本色而不能以学，所谓天仙化人，殆亦此意。为词者不究其胸襟见识、情感兴趣，而徒规矩准绳是务，宜其于苏门无从问津也。

张祥龄《半箧秋词叙录》：辛、刘之雄放，意在变风气。（略）东坡不耐此苦，随意为之，其所自立者多，故不拘拘于词中求生活。

王易《词曲史》：坡词高亮处，得诗中渊明之清、太白之逸、老杜之浑，其《念奴娇》之赤壁怀古，《水调歌头》之中秋，固已脍炙人口矣，至其平生襟怀之淡宕，实与渊明默契。